BASTEI
LÜBBE

Über die Autorin:

Tamara McKinley wurde in Australien geboren und verbrachte auch ihre Kindheit im Outback des fünften Kontinents. Heute lebt die Autorin in England, aber die Sehnsucht treibt sie stets zurück in das weite, wilde Land, von dem sie in MATILDAS LETZTER WALZER (Bastei Lübbe Taschenbücher 14655) und in DER DUFT DES JACARANDA so mitreißend zu erzählen weiß.

TAMARA McKINLEY

Der Duft des Jacaranda

ROMAN

Deutsch von Rainer Schmidt

BASTEI LÜBBE

BASTEI LÜBBE TASCHENBUCH
Band 26311

Vollständige Taschenbuchausgabe der im Gustav Lübbe Verlag
erschienenen Hardcoverausgabe

Bastei Lübbe Taschenbücher und Gustav Lübbe Verlag
sind Imprints der Verlagsgruppe Lübbe

Titel der englischen Originalausgabe: *Jacaranda Vines*
Originalverlag: Judy Piatkus (Publishers) Ltd.
of 5 Windmill Street, London WIP IHF

Umschlaggestaltung: Andrea Barth/Hilden Design, München,
unter Verwendung eines Motivs von Lochman Transparencies,
Perth/Australien
Satz: Bosbach Kommunikation & Design GmbH, Köln
Druck und Verarbeitung: GGP Media, Pößneck
Printed in Germany, Mai 2004
ISBN 3-404-26311-1

Sie finden uns im Internet unter
www.luebbe.de

Der Preis dieses Bandes versteht sich einschließlich
der gesetzlichen Mehrwertsteuer.

WIDMUNG Dieses Buch ist Thelma Ivory
und Marion Edwards gewidmet,
die nicht mehr bei uns sind;
sowie Alan Horsham und Dan Newton,
die noch immer mit einer Zuversicht kämpfen,
die ich nicht aufbringen würde.

DANKSAGUNG Mit herzlichem Dank an Kevin Lewis für seine Tour durch das Barossa Valley. Ohne ihn hätte ich niemals so viel über die Geschichte dieser wundervollen Gegend gelernt. Außerdem möchte ich mich bei Robert Crouch bedanken, der mir bei den Recherchen zu Sprache und Gebräuchen der Romani zur Seite stand und mich unermüdlich ermutigte. Kein Buch entsteht ohne den Rat und Enthusiasmus eines Lektors, und ich schätze mich glücklich, dass es Gillian Green bei Piatkus gibt. Ihr Scharfblick und ihre hilfreichen Ratschläge sind immer geschätzt. Last, but never least, möchte ich meiner Agentin Teresa Chris meine Anerkennung aussprechen. Ihre Freundschaft und ihr Glaube an meine Arbeit sind großartig, und ich werde ihr stets dafür dankbar sein.

PROLOG

Aus *The Australian*, Melbourne, Januar 1990

Cordelia Witney hat als Ehefrau des eigenbrötlerischen, notorisch schwierigen Tycoons Joseph, der die südaustralische Weinbauindustrie beherrschte, gelernt, mit Demütigungen zu leben. Aber selbst ihr muss der Streit peinlich sein, der in aller Öffentlichkeit ausgetragen wird, nachdem ihr Ehemann, von dem sie getrennt lebte, letzten Monat im Alter von 91 Jahren verstorben ist.

Solange Joseph Witney lebte, litt seine Familie unter seinem jähzornigen Temperament und dem despotischen Managementstil, mit dem er Jacaranda Wines zu einem der größten Unternehmen Australiens mit einem weltweiten Umsatz von 12,5 Milliarden Australischen Dollars machte. Nach seinem Tod vermuten Insider der Firmen, dass Jacaranda Wines implodieren wird und dass die Erben das Unternehmen an die Börse bringen oder den Konzern zerschlagen und die Einzelgesellschaften Stück für Stück verkaufen werden.

»Es gibt eine Menge Leute, die sich seinen Tod gewünscht haben«, sagt ein früherer Insider. »Jetzt, wo er endlich nicht mehr da ist, werden sie sich rächen, indem sie statt seiner die Firma umbringen.«

Andere behaupten, seine Witwe Cordelia, die Vizepräsidentin von Jacaranda, habe den Fehdehandschuh aufgehoben; sie werde bis aufs Blut gegen ihre Familie kämpfen und nicht zulassen, dass das Unternehmen zerschlagen oder ein offeneres Management eingeführt wird.

Jetzt, da der König der Weinberge tot ist, fragen sich viele, was aus seinem Königreich werden wird. Vor zwei Jahren erlitt der französische Weinproduzent Lazare eine Niederlage, als er ein Übernahmeangebot für Jacaranda Wines vorlegte, aber angesichts des internen Machtkampfes zwischen Cordelia, ihrem Bruder Edward sowie den jeweiligen Kindern und Enkeln werden wir den größten Weinverkauf der Geschichte vielleicht noch erleben.

EINS

»Auf Wiedersehen, Sophie. Gib Acht auf dich da draußen.« Crispins wohltönende, kultivierte Stimme ging beinahe unter in der Lautsprecheransage, die die Passagiere für den Qantas-Flug nach Melbourne aufrief.

Sophie gab sich seiner vertrauten Umarmung hin und verspürte plötzlich ein schmerzliches Bedauern, dass es so sehr schief gegangen war mit ihnen. Eine Ehe sollte doch ein Leben lang halten, nicht nur flüchtige drei Jahre. Aber ihnen beiden war rasch klar geworden, dass sie einen Fehler gemacht hatten; und als die Beziehung nicht mehr zu retten war, hatte Sophie den Mumm gehabt, der Wahrheit ins Auge zu sehen und dem Ganzen ein Ende zu machen. Als es schließlich vorüber war, fühlten sich beide erleichtert.

Sie löste sich von ihrem Ex-Mann und schaute ihm ins Gesicht. Das entwaffnende Lächeln und die grauen Augen mit dem verführerischen Blick hatten nicht mehr die Macht, ihre Sinne in Aufruhr zu versetzen, aber sie konnte doch nicht leugnen, dass er sehr attraktiv war und dass sie ihn vermissen würde. »Freunde?«, fragte sie leise.

Sein blondes Haar fiel ihm in die Augen, als er nickte. »Immer. Es tut mir leid, dass es nichts geworden ist, Sophie, aber wir haben wenigstens Schluss gemacht, bevor wir angefangen haben, uns gegenseitig zu hassen.«

Sie war den Tränen nahe und wandte sich hastig ab. »Niemand war schuld, Cris«, sagte sie leise. »Menschen machen manchmal Fehler.« Sie zündete sich eine Zigarette an, die letzte, die sie in den nächsten zwölf Stunden bekommen würde, ehe das Flugzeug in Singapur landete. Es würde ihre Willenskraft auf eine echte Probe stellen, und trotz der vielen Nikotinpflaster auf ihrem Arm war sie nicht sicher, wie sie damit zurechtkommen würde. »Sie buchen zum Beispiel einen Nichtraucher-Flug«, witzelte sie trocken.

»Wird Zeit, dass du damit aufhörst, Sophie. Du kommst wochenlang ohne eine Zigarette aus; warum also nicht heute?«

Sie sog den Rauch tief in die Lunge und ließ den Blick über das Gewimmel der Passagiere in der Halle wandern. »Ich bin gestresst«, sagte sie knapp. »Rauchen hilft.« Das Rauchen war eine der Gewohnheiten gewesen, die ihn an ihr gestört hatten, aber nicht halb so sehr, wie seine Neigung zu anderen Frauen ihr auf die Nerven gegangen war.

Crispin vergrub die Hände tief in den Taschen seiner Tweedjacke. Hoch gewachsen und aufrecht stand er da, jeder Zoll ein ehemaliger Offizier. »Du solltest dir deine Familie nicht so sehr zu Herzen gehen lassen. Ich weiß, dass dein Großvater ein Mistkerl war, aber jetzt ist er nicht mehr da – er kann über dein Leben nicht mehr bestimmen.«

Sie zog eine Braue hoch. »Nicht? Es war sein Geld, mit dem ich Jura studiert habe, sein Einfluss, der mir die Partnerschaft bei Barrington eingebracht hat. Er mag tot sein, aber wir tanzen immer noch nach seiner Pfeife – wegen des verdammten Testaments und wegen des Durcheinanders, das er uns hinterlassen hat.« Sie drückte ihre Zigarette in einem überquellenden Metallascher aus. »Und im Übrigen: Das musst ausgerechnet du sagen! Du wärst doch nicht nach Sandhurst gegangen, wenn es nicht Familientradition wäre. Hättest niemals diesen vergammelten alten Schutthaufen auf dem Land übernommen, den deine Mutter immer lachend als ›Familiensitz‹ bezeichnet. Du hättest viel lieber an Autos rumgeschraubt.« Sie seufzte. Es waren alte Streitigkeiten, die sie hier wieder aufleben ließen. »Lass uns nicht zanken, Cris. Dazu ist die Zeit zu knapp.«

Er zog sie wieder an sich und küsste sie auf die Stirn. »Gib Acht auf dich, altes Haus – und ich hoffe, du findest, was du suchst. Er ist irgendwo da draußen, weißt du.«

Sophie wurde still. »Ein Fehler ist genug, Cris. Von jetzt an werde ich mich auf mich und meine Karriere konzentrieren. Männer stehen nicht mehr zur Debatte.«

Er löste sich von ihr, hielt aber ihre Arme fest und schaute ihr tief in die Augen. »Du glaubst vielleicht, du bist zäh, aber du bist für das Alleinsein nicht geschaffen. Du musst Jay suchen, mit ihm sprechen. Sieh zu, dass du dich mit ihm verträgst. Du liebst ihn nämlich immer noch.«

Sophie starrte ihn an. »Jay ist Vergangenheit«, sagte sie, aber es schnürte ihr die Kehle zu. »Ich hätte dich nicht geheiratet, wenn er es nicht wäre.«

Crispin lächelte traurig und drückte sie noch einmal kurz an sich. »Alles Gute, Darling, und schreib mir, wenn du kannst.«

Sophie hob ihr Handgepäck auf, warf ihm eine Kusshand zu und ging durch die Passkontrolle. Ihr Puls raste vor Aufregung und Bangigkeit; die Trauer des Abschieds und das Gespenst namens Jay lasteten auf ihr. Zehn Jahre waren vergangen, seit sie Australien verlassen, und zwölf, seit sie Jay zuletzt gesehen hatte. Er war ihre erste Liebe gewesen, und obwohl ihre Trennung ein brutaler Einschnitt gewesen war, wusste sie, dass Cris immer den Verdacht gehegt hatte, ein Teil von ihr würde Jay noch immer lieben.

Die Transitlounge war hell erleuchtet, und in den Duty-Free-Shops herrschte Hochbetrieb, aber sie wandte sich zur Fensterfront und schaute hinaus in den Januarregen. Du bist dreißig Jahre alt, sagte sie streng zu sich, Anwältin in einer der renommiertesten Kanzleien Londons, wenngleich ohne Illusionen darüber, weshalb sie an dir zerrten, sobald du deine Zulassung hattest.

Sie hob das Kinn. Dass sie ihre Stellung behalten hatte, war das eigene Verdienst. Die Zusage, Jacaranda zu vertreten, war nur ein Sprungbrett gewesen. Das Leben da draußen war hart, besonders für eine Frau – und sie hatte bewiesen, dass sie gut war, vielleicht sogar besser als einige ihrer männlichen Kollegen.

Die Nummer ihres Fluges wurde aufgerufen; sie sammelte ihre Sachen ein und machte sich auf den weiten Weg zum Gate. Ich bin eine Frau mit einer strahlenden Zukunft, ich werde nicht zurückschauen, beschloss sie insgeheim. Ich werde niemals zurückschauen.

Aber als sie es sich auf ihrem Sitz bequem gemacht hatte und auf den Start wartete, wanderten ihre Gedanken zurück, während sie beobachtete, wie der Regen streifig über das Fenster rann. Sie dachte daran, wie es war in den Jahren, als sie und Jay noch jung waren und das College in Brisbane besuchten. Wo bist du jetzt, Jay?, fragte sie sich wehmütig. Denkst du manchmal noch an mich?

Cordelia Witney hatte aufgelegt, aber ihre Hand lag noch auf dem Hörer, als sie über das Gespräch nachdachte, das sie soeben mit ihrem Bruder Edward geführt hatte, und über die Konsequenzen, die es für die Zukunft von Jacaranda Wines haben konnte.

»Probleme?« Jane merkte es immer, wenn Cordelia etwas auf dem Herzen hatte, aber das war kaum verwunderlich, wenn man bedachte, wie lange sie sich schon kannten.

»Man sollte doch annehmen, dass man die Meinung einer Neunzigjährigen respektiert«, sagte Cordelia verbittert. »Aber Edward ist anscheinend entschlossen, mir in die Quere zu kommen.«

Jane nahm einen Schluck Sherry und stellte das Glas auf den Tisch neben ihr. »Du hättest meinen Rat befolgen und deinen

Anteil an der Firma verkaufen sollen, Cordy. Dann würde dich das alles nicht mehr stören.«

Jane verfiel immer dann in diesen etwas diktatorischen Tonfall, wenn sie fand, dass jemand anders im Unrecht war, und auch wenn sie diesen speziellen Streit in den letzten zwanzig Jahren schon oft wiederholt hatten, war sie offenbar entschlossen, bei jeder Gelegenheit von neuem damit anzufangen.

Aber Cordelia wollte nicht anbeißen. Die Brille saß fest auf ihrer Nasenspitze, als sie sich jetzt in ihrem weichen Ledersessel zurücklehnte und aus dem Fenster schaute. Das Firmengebäude war vielleicht nicht so hoch wie das Rialto, aber die Glaswände des Penthouse in den Jacaranda Towers boten ihr doch einen Rundumblick auf Melbourne, und mit der neuen Brille konnte sie ihn auch wieder genießen.

Die Stadt erstreckte sich in allen Himmelsrichtungen bis zum Horizont; im Westen konnte sie bis über die Westgate Bridge hinaus sehen, im Osten bis zu den Dandenong-Bergen, und im Süden erblickte man die weite Fläche von Port Phillip. Es war weit entfernt von den bescheidenen Anfängen der Familie, aber es war unmöglich geworden, im Château zu wohnen, und nach einiger Zeit hatte sie sich daran gewöhnt, ja, sie hatte sogar gelernt, es zu mögen.

»Hast du gehört, was ich gesagt habe, Cordelia?« Jane war beharrlich.

»Du brauchst nicht zu schreien. Ich bin ja nicht taub«, gab Cordelia zurück.

Sie wandte den Blick vom Fenster zu der makellos gepflegten Frau, mit der sie seit zwei Jahrzehnten das Apartment teilte. Jane war fast fünfundsiebzig, aber an guten Tagen und im richtigen Licht sah sie um Jahre jünger aus. Mit Hilfe ihres Reichtums hielt sie das Alter in Schach, und ein strenges Programm aus Gymnastik und Diät sorgte dafür, dass sie eine Figur behielt, die Frauen mit Neid und Männer mit Bewunderung erfüllte.

Kein Wunder, dass mein Mann sich in sie verliebt hat, dachte Cordelia ohne Bosheit. Unsere Beziehung ist schon merkwürdig, musste sie einräumen. Wer hätte geglaubt, dass wir beide noch Sympathie füreinander empfinden könnten – nach allem, was wir durchgemacht haben? Wir sind so verschieden, Jane und ich. Sie ist der Champagner, und ich bin der *vin ordinaire*. Und doch gibt es da immer ein Band, das uns beide verbindet.

»Du hast über das Für und Wider meiner Entscheidung gut predigen, Jane«, sagte sie fest. »Du hast nie verstanden, was diese Beteiligungen bedeuten, und du hast dir auch nie die Mühe gemacht, die Geschichte kennen zu lernen, die dahinter steht.«

Jane hob die eleganten Schultern und strich die Revers ihrer Designerjacke glatt. »Du hast es immer vorgezogen, in der Vergangenheit zu leben, Cordelia«, sagte sie abschätzig. »Ich begreife wirklich nicht, weshalb du so störrisch bleibst. Wieso lässt du die Firma nicht los, nachdem Jock nun endlich fort ist? Lass sie das verdammte Unternehmen verkaufen; sollen sich die andern zur Abwechslung um die Knochen balgen. Du bist eine reiche Frau, Cordy. Die Zukunft liegt bei deinen Kindern und bei der nächsten Generation. Lass sie entscheiden, was das Beste ist.«

»Ich bin vielleicht alt, aber noch nicht senil«, fauchte Cordelia. »Dass Jock tot ist, heißt noch lange nicht, dass ich unfähig bin, Entscheidungen zu treffen.«

Jane nahm eine goldene Puderdose aus der Handtasche, klappte sie auf und überprüfte ihr Aussehen mit kritischem Blick. Sie fuhr mit den Fingerspitzen über die chirurgisch gestraffte Haut an Kinn und Hals, strich über eine streng gezupfte Augenbraue und klappte die Dose zu. »Und was für eine Krise gibt es diesmal?«

»Nichts, womit ich nicht fertig werden könnte«, sagte Cordelia entschlossen.

Die hellblauen Kontaktlinsen ließen Janes Blick kalt erscheinen. »Immer musst du Geheimnisse haben, nicht wahr?«, sagte sie leise. »Wirst du mir je vertrauen?«

Cordelia seufzte. »Du weißt, dass es darum nicht geht, Jane, also lass uns nicht darüber streiten.« Sie sah, dass ihre Freundin ungeduldig die Stirn runzelte und die Lippen zu einem schmalen Strich zusammenpresste; sie wusste, dass sie Jane besänftigen musste, bevor die Sache außer Kontrolle geriet. »Bei dieser neuesten Krise geht es um Firmenangelegenheiten, und auch wenn ich absolutes Vertrauen zu dir habe, kann ich doch außerhalb des Vorstandszimmers nicht darüber sprechen.«

Jane erhob sich und strich den Leinenrock über den schlanken Hüften glatt. »Wie du meinst«, sagte sie schnippisch. »Ich gehe shopping.«

Cordelia wandte sich wieder zum Fenster. Shopping war Janes Antwort auf alles. Das entschiedene Klappern ihrer Blockabsätze auf dem Parkettboden sprach Bände. Der Knall, mit dem die Apartmenttür zuschlug, war das Ausrufungszeichen am Ende ihrer Auseinandersetzung.

Cordelia schloss seufzend die Augen. Die letzten paar Wochen waren auch so strapaziös genug gewesen, ohne dass Jane schwierig wurde; sie, Cordelia, war zu alt und zu müde, um sich ihr Leben noch einmal durcheinander bringen zu lassen. Vielleicht hatte die Freundin ja Recht, vielleicht sollte sie alles in andere Hände geben.

»Den Teufel hat sie«, knurrte Cordelia wütend.

Die Geschichte schien sich zu wiederholen, denn dies war nicht die erste Krise, die über das Unternehmen hereinbrach. Ihre Gedanken kehrten zu ihrem verstorbenen, unbeweinten Ehemann zurück. Der Tod mochte seinen Körper geholt haben, aber sein böser Geist war immer noch spürbar, und als sie jetzt an sein einst gut aussehendes, kraftvolles Gesicht dachte, erinnerte sie sich, wie anders doch alles gewesen war, als sie jung und verliebt gewesen waren und die Zukunft so verheißungsvoll ausgesehen hatte.

Sie erinnerte sich an jenen Sommermorgen, als wäre es gestern gewesen. Noch immer konnte sie die Wärme spüren und das lästige Gesumm der Fliegen hören und das Getriller der Lerchen. Es war ein schönes Gefühl gewesen, an einem solchen Tag zu leben. Die Kriegsjahre hatten die Männer auf das fremde Schlachtfeld von Gallipoli entführt, und die Frauen waren zurückgeblieben, um ihren Krieg gegen die machtvollen, unberechenbaren Elemente Südaustraliens zu führen, wo die Feinde Blattfäule, Parasiten, Dürre und Überschwemmung hießen. Aber an beiden Fronten waren die Kriege gewonnen worden, und trotz des schrecklichen Tributs, den sie gefordert hatten, würden Cordelias Vater und ihr Bruder auf ein blühendes Weingut zurückkehren. Denn die Rebstöcke, die die Frauen von Jacaranda in langen Jahren gehegt und gepflegt hatten, gediehen gut auf den Terrassen des Tals von Barossa.

Sie stand auf dem Kamm einer Anhöhe und schaute über den Flickenteppich der Landschaft hinweg, die sich wellig bis in weite Ferne erstreckte. Morgen würde die Lese beginnen, und obwohl sie darauf brannte anzufangen, war heute ein dringend benötigter Ruhetag vor dem Chaos der nächsten paar Wochen. Die Hitze flimmerte am Horizont, während die Sonne auf die reifenden Trauben brannte. Das Gras zu Cordelias Füßen war beinahe weiß gebleicht, und die einsamen Rufe der Raben in den nahen Bäumen waren eine düstere Erinnerung daran, wie schnell die empfindlichen Früchte verdorren und absterben konnten, wenn sie nicht genau im richtigen Moment gepflückt wurden.

Wie immer trug Cordelia keinen Hut. Ihr langes dunkles Haar wehte ungebändigt, und sie war barfuß. Das weiße Baumwollkleid war fleckig von zimtroter Erde, und zur großen Entrüstung ihrer Mutter waren Gesicht und Arme sonnengebräunt. Sie hob die Hände zum Himmel und streckte das Gesicht der Sonne entgegen; mit geschlossenen Augen atmete sie den Duft reifender Trauben und heißer Erde. Dies war der Lohn für die vielen Arbeitsstunden auf den Terrassen. Dies war ihr Land, ihr Erbe, und nichts und niemand würde es ihr wegnehmen.

»Persephone, die barfüßige Göttin der Fruchtbarkeit«, sagte eine Männerstimme gedehnt.

Sie fuhr herum, und die Glut in ihrem Gesicht hatte wenig mit der Sonne zu tun, als sie den Sprecher ansah. »Sie sollten lernen, dass man sich nicht so an Leute heranschleicht«, sagte sie aufgebracht.

»Sie sollten lernen, einen Hut zu tragen«, erwiderte er milde. »Hat Ihre Mutter Sie nicht vor den Gefahren eines Sonnenbrandes gewarnt?« Seine blauen Augen blitzten humorvoll, als er auf sie herabschaute.

Cordelia funkelte ihn an, aber sie war eher verlegen als wütend, denn es war ihr bewusst, wie lächerlich sie aussehen musste. »Es ist zu heiß für einen Hut«, erklärte sie entschieden. »Außerdem, was geht das Sie an?«

»Gar nichts. Aber es wäre doch eine Schande, so viel Schönheit zu verderben.« Beim Lächeln bekam er kleine Falten an den Augen und am Mund, und als er seinen Buschhut abnahm und sich am Kopf kratzte, konnte sie nicht umhin, zu bemerken, wie dicht und lockig sein braunes Haar war.

Sie raffte die abgestreiften Schuhe und den verhassten Hut vom Boden auf. Er hatte kein Recht, so frech zu sein, bloß weil er so gut aussah. »Sie halten sich unbefugt hier auf«, fauchte sie. »Dies ist Jacaranda-Land.«

Er setzte den Hut wieder auf und zog sich die Krempe tief in die Augen, aber seine Stiefel standen fest im silbrigen Gras. Er hakte die Daumen in die Taschen seiner Moleskins und schaute über die Felder bis zu dem holzverschalten Farmhaus, das weiß hinter den zarten Purpurblüten der Jacarandabäume leuchtete. »Das weiß ich«, sagte er sanft. »Ich dachte, ich sehe mir mal meine Nachbarin an.«

Die blauen Augen blickten sie an, und Cordelia verspürte ein seltsames Flattern in der Magengrube. »Nachbarin?«, stammelte sie.

Er nickte und streckte die Hand aus. »Joseph Witney«, sagte er. »Aber meine Freunde nennen mich Jock.«

Cordelias kleine Hand verschwand vollständig in seiner großen, rauen Pranke. Das also war der neue Eigentümer von Bundoran. Der Mann, der früher als die meisten mit einem zerschmetterten Knie aus Gallipoli zurückgekommen war und schon seit Wochen Stoff für den Klatsch der Gegend lieferte.

Sie schaute an dem karierten Hemd hinauf in sein Gesicht, entschlossen, ihn nicht merken zu lassen, dass seine Nähe und seine Berührung Wirkung auf sie hatten. »Sie klingen gar nicht wie ein Schotte«, stellte sie fest.

Er ließ ihre Hand los und lachte. »Die Familie meines Dads stammte aus Glasgow. Ich nehme an, der Name ist einfach hängen geblieben.« Er legte den Kopf schräg und ließ seinen Blick über sie wandern. »Sie müssen Cordelia sein«, erklärte er schließlich.

Sie schlang sich die Bänder ihres Hutes um die Finger. Es war nicht nur die Hitze, die ihr Unbehagen bereitete. »Woher wissen Sie das?«

Er beugte sich ihr entgegen, sodass ihre Gesichter sich auf gleicher Höhe befanden. »Von der schönen Cordelia hat hier jeder schon gehört«, sagte er leise. »Aber der Klatsch wird Ihnen nicht gerecht.«

Sie reckte das Kinn hoch und erwiderte seinen Blick, bemüht, würdevoll und gelassen auszusehen. War seine Schmeichelei ehrlich gemeint? Oder machte er sich über sie lustig? »Sie scheinen sich Ihrer selbst sehr sicher zu sein, Mr. Witney.«

Wieder lächelte er sein entwaffnendes Lächeln, als er sich aufrichtete. »Oh, das bin ich, Miss Cordelia. Ja, ich bin mir so sicher, dass ich wetten würde, wir sind vor der nächsten Pflanzsaison verheiratet.«

Cordelia lächelte grimmig, als ihre Gedanken in die Gegenwart zurückkehrten. Jock hatte immer bekommen, was er wollte.

Die Hochzeit hatte eine Woche nach jener Lese in der winzigen Kirche in Pearson's Creek stattgefunden, und es hatte nur fünf Jahre gedauert, bis sie diese Hast bereut hatte.

Der zarte Glockenklang der goldenen Kaminuhr, die Jock von einer seiner Reisen an die Loire mitgebracht hatte, erinnerte sie an die Zeit. Fast eine Stunde war über ihren Tagträumereien vergangen, aber mit den Erinnerungen war ihr eine Idee gekommen. Hatte sie die Lösung für die Probleme von Jacaranda Wines?

»Es wäre ein Glücksspiel«, murmelte sie. »Und wenn ich verliere …« Sie brachte es nicht über sich, ihre Befürchtungen laut auszusprechen, denn das wäre wie eine Einladung an sie, Wirklichkeit zu werden.

Die geflüsterte Antwort schien aus ihrem tiefsten Innern zu kommen. »Du hast doch schon früher gespielt und gewonnen. Warum willst du es nicht versuchen?«

Cordelia lächelte, denn in diesem stillen Augenblick der Besinnung war ihr klar, dass sie den Kampfgeist, der sie in den qualvollen Jahren bei Verstand gehalten hatte, immer noch besaß. Sie durfte nicht zulassen, dass Jock die Hand aus dem Grab streckte und alles zerstörte, was ihr teuer war. Morgen, wenn ihre Enkelin wieder in den Schoß der Familie zurückgekehrt wäre, würde Cordelia die erste Salve abfeuern, die erste in ihrem Kampf zur Rettung von Jacaranda Wines.

Sophies Aufregung hatte stetig zugenommen, als der Jumbo dröhnend über die endlose rote Wüste der Northern Territories hinweggezogen war. Unentwegt schaute sie aus dem Fenster und nahm den Anblick ihrer Heimat auf. Sie sehnte sich nach einem vertrauten Bild, denn ihre Jahre in Australien hatte sie überwiegend in Großstädten verbracht. Das Outback war eine einschüchternde Wildnis, die sie nur aus Büchern und Fotos kannte. Und doch, wie schön war es, als die aufgehende Sonne es jetzt lodern ließ und der Schatten des Flugzeugs über spärliche Eukalyptuswälder und glitzernde Billabongs hinwegjagte. Wie schade, dass sie keine Zeit haben würde, ihre Heimat zu erkunden und die Geheimnisse der endlosen, uralten Weiten zu erforschen; sie würde die Tage im Konferenzraum von Jacaranda Wines verbringen und in den Nächten über Verträgen und Zahlenkolonnen brüten.

Während das Flugzeug weiter nach Süden flog und die Landschaft ihre Schroffheit verlor, wanderten Sophies Gedanken zu ihrer Mutter. Es war unwahrscheinlich, dass sie sie vom Flughafen abholen würde, aber es waren schon merkwürdigere Dinge geschehen, und vielleicht hatte sie sich ja geändert.

Sophie verzog sarkastisch den Mund. Ebenso gut konnte man darauf hoffen, in der Hölle einen Schneeball zu finden. Nach der Scheidung von Cris hatte Mary Gordon es nicht erwarten können, Sophie darauf hinzuweisen, dass sie beim Spiel der Liebe schon wieder verloren hatte. Mary hatte es bei einem ihrer seltenen Besuche in London auf ihre unübertrefflich subtile Art getan, getarnt mit einem starren, falschen Lächeln, aber ihre Grausamkeit war nichts Neues, und auch wenn es schmerzhaft gewesen war, hatte Sophie es mit dem Gedanken fortwischen können, dass es ihrer Mutter auch nicht allzu gut ergangen war. Nicht bei drei Ehescheidungen und einer ganzen Reihe von Liebhabern.

Mary Gordon, die zierliche, schlanke Dame aus der großen Gesellschaft, hatte vom ersten Tag an keinen Zweifel daran gelassen, dass ihre hoch aufgeschossene Tochter mit dem wilden Haarschopf sie mit Entsetzen erfüllte, und sie hatte ihr Bestes getan, um die kleine Sophie auf die Unterschiede zwischen ihnen hinzuweisen, sodass sie sich desto ungelenker und plumper vorgekommen war. Die feinen Nuancen in ihrem Tonfall, mit denen sie Sophies Unzulänglichkeiten im Kreise ihrer Freundinnen erörtert hatte, die unverblümten Hinweise auf eine vielleicht hilfreiche Diät in jenen schrecklichen Jahren des Babyspecks im Teenager-Alter – alles das hatte die Wirkung steter Wassertropfen auf einem Stein, und wenn Sophie sich in ihrem Beruf jetzt auch sehr sicher fühlte, so waren ihr Privatleben und ihre Selbstachtung doch ein Scherbenhaufen.

Wieso kann es mir nicht einfach egal sein, was sie denkt?, fragte Sophie sich, während das Flugzeug landete und auf den Terminal zurollte. Es ist doch offensichtlich, dass sie gar nicht wissen will, was in meinem Leben passiert. Es ist doch offensichtlich, dass zwischen uns nie etwas bestehen wird, sosehr ich mich auch bemühe.

Unwillig über diese Gedanken, griff sie nach ihrem Handgepäck und schickte sich an, zum ersten Mal seit zehn Jahren australischen Boden zu betreten. Dieses Ereignis sollte ich mir von meiner Mutter nicht verderben lassen, sagte sie sich. Erwarte nichts – und wenn dann nichts geschieht, bist du auch nicht enttäuscht.

Zwei Stunden später drängte sie sich durch die Tür eines neuen Hochhausgebäudes mit Blick auf Melbournes Königlichen Botanischen Garten und das tanningefärbte Wasser des Yarra Yarra. Als sie den klimatisierten Glasaufzug betrat, der an der Außenwand des Gebäudes hinauffuhr, zog sie die Klammern aus ihrem schwarzen Haar, schüttelte es los und lehnte sich an die kühle Wand. Niemand hatte sie am Flughafen begrüßt, aber Gran hatte doch wenigstens die Limousine geschickt, die sie hierher zum Apartmentkomplex der Firma gebracht hatte.

Trotz der Zwischenstopps war ihr der Flug ziemlich lang geworden, und sie freute sich darauf, die Füße hochzulegen, ein Glas Wein zu trinken und eine Zigarette zu rauchen, bevor sie sich für ein paar Stunden aufs Ohr legte. Den Rest des Tages würde sie dann damit verbringen, den Berg von Papieren durchzusehen, die sie mitgebracht hatte. Die Vorstandssitzung morgen sollte möglichst reibungslos verlaufen.

Der Lift fuhr mit hohem Tempo zum fünfzehnten Stockwerk hinauf; das saftige Grün des botanischen Gartens unter ihr reichte bis zur Riverside City. Nichts Wesentliches hatte sich verändert, und auch die neuen Ergänzungen der Skyline schienen mit dem Alten zu verschmelzen und seine Schönheit nur zu vergrößern. Der Glockenturm an der Flinders Street Station schimmerte in mattem Ockergelb im Licht der frühen Morgensonne, und die gläsernen Wolkenkratzer ringsherum standen wie gemeißelte Stalagmiten zwischen den robusten Terracottamauern der älteren Gebäude. Die Türme der beiden Kathedralen deuteten wie zierliche Finger aus dem Wald des modernen Melbourne in den Himmel, und auf der anmutigen weißen Brücke, die die beiden Teile der Stadt miteinander verband, herrschte bereits ein reger Pendlerverkehr. Die langen, schlanken Touristenboote lagen noch an den Anlegestellen, Möwen kreisten über der Esplanade vor den kosmopolitischen Restaurants und Bars des Südufers und balgten sich um Abfälle. Schwarze Schwäne glitten anmutig durch die schwindenden Schatten der Weiden. Es war ein Sommermorgen in einer Stadt, die selten schlief.

Das Rattern und Scheppern der Straßenbahnen konnte Sophie hier oben nicht hören, und auch nicht die Geräusche der Stadt, die sich auf einen neuen, geschäftigen Tag vorbereitete. Nur das ausdruckslose Gesäusel der Musik aus den Lautsprechern in der Aufzugdecke und das leise Summen der Klimaanlage war zu vernehmen. Sophie rückte den schweren Aktenkoffer vor der Brust in eine bequemere Lage, und obwohl sie wusste, wie viel Arbeit noch vor ihr lag, spürte sie, dass der Stress der langen Reise von ihr abfiel. Sie war endlich wieder zu Hause.

ZWEI

Cordelia war seit dem Morgengrauen wach, obwohl es am Abend zuvor beim Essen mit Sophie spät geworden war. Sie hatten eine Menge nachzuholen gehabt, auch wenn sie im Laufe der Jahre viel telefoniert und sich häufig geschrieben hatten. Nur die Erschöpfung hatte sie schließlich in ihr Bett getrieben. Aber dann hatte sie schlaflos dagelegen, und ihre Gedanken und Pläne für die Zukunft hatten sie nicht zur Ruhe kommen lassen, während die Stunden mit dem Ticken der Uhr verstrichen waren. Und jetzt kam sie zu spät.

Sie beobachtete, wie die Zahlen vorüberhuschten, als der Lift abwärts fuhr. Mit einem fast unmerklichen Ruck kam er zum Stehen. Sie holte tief Luft, betrachtete sich in den spiegelblanken Edelstahlwänden und packte ihre Gehstöcke. »Vorhang auf«, brummte sie, als die Tür langsam aufglitt.

»Wo warst du denn, Mutter? Seit einer halben Stunde rufen wir im Penthouse an! Ich habe mir schon Sorgen gemacht.«

Cordelia trat aus dem Lift und musterte die hagere Frau mit dem scharf geschnittenen Gesicht vor ihr. Schon vor langer Zeit war ihr klar geworden, dass sie ihre jüngste Tochter nicht besonders gut leiden konnte, und was sie heute Morgen sah, bestärkte sie in dieser Auffassung. Die teure Kleidung, die Mary trug, hätte besser zu einer Frau gepasst, die halb so alt war wie Mary mit ihren neunundvierzig Jahren. Ihr Make-up war dick, ihr Schmuck echt, aber übertrieben, die Fingernägel zu lang und zu rot, die

Absätze zu hoch. »Schön zu wissen, dass du dich um mich kümmerst, Mary«, sagte sie trocken.

Marys Fingernägel harkten durch das Sortiment von Goldketten an ihrem Hals, und ihre blauen Augen waren spröde vor Zorn. »Sarkasmus zu dieser frühen Stunde? Du hast offenbar schon die Klauen gewetzt.«

Cordelia schüttelte die kalte, etwas feuchte Hand von ihrer Schulter. »Ich kann allein gehen, vielen Dank.«

Mit einem ungehaltenen Seufzer marschierte ihre Tochter durch den Korridor zum Sitzungsraum. Mit grimmigem Lächeln sah Cordelia, wie die allzu schmalen Hüften unter dem engen schwarzen Rock hin und her wippten, um auf den hohen Absätzen das Gleichgewicht zu halten. Arme Mary, dachte sie. Ich mag sie vielleicht nicht, aber sie tut mir leid. Sie hat drei Ehen hinter sich und allzu viel Zeit und Geld zur Verfügung, und deshalb verwandelt sie sich zusehends in ein Klischee. Der neueste in der langen Reihe ihrer Liebhaber war angeblich um mindestens zwanzig Jahre zu jung für sie; Mary drohte sich wieder einmal komplett lächerlich zu machen.

Das Sitzungszimmer war sparsam möbliert, wirkte jedoch hell dank cremefarbener Wände und Vasen mit frischen Blumen. Porträts der Gründer von Jacaranda Wines hingen nebeneinander an der einen Wand, und riesige Panoramafenster füllten die andere aus. Mitten im Zimmer stand ein Tisch aus Huon-Kiefer; das Holz war mit dem Schiff aus Tasmanien gekommen und leuchtete im Glanz der Politur vieler Jahre. Zwölf Stühle standen um ihn herum, und nur einer war noch frei.

»Endlich, Cordelia. Wir warten schon fast eine Stunde.«

Ihr Blick ging von ihrem Bruder Edward zum Porträt von Jock, und sie hätte schwören können, dass der sie wütend anfunkelte. Sie wandte sich ab, bevor er ihre Entschlossenheit ins Wanken bringen konnte, küsste ihre beiden anderen Töchter, umarmte Sophie und nahm ihren Platz am Tisch ein. »Das Alter hat seine Vorteile, Edward«, sagte sie zu ihrem jüngeren Bruder. »Meine Zeit ist kostbar, und deshalb tue ich damit, was ich will.«

Er räusperte sich und sah sie liebevoll an. »Ganz recht, Cordelia, Zeit ist von entscheidender Bedeutung, und wir müssen weiterkommen.« Er lehnte sich in seinem Ledersessel zurück, legte die Hände mit den Fingerspitzen aneinander und hob sie unters Kinn. Seine Augen waren in achtzig Jahren nicht verblasst; noch immer leuchteten sie erstaunlich blau unter dem dichten weißen Haar, und die hohen Wangenknochen, das feste Kinn und der sinnliche Mund ließen noch immer das Gesicht eines gut aussehenden jungen Mannes erahnen. Cordelia fühlte sich jäh an ihren ältesten Bruder erinnert, der seit langem in der Familiengruft ruhte. Er war so jung gewesen, als er aus Gallipoli zurückgekehrt war, aber die Kraft der Jugend war kein Schutz vor den Verwundungen gewesen, die er dort davongetragen hatte, und nach wenigen Monaten war er verstorben.

Edward räusperte sich noch einmal und holte Cordelia damit in die Gegenwart zurück.

»Als Vorsitzender von Jacaranda Wines habe ich diese außerordentliche Vorstandssitzung einberufen, um einen Konsens über die Zukunft unseres Unternehmens zu erreichen.«

Cordelia hängte ihre Gehstöcke über die Armlehnen ihres Sessels und lehnte sich zurück, um ihre Familie zu betrachten, während Edward gleichförmig weiterredete. Es würde ein Feuerwerk geben; es gab immer eins, aber es würde doch auch interessant sein, zu sehen, wie sie alle zu diesem höchst wichtigen Thema standen. Es schauderte sie plötzlich, als wäre Jock ins Zimmer gekommen, um das Ergebnis seiner lebenslangen Manipulationen in Augenschein zu nehmen, aber sie schob den Gedanken an ihn entschlossen beiseite. Sein Einfluss war vielleicht noch spürbar, aber er hatte nicht mehr die gleiche Macht wie früher. Die Zukunft von Jacaranda lag jetzt wieder in den Händen der Familie.

Sie und ihr Bruder Edward hatten fünf Kinder – obgleich es lächerlich war, diesen Nachwuchs noch als »Kinder« zu bezeichnen. Sie waren inzwischen allesamt in mittlerem Alter. Cordelia seufzte. Auch sie wurden alt, zu alt für die Verantwortung, die Jocks Tod ihnen aufgebürdet hatte, und nicht alle Enkel eigneten sich dazu, das Weingut ins nächste Jahrtausend zu führen. Sie musste zugeben, dass das Familienunternehmen für einige von ihnen inzwischen tatsächlich eher ein Mittel zum Zweck als eine lebendige Dynastie war, die durch die Generationen weitergeführt werden musste, und Cordelia war beinahe froh, dass sie nicht mehr erleben würde, was die Zukunft für sie alle bereithielt.

Cordelia und Edward besaßen gleich große Anteile am Unternehmen, und so hatten sie nach Jocks Tod über die Firmenleitung geeignet. Cordelia hatte verzichtet; sie vertraute auf die Urteilskraft ihres Bruders, und sie wusste, dass er von der Welt der Hochfinanz leichter akzeptiert werden würde als sie. In jüngeren Jahren hätte sie die Verantwortung vielleicht übernommen, aber so begnügte sie sich damit, ihren Einfluss hinter den Kulissen geltend zu machen. Die Emanzipation der Frauen war ihr nur bis zu einem gewissen Maß erträglich; für ihren persönlichen Geschmack ging das alles viel zu weit.

Aber als sie Edward über den langen Tisch hinweg betrachtete, wurde ihr klar, dass sie beide nicht mehr allzu lange da sein würden, und auch wenn Edward das Alltagsgeschäft der Unternehmensleitung inzwischen an seinen Sohn Charles abgetreten hatte, würde die Frage eines Nachfolgers doch in absehbarer Zeit zur Sprache kommen müssen. Die Reben starben langsam ab, dachte sie, und wenn wir nicht bald ein Heilmittel finden, können wir das Ganze auch gleich den Franzosen überlassen.

Sie verspürte, dass die vertraute Ungeduld in ihr aufkam, als ihre Gedanken so umherschweiften. Der Kampf hatte noch gar nicht begonnen, und sie warf schon das Handtuch. Sie beäugte die Familie ihres Bruders, die links neben ihm aufgereiht saß.

Da war Charles, sein ältester Sohn, dick, aufgeblasen und mit einer Neigung, sich dozierend über jedes erdenkliche Thema zu verbreiten, ob er davon etwas verstand oder nicht. Er war ein altkluges Kind gewesen und gefräßig außerdem. Was – seiner Figur nach zu urteilen – wohl noch immer zutrifft, dachte Cordelia bissig. Und doch, hinter dieser aufreizenden Fassade verbarg sich ein scharfer Verstand mit einem enzyklopädischen Wissen, wenn es um das Weingeschäft ging, und Jock hatte dieses Wissen vorbehaltlos ausgenutzt, indem er ihn geradewegs in die Schusslinie geschoben hatte, wenn etwas schief ging.

Neben Charles saß sein Bruder Philip, fünf Jahre jünger als er und von weibischem Auftreten, das sich immer stärker ausprägte, seit es politisch korrekt war, homosexuell zu sein. Die beiden hatten sich schon als Jungen nie besonders nah gestanden. Cordelia verstand zwar nicht, wieso Philip war, wie er war, aber sie wusste, was es ihn gekostet hatte, seine sexuellen Neigungen einzugestehen, und bewunderte ihn für seinen Mut. Sein Vater Edward hätte ihn um ein Haar enterbt. Charles begegnete ihm, zurückhaltend gesagt, mit höhnischer Verachtung, und Jock hatte ihn schamlos erpresst, um ihn an die Firma zu binden.

Ihre eigenen drei Töchter waren ausnahmsweise alle anwesend. Mary saß so dicht am Kopfende des Tisches, wie es ging, ohne im Sessel des *Chief Executive* zu sitzen. Es war nicht ihre Art, sich ans untere Ende des Tisches verbannen zu lassen, auch wenn sie die Jüngste war.

Dann kam Kate, die liebe, scharfzüngige Kate, die es gewohnt war, die Dinge beim Namen zu nennen, ohne dass es sie interessierte, was die Leute von ihr dachten. Sie sah vielleicht nicht so gut aus wie ihre Schwester Daisy, aber ein wacher Verstand und eine scharfe Intelligenz waren mehr als ein Ausgleich dafür. Zwei ihrer Ehemänner waren gestorben und hatten sie sehr reich zurückgelassen, und der dritte hatte sich mit ihrer besten Freundin aus dem Staub gemacht und einen guten Teil ihres Vermögens mitgenommen. Aber der größte Verlust war ihr Sohn Harry gewesen; ein Unfall beim Football hatte ihn das Leben gekostet, als er noch ein Teenager gewesen war.

Cordelia wusste, dass ihre älteste Tochter schrecklich darunter gelitten hatte. Aber trotz solcher Rückschläge hatte Kate sich zusammengerissen; sie hatte sich erfolgreich als Spendensammlerin betätigt und saß jetzt im Vorstand mehrerer angesehener Hilfsorganisationen. Jock hatte sie bis zu seinem Tod nicht unterwerfen können, und dafür bewunderte Cordelia sie.

Daisy war die Schöne in der Familie – oder zumindest gewesen. Die mittleren Jahre sind ein grausames Alter, dachte Cordelia betrübt. Sie machen uns alle zum Narren, aber für Daisy muss es noch schwerer gewesen sein, das Aussehen und das Selbstbewusstsein zu verlieren, das sie einmal wie ein Geburtsrecht für sich in Anspruch genommen hatte. Kein Wunder, dass sie meistens ziemlich verwirrt wirkte.

Und last, but not least, waren da die Enkel. Mit müdem Gesicht und dunklen Augenringen saß Marys Tochter Sophie am Tisch, Cordelias Liebling und mittlerweile ihr einziges Enkelkind. Und da waren Charles' Zwillinge, James und Michael, immer noch unzertrennlich, immer noch unverheiratet.

Cordelia seufzte, als sie den Blick in die Runde gehen ließ. Nicht viel vorzuweisen nach sechs Generationen in diesem wunderbaren Land. Aber vielleicht würde es ja genügen.

»Die Zukunft von Jacaranda Wines sitzt hier an diesem Tisch, Edward. Ich weiß nicht, was es da zu diskutieren gibt.« Sie übertönte das Dutzend murmelnder Stimmen.

»Die Zukunft ist nicht immer so wohlgeordnet, Cordy.« Seine tiefe, grollende Stimme erinnerte sie sehr an ihren Vater. »Die Franzosen haben erneut ein spektakuläres Angebot vorgelegt.«

»Jacaranda ist ein *australisches* Weingut«, fauchte sie. »Die Franzosen sollen sich auf ihre eigenen beschränken. Nicht einmal Jock gefiel der Gedanke, dass sie hier mal was zu sagen haben könnten.«

»Dad gefiel der Gedanke nicht, dass *irgendjemand* hier etwas zu sagen haben könnte. Lass uns doch wenigstens anhören, was Onkel Edward zu sagen hat.« Marys Stimme klang schrill vor Ungeduld. Ihre blauen Augen blickten kalt.

»Es ist egal, was Edward zu sagen hat, Mary«, antwortete Cordelia fest. »Er wird mich nicht umstimmen.« Sie schaute in die Runde und sah, dass sie einige Unterstützung genoss. Aber sie bemerkte auch Widerspruch. Jock hatte im Laufe der Jahre viel Schaden angerichtet. Es würde schwierig werden, sie umzustimmen und ihnen Begeisterung einzuflößen. »Aber wenn ihr alle den Vormittag verschwenden möchtet – von mir aus.«

Edward räusperte sich. »Lazare hat uns ein Angebot von zweihundertfünfzig Millionen Dollar gemacht.« Er schwieg kurz, während ringsum nach Luft geschnappt wurde. »Dieses Angebot umfasst das Weingut selbst, das Château und die Abfüllanlagen wie auch den Großhandelsvertrieb.«

»Das passt zu den Franzosen«, brummte Cordelia. »Die waren immer schon habgierig.«

»Wenn sie so viel bezahlen wollen – warum denn nicht?«, fragte Mary. »Ich bin dafür, dass wir annehmen.«

»Ich auch«, sekundierte Philip. »Denkt doch bloß, was wir mit all dem schönen Geld anfangen könnten.«

Cordelia musterte Edwards dandyhaften Sohn. Sein glattes blondes Haar war kostspielig gesträhnt und seine Designerkleidung wie immer makellos.

»Du bringst dich mit dem Geld, das du hast, schon oft genug in Schwierigkeiten«, sagte sie trocken. »Jacaranda als stolzen australischen Besitz in den Händen der Familie zu erhalten, das ist sehr viel wichtiger als ein feines Leben, und da du nicht allzu viel mit dem Alltagsgeschäft der Firma zu tun hast, schlage ich vor, dass du still bist und die zuständigen Leute sprechen lässt.«

»Ich habe das, was Jock mir vermacht hat«, entgegnete er sanft. »Das gibt mir das Recht, meine Meinung zu sagen.«

Cordelia wusste, dass er Recht hatte. Dies war nicht der Augenblick für einen Streit, und so wandte sie sich an die Zwillinge. »Was habt ihr zu diesem Angebot zu sagen?«

Die beiden Männer saßen nebeneinander; ihre von der Sonne gegerbten Gesichter waren zerfurcht von jahrelanger Plackerei in den Weinbergen; trotz ihres Reichtums und ihrer Stellung waren sie bodenständige Menschen, die von allem andern nicht viel verstanden. Ihr einziges Zugeständnis an diesen aufgezwungenen Besuch in Melbourne hatte darin bestanden, dass sie sich makellos saubere Moleskins und karierte Hemden angezogen hatten. Ihre zerbeulten, schweißfleckigen Akubra-Hüte lagen auf der Tischplatte; die abgetragenen Stiefel waren unter dem Tisch verborgen.

James, der immer als Sprecher der beiden auftrat, warf einen Seitenblick auf seinen Zwillingsbruder und räusperte sich. »Schätze, uns gefällt's, wie es ist«, sagte er gedehnt. »Jacaranda Wines ist lange genug gelaufen, ohne dass die Franzosen sich eingemischt haben, und ich und Mike sehen nicht ein, wieso das nicht so bleiben soll. Die Firmenanteile, die Jock uns hinterlassen hat, ändern nichts an unserer Meinung.« Er verstummte und schaute auf seine schwieligen Hände.

»Es ist schrecklich viel Geld, Mum«, sagte Kate und blickte zu ihrer Schwester Mary hinüber. »Ich weiß, dass Mary nicht als Einzige findet, wir sollten verkaufen. Wir haben eigentlich alle genug von Dad und seiner verdammten Firma. Verkaufen und davonspazieren, das scheint mir eine verdammt gute Idee zu sein. Aber ich schlage vor, wir überlegen uns auch mal, was es für uns alle bedeutet, wenn wir es nicht tun.« Sie ließ den Blick um den Tisch herumwandern. »Dies könnte die Chance sein, Jacaranda in die Zukunft zu führen, die wir uns alle wünschen. In eine Zukunft, in der wir uns nicht mehr umschauen und darauf warten müssen, dass Dad wieder zuschlägt. Wir haben zu lange und zu schwer gearbeitet, um jetzt alles auseinander fallen zu lassen. Ich bin dafür, dass wir es bestehen lassen, wie es ist, zumindest bis wir selbst einmal einen Versuch gemacht haben.« Sie wandte sich ihrer Schwester Daisy zu. »Was meinst du?«

Daisy schien in Gedanken woanders gewesen zu sein; sie klapperte hinter der stahlgerahmten Brille mit den Lidern, als erwache sie aus einem Tagtraum. »Ich kann mir nicht erklären, weshalb Dad mir diesen Anteil an der Firma vererbt hat. Früher hat er mir nie erlaubt, mich damit zu beschäftigen, und jetzt ist es eigentlich ein bisschen spät«, sagte sie atemlos.

»Dad hat seine fünfzig Prozent unter uns aufgeteilt, um Ärger zu machen«, erklärte Kate bissig. »Er wusste genau, was er tat, und ich hätte nichts dagegen, zu wetten, dass er uns jetzt zusieht und das Spektakel genießt, wenn wir uns gegenseitig an die Gurgel gehen.«

Daisy schauderte es. »So solltest du nicht über den Verstorbenen reden, Kate.«

»Es ist nichts, was ich ihm nicht auch ins Gesicht gesagt hätte«, gab Kate zurück. »Er war ein Mistkerl, als er noch lebte, und Sterben war noch das Anständigste, was er jemals getan hat.«

»Das ist alles höchst spannend, ihr Lieben, aber könnten wir bitte weitermachen? Ich habe eine ziemlich wichtige Besprechung in meinem Club.« Philip in seinem wunderschön geschnittenen italienischen Anzug und dem Seidenhemd hatte sich träge und völlig entspannt in seinem Sessel zurückgelehnt.

»Gott verhüte, dass du einen Haufen alter Tunten warten lässt, während wir hier etwas wirklich Wichtiges erörtern«, fauchte Mary ihn an.

Philip musterte seine Cousine mit boshaftem Blick. »Du musst es ja wissen, Schätzchen. In deinem Outfit siehst du allmählich aufgedonnerter aus als der gesamte Denver-Clan.«

Mary wollte etwas erwidern, aber Edward fiel ihr ins Wort. »Ich glaube, das reicht«, grollte er, schob seinen Sessel zurück und stand auf. Unter dem Porträt seines Vaters blieb er stehen. »Diese Besprechung wurde einberufen, damit wir über das französische Angebot sowie über unsere Alternativen beraten können, nicht, damit wir uns hier streiten«, erklärte er streng.

»Warum nicht? Das können wir doch am besten«, erwiderte Mary schnippisch.

»Ruhe jetzt. Alle.«

Stille senkte sich wie ein Vorschlaghammer über den Tisch, und alle drehten sich verblüfft zu Sophie um. Es war, als hätten sie vergessen, dass sie hier war. Vergessen, dass sie eine wichtige Mitspielerin war und kein College-Kid mehr.

»Du liebe Güte! Da ist aber jemand heute Morgen mit dem falschen Bein zuerst aufgestanden.« Mary legte den Kopf schräg, und ihre Augen blickten bohrend aus dem schmalen Gesicht. »Uns fehlt wohl der Mann im Haus, wie?«

Cordelia sah das zornige Aufblitzen im Blick des Mädchens und nahm beifällig zur Kenntnis, dass Sophie nichts darauf erwiderte. »Wenn du nichts Konstruktiveres zu sagen hast, Mary, dann schlage ich vor, dass du den Schnabel hältst«, fuhr sie ihre Tochter an und verschränkte die Hände vor sich auf dem Tisch. »Ich weiß wohl, dass ein Verkauf eine vorzügliche Gelegenheit für uns alle wäre, uns an Jock für all die Jahre zu rächen, in denen er uns schikaniert und erpresst hat. Es wäre auch eine Gelegenheit, an mehr Geld zu kommen, als irgendeiner von uns es sich je hätte träumen lassen – aber welchen irdischen Nutzen sollte das für uns haben? Wir sind doch schon reich, unabhängig vom Weingut. Wir besitzen Zigtausend Hektar erstklassiges Land und Immobilien in fast allen großen australischen Städten. Unsere Reederei boomt, und die Frachtunternehmen auf Straße und Schiene sind jetzt in einer Phase des Wachstums und der Expansion. Die neuen Einzelhandelsgeschäfte, die Bottle Shops, blühen auf, seit wir sie von Ozzie's übernommen haben, und die geplante Ausweitung unserer Supermarktkette ist beinahe abgeschlossen.«

»Wir müssen vorankommen, Gran«, mahnte Sophie.

Cordelias Puls begann zu jagen. Damit hatte sie nun nicht gerechnet. »Aber ich dachte, du verstehst, was Jacaranda Wines für diese Familie bedeutet, Sophie?«

Der dunkelhaarige Kopf nickte. »Ich verstehe, was das Unternehmen bedeutet hat, Gran. Aber nachdem Jock uns verlassen hat, liegen die Dinge anders. Die Zeiten ändern sich.«

»Und wir haben uns mit ihnen geändert«, antwortete ihre Großmutter entschlossen.

Sophies dunkle Augen schauten sie unbeirrt an. »Nicht genug. Der Weltmarkt ist ein raues Pflaster, Gran. Die Franzosen unterbieten uns, und da der größte Teil unserer Weinproduktion auf ausländische Märkte ausgerichtet ist, leidet unser Inlandsgeschäft.«

»Die Franzosen unterbieten uns, weil sie mit der Qualität unserer Weine nicht konkurrieren können.« Cordelia blieb störrisch. »Und unser Champagner ist genauso gut wie ihr hochpreisiger Schaumwein.«

»Die Franzosen sind nicht unsere einzige Konkurrenz, Tante Cordelia«, unterbrach Charles. Er hakte die Daumen in die Westentasche. »Südamerika, Südafrika, Jugoslawien, Rumänien … sogar die Engländer brechen jetzt in den Markt ein.«

Cordelia zog eine Grimasse. »Mit miesem Zeug. Gerade gut genug für billige Bars.«

»Durchaus nicht.« Er winkte ab. »Unter jungen Leuten gibt es einen wachsenden Markt für preiswerte junge Weine, und den haben wir noch nicht in den Griff bekommen, obwohl wir Ozzie's Bottle Shops übernommen haben.«

»Dann muss man was unternehmen, und zwar schleunigst. Warum ist bei der letzten Vorstandssitzung nicht darüber gesprochen worden?«

»Meine liebe Tante Cordelia«, sagte er mit herablassendem Lächeln, »man kann nicht alles an einem Nachmittag besprechen, zumal wenn so viel auf dem Spiel steht.«

»Wir kommen hier vom Thema ab«, sagte Sophie. »Ich glaube, uns bleibt wohl nichts anderes übrig, als zu verkaufen. Onkel Charles kann es besser erklären als ich, und ich glaube, ihr solltet euch alle sehr aufmerksam anhören, was er zu sagen hat.«

»Ganz recht, meine Liebe.« Er nickte und blähte die Brust wie eine Kropftaube. »Cordelia hat den Eindruck, dass mit Jacaranda Wines alles in Ordnung ist. Ich muss leider sagen, dass dies nicht der Fall ist.«

Überraschtes Gemurmel kam auf, und er wartete, bis es abgeklungen war, bevor er weiterredete. »Die Auswirkungen von Jocks Geschäftspraktiken offenbaren sich erst jetzt in ihrem ganzen Ausmaß. In den letzten paar Jahren sah alles ganz gut aus, aber hinter dem Erfolg versteckt sich haufenweise Ärger.«

Jetzt hatte er ihre ganze Aufmerksamkeit.

»Die Übernahme von Ozzie's, die Ausbau- und Modernisierungsmaßnahmen in der Weinproduktion und das Geld, das in die Expansion unserer Supermarktkette und den Großhandelsvertrieb gepumpt worden ist, hat die Gewinne der letzten beiden Jahre komplett aufgezehrt. Der Überseehandel des Unternehmens boomt, aber er bringt nicht genug ein, um alle unsere Aufwendungen auszugleichen. Der australische Dollar hat seit den Krisen in Indonesien und Japan auf dem Weltmarkt heftig Prügel bezogen, und unsere Exporte behaupten sich mit knapper Not.«

Er hielt die Hand hoch, um die lauten Proteste gegen diese Zusammenfassung zum Schweigen zu bringen. »Wir haben massiv investiert, aber mit dem Inlandsmarkt ist es bergab gegangen, und unsere Konkurrenz wittert die Probleme. Es gibt noch etliche andere Weinerzeuger, an denen die Franzosen interessiert sind, und wenn diese kleineren Unternehmen sich unter dem Dach von Lazare vereinen, dann werden wir ohne einen weiteren massiven Kapitalzuschuss kaum konkurrieren können.«

»Blödsinn!«, rief Cordelia. »Wenn wir in so großer Finanznot sind, wieso ist mein Monatseinkommen dann nicht gekürzt worden?«

Charles schaute sie unter buschigen Augenbrauen hervor an. »Deine anderen Investitionen haben dich bisher über Wasser gehalten, aber wenn du darauf beharrst, deine wahre Lage zu ignorieren, dann werden deine Einkünfte schon schrumpfen.« Das allgemeine Gemurmel schwoll an, und alle redeten auf einmal. Wieder hob er Schweigen gebietend die Hand, und als es schließlich ruhig geworden war, fuhr er mit seinem Schreckenskatalog fort.

»Jock hat dieses Unternehmen fast siebzig Jahre lang geführt. Ihr braucht mir nicht zu erzählen, was für ein Mistkerl er war. Anfangs haben wir in ihm einen Erlöser gesehen, aber in seinen letzten paar Jahren war er anscheinend entschlossen, uns überhaupt nichts zu vererben. In seinem Testament hat er den Mitgliedern der Familie Anteile an der Firma hinterlassen und einigen ein Stimmrecht gegeben, das sie nie zuvor gehabt haben. Aber dieses Stimmrecht wird wertlos sein, wenn wir noch viel länger trödeln und die Wahrheit ignorieren. Wir alle führen ein Luxusleben, wie Cordelia uns in Erinnerung gerufen hat, und das ist ein Teil des Problems. Das Unternehmen muss uns zehn mitsamt Angehörigen versorgen und zugleich die Mittel für die Modernisierung und Erweiterung der Betriebe erwirtschaften. Angesichts von Ehescheidungen, Entziehungskuren, Privatflugzeugen und des hohen Lebensstandards schwindet das Geld rasch. Wenn wir nicht sehr bald etwas unternehmen, werden wir alle den Bach runtergehen.«

Scharfer, zorniger Protest erhob sich, aber es war sofort wieder still, als er weitersprach. »Wenn wir uns nicht dazu entscheiden, Jacaranda Wines oder wenigstens einen Teil des Unternehmens zu verkaufen, werden wir Kapital für Zukunftsinvestitionen brauchen. Wir haben zwei Alternativen. Die eine besteht darin, das Unternehmen an die Börse zu bringen …«

»Niemals«, unterbrach Cordelia. »Dies ist ein Familienunternehmen. Da werden eben alle den Gürtel enger schnallen müssen. Wir können die Supermärkte oder die Bottle Shops verkaufen, wir können uns sogar überlegen, ob wir nicht ein paar Immobilien abstoßen. Wir waren schon öfter in Schwierigkeiten. Wir werden sie überwinden.«

Charles holte tief Luft und presste die Lippen zusammen, als beherrsche er sich nur mühsam und müsse seine Antwort mäßigen. »Nein, das werden wir nicht, Cordelia. Die Messer sind bereits gewetzt, und wir werden nicht mehr den vollen Marktpreis erzielen können. Der Börsengang würde bedeuten, die Firma in fremde Hände zu geben, aber wenn wir wollen, können wir weiterhin einen Mehrheitsanteil behalten, sodass wir bei der Führung des Unternehmens mitzureden haben.«

Er betupfte sich die Stirn mit einem leuchtend weißen Taschentuch, und Cordelia erkannte plötzlich, wie sehr dieses Gerangel seine Gesundheit strapazierte. »Und welches ist die Alternative, Charles?«, fragte sie leise.

»Wir verkaufen den ganzen Laden. Weg damit, ein für alle Mal! Lazzare kann die Teile bekommen, die sie haben wollen, und wenn jemand hier den Wunsch hat, weiterhin an der Unternehmensführung beteiligt zu sein, werde ich dafür sorgen, dass er einen Sitz im neuen Vorstand erhält. Die anderen Firmen können wir Stück für Stück verkaufen, wenn der Wirbel sich gelegt hat.«

Sophie nahm den Faden auf. »Es gibt noch eine dritte Möglichkeit: Wir tun gar nichts«, stellte sie fest. »Aber damit spielen wir Jock in die Hände, und in fünf bis zehn Jahren sind wir pleite.«

Alle beugten sich mit banger Miene vor, während sie weiterredete. »Beide Möglichkeiten, die Charles uns vorschlägt, werden Jacaranda Wines ins neue Jahrtausend führen. Wir werden allerdings den ursprünglichen Charakter eines Familienunternehmens einbüßen, und ich gebe zu, dass es schwer sein wird, das Ende einer Ära zu erleben. Aber andere Weingüter sind den gleichen Weg gegangen und haben sich gut entwickelt. Wenn wir an Lazzare verkaufen, werden einige von uns im Vorstand einer renommierten Firma sitzen, die sich in den letzten zehn Jahren als starke Kraft am Markt erwiesen hat. Aus dieser Position heraus lässt sich das Ansehen von Jacaranda Wines ins nächste Jahrtausend retten. Diejenigen, die mit der Firma nichts mehr zu tun haben wollen, werden dadurch ein beträchtliches Vermögen erzielen, das ihnen die Freiheit gibt, ein Leben außerhalb des Schattens von Jacaranda Wines zu führen.«

Cordelia starrte ihre geliebte Enkelin an. »Ein Schatten über deinem Leben? So empfindest du dein Erbe?« Ihre Stimme klang leise und spröde vor Erregung.

Sophie sah sich am Tisch um, ehe sie sich ihrer Großmutter zuwandte. »Manchmal ja.« Sie nickte. »Ich habe nie was anderes gekannt: Trauben und Rebstöcke, Gärung und Abfüllung, Lagerung, Auswahl, Verkostung … Das alles hatte ich gelernt, bevor ich lesen und schreiben konnte. Mein Leben war verplant, ehe ich Zeit hatte, mir zu überlegen, was es für mich bedeuten könnte, und obwohl ich wirklich gern tue, was ich tue, habe ich manchmal das Gefühl, dass ich Großvaters Einfluss nicht entkommen kann.«

Cordelia betrachtete sie forschend. Jetzt, da Sophie ihre wahren Gefühle offenbart hatte, wirkte sie aufgeregt, und während Sophie fortfuhr und hastig schilderte, wie sehr sie sich darauf freute, für eine andere Firma zu arbeiten, und was dies für ihre Karriere bedeutete, begriff Cordelia, dass sie in Gefahr war, ihre Enkelin zu verlieren. Die Träume, die ihr so lieb waren, verwehten mit jedem Wort weiter. Jacaranda Wines war zum Untergang verurteilt, wenn sie Sophie nicht dazu bringen könnte, die Dinge in einem anderen Licht zu sehen.

»Ich schlage vor, wir stimmen jetzt informell ab und treffen uns dann in einem Monat wieder.« Edward schaute in die Runde. »Wer ist dafür, Jacaranda an St. Lazzare zu verkaufen?«

Cordelia sah, wie Mary, Charles, Philip, Sophie und Edward die Hände hoben. Keine Überraschungen, aber die Chancen standen zusehends schlechter. Sie und ihr Bruder Edward hatten die Mehrheitsanteile; Mary hatte die eigenen und das, was Jock ihr hinterlassen hatte. Sophie hielt durch Jocks Vermächtnis sechs Prozent. Philip war ein Faktor, mit dem zu rechnen war, wenn es zur Schlacht kommen sollte und die proportionalen Anteile mit den Stimmen addiert würden.

»Wer ist dagegen?«

Cordelia hob die Hand, rasch gefolgt von Kate und den Zwillingen. Sie funkelte Daisy an, und nach einem kurzen Seitenblick zu Mary hob auch sie schüchtern die Hand.

»Unentschieden«, sagte Cordelia triumphierend. »Es wird sich nichts ändern. Jacaranda bleibt im Familienbesitz und ein stolzes australisches Unternehmen.«

»So einfach ist das nicht, Cordy«, sagte Edward bedauernd. »Nach den Statuten, die Jock vor Jahren aufgesetzt hat, muss im Fall einer Pattsituation innerhalb der nächsten achtundzwanzig Tage ein neues Meeting anberaumt werden. Und wenn bis dahin keine Entscheidung zustande gekommen ist, hängt alles vom Chief Executive ab. Wenn das Ergebnis immer noch unentschieden ist, habe ich die ausschlaggebende Stimme.«

»Nur über meine Leiche«, sagte Cordelia entschlossen.

»Höchstwahrscheinlich«, murmelte Mary.

»Das habe ich genau gehört«, blaffte Cordelia. »Ich bin vielleicht alt, aber taub bin ich noch nicht, verdammt. So schnell kriegt ihr mich nicht unter die Erde.« Sie schob ihren Sessel zurück und griff nach ihren Gehstöcken. »Sophie, würdest du mit mir hinauf in die Wohnung kommen? Die Atmosphäre hier ist unerträglich.«

Sophie nickte. »Aber wenn du glaubst, du kannst mich umstimmen, irrst du dich. Ich bin fest entschlossen, das Angebot der Franzosen anzunehmen.«

Cordelia lächelte bei sich, als sie Kurs auf den Aufzug nahm. Das werden wir schon sehen, dachte sie.

Das Meeting hatte für Sophie kaum Überraschungen gebracht. Die Loyalität der Familienmitglieder war leicht vorhersehbar, und selbst etwas so Ernstes wie Jocks beabsichtigte Zerschlagung des Unternehmens hatte sie nicht aus ihrer gewohnten Haltung reißen können. Wer sich ein Leben lang einem Tyrannen unterworfen hatte, änderte sich nicht so leicht, und Sophie hatte Edward und Charles vorausgesagt, wie die Abstimmung vermutlich verlaufen würde. Überraschend war nur, dass Philip mit seinem Bruder gestimmt hatte, aber sie traute ihm durchaus zu, dass er es sich in der nächsten Sitzung aus reiner Bosheit anders überlegte.

»Was denkst du?«

Lächelnd schaute Sophie auf die alte Dame hinunter, die sie mehr oder weniger großgezogen hatte. »Ich habe über vieles nachzudenken, und bei einer Familie wie der unseren genügt das, um einem Kopfschmerzen zu bereiten. Tut mir leid, wenn ihr Gezänk dich angestrengt hat.«

Cordelia zuckte die Achseln. »In meinem Alter ist das Leben an sich schon anstrengend, aber ich muss sagen, ein guter Krach macht mir immer noch Spaß. Der Groll kommt ans Licht, und jeder zeigt sein wahres Gesicht. Ich kann nicht behaupten, dass ich auf meine Familie insgesamt stolz bin, aber ein paar von euch haben doch einige versöhnlich stimmende Qualitäten, und ich vermute, dafür sollten Edward und ich dankbar sein.«

Sophie schwieg, während sie mit dem Aufzug in die Penthouse-Suite hinauffuhren. Soweit sie es übersehen konnte, bestand die einzige versöhnlich stimmende Qualität ihrer Mutter Mary darin, dass sie ein paar hundert Meilen weit weg in Sydney wohnte. Dad hatte Reißaus genommen, bevor sie, Sophie, zur Welt gekommen war, und abgesehen von einer körnigen Fotografie kannte Sophie nichts von ihm. Mary hatte sich nie über ihn geäußert, und Gran wusste noch weniger. Was die eigene Generation anging, so lebten die Zwillinge in einer Welt für sich, und es war schwierig, sie kennen zu lernen. Die Tanten waren nett, vor allem Kate mit ihrer scharfen Zunge und dem weichen Herzen, aber Onkel Charles war aufgeblasen und Philip nur in kleinen Dosen zu genießen. Seine aufdringlich zur Schau getragene Homosexualität ging Sophie auf die Nerven, und sie fragte sich, ob das seine Art war, sich zu schützen.

Jane erwartete sie mit einem Glas Gin Tonic in der einen und einer Zigarette in der anderen Hand. Sie und Sophie küssten die Luft vor ihren Wangen. Sophie hatte nie verstanden, weshalb Gran sich dazu entschlossen hatte, ihre Wohnung mit Jane zu teilen. Die beiden Frauen schienen wenig miteinander gemeinsam zu haben; Jane war Sophie zwar ganz sympathisch, aber sie hatte doch auch etwas Verschlossenes an sich, das sie mit Misstrauen erfüllte. Aber es war Grans Sache, was sie tat, und Jane war immer freundlich gewesen, wenn Sophie die Schulferien bei den beiden verbracht hatte.

»Alles gut gelaufen?«

»Nicht eben das, was man als rauschenden Erfolg bezeichnen würde.« Seufzend legte Cordelia ihre Gehstöcke beiseite und ließ sich dankbar auf die Couch sinken. »Gib mir einen Brandy, Sophie, sei ein braves Kind.«

Jane zog die fein gezupften Brauen hoch. »So schlimm?«

Sophie goss Brandy aus der geschliffenen Glaskaraffe in ein Glas und reichte es Cordelia. »Die üblichen Schüsse aus dem Hinterhalt. Nichts Außergewöhnliches«, erklärte sie mit Nachdruck.

Jane schaute die beiden an, drückte ihre Zigarette aus und trank ihr Glas leer. »Dann bin ich froh, dass ich damit nichts zu tun habe.« Sie warf einen Blick auf die schmale Patek Philippe an ihrem Handgelenk. »Wird Zeit, dass ich gehe. Bin zum Lunch im Arts Council verabredet; wir müssen die bevorstehende Ausstellung in der National Gallery besprechen.«

»Was gibt es dieses Jahr?« Sophie war immer gern in Melbournes Staatsgalerie gewesen; stundenlang war sie durch die hohen Räume mit den silbernen und bronzenen Kunstwerken und Gemälden gewandert. Es wäre wunderbar, sich ein bisschen Zeit zu nehmen und dort einmal wieder einen Besuch zu machen.

»Die australischen Buschmaler. McCubbin, Roberts, Streeton.«

Sophie erinnerte sich sofort an McCubbins wunderbares Tryptichon *The Pioneer*. Als Kind hatte sie dieses Bild das erste Mal zu Gesicht bekommen, und es hatte jedes Mal tief in ihrem Innern etwas angerührt, wenn sie es wiedergesehen hatte. »Sag mir Bescheid, wenn die Ausstellung läuft. Ich würde sie mir gern ansehen.«

Jane lächelte freundlich und nickte. »Ich werde dafür sorgen, dass du eine Einladung zur Preview bekommst. Wird sein wie in alten Zeiten. Du und ich in der Galerie.«

Als sie gegangen war, trat Stille ein. Sophie beäugte verstohlen ihren dicken Aktenkoffer. Sie hatte noch viel zu tun, bevor der Vertrag mit den Franzosen vollständig aufgesetzt und zur Vorlage bereit war, und sie fragte sich, wie lange sie noch warten musste, um sich höflich verabschieden zu können.

»Kann ich überhaupt nichts tun, um dich umzustimmen, Sophie?« Cordelias zittrige Stimme brach das Schweigen.

Sophie schüttelte den Kopf. »Es ist der einzige Weg, der uns vorwärts bringt, Gran. Es tut mir leid.«

Die alte Dame schwieg lange. Mit geschürzten Lippen starrte sie auf einen fernen Punkt draußen vor dem Fenster. »Ich kann nicht so tun, als hätte es mich nicht gekränkt, zu hören, dass du das Weingut als einen Schatten auf deinem Leben betrachtest, Sophie«, sagte sie schließlich. »Aber wenn ich es mir recht überlege, kann ich wohl verstehen, dass du es so empfindest. Es ist schließlich alles, was wir sind, und man hat uns dazu erzogen, es als unser Geburtsrecht zu betrachten, als unsere Zukunft und eines Tages auch als unser Vermächtnis an die, die uns nachfolgen. Auf alle diejenigen, die nicht voll und ganz mit dem Herzen dabei sind, muss es einschüchternd wirken, ein so anspruchsvolles Erbe anzunehmen.«

Sophie wollte antworten, aber Cordelia fuhr nachdenklich fort. »Die Reben sind harte Zuchtmeister – viel härter, als Jock es jemals war. Sie sind schuld an Tod und Ehescheidungen, an gebrochenen Herzen und halben Pleiten, aber sie haben auch einen unüberschaubaren Reichtum gebracht – der an sich selbst zur Bürde werden kann, wenn man ihn nicht vollständig versteht und zügelt.«

»Es ist eine Verantwortung, Gran, aber sie hat mich niemals eingeschüchtert. Trotzdem muss ich irgendwann flügge werden. Muss neue Herausforderungen finden. Die Welt da draußen ist groß, und ich will aus Großvaters Schatten heraustreten. Will auf eigenen Füßen stehen, ohne dass Jacaranda alle Türen für mich öffnet.«

Cordelia betrachtete sie lange. »Ich möchte, dass du etwas für mich tust«, sagte sie schließlich leise und hob die Hand, um allen Protest abzuwehren. »Es hat nichts mit dem Meeting heute Morgen zu tun. Ich wünsche es mir schon lange.«

Sophie fragte sich, was sie jetzt wieder im Schilde führte. Sie traute es Gran durchaus zu, dass sie noch einen Plan in petto hatte, und wenn sie jetzt nicht aufpasste, würde sie darin verstrickt, und es gäbe kein Entrinnen. »Was willst du denn, Gran?«, fragte sie wachsam.

»Ich möchte den Ort besuchen, an dem die ersten Rebstöcke gepflanzt wurden«, sagte Cordelia entschlossen.

»Du willst nach Barossa? Aber ich dachte, du hättest geschworen, nie wieder zum Château zurückzukehren, nachdem du dich von Granddad getrennt hattest?«

Cordelia schüttelte den Kopf. Ein Funkeln lag in ihrem Blick, und ein geheimnisvolles Lächeln umspielte ihre Lippen. »Jacaranda im Barossa-Tal, das ist die Gegenwart, Sophie. Begonnen hat es lange vorher, an einem anderen Ort zu einer anderen Zeit.«

Sophie war verblüfft. Wie alle andern kannte sie die spärliche Geschichte der Familie. Kannte die Geschichte der frühen Jahre, als Grans Eltern und Großeltern sich abgerackert hatten, bis das Weingut Gewinn brachte. »Und warum habe ich von diesem anderen Weingut noch nichts gehört?«

»Die Leute haben ein kurzes Gedächtnis, mein Liebes, und alte Familiengeschichten geraten leicht in Vergessenheit, wenn die Beteiligten nicht mehr bei uns sind.«

»Was ist denn mit der Geschichte von deiner Urgroßmutter, die mit ihren Kindern nach Barossa kam und mithalf, Jacaranda Wines gründen? Das ist doch eine Legende, die von den Touristen verschlungen wird, wenn sie das Gut besuchen. Es gibt sogar ein Buch darüber.«

»Das stimmt auch alles so weit«, sagte Cordelia müde. »Aber die eigentliche Geschichte von Jacaranda begann schon lange vor dem Barossa Valley. Ja, man könnte sagen, sie begann schon im Jahre 1838 in einem kleinen Bauerndorf in England.«

»Du willst nach England?« Sophie war fassungslos. Sie ließ sich in einen Sessel fallen und starrte ihre Großmutter staunend an.

Cordelia schüttelte den Kopf. »Das wäre schön, aber ich glaube, damit würde ich das Schicksal doch allzu sehr herausfordern, meinst du nicht auch?«

»Das kann man wohl sagen«, murmelte Sophie, als sie an den endlosen Flug dachte. »Wo genau liegt denn dann dieses mysteriöse Weingut?«

»Das wirst du schon sehen«, antwortete ihre Großmutter mit unerschütterlichem Trotz. »Aber erst morgen. Ich erwarte dich hier um neun mit deinem Gepäck. Nimm nur das mit, was du für eine Reise durch das Outback brauchst, und lass deine Arbeit und deinen Aktenkoffer hier.«

DREI

Sophie schaltete herunter, damit das Wohnmobil die steile Steigung des kiefernbedeckten Hügels überwinden konnte. Es war das Ende des zweiten Tages, den sie in Hitze und Staub des australischen Hinterlands verbracht hatten, und obwohl Melbourne längst weit hinter ihnen lag, konnte sie immer noch nicht fassen, dass sie sich von ihrer Großmutter zu dieser Reise hatte überreden lassen. Sie war ein Großstadtkind, viel besser vertraut mit Sitzungszimmern und Gerichtsgebäuden als mit Kost und Koje in einem Camper – und jetzt fuhr sie hier mit ihren dreißig Jahren mitten durch das Nirgendwo, allein verantwortlich für eine Frau, deren einundneunzigster Geburtstag mit Riesenschritten näher kam. Neben ihrer katastrophalen Ehe mit Crispin musste dies eine der größten Dummheiten sein, die sie je begangen hatte.

Als der Camper auf dem Gipfel angekommen war, nahm Sophie eine Hand vom Lenkrad und schob sich das lange Haar hinter die Ohren. Sie hatte ganz vergessen, wie heiß es hier draußen werden konnte. Hatte vergessen, wie die Sonne das Gras bleichte und die fahlen Blätter der Geistergummibäume mit ihrer weißen Rinde welken ließ. Ohne die Klimaanlage würden sie hier bei lebendigem Leibe braten.

Aber beim Anblick des Panoramas dort draußen spürte sie tief in sich ein leises Ziehen, das große Ähnlichkeit mit dem Gefühl hatte, sich heftig und unwiderruflich zu verlieben. Denn dies war ihr Land, ihr Erbe, und sie konnte sich der Ehrfurcht gebietenden Pracht seiner urzeitlichen Schönheit nicht entziehen.

Der Horizont schimmerte unter einem Himmel von unglaublichem Blau, und die Hitze schichtete wässrige Luftspiegelungen über die Hunderte von Meilen, die sie noch zurückzulegen hatten. Berge schwangen sich aus der versengten Erde empor, dunstig vom Blau des Eukalyptus, der die Luft mit seinem Aroma erfüllte. Goldene Felder erstreckten sich weiter, als das menschliche Auge reichte, zerschnitten von breiten Schneisen aus paprikaroter Erde mit einsamen, verbrannten Gummibäumen, die dastanden wie Wachtposten zur Erinnerung an die Macht der Elemente.

Sophie wischte den Schweiß weg, der sich unter ihren Augen und auf der Oberlippe gesammelt hatte, als sie etwas sah, das ihren Puls rasen ließ. Sie nahm den Fuß vom Gas. Sanft ließ sie den Camper ausrollen und schaute staunend hinaus. Sie wusste, dies war eine Szene, die sich in dieser wilden, ungezähmten Landschaft seit Jahrhunderten wiederholte, und sie wusste, dass sie etwas sah, das schon die Urmenschen gesehen haben mussten. Und obwohl sie in einem modernen Wohnmobil saß, war es, als sei sie in eine längst vergangene Zeit entrückt worden, in der es noch Magie gab.

Ein Adlerpaar schwebte im leeren Himmel über ihr. Ihre kraftvollen Flügel bewegten sich kaum in der stillen Luft, während sie mit bohrenden Augen die Landschaft unter ihnen absuchten. Sie waren so klar sichtbar, so nah, dass man fast das Rascheln ihrer Gefieder hören konnte. In langsamer, graziöser Einmütigkeit schwenkten die großen Vögel ab, und als Sophie sie aus den Augen verlor, empfand sie einen Stich wie von unbeschreiblicher Trauer. Denn trotz ihrer anfänglichen Zweifel erlebte sie hier etwas, auf das sie in der Stadt niemals hätte hoffen können. Wie so viele andere Australier, die sich von ihren Wurzeln abgeschnitten hatten, indem sie im Ausland lebten, kannte auch sie diese Seite ihres Heimatlandes nur aus dem Fernseher und aus Illustrierten.

Sie seufzte halb genussvoll, halb bedauernd, als sie die Fahrt fortsetzte. Vielleicht liegt noch mehr Zauber vor uns, dachte sie, aber sie wünschte doch, die Adler wären noch etwas länger geblieben.

Sophie hatte in der Küche des Campingplatzes das Geschirr vom Abendessen abgewaschen. Sie war angenehm überrascht gewesen über die umfangreiche Ausstattung dieser ländlichen Anlage. Überall gab es Gasgrillgeräte, Bänke und Tische. Die Küche verfügte über Mikrowellenherde, Pfannen, Töpfe und alle erdenklichen Utensilien, aber auch über einen Kühl- und Gefrierschrank, einen Toaster und über Spülbecken aus Edelstahl, wo eine einzige Drehung des Hahns heißes Wasser in Strömen hervorbrachte. Das alles war ein bisschen anders als englische Campingplätze mit ihren klammen Duschkabinen aus Hohlblocksteinen und den Kaltwasser-Standleitungen.

Vielleicht ist dieser Campingausflug gar nicht so schlecht, überlegte sie sich. Aber wenn ihr vor einer Woche jemand erzählt hätte, dass sie jetzt mit ihrer Großmutter auf einer Reise mitten durch das Outback sein würde, dann hätte sie ihn wohl ausgelacht. Sie liebte Geschäfte und Neonlicht und das Pflaster der Großstadt, wo es keine wilden Tiere gab außer den Vögeln im Park und den Betrunkenen am Samstagabend.

Sie sammelte ihr Geschirr ein und ging zurück zu ihrem Wohnmobil, ein Monstrum, das schimmernd im gelben Schein der matten Platzbeleuchtung stand. Hinter einem der geschlossenen Vorhänge sah sie die Silhouette ihrer Großmutter, die unter der Lampe saß und las. Der Wagen war mit allem ausgerüstet, was sie irgendwie brauchen würden, und auch die Betten waren überraschend bequem.

Sie stieg durch die hintere Tür ein. »Ich dachte, du schläfst schon. Es ist nach zehn, und der Platz ist ausgestorben wie der Dodo. Erstaunlich, wie früh es hier ruhig wird. In England würden sie trinken und plaudern, und die Kids würden bis weit nach Mitternacht herumlaufen und Krach machen.«

»Australier wissen, was gut für sie ist.« Strahlend ließ Cordelia ihr Buch sinken. »Aber du siehst erschöpft aus. Wird dir das Fahren nach dem langen Flug zu viel? Wir haben seit gestern Morgen eine ganze Menge Meilen zurückgelegt.«

Sophie schüttelte den Kopf und machte sich bereit, ins Bett zu gehen. »Das Fahren macht mir nichts, Gran. Ich hab die letzten Nächte nur nicht besonders gut geschlafen.«

»Crispin, nehme ich an?« Cordelias Stimme war sanft und voller Mitgefühl.

Sophie zog sich ein langes T-Shirt über den Kopf und fing an, sich das Haar zu bürsten. »Cris und ich sind gute Freunde, Gran. Keiner von uns grollt dem andern.«

»Ich habe nie gefunden, dass er der Richtige für dich ist, Darling«, sagte ihre Großmutter aus ihrem behaglichen Nest aus Kissen. »Viel zu englisch.«

Sophie lächelte. »Ja, das war er. Aber gerade das fand ich so anziehend. Diese geschmeidige Stimme, die guten Manieren, die Art, wie er mir die Tür aufhielt und mich wie eine Lady behandelte.«

»Gut, dass er selbst Geld hat.« Cordelia rümpfte die Nase. »Wenigstens brauchtest du es ihm nicht mit vollen Händen hinterherzuwerfen, wie deine Mutter es bei jeder Scheidung tun musste.«

»Wir hatten Gütertrennung. Seine Mutter und ich hatten darauf bestanden – ungefähr der einzige Punkt, in dem wir uns je einig waren.« Sophie legte die Haarbürste weg und kroch in die schmale Koje. »Die Engländer sind eine komische Bande, Gran«, sagte sie nachdenklich. »Sie haben Regeln für alles, und wenn du nicht in die so genannte Oberklasse geboren bist, ertappen sie dich bei den geringsten Kleinigkeiten, zum Beispiel weil du das falsche Parfüm oder den falschen Schmuck trägst oder weil du die Toilette ›Toilette‹ nennst und nicht ›Bad‹. Es ist, als lebte man ohne Drehbuch in Alice' Wunderland.«

Cordelia nahm die Brille ab und kuschelte sich unter ihr Federbett. »Aber du warst doch glücklich da drüben, oder? Deine Briefe machten jedenfalls diesen Eindruck.«

Sophie lachte. »Mein Akzent hat mir natürlich nicht gerade geholfen, aber doch – ich glaube, man kann sagen, ich war glücklich.«

»Du hast keinen Akzent«, widersprach Cordelia entschieden. »Er ist ertrunken im englischen Genäsel. Ich sehe schon, ich habe eine Menge zu tun, bevor du dich wieder eine Australierin nennen kannst.«

»Fang das gar nicht erst an«, sagte Sophie scherzhaft. »Cris' Mutter meinte, zuallererst müssten sie mir mal mein ›grausiges‹ koloniales Geknautsche abgewöhnen und mir beibringen, wie man ein ordentliches ›Queen's English‹ spricht.«

»Im Ernst? Gut, dass ich ihr nie begegnet bin, sonst hätte ich ihr schon meine Meinung gesagt. ›Kolonial‹ – wahrhaftig!«

Beide sanken in die Kissen zurück und lachten, aber Sophie erinnerte sich noch gut an den demütigenden Ausspracheunterricht, den sie ihrer künftigen Schwiegermutter zuliebe hatte nehmen müssen, und an die entsetzlichen Stunden, die sie jeden Samstag und jeden Sonntag mit ihr hatte verbringen müssen, um die Etikette von Frühstückstee, Lunch und Cocktailparty zu lernen. Ein Albtraum war das gewesen, aber weil sie geglaubt hatte, Cris zu lieben, hatte sie ihn grimmig durchgestanden. Schau nicht zurück, ermahnte sie sich. Cris und Jay sind Vergangenheit. Jetzt ist es Zeit voranzugehen.

Sie beschloss, das Thema zu ändern. »Wohin genau fahren wir eigentlich, Gran? Du gibst mir immer nur die Route für den nächsten Tag.«

»Alles zu seiner Zeit, Darling«, brummte Cordelia schläfrig. »Du musst lernen, jeden Tag zu leben, wie er kommt; dann wirst du dich auch mehr über die Überraschungen freuen, die er dir bringt.«

Schön und gut, dachte Sophie unwillig, aber mein Leben war vom ersten Tag an vorgezeichnet, und es ist schwierig, eine lebenslange Gewohnheit zu ändern. »Meinst du nicht, wir sollten jemandem sagen, wo wir sind, Gran? Sie werden sich doch inzwischen schreckliche Sorgen machen.«

»Ich habe Jane eine Nachricht hinterlassen; ihr vertraue ich voll und ganz. Aber wie ich Edward kenne, hat er die Katze schon aus dem Sack gelassen. Er hat noch nie lange den Mund halten können.«

»Edward und Jane wissen also, wo wir hinfahren?«

»Selbstverständlich«, war die gemurmelte Antwort.

Sophie nagte an der Unterlippe. Ohne Cordelias Aufsicht war Mary unberechenbar, und als Sophie jetzt im Dunkeln lag und auf die gleichmäßigen Atemzüge ihrer Großmutter lauschte, fragte sie sich, wie lange es dauern würde, bis ihre Mutter von dieser Reise Wind bekäme und anfinge, Ärger zu machen.

Die erste Unruhe regte sich schon im Laufe dieses Tages in einem Restaurant am Südufer des River Yarra, und sie sollte weitreichende Auswirkungen auf mehr als ein Mitglied der Familie haben.

Mary klappte die Speisekarte zu. Sie würde einen grünen Salat und ein Glas Mineralwasser bestellen. Es war harte Arbeit, ihre Figur zu halten, weil sie von Natur aus gefräßig war, aber im Laufe der Jahre hatte sie sich so sehr an ihre Diät gewöhnt, dass sie kaum noch bemerkte, was sie aß. Fressanfälle waren selten geworden, und die Bulimie war praktisch Vergangenheit.

Die drei Frauen saßen unter der Markise, die sie vor der gleißenden Nachmittagssonne beschirmte und sie in kühlem grünem Licht badete, das durch das üppige Blattwerk der Topfpalmen rings um den äußeren Restaurantbereich hereinsickerte. Die schmiedeeisernen Tische und Stühle waren so aufgestellt, dass die Speisegäste über den Yarra hinausschauen und den vorüberziehenden Booten und Fußgängern zusehen konnten. Es war ein beliebter Treffpunkt für die Trendsetter von Melbourne, und Mary beglückwünschte sich zu ihrer Wahl, nachdem sie mehrere bekannte Gesichter entdeckt hatte.

»Also, was willst du?« Kates blaue Augen beobachteten ihre Schwester durch den unvermeidlichen Zigarettenrauch.

»Ich dachte, wir könnten zusammen zu Mittag essen«, sagte Mary. »Wir treffen uns nicht gerade oft; warum sollten wir die Gelegenheit nicht nutzen?«

Kate lachte verächtlich, und zwar so laut, dass mehrere Köpfe sich nach ihnen umdrehten. »Komm mir nicht mit diesem Quatsch, Mary. So was tust du nicht ohne Hintergedanken.«

»Ein bisschen leiser, Kate«, zischelte Daisy. »Die Leute gucken schon.«

»Die sollen sich um ihren eigenen Kram kümmern«, blaffte Kate und funkelte ihr Publikum an.

Es wurde still am Tisch, als der Kellner die Getränke brachte und die Bestellungen aufnahm. »Cheers! Auf Mum. Ich finde, sie hat sich gestern wacker geschlagen.« Kate hob ihr Weinglas.

Marys Glas blieb unverrückt auf dem Tisch stehen. »Mir war die ganze Szene peinlich«, sagte sie. »Mutter ist viel zu alt, um zu wissen, was für das Unternehmen am besten ist. Sie sollte sich wirklich zurückziehen und Charles und Edward die Entscheidungen überlassen.«

»Warum? Weil das Männer sind?« Kate starrte ihre jüngste Schwester an. »Mum versteht mehr von dem Weingut als wir alle zusammen. Es ist ihr gutes Recht, eine eigene Meinung zu haben.«

Mary klopfte mit langen Fingernägeln an ihr Wasserglas.

»Natürlich. Aber fandest du nicht auch, dass sie mit ihrem Benehmen gestern ein bisschen danebenlag?«

»Inwiefern?«, fragte Kate trocken.

»Niemand, der bei Sinnen ist, könnte reden wie sie, wo doch alles gegen sie steht. Es ist unübersehbar, dass die Firma in Schwierigkeiten ist, aber sie ist anscheinend entschlossen, es zu ignorieren und in ein Wespennest zu stechen.«

»So etwas darfst du nicht sagen«, protestierte Daisy.

»Mum hat noch alle ihre Tassen im Schrank«, schnarrte Kate. »Sie hat wahrscheinlich mehr Verstand, als du jemals hattest.« Sie beugte sich über den Tisch. »Hilf mir doch rasch auf die Sprünge, Schwesterherz: Wer musste denn wegen Essstörungen zum Psychiater? Wer ist denn zusammengebrochen, als der Ehemann weglief, und wer hat sich vor aller Welt lächerlich gemacht, indem sie sich einen Lover nahm, der ihr Sohn hätte sein können? Ausgerechnet du solltest es dir wirklich zweimal überlegen, bevor du Mums Geisteszustand in Frage stellst.«

Mary nahm ein Schlückchen Mineralwasser. Es würde schwieriger werden, als sie gedacht hatte. Sie musste behutsam vorgehen; abgesehen von Kates ätzendem Zynismus war deren Entscheidung, sich bei der Abstimmung ihrer Mutter anzuschließen, ein Schock gewesen, und wenn sie, Mary, ihre Schwestern auf ihre Seite ziehen wollte, waren raffinierte Manipulationen notwendig, um ihnen die Dinge in einem anderen Licht darzustellen. Sie wechselte den Kurs.

»Onkel Edward hat gestern nach dem Treffen etwas Interessantes gesagt.«

Kate zog eine Braue hoch.

Mary lächelte gezwungen. »Ich weiß, er ist in gewisser Hinsicht ein altes Waschweib, aber ich finde ihn doch höchst informativ.«

Seufzend stellte Kate ihr Glas hin, bevor sie ihre Zigarette ausdrückte. »Du bist offensichtlich versessen darauf, uns deine

Klatschgeschichte zu erzählen. Also los! Einige von uns haben heute Nachmittag noch etwas vor, und ich weiß sowieso nicht, weshalb ich mich habe herschleppen lassen.«

»Ich auch nicht«, sagte Daisy und nestelte an ihrer Brille. »Ich hasse Szenen, und wenn ihr beide nichts weiter zu tun habt, als euch anzufauchen, kann ich genauso gut gehen.«

Der Kellner brachte das Essen, und Mary beobachtete ihre Schwestern; sie verspürte die vertraute Ungeduld und hatte Mühe, sich zu bezähmen. »Edward und ich haben nach dem Meeting über Mutter gesprochen, und er hat durchblicken lassen, dass sie eine Reise plant.« Sie lehnte sich zurück und wartete auf die Reaktionen der andern beiden.

»Was ist denn daran so ungewöhnlich? Mum hat früher viele Reisen gemacht.« Kate stocherte mit der Gabel in ihrer Pasta herum, bevor sie eine herzhafte Portion Parmesan darüber streute. Sie gehörte zu jenen aufreizenden Frauen, die essen konnten, was sie wollten, ohne je ein Pfund zuzunehmen.

»Früher, Kate. Aber seit Daddys Tod hat sie das Penthouse eigentlich nicht mehr verlassen.« Daisy faltete ihre Serviette auseinander und machte sich daran, sie zu einer Kugel zu knautschen. »Ich nehme an, sie fährt ins Strandhaus am Lake Entrance. Da ist es kühler als in der Stadt.«

»Nicht zum Lake Entrance, Daisy«, sagte Mary düster. »Sie plant etwas, das sehr viel abenteuerlicher ist.«

»Herrgott!« Kate legte ihre Gabel aus der Hand. »Entweder erzählst du uns jetzt deinen Tratsch, oder du hältst den Mund. Du verdirbst mir meine köstlichen Marinara mit deinem Laientheater.«

Mary schüttelte den Kopf. »Aber das ist kein Tratsch. Es kommt sozusagen aus erster Hand.« Sie machte eine Pause, die gerade lang genug war, um ihr einen wütenden Blick von ihren Schwestern einzutragen. »Mutter macht mit Sophie eine Reise ins Hunter Valley.«

»Was?« Daisy und Kate ließen ihr Besteck fallen und starrten ihre Schwester an.

»Ich dachte mir, dass euch das überraschen würde«, sagte sie selbstgefällig.

»Wieso denn das?«, fragte Kate.

»Mutter will offensichtlich zu ihren Wurzeln zurückkehren, bevor sie stirbt. Weshalb sie allerdings Sophie dabeihaben will, kann ich mir nicht erklären.«

»Wahrscheinlich, weil sie ihr eine bessere Tochter ist, als du es je warst«, bemerkte Kate trocken. »Aber warum ausgerechnet jetzt? In nur einem Monat findet die zweite Abstimmung statt und …« Ihre Miene verklärte sich, und sie grinste. »Diese alte … Schwamm drüber! Sie benutzt diesen Trip, um Sophie zu ihrer Ansicht über das französische Angebot zu bekehren!« Sie machte sich wieder über ihre Pasta her. »Das muss man dem alten Mädchen lassen: Es hat Mumm wie ein Kerl.«

Mary erschauerte bei der rüden Ausdrucksweise ihrer Schwester, aber sie nahm es ausnahmsweise hin. »Mum hat nicht die leiseste Chance, Sophie umzustimmen. Sophie weiß, was das Beste für die Firma ist, auch wenn du es nicht weißt.« Sie schwieg kurz. »Warum hast du eigentlich gegen das Angebot gestimmt?«

»Das geht dich einen feuchten Kehricht an«, erwiderte Kate.

Mary rümpfte die Nase und nahm ihren Faden wieder auf. »Mir ist es gleichgültig, ob Mutter nach Hunter fährt. Sie kann gehen, wohin sie will, solange ich sie nicht am Halse habe, aber ich finde es schon ein bisschen merkwürdig, dass sie mit einem Wohnmobil fahren wollte.«

Kate lachte so bellend, dass die anderen Gäste sich umdrehten und sie anstarrten. Sie beachtete sie nicht. »Das soll wohl ein Witz sein. Mum in einem Wohnmobil? Warum hat sie nicht das Firmenflugzeug genommen?«

»Woher zum Teufel soll ich das wissen?«, fauchte Mary. »Was Mutter in letzter Zeit tut, ergibt alles keinen Sinn. Deshalb mache ich mir ja Sorgen um sie.« Sie beugte sich über den Tisch, um den Ernst ihrer Worte zu betonen. »Ich glaube keineswegs, dass mit ihr alles in Ordnung ist, Kate. Genauer gesagt«, fuhr sie vertraulich fort, »ich habe den Verdacht, sie wird senil.«

Daisy nahm die zerknüllte Serviette von ihrem Schoß und fing an, das aufgeweichte Papier in Streifen zu reißen.

»Ich sehe, worauf du hinauswillst, Mary, und ich will damit nichts zu tun haben«, sagte Kate warnend.

Mary schluckte ihre Enttäuschung herunter. Sie hätte wissen können, dass Kate clever genug war, um ihren Plan sofort zu durchschauen. Jetzt war es an der Zeit, aufs Ganze zu gehen. »Ich mache mir nur Sorgen um Mutters Wohlergehen«, log sie. »Und um das Wohlergehen der Firma«, fügte sie hastig hinzu. »Wenn dies eine beginnende Altersdemenz ist, sollten wir ernstlich über Mutters Sitz im Vorstand nachdenken und uns überlegen, was mit ihren Anteilen geschehen soll, wenn sie entmündigt werden sollte.«

Daisy warf die Überreste ihrer Serviette auf den Tisch. »Ich lasse nicht zu, dass du so über Mum redest. Du warst immer schon habgierig, Mary. Die Anteile – was bedeuten die schon? Wir sind reich genug, ganz gleich, wie die Abstimmung nächsten Monat verläuft, und Mums Gesundheit ist wichtiger als alles andere.«

»Die Anteile bedeuten eine ganze Menge«, sagte Kate leise. Sie hatte ihre Pasta beiseite geschoben und sich eine neue Zigarette angezündet. »Mum und Onkel Edward haben die Mehrheitsanteile, und es kommt durchaus darauf an, wem sie ihren Anteil hinterlässt oder wer das Verfügungsrecht darüber erhält, wenn sie tatsächlich nicht mehr selbst darüber entscheiden kann. Hast du eine Ahnung, Mary? Du glaubst ja anscheinend mehr zu wissen als alle andern.«

»Mutter zieht mich nicht ins Vertrauen«, sagte Mary hochfahrend. »Aber ich habe den Verdacht, dass sie ihren Anteil Sophie vermachen wird. Sophie war immer ihr Liebling«, fügte sie verbittert hinzu.

»Sophie ist ein tüchtiges Mädchen. Es wird dem Unternehmen nicht schaden, wenn sie Mehrheitseigentümer wird.« Kate drückte die halb gerauchte Zigarette aus und stand auf. »Aber ich bin nicht der Meinung, dass Mutters Hirn allmählich weich wird. Sie spricht nur sehr offen, wenn es um Dinge geht, die ihr wichtig sind, und ich lasse nicht zu, dass du ihren Verstand in Zweifel ziehst.« Sie holte tief Luft. »Wann will Mum denn auf diese verdammte Reise gehen? Ich glaube, ich schaue mal bei ihr vorbei.«

»Onkel Edward hat sich sofort auf die Zunge gebissen, als ihm klar wurde, dass er schon zu viel gesagt hatte. Aber es muss bald sein, denn sie müssen in achtundzwanzig Tagen wieder hier sein, um an der zweiten Abstimmung teilzunehmen, und die Autofahrt hin und zurück wird schon einen guten Teil dieser Zeit beanspruchen.«

Kate beugte sich zu ihrer jüngsten Schwester hinüber. »Behalte deinen Verdacht für dich, bis wir ein bisschen mehr herausgefunden haben«, sagte sie warnend. »Ich will nicht, dass du Unruhe stiftest, bevor wir alle Fakten kennen. Es kann sich hier genauso gut um die Laune einer alten Dame handeln, die noch einmal in die Vergangenheit zurückkehren will, bevor sie stirbt – was, weiß Gott, jeden Augenblick passieren kann. Verdirb ihr das nicht, Mary – sonst bekommst du's mit mir zu tun.«

Mary sah ihren Schwestern nach, als sie davongingen. Sie hatte ihren Salat kaum angerührt. Jetzt lehnte sie sich zurück und nippte an ihrem Mineralwasser. Wenn Sophie tatsächlich Mutters Geschäftsanteil erben sollte, wäre sie eine sehr reiche und mächtige junge Frau. Und wenn das Unternehmen verkauft oder an die Börse gebracht würde, könnte sich ihr Reichtum verdreifachen. Eifersucht durchfuhr Mary wie ein Stich, und sie bekam Sodbrennen. Das war nicht fair.

Sie schaute auf die Uhr. Zeit zu gehen. Sie hatte am Nachmittag noch eine Verabredung zu treffen. Eine wichtige Verabredung, die das alles zur Abwechslung einmal in ihrem Sinne befördern könnte. Zumindest würde sie vielleicht die Genugtuung bekommen, Rache für all die Kränkungen zu üben, die sie in der Vergangenheit erlitten hatte.

In der Morgendämmerung hatte der Himmel die Farbe einer ausgebleichten Jeans gehabt; ein weiterer Tag mit blendendem Sonnenschein stand bevor. Sophie hatte Obst und Toast zum Frühstück serviert, und jetzt saßen sie an ihrem Campingtisch unter dem Sonnendach und tranken starken schwarzen Kaffee.

»Alles schmeckt so viel besser an der frischen Luft«, erklärte Cordelia genüsslich, während sie noch ein Stück Melone aufspießte und in den Mund steckte.

»Ich liebe diese Vogelstimmen«, sagte Sophie. »Hör nur die Kookaburras und das wunderbare Trillern der Elstern. Zusammen mit dem himmlischen Duft der Akazien und der Farbenpracht der Papageien ist das alles beinahe zu vollkommen. London könnte eine Million Meilen weit weg sein.«

»Dann wäre es doch schade, wenn wir schon weiterfahren wollten«, meinte Cordelia. »Es macht sicher nichts, wenn wir noch einen Tag hier bleiben. Wir sind schon gut vorangekommen.«

»Bist du sicher, Gran?« Sophie schaute sie lächelnd über den Tisch hinweg an.

Cordelia sah, dass frische Luft und Glück ihr Gesicht leuchten ließen. Sie nickte, trank ihre Kaffeetasse leer und stellte sie auf die Untertasse. »Ich glaube, wir könnten beide ein bisschen Ruhe vertragen, und ich hätte Gelegenheit, dir von den Leuten hinter Jacaranda Wines zu erzählen.«

»Aber das ist doch so lange her, Gran. Wie willst du so genau wissen, was sich da wirklich zugetragen hat?«

Cordelia lächelte, als sie sich erinnerte, wie sie vor all den Jahren die gleiche Frage gestellt hatte. »Meine Urgroßmutter Rose hat angefangen, mir aus ihrem Leben zu erzählen, als ich zwölf war. Es war eine Geschichte, die mich mit Herz und Verstand an sie gebunden hat, und ich werde sie nie vergessen. Ja, sie ist für mich so real, dass ich die Personen und die Rolle, die sie gespielt haben, wie auf einer Bühne vor mir sehen kann.«

Sophie stellte ihre Kaffeetasse ab und strich sich das lange Haar hinter die Ohren. Sie machte erwartungsvoll große Augen. Cordelia fand, dass sie sehr schön war, wenn keine Spur von Make-up ihre Haut oder die Klarheit ihrer Augen verdeckte. Das leuchtend rote T-Shirt und die makellos weißen Shorts waren eine erfrischende Abwechslung von dem nüchternen Schwarz, das sie normalerweise bevorzugte.

Cordelia lächelte. »Urgroßmutter Rose muss viel Ähnlichkeit mit dir gehabt haben, als sie jung war«, stellte sie fest. »Du hast ihr dunkles Haar und ihre Augen. Das gleiche herzförmige Gesicht und die hohen Wangenknochen. Aber damit ist die Ähnlichkeit auch zu Ende, denn sie war eine winzige, zierliche Frau, und ihre zerbrechliche Erscheinung ließ nicht ahnen, wie ungeheuer stark und mutig sie war.«

»Danke schön«, sagte Sophie spitz. »Ich habe mir von Mum oft genug sagen müssen, was für ein Nilpferd ich bin, ohne dass du jetzt auch noch damit anfängst.«

Cordelia streckte die Hand aus und legte sie Sophie auf den warmen Arm. »So habe ich es nicht gemeint, und das weißt du auch«, widersprach sie fest. »Du bist groß und graziös und von einer Eleganz, die deine Mutter nie erreichen konnte. Ihre Gemeinheiten wurzeln in der Eifersucht, und du solltest lernen, sie zu überhören.«

Sophie ließ den Blick in die Landschaft wandern. »Ich weiß, aber alte Gewohnheiten sind unausrottbar, und wenn man etwas oft genug hört, glaubt man es schließlich.«

Cordelia behielt ihre Gedanken für sich. Es hatte keinen

Sinn, in kalter Asche herumzustochern, und sie wollte die Stimmung nicht verderben. »Soll ich dir von Rose erzählen?«

»Wenn es dich nicht zu sehr anstrengt, Gran.« Sophie stützte die Ellenbogen auf den Tisch und legte das Kinn auf die verschränkten Hände. Sie sah aus wie ein Kind, das eine Geschichte erwartet, und Cordelia verspürte dieselbe schmerzhafte Liebe zu ihr, die sie schon an dem Tag empfunden hatte, als Sophie aus der Klinik nach Hause gebracht worden war.

»Dann musst du dir ein englisches Dorf vorstellen, das sich an die Kalksteinhügel schmiegt, die man South Downs nennt. Es ist sehr grün dort, denn es regnet viel, und die Sonne brennt selten so heiß, dass sie die Farbe aus der Landschaft saugt. Der dunkle, fette Boden auf den Feldern unterhalb der Downs wird von blutroten Ochsengespannen gepflügt, und Schafe durchstreifen das höher gelegene Land, wo der Wind geradewegs vom Meer heraufweht. Die Türen der Cottages in diesem Dorf sind von Rosen umkränzt, und Trauerweiden überschatten den Dorfteich, aber so behaglich das Bild auch ist, das sich hier bietet, unter den Strohdächern herrscht doch schreckliche Armut. Die medizinische Versorgung um 1830 war schlecht. Die Arbeiter in der Landwirtschaft ernährten sich von Brot und Ale, und wenn sie Glück hatten, gab es Käse dazu. Kinder starben früh, Frauen starben im Kindbett, Schmutz und Unwissenheit überdeckten alles. Am Ende des Dorfes steht eine normannische Kirche; schiefe Grabsteine ragen aus hohem Gras und Blumen. Die Krone einer uralten Eibe überschattet rau gepflasterte Wege. Die Hügel beherrschen die Kirche und das Dorf, und die Kalkfigur eines Riesen findet sich ausgestreckt auf der Hügelflanke, hinterlassen von urzeitlichen Briten als Symbol der Fruchtbarkeit. Sie heißt ›Der Lange Mann von Wilmington‹.«

Sophie nickte. Nach all der Zeit, die sie in England verbracht hatte, konnte sie sich alles sehr gut vorstellen.

»Am Hang unterhalb der Kirche liegt das Herrenhaus. Es gehört Squire Ade, und hier arbeitet die dreizehnjährige Rose Fuller als angehende Zofe der ältesten Tochter Isobel. Es wohnen Gäste im Herrenhaus; Rose weiß es noch nicht, aber sie werden das Leben der beiden Mädchen verändern. Wir begegnen ihr und den Menschen, die ihr Leben bevölkern, am Frühlingsanfang im Jahr 1838. Es ist eine traurige Zeit für Rose. Der Bulle des Squires hat ihrem Vater die Eingeweide aus dem Leib gerissen, und es ist der Tag der Beerdigung.«

Rose und ihre Mutter schlichen stumm umeinander, als sie an diesem Tag das Frühstück zubereiteten. Das Herdfeuer qualmte wie gewöhnlich, und aus dem Strohdach war ein großes Büschel herausgefallen. Rose schrubbte Tisch und Bänke und fegte den Boden; es war fast eine Erleichterung für sie, dass sie etwas tun konnte, denn ihre Mutter Kathleen hatte sie kaum zur Kenntnis genommen. Sie bewegte sich wie ein Geist in der Kate umher und kümmerte sich geistesabwesend um das Baby und ihre Alltagsarbeit.

Anfangs hatte Rose noch versucht, sie aus ihrer düsteren Stimmung zu reißen, indem sie von bedeutungslosen Dingen geplappert hatte, aber ihre Mutter hatte nur die Stirn gerunzelt und die Lippen zusammengepresst. Schweren Herzens hatte das Mädchen sich entschieden, lieber zu schweigen, als noch eine Zurechtweisung zu riskieren.

Die Sonne ging auf und ließ den Reif schmelzen, und um den Qualm vom Herd und den Geruch des Todes zu vertreiben, öffnete Rose das Fenster und riss die Tür weit auf. Einen Augenblick lang blieb sie auf der Schwelle stehen und atmete die frische, klare Luft, und während sie zu den Hängen der South Downs hinaufschaute, dachte sie an John Tanner. Squire Ade hatte die Zigeuner weitergeschickt, und sie fragte sich, wann sie ihn wohl wiedersehen würde. Sie sehnte sich nach seiner Umarmung, sehnte sich nach seinen liebevollen Worten. Sie verstand aber auch, dass John mit seinen siebzehn Jahren es in der Welt zu etwas bringen musste, bevor sie alt genug zum Heiraten war – doch an ihrer Ungeduld änderte das nichts.

»Hör auf zu träumen, Kind. Wir haben zu tun.«

Kathleens Stimme schreckte sie auf, und sie ging in die Kate zurück. Sie schaute zu ihrer Mutter auf und wagte fast nicht, die Sorge auszusprechen, die sie so beharrlich plagte. »Was wird aus uns werden, Mum?«

Kathleen betrachtete sie lange. Kein Mitgefühl lag in ihrem Gesicht, weder Sanftmut noch Licht – nichts als Schicksalsergebenheit. »Darüber sprechen wir später«, sagte sie in scharfem Ton. »Jetzt sollst du Davey zu den Nachbarn bringen. Es schickt sich nicht, dass er sieht, was hier geschieht.«

»Man muss es ihm sagen, Mum. Es ist nicht fair.«

Kathleens Mund wurde schmal. »Wir haben genug zu erdulden, ohne dass Davey sich anstellt. Tu, was man dir sagt.«

Der Tag hatte kaum begonnen, aber Rose kam es vor, als dauere er schon eine Ewigkeit. Sie ging quer über den hart gestampften Lehmboden und packte ihren Bruder bei den knochigen Handgelenken, bis er sein tonloses Summen einstellte und zu ihr aufblickte. »Wir machen einen Besuch, Davey«, sagte sie leise.

Armer Junge, dachte sie und strich ihm eine Locke aus der Stirn. Mit seinen blauen Augen und dem schwarzen Haar hätte er eigentlich hübsch sein müssen, aber in dem starren Blick und dem unkoordiniert hängenden Mund lag eine Leere – das Vermächtnis eines Unfalls in der Kindheit. Ein Tritt vom Pferd des Jägers hatte genügt: Er würde nie eine richtige Arbeit bekommen, denn die Leute hatten nichts übrig für seine Absonderlichkeiten, und sie verstanden sein kindliches Gestammel und seine endlose Singerei nicht. Im Geiste würde Davey immer vier Jahre alt sein, obwohl er jetzt schon sechzehn war.

»Will meinen Dad«, sagte er störrisch. »Gehe nicht.«

Kathleens Röcke raschelten ungeduldig, als sie ihm Schale und Löffel aus den Händen riss und ihn grob von der Bank zog. »Du gehst, wenn ich es dir sage«, fuhr sie ihn an.

Davey runzelte die Stirn, aber Rose führte ihn hinaus zur Nachbarkate, wo Mrs. Grey sich anschickte, zum Markt zu gehen. Seufzend sah Rose den beiden nach, der langen, schlaksigen Gestalt, die neben der rundlichen, kleinen Frau herging, und fast beneidete sie ihren Bruder um seine Unwissenheit.

Sie kehrte ins Haus zurück und schloss den sackleinenen Vorhang vor der Tür zur Schlafkammer, zog sich bis auf den Unterrock aus und wand sich in ihr grobes braunes Kleid. Es war eigentlich für die Arbeit im Herrenhaus gedacht, aber es war auch das einzige, das sie besaß, das sich halbwegs für den Kirchgang eignete. Das Geld reichte nicht für ein Trauerkleid, nicht einmal für ein gebrauchtes. Das Mieder wurde ihr immer enger, und die Ärmel reichten nicht mehr bis zu den Handgelenken, aber es war sauber und bedeckte immer noch den größten Teil ihrer Stiefel, denn am Abend zuvor hatte sie den Saum ausgelassen.

Die schütteren Borsten ihrer viel benutzten Haarbürste verfingen sich in ihrem verknoteten schwarzen Haar, das, von Haarnadeln befreit, bis auf ihre Schultern herabhing. Aber es war nicht das Reißen der Haarbürste, der Mangel an anständiger Kleidung oder ein paar Pennys, was ihr die heißen Tränen übers Gesicht laufen ließ – es war ihr hilfloser Schmerz angesichts der Kälte ihrer Mum. Der Tod hätte sie einander näher bringen, sie miteinander verbinden sollen, sodass sie gemeinsam in die Zukunft schauen könnten, aber stattdessen hatte er die Familie auseinander gerissen, und Rose hatte die schreckliche Ahnung, dass dies erst der Anfang war.

Karrenräder näherten sich rumpelnd und knarrend, als sie in die Küche zurückkehrte. Kathleen kam aus ihrer Kammer, nahm Baby Joe auf den Arm und stand dann neben ihrer Tochter, aber sie war eine Insel inmitten ihrer Trauer, umschlossen von den

Gedanken, die sie in ihrem Kopf bewahrte, und von ihrer starren Selbstbeherrschung.

Rose holte die Tücher und legte ihrer Mutter das ihre beinahe zögernd um die Schultern. Kathleen nahm keine Notiz davon; sie schob nur das Baby von einem Arm auf den andern, um den schweren schwarzen Stoff zurechtzuziehen.

Als der Sarg auf dem Karren stand, ließ der Fuhrknecht die Zügel schnalzen, und Brendon Fuller begann seine letzte Reise, die Wilmington Lane hinunter zur Kirche von St. Mary und St. Peter.

John Tanner wanderte schon seit dem Morgengrauen über die Hügel um Lewes, und seine Gedanken waren bei Rose. Er konnte sich vorstellen, wie ihr heute zumute sein musste. Seine Mutter war gestorben, als er erst drei Jahre alt war, aber der Verlust seines Vaters verfolgte ihn noch heute.

Max Tanner hatte sein Leben bis zur Neige ausgekostet, wenn man den Erzählungen glauben konnte. Er liebte die Frauen, und sie liebten ihn, und manchmal hatte seine Zigeunersippe deshalb Schwierigkeiten bekommen und weiterziehen müssen. Aber als Reiter und Händler war er geachtet gewesen; er hatte sich mit den verschlagensten Köpfen messen können, und seine Furchtlosigkeit hatte ihm noch mehr Respekt eingebracht – aber auch Unheil.

John erinnerte sich noch gut an jenen Tag. Es war ein wilder Morgen gewesen; der Wind hatte in den Bäumen geheult, das Gras niedergedrückt und die Wolken über den Himmel gejagt. Der Hengst war auf dem Pferdemarkt in Lewes gekauft worden, und er war so ungezähmt wie das Wetter gewesen.

Die Nacht zuvor, eine Vollmondnacht, hatte der sechsjährige John sehr zu seinem Verdruss mit den Frauen auf Pilzsuche gehen müssen. Er hatte gewartet, bis sie ganz in die Arbeit vertieft waren, und dann hatte er sich zwischen die Bäume verdrückt. Er hörte sie rufen, aber er kümmerte sich nicht darum, und bald umgaben ihn nur noch die Laute des Waldes.

Die Männer waren im Tal, das an allen Seiten von Bäumen umstanden war und somit eine vorzügliche Arena für das Zureiten neuer Pferde bildete. In der Mitte war ein roh behauener Zaun errichtet worden, und der kleine John schlich sich so nah heran, wie er es nur wagen konnte, und versteckte sich dann hinter einem umgestürzten Baum. Wenn die Männer ihn ertappten, würden sie ihn wahrscheinlich zu den Frauen zurückschicken, und John war nicht bereit, diese Demütigung über sich ergehen zu lassen, denn schon in diesem Alter besaß er einen glühenden Stolz.

Max stand mitten in der behelfsmäßigen Einfriedung. Weste und Hose stachen dunkel von seinem leuchtend roten Hemd ab. Gold glänzte an seinen Ohrläppchen und am Hals, und die Wintersonne schimmerte blau in seinem langen schwarzen Haar. Er war nicht groß, aber stämmiger als die meisten; Arme und Beine waren muskulös, und seine breiten Schultern verhießen nichts Gutes.

Für den Jungen in seinem Versteck waren Max und der Hengst von dem gleichen freien Geist und von der gleichen Wildheit. Man erkannte es an der fliegenden Mähne und den geballten Muskeln, an der Kraft von Mann und Tier, als beide um die Oberhand wetteiferten. Der Hengst stampfte und schnaubte am Ende eines langen Seils, er schüttelte die Mähne und rollte mit den Augen. John hörte nicht, was sein Vater sagte, aber es würden die traditionellen Romani-Worte sein, mit denen man ein wildes Pferd beruhigte. Ehrfürchtig schaute er zu, wie Max bedächtig mit dem Pferd umging.

Max bewegte sich leichtfüßig wie ein Tänzer auf den Zehenballen hin und her und berührte die Flanke des Tiers in sanfter Liebkosung mit der Spitze seiner Peitsche, um seine Schritte zu lenken. Der Strick wurde Stück um Stück verkürzt, bis Mann und Pferd einander fast berührten. Max redete immer noch leise summend auf das Pferd ein, während der Hengst scheu und unruhig zitterte. Dann hauchte er in die samtenen Nüstern und fuhr mit der Hand über den bebenden Hals.

Der Hengst zuckte zusammen, riss den Kopf hoch und legte die Ohren flach nach hinten. Aber er konnte nirgends hin, nahm nichts mehr wahr als die Ruhe des Mannes vor ihm, dessen Geruch ihm schon vertraut war – dessen Stimme und Berührung seine Angst zu lindern schienen.

John kauerte gebannt hinter seinem Baumstamm. Eines Tages würde er auch den Mut haben, sich einem solchen Pferd entgegenzustellen. Sein Vater würde ihn die Kunst lehren, die er von seinem und dieser wiederum von seinem Vater gelernt hatte. So war es Zigeunerbrauch – seine Zukunft. Einstweilen aber begnügte er sich damit, bewundernd zuzuschauen.

Nachmittägliche Schatten hatten sich auf die Arena gelegt, als dem Hengst Gebiss und Halfter über den Kopf gestreift wurden. Er versuchte das Halfter abzuschütteln, wich zurück, tänzelte und drehte sich. Aber der Mann ließ nicht los, tauschte weiter Atemzug um Atemzug mit dem Tier und schob dabei das Gebiss des Zaumzeugs zwischen die schnappenden Zähne. Geraume Zeit später führte Max das Pferd in eine Ecke der Einfriedung. Der Hengst war ruhig, aber das Beben seiner schweißglänzenden Flanken war ein Warnzeichen: Er war fluchtbereit.

Max streichelte seinen Hals und fuhr mit der Hand über den kräftigen Rücken, um das Tier zu beruhigen. Zoll für Zoll kletterte er höher auf den Zaun, während er die ganze Zeit weiterredete und die Hand nicht von dem kastanienbraunen Fell nahm.

Der Hengst trat voller Unbehagen beiseite, als der Mann sich behutsam quer über seinen Rücken legte. Seine Hände liebkosten das Tier noch immer, und seine Stimme gurrte, während er sein Gewicht verlagerte und das Halfter straffte. Die Zügel zerrten an dem verhassten Ding im Maul des Hengstes. Der Mann saß jetzt rittlings auf ihm, presste ihm die Fersen an die Rippen, presste die Knie zusammen und griff in die Mähne.

Die anderen Männer sprangen beiseite, als der Hengst sich aufbäumte. Max klammerte sich fest, die Brust tief an den Hals des Pferdes geschmiegt, und umspannte die sich spreizenden Rippen mit Füßen und Knien, während die Mähne sein Gesicht peitschte.

In heller Begeisterung vergaß John, sich zu verstecken. Er sprang auf, als der Hengst in einem rasenden Wirbelwind davongaloppierte. Gras flog in lehmigen Klumpen von den fliegenden Hufen, und der Wind trug das Wiehern des Pferdes und die Triumphschreie des Mannes herüber. Das Pferd rutschte über den Boden, riss in einem bösartigen Kreis die Hinterhand herum, senkte den Kopf und bockte.

Max wurde heruntergeschleudert, der Zügel seinen Händen entrissen, und er flog im Bogen über den Kopf des Tieres. Er fiel auf einen spitzen Zaunpfahl, und das Krachen hallte zwischen den Bäumen wider.

Es war, als könne John das schreckliche Geräusch immer noch hören. Er blieb stehen und setzte sich auf die Überreste der alten Burgmauer. Noch immer fühlte er den Schock dessen, was geschehen war. Wie Brendon Fuller war auch Max Tanner auf der Stelle tot gewesen.

Johns Blick ging über die Hügel, aber er sah nicht die fernen Dächer von Lewes, sondern die schwarze Asche vom Wagen seines Vaters. Was er roch, war nicht feuchtes Gras und Erde, sondern der Gestank von brennendem Holz. Sie hatten Max unter einer Ulme tief im Wald von West Dean bestattet und ihm die Ohrringe und die goldene Kette in die leblosen Finger gelegt – seine Talismane, die Zeichen seiner irdischen Erfolge. Sie würden bei ihm bleiben, wie es Zigeunerbrauch war, damit seine Seele Frieden hätte.

Mit Schaudern dachte John daran, dass dieser lebensfrohe Mann unter der Erde lag. Der Tod holte alle, aber Zeitpunkt und Ort bestimmte das Schicksal. Heimlich und lautlos konnte er kommen oder mit obszöner Geschwindigkeit – aber immer trugen die Hinterbliebenen eine Narbe davon.

Er hatte Glück gehabt, das musste John sich eingestehen. Seine Großmutter, die *dukkerin*, hatte ihn aufgenommen, und es war immer jemand da gewesen, der ihm Trost und Rat gespendet hatte, als er größer geworden war. Aber Rose? Was würde aus ihr werden? Er nagte an der Unterlippe, als er daran dachte, wie weit Kathleen Fuller sich von ihrer Tochter entfernt hatte und wie achtlos sie sie behandelte. Es gab keine große Familie, die Rose liebevoll und schützend umgab – nichts Beständiges mehr in ihrem Leben, nachdem ihr Dad nun von ihr gegangen war.

Lächelnd dachte er an ihre Kinderjahre. Schon als Junge hatte er etwas Besonderes für sie empfunden, und im Laufe der Jahre war das Band zwischen ihnen stärker geworden. Er hatte gemerkt, dass er nach ihr Ausschau hielt, dass er darauf wartete, sie vielleicht morgens auf dem Weg zum Herrenhaus zu sehen. Er hatte ihr frisch geangelte Forellen oder ein gefangenes Kaninchen zugesteckt. Die letzten paar Tage hatten alle diese Dinge wieder an die Oberfläche kommen lassen, und ungeduldig wartete er auf den Augenblick, da er ihr seine Gefühle offenbaren und sie zu seiner Frau machen konnte.

Der Gedanke, dass es misslingen, dass sie ihn zurückweisen könnte, hatte für ihn nie eine Rolle gespielt. Sie war zwar noch sehr jung, aber er wusste, dass der Tag kommen würde – denn er hatte die Träume gehabt, hatte ihr Gesicht im Flammenschein des Lagerfeuers gesehen, und er hatte gewusst, dass die Hand des Schicksals ihre Wege miteinander gekreuzt hatte.

Das rostige Krächzen der Raben ließ ihn aufstehen. Seine Gedanken hatten ihn allzu lange beschäftigt; die Sonne ging schon auf und vertrieb die Schatten unter den Bäumen. Eilig lief er durch den Wald bis zur Lichtung, und dort blieb er einen Augenblick und beobachtete das morgendliche Ritual.

Die *vardos* genannten Wagen umstanden das Lagerfeuer in weitem Kreis, und er roch das Rabenragout, das in dem schwarzen Kessel brodelte. Kinder spielten zwischen Wagen und Zelten; ihre hellen Stimmen hallten zwischen den Bäumen wider. Die Männer striegelten die Pferde, die an einer Seite des Lagers standen, oder sie saßen da und rauchten ihre Tonpfeifen, während sie auf das Frühstück warteten. Die Frauen schwatzten wie die Spatzen, während sie das Brot brachen und Gemüse in den Topf warfen.

John trat auf die Lichtung hinaus. Seine Großmutter Sarah Tanner erwartete ihn auf der Treppe vor ihrem Vardo. Trotz ihres hohen Alters trug sie immer noch ihre traditionellen leuchtend roten Röcke und Unterröcke und die zierlich bestickte Weste und Bluse, die sie schon in ihrer Jugend getragen hatte. Ihr langes graues Haar war mit einem grünen Band nach hinten gebunden, und Gold glänzte an ihren Ohren und in ihrem Mund. Sie hatte einen Fuß auf die Sprosse gestellt und den Ellenbogen auf das Knie gestützt und rauchte ihre Tonpfeife.

John war sich ihrer eingehenden Musterung nur allzu genau bewusst. Diesen Augen entging nichts.

Die Pfeife klemmte zwischen ihren verbliebenen Zähnen. »So. Du hast also vor, sie wiederzusehen?«

John schob die Hände tief in die Taschen. »Ich muss. Sie hat ja sonst niemanden, und Brendon wird heute beerdigt.«

Sarah nahm die Pfeife aus dem Mund und zog eine Grimasse. »Sie ist *kairango*, Junge. Nicht deine Sache.« Als John schwieg, spuckte sie ihm vor die Füße. »Rose Fuller bedeutet Ärger. Bleib weg von ihr.«

Er wusste, dass es keinen Sinn hatte, mit ihr zu streiten. Die Dukkerin würde nicht zuhören. Er fuhr sich mit der Hand durchs Haar und entspannte seine Schultern. Sie schmerzten noch von dem Boxkampf, den er am Abend zuvor bestritten hatte.

»Sieh mich an, Junge.«

Es war unmöglich, den leisen Befehl zu ignorieren. John gehorchte widerstrebend. Die dunklen Augen seiner Großmutter waren unermesslich tief, und er wusste, dass sie Dinge aus einer anderen Dimension sah. Ein banger Schauder sträubte ihm die Nackenhaare. Die Macht der Dukkerin ging selten fehl, und er hatte das Gefühl, dass ihm nicht gefallen würde, was er jetzt hören würde.

»Deine Bestimmung liegt an einer anderen Straße, John. Und es ist ein weiter Weg bis dorthin. Wenn Orion die Himmel regiert und die Gemini-Sterne sich voneinander spalten – dann wirst du wissen, was für einen schrecklichen Preis du bezahlen musst, wenn du dem Schicksal trotzt.«

John wollte ihr nicht glauben, aber als ihr Blick sich wieder klärte und sie ihn fest anschaute, kehrte seine Bangigkeit zurück. »Rose ist in mir, Großmutter«, beharrte er. »Ich habe gesehen, wie …«

»Ärgere mich nicht, Junge«, fuhr sie ihn an. »Du siehst nur das, was du sehen willst. Hör auf mich! Ihr Weg ist steinig, aber sie wird nicht allein reisen.« Sie schwieg und wischte sich den Speichel aus den Mundwinkeln. »Sie reist mit einem anderen«, sagte sie leise. »Deine Bestimmung ist hier, unter den Deinen.«

Er schüttelte den Kopf, aber Liebe und Achtung vor der alten Frau ließen ihn schweigen. Sie mochte glauben, was sie wollte. Er würde seine Rose niemals aufgeben.

Rose hörte, wie die Erde mit dumpfem Schlag auf den Sargdeckel fiel, sah, wie der Pfarrer sich den Schmutz von den Händen wischte und sich dann abwandte, um dem Squire und Miss Isobel seine Aufwartung zu machen. Es war vorüber.

Rose stand neben ihrer Mutter, als Häusler und Knechte ihr

Beileid abstatteten, bevor sie sich den wie Tische gedeckten Gräbern zuwandten, um sich ihren Anteil an Ale und Kuchen zu sichern. Der Tod war keinem von ihnen fremd, denn auf den Bauernhöfen geschahen Unfälle, und Typhus, Cholera und Ruhr befielen die ganz Jungen und die ganz Alten in ihren bescheidenen Cottages. Es war ein Preis, den sie alle zu zahlen hatten, und weil niemand etwas dagegen tun konnte, fanden sich alle damit ab.

Die Kälte drang ihr bis ins Mark. Finger und Zehen waren gefühllos, und als der Squire und Miss Isobel herankamen, fand Rose kaum noch die Kraft zu einem Knicks.

»Vielen Dank für das alles, Sir«, sagte Kathleen mit klarer und fester Stimme und deutete dabei auf den Totengräber, den Pferdekarren und das Essen für die Trauergemeinde. »Brendon hätte sich gefreut über so eine eindrucksvolle Totenfeier.«

Rose schob die Hände unter ihr Tuch. Dad hätte sich gefreut, wenn er noch am Leben gewesen wäre, statt sechs Fuß tief in der kalten Erde zu liegen, dachte sie verbittert.

»Meine Frau lässt ihr Beileid ausrichten, Madam. Ich habe vereinbart, dass der Fuhrmann übermorgen kommt und Ihnen beim Auszug hilft. Sie können sicher sein, dass die junge Rose im Herrenhaus gut versorgt sein wird und dass alles, was Sie mir anvertraut haben, unter uns bleiben wird.« Der Squire nahm seinen Zylinder ab, deutete eine Verbeugung an und ging mit seiner ältesten Tochter davon.

Es dauerte ein paar Augenblicke, bis seine Worte durchgedrungen waren, aber als Rose schließlich begriffen hatte, was er gesagt hatte, packte Rose ihre Mutter beim Arm. »Was für ein Auszug?«, fragte sie. »Wo willst du denn hin? Und was meinte der Squire, als er sagte, ich sei im Herrenhaus versorgt?«

Kathleen schob das Baby an ihrer Schulter hoch, und ihr Blick wanderte über die Versammlung vor der Kirchentür. »Wir sprechen zu Hause darüber«, sagte sie fest.

»Nein.« Rose zog ihre Mutter zu sich herum. »Ich will es jetzt wissen, Mum.«

»Dies ist nicht der richtige Ort«, antwortete Kathleen eisig. Sie entwand sich dem Griff ihrer Tochter, aber damit schienen die letzten Reste ihrer Energie aufgebraucht zu sein, und sie bewegte sich nicht von der Stelle. »Lass es gut sein, Kind«, sagte sie müde. »Es ist besser, nicht vor so vielen Zuhörern über unsere Angelegenheiten zu sprechen.«

Rose schaute zu der Trauergemeinde hinüber. Die Leute saßen mit vollem Mund und dicken Wangen da und hoben ihre Alekrüge. Ihr war es gleichgültig, ob sie zuhörten, denn der Schmerz, den Mum ihr zufügte, ging so tief, dass sie ganz gefühllos war.

»Rose?«

Sie drehte sich um, als sie die wunderbar vertraute Stimme hörte. »John«, seufzte sie. Dann umschlangen seine Arme sie, und er drückte sie an sich und gab ihr die Wärme und den Trost, den sie so verzweifelt brauchte. Sie klammerte sich an ihn, vergrub das Gesicht in den Falten seines Mantels und atmete den männlichen Duft von Tabak und Haaröl ein.

»Was suchst du hier?« Kathleens eisige Stimme brach den Bann.

John behielt Rose in seinen Armen, aber sie spürte die Anspannung in ihm, als er ihre Mutter anschaute. »Ich bin gekommen, um einem Mann, den ich gern hatte, die letzte Ehre zu erweisen«, antwortete er schlicht. »Und um mich zu vergewissern, dass es Rose gut geht.«

Eine raue Hand riss sie aus seinen Armen, und Rose stolperte auf den Grashügel eines alten Grabes. Als sie ihr Gleichgewicht wiedergefunden hatte, schaute sie verblüfft zwischen Mum und John hin und her. Mums Gesicht war weiß, ihr Blick feindselig, ihr Mund ein harter, missbilligender Strich. John war puterrot, und das Zucken in seinem Kiefermuskel ließ seine unterdrückte Wut erkennen.

»Du würdest meinen Mann besser ehren, wenn du das Wohlergehen meiner Tochter denen überlassen wolltest, die das Recht haben, sie zu leiten.«

»Er wollte nur freundlich sein, Mum«, protestierte Rose.

»Schon gut, Rose«, flüsterte er, und seine Augen waren so dunkel und unergründlich, dass sie sich darin spiegeln konnte. »Deine Mum passt nur auf dich auf.«

»Das tue ich allerdings, John Tanner«, sagte Kathleen steif. »Und ich wäre dir dankbar, wenn du Rose nicht noch einmal behelligen wolltest.«

»Mum«, rief Rose, »ich und John sind doch fast zusammen aufgewachsen. Das kannst du nicht tun.«

Kathleens Blick war kalt, ihre Miene undurchdringlich. »Doch, das kann ich.« Sie wandte sich wieder John zu. »Wenn ich erfahre, dass du meine Tochter belästigt hast, werde ich dafür sorgen, dass der Squire etwas unternimmt.«

Er hielt die geballten Fäuste gesenkt, und der Muskel an seinem Kiefer ließ erkennen, dass er zornige Worte zurückhielt. »Und wie wollen Sie das anstellen, Mrs. Fuller?«

In seiner trügerischen Ruhe erkannte Rose ein Zeichen von Gefahr.

»Sie wird von Freitag an unter dem Dach des Squire leben. Als ihr Arbeitgeber und Vormund hat er das Recht, sie vor Landstreichern zu beschützen«, antwortete Kathleen böse.

Sie schleifte Rose den Weg hinunter und umklammerte ihr Handgelenk so fest und entschlossen, dass Rose nichts anderes übrig blieb, als ihr zu folgen. Aber als sie an der Kirchenmauer entlanggingen, schaute sie sich noch einmal um.

John stand da, wo sie ihn hatten stehen lassen. Sie sah es ihm am Gesicht an: Allen Warnungen ihrer Mum zum Trotz würde er sie nicht aufgeben.

Sie hatte gerade noch Zeit für ein kurzes Winken, bevor Kathleen sie um die Ecke und den Hang hinunter zum Tor zerrte. In wütender Hast marschierte sie die Gasse hinunter, und Rose fragte sich, woher sie plötzlich diese Energie nahm.

»Langsam, Mam«, keuchte sie, »ich komme nicht mit.«

»Je schneller ich dich nach Hause bringe, desto besser. Wir haben etwas zu besprechen.«

Die Katen standen still und verlassen in einer Reihe; die Bewohner waren entweder auf dem Friedhof oder auf den Feldern. Das Klappern ihrer Stiefelabsätze auf dem Kopfsteinpflaster hallte wie Hammerschläge durch die Stille, und Rose musste an den Totengräber denken und an das schreckliche Gepolter, das aus der Schlafkammer gekommen war, als sie Dad in seine Kiste gelegt hatten.

»Hinein mit dir!«, befahl Kathleen, schob sie ins Haus und schlug die Tür zu.

Rose hatte genug. Sie blieb mitten in der halbdunklen, kleinen Stube stehen und stemmte die Hände in die Hüften. Das Haar fiel ihr über die Schultern. »Also schön, Mum«, begann sie entschlossen. »Was soll das alles?«

Kathleen legte den kleinen Joe in seine Schublade und nahm den Schal ab. »Ich habe Arbeit in der Damenschule in Jevington. Dort ist kein Platz für dich, und deshalb habe ich den Squire gebeten, dich im Herrenhaus wohnen zu lassen. Am Freitagmorgen ziehen wir hier aus.«

»Warum hast du mich nicht gefragt, was ich gern möchte?« Rose war empört.

Ihre Mutter musterte sie ungerührt. »Mag sein, du glaubst, dass du bald eine Frau bist, Rose, aber du hast noch eine Menge zu lernen, bevor du solche Entscheidungen treffen kannst.«

»Wann hast du mich jemals nach meiner Meinung gefragt?«, entgegnete Rose verbittert. »Wann hätte es dich jemals gekümmert, ob ich mit meiner Arbeit beim Squire glücklich bin?«

Kathleen zuckte die Achseln und hängte den Wasserkessel an den Kaminhaken. »Es geht nicht darum, glücklich zu sein, Rose.

Es geht ums Überleben. Ich habe getan, was ich für das Beste hielt.«

»Aber bei John wäre ich sicherer«, widersprach Rose wütend. »Captain Gilbert Fairbrother mag ein Gentleman sein, aber er ist gefährlich.«

»Was hat Miss Isobels Verlobter damit zu tun? Hast du Schande über dich gebracht?«

Rose schluckte ihren Zorn herunter. Mum war nicht in der Stimmung, dass sie ihr von dem Captain erzählen könnte, von seinen leicht durchschaubaren Versuchen, mit ihr allein zu sein, von den Lügengeschichten, die sie sich ausdenken musste, um das alles vor Miss Isobel zu verheimlichen. »Nein, Mum«, sagte sie, »aber es ist furchtbar schwierig, ihm aus dem Weg zu gehen.«

Kathleen ließ sich auf die Bank fallen und barg das Gesicht in den Händen. Joe fing wieder an zu schreien und erfüllte das Cottage mit seinen wütenden Forderungen. »Du gehörst hierher, Rose. Du bist in diesem Haus geboren, und du hast nichts gesehen von der Welt.« Sie hob den Kopf, und Müdigkeit umflorte ihre dunklen Augen. »Vertrau mir, Rose. Es ist am besten, wenn du hier bleibst.«

Rose betrachtete ihre Mum, und trotz der Erschöpfung in ihrem Gesicht verspürte sie kein Mitleid. Kathleen hatte ihr selten Zuneigung gezeigt, und wenn, dann nur mit Widerwillen. »Warum magst du mich nicht, Mum?«, fragte sie schließlich.

»Wie kann ein Kind seine Mutter so etwas fragen?« Kathleen schnaubte. Sie stand vom Tisch auf und hob das Baby aus der Lade. »Natürlich mag ich dich. Du bist meine Tochter.«

»Das ist nicht Grund genug«, sagte Rose nachdenklich. »Habe ich etwas Böses getan, Mam?«

»Herr erbarme dich – höre sich einer das Kind an«, murmelte Kathleen leise, während sie dem Baby die nassen Windeln wechselte.

»Und was ist mit John Tanner?«, fragte Rose leise. »Warum bist du so hässlich zu ihm? Er ist nur gekommen, um uns seine Ehre zu erweisen, und du weißt, was wir füreinander empfinden.«

Kathleen senkte den Blick. »Wenn du heute nichts anderes lernst, Rose, sollst du dich doch wenigstens an eines erinnern: Alles ist jetzt anders. Du bist fast erwachsen, und ich habe wohl gesehen, wie es zwischen euch beiden steht. Dein Vater würde es nicht billigen, Rose, und die Dukkerin auch nicht. Und du musst mir jetzt versprechen, dass du den Jungen nicht wiedersehen wirst.«

Rose verschlug es den Atem. »Das kann ich nicht, Mum. John und ich waren schon Freunde, da war ich nicht viel älter als Joe. Wir geben aufeinander Acht – und jetzt, wo Dad nicht mehr da ist …« Sie sprach nicht zu Ende; sie wollte ihre Mutter nicht noch einmal in Wut versetzen.

Kathleen schaute sie lange an. Ihre Augen waren tränenlos, und ihr Mund zeigte stählerne Entschlossenheit. »Wenn du mir nicht versprichst, ihn nie wiederzusehen«, sagte sie ruhig, »werde ich es dir nicht verzeihen. Die Erde auf dem Grab deines Vaters ist noch weich, und seine Seele ist im Fegefeuer. Es war sein Wunsch, dass du und John getrennte Wege gehen sollt. Willst du dich dem letzten Wunsch deines Vaters widersetzen, Rose?«

Rose trat von einem Fuß auf den anderen. Die Angst vor Hölle und Verdammnis und davor, dass Dads Seele für alle Zeit im Fegefeuer gefangen sein könnte, saß ihr allzu tief in den Gliedern. Aber sie konnte sich nicht erklären, weshalb ihr Vater so feindselig gegen John gewesen sein sollte. Hatten die beiden Streit gehabt? Ihre Gedanken wirbelten im Kreis herum, bis ihr schwindlig wurde und sie sich hinsetzen musste. Wenn sie verspräche, John nicht wiederzusehen, wäre sie daran gebunden, denn wenn sie ein Versprechen brach, das sie am Grab ihres Va-

ters abgelegt hatte, würde sie in alle Ewigkeit in der Hölle schmoren.
»Ich verspreche, dass ich nicht zu ihm gehen werde«, erklärte sie schließlich. Sie hatte einen Kloß im Hals, und das Herz wurde ihr schwer. Sie wusste nicht, ob sie jemals wieder Frieden finden würde.

Sophie war mit Rose und John so tief in der Vergangenheit versunken, dass ein paar Augenblicke vergingen, ehe sie merkte, dass ihre Großmutter schwieg. Sie blinzelte und kehrte nur widerwillig in die Gegenwart zurück. Die Sonne brannte noch immer auf das Vordach. Die Kookaburras gackerten immer noch, und der Busch ringsum verdorrte in der Hitze. Das alles kam ihr nicht mehr real vor; halb rechnete sie damit, Squire Ade vorüberreiten zu sehen, so klar hatten ihr die grünen Hügel vor Augen gestanden. Sie hatte den beißenden Frost an ihren Fingern gespürt und gesehen, wie John seiner Rose zum Abschied zuwinkte.

»Ist er zu ihr zurückgekommen?«

Cordelia putzte ihre Brille mit dem Saum ihres Baumwollkleides und spähte kurzsichtig in die Ferne. »Da musst du schon abwarten«, sagte sie leise. »Es hat keinen Sinn, die ganze Geschichte auf einmal zu erzählen. Die Vorfreude ist ja der halbe Spaß.«

»Woher weißt du so viel von dem, was vor all den Jahren dort passiert ist? Es hört sich an, als wärest du dabei gewesen.«

Cordelia schob sich die Brille auf die Nase und gähnte. »Das war ich in gewisser Weise auch«, sagte sie dann. »Rose war eine großartige Erzählerin.«

»Aber du kannst das alles doch nicht nur von ihr erfahren haben?«

»Zuerst nicht«, gab Cordelia zu. »Aber als die Jahre vergingen und ich reif genug wurde, um das komplexe Gewebe unserer Familiengeschichte zu verstehen, bekam ich Zugang zu anderen Quellen, die mir halfen, wichtige Lücken auszufüllen. Der Rest ist Logik und Vorstellungsvermögen.«

Sophie verlagerte ihr Gewicht auf dem Campingstuhl. »Was waren das für Quellen?«, fragte sie ungeduldig.

»Dies und das«, antwortete die alte Dame obenhin. Dann gähnte sie wieder. »Zeit fürs Mittagessen und einen kräftigen Brandy. Die ganze Erzählerei macht Appetit.«

Am nächsten Tag waren Sophie und ihre Großmutter früh losgefahren; sie wollten ein gutes Stück des Weges hinter sich bringen, ehe die Sonne das Fahren mühsam machte. Belohnt wurden sie mit einer Herde Kängurus, die in weiten Sätzen über das blassgrüne Gras flogen, bevor sie im getüpfelten Schatten einiger Gummibäume verschwanden. Die Straße war verlassen, und das Land erstreckte sich endlose Meilen weit in alle Himmelsrichtungen. Ferne Berge lagerten wie rauchblaue Wolken über dem Horizont, und Eukalyptushaine tanzten in Tümpeln, hervorgerufen durch Hitzeflirren.

Sophie fuhr den Newell Highway entlang. Sie war sich ihrer Umgebung und ihrer Großmutter an ihrer Seite bewusst, aber im Geiste kehrte sie doch immer wieder zu den Träumen zurück, die sie in der Nacht zuvor gehabt hatte, und in dem geselligen Schweigen zwischen ihnen verglich sie die Landschaft ihrer Träume mit der Realität.

Sie hatte von einer Kalkfigur geträumt, die erhaben im saftigen Gras eines sanft gerundeten grünen Hügels über einem englischen Dorf ruhte, von den Menschen, die einst im Herrenhaus gewohnt hatten, und von den Häuslerkaten in seinem Schatten. Ihre Jahre in England hatten Sophie eine Ahnung von der Szenerie vermittelt, in der Rose und ihre Familie gelebt haben mussten; Cris hatte daran gelegen, ihr so viel wie möglich von seinem Land zu zeigen, und sie hatten die Südküste und die winzigen, scheinbar vergessenen Dörfer erkundet. Während ihre Großmutter die Geschichte ihrer Vorfahren vor ihr entfaltete, erwachten diese Erinnerungen zu neuem Leben, als habe auch Sophie die Schicksalswendungen miterlebt, die Rose bis auf die andere Seite der Welt geführt hatten.

»Was Rose wohl empfunden hat, als sie dieses Land zum ersten Mal sah«, murmelte sie. »Es ist so groß, so leer – so hart im Vergleich zu ihrem winzigen Dorf. Sie muss sehr einsam gewesen sein, nachdem sie doch in einer so engen Gemeinschaft gelebt hatte.«

»Rose war aus hartem Holz geschnitzt«, sagte Cordelia. »Sie war vielleicht nur ein Landmädchen, das nichts von der Welt außerhalb des Dorfes kannte, aber sie war doch klug und aufgeweckt und machte das Beste aus dem, was sie vom Leben aufgetischt bekam.«

»Inwiefern?«

»Das wirst du schon noch hören.« Cordelia lächelte.

Sophie wusste, dass sie sich damit zufrieden geben musste, aber es fiel ihr schwer, sich ihre Ungeduld nicht anmerken zu lassen. »Gottlob hat sich da manches geändert«, sagte sie, als sie sich dem nächsten Campingplatz näherten, der am Fuße der Herveys Range lag. »Heutzutage hätte sie ihren Arbeitgeber wegen sexueller Belästigung verklagen können.«

»Ja.« Cordelia nickte. »Es war eine harte Justiz damals. Arm und Reich waren gleichermaßen an ihre Klasse gefesselt, und es gab kaum oder keine Hoffnung, sich davon zu befreien. Für ein hübsches Dienstmädchen wie Rose war das Leben schwer. Die vornehmen Leute schauten auf sie herab, wenn sie sie überhaupt eines Blickes würdigten, und benutzten sie ziemlich schamlos und ohne einen Gedanken an die Konsequenzen zu verschwenden.«

»Wieso hast du Mutter überhaupt auf diese schwachsinnige Reise gehen lassen?«, fragte Mary vorwurfsvoll.

»Ich habe ja erst davon erfahren, als sie an dem Morgen mit Sophie und ihrem Koffer aus dem Schlafzimmer kam«, sagte Jane und schenkte sich noch einen Drink ein.

»Du hättest sie aufhalten können.«

Jane wandte sich von der Bar ab. »Hast du schon mal versucht, Cordelia von etwas abzuhalten?«, fragte sie in versöhnlichem Ton. Sie hatte schon vor langer Zeit gelernt, sich von Mary nicht provozieren zu lassen. Wenn Mary Streit suchte, war sie hier an der falschen Adresse.

»Du hättest zumindest eine von uns anrufen können, damit sie herkommt und ihr zuredet«, beharrte Mary verstockt. Sie trank ihr Glas leer und machte sich noch einen Gin Tonic.

Jane beobachtete sie besorgt. Mary trank für gewöhnlich nicht viel: Ein Gin Tonic hatte eine Menge Kalorien. Doch heute war der Stress offenbar stärker als sonst. Wenn sie weiter so tränke, wäre sie bald betrunken, und dann könnte man mit ihr nicht mehr vernünftig reden.

»Cordelia ist nicht der Mensch, der Argumenten zugänglich ist, wenn sie einmal einen Entschluss gefasst hat«, sagte Jane ruhig. »Das solltest du wissen, Mary.«

»Aber mit Sophie nach Hunter zu fahren ist blanker Wahnsinn angesichts der Krise von Jacaranda, die uns alle bedroht. Was um alles in der Welt ist nur in sie gefahren?«

Jane antwortete nicht; für sie war diese Reise ebenso rätselhaft wie für alle anderen. Aber als sie beobachtete, dass die jüngere Frau auf und ab ging, fragte sie sich doch, weshalb die Sache so wichtig sein sollte.

»In welcher Stimmung war sie denn bei der Abreise, Jane? Hast du irgendetwas Merkwürdiges an ihrem Verhalten bemerkt? Irgendein Anzeichen dafür, dass sie etwas auf dem Herzen hatte?«

Jane drehte ihr Glas in der Hand und betrachtete das Licht, das sich im Kristall brach. »Sie war wie immer«, sagte sie und schaute Mary an. »Ich wünschte, du würdest dich hinsetzen«, seufzte sie leise. »Wenn du einen Trampelpfad in den Teppich läufst, ändert das nichts, und es bringt sie auch nicht schneller wieder nach Hause.«

Mary fuhr herum. Das Glas in ihrer Hand war wieder fast leer. »Natürlich würde es dir gut passen, wenn Mum gar nicht mehr zurückkäme, nicht wahr, Jane?«, erklärte sie nachdenklich und deutete mit weiter Gebärde durch das Apartment. »Du hättest ja eine Menge zu gewinnen, wenn Mum nicht mehr da wäre.«

Jane stand auf. »Das ist eine bösartige Bemerkung, Mary.«

»Aber es stimmt doch, oder nicht?« Mary verringerte den Abstand zwischen ihnen und musterte Jane betont unhöflich. »Du hast dich in diese Familie eingeschlichen und lebst kostenfrei und bequem von Mums Almosen, und jetzt hockst du da und lauerst auf das, was sie dir hinterlassen wird.«

Jane musste ihr ganzes schauspielerisches Talent aufbringen, um bei so viel ätzendem Gift weiter ruhig zu wirken, aber ihre Fassade bröckelte mit jedem Augenblick. »Ich brauche mich weder vor dir noch vor sonst jemandem zu rechtfertigen«, fauchte sie. »Was zwischen mir und Cordelia vereinbart ist, geht dich einen Dreck an.«

Mary verzog spöttisch den Mund. »Nicht mehr lange. Wenn Mutter dir auch nur einen Cent hinterlässt, werde ich das Testament anfechten. Du hast es nicht verdient.«

Jane holte tief Luft. »Du wirst keinen Grund für eine Testamentsanfechtung finden, und du wärest besser beraten, wenn du dich um deine eigenen Angelegenheiten und um deine Tochter kümmern würdest.«

Marys Blick war plötzlich wachsam und scharf. »Du weißt also schon, was in Mutters Testament steht? Hast ihr wohl beim Schreiben die Hand geführt, wie? Keine Zeit verschwendet?«

Das war unerträglich. Jane schmetterte das Glas auf den

Tisch und hörte das scharfe Splittern, mit dem das Kristall zerbrach. Eine Pfütze von Gin Tonic breitete sich auf dem blanken Holz aus, aber sie machte keine Anstalten, sie aufzuwischen. Sie fühlte sich an etwas erinnert, das vor langer Zeit passiert war, und zusammen mit Marys Tirade war es mehr, als sie aushalten konnte. »Du gehst jetzt lieber, bevor ich etwas sage, was wir beide bedauern werden«, flüsterte sie.

»Was hättest du wohl zu sagen, was ich auch nur im Entferntesten interessant finden, geschweige denn bedauern könnte? So nah stehen wir uns wohl kaum.«

»Vielleicht ist dieser Mangel an Nähe der beste Grund zum Schweigen.«

Mary runzelte die Stirn, und Jane sah, dass sie verwirrt war. Fast fürchtete sie die Frage, die jetzt sicher kommen würde. Es gab Dinge, die Mary nicht wusste. Dinge, die sie nicht verstehen würde – und dies war nicht der Augenblick, sie ihr zu offenbaren.

»Ich gehe nirgendwo hin, solange du mir nicht verrätst, wo Mums Testament ist.«

Jane hätte vor Erleichterung beinahe hörbar geseufzt, bevor sie in das verstockte Gesicht blickte. Damit würde sie fertig werden. »Ich habe keine Ahnung, wo es ist«, log sie.

»Das glaube ich nicht.«

»Dann sind wir in eine Sackgasse geraten«, sagte Jane ruhig. Aber ihr Puls hämmerte, und sie spürte die Schweißtropfen, die ihr über den Rücken liefen. Sie wollte Mary los sein. Sie brauchte Ruhe, um die kühle Fassade der Ungerührtheit abzustreifen.

Mary raffte ihre Handtasche an sich und ging zur Tür. »Das ist noch nicht das Ende«, giftete sie. »Es wird dir noch leid tun, dass du mich verärgert hast, Jane. Sehr leid.« Ohne sich zu verabschieden, schlug sie die Tür hinter sich zu.

Jane fiel in einen Sessel und starrte ins Leere. Mary hatte, ohne es zu wissen, den wunden Punkt ihres einsamen Daseins in dieser mächtigen Familie berührt, und für Jane war dies schmerzhafter als alles, was sie erwartet hatte. Sie hatte Jahre gebraucht, um ihre Schutzmauer zu errichten, aber Mary hatte sie in wenigen Augenblicken wieder eingerissen. Jetzt war sie verwundbar und einsam, und das Gewissen plagte sie.

VIER

Kate lächelte, als sie die Kuratoriumssitzung ihres Wohltätigkeitsvereins verließ und die Treppe zu ihrem Wagen hinunterlief. Sie hatte das Kuratorium überreden können, sich um eine Zuwendung aus Lotteriemitteln zu bewerben, und zusammen mit dem Geld, das sie selbst bereits aufgebracht hatte, war ihr Traum von einer speziellen Einrichtung für jugendliche Querschnittsgelähmte seiner Verwirklichung ein gutes Stück näher gekommen.

Australischer Football war ein harter, handfester Sport, und wie ihr Sohn wurden jedes Jahr Dutzende von jungen Leuten dabei verletzt oder getötet. Wer davonkam, musste oft den Rest seines Lebens im Rollstuhl oder in einem Pflegeheim verbringen; das eine bedeutete eine schreckliche Belastung für Patienten und Angehörige, und das andere entfernte die jungen Leute oft viele Meilen weit von ihren Familien, sodass sie sich einsam und vergessen fühlten.

Kates Traum war ein Pflegeheim, das anders war. Sie hatte ein Grundstück auf der Halbinsel Mornington gefunden, und dazu einen Architekten, der bereit war, seine Dienste kostenlos zur Verfügung zu stellen. Das Gebäude würde wie ein Luxushotel gebaut werden, mit Zimmern für Verwandte und Freunde der Patienten, die zu Besuch kämen. Natürlich würde es eine medizinische Abteilung mit den üblichen Chiropraktikern, Masseuren und Krankengymnastinnen geben, aber auch einen zeitgemäßen Unterhaltungskomplex mit einem eigenen Kino, das auch als Theater dienen konnte. Innen- und Außenschwimmbecken, ein Restaurant und eine kleine Einkaufspassage würden die Anlage weitgehend unabhängig machen. Und alle Gewinne aus dem Einzelhandels- und Unterhaltungsbetrieb würden der Hilfsorganisation zugute kommen können.

Es war ein ehrgeiziges Projekt, das viele Millionen Dollar kosten würde. Das Kuratorium hatte angesichts einer so gewaltigen Summe nur zögernd zustimmen wollen, aber nachdem mehr als die Hälfte des benötigten Geldes von Kate allein aufgetrieben worden war, hatte es kapitulieren müssen. Wenn ihr Treffen mit Charles nur halb so gut verliefe, würde dies ein erfolgreicher Tag.

Die ersten Regentropfen klatschten gegen die Frontscheibe, als sie die Nicholson Street hinunterfuhr, vorbei am Parliament House und am Hotel Windsor. Typisch, dachte sie, gerade scheint noch die Sonne, und im nächsten Augenblick regnet es. Jetzt fehlte nur noch der Wind, und es wäre wieder Winter. Als sie nach rechts in die Flinders Street einbog, musste sie scharf bremsen; sie trommelte mit den Fingernägeln auf das Lenkrad und wartete, bis die braun-gelbe Touristenstraßenbahn vorbei war, um dann nach links auf die Princes Bridge zu fahren.

Charles und seine zweite Frau Vipia bewohnten eine Zehn-Zimmer-Villa abseits der Toorak Road, und als Kate endlich die Zufahrt erreicht hatte, war sie wie immer beeindruckt vom blanken Protz dieses Hauses. Groß und verschachtelt erhob es sich hinter dem ferngesteuerten schmiedeeisernen Tor, Balkone und Terrassen farbenprächtig von Pflanzen und tropischen Palmen. Die Haustür hatte früher einmal eine alte Kirche geziert, und das Eichenholz war eisenbeschlagen. Steinerne Löwen bewachten die Stufen, und als Kate an ihnen vorbeikam, tätschelte sie ihnen den Kopf. Sogar sie wirkten selbstgefällig.

Das italienische Hausmädchen öffnete die Tür und führte

Kate in das große Wohnzimmer. »Was macht der Englischunterricht, Angelina?«

»Machta gut. Wirkalich.« Angelina grinste. »Ich hole Maestro.«

Kate zog eine Braue hoch. Das muss Charles gefallen, dachte sie sarkastisch. Maestro – wahrhaftig. Was nicht noch alles?

»Kate, wie schön, dich zu sehen. Einen Drink? Vipia wird gleich bei uns sein. Kümmert sich nur noch um den Lunch.«

Sie beobachtete ihren Cousin genervt und liebevoll zugleich, als er sich an der Bar zu schaffen machte. Am Konferenztisch mochte er aufgeblasen und arrogant sein, aber zu Hause war er nur ein täppischer Hanswurst. »Dann lässt du sie jetzt also kochen?«, fragte Kate scherzhaft. »Spart sicher Haushaltungskosten, könnte ich mir denken.« Charles galt als Geizkragen, wenn es ums Hauspersonal ging.

»Aber, aber, Kate.« Er zwinkerte wissend. »Vipia hat gern das Gefühl, dass sie ihr Haus selbst führt. Sie wollte nicht, dass ich noch jemanden einstelle.« Er schüttelte den Kopf und zog die Brauen zusammen. »Außergewöhnliche Frau«, brummte er.

Kate nippte an dem Glas, das er ihr gereicht hatte, und sah sich an spitzen Bemerkungen gehindert, weil die junge Ehefrau in diesem Augenblick beinahe lautlos eintrat. Die zierliche, anmutige Thailänderin verneigte sich zur Begrüßung und blieb dann neben ihrem Mann stehen. Ihre Mandelaugen blickten wachsam; das Lächeln umspielte nur den Mund. Ihr langes schwarzes Haar reichte bis auf die Hüften, ihre Haut hatte die Farbe von Milchkaffee, und ihr von dünnen Bändern gehaltenes Kleid war aus wispernder Seide.

Kate erwiderte das Lächeln; sie fühlte sich immer ein wenig plump und unbeholfen in Gegenwart einer so jungen und doch so gefassten Frau. Charles hatte nie preisgegeben, wie alt seine Frau war oder wo er sie kennen gelernt hatte; er sagte immer nur, sie sei ihm in Bangkok von einem Bekannten vorgestellt worden.

Nach Kates Schätzung konnte sie nicht weit über fünfundzwanzig sein, und nach allem, was Vipia ihr anvertraut hatte, als sie einmal zu viel getrunken hatte, war sie vermutlich in einer Bar oder einem Striptease-Club beschäftigt gewesen.

»Ich nehme an, du willst über deine Mutter reden.« Charles kam immer gleich zur Sache. »Wir können es beim Lunch tun.« Er legte besitzergreifend den Arm um seine Frau und drückte sie kurz an sich. »Vipia hat Thai-Hühnchen mit Reis und gedämpftem Gemüse gemacht.«

Kate dachte an das letzte Essen, das das Mädchen gekocht hatte, und spürte bereits die ersten Anzeichen von Verdauungsbeschwerden. Vipias Vorstellung von häuslicher Küche bestand darin, so viel Chili in den Topf zu werfen, wie sie finden konnte. »Wie schön«, sagte sie mit erzwungener Begeisterung.

Der Tisch war fein gedeckt mit weißem Leinen, Kristall und Silber, und in der Mitte sah man ein zartes Arrangement aus einer Rose, etwas Verschlungenem und anscheinend Totem und ein paar Blättern. Das musste man dem Mädchen lassen: Sie wusste, wie man einen Tisch hübsch dekorierte, auch wenn sie mit ihrer Kost die Magenwände ihrer Gäste verbrannte. Kein Wunder, dass Charles dauernd rot im Gesicht war.

Kate tat ihr Bestes beim Lunch; sie aß wenig und schob den Rest auf ihrem Teller hin und her. Es erinnerte sie an ihre Kindheit; mit Rosenkohl war sie so umgegangen, und fast hörte sie jetzt ihre Mutter, die ihr befahl, mit dem Gemansche aufzuhören. Schließlich gab sie auf und leerte ein großes Glas Wasser.

»Anscheinend weißt du ja, warum ich hier bin«, sagte sie, tapfer darum bemüht, dass ihr die gefühllose Zunge gehorchte. »Ich nehme an, Edward hat dir erzählt, was Mum treibt?«

»Dad hat etwas erwähnt. Er hält es zwar auch für verrückt, in ihrem Alter einfach so loszufahren, aber er ist wie ich der Ansicht, dass es ihr freisteht, zu tun, was sie will, solange sie rechtzeitig zur nächsten Abstimmung wieder da ist.«

»Ich finde es nicht ganz glücklich, dass du und Edward ausgerechnet das Wort ›verrückt‹ bemüht, um zu beschreiben, was Mum da tut, Charles«, sagte Kate ernst. »Denn dass sie verrückt ist, genau das versucht Mary gerade nachzuweisen.«

Er legte seine Gabel aus der Hand und nahm einen großen Schluck Bier. »Ich weiß«, sagte er dann. »Sie war gestern Abend hier.«

»Du hast ihr doch nicht geglaubt?« Beunruhigt merkte Kate, dass sie Herzklopfen bekam. Wenn Mary ihren Cousin überzeugt hätte, würde sie Mühe haben, Mum weiter zu beschützen.

»Aber ich bitte dich, Kate!« Er war empört. »Tante Cordelia ist einer der vernünftigsten Menschen, die ich kenne. Wenn du mich fragst: Deine Schwester ist diejenige, die hinter Schloss und Riegel gehört. Diesmal ist sie zu weit gegangen.«

Kate seufzte erleichtert. Sie hätte sich denken können, dass ihr Cousin genug Verstand hatte. »Mary ist nicht geisteskrank, Charles. Sie ist nur habgierig und boshaft. Aber ich weiß, wie ich ihr einen Strich durch die Rechnung mache. Ich möchte, dass du eine schriftliche Erklärung zu deiner Meinung über Mums Geisteszustand aufsetzt. Von Daisy habe ich schon eine, und zu Jane gehe ich noch. Vielleicht könntest du auch deinen Vater, Philip und die Jungen ansprechen?«

»Das ist eine gute Idee, Kate, aber unsere Meinung ist medizinisch nicht von Belang. Vor Gericht ist so etwas nicht wasserdicht.«

»Es ist vielleicht nur ein kleiner Damm, aber besser als überhaupt keiner«, erklärte Kate entschlossen. »Ich habe heute Morgen mit ihrem Anwalt gesprochen. Er war Anfang der Woche bei Mum, und er ist bereit zu beeiden, dass sie bei klarem Verstand war; wenn wir alle übereinstimmende Erklärungen abfassen, wird es Mary so gut wie unmöglich sein, etwas anderes zu beweisen.«

»Ich werde mein Bestes tun, Kate«, sagte er nachdenklich.

»Aber was ist, wenn wir uns irren und dieser Ausflug wirklich ein erstes Anzeichen dafür ist, dass mit Cordelia nicht mehr alles in Ordnung ist? Ist ja schon verflucht komisch, dass sie mitten in einer Krise so etwas tut.«

Kate merkte, dass sie ungeduldig wurde. »Du hast sie doch gesehen. Hat es dich nicht beeindruckt, wie sie sich in dem Meeting geschlagen hat?«

Er nickte lächelnd. »Sie hat jedenfalls ebenso viel ausgeteilt, wie sie eingesteckt hat; das muss ich zugeben.«

»Und Mums Anwalt konnte auch keine Verfallserscheinungen bei ihr feststellen. Im Gegenteil, er war beeindruckt, wie scharfsinnig sie war, als es darum ging, ihre Angelegenheiten zu regeln.« Kate schaute ihren Cousin an. Sie musste ihn dazu bewegen, eine Erklärung zu unterschreiben. »Daisy und ich sehen sie fast jeden Tag, und Jane wohnt mit ihr zusammen. Wir kennen sie besser als sonst jemand, und wir würden es als Erste bemerken, wenn sie nicht mehr alle Tassen im Schrank hätte.«

»Das leuchtet ein.« Er nickte weise und schob die Daumen in die Westentaschen, während er sich zurücklehnte. »Gleich nach dem Lunch setze ich mich mit den andern in Verbindung.«

»In meiner Heimat haben wir Respekt vor den Alten.« Vipias helle Stimme brach das Schweigen.

»Den haben wir hier auch«, erwiderte Kate in scharfem Ton. »Deshalb ist es ja wichtig, dass wir Marys Quertreibereien ein Ende machen, bevor die Sache außer Kontrolle gerät.«

Charles tätschelte Vipias wohlgeformten Schenkel. »All dies Gerede übers Geschäft muss dich doch langweilen, mein Liebes, und es geht dich ja auch nichts an. Willst du dich nicht von meinem Chauffeur in die Stadt fahren lassen? Ich weiß doch, dass du dir noch ein Kleid für das Weinfest kaufen möchtest.«

Vipia warf Kate einen giftigen Blick zu, aber sie stand wortlos auf. Sie deponierte einen Kuss auf der kahlen Stirn ihres Gatten, verneigte sich vor Kate und ging hinaus.

Charles schaute ihr nach und wandte sich dann wieder Kate zu. »Raffiniertes kleines Ding«, sagte er leise. »Familienangelegenheiten erörtert man besser nicht vor ihr. Sie war ziemlich aufgebracht, weil Jock sie nicht in seinem Testament bedacht hatte, weißt du.«

Man soll Gott auch für kleine Wohltaten danken, dachte Kate.

»Kann ich sonst noch etwas tun?«, fragte er ernst. »Dieser ganze Ärger hätte zu keinem schlimmeren Zeitpunkt kommen können. Verkauf oder Börsengang, das sind die einzigen Möglichkeiten, die wir haben, und wenn die Konkurrenz von internen Auseinandersetzungen hört, werden sie uns umkreisen wie die Raben einen toten Dingo.«

»In dieser Familie geht man sich schon seit Jahren gegenseitig an die Gurgel. Ich glaube nicht, dass die Presse es noch für berichtenswert hält. Wenn es hart auf hart kommt, wird Jacarandas Ansehen all dem gewachsen sein.« Sie nahm einen Schluck Wasser. »Wer hat die Vollmacht, Mum zu vertreten, Charles?«

»Dad. Sie hat schon vor mehreren Jahren eine entsprechende Vereinbarung mit ihm getroffen. Wenn ihr etwas zustößt, soll das Unternehmen weiter reibungslos laufen, und die Entscheidung über ihren gemeinsamen Firmenanteil liegt in seiner Hand.«

Kate hörte es mit Erleichterung. »Gott sei Dank.« Dann fiel ihr noch etwas ein. »Und wenn deinem Vater etwas passiert?«

Charles zog eine buschige Braue hoch. »Ich habe die Vertretungsvollmacht für seine geschäftlichen Angelegenheiten, und ich versichere dir, Kate, sie sind in guten Händen. Sollte er sterben, bekommen mein Bruder und ich je fünfzig Prozent von Dads Anteil.«

Kate bemerkte, dass er es vermied, Philips Vornamen zu verwenden. »Und weiß Philip, wie es aufgeteilt ist?«

Charles zuckte die Achseln. »Ich habe es ihm nicht gesagt, und ich bezweifle, dass Dad es getan hat.« Er schwieg einen Moment lang nachdenklich. »Du glaubst doch nicht wirklich, dass deine Schwester einen Knüppel ins Getriebe werfen kann, oder?«

»Zutrauen würde ich es ihr. Aber wenn wir andern zusammenhalten, wird sie nicht weit damit kommen.«

Das Wasser im Swimmingpool auf dem nächsten Campingplatz war trotz der Sonnenhitze eiskalt und zu einem Friedhof für Fliegen, Kakerlaken und Ameisen geworden. Sophie war wachsam von einem Ende zum andern geschwommen, aber sie hatte aufgeben müssen, als eine besonders dicke Fliege ihr beinahe in die Nase gedrungen wäre. Sie trocknete sich ab, verriegelte die Kindersicherung am Tor und spazierte zurück zum Camper.

Sie hatten den Wagen unter einem Baum geparkt, der ihnen ein bisschen Schatten spendete, aber dafür stand er auch nah bei den Toiletten und Duschen. Kinder spielten Football im Staub, Grills wurden angezündet und kurze, dicke Flaschen aus riesigen Kühltaschen gewühlt, um die Kehlen der Männer zu ölen, die herumsaßen und sich die Cricketreportagen im Radio anhörten. Die Runde war bald vorüber, und England stand wie immer kurz vor der Niederlage. Es war ein ziemlich einfacher Platz nach dem Luxus der letzten Tage, aber die Atmosphäre war freundlich, und Sophie erwiderte lächelnd die Grüße, die man ihr zurief.

Cordelia saß unter dem Sonnensegel, und der elektrische Ventilator, den Sophie an die Stromversorgung des Campers angeschlossen hatte, stand surrend neben ihr auf dem Tisch. Sie schaute auf das klare Wasser des Sees hinaus. »War's schön, das Schwimmen?«

Sophie zog eine Grimasse. »Frag nicht. Ich muss erst mal duschen, um die Krabbelviecher abzuspülen.«

»Das ist das Problem bei offenen Pools«, sagte Cordelia weise; sie hatte nie einen besessen und war wahrscheinlich auch noch nie in einem geschwommen.

Sophie duschte und zog T-Shirt und Shorts an. Dann goss

sie sich ein Bier und ihrer Großmutter einen Brandy mit Soda ein.

In behaglichem Schweigen saßen sie da und schauten auf den See hinaus. Er wirkte nicht besonders anziehend, und Vögel gab es anscheinend so gut wie keine. Die rote Erde war am Ufer zu staubigen Wällen aufgehäuft, das Gras dürr und fahl, und auf der Wasserfläche schwamm Schaum.

»Nicht gerade der schönste Anblick der Welt«, stellte Sophie fest und schlug nach einem Moskito. »Wir hätten uns nach einem anderen Platz umsehen sollen, statt hierher zu fahren. Die Moskitos sind jetzt schon schlimm genug; wenn die Sonne erst untergegangen ist, werden sie zum Albtraum werden.«

Cordelia reichte ihr den Antimückenspray, und Sophie nebelte sie beide großzügig ein. »Okay, Gran«, sagte sie munter, »du hast einen Drink, du bist eingesprüht, und es ist ziemlich kühl unter dem Vordach. Vielleicht solltest du jetzt deine Geschichte weitererzählen, bevor der Brandy seine Wirkung tut und du eindämmerst.«

Cordelia musterte sie boshaft. »Willst du andeuten, dass ich nichts vertrage?« Sie schüttelte den Kopf. »Ich frage mich, wie weit es mit der Jugend von heute gekommen ist, wenn sie eine alte Dame mit so wenig Respekt behandelt.«

Sophie lachte. »Hast ja Recht, Gran. Ich will nur den Rest der Geschichte hören.«

Cordelia lächelte, und ihr Blick wanderte in weite Fernen, als sie wieder in das kleine Dorf in Sussex zurückkehrte. »Dann sollten wir vielleicht nach Milton Manor zurückgehen, zu Squire Ade und seiner Frau Amelia. Denn ihre Tochter Isobel und Captain Gilbert Fairbrother spielen eine wichtige Rolle bei der Gründung von Jacaranda Wines.«

Captain Gilbert Fairbrother vom Siebten Husarenregiment langweilte sich. Er hatte sich nur deshalb bereit gefunden, seine Eltern in dieses grausige Bauernkaff in Sussex zu begleiten, weil Papa seine Schneiderrechnung bezahlt und seine Schulden im Biergarten beglichen hatte. Andernfalls hätte er seine Zeit in der Stadt zugebracht, seine Lieblingslokale und seine Geliebte besucht.

Ein Offizier führte ein gutes Leben, und solange seine Mutter den halben Sold auffüllte, den die Armee im Frieden denjenigen zahlte, die in der Stadt wohnten, sah er keinen Grund, in der Kaserne zu bleiben. Vater billigte das natürlich nicht, aber für ihn war es eine Frage des Stolzes gewesen, die nötige Summe für das Offizierspatent seines Sohnes auszuspucken, und er würde erneut zahlen, wenn er wollte, dass Gilberts Offizierskarriere weiterging und jeder Skandal vermieden wurde.

Gähnend flüchtete Gilbert aus dem Speisezimmer und ging die Treppe hinauf. Er hatte sich gezwungen, das hirnlose Geplapper seiner Gastgeberin, das bäuerische Benehmen des Gastgebers und die kuhhafte Bewunderung der beiden Töchter über sich ergehen zu lassen, aber da keine der beiden fürs Bett besonders viel erwarten ließ, hatte er seine Ungeduld nicht länger verbergen können und das Flirten mit Isobel aufgegeben. Es wurde unbestreitbar Zeit, nach London zurückzukehren und die Freuden einer kultivierteren Gesellschaft zu genießen.

Isobel und Charlotte Ade waren halbwegs präsentable – wenn auch etwas ländliche – Erscheinungen, aber den ziemlich offensichtlichen Verkuppelungsversuchen der Frau Mama zum Trotz war es ihm gelungen, nicht mit einer von ihnen allein gelassen zu werden. Mit dem kleinen Hausmädchen Rose dagegen war es eine andere Sache. Sie war ein feuriges Ding, wie er schmerzhaft hatte erfahren müssen, als er sie eines Tages in die Enge getrieben hatte. Die blauen Flecken an seinen Schienbeinen bezeugten das; aber wenn es ihm je gelingen würde, sie allein zu erwischen, könnte die Langeweile dieses Ausflugs aufs Land vielleicht doch noch ein Ende nehmen …

Ein leises Klopfen an der Tür riss ihn aus seinen Gedanken,

und bevor er antworten konnte, kam seine Mutter hereingerauscht.

»Wir müssen miteinander reden, Gilbert.« Clara befingerte den Kranz von Locken über ihrer Stirn.

Gilbert fand, dass diese Löckchen an einer Frau in Mamas Alter ziemlich lächerlich aussahen, aber sie schien meistens zu vergessen, dass sie ihre besten Jahre längst hinter sich hatte.

»Du solltest wirklich vorsichtiger sein, Gilbert«, begann sie. »Dass du gern in den Dienstbotenkammern wilderst, ist wohl bekannt, aber ich wünschte doch, du wolltest dich beherrschen, wenn wir Freunde besuchen. Rose ist viel zu jung, und ein Skandal in diesem Augenblick würde alle meine Pläne zunichte machen.«

»Was willst du denn, Mama?«, fragte er resigniert.

Sie stand auf und betrachtete sich im Spiegel. »Ich habe diese alberne Amelia überreden können, deiner offiziellen Werbung um Isobel zuzustimmen.« Sie hob die Hand, um ihm das Wort abzuschneiden, während sie einander im Spiegel ansahen. »Ich werde keinen Widerspruch von dir akzeptieren, Gilbert. Es wird Zeit, dass du dich verheiratest«, erklärte sie fest.

»Aber sie ist unmöglich«, platzte er heraus. »Wirklich, Mama, das ist kein Spaß mehr.«

Sie wandte sich zu ihm um. »Kein Spaß ist auch ein Sohn von fast dreißig Jahren, der immer noch erwartet, dass sein Vater für seine Schulden aufkommt. Kein Spaß ist, dass du unentwegt versuchst, Dienstmädchen zu verführen und mit verheirateten Frauen anzubändeln. Isobels Vater wird eine stattliche Mitgift für seine recht fade Tochter zahlen, nachdem er nun Gelegenheit hat, für Charlotte den jungen Winterbottom zu angeln.«

Sie kam näher, und er roch das ziemlich überwältigende Parfüm, das sie liebte.

»Isobel hat keine Brüder, und ihr Großvater mütterlicherseits hat keinen Erben. Er ist unermesslich reich, und wie es heißt, wäre es ihm ein Gräuel, all sein Geld Amelia oder diesem Bauern von Schwiegersohn zu vermachen. Isobel ist sein Liebling.«

Sie schwieg, um Gilbert Gelegenheit zu geben, zu begreifen, was sie da sagte. Seine Mutter versetzte ihn immer wieder in Erstaunen. Woher zum Teufel wusste sie solche Dinge? Und was für ein krankes Hirn konnte solche Spiele spielen, wenn sie doch wusste, wie sehr ihm eine Verbindung mit Isobel Ade zuwider sein würde?

»Wer, glaubst du, kann am ehesten darauf hoffen, das viele Geld und Land zu bekommen?« Sie lachte, aber es war nicht das mädchenhafte Trillern, das sie sonst bevorzugte, sondern ein dunkles, beinahe sinnliches Lachen. »Nun, der Ehemann seiner geliebten Enkelin natürlich.«

Gilbert ließ sich auf den Fenstersitz sinken. »Das steht nicht fest, Mama. Du glaubst vielleicht, du kennst alle Antworten, aber woher weißt du denn, dass er alles Isobel hinterlassen wird? Sie hat noch eine Schwester.«

Clara trat zu ihm. »Ich weiß vieles, Gilbert«, sagte sie leise, »aber es wäre nicht klug, dir alle meine Geheimnisse zu verraten.« Sie strich ihm die blonden Haare aus den Augen. »Charlotte wird James heiraten und Lady Winterbottom werden; sie erhält ein riesiges Vermögen und ein gutes Stück von Berkshire. Ich glaube nicht, dass ihr Großvater es für nötig halten wird, ihr noch mehr zu geben.«

Er sah ihren boshaften Blick und wusste sofort, dass sie etwas gegen Isobels Großvater in der Hand hatte. »Aber Isobel gefällt mir nicht. Sie ist langweilig und farblos und viel zu weltfremd für meinen Geschmack. Als Ehefrau eignet sie sich besser für einen Bauern als für einen Offizier der Siebten Husaren.«

Ihre Spinnenfinger fassten ihn beim Kinn und zwangen ihn, ihr in die Augen zu sehen. »Ich bitte dich nicht, sie zu mögen, Gilbert. Du wirst sie heiraten. Dein Papa kann sich nicht länger leisten, dir das Leben zu finanzieren, das du gewöhnt bist. Dein

Bruder Henry soll etwas erben, und ich werde nicht zulassen, dass sein Erbe durch deine Extravaganzen verpulvert wird.«

Er wollte Protest einlegen, aber als er den entschlossenen Blick seiner Mutter sah, wusste er, dass er verloren hatte.

Es war, als spüre sie seine Kapitulation; sie küsste ihn auf die Wange und drückte ihn kurz an sich. »Du wirst es nicht bereuen, Gilbert«, flüsterte sie. »Schließlich wirst du Herr in deinem eigenen Hause sein, und Rose bleibt Isobels Zofe und wird daher zur Hand sein, wenn dein Appetit nach Fleisch statt Milchsuppe verlangt. Und wer wird etwas dabei finden, wenn du dir eine Geliebte hältst? Das ist heute ganz üblich bei verheirateten Männern, weißt du.«

Isobel saß vor dem Spiegel und fragte sich, warum ein so gut aussehender Bursche wie Captain Fairbrother sie attraktiv fand. Ihr Haar war mausbraun, die Nase zu lang, die milden grauen Augen standen zu eng in diesem runden, ziemlich reizlosen Gesicht. Der Mangel an Schönheit war etwas, was sie schon als Kind akzeptiert hatte, und ihr trostloses Debüt in der Londoner Gesellschaft vor zwei Jahren hatte alles nur bestätigt. Und doch hatte Mama gesagt, Gilbert habe um die Erlaubnis gebeten, ihr den Hof zu machen. Obwohl sie kaum ein Wort miteinander gesprochen hatten, war sie geschmeichelt und erfreut gewesen, als er sie bei einem Spaziergang auf dem Anwesen mit seinen Aufmerksamkeiten bedacht und bei einem Kartenspiel am Abend behutsam mit ihr geflirtet hatte.

»Ich bin doch wie geschaffen zur alten Jungfer«, erklärte sie ihrer Schwester. Die beiden waren damit beschäftigt, die Kleider auszuwählen, die sie nach London mitnehmen wollten. »Warum sollte jemand wie Gilbert mir den Hof machen wollen?«

Charlotte drehte sich vor dem Spiegel; die seidenen Röcke raschelten geschäftig, als sie sich spreizte und aufplusterte. »Unsinn«, erwiderte sie in scharfem Ton. »Warum sollst du nicht auch glücklich werden dürfen? Wirklich, Issy, du bist manchmal wirklich ein Mäuschen.« Sie befeuchtete einen Finger und strich sich damit über die Augenbrauen; dann kniff sie sich in die Wangen, um sie zu röten. Mit schräg gelegtem Kopf und kritischem Blick beäugte sie das Resultat im Spiegel und lächelte befriedigt.

Isobel betrachtete sie nachdenklich. Der Altersunterschied zwischen ihnen betrug nur ein Jahr, aber der Unterschied war verblüffend. Sie liebte ihre Schwester, aber manchmal fragte sie sich doch, ob Charlotte klar war, wie viel Mühe es sie kostete, tapfere Miene zu machen und die Qualen der Schüchternheit zu ertragen, und wie schrecklich anstrengend es war, in Gesellschaft frivol zu erscheinen, wenn sie nichts als Angst und Schrecken empfand. Charlotte hatte von Natur aus ein sonniges Wesen und eine starke Persönlichkeit, und auch wenn sie keine Schönheit im herkömmlichen Sinn war, benahm sie sich so, dass es anscheinend niemand bemerkte oder wichtig fand.

Isobel kehrte zum Thema Gilbert zurück. »Sein Interesse bedeutet nicht unbedingt, dass sich an meiner Jüngferlichkeit etwas ändern wird«, meinte sie wehmütig.

Charlotte ließ ihre Petticoats wirbeln und plumpste dann neben ihr auf einen Schemel. »Dann musst du mehr tun, um sein Interesse zu wecken, Issy«, sagte sie ungeduldig. »Das dauernde Schweigen zwischen euch wird ihn ja kaum ermutigen, und schau dir dein Kleid an – es ist so schmucklos.«

»Spitzen und Volants stehen mir nicht, Charlotte.« Isobel strich über die Konturen ihres grauen Seidenkleids. »Und wenn Gilbert und ich zusammen sind, weiß ich nie, was ich sagen soll, um einen so weltgewandten Mann zu amüsieren.«

»Hast du ihn denn gern, Issy?« Charlottes große blaue Augen waren ausnahmsweise ernst.

Isobel merkte, dass sie rot wurde, und sie schaute auf ihre Hände. »Er sieht sehr gut aus, und es schmeichelt mir, dass er Interesse an mir zeigt – aber habe ich ihn gern?« Sie schwieg, und ihre Gedanken waren verwirrt. »Ich kenne ihn nicht gut genug, um mich so oder so zu entscheiden«, sagte sie schließlich.

Charlotte griff nach einem Parfümfläschchen und zog den Glasstopfen heraus. »Mama sagt, er ist ein ziemlich guter Fang«, überlegte sie. »Seine Familie hat gute Beziehungen, weißt du. Du wirst Zugang zu einigen der begehrtesten gesellschaftlichen Veranstaltungen haben, wenn du ihn heiratest.«

Isobels Unschlüssigkeit war quälend. Sie wollte Mama zu Gefallen sein, und sie wusste, wie wichtig eine solche Verbindung sein würde, aber sie hegte auch ernsthafte Zweifel gegenüber Gilberts Gefühlen. »Du findest nicht, dass er ein bisschen … eitel ist?«, fragte sie zögernd.

Charlotte lachte. »Welcher Mann wäre das nicht? Vor allem, wenn er so gut aussieht. Er ist wirklich schneidig in dieser Uniform.«

»Aber ich würde ja keine Uniform heiraten«, gab Isobel zu bedenken. Sie griff nach den Händen ihrer Schwester. »Charlotte, was ist, wenn er es nur auf meine Mitgift abgesehen hat?« So, dachte sie – jetzt habe ich meine eigentliche Befürchtung ausgesprochen.

»Aber das hat er nicht«, antwortete Charlotte ruhig. »Gilbert kommt aus einer reichen Familie, und deine Mitgift ist nicht viel größer als meine.«

Isobel war nicht überzeugt. »Ich glaube, Mama und Lady Clara haben die Köpfe zusammengesteckt, und er sieht in mir einen bequemen Weg, um zu Land und Kapital zu kommen. Er ist schließlich der jüngere Sohn. Er wird weder den Titel noch die Ländereien seines Vaters erben.«

»Unsinn«, antwortete Charlotte mit Nachdruck. »Er ist doch ganz vernarrt in dich, Issy. Gestern Abend ist er nie von deiner Seite gewichen, und heute Morgen auch nicht. Du solltest dankbar sein, dass dich nach deinem trostlosen Debüt in London noch jemand haben will«, fügte sie ungehalten hinzu.

Isobel verzog resigniert das Gesicht. »Ja«, sagte sie leise.

»Der Captain achtet sehr aufs Protokoll. Seine Manieren sind makellos.«

»Aber liegt ihm etwas an mir?«

»Natürlich, du alberne Gans. Um Himmels willen, Isobel, hör auf zu zaudern. Das kann schrecklich ermüdend werden, weißt du.« Charlotte tänzelte aus dem Zimmer, und die schwere Tür fiel hinter ihr ins Schloss.

Isobel starrte in den Spiegel. Dankbar sollte sie sein. Es ist schrecklich, seiner Schwester so etwas zu sagen, dachte sie. Dankbar soll ich sein, an einen Mann verkuppelt zu werden, den ich kaum kenne, nur damit Charlotte Charles Winterbottom heiraten kann. Dankbar, dass überhaupt jemand mich haben will und sei es auch nur wegen meiner Mitgift. Wenn ich ihn doch nur nicht so gern hätte! Wenn ich in seiner Gegenwart nicht ein solches Herzflattern bekäme, dass ich Mühe habe, ein Wort hervorzubringen …

Es war ein hartes Los, so schüchtern und unbeholfen zu sein, wenn man so reizlos war.

FÜNF

»Auf Wiedersehen, Mum«, rief Rose dem Karren nach. Kathleen antwortete nicht, ja, sie ließ nicht einmal erkennen, dass sie etwas gehört hatte, als sie sich nun auf die Reise nach Jevington machte, um dort ein neues Leben mit ihren beiden Söhnen zu beginnen.

Rose hob das kleine Bündel auf, in dem ihr ganzer Besitz enthalten war, und machte sich schweren Herzens auf den Weg nach Milton Manor.

Cordelia verstummte, und die erste heiße Träne lief Sophie über die Wange. »Die arme Kleine«, flüsterte sie, und in einer jammervollen Woge kamen die Erinnerungen an ihre eigene Kindheit zurückgeflutet. »Wie kann man einem Kind etwas so Schreckliches antun?«

Ihre Großmutter legte ihr eine Hand auf den Arm. Auch sie sah die Parallelen zwischen Sophies und Rose' Leben. »Du hattest wenigstens mich«, sagte sie leise. »Die arme Rose hatte niemanden.«

Sophie lächelte unter Tränen. »Und dafür liebe ich dich, Gran. Aber ein Teil meiner Selbst wünscht sich immer noch, dass Mum von mir Notiz nimmt.« Sie schniefte.

Cordelia streichelte ihren Arm. »Das verstehe ich. Mutterliebe ist schließlich das Wichtigste. Aber manchmal verstößt eine Mutter ihren Nachwuchs; das gibt es auch bei Tieren. Es ist nicht deine Schuld, Sophie – ebenso wenig, wie man Rose die Kälte ihrer Mutter zum Vorwurf machen kann.«

»Rose wollte, dass Kathleen sie liebt. Sie wollte eine gute und liebevolle Tochter sein, und das sollte ihre Mutter sehen. Warum? Warum empfinden wir so etwas, wenn keine Hoffnung besteht?«

»Hoffnung ist alles, was ihr beide hattet, Darling«, sagte Cordelia sanft. »Sie war euer einziger Schutz, und wenn sie euch verlassen hätte, wäre die trostlose Wahrheit unerträglich gewesen.«

Sophie wischte sich die Tränen ab und putzte sich die Nase. Es war lange her, dass sie das letzte Mal geweint hatte. Jahre, seit sie der ungenießbaren Wahrheit zuletzt ins Auge gesehen hatte. »Du hast Recht. Mum wird in mir nie etwas anderes sehen als ein Ärgernis, einen Fehltritt.«

Cordelia strich Sophie das lange schwarze Haar aus dem Gesicht und hinters Ohr. »Ich weiß, wie schmerzhaft das alles für dich gewesen sein muss.« Sie seufzte. »Aber du musst auch versuchen zu verstehen, wie es Mary vor dreißig Jahren ergangen ist.«

Das alles war Sophie schon bekannt, aber sie hörte trotzdem zu. Vielleicht könnte sie es jetzt, da sie älter war, ein bisschen besser verstehen.

»Sie hat deinen Vater überstürzt geheiratet, und sie waren beide noch viel zu jung. Ihre Ehe war bereits gescheitert, als sie schwanger war. Sie liebte deinen Vater sehr, weißt du, und sie wollte dich benutzen, um ihn zu halten. Aber er hat sie trotzdem verlassen. Sie hoffte immer noch, er würde zurückkommen, wenn du erst geboren wärest, aber er tat es nicht. Und von da an verlor sie alles Interesse an dir, und ich bin an ihre Stelle getreten.«

Sophie merkte, dass der Schmerz geringer war als erwartet. Ein Teil ihrer selbst hatte sogar Mitgefühl für Mary. Trotzdem fiel es ihr schwer zu verstehen, wie eine Mutter ihr Kind so rücksichtslos zurückweisen konnte.

Es war, als habe Cordelia ihre Gedanken gelesen. »Mary hätte nie ein Kind bekommen dürfen. Sie ist viel zu selbstsüchtig, um etwas von sich zu geben. Deshalb haben ja auch ihre Ehen nicht geklappt. Ich weiß nicht, warum sie immer nach dem Unerreichbaren strebt. Manchmal habe ich Mitleid mit ihr. Manchmal wünschte ich, sie könnte sehen, wie viel Schaden sie anrichtet – nicht nur bei sich selbst, sondern auch bei allen in ihrer Umgebung.«

Sophie hatte noch immer einen Kloß im Hals. Sie musste schlucken, bevor sie sprechen konnte. »Ich frage mich, wie ein Mensch durchs Leben gehen kann, ohne sich der andern bewusst zu sein. War sie denn schon immer so egozentrisch? Immer so zornig auf die Welt?«

Cordelia machte ein nachdenkliches Gesicht. »Mary war die Jüngste, und wahrscheinlich habe ich sie verwöhnt. Aber sie war ein Kind, das Ansprüche stellte, und oft war sie verschlagen und grausam. Wenn sie etwas sah, wollte sie es haben. Sie nahm es sich und warf es weg. Das Bekommen reizte sie, nicht das Haben. Ich erinnere mich, dass sie eine Menge Spielzeug absichtlich kaputtmachte, nur damit sich niemand anders daran erfreuen konnte.«

»Kein Wunder, dass die Tanten sie nicht leiden können.« Als sie Cordelias trauriges Gesicht sah, streckte sie die Hand nach ihr aus. »Entschuldige, Gran. Sie ist deine Tochter, und du liebst sie bestimmt.«

Cordelias Miene wurde noch trauriger. »Ich weiß nicht, ob ich es tue«, bekannte sie leise. »Ich nehme an, tief in mir muss noch ein Rest von Gefühl für sie sein, denn ich habe sie nie aufgegeben. Aber ich stelle fest, dass ich nicht leiden kann, was sie getan hat und was sie geworden ist. Trotzdem trauere ich um das, was sie hätte sein können. Mary besitzt Kampfgeist. Sie ist clever und erfindungsreich. Was hätte sie nicht alles erreichen können, wenn ihr Zorn sie nicht abgelenkt hätte.«

»Aber warum ist sie so zornig? Was ist passiert, dass sie so geworden ist?«

Cordelia schloss die Augen, als wäre die Frage zu schmerzhaft, um ihr ins Gesicht zu sehen. »Vielleicht habe ich ihr nicht genug Liebe gegeben, als sie klein war«, sagte sie schließlich.

»Das ist Unsinn, Gran«, erwiderte Sophie. »Wenn du sie auch nur halb so liebevoll behandelt hast wie mich, dann kann das nicht der Grund sein.«

»Aber habe ich es getan?«, flüsterte Cordelia. »Ich frage mich, ob Mary irgendwie gemerkt hat, dass sie …«

Sophie berührte den zerbrechlichen Arm ihrer Großmutter. »Was soll sie gemerkt haben, Gran?«

»Gar nichts«, antwortete Cordelia fest. »Meine Erinnerungen gehen mit mir durch. Mary hatte alles, was ein Kind sich wünschen konnte, materiell wie auch emotional. Es gibt keine Entschuldigung für ihr Verhalten, und ich sollte inzwischen alt genug sein, um mir keine Vorwürfe mehr zu machen, weil sie ist, wie sie ist. Das Mädchen wird niemals die Verantwortung für den Schaden übernehmen, den es angerichtet hat. Mary wird bis zu ihrem Lebensende immer allen anderen die Schuld geben.«

Cordelia putzte sich die Nase, schob sich das Taschentuch in den Ärmel und unternahm sichtliche Anstrengungen, ihre Fassung wiederzugewinnen. »Wahrscheinlich ist es genetisch«, behauptete sie. »Der Himmel weiß, dass es in diesem Genpool genügend intrigante, habgierige Manipulatoren gibt, um eine ganze Familie mit Marys zu versorgen.«

»Darum geht es ja immer im Leben, nicht wahr? Andere zu manipulieren. Von der ersten Minute an versuchen wir, andere nach unserem Willen zu verbiegen. Die Tränen des Babys rufen die Mutter herbei. Die Tobsuchtsanfälle und das Gequengel eines Kindes zermürben jeden Widerstand. Teenager mit ihrem Eigensinn. Erwachsene mit ihren emotionalen Erpressungen.«

Cordelia lächelte. »Wie Recht du hast. Seit der Schule hast du einen weiten Weg zurückgelegt, Sophie. Ich hoffe, die Lektionen, die du hast lernen müssen, waren nicht zu hart.«

Sophie schüttelte den Kopf. »Das Leben in Großvaters Schatten hat mir gezeigt, was manipulieren heißt. Aber ich glaube, deine Geschichte von Rose beleuchtet all die Jahre seiner Einflussnahme, denn sie zeigt mir, wie verwundbar wir alle sind. Rose wird von ihrer Mutter und von den Umständen manipuliert. Isobel, Charlotte und Fairbrother werden es auch. Amelia Ade manipuliert und wird selbst manipuliert; ihre gesellschaftliche Klassenzugehörigkeit und ihre Erziehung sind die bestimmenden Faktoren. John Tanner steht unter dem Einfluss seiner Herkunft, der Squire unter dem seiner Frau.«

»Und Kathleen? Was, glaubst du, war der entscheidende Einfluss in der Beziehung zu ihrer Tochter? Ihre Söhne hat sie ja offensichtlich geliebt – warum nicht auch Rose?« Cordelia schaute ihrer Enkelin seltsam eindringlich in die Augen, während sie auf eine Antwort wartete.

Als Sophie an die Frau dachte, verglich sie diese unwillkürlich mit der eigenen Mutter und schüttelte den Kopf. »Kathleen ist ein Rätsel. Sie war gebildet, aber sie hat sich auf eine Weise aufgeführt, die nicht ihrem gesellschaftlichen Stand entsprach. Ihre Ehe war offenbar solide und liebevoll und ihre Zuneigung zu ihren Söhnen nie zu bezweifeln.« Sie lächelte müde; das Bild der kleinen Rose, die durch jene einsame, holprige Dorfgasse wandert, stand ihr noch klar vor Augen. »Damals müssen Gefühle für die Menschen ihrer Klasse ein Luxus gewesen sein. Vielleicht sah sie in Rose ja eine jüngere Version ihrer selbst und versuchte, ihre Tochter für das, was ihr zweifellos bevorstand, abzuhärten.«

Cordelia nickte. »Mag sein. Und dafür sollten wir sie vielleicht nicht verdammen.«

»Warum nicht? Wenn dein liebevoller Einfluss nicht gewesen wäre, als ich klein war – wer weiß, was aus mir geworden wäre? Rose hatte niemanden.«

Cordelia lachte. »Aus dir wäre immer was geworden, Sophie,

ganz gleich, wer dich großgezogen hätte. Der Erfolg steckt in dir, unabhängig von allem, was Mary oder ich vielleicht getan haben. Genau wie in Rose.«

»Wie kannst du da so sicher sein, Gran?«

»Ich habe dich heranwachsen und reifen sehen. Ich habe gesehen, mit welcher Entschlossenheit du den Erfolg willst, allen Rückschlägen zum Trotz. Es ist fast, als wolltest du der Welt etwas beweisen.«

»Vielleicht wollte ich mir selbst etwas beweisen«, antwortete Sophie. Plötzlich war ihr alles ganz klar, und es erstaunte sie, dass sie es noch nicht erkannt hatte. »Vielleicht musste ich mir beweisen, dass ich es wert war, mehr zu bekommen als alles, was ich von Mum oder von Crispin oder von sonst jemandem haben konnte?«, sagte sie rasch. »Vielleicht war es meine Rache für alle Kränkungen und Missachtungen der Vergangenheit, und vielleicht musste ich es allen zeigen, die an mir gezweifelt hatten.«

Cordelia lächelte betrübt. »Könnte sein, dass du Recht hast, Sophie. Aber du betrachtest deine Siege hoffentlich nicht als Rache. Sieh sie als das, was sie sind. Dein Erfolg in der Geschäftswelt resultiert aus harter Arbeit und einem scharfen Verstand, und aus nichts anderem. Sei unter allen Umständen stolz auf das, was du bist und was du erreicht hast – aber betrachte deinen Erfolg als Triumph der Selbstachtung, nicht als Rache.«

Sophies Lebensgeister erwachten, als sie den Stolz im Blick der alten Dame sah. All die harte Arbeit und die schlaflosen Nächte hatten sich allein für diesen Blick gelohnt. Und dennoch argwöhnte sie, dass sie vielleicht nie so viel erreicht hätte, wenn der Stachel der mütterlichen Zurückweisung nicht gewesen wäre, der sie in ihrer Entschlossenheit, sich selbst zu beweisen, bestärkt hatte.

»Es ist spät, Gran. Vielleicht sollten wir jetzt schlafen gehen.«

Cordelia schüttelte den Kopf. »Ich möchte diesen Teil der Geschichte heute Abend erzählen, Sophie. Es ist nicht mehr viel, aber so bringen wir ein paar Dinge unter Dach und Fach, bevor wir zum nächsten Abschnitt kommen.«

Als Cordelia zu erzählen anfing, spürte Sophie, wie die Geister der Vergangenheit näher kamen, als ob auch sie zuhören wollten.

John Tanner saß in der Spätnachmittagssonne auf der Stufenleiter des Vardo. Der Tag auf dem Jahrmarkt in Lewes war gut gewesen. Die meisten Pferde waren verkauft, die Bestände an Holzdübeln, Körben und Spitze gingen zur Neige, und im Zelt der Wahrsagerin war den ganzen Tag Betrieb gewesen. Und dennoch fühlte er sich ruhelos.

Großmutter Sarah klingelte mit den Münzen in ihrer Börse und lächelte. »Wo das hergekommen ist, ist noch viel mehr«, sagte sie, ohne die unvermeidliche Pfeife aus dem Mund zu nehmen.

Er gab keine Antwort. In Gedanken war er bei Rose und der Auseinandersetzung auf dem Friedhof.

Sarah gab ihm einen Rippenstoß. »Sieh doch, wer da kommt! Ist sie nicht Balsam für wunde Augen?«

Seine Stimmung verschlechterte sich weiter. Sabatina war eine *zingara*, eine Zigeunerin italienischer Herkunft, und eine entfernte Verwandte. Großmutter hatte sich offensichtlich vorgenommen, ihn mit ihr zu verbandeln. »*Ciao*, Sabatina«, rief er ihr zu. »Was machst du denn hier?«

Ihr schwarzes Haar glänzte bläulich in der Sonne und erinnerte ihn an Rose. Dunkle, schlehenförmige Augen musterten ihn boshaft unter dem Kranz aus *galbi* – Goldmünzen –, den sie sich ins Haar geflochten hatte. Sie war schön – und sie wusste es.

»Die *famiglia* meinte, es wäre an der Zeit, zu euch zu stoßen«, sagte sie mit rauchiger Stimme.

Sarah dehnte die Gelenke und kletterte vom Vardo herunter. »Nimm das. John hat noch eine Woche zu kämpfen. Du musst ihm damit den Rücken und die Schultern für mich einreiben.« Sie reichte ihr eine dunkelblaue Flasche mit einem hölzernen

Stopfen. »Zieh dein Hemd aus, Junge. Ich muss meinen *niamo* besuchen.« Damit wandte sie sich ab und schlurfte davon. Ihre bunten Röcke flatterten in dem Wind, der um den Ring der Wagen und Zelte wirbelte.

John und Tina schauten einander an und lächelten wissend. »Unsere *puri daj* ändert sich niemals, wie?«, sagte John.

Tina schüttelte den Kopf, und ihre goldenen Ohrringe schwangen hin und her. »Großmütter ändern sich nicht.« Sie kicherte. »Aber es ist unsere Pflicht, sie zu achten.« Sie zog den Stopfen aus der Flasche. »Puh!« Sie schnappte nach Luft. »Was ist denn das?«

»Pferdesalbe«, antwortete er mürrisch und zog sein Hemd aus. »Großmutters Spezialgebräu. Es stinkt zwar zum Himmel, aber es wirkt Wunder.«

Der Blick der Mandelaugen wanderte über seinen Oberkörper, ehe er zu seinem Gesicht zurückkehrte. Die Galbi funkelten in der ersterbenden Sonnenglut, und ihre Haut hatte den sanften Farbton eines reifenden Pfirsichs angenommen. Sie war schöner, als er sie in Erinnerung hatte, wie er sich eingestehen musste, aber seine Gefühle für sie waren über eine verwandtschaftliche Zuneigung nie hinausgegangen.

Tinas langes Haar strich federleicht über seine Brust, als sie anfing, ihm Arme und Schultern zu massieren. Er konnte ihren Duft riechen, das Öl, mit dem sie ihre Haare und ihren sehnigen Körper pflegte, und als ihre Finger ihr Zauberwerk taten, war ihm, als fühle er eine beinahe magnetische Kraft, die sie zueinander zog.

Er schloss die Augen und stellte sich vor, es sei Rose, die seine Haut berührte. Rose, die so dicht bei ihm saß, dass er ihre Körperwärme spürte.

Sarah kehrte eine Stunde später vom Wiedersehenstreffen mit den anderen Mitgliedern ihrer ausgedehnten Familie zurück. Sie lächelte befriedigt, als sie die Tür des Vardo geschlossen fand. Die beiden jungen Leute waren nirgends zu sehen. John war seinem Vater Max so ähnlich, fand sie. Gesund, gut aussehend und stark, und dabei so lebenslustig – er konnte nicht in Ewigkeit *shav* bleiben. Es war schon eine größere Willenskraft nötig, als er besaß, um einer Schönheit wie Sabatina Zingaro zu widerstehen – zumal Sarah sie so gut ausgebildet hatte.

Tina war die Tochter der Dukkerin der Zingaros und somit von Adel. Eine Ehe mit John würde die beiden Seiten der mächtigen Familie wieder zusammenführen, und ihr Vater hatte bereits zugestimmt – vorausgesetzt, dass Tina keine Einwände hatte. Und Sarah wusste, dass sie keine haben würde, denn das Mädchen hatte nur Augen für John. Wenn sie getan hatte, was die Großmutter ihr geraten hatte, dann würde die eine gemeinsame Nacht zur Hochzeit führen, und der ganze Unfug mit der kleinen Fuller hätte ein Ende.

Sarah wollte eben vorbeigehen, als die Wagentür geöffnet wurde und John die Stufen herabstieg. »Wo ist Tina?«, fragte sie.

Er runzelte die Stirn. »Woher soll ich das wissen?«

Mit grimmiger Miene umklammerte seine Großmutter das Geländer und zog sich die Stufen hoch. Der Junge musste aus Stein sein. Was um alles in der Welt war nur schief gegangen? Sie gab ihm eine Ohrfeige. »Spiel nicht mit dem Schicksal, Junge«, fuhr sie ihn an. »Tina ist dir bestimmt – und ich werde tun, was in meiner Macht steht, um dich zur Vernunft zu bringen.«

Squire Charles Ade lehnte an einem Berg von Kissen und strich sich eben reichlich Butter und Honig aufs Brot, als seine Frau Amelia ohne anzuklopfen in sein Zimmer kam. Dass sie sein Schlafgemach überhaupt betrat, überraschte ihn, aber dass sie es zu dieser vormittäglichen Stunde vollständig bekleidet und ohne Vorwarnung tat, bedeutete, dass sie etwas im Schilde führte, und er hatte das deutliche Gefühl, dass es ihm nicht gefallen würde.

»Zum Frühstücken ist keine Zeit, Charles«, sagte sie geschäftig. »Gilbert kommt bald wieder her.«

»Na und?«, murmelte der Squire mit vollem Mund. »Ziehe meine eigene Gesellschaft hier oben vor; da hab ich meine Ruhe.«

Amelia betrachtete ihn verachtungsvoll. »Ohne Zweifel«, sagte sie giftig. »Aber es geht um etwas, das wichtiger ist als dein Bedürfnis nach Einsamkeit.« Sie faltete die Hände fest vor dem Leib und reckte das Kinn vor. »Gilbert hat darum gebeten, mit dir über Isobel sprechen zu dürfen«, verkündete sie triumphierend.

Der Appetit war ihm vergangen. Er warf den Rest seines Frühstücks auf das Tablett und schob es beiseite. »Weiß sie es?«

Seine Frau schnalzte ungeduldig. »Selbstverständlich. Wir haben gestern Abend ausführlich miteinander gesprochen, und sie ist entzückt.«

Charles schaute ihr ins Gesicht. Er sah kein Anzeichen dafür, dass sie ihn zu täuschen versuchte, keinen Hinweis darauf, dass Isobel hinterhältig manipuliert worden war – und doch wollte sein Misstrauen nicht vergehen. Amelia war verschlagen und seine Tochter Isobel zu fügsam und brav, um sich ihr zu widersetzen.

»Ich möchte vorher mit meiner Tochter sprechen, Madam«, erklärte er entschlossen. »Denn wenn sie, wie ich es vermute, gegen diese Verbindung ist, dann werde ich meine Erlaubnis dazu nicht geben.«

»Aber das ist unmöglich, Mann«, antwortete sie hastig. »Isobel ist beim Ankleiden, und der Captain wird jeden Augenblick erwartet.«

Charles schlug die Decke zurück und kletterte aus seinem Himmelbett. Er fühlte sich im Nachteil, wenn er im Bett lag und seine Frau ihn stehend überragte. Er zog sich den Hausmantel über das Nachthemd und schlang den Gürtel um die Taille. »Dann wird der Captain sich gedulden müssen, bis Isobel und ich so weit sind«, grollte er. »Ich werde mich in meinem eigenen Haus nicht unter Druck setzen lassen, Madam.«

»Aber Charles, Liebster …«

»Kein Aber«, donnerte er. »Isobel muss dazu befragt werden. Sie ist ein vernünftiges Mädchen. Sie wird sich schon zur Vernunft bringen lassen, wenn sie erst begriffen hat, dass dieser Windhund nicht gut genug für sie ist.«

Amelia baute sich vor ihm auf, die Arme in die Hüften gestemmt, die grünen Augen voller Tränen. »Wage ja nicht, deiner Tochter alles zu verderben. Sie liebt den Captain. Bei ihm wird sie die Möglichkeit finden, das Leben zu führen, das wir uns für unsere Töchter immer gewünscht haben: Sie wird aufblühen können. Wenn du jetzt zu ihr hineinstürmst, wird sie sich vor lauter Angst fügen, und dann verliert sie ihre einzige Chance, glücklich zu werden.«

Charles war unbehaglich zumute. Es war ihm ein Gräuel, Amelia weinen zu sehen – er wusste nicht, wie er damit umgehen sollte. Und auch wenn er nicht wusste, ob seine Frau Recht hatte – sie hatte starke Argumente, und er wollte, dass Isobel glücklich wurde. Aber es gab bestimmte Dinge, die sie über den Captain wissen sollte, bevor sie sich an ihn band. Dinge, die er abscheulich fand und die seine Tochter ohne Zweifel vernichten und ihr nach jenem demütigenden Debüt in London auch noch den Rest ihres Selbstbewusstseins nehmen würden.

Amelia griff nach seinem Arm; vielleicht spürte sie sein Zögern und ahnte, was ihm durch den Kopf ging. »Ich weiß, du willst nur ihr Bestes, aber sie ist reif genug, selbst zu wissen, wie sie in dieser Angelegenheit empfindet; und ich will nicht, dass sie noch einmal verletzt wird«, sagte sie leise. Zarte Tränen bebten an ihren Wimpern. »Weißt du nicht mehr, wie sie nach dem Fiasko in London war? Ihr Selbstvertrauen war so gut wie zerstört. Jetzt hat sie wieder Hoffnung. Willst du sie ihr nehmen?«

»Natürlich nicht«, sagte er bärbeißig und tätschelte ihr die Hand. »Aber ich kann den Kerl nicht leiden. Konnte ihn noch nie ausstehen. Isobel könnte was Besseres bekommen, weißt du.«

Er wich ihrem Blick aus, denn er wusste, dass Isobels Chance, überhaupt einen Ehemann zu finden, sehr gering war.

»Aber sie liebt ihn, Charles«, sagte sie lockend. »Wenn sie Gilberts Fehler erkennt, so akzeptiert sie sie bereitwillig.«

Er dachte an das, was ihm aus dem Reitstall zu Ohren gekommen war: wie Gilbert das Pferd geschlagen hatte, das ihn abgeworfen hatte. Erinnerte sich, wie der Offizier sich an Rose hatte heranmachen wollen. »Er wird ihr nicht treu sein, Amelia. Wird nicht ordentlich für sie sorgen. Er ist kein Gentleman.«

»Gilbert ist ganz vernarrt in sie. Selbstverständlich wird er ihr ein treuer, fürsorglicher Ehemann sein.« Mit einem spitzengesäumten Leinentaschentuch betupfte sie zierlich ihre Augen.

Charles bezweifelte es, aber um Isobels willen würde er sich anhören, was der Captain zu sagen hätte, und dann selbst entscheiden. »Es gibt Zeiten, Madam, da wünschte ich, ich wüsste mehr über meine Töchter«, erklärte er betrübt.

»Es kommt selten vor, dass ein Vater alles über seine Kinder weiß, Charles«, sagte sie tröstend. »Vor allem, wenn es Töchter sind. Aber du hättest viel Freude an ihnen, wenn du sie jetzt sehen könntest, denn sie sind beide so aufgeregt über diese Neuigkeit, und ihre Schlafkammer ist ein wahres Chaos aus Kleidern und Bändern und Petticoats. Schon lange habe ich Isobel nicht mehr so fröhlich mit ihrer Schwester lachen hören.«

Charles sah ihr nach, als sie zur Tür hinausrauschte. Auf sein Urteil kam es bei der Entscheidung, die ihm da aufgenötigt worden war, gar nicht mehr an. Amelia hatte ihn wie immer überlistet. Denn wenn er den Captain jetzt abwiese, würde er seinen beiden Töchtern einen Strich durch ihre Pläne machen, und das würden sie ihm nie verzeihen.

»Was tun? Was tun?«, murmelte er und starrte aus dem Fenster. Ist ein Mann je so geplagt worden? Wenn er doch nur einen Sohn hätte. Bei seinen Söhnen wusste man, woran man war.

»Es ist alles arrangiert, mein Liebes. Dein Vater empfängt Gilbert mit Freuden heute Morgen zum Gespräch. Die beste Neuigkeit seit langem, sagt er.« Amelia verschwand geschäftig im Schlafgemach und begann, Kleider aus dem Schrank zu ziehen.

Isobel zupfte an den Bändern ihres Petticoats. Ihr Korsett war so straff geschnürt, dass sie kaum noch atmen konnte, und Rose hatte ihr die Haarnadeln so fest gesteckt, dass sie bestimmt bald Kopfschmerzen bekommen würde. Aber das war nichts im Vergleich mit ihrer quälenden Unentschlossenheit im Hinblick auf den bevorstehenden Heiratsantrag.

»Papa ist also einverstanden?« Ihre Stimme zitterte vor Zweifel und Aufregung. Es war eine schwindelerregende Mischung.

»Natürlich«, antwortete ihre Mutter unbestimmt. »Was nun – das Gelbseidene oder das Grüngestreifte?« Sie hielt beide Kleider ins Licht am Fenster.

»Das Gelbe gehört Charlotte, Mama. Du weißt, dass die Farbe mir nicht steht.«

»Grau doch auch nicht«, knurrte Amelia, als sie Kleid um Kleid zu Boden fallen ließ. »Aber das hindert dich anscheinend nicht daran, es zu tragen.«

»Mama«, protestierte Isobel und bückte sich nach ihrem Lieblingskleid aus taubengrauer Seide. »Bitte, Mama, lass mich selbst aussuchen, was ich tragen möchte.«

»Aber bei deiner blassen Erscheinung brauchst du etwas, das dich lebendiger aussehen lässt. Was ist hiermit? Du hast es kaum getragen, seit der Schneider es geliefert hat.«

Isobel betrachtete das rosarote Kleid und nagte an der Unterlippe. Das bestickte Mieder war so tief ausgeschnitten, dass sie sich beinahe nackt fühlte, wenn sie es trug, und die Spitzenvolants am Ellenbogen und am Décolleté waren schon ohne die aufgenähten seidenen Rosenknospen auffallend genug. »Es ist ein bisschen …«

»Es ist perfekt«, erklärte ihre Mutter. »Ich hole Rose, damit sie dir beim Ankleiden hilft, und du kannst mein Perlencollier borgen. Rubine wären tagsüber ein bisschen zu viel.«

»Mama.« Isobel streckte die Hand aus, um die Betriebsamkeit ihrer Mutter zu bändigen. Die Zweifel waren allzu quälend. »Gilbert liebt mich doch, oder? Wirklich? Es geht ihm nicht nur um die Mitgift?«

Amelia lachte leise und nahm sie in den Arm. Dann griff sie mit nachsichtiger Miene nach Isobels Händen. »Du dummes Gänschen! Wie könnte er dich nicht lieben, wenn du so bezaubernd aussiehst? Ich sage dir, Isobel, die Liebe hat deinem Gesicht Farbe und ein Funkeln in deine Augen gebracht. Ja, du bist beinahe eine Schönheit.«

An der Tür drehte sie sich noch einmal um. »Lass dir Zeit, Liebes. Mrs. Patterson hat das Morgenzimmer für euch vorbereitet. Wenn du fertig bist, gehst du dorthin. Ich werde nachher noch einmal kommen, um zu sehen, ob du auch nichts vergessen hast, und dann warte ich, bis Gilbert mit deinem Vater fertig ist, und bringe ihn zu dir.« Amelia warf ihr eine Kusshand zu und verließ mit strahlendem Lächeln das Zimmer.

Isobel war die Taktlosigkeiten ihrer Mutter gewöhnt, und die verschleierte Kränkung, die in den Worten »beinahe eine Schönheit« lag, war im Beben der Aufregung untergegangen. Es war albern von ihr gewesen, an Gilberts Absichten zu zweifeln; Papa war mit der Heirat einverstanden, und sein Urteil war immer gut. Sie hatte keinen Grund mehr, zaghaft zu sein. Die Träume, an die sie kaum noch zu glauben gewagt hatte, würden endlich wahr werden.

Das neue Romani-Lager war in einem schmalen Tal namens Kingston Hollow aufgeschlagen worden. Es lag ein gutes Stück weit von Lewes entfernt, aber die Erfahrung hatte die Zigeuner gelehrt, dass es besser war, nicht in der Stadt zu sein, wenn ihr Mann den Kampf heute Abend gewinnen sollte.

John saß allein im stillen Vardo. Sein Oberkörper war nackt, und obwohl er nur eine leichte Baumwollhose trug, die in überaus geschmeidigen Lederstiefeln steckte, fror er nicht, und sein Puls schlug gleichmäßig. Ein erwartungsvolles Flattern regte sich in seinem Magen, als der Abendwind fernes Stimmengemurmel vom Jahrmarkt herüberwehte. Die anderen Männer hatten ihm gesagt, dass eine muntere Menge zusammengekommen war, mit Wettgeld in der Tasche und Bier im Bauch. Die Gentlemen rollten in ihren Kutschen an, die Huren machten gute Geschäfte, und es würde zweifellos noch Ärger geben, bevor die Nacht um wäre.

Er holte tief Luft und schaute sich um in dem einzigen Heim, das er je gekannt hatte. Der Vardo war in zwei Hälften aufgeteilt; in der einen wurde gekocht, in der anderen geschlafen. Vorn in der Küche war ein Herd mit einem dünnen Kamin, der durch das Dach nach außen führte und seine Dienste tat, solange der Wind nicht aus der falschen Richtung blies und den engen Wagen mit Rauch füllte. Es gab einen Speisenschrank und ein paar Kisten mit dem Geschirr und dem Leinen seiner Großmutter, und an den Wänden hingen Kupfertöpfe und Küchengeräte.

John saß hinten auf dem breiten Doppelbett, das er mit der Alten teilte, bis er heiratete und es sich leisten konnte, sich einen eigenen Wagen bauen zu lassen. Das Bett war mit der gleichen schneeweißen Spitze drapiert, die auch vor den Fenstern hing, und die Sammlung von Fächern und Tamburinen, die darüber an der Wand hing, verstärkte den Eindruck von voll gestopfter Enge. Vor einer Weile waren die Lampen angezündet worden, und ihr diffuses Licht milderte die grellen Farben der Teppiche und Kissen, die seine Großmutter so sehr liebte. Bunte Töpfe und Krüge leuchteten auf schmalen Borden, und die verschlungenen Ranken und Blätter, die Sarah vor so vielen Jahren unter die Decke gemalt hatte, vermochten ihn immer noch zu überzeugen, dass sie echt seien.

Dies war alles, was er je gekannt, alles, was er sich je gewünscht hatte – bis jetzt. Aber seine Reisen hatten ihm einen Blick in andere Welten eröffnet, und er wusste, wenn er Rose je gewinnen wollte, musste er diesen geschützten Ort verlassen und sein Glück anderswo suchen.

John entspannte die gut geölten Muskeln, ballte die Fäuste und streckte die Finger wieder. Sehnen und Adern wölbten sich stattlich unter der braunen Haut, und er spürte, wie seine Kraft sie durchströmte. Tina hatte heute Abend gute Arbeit geleistet. Großmutter war ihr eine gute Lehrerin in der Kunst der heilenden Massage gewesen.

Lächelnd strich er sich das lange Haar zurück und schob es hinter die Ohren. Die beiden Frauen benahmen sich nicht besonders zurückhaltend, und, um die Wahrheit zu sagen, er genoss die Aufmerksamkeit. Tina war ein prächtiger Fang für einen Mann, und wenn seine Zuneigung nicht einer anderen gehören würde, hätte er die Situation wohl auch ausgenutzt.

Aber dies war nicht der Augenblick, um an Tina und Rose zu denken. Er hatte einen Kampf zu gewinnen.

Er wusste über seinen Gegner Bescheid, hatte ihn aber nie kennen gelernt. Mad Jack Jilkes war ein erfahrener Boxer mit einer eindrucksvollen Anzahl von Siegen und einer großen Schar von Anhängern. Es hatte eine Zeit gegeben, da hatte man ihn für gut genug gehalten, sich um die englische Meisterschaft zu bewerben, aber seine Liebe zum Alkohol hatte seine Chancen verdorben; und jetzt blieb ihm nichts weiter übrig, als seine Gegner auf ländlichen Jahrmärkten zu suchen, wo mit blanker Faust gekämpft wurde.

John ballte die Fäuste, atmete tief durch und konzentrierte sich mit ganzer Kraft auf den Gedanken an seinen Gegner. Mad Jack war fast fünfzehn Jahre älter als er, und John hatte seine letzten beiden Kämpfe gesehen; er wusste, dass er ihn schlagen konnte, seiner legendären Vergangenheit zum Trotz. Er fühlte sich stark, fast unbesiegbar, und brannte darauf, in den Ring zu steigen.

Der Vardo schaukelte, als schwere Schritte die Stufen zur Tür heraufkamen. Ein hartes Klopfen, und dann erklang die Stimme seines Cousins Tom Wilkins. »Bist du bereit, John?«

Er nickte und stand auf. Unter der niedrigen Decke musste er den Kopf einziehen. »So bereit, wie ich nur sein kann«, antwortete er entschlossen.

Toms rundes Gesicht erstrahlte in einem Grinsen. »Solltest ein leichtes Spiel haben heute Abend, John. Mad Jack hat getrunken, und seine Leute wetten wie verrückt. Schätze, du brauchst nur zu erscheinen, und schon hast du gewonnen.«

Johns Pranke umfasste die rundliche Schulter seines Cousins. »Du darfst den Gegner niemals unterschätzen, Tom. Jack mag betrunken sein, aber er ist gerissen wie ein Straßenkater. Er wird kämpfen bis zum letzten Atemzug, und er wird schmutzig kämpfen. Es wird kein Spaziergang werden.«

»Hast du dich in letzter Zeit mal im Spiegel angesehen, John?« Tom wartete nicht auf eine Antwort, sondern schwatzte gleich weiter, und seine Augen strahlten voller Bewunderung. »Du hast dicke Muskeln am ganzen Leibe, und dein Bauch ist riefig wie ein Wagengleis. Du schimmerst, John, als wärest du aus Kupfer, und ich wette, dass jeder, der dir heute Abend gegenübertritt, schon weiß, dass er besiegt ist, ehe er die Faust gegen dich erhebt.«

John hörte solche Schmeicheleien ziemlich gern, aber er wusste auch, was die Heldenverehrung bei den Menschen hervorrief, und maß ihnen deshalb nicht allzu viel Bedeutung bei.

»Es kommt nicht darauf an, wie ich aussehe, Junge. Es kommt darauf an, was ich aus mir mache. Und jetzt geh aus dem Weg. Ich habe einen Boxkampf vor mir.«

Tom hielt ihn zurück. »Ich muss dir noch was sagen, John. Es ist wichtig.«

John seufzte, während er eine dicke Jacke überzog, um sich vor der Kälte zu schützen. »Du strapazierst meine Geduld, Tom«, warnte er.

Der Junge zuckte die Achseln. Man sah ihm an, dass er darauf brannte, seine Neuigkeiten loszuwerden. »Dad sagt, er hat Big Billy Clarke bei Jacks Leuten gesehen – und du weißt, was das bedeutet, nicht wahr?«

John hielt inne. Aufregung und Hoffnung mischten sich in seinem Herzen. »Big Billy?«, wiederholte er. »Jacks Impresario?« Er schüttelte den Kopf. Die Vernunft hatte die Hoffnung besiegt. »Wahrscheinlich nur hier, um seinen Boxer im Auge zu halten.«

Tom war nicht zu halten. »Dad meint, es hat sich herumgesprochen, was du kannst, und der Mann ist selbst gekommen, um sich persönlich davon zu überzeugen. Mad Jacks Zeit ist vorbei, sagt Dad, und er meint, Big Billy sucht einen neuen Boxer, den er nächstes Jahr bei den britischen Meisterschaften antreten lassen kann.«

John kämpfte ein Kribbeln der Erregung nieder. Er musste ruhig bleiben und sich darauf konzentrieren zu gewinnen. »Dann soll er auch was zu sehen bekommen, nicht wahr?«

»Gentlemen«, schrie Johns Onkel Harry durch den Lärm, »ich eröffne das Programm dieses Abends zu Ihrer Unterhaltung. In der roten Ecke: Zigeuner-John Tanner.«

John sah seinen jungen Cousin mit hochgezogenen Brauen an. »Seit wann heiße ich Zigeuner-John?«

»Seit Dad es sich vor ungefähr fünf Sekunden ausgedacht hat«, flüsterte Tom. »Du kennst ihn ja – alles ist recht, wenn es das Publikum in Fahrt bringt.« Er grinste. »Viel Glück! Ich hab auch ein paar Shillings auf dich gesetzt.«

»Und in der blauen Ecke, Gentlemen, präsentiere ich Ihnen Mad Jack Jilkes. Champion des Boxrings in über vierzig Kämpfen.« Harrys Stimme wurde von Willkommensgebrüll übertönt, als der hünenhafte Mann in den Ring stieg.

John beobachtete, wie Jack die Arme hochriss, um die Menge zu begrüßen. Auf den ersten Blick hatte er nichts von seiner furchterregenden Gestalt verloren. Aber auch wenn seine Fäuste immer noch groß wie zwei Schinken waren, bemerkte John, dass das Gesicht seines Gegners die Narben von allzu vielen Kämpfen trug. Der einstmals eisenharte Körper war fetter geworden, und die muskulösen Beine waren nicht mehr die mächtigen Säulen von früher. Trotzdem war der Eindruck, dass dieser Mann am Ende seiner Boxerkarriere stand, falsch; als Jack sich mit höhnischem Grinsen zu ihm umdrehte, sah John, dass in den gelbsüchtigen, blutunterlaufenen Augen immer noch ein mörderisches Funkeln leuchtete. Mad Jack mochte seine beste Zeit hinter sich haben und vom Ale aufgeweicht sein, aber er würde sich an seinen Ruhm klammern, solange er atmete.

Dies würde kein leichter Kampf werden.

Sie traten einander gegenüber und gingen in Stellung. Harry Wilkins stand zwischen ihnen und dehnte den letzten Augenblick aus, bis die Menge in fieberhafte Erregung geriet. Er zählte die wenigen Regeln für einen barfäustigen Boxkampf auf, aber seine Worte verklangen ungehört; John erwiderte die wütenden Blicke, sein Puls wurde langsamer, und seine Gedanken kühlten sich ab und konzentrierten sich in eisiger Zielstrebigkeit auf die Aufgabe, die vor ihm lag.

»Da schicken sie mir also einen Zigeunerköter, damit ich ihn von seinem Elend erlöse«, knurrte Jack durch seine Zahnlücken. »Das wird mir Spaß machen.«

Auf diesen Köder biss John nicht an. Damit hatte man es schon oft versucht, und er hatte gelernt, mit solchen Beleidigungen zurechtzukommen. Mit festem Blick ballte er die Fäuste und balancierte leichtfüßig auf den Zehenballen.

Jack spuckte auf den Boden, wenige Zoll vor Johns Stiefelspitze, aber was da im Blick des Älteren schimmerte, verriet John, dass seine Gelassenheit den Gegner doch verunsicherte.

John straffte sich und wartete auf Harrys Zeichen. Mad Jack war für seine schmutzigen Tricks bekannt, und er, John, würde alle Hände voll zu tun haben, um den stahlkappenbewehrten Stiefeln auszuweichen, die Jilkes als zusätzliche Waffe einsetzte.

Der rechte Haken kam aus dem Nichts, und zwar mit solcher Wucht und Geschwindigkeit, dass John beim Ausweichen den Luftzug an seinem Ohr spürte. Mad Jack wurde seinem Ruf gerecht; er griff schon vor dem Gongschlag an.

Jack hatte nach seinem Schlag das Gleichgewicht noch nicht wiedergefunden, und sein Körper war ungedeckt, sodass John mehrere harte Geraden im schlaffen Bauch seines Gegners landete. Aber die gefährlichen, bösartigen Schläge schienen kaum Wirkung auf den Hünen zu haben, und als John auf ihn eindrang, erwischte eine fleischige Faust ihn mit einem Uppercut, der ihn fast von den Füßen hob. In seinen Ohren rauschte es.

Er flog in die Arme seiner Betreuer, die dreißig Sekunden Zeit hatten, ihn in das kleine Geviert zurückzubringen. Sie feuerten ihn lautstark an, während er versuchte, die blitzenden Lichter in seinem Kopf zu vertreiben. Die Luft saß in seiner Lunge fest, der Schweiß brannte ihm in den Augen, und als seine Betreuer ihn in die Mitte schoben, empfand er echte Angst. Er hatte seinen Gegner aus den Augen verloren.

John schüttelte den Kopf, die Faust des Gegners traf ihn am Kinn, und er taumelte. Der Kupfergeschmack seines Blutes und das Geheul der Menge schienen ihn wieder zur Besinnung zu bringen. Er fing an, auf dem Kampfplatz herumzutänzeln, den massigen Mann zwingend, ihn schwerfällig zu verfolgen. Zeit brauchte er, weiter nichts. Gelegenheit, zu Atem zu kommen und einen klaren Kopf zu gewinnen.

Jacks seltsam gelbliche Augen waren voller Wut und von Blut unterlaufen; seine Fäuste sausten durch die Luft zwischen ihm und seinem tanzenden Gegenüber. »Bleib stehen, du Hund!«, knurrte er. »Kämpfe wie ein Mann.«

John tänzelte leichtfüßig auf den Zehen, und sein Blick war jetzt klar und fest auf seinen Gegner gerichtet, als sie einander umkreisten. Sein langer Arm schoss vor, und seine Faust traf Mad Jacks Wangenknochen. Die Wange platzte rot auf, und Blut mischte sich mit dem Schweiß in dem benommenen Gesicht.

Noch ein Treffer, noch eine Platzwunde. Ein Knochen krachte, splitterte unter Johns Hammerschlägen. Aber nichts konnte die Wut in diesen barbarischen Augen niederzwingen.

Der Tritt traf John unter dem Knie, ließ ihn taumeln, und er geriet aus dem Takt. Mad Jack drang auf ihn ein, und hammerharte Fäuste fanden die weichen Partien unter Johns Rippen. Er wich tänzelnd zurück, zog die Luft in seine misshandelte Lunge, schonte das verletzte Knie. Mad Jack musste rasch erledigt werden, wenn er nicht noch weiteren Schaden anrichten sollte. Der Mistkerl mochte vom Ale aufgeweicht sein, aber er war niederträchtig und stark und viel gefährlicher, als John angesichts seines Zustands und seines Alters geglaubt hatte.

Mit schweißglänzendem Gesicht duckte er sich unter einem weiteren Schwinger weg und griff dann rasch an: Eine Serie von schnellen, harten Geraden traf den ungedeckten Bauch des Gegners, bevor er wieder zurücktänzelte.

Mad Jack taumelte. Er hatte das Gleichgewicht verloren und war außer Atem, und seine Fäuste droschen in die Luft. Er schlug nach seinen Betreuern, die ihm zuschrien, er solle die erlaubten dreißig Sekunden Atempause nutzen, und er brüllte vor Wut. Er hob die Fäuste, um weitere Schläge abzuwehren, schüttelte Blut und Schweiß aus den Augen und stapfte im Geviert herum, der tanzenden Gestalt hinterher. »Du bist tot, du Bastard!«, brüllte er.

John schlug eine Finte. Mad Jack riss den Arm hoch, um sie abzuwehren, und sah den Uppercut nicht, der sein Kinn wie ein

Vorschlaghammer traf und ihn von den Beinen riss. Er ging in die Knie, schwankte einen endlosen Augenblick lang und fiel dann mit einem Krachen zu Boden, dass John das Beben durch die Stiefelsohlen spürte.

Die Menge war aufgesprungen. Wutgeschrei schlug wie eine Flutwelle über Johns Kopf zusammen, als er um den Gefallenen herumtänzelte. »Komm schon, Großmaul«, rief er durch den Lärm. »Steh auf und kämpfe.«

Mad Jack musste von seinen Betreuern auf die Beine gezogen werden, als Harry Wilkins zu zählen anfing, aber der alternde Boxer hatte schon zu viele Kämpfe überlebt, als dass seine Benommenheit lange angehalten hätte, und bald schüttelte er seine Betreuer ab. Blut, Rotz und Schweiß sprühten in die heulende Menge, als er wie eine große Dogge den Kopf schüttelte. Doch seine Wut machte ihn unvorsichtig. Mad Jack schlug jetzt blindlings um sich; seine Hiebe trafen ihr Ziel nicht, brachten ihn aber immer wieder aus dem Gleichgewicht.

John wich behände zur Seite, erwischte seinen Gegner ungedeckt und legte noch die letzte Unze seiner Kraft in einen machtvollen Schwinger gegen das Kinn des Älteren. Er traf genau auf die Spitze; Mad Jacks Kopf wurde in den Nacken geschleudert, er verdrehte die Augen und klappte erschrocken den Mund auf. Die mächtigen Schultern erschlafften, seine Arme hingen herab, und seine Fäuste öffneten sich.

Die Menge verstummte. Totenstille umhüllte die beiden Männer, als sie einander gegenüberstanden, und John spürte die Feindseligkeit, die dieses schreckliche Schweigen durchwehte.

Mad Jack schwankte, sein Blick trübte sich, seine einst so kraftvollen Beine zitterten.

Für Mitleid war keine Zeit, und der Boxring war nicht der Ort für Rücksichtnahme. John schlug ihn noch einmal. Ein schwungvoller, präziser Punch traf den Riesen mitten ins Gesicht.

Der große Mann wankte, und das Blut strömte ihm aus der

Nase. Er fiel auf die Knie, als wolle er dem jüngeren Boxer die Ehre erweisen. Sein mächtiger Körper erschauerte und sank langsam zu Boden wie ein getöteter Stier.

Harry begann zu zählen. Jacks Betreuer hatten dreißig Sekunden Zeit, um ihn aufrecht zu stellen und in den Ring zurückzuschieben. John zog sich zurück. Die stummen Zuschauer beugten sich, einer wie der andere, nach vorn, und alle starrten ihren gefallenen Helden an.

»Und aus!«, rief Harry in das ominöse Schweigen. »Wir haben einen Sieger.«

Die Menge explodierte. Faules Obst kam in den Ring geflogen, rasch gefolgt von Holzbänken und Schemeln. Nach Sitzkissen kamen Bierkrüge und Schuhe, und Mad Jack Jilkes wurde von seinen Helfern aufgehoben und schmählich aus dem Zelt getragen.

Harry duckte sich vor einem fliegenden Stuhlbein. »Wird Zeit, dass wir hier verschwinden, Junge!«, rief er durch den Aufruhr.

John brauchte keine Aufforderung. Von seinen Sekundanten umgeben, sprang er aus dem Ring und flüchtete durch den Leinwandvorhang in die Nacht hinaus. Nach der Helligkeit im Zelt war es hier draußen stockfinster, aber die Romani hatten auf diesen Augenblick gewartet; ihre Augen waren an die Dunkelheit gewöhnt, und sie führten John und Harry rasch zu den versteckten Pferden.

John trieb sein Tier zum Galopp. Seine Gedanken waren bitter. Heute Nacht würde sich das alte Spiel wiederholen. Sein Sieg bedeutete, dass seine Leute sich verstecken mussten, denn die enttäuschten Einheimischen hatten keine Achtung vor ihren Frauen und ihrer Habe. Wenn man ihr Lager fände, würde man Feuer legen und die Tiere stehlen oder freilassen, und das Leben der Menschen wäre in Gefahr. So viel war das Spiel nicht wert.

Heute war das Lager gut versteckt, und als John und die anderen ihre Pferde in das Tal hineinlenkten, waren sie sicher, dass niemand ihnen folgte.

Tina und Sarah erwarteten ihn. »Trink das, Junge. Es wird dir neues Leben einflößen.« Sarah reichte ihm ein stinkendes Gebräu. Er wusste, dass es heilende Zauberkräfte besaß und schnell wirken würde, und er trank es in tiefen Zügen.

»John Tanner?« Eine klare, fordernde Stimme hallte aus der Dunkelheit.

Die Männer stellten sich in schützender Reihe vor ihre Frauen. Sie waren sicher gewesen, dass die Flucht gelungen war – und jetzt saßen sie in der Falle.

»Wer sucht ihn?« John trat vor, aber er sah nur schwankende Schatten in der Dunkelheit.

»Billy Clarke«, war die Antwort.

John sah sich nach den anderen um. »Zündet Fackeln an«, flüsterte er. »Und haltet euch bereit, falls es ein Trick ist.« Er machte noch einen Schritt weg von der schützenden Reihe der Männer. »Zeige dich, Billy Clarke!«, rief er.

Die Silhouette eines Reiters bewegte sich vor dem Sternenhimmel und kam ins Tal herunter. Der flackernde Fackelschein zeigte einen hoch gewachsenen Mann mit breiten Schultern, der entspannt auf einem Vollblut saß.

John wartete mit klopfendem Herzen. Er hörte keine weiteren Pferde, und keine Aura der Gefahr umgab den Besucher: Vielleicht war es wirklich Big Billy Clarke.

Der Mann schwang sich aus dem Sattel und trat vor, die Hand zur Begrüßung ausgestreckt. Seine Miene war freundlich. »Es tut mir leid, dass ich euch auf diese Weise überfalle, aber ihr seid so schnell verschwunden. Ich hatte keine Zeit, euch auf dem Jahrmarkt anzusprechen.«

John hörte Gemurmel hinter sich, aber er wandte den Blick nicht von seinem Gegenüber. Billy Clarke hatte ein ehrliches Gesicht und einen festen Händedruck.

»Hat ja keinen Sinn, lange abzuwarten, wenn einem der Mob ans Leder will«, sagte John. »Aber für Sie ist es riskant, einfach so herzukommen.«

Lächelnd schaute der kräftige Mann in die Runde. »Ich habe gewiss keinen *pachiv* erwartet, aber ich weiß nicht, warum es riskant sein sollte, meinen Niamo zu besuchen.«

Verblüfftes Schweigen, dann misstrauisches Gemurmel. »Pachiv ist eine Zeremonie, die nur Ehrengästen zuteil wird«, erklärte John ernst. »Und du sagst zwar, du willst Verwandte besuchen, aber du sprichst nicht wie unser Stamm, sondern wie die *lomavren*.«

Billy Clarke nahm den Hut ab, und man sah sein dichtes schwarzes Haar. »Mein Stamm kam aus Armenien, aber als Romani sind wir doch sicher eine Familie gegen die *gadjikanes*?«

John lachte. »Deshalb hast du uns also unbemerkt folgen können. Die Gadjikanes hätten großes Getöse gemacht, sie wären krachend durchs Gebüsch gekommen mit ihren ungeschickten Pferden und ihren kläffenden Hunden. Du überraschst mich, Billy Clarke. Ich wusste nicht, dass du von unserem Blute bist.«

Big Billy Clarke lächelte, und sein dunkles Gesicht legte sich in tausend feine Fältchen. »Alte Gewohnheiten legt man nicht so schnell ab, mein Junge, und auch wenn ich schon seit geraumer Zeit unter den Gadjikanes lebe, habe ich immer noch ein paar Tricks im Ärmel. Und was mein Blut angeht, so ist es manchmal nicht ratsam, die Herkunft zu offenbaren.«

Kopfnickend und murmelnd umringten die anderen den großen Mann, und nachdem John alle miteinander bekannt gemacht hatte, ging er mit Big Billy zu seinem Vardo. Die Männer und Frauen folgten ihnen und versammelten sich im engen Wagen, draußen auf der Treppe und vor den Fenstern.

Warme Luft stieg über den zusammengedrängten Menschen auf; Laternen wurden angezündet, und Alekrüge machten die Runde. Stimmen hoben und senkten sich, und Pfeifen wurden angezündet, während man den Boxkampf erörterte. Endlich verebbte die Debatte, und Billy wandte sich an John. »Wie würde es dir gefallen, deinen nächsten Kampf in einem richtigen Boxring in London zu bestreiten?«, fragte er beiläufig.

Erwartungsvolle Stille senkte sich über die Versammlung, und alle Augen richteten sich auf John.

»Kommt darauf an, was du mir anbietest – und gegen wen ich kämpfen soll.« John klang ruhig, aber seine Gedanken überschlugen sich. Der berühmte Billy Clarke eröffnete ihm, seinen Traum wahr zu machen – aber Träume konnten in einem Augenblick der Unachtsamkeit gewonnen oder zerronnen sein. Er musste jetzt einen klaren Kopf behalten, trotz der kribbelnden Erwartung, die ihn durchströmte.

Der Box-Impresario lächelte. »Darüber müssen wir uns unterhalten, John. Ich sehe dich als den nächsten Bewerber um den britischen Meistertitel.«

SECHS

Cordelia war so müde wie schon lange nicht mehr. Es war anstrengend, die Geschichte von Jacaranda Wines zu erzählen, und sie fragte sich, ob es nicht doch ein Fehler gewesen war, so kurz nach der Krise, die Jock hinterlassen hatte, auf diese Reise zu gehen.

Du bist eine alte Närrin, beschimpfte sie sich. Es war still, und Sophies leises, gleichmäßiges Atmen begleitete das Seufzen des Windes in den Gummibäumen. Die Geschichte hätte sie auch in Melbourne erzählen können. Aber als sie jetzt so dalag, viel zu aufgedreht, um den Schlaf zu finden, nach dem sie sich so verzweifelt sehnte, wusste sie, dass nur dies der richtige Weg war. Es gab Leute in Hunter Valley, in denen sich die letzte Verbindung mit der Vergangenheit verkörperte. Leute, die nach so vielen Jahren des Schweigens vielleicht bereit sein würden, den Riss zu heilen und neues Leben in die heruntergekommenen, sterbenden Reben fließen zu lassen. Es war ein Glücksspiel, und sie musste das Risiko eingehen. Es war die letzte Karte, die sie spielen konnte, um das Erbe ihrer Enkelin zu retten. Und sie wusste, wenn sie diesmal scheiterte, hätte Jock endgültig gewonnen.

Cordelia schloss die Augen, als das erste Donnergrollen über ihnen hinwegging. Der Wind war erstorben, die Luft wurde zäher, und der herbe Kupfergeruch der elektrisch geladenen Atmosphäre durchdrang den sanften Duft von Eukalyptus und Akazie. Cordelia kehrte in Gedanken zu den ersten Jahren ihrer Ehe zurück. Die Vergangenheit holte sie ein und ließ die Gegenwart verschwimmen, sie erwachte mit solcher Klarheit zum Leben, dass es fast war, als hätte es die Jahrzehnte, die dazwischen lagen, nicht gegeben.

Jock war ein geduldiger, sanfter Liebhaber gewesen in jenen Tagen, und sie hatte gespürt, wie sie selbst aufblühte, als sie die eigene Sinnlichkeit erkundete; sie war überrascht gewesen, welch verborgene Tiefen er in ihrem Innern freigelegt hatte. Endlich hatte sie einen Weg gefunden, all die aufgestauten Frustrationen loszuwerden. Endlich hatte sie jemanden gefunden, der Verständnis für ihr Bedürfnis hatte, frei zu sein, die Erde unter den Füßen und den Wind in den Haaren zu spüren. Sie träumten einen gemeinsamen Traum, besaßen die gleichen Ziele, und als sie die beiden kostbaren Zwillinge zur Welt brachte, strahlte die Zukunft hell wie nie.

Dann war Vater gestorben, und als wäre das noch nicht genug, hatte die lange Dürre begonnen, endlos und verzehrend, und hatte alle Kraft aus dem Land und den Menschen gesaugt, die die welkenden Weinstöcke umhegten und sich von einem Jahr ins nächste und ins übernächste schleppten. Die Sonne glühte gnadenlos, der Wind wehte heiß, und alle Farbe war aus dem Himmel gebrannt, derweil sie mit Wassereimern durch die langen Reihen der Rebstöcke stapften. Ebenso gut hätten sie in den Wind spucken können.

In diesen schrecklichen fünf Jahren hatte Cordelia in einem Zwiespalt der Loyalität gelebt. Noch heute fragte sie sich, ob es vielleicht die Dürre gewesen war, die jene ersten Risse in ihrer Ehe hatte zu Tage treten lassen, denn wie sie die Erde unter den Rebstöcken aufbrechen und Staubwirbel über die Terrassen tanzen ließ, so ließ sie auch ihre Träume verdorren, und sie entblößte die Wurzeln der Beziehung zu ihrem Mann.

Jocks Weingut, Bundoran, war kleiner als Jacaranda und leicht zu bewältigen; die Terrassen umfassten weniger als vierhundert

Hektar. Er hatte ein Rohrleitungssystem zur Bewässerung eingerichtet, das sich aus Bohrlöchern und austrocknenden Flüssen speiste, und solange die unterirdischen Quellen noch ein wenig Wasser hergaben, würde Bundoran überleben.

Für Jacaranda Wines sah die Sache anders aus. Das Gut erstreckte sich über mehrere tausend Hektar, und es war fast unmöglich, so viel Land mit einem solchen System zu bewässern. Es handelte sich um eine Aufgabe, die einen hohen Einsatz an Arbeitskräften erforderte und bei der herrschenden Dürre so gut wie hoffnungslos war.

Jock wusste, dass Jacaranda keinen Ertrag bringen würde, und er begriff nicht, weshalb Cordelia darauf beharrte, täglich vor dem Morgengrauen aufzustehen und Wasser durch die absterbenden Terrassen zu karren, bevor sie schließlich erschöpft zurückkehrte, um sich um Bundoran zu kümmern. Sein eigenes Weingut war vielleicht kleiner als Jacaranda und die Geschichte, die dahinter stand, kürzer, aber es würde die Trockenheit mit minimalen Verlusten überstehen, wenn er und Cordelia die Ärmel aufkrempelten und nicht aufgaben. Er ärgerte sich über die störrische Entschlossenheit, mit der sie für das Überleben Jacarandas kämpfte, während seine eigenen Reben genauso viel Aufmerksamkeit nötig hatten, und je länger die Trockenheit anhielt, desto erbitterter wurden ihre Auseinandersetzungen.

Die Dürre war schließlich mit wolkenbruchartigen Regenfällen zu Ende gegangen; die Unwetter hatten die letzten überlebenden Rebstöcke von Jacaranda niedergewalzt und in die fette schwarze Erde gehämmert. Als Cordelia mit ihrem Bruder Edward und ihrer Mutter nach den Wolkenbrüchen den ersten, vernichtenden Rundgang durch die Terrassen machte, wussten sie, dass sie erledigt waren. Wie bereits in den fünf vergangenen Jahren würde es auch in diesem Jahr keine Lese geben. Sie hatten alles verloren. Jacaranda Wines war tot.

Als sie an jenem feuchten, tristen Morgen mit schlammverschmiertem Rock und verzweifeltem Herzen nach Bundoran zurückkehrte, fand sie Jock in Jubelstimmung vor.

»Wir sind gerettet, Cordy! Die Reben haben das Unwetter überlebt. Ich wusste, dass mein Stützsystem funktionieren würde.«

Offenbar bemerkte er, dass in ihrem Blick keine Spur von Begeisterung lag, denn seine Freude wich rasch einem kalten Zorn. »Ich habe dir doch prophezeit, dass Jacaranda nicht durchkommen wird. Wenn du so viel Energie auf unsere Stöcke verwandt hättest wie auf die da drüben, dann hätten wir vielleicht auch den Sauvignon nicht verloren.«

»Aber Jacaranda gehört mir mehr, als Bundoran es je tun wird, Jock«, sagte sie leise. »Meine Familie arbeitet seit vier Generationen auf diesem Weingut. Jetzt ist es vernichtet.« Sie merkte, dass sie den Tränen nahe war, aber weinen wollte sie nicht. Er brauchte nicht zu sehen, was dieses Scheitern für sie bedeutete. »Ich bin nur froh, dass Vater es nicht mehr erleben musste.«

Jocks Miene wurde wieder freundlicher. Sie sah aus wie ein begossener Pudel; das Haar klebte ihr feucht im Gesicht und hing ihr tropfend über den Rücken, und ihre lehmigen Stiefel verschmutzten den blanken Fußboden, aber sie hielt den Kopf hoch erhoben, das Kinn entschlossen vorgestreckt. Er nahm sie in den Arm und drückte sie an sich. »Ich weiß, wie viel Jacaranda dir bedeutet, Cordy, und es tut mir leid, wenn ich gefühllos war. Aber das Leben, für das wir uns entschieden haben, hat keinen Platz für das Schwache. Dein Vater wusste das, und er würde dich nicht verurteilen.«

»Ich weiß.« Sie schniefte an seiner Weste. »Aber nach fünf ertragslosen Jahren hat Jacaranda kein Geld mehr für neue Setzlinge. Mum hat den Kampfeswillen verloren, seit Dad tot ist, und Edward ist noch zu jung, um alles zu übernehmen. Wenn ich jetzt nicht handle – und zwar schnell –, wird es mit Jacaranda endgültig aus sein.«

Sie hörte seinen Herzschlag an ihrem Ohr. Er klang gleichmäßig und beruhigend in der Stille nach ihrem Ausbruch, und sie vergrub das Gesicht in seiner Umarmung.

Als er nach einer Weile wieder sprach, klang seine Stimme nachdenklich. »Die Lese wird in diesem Jahr genug einbringen, sodass in neue Stöcke für Jacaranda investiert werden kann. Wenn du dich der Herausforderung stellen willst – na, dann will ich es auch. Wollen mal sehen, ob in dieser Katastrophe nichts mehr zu retten ist.«

Sie löste sich aus seinen Armen und schaute zu ihm auf. »Ist das dein Ernst, Jock?« Sie wagte kaum zu hoffen, denn es hörte sich an, als wären alle ihre Gebete erhört worden.

Er nickte. »Ich bin bereit, in Jacaranda zu investieren, aber diese Investition kann kein Geschenk sein, Cordy. Ich verlange etwas dafür.«

Sie bekam Herzklopfen. Dunkler Argwohn dämpfte ihre Hoffnung. »Was denn?«

»Ich will einen fünfzigprozentigen Anteil am Weingut.«

Cordelia seufzte im Dunkeln, ehe sie endlich einschlief. Die Rebstöcke, die Jock vor all den Jahren gepflanzt hatte, hatten Jacaranda vielleicht gerettet. Aber er hatte damit Wind gesät, und jetzt ernteten sie Sturm.

Der hölzerne Sitz der Verandaschaukel knarrte, als Daisy sich im Dunkeln darauf setzte. Die Luft war still, als mache sie sich auf das bevorstehende Unwetter gefasst, und es duftete nach Levkojen und dem Jasmin, den sie vor vielen Jahren gepflanzt hatte. Für gewöhnlich genoss sie die sanfte Stille in ihrem Garten, aber als sie heute Abend kurzsichtig auf den Ozean hinausspähte, war sie sich ihrer Umgebung kaum bewusst, denn in Gedanken war sie woanders.

Ihr Ehemann Martin fehlte ihr immer noch, obwohl seit seinem Tod fast fünf Jahre vergangen waren; vermutlich lag es an der Art seines Todes, dass sie sich noch immer nicht an den Gedanken hatte gewöhnen können. Der Krebs war jahrelang unentdeckt geblieben, und als die Diagnose schließlich feststand, war es für eine Operation zu spät gewesen. Drei Monate später war Martin nicht mehr da gewesen, und sie hatte sich immer noch nicht mit der Leere abgefunden, die er hinterlassen hatte. Noch immer fielen ihr Dinge ein, die sie ihm gern sagen wollte. Denn ihre Ehe war wirklich glücklich gewesen, obwohl ihr Vater sie missbilligt hatte.

Lächelnd dachte sie daran, wie wütend er gewesen war, als sie ihren Kopf durchgesetzt und sich geweigert hatte, jemand anderen zu heiraten. Es war das einzige Mal gewesen, dass sie je aufbegehrt hatte, und sie hatte es nie bereut.

Mit einem langen Seufzer löste Daisy die Kordel ihres Bademantels und streifte ihn ab. Es war selbst für die leichteste Bekleidung zu warm; sie war zwar normalerweise eher scheu, aber sie wusste, dass niemand sie hier im Nachthemd sitzen sehen konnte, denn die Veranda lag zu weit abseits der Straße und war durch eine Reihe blühender Rotgummibäume abgeschirmt.

Sie saß im Dunkeln und dachte über ihr Leben nach, und sie fragte sich, wie es wohl gewesen wäre, wenn sie und Martin Kinder hätten haben können. Wenn sie jemand anderen hätte, für den sie sorgen könnte, würde sie sich vielleicht nicht so isoliert fühlen. Aber es gab für nichts eine Garantie in diesem Leben, und sie konnte nicht sicher sein, dass die Kinder – so sie denn welche bekommen hätte – Lust gehabt hätten, sich mit ihr abzugeben. Alternde, einsame Eltern konnten auch zur Last werden.

»Aber ich bin noch nicht alt«, flüsterte sie in die Dunkelheit. »Ich bin einundfünfzig. Das ist kein Alter, verglichen mit Mum. Überhaupt noch kein Alter.«

Sie dachte lange darüber nach, und die Erkenntnis traf sie wie ein Blitzschlag. Es war Zeit, der Wirklichkeit ins Auge zu sehen;

Zeit, aufzuhören, das Leben mit Trauer und Selbstmitleid zu vertun. Martin hatte sie immer vor Jock und Mary beschützt. Hatte sie abgeschirmt vor der harten Realität des Familienunternehmens und den damit verbundenen geschäftlichen Sorgen – obwohl sie durchaus in der Lage gewesen wäre, damit zurechtzukommen. Und sie hatte es ihm bereitwillig überlassen, denn es war leichter nachzugeben, als um Gehör zu kämpfen.

Ihr Vater hatte ihre natürliche Zurückhaltung als Mangel an Intelligenz gedeutet und ihr Selbstvertrauen in eine Krise gestürzt, sodass sie schreckliche Angst vor großen Versammlungen hatte und Fremden nur verlegen gegenübertrat. Mit seiner drangsalierenden Taktik hatte er sie eingeschüchtert, und schon sehr früh war sie davon überzeugt gewesen, dass ihr Aussehen ihr einziger Vorzug sei. Nachdem Martins Tod seinen Tribut gefordert und ihr Gesicht mit Falten gezeichnet hatte, glaubte sie, sogar diesen ausgleichenden Reiz verloren zu haben, und sie hatte sich wie ein scheues Mäuschen verkrochen und war nur noch grauer geworden.

Sie stand auf. Der vergessene Morgenmantel glitt auf die Dielen der Veranda. Ihr Herzschlag raste, als sie die Fliegentür öffnete, ins Wohnzimmer ging und vor den Spiegel trat. Wenn sie den Glauben an sich selbst wiederfinden könnte, wären die Jahre des stetigen Einflusses, den Martin auf sie ausgeübt hatte, vielleicht doch nicht ganz vergeudet. Wenn sie in ihrem Spiegelbild auch nur die kleinste Spur des jungen Mädchens finden könnte, dass seinem furchterregenden Vater getrotzt und den geliebten Mann geheiratet hatte – dann wäre auch ihre Zukunft weniger grau und weniger leer.

Ihre Hand zitterte, als sie das Licht einschaltete. Kein negativer Gedanke durfte ihr Urteil verfinstern. Sie holte tief Luft, ehe sie es wagte, der Frau im Spiegel gegenüberzutreten.

Natürlich hatte sie Falten im Gesicht, aber in ihrer Vorstellung waren sie sehr viel schlimmer als in Wirklichkeit. Ein paar graue Fäden durchzogen ihr welliges dunkelblondes Haar, aber das ließe sich leicht ändern. Die Augen hinter der stahlgeränderten Brille blickten überraschend klar und fest. Die graue Iris war schwarz umringt, und die Wimpern waren vielleicht nicht mehr ganz so dunkel oder so lang wie früher. Mit Kontaktlinsen und Wimperntusche ließe sich das beheben. Morgen würde sie sich darum kümmern.

Mit den Fingern strich sie über die hohen Wangenknochen und an ihrem langen, schlanken Hals herunter, der völlig faltenfrei war. Ihr Gesicht hatte die jugendliche Rundlichkeit verloren. Der Mund konnte ein bisschen Lippenstift gebrauchen, und es war Jahre her, dass sie sich der Mühe einer Maniküre unterzogen hatte. Ihre früher so langen, makellosen Fingernägel waren ruiniert von der panischen Gartenarbeit, mit der sie die einsamen Stunden seit Martins Tod ausgefüllt hatte.

Blinzelnd blockierte sie den negativen Gedanken, und trotzig hob sie ihrem Spiegelbild das Kinn entgegen. Sie trat einen Schritt zurück, um ihre Figur zu begutachten. Schlank war sie immer gewesen, wenn auch nicht groß; ein paar Pfund mehr würden ihr zwar nicht schaden, aber die Silhouette, die durch das Nachthemd schimmerte, war ansehnlich.

»Es wird Zeit, dass du dich dem Leben stellst, Daisy«, erklärte sie ihrem Spiegelbild entschlossen. »Schluss mit den tristen Farben! Schluss damit, nur die Zweitbeste zu sein. Und sich nicht mehr einschüchtern lassen.«

Das waren tapfere Worte für eine, die sich schon vor langer Zeit damit abgefunden hatte, dass ihr Platz in der Familie am Ende der Schlange war. Sie blickte sich selbst eine ganze Weile fest in die grauen Augen, als warte sie darauf, dass irgendjemand diesen neu gewonnenen Mut herausforderte. Aber es blieb still.

»Du hast immer noch ein Leben vor dir, Daisy«, sagte sie zu sich. »Dad kann dir nichts mehr anhaben – nur du selbst kannst es, indem du gar nichts tust. Also los: Geh hinaus, und tu den Mund auf.« Und sie lächelte das Foto in dem silbernen Rahmen an, das auf dem Kaminsims stand.

Martin lächelte zurück, und in der Stille des leeren Zimmers war es, als flüsterte er ihr aufmunternd zu. »Du hast ihm einmal Widerstand geleistet – also kannst du es auch wieder tun.«

Daisy nickte. Der liebende Geist ihres Mannes lebte in ihr. Den ersten Schritt zum Glauben an sich selbst hatte sie getan, und morgen würde sie aus dem Schatten ihrer Familie hervortreten und ihren Kampf gegen die Zerstörung von Jacaranda Wines beginnen.

Es war angenehm kühl in den ersten Stunden nach Tagesanbruch, und Sophie kam frisch und voller Tatkraft vom Schwimmen zurück. Sie hatte in der Nacht gut geschlafen und von Rose geträumt.

»Du siehst munter aus heute Morgen, Darling. Gut geschlafen?«

Sophie nickte, während sie sich abfrottierte und das Oberteil eines Bikinis und Shorts anzog. »So gut wie seit Jahren nicht mehr. Muss an der frischen Luft liegen.«

»Es tut dir also nicht leid, dass du mitgekommen bist?« Cordelia lächelte verschmitzt.

Sophie lachte. »Kein bisschen. Es wurde Zeit, dass ich mal Urlaub mache.« Sie hielt inne, und das Messer verharrte über der Tomate, die sie zum Frühstück aufschneiden wollte. »Ist dir eigentlich klar, dass dies mein erster Urlaub seit der Uni ist – von den zwei Flitterwochen abgesehen, die ich mit Crispin verbracht habe?«

»Immer geschuftet, nie gespielt.« Cordelia schniefte. »Kann ich zwei Scheiben Speck haben? Ich bin ziemlich hungrig heute Morgen.«

»Der Arzt hat dir geraten, tierisches Fett zu meiden, Gran.«

»Quatsch. Was weiß der alte Knacker schon? Zwei Scheiben und außerdem einen gebutterten Toast.«

»Du musst selbst wissen, wie du dich umbringen willst.«

»Zumindest werde ich glücklich sterben«, gab Cordelia zurück, und beide lachten.

Sie frühstückten draußen unter dem Vorzelt. Die Luft war noch kühl und frei von Fliegenschwärmen, und so war es eine angenehme, ungestörte Mahlzeit. Beim Essen plauderten sie gesellig über dies und jenes.

»Warum machen wir diese Reise, Gran?«, fragte Sophie schließlich. »Hättest du mir die Geschichte von Jacaranda nicht auch in Melbourne erzählen können?«

»Doch. Aber ich wünsche mir schon lange, einen speziellen Ort noch einmal zu sehen, bevor ich sterbe, und ich wüsste niemanden, den ich lieber dorthin mitnehmen würde als dich.«

»Und was ist das für ein Ort?«

»Das wirst du noch früh genug erfahren.« Cordelia strich sich reichlich Butter auf ihren Toast.

Sophie seufzte ungeduldig. »Warum ist es denn so wichtig, dass unser Reiseziel geheim bleibt? Was gibt es denn dort so Besonderes?«

»Menschen. Erinnerungen. Einen Teil meiner Jugend.«

»Wann warst du das letzte Mal dort?«

Cordelia lächelte, und ihr Blick ging in weite Fernen. »Das ist lange, lange her, Sophie. Bevor ich deinen Großvater kennen gelernt habe. Ich hoffe, es hat sich nicht allzu sehr verändert. Es würde mir das Herz brechen, wenn ich es nicht wiedererkennen könnte.«

Offenbar sah sie die Frage in Sophies Blick, denn sie tätschelte ihr die Hand und lächelte. »Ich erzähle dir mehr, wenn wir da sind, Darling. Einstweilen musst du dich mit der Geschichte zufrieden geben, wie Rose nach Australien kam.«

Obwohl Amelia Einwände erhob und meinte, es werde unnötig übereilt erscheinen, wurde die Hochzeit für den Spätsommer angesetzt. Isobel und Gilbert würden in der Kirche von Wilmington heiraten, und der Bischof von Lewes sollte die Trauung vollziehen. Die Feier würde dann im Herrenhaus stattfinden.

Draußen vor dem Haus stopfte Rose den letzten der seltenen Briefe von ihrer Mutter in die Schürzentasche. In den vergangenen vier Wochen hatte sie ihn unzählige Male gelesen, und sie fragte sich, wann sie wohl wieder von ihr hören würde. Mit wehmütigem Seufzen starrte sie hinaus in den Küchengarten. Die Frühsommersonne hatte die freundlichen Ziegelmauern gewärmt, die diesen friedlichen Hafen umgaben, und Rose hob das Gesicht in die letzten Strahlen und genoss den Augenblick der Stille nach dem Getriebe in der Küche des Herrenhauses. Hier konnte sie träumen, konnte Erinnerungen an ihre Mutter und ihre Brüder heraufbeschwören, an das Leben zu Hause, das sie noch immer so schrecklich vermisste.

In den letzten fünf Monaten hatte sie nur zweimal Gelegenheit gehabt, die Damenschule in Jevington zu besuchen, und dabei hatte sie gespürt, dass unbeholfene Verlegenheit zwischen ihr und ihrer Mum gestanden hatte. Kathleen war nicht unfreundlich gewesen, nur distanziert. Die Familienbande waren zerrissen, seit Rose ins Herrenhaus gezogen war. Davey begegnete ihr misstrauisch, und bei ihren hastigen Besuchen hatte sie keine Zeit, sein Vertrauen neu zu gewinnen. Das Baby erkannte sie nicht mehr: Der Kleine schrie und zappelte, wenn sie ihn auf den Arm nehmen wollte.

Nicht, dass es ihr im Herrenhaus nicht gefiel. Das Essen war reichlich, das Bett bequem, und am Ende eines langen Arbeitstages vergaß sie schmerzende Füße und wunde Hände in der Gesellschaft der anderen Dienstboten. Zu ihrer Erleichterung behielt Captain Fairbrother in letzter Zeit die Hände bei sich, wenn er auf seinen häufigen Besuchen im Haus weilte; nur hin und wieder hatte sie ihn kurz zu Gesicht bekommen, wenn er über die Downs hinausritt.

Während die Sonne langsam unterging, wanderten Rose' Gedanken zu John. Seit der Beerdigung ihres Vaters hatte sie von ihm nichts mehr gehört, und sie fragte sich, ob die Gerüchte über seinen Erfolg im Boxring stimmten. Sie konnte nicht glauben, dass er die weite Reise nach London machen würde, ohne sich vorher von ihr zu verabschieden.

Ihr Mut sank, als das Licht der Sonne erstarb. Es war, als hätten alle sie im Stich gelassen, und immer dann, wenn sie ein paar Augenblicke für sich allein hatte, war das Gefühl der Einsamkeit am schwersten zu ertragen. Johns Gesellschaft fehlte ihr fast ebenso sehr wie ihre Familie, und sie hoffte, dass die Gerüchte über ihn nicht der Wahrheit entsprachen oder doch wenigstens eine Übertreibung darstellten. Vielleicht würde er jetzt, da es Sommer wurde, ins Dorf zurückkehren, um bei dem Pferdemarkt dabei zu sein, den die Zigeuner immer vor der Ernte auf der Gemeindewiese abhielten.

»Miss Isobel ruft dich, Rose.«

Queenie, das Hausmädchen, riss sie aus ihren Gedanken. Sie rückte ihre Haube zurecht und strich sich die Schürze glatt, bevor sie eilig ins Haus lief.

Isobel Ade hatte rote Wangen vor lauter Aufregung, als sie sich vom Fenster in ihrer Schlafkammer abwandte. »Ich habe gute Nachrichten, Rose. Mama hat erlaubt, dass du mich nach London begleitest, wenn ich heirate.«

Rose erschrak. »Danke, Miss Isobel«, murmelte sie. »Aber ich weiß, dass Queenie darauf gehofft hatte, Sie zu begleiten. Sie wird enttäuscht sein.«

»Queenie ist nicht meine Zofe.« Isobel runzelte die Stirn. »Freust du dich denn nicht, dass du mitkommen kannst, Rose? Ich dachte, das Abenteuer London mit allem, was es zu bieten hat, würde dir gefallen.«

Rose biss sich auf die Lippe. London war eine aufregende Aussicht – unglückselig war nur, dass Gilbert dabei einbegriffen war. »London klingt wunderbar, Miss Isobel«, sagte sie mit aller Begeisterung, die sie aufbringen konnte. »Werden Sie noch andere Dienstboten mitnehmen?« Wenn sie zu mehreren wären, könnte sie sich sicherer fühlen.

»Alice aus der Küche, eine Köchin und ein Hausmädchen werde ich auch noch einstellen.« Isobel nahm Rose bei den Händen und schaute ihr ins Gesicht. »Was bedrückt dich, Rose? Ist es der Gedanke, Wilmington zu verlassen? Oder hast du Angst, John aus den Augen zu verlieren?«

Isobel hatte ihrer jungen Zofe immer nahe gestanden, und sie kannte fast alle ihre Hoffnungen, wenn auch nicht alle ihre Sorgen.

Rose machte sich die letzte Vermutung zunutze. »Wenn ich von hier fortgehe, weiß er nicht, wo er mich findet«, sagte sie rasch.

Isobel wandte sich lachend ab. »Du dummes Gänschen! Natürlich wird er wissen, wo du bist, und da er, wie ich höre, selbst in London ist, wirst du ihn an deinen freien Tagen auch sehen können. Es ist alles geregelt, Rose, und ich will keine weitere Auseinandersetzung.«

Rose machte einen Knicks und verließ die Kammer mit gemischten Gefühlen. John in London und ein Haus voller Diener – vielleicht würde ja alles gut gehen. Aber sie hatte das Gefühl, dass der Captain, ob verheiratet oder nicht, an seinen Gewohnheiten nichts ändern würde, und die Aussicht darauf, ihm die ganze Zeit aus dem Weg gehen zu müssen, war entmutigend.

Gilbert kam aus dem Speisezimmer, wo er nach einem exzellenten Dinner zu viel Portwein getrunken hatte, und durch das lange Fenster im Flur sah er Rose. Sie stand im Garten unter der Laterne und redete mit irgendeinem Bauernlümmel. Ein Brief ging zwischen ihnen hin und her, und Gilbert fragte sich, ob sie einen Bewunderer hatte, der ihr Liebesbriefchen schrieb, oder ob dieser picklige Grünschnabel etwa der Gegenstand ihrer Aufmerksamkeit war.

Zu jeder anderen Zeit hätte er sie in Ruhe gelassen und sich den Damen im Salon angeschlossen. Sie war schließlich nur ein Dienstmädchen und kaum wert, dass man Notiz von ihr nahm, abgesehen von dieser prächtigen Figur und ihrem feurigen Temperament. Aber etwas an ihrer Haltung beim Lesen des Briefes weckte seine Neugier. Er entschuldigte sich bei Squire Ade und schlüpfte zur Hintertür hinaus.

Rose' Hände zitterten, als die Bedeutung der säuberlich geschriebenen Worte wie Hammerschläge in ihr Bewusstsein drangen.

Rose, meine Tochter,

was ich dir zu sagen habe, wird dir Schmerz zufügen, und es tut mir leid, dass ich nicht da sein kann, um dich zu trösten. Aber ich weiß, du bist alt genug, um deinen eigenen Weg durchs Leben zu gehen, und du wirst verstehen, weshalb ich dich in der Obhut Fremder zurücklasse.

Ich kann nicht länger in Jevington leben und arbeiten, Rose. Die Damen sind gut zu mir, aber Joe hat dauernd Fieber, und Davey macht es vollends unmöglich, hier zu bleiben. Er hat sich angewöhnt, Feuer anzuzünden, und ich fürchte, dass er eines Tages wirklichen Schaden anrichten wird. Aber das ist nicht der einzige Grund, weshalb ich fortgehe. Ich war nie glücklich in England. Das weißt du. Ich habe tiefe Sehnsucht danach, wieder bei meinen Landsleuten in Irland zu sein, und da dein Dad nun nicht mehr an meiner Seite ist, kann ich zu meiner Familie zurückkehren.

Du fragst dich, warum du nicht mitkommen kannst. Als Frau weiß ich, wie schwer das Leben für dich sein wird, und meine scheinbare Kälte sollte nur dazu dienen, dich auf die Zukunft vorzubereiten –

eine Zukunft, die es in Irland für dich nicht geben könnte, denn dort ist die Arbeit knapp, und ein junges Mädchen kann nicht auf all die Vorteile hoffen, die das Leben bei Squire Ade dir bringen wird. In der Vergangenheit habe ich Dinge getan, die meiner Familie Schande – und Schlimmeres – eingebracht haben, und wenn ich aus Sussex fortgehe, wird die Erinnerung an diese dunklen Taten vielleicht verblassen.

Bleibe stark, Rose, und denke daran, dass du Dad und mir versprochen hast, dich von den Tanners fern zu halten. Starke Mächte sind gegen eine solche Verbindung, und die Dukkerin darf man nicht erzürnen.

Entsetzt, ratlos und voller Schmerz las Rose die verkleckste Spinnenschrift. Sie konnte sehen, dass Mum beim Schreiben geweint hatte, aber ihre Tränen konnten nicht halb so bitter gewesen sein wie die, die jetzt über Rose' Wangen rollten, als ihr die volle Bedeutung dieses Briefes bewusst wurde.

»Aber warum?« Sie schluchzte. »Wie konntest du mich allein lassen? Hast du mich denn überhaupt nicht geliebt?« Sie zerknüllte den Brief in der Faust, raffte die schweren Röcke auf und rannte in die willkommene Dunkelheit. Sie hatte keine Ahnung, wohin sie wollte oder was sie vorhatte. Sie wusste nur, sie musste fort von hier.

Finsternis umfing sie, als sie den Hang hinunter zu den Rhododendronbüschen an der südlichen Grenze des Anwesens stolperte. Sie spürte nicht, wie die Zweige sie peitschten, als sie durch dichtes, krallendes Gebüsch brach und sich auf das Feld hinauskämpfte, und sie fühlte auch die scharfen Dornen und die Brennnesseln nicht an den Kleidern und auf der Haut. Die Worte des Briefes hämmerten in ihrem Kopf, während ihre Schuhe durch den frisch besäten Acker stapften, der von spätem Reif glitzerte. Jetzt war sie wirklich allein. Einsam unter Fremden, denen es gleichgültig war, was aus ihr wurde.

Sie kletterte über den Zauntritt am unteren Ende des Feldes und lief auf den Fluss zu. Das Schilf raschelte seufzend im Wind, und die vereinzelten schlaftrunkenen Rufe eines Perlhuhns lockten sie weiter voran. Erschauernd blieb sie stehen, als ihre Schuhspitzen im weichen Schlamm am Uferrand versanken.

In dem spiegelglatten Wasser leuchtete ein viertelvoller Mond. Rose atmete schluchzend, und ihre Schultern zuckten. Der Schmerz war beinahe unerträglich. Sie hatte alles verloren. Warum nicht gleich hier ein Ende machen? Niemand würde sie vermissen.

»Das würde ich nicht tun, kleines Mädchen. Das Wasser ist furchtbar kalt.«

Rose fuhr herum. Überraschung und Angst ließen ihr Herz schmerzhaft gegen die Rippen pochen.

Gilbert stand mit verschränkten Armen am Schilfrand; breitbeinig stand er im reifverkrusteten Gras am Ufer. Seine Augen und seine Zähne schimmerten im Mondlicht, als er lächelte. »Was immer dich so aufbringt, kann nicht schlimm genug sein, um sich in dieses dreckige Wasser zu werfen.« Er streckte die Hand aus. »Komm, Rose.«

Ihre Tränen waren versiegt, aber der Schmerz, den der Brief ihrer Mutter ihr zugefügt hatte, reichte immer noch tief. Rose schaute auf das Wasser hinunter, das an ihren Schuhen leckte, und dann wieder zurück zu dem Mann. Sie durfte ihn ihre Verwundbarkeit und Angst nicht merken lassen. »Ich bin für Sie doch nichts als ein Spielzeug. Warum kümmert es Sie?«

Er wedelte mit der Hand. »Wenn du wirklich entschlossen bist, dich in diese ekelhafte Brühe aus Schilf und Wasser zu stürzen, dann wird mir nichts anderes übrig bleiben, als hinterherzuspringen und den Helden zu spielen. Ob du lebst oder stirbst, interessiert mich wenig, aber dieser Anzug ist von einem teuren Schneider, und es wäre eine Schande, ihn zu ruinieren.«

Sein kalter Ton verstärkte die Eiseskälte in ihr noch weiter.

»Ich habe Sie nicht gebeten, mir zu helfen. Lassen Sie mich allein.«

Er zog eine Braue hoch, und wieder blitzte das Lächeln auf. »Aber, aber«, mahnte er, und dann bewegte er sich mit einer Behändigkeit, die sie überraschte, und ehe Rose sich versah, hatte er sie vom Ufer weggerissen und rücklings ins hohe Gras gelegt.

Sie mühte sich, auf die Beine zu kommen, aber wieder war er zu schnell für sie. Und als er rittlings auf ihr saß und ihre Arme zu Boden drückte, wurde ihr klar, dass er von Anfang an unehrenhafte Absichten gehabt hatte. Plötzlich war es wichtig, zu leben – zu kämpfen und das Böse dieser Nacht zu überwinden!

»Gehen Sie weg!«, schrie sie, und sie trat um sich und sträubte sich mit dem Rest Kraft, den sie nach dem wilden Lauf durch die Felder noch hatte.

Das Lächeln war fort, entschlossene Hände zerrissen ihre Kleider und krallten sich in ihr Fleisch. Sein Gewicht nahm ihr den Atem und presste sie an die Erde; sein Atem wurde rau, und in seinen Augen glänzte Geilheit. »Erst wenn ich habe, was ich will, Rosie, mein Mädchen«, flüsterte er.

Rose kreischte und wehrte sich, aber er drückte mit den Knien ihre Beine auseinander und drang rasch in sie ein. Der Schmerz war wie ein Messer, das ihr den letzten Atem nahm, und als er in sie hineinstieß, schrammten und schürften harte Erdkrumen und Kalkstein über ihren Rücken, bis die Haut dort in Fetzen gegangen sein musste. Stumme Tränen rollten ihr übers Gesicht und in die Haare, ihr Sträuben ließ nach, und Schmerz verfinsterte den Mondhimmel.

Endlich war es vorbei. Rose fühlte, wie er sich von ihr herunterwälzte, und während sie sich von ihm wegrollte und krümmte, beobachtete sie unter geschwollenen Lidern, wie er sich die Erde von Händen und Knien wischte. Er strich sich das Haar glatt, zog seine Kleidung zurecht und schaute auf sie herunter.

»Mein Wort steht gegen deins, Rose. Dein Botenjunge sollte

besser aufpassen, wenn er zu dir kommt.« Er lächelte und schlenderte über das Feld zurück zum Herrenhaus, als wäre er auf einem Spaziergang.

Schluchzend sammelte Rose die Fetzen ihrer Kleider ein. Sie fror. Es war so kalt, als hätte das Grab nach ihr gegriffen. Was er getan hatte, hatte ihren Unterrock mit dem leuchtenden Rot der Schande besudelt. Sie versuchte das Fließen einzudämmen, und heiße Tränen der Demütigung tropften ihr auf die Hände.

Der Wunsch, allem ein Ende zu machen, war dahin. An seine Stelle war die Wut auf Captain Gilbert Fairbrother getreten. Sie würde einen Weg finden: Eines Tages würde er bezahlen für das, was er getan hatte.

SIEBEN

Lady Clara Fairbrother war beunruhigt. Die lange Abwesenheit ihres Sohnes nach dem Dinner war ihr ebenso wenig entgangen wie sein rotes Gesicht und der Schlamm an seinen Schuhen bei seiner Rückkehr. Er hatte Dummheiten gemacht. Sie kannte die Zeichen. Gleichwohl musste sie die vollendete Gelassenheit bewundern, mit der er Isobel und Charlotte nun mit seinen Kartentricks unterhielt, auch wenn allzu viel Schauspielerhaftes dabei war, als dass ihr ganz wohl dabei gewesen wäre.

Der Abend zog sich endlos in die Länge, und schließlich entschuldigte sie sich und verließ den Salon; sie habe Kopfschmerzen, hatte sie erklärt, und müsse auch schlafen gehen, weil sie am nächsten Tag eine lange Reise vor sich habe. Sie schloss die schwere Tür hinter sich und blieb dann stehen, um sich zu überlegen, was sie nun anfangen sollte. Es war unumgänglich, dass sie ein Wort mit Gilbert sprach, aber sie war klug genug, sich nicht auf ihn zu stürzen, solange alle anderen noch wach waren.

Clara sah sich im Hausflur um und begab sich dann auf leisen Sohlen ins Morgenzimmer. Sie machte sich nicht die Mühe, Kerzen anzuzünden; das Mondlicht war hell genug, und so setzte sie sich in einen Sessel vor die Glastür und schaute in den Garten hinaus. Sie würde warten, bis es im Haus still geworden war. Erst dann würde sie sich in Gilberts Zimmer begeben. Da war es besser, hier zu sitzen, statt ins Bett zu gehen und vielleicht einzuschlafen.

Die weite Rasenfläche reichte hinunter bis zu einer hohen, dichten Rhododendronhecke, und das schmale Silberband des Flüsschens am Südrand des Gutes war gerade noch zu erkennen. Nach dem Londoner Trubel war es hier friedlich, aber sie war doch dankbar, dass sie abreisen konnte. Die Freuden des Landlebens waren nur begrenzt zu ertragen, und nach zahlreichen Besuchen in den letzten paar Monaten war sie jetzt durchaus bereit für den gesellschaftlichen Trubel einer neuen Saison.

Ihre Gedanken kehrten unwillkürlich zu ihrem jüngeren Sohn zurück. Gilbert war ein Dummkopf. Sie hatte keine Ahnung, was er am Abend wieder getrieben hatte, aber sie hoffte, dass es keine unangenehmen Überraschungen geben würde. Sie nagte an der Unterlippe. Es war sehr schade, dass die Hochzeit nicht schon ein paar Wochen früher stattfinden konnte, aber es gab auch so schon unziemliche Hast, und sie wollte nicht, dass auch nur ein Hauch von Skandal die Hochzeit umwehte, zumal ihr ältester Sohn Henry eine erfolgreiche Karriere in der Politik machen sollte.

Draußen bewegte sich etwas. Clara beugte sich vor. Sie rechnete mit einem Fuchs oder einem Dachs. Da war es wieder. Aber es war kein wildes Tier, das da über den Rasen gehumpelt kam. Mit angehaltenem Atem stand sie auf und griff nach dem Türknopf. Das konnte doch sicher nichts mit Gilbert zu tun haben? Und doch … und doch …

Ohne sich ein Tuch um die Schultern zu legen, trat Clara hinaus in die kalte Nacht. Ihre Pantoffeln schützten sie nicht vor dem Reif auf den Pflastersteinen oder dem Tau auf dem Gras. Ihr Abendkleid war zu dünn, aber sie spürte die Kälte kaum, als sie eilig hinauslief, um dem Mädchen den Fluchtweg zum Dienstbotenquartier an der Rückseite des Hauses abzuschneiden.

»Du da, stehen geblieben!« Ihre Stimme klang leise, aber herrisch.

Rose raffte ihre zerfetzten Kleider zusammen, um ihre

Schmach zu verhüllen. Sie zitterte, und ihre Augen waren dunkle Schatten in dem weißen Gesicht.

Clara erfasste die Situation mit einem schnellen Blick. »Wer hat dir das angetan?«, fragte sie.

»Captain Gilbert Fairbrother«, antwortete das Mädchen mit klarer, unverhohlener Wut.

»Leise, Kind! Willst du das ganze Haus aufwecken?« Clara fasste sie beim Arm und warf einen verstohlenen Blick zurück zur offenen Tür des Morgenzimmers. Alles war still, und sie sah jetzt flackernden Kerzenschein in den Räumen darüber.

»Wenn es bedeutet, dass der Captain dann bestraft wird für das, was er getan hat – jawohl.« Rose funkelte sie mit geschwollenen Augen an. Ihr Gesicht war blutig von einer Platzwunde an der Lippe.

»Du lügst doch«, sagte Clara hastig. »Mein Sohn war den ganzen Abend im Haus. Das werde ich beschwören.«

Blanker Hass lag in Rose' Blick. »Dann verteidigen Sie ihn?«

Clara nickte. »Wenn ich damit einen Skandal vermeiden kann, ja. Immer.« Sie lockerte ihren Griff am schlanken Arm des Mädchens und ließ ihre Stimme weniger gebieterisch klingen. Das Mädchen musste besänftigt werden. Vielleicht konnte man mit ihm verhandeln. »Ein Wort von dir, und ich sorge dafür, dass du entlassen wirst. Aber wenn du still bist, sollst du eine Entschädigung bekommen.« Sie betrachtete die roten und blauen Blutergüsse an den nackten Schultern und Armen des Mädchens. Gilbert war wirklich ein Idiot, dass er seinen Gelüsten erlaubte, derart mit ihm durchzugehen.

»Was für eine Entschädigung denn?«, fragte Rose, und ihre Stimme klang noch immer laut und klar durch die stille Nacht. »Für das, was man mir heute Nacht gestohlen hat, gibt es keine Entschädigung, Lady Clara.«

»Das hättest du sowieso bald verloren«, erwiderte Clara ungeduldig.

Rose bemühte sich sichtlich um Beherrschung, aber sie zitterte so heftig, dass Clara befürchtete, sie könne in Ohnmacht fallen. In diesem Zustand war nicht mit ihr zu verhandeln. Rose wollte ihre Hilfe zurückweisen, aber das ignorierte sie; sie schlang dem Mädchen einen Arm um die Taille, fasste es mit fester Hand beim Arm und zog es seitlich um das Haus herum zu einer Tür, die in das Kontor führte, in dem der Squire seine Gutsgeschäfte führte. Mit einem Seufzer der Erleichterung zündete Clara eine Lampe an und stellte sie auf den blank geschrubbten Tisch. Von anderen Dienstboten war nichts zu sehen und zu hören. Man würde sie nicht stören.

»Warum verteidigen Sie ihn?«, fragte Rose unumwunden.

»Weil er mein Sohn ist. Und weil der Skandal seinem Vater das Herz brechen und seinen Bruder ruinieren würde.« Clara säuberte die Kratzwunden des Mädchens mit einem Stück Baumwolltuch und kaltem Wasser aus dem Hahn im Garten. Im Eckschrank fand sie einen alten Rock von Squire Ade, und dann saß Rose, in den Rock gehüllt, still an dem alten Schreibtisch. Die Blutergüsse leuchteten grell im Lampenschein. Die Haut auf ihrem Rücken war roh aufgescheuert von dem rauen Boden, auf den er sie geschleudert hatte, und während Clara sich anhörte, was Gilbert dem Mädchen angetan hatte, fragte auch sie sich, wie sie ihn eigentlich verteidigen konnte. Aber verteidigen musste sie ihn, wenn ihr ältester Sohn eine Zukunft im Parlament haben sollte.

»Dann sind Sie auch nicht besser als er«, stellte Rose eisig fest.

Clara ließ das blutige Tuch ins Wasser fallen und trocknete sich die Hände ab. »Was willst du, Rose?« Sie musterte das Mädchen ruhig. Durch bittere Erfahrung hatte sie gelernt, dass es immer einen Preis gab – ganz gleich, wie bescheiden die Herkunft des Mädchens war.

»Ich will, dass er bezahlt für das, was er getan hat. Ich will Vergeltung.«

»Gilbert wird nicht bezahlen können«, antwortete Clara. »Sein Vater hat die Börse in der Hand. Aber ich will sehen, was ich tun kann.«

Rose stand auf. Die Ärmel des Rocks reichten ihr bis über die Hände, und der Saum bedeckte die Knie, und es durchzuckte Clara, als sie erkannte, wie schön das Mädchen in seinem Zorn unter all den Blutergüssen und Platzwunden war. Sie verstand, dass Gilbert Gefallen an ihm gefunden hatte.

»Ich habe es nicht auf Ihr Geld abgesehen«, zischte Rose. »Sie können mich nicht kaufen.«

Claras flatternde Hand griff nach den Diamanten an ihrem Hals. »Was willst du dann?«

Rose berührte ihre aufgeplatzte Lippe und schob dann die Ärmel des schweren Rocks hoch. »Ich will, dass Sie mir eine Stellung als Zofe bei einer Lady besorgen. Hier kann ich nicht bleiben – und mit Miss Isobel nach London gehen kann ich auf keinen Fall. Jetzt nicht mehr. Wie könnte ich ihr je in die Augen sehen und über ihn wissen, was ich weiß?«

Clara setzte sich. Das wäre ein Ausweg aus dieser Notlage. Wenn Rose erst aus dem Hause wäre, würden Isobel und ihre Familie nie etwas von dem katastrophalen Ereignis dieses Abends zu hören bekommen, und Gilbert würde keine Gelegenheit haben, seine Großtat noch einmal zu wiederholen. »Aber Miss Isobel will, dass du nach London kommst, wenn sie und Gilbert sich eingerichtet haben. Wie willst du ihr deinen Sinneswandel erklären?«

»Mir wird schon was einfallen«, sagte Rose. »Ich gehe nicht mit Miss Isobel nach London, um mich weiter von Ihrem Sohn missbrauchen zu lassen.« Ihre Brust hob und senkte sich, und man sah, wie sie sich mühte, ihre Wut zu bezwingen. Auch wenn Clara keine Lust hatte, dieses intime Gespräch mit dem Mädchen weiter fortzusetzen, konnte sie eine gewisse Bewunderung für seinen Mut nicht verhehlen.

»Ich habe verstanden.« Sie erhob sich. »Aber es wird ein Weilchen dauern, bis ich eine geeignete Anstellung für dich finden kann. Du wirst hier bleiben müssen, bis man dich ruft. Gilbert und ich werden morgen früh abreisen; eure Wege brauchen sich also nie wieder zu kreuzen. Wenn du für dich behältst, was heute Abend geschehen ist, verspreche ich dir, dass ich dich noch vor der Hochzeit hier herausgeholt haben werde.«

Sie tat einen Schritt auf das Mädchen zu. Der kalte Abscheu in Rose' Blick schüchterte sie ein, aber sie war entschlossen, in dieser Situation die Oberhand zu behalten. »Ein Wort von dir, und ich rühre keinen Finger für dich. Lady Amelia wird nichts übrig bleiben, als dich ohne Zeugnis zu entlassen, und dann landest du im Armenhaus. Dafür sorge ich persönlich.«

Rose nickte. »Halten Sie nur Ihren Teil der Abmachung ein, dann halte ich meinen auch.«

Fünf Wochen waren vergangen, als Rose in das Büro des Squires gerufen wurde. Die Wunden von Gilberts Überfall hatte sie mit einem Sturz auf das Kopfsteinpflaster erklärt, und abgesehen von ein paar misstrauischen Seitenblicken der Köchin war über die ganze Angelegenheit kein weiteres Wort verloren worden.

Jetzt stand sie in der Tür und knickste. Hinter ihr schien strahlend die Sonne, während das düstere Büro des Squires wie eine Höhle vor ihr gähnte. »Sie haben mich rufen lassen, Sir?«

»Komm herein, Rose. Setz dich«, dröhnte der Squire. Er nahm die Füße von seinem unaufgeräumten Schreibtisch und stand auf.

Rose hockte sich auf die vordere Kante eines Rosshaarsessels und fragte sich nervös, weshalb er sie wohl sprechen wollte. Um das Personal kümmerte sich normalerweise Mrs. Patterson, und sie wusste, dass es sich schon um etwas sehr Ernstes handeln musste. Hoffentlich hatte Lady Clara ihr Versprechen nicht gebrochen.

»Ich habe Mrs. Patterson die Sache mit dem Kleid schon erklärt, Sir«, sagte sie hastig. »Das alte war zu eng, und es ist unanständig zerrissen, als ich gefallen bin. Es ging nicht anders, es musste ein neues angeschafft werden.«

Der Squire runzelte die Stirn und kaute auf seiner Tonpfeife. »Kleid? Was kümmert mich so etwas, Mädchen?« Er nahm einen brennenden Span aus dem Feuer und hielt ihn an den Tabak. Als es ordentlich dampfte, lehnte er sich in seinem Sessel zurück und nahm einen Brief von seinem Tisch.

»Den habe ich heute bekommen, Rose. Er ist von Lady Fitzallen vom Grosvenor Square.«

Jetzt war es an Rose, die Stirn zu krausen. Sie hatte noch nie von der Frau gehört. »Und, Sir?«

»Lady Fitzallen ist eine Bekannte von Lady Fairbrother. Sie schreibt, weil sie Referenzen über deinen guten Charakter von mir haben möchte.« Mit stechendem Blick schaute er sie über das dicke Papier hinweg an. »Mir war nicht bekannt, dass du uns verlassen möchtest, Rose.«

Lady Clara hatte also doch Wort gehalten. Sie spürte, wie ihr Gesicht erglühte. »Es ist am besten so, Sir. Nachdem Mum und die Jungen nach Irland zurückgekehrt sind, finde ich, dass ich Wilmington verlassen und mein Glück anderswo suchen sollte.«

Er warf den Brief auf den Schreibtisch zurück. »Dein Glück willst du suchen, eh? Und wie soll ein Küken wie du sein Glück auf ehrliche Weise suchen? Du bist ein Mädchen vom Lande, und ich habe schon zu viele ein böses Ende nehmen sehen, um dich zum Fortgehen zu ermutigen.«

Als Rose nicht antwortete, seufzte er verdrossen. »Was hat Lady Fairbrother mit alldem zu tun? Wieso konntest du ihr anvertrauen, dass du Milton Manor verlassen möchtest?«

Rose fuhr sich mit der Zungenspitze über die trockenen Lippen. Sie musste sich jetzt gut überlegen, was sie sagte. »Lady Fairbrother wird gehört haben, wie ich mit Queenie sprach. Das war an dem Tag, als ich den Brief von Mum bekommen hatte; ich war traurig und redete vom Weggehen. Diese andere Lady hat wahrscheinlich erwähnt, dass sie eine Zofe sucht, und da hat Lady Clara an mich gedacht«, endete sie lahm.

Charles Ade sah ihr eine ganze Weile mit festem Blick ins Gesicht. Er war sichtlich besorgt. »Das ist aber eine sehr komplizierte Geschichte, Rose. Bist du sicher, dass es nicht noch einen anderen Grund gibt, weshalb du fortgehen willst?«

»Warum denn, Sir? Sollte es einen geben?« Sie bemühte sich, ihn arglos anzuschauen.

»Gibt es etwas, das du mir gern erzählen möchtest, Rose?« Sein Tonfall klang gütig, seine Stimme sanft. Aber sein Blick war von einer bohrenden Direktheit, die ihr Unbehagen bereitete. Ob er die Wahrheit irgendwie erraten hatte?

»N … nein, Sir. Es ist so, wie ich gesagt habe. Ich habe mir vorgenommen, es einmal anderswo zu versuchen, das ist alles.«

Er seufzte. »Wenn du meinst, Rose. Aber deine Mutter hat dich meiner Fürsorge anvertraut, und ich möchte nicht gern glauben, dass du etwas vor mir verbirgst.« Er schwieg kurz. »Hab keine Angst, dich mir anzuvertrauen, Rose. Ganz gleich, wie schrecklich die Lage ist, in der du dich vielleicht befindest.«

Sie blieb stumm. Bis zur Hochzeit waren es noch zwei Wochen. Lady Clara hatte ihren Teil der Abmachung eingehalten. Jetzt musste sie es auch tun.

Der Ton des Squires wurde schärfer. »Du bist doch nicht in anderen Umständen, oder?«

Rose errötete. Diese Demütigung zumindest war ihr erspart geblieben. »Nein, Sir«, flüsterte sie.

»Was ist es dann, Rose?«, fragte er mit sanfter Eindringlichkeit, als zweifle er an ihrem Verstand.

Der Drang, ihm die Wahrheit zu sagen, war sehr stark, aber sie wusste, dass sie Miss Isobel damit verletzen würde, und wenn die Sache an die Öffentlichkeit käme, würde der Skandal diese

Familie vernichten, die doch so gut zu ihr gewesen war. Aber verdammte sie Miss Isobel durch ihr Schweigen nicht zu einem Leben im Unglück? Dieses Dilemma plagte sie schon seit Wochen. Jetzt, da der Augenblick gekommen war zu sprechen, konnte sie es nicht. Die Rache, die sie wollte, richtete sich nicht gegen diese Menschen.

»Sie waren gut zu mir, Sir, und ich habe gern für Miss Isobel gearbeitet. Aber ich bin vierzehn, und ich möchte gern ein bisschen mehr von der Welt sehen.«

Charles Ade grunzte und griff noch einmal zu dem Brief. »Das wirst du ganz sicher, wenn du diese Stelle annimmst, Rose. Hast du eine Ahnung, was damit verbunden ist?«

Eifrig beugte sie sich vor. »Sucht die Lady eine Zofe für sich, Sir?«

Er nickte. »Und mehr als das, Rose. Sie sucht eine Gesellschafterin, eine Zofe, die sie auf einer besonderen Reise begleitet.«

»Wohin denn, Sir? Nach London? Nach Schottland?« Sie bekam Herzklopfen. »Nach Irland?«

»Weiter weg, Rose. Lady Fitzallen segelt in zwei Monaten in die Kolonien.«

»In die Kolonien, Sir?« Rose hatte Geschichten von den Abenteuern gehört, die man auf der anderen Seite der Welt erleben konnte. Von Gold und Silber in der Erde, das nur darauf wartete, gehoben zu werden. Von seltsamen Tieren und wilden Menschen, von Wäldern und Wüsten und gewaltigen Bergen, die bis zum Himmel reichten. »Amerika, Sir?«, hauchte sie atemlos.

»Nein, Rose. Australien. Lady Fitzallen ist eine alte Dame, die zu ihrem Sohn nach Sydney will.«

Rose konnte sich nicht vorstellen, wie dieses mysteriöse Sydney aussehen oder was sie dort vorfinden würde. Aber ihre freudige Erregung trübte sich bei dem Gedanken daran, dass Lady

Clara diesen Handel gut geplant hatte. Wie praktisch, dass sie Rose auf die andere Seite der Weltkugel schicken konnte, wo nicht der Hauch eines Skandals bis London würde dringen können. Dazu kam bald die Angst vor dem Unbekannten. Was würde ihr die Zukunft in der neuen Welt bringen? Wollte sie sich wirklich so weit von allem entfernen, was sie kannte und verstand? Und John? Es gäbe keine Möglichkeit, ihn jemals wiederzusehen – aber sein ausgedehntes Schweigen bedeutete wahrscheinlich, dass sie ihn sowieso schon verloren hatte.

»Wie ist es in Australien, Sir? Und ist es sehr weit weg?«, fragte sie schließlich.

»Komm her, ich zeige es dir auf dem Globus.« Er ging quer durch das Zimmer und drehte den hölzernen Globus, bis er Australien gefunden hatte. »Man braucht mindestens drei Monate mit dem Schiff – sogar länger, wenn ihr in Stürme geratet. Nach allem, was man hört, ist es heiß und trocken und von Sträflingen und raubeinigen Siedlern bevölkert. Manche betrachten es als Abenteuer, für andere ist es die Flucht vor einem Skandal oder der Schmach, der jüngste Sohn oder das Schwarze Schaf der Familie zu sein. Man sagt, die Stadt Sydney sei inzwischen ziemlich zivilisiert, aber natürlich wird sie dem Vergleich mit London nicht standhalten.«

Er schürzte die Lippen und legte die Finger an den Mund. »Überleg's dir noch einmal, mein Liebes. Du wirst weit weg von Zuhause sein, und ich bezweifle, dass du je wieder nach England zurückkehren kannst. Dein Leben wird nie mehr so sein wie früher.«

»Dein Leben wird nie mehr so sein wie früher.« Diese magischen Worte umschwebten sie und weckten ein schwindelerregendes, berauschtes Glücksgefühl, dem sie sich nicht entziehen konnte. Das Schicksal hatte ihr eine Gelegenheit geboten, ihr Leben zu ändern. Sollte sie es wagen, die Herausforderung anzunehmen? Sie betrachtete den Globus und den Klecks Land mitten in einer hellblauen See, und sie dachte darüber nach. Den Eifer in ihrem aufgeregten Lächeln konnte sie nicht länger verbergen. »Wenn Lady Fitzallen eine liebenswürdige Dame ist, möchte ich gern zu ihr gehen, Sir.«

Big Billy Clarke hatte sein Wort gehalten, und John war jetzt der stolze Besitzer von drei feinen Anzügen und einem stattlichen Haufen Münzen, den er unter einer Bodendiele in seinem Quartier versteckt hatte. Die Kammer, die er bewohnte, gehörte zu einem Gasthaus mitten in Bow. Die Fußböden waren schief und schwankten wie der Rücken eines alten Gauls, die Fenster waren winzig, die Luft stank, und wenn John nach einem Tag in dieser fremdartigen Stadt die Tür schloss, sehnte er sich nach der frischen Luft und der Freiheit des Vardo und der Landstraße.

Die enge Gasse unter seinem Fenster war besudelt vom Dreck ihrer Bewohner, und es wimmelte von Beutelschneidern, Huren, Bettlern und Hausierern. Der Lärm nahm Tag und Nacht kein Ende. Die Prügeleien waren voller Gewalt und wurden mit möglichst viel Getöse betrieben. Betrunkene pinkelten hemmungslos an die Wand des »King's Arms«, wann immer sie der Drang dazu überkam, und magere, knurrende Köter streunten durch Straßen und Hinterhöfe, stöberten im Abfall nach Fressbarem und balgten sich um die Reste.

Das Leben unter den Gadjikanes gab ihm das Gefühl, *moxado* zu sein, unsauber. Aber obwohl er genug Geld beiseite gebracht hatte, um nach Wilmington zurückzukehren und um Rose' Hand anzuhalten, wusste er, dass er noch warten musste. Er konnte sie nicht herbringen, mitten unter das Gesindel von London. Rose hatte etwas Besseres verdient, und er war entschlossen, genug zu sparen, um einen eigenen Vardo zu kaufen.

Abend für Abend, mochte er nach seinem letzten Kampf noch so zerschlagen und wund sein, hockte er auf dieser schäbigen, verlausten Matratze und zählte sein Geld. Jede Münze brachte ihn seinem Traum ein Stück näher. Jede Münze war ein Schritt zum britischen Meistertitel und zu dem Leben, dass er sich für sie beide wünschte.

Aber Geduld war noch nie seine Stärke gewesen, und als die Tage zu Wochen wurden und die Wochen zu Monaten, wurde die Sehnsucht nach der frischen Luft der South Downs und der vertrauten Ordnung des Romani-Lagers von einem tiefen Zorn durchdrungen. Dieser Zorn manifestierte sich im Ring, wenn er seinen Gegnern gegenübertrat und sie inmitten des höhnischen Gejohles auf den Segeltuchboden streckte, und er wusste, wenn er sich nicht bald davon befreien könnte, würde er die Beherrschung verlieren. Träume waren schön und gut, aber die Art und Weise, wie er sie sich verdienen musste, zerstörte allmählich seine Seele.

Er starrte an die fleckige Zimmerdecke, schloss dann die Augen und versuchte den Lärm, der von der Gasse heraufhallte, zu vergessen. Wie gut wäre es, Rose wiederzusehen – mit ihr über den Windover Hill zu spazieren und die Möwen am Himmel schreien zu hören. Wie behaglich, am Lagerfeuer zu sitzen und ringsum den Klang der Romani-Sprache zu hören, den Wind im Rücken zu spüren und den Duft des Kaninchenragouts im Topf zu riechen.

Er fuhr hoch und riss die Augen auf, als ihm klar wurde, dass ihn nichts davon abhielt. Der nächste Kampf würde erst in knapp drei Wochen in Sheffield stattfinden, und Big Billy war nicht in der Stadt; er war mit einem anderen Boxer unterwegs und bereitete sich auf einen Dorfkampf vor. »Warum eigentlich nicht?«, murmelte er. »Ich kann nach Sussex fahren und zurück sein, und Billy braucht gar nicht zu merken, dass ich weg war.« Der Gedanke nahm Gestalt an. »Ich komme, Rose«, sagte John. »Ich komme!«

Rose hatte sich schon am Abend zuvor von Queenie und den andern verabschiedet. Miss Isobel war die Freundlichkeit in Person gewesen, auch wenn Rose' hastige Abreise sie ratlos machte. Sie hatte ihr eine Guinee in die Hand gedrückt. »Gib auf dich Acht, Rose«, sagte sie. »Und falls du es dir anders überlegen solltest, gibt es in meinem Haus in London immer einen Platz für dich.«

Es war noch dunkel, als Rose das letzte Mal auf den Windover Hill stieg, aber sie brauchte keine Laterne, um den Weg zu finden. Der Wind, der von den South Downs herunterwehte, war kalt, und sie zog sich das dünne Tuch fester um die Schultern. Ihr langes schwarzes Haar wurde nicht durch Haube und Nadeln gebändigt; es wehte hinter ihr her und verstärkte die Erregung, die sich seit Wochen in ihr aufstaute.

Auf dem Gipfel der Anhöhe blieb sie für einen Moment stehen, um zu Atem zu kommen und die hellen, kalten Sterne zu betrachten. Das Seufzen des Windes in den knorrigen Bäumen und das Knistern des ersten Eises unter ihren Füßen erinnerten sie an den nahenden Winter, den sie nicht mehr erleben würde. Die kalte Luft brannte in ihrer Kehle, und in ihren bloßen Fingern kribbelte es. Jetzt bereute sie, dass sie nicht ein bisschen mehr Papier in ihre durchgelaufenen Schuhe gelegt hatte. Sie hatte eiskalte Füße, und der Saum ihres braunen Rocks war durchnässt. Aber wie sie so dastand in der stillen Stunde vor dem Morgengrauen, wusste sie, dass dieses Unbehagen nicht mehr wichtig war. Dies war ihre Heimat, und sie musste das Bild in ihr Herz brennen, bevor sie die weite Reise auf die andere Seite der Welt anträte.

Die Stille der Downs umgab sie, als sie weiterging, und der Duft von Holzrauch schwebte in der Luft, als wären die Geister der Vergangenheit gekommen, um ihr Lebewohl zu sagen. Sie schloss die Augen und atmete schwer angesichts der Erinnerungen. Endlich begannen ihre Tränen zu fließen, und die Einsamkeit übermannte sie. Noch nie hatte sie sich so allein gefühlt, so verlassen und klein inmitten der Großartigkeit der Sussex Downs.

Die Menschen, die sie liebte, waren fort, und sie würde sie nie wiedersehen.

Sie wischte sich die Tränen ab. Reue durfte jetzt nicht aufkommen; es war ihre eigene Entscheidung gewesen, fortzugehen. Sie raffte ihre Röcke hoch und stapfte auf dem Kamm des Westover Hill entlang, bis sie zum traditionellen Winterlagerplatz kam. Die Romani waren nicht mehr da; nur die Räderspuren ihrer Vardos waren noch zu sehen.

»Wo bist du, John?«, flüsterte sie in die Stille. »Warum bist du nicht gekommen, wie du es versprochen hast?« Ihre Sehnsucht nach ihm war tief und schmerzlich; die Pläne, die sie zusammen geschmiedet hatten, waren kalt wie die Asche des Lagerfeuers, aber sie sehnte sich dennoch danach, ihn wiederzusehen. Sie wollte seine Umarmung spüren und das wunderbare, vertraut duftende Öl riechen, das er sich ins Haar massierte. Auch wenn ihre Wege sich nie wieder kreuzen und ihre Kindheitsträume sich nicht erfüllen würden, war er doch für alle Zeit ein Teil von ihr.

Sie wandte sich um, als der Himmel heller wurde, und schaute über das Land hinaus. Es war wichtig, dieses Bild mit auf die andere Seite der Welt zu nehmen; sie musste es mitsamt seinen Geräuschen und Gerüchen in ihr Herz einbrennen, damit sie dorthin zurückkehren könnte, wenn sie es nötig hätte.

Das lange, schmale Tal zwischen den Hügeln der Downs verbreiterte sich zu einer Rinderweide, holprig und uneben. Wie immer lag Nebel über dem Deep Dene, und der Glaube der Einheimischen, dass es in dem Tal spuke, war ganz überzeugend. Stämmige Schafe grasten auf einem fernen Feld, und die zarten weißen Blüten des Schwarzdorns wetteiferten mit der gelben Unverschämtheit des Ginsters. Der Wind zerrte an ihrem Haar und brannte in ihrem Gesicht. Nach der erstickenden Förmlichkeit des Herrenhauses fühlte sie sich schwindelerregend frei in dem Wissen, dass sie nie wieder dorthin zurückkehren musste.

Jetzt hatte sie Zeit zum Atmen, Platz, um sich zu bewegen und sie selbst zu sein. Das Abenteuer hatte schon begonnen.

John benötigte zwei Tage für die Reise; der Ritt war anstrengend, und die Stute brauchte ebenso viel Ruhe wie er. Da er keine Lust hatte, sie an den Poststationen auszuwechseln, hatte er auf Feldern gelagert und, in eine Decke gewickelt, unter den Bäumen geschlafen. Als die sanften, weichen Wölbungen der South Downs ihn daheim willkommen hießen, spornte er das Pferd noch einmal zum Galopp. Schon sah er die bunten Zelte und die flatternden Wimpel.

Die Dukkerin erwartete ihn; sie stand am Feldrain und überschattete die Augen mit der Hand, als er herankam. »Ich habe geträumt, dass du kommen würdest, John. Willkommen zu Hause!«

Er gab ihr einen Kuss auf die braune Wange und fühlte ihre zerbrechlichen Glieder, als er sie an sich drückte. »Ich bin wegen Rose gekommen«, sagte er dann.

Sie löste sich aus seiner Umarmung, und ihre dunklen Augen schauten ihn eindringlich an. »Das Schicksal wird es nicht erlauben, John«, erklärte sie ernst.

»Zum Teufel mit dem Schicksal, Puri Daj. Rose ist die, die ich haben will, und niemand kann mich daran hindern.« Er griff nach den Zügeln, und sein Fuß steckte schon wieder im Steigbügel. »Ich werde sie holen.«

Ihre knotige Hand griff nach seinem Arm. »Sei ruhig, John. Sie ist fort. Im Herrenhaus ist etwas Unerfreuliches geschehen. Sie ist in London.« Sarah musste das freudige Funkeln in seinem Auge gesehen haben, denn sie schüttelte den Kopf und schnitt ihm das Wort ab. »Dort wird sie nicht bleiben, Junge. Sie hat eine sehr viel weitere Reise vor sich. So weit, dass auch du sie nicht mehr erreichen wirst.«

Vor lauter Ungeduld wurde er grob. Er packte sie beim Arm

und schrie ihr ins Gesicht: »Rede nicht in Rätseln, alte Frau! Wo geht sie hin?«

Sarah funkelte ihn an, bis er beschämt errötete und sie losließ. Dann zuckte sie die Achseln. »Sie reist übers Wasser. Mehr weiß ich nicht.«

»Und wann? Wann ist sie von hier fortgegangen?« Seine Stimme war leiser geworden. Eine seltsame Leere erfüllte ihn, und er konnte kaum noch sprechen.

»Vor einer Woche.« Sie nahm seine Hand und schaute in die Handfläche. Mit einem schmutzigen Fingernagel folgte sie den Handlinien. »Auch du hast eine weite Reise vor dir, John. Aber es werden noch viele Monate vergehen, ehe du den ersten Schritt tust.« Sie schaute mit unergründlichem Blick zu ihm auf. »Und diesen Schritt wirst du nicht mit Freude tun«, warnte sie. »Hast und Angst werden dich treiben.«

John riss seine Hand weg. »Ich will das nicht hören«, knurrte er.

»Du tätest aber gut daran, auf mich zu hören, Junge«, fauchte die Großmutter. »Das Schicksal lässt dir die Wahl. Wenn du nicht hörst, was ich dir sage, bist du ein Dummkopf.«

»Dummkopf oder nicht, Puri Daj, ich werde Rose finden und sie zu meiner Frau machen. Ganz gleich, wie weit die Reise sein mag.«

Die alte Frau sah ihm traurig nach, als er sein Pferd zum Vardo führte. Er hatte den ersten Schritt auf der Straße zur Hölle getan, und sie konnte nichts dagegen tun.

ACHT

Mary hatte die letzten zwei Tage im Bett verbracht. Sie war erfahren genug, um zu wissen, dass sie bei ihren Versuchen, den Hunger zu besiegen, diesmal zu weit gegangen war, und so hatte sie sich gezwungen, die Mahlzeiten zu essen, die sie sich vom Roomservice hatte bringen lassen. Nach dem gehäuteten Hühnchen und dem grünen Salat hatte es ein bisschen Obst gegeben, und Tag und Nacht trank sie literweise frisch gepressten Orangensaft, um ihren Flüssigkeitshaushalt wieder in Ordnung zu bringen, sich die verlorenen Vitamine zuzuführen und ihre Gier nach Zucker zu stillen.

Anfangs musste sie bei jedem Bissen würgen, aber das hatte sie bald hinter sich; sie hatte sich schon wieder viel besser unter Kontrolle. In den letzten achtundvierzig Stunden hatte sie sehr viel Zeit zum Nachdenken gehabt, und nun brannte sie darauf, die Sache in Gang zu bringen. Ihre Rache würde süß sein, und nachdem sie etwas gegessen und einen klaren Kopf bekommen hatte, fühlte sie sich stark genug, sie auszuführen.

Das Telefonat hatte sie am Morgen geführt. Jetzt rückte der Mittagstermin heran; sie war vom Friseur zurück und traf ihre letzten Vorbereitungen. Sie hatte sich sorgfältig in ein blasslila Kostüm gekleidet; die Schultern waren wattiert, die Revers mit dunkelvioletten Irisblüten bestickt. Die schmale Taille und der enge Rock betonten ihre Figur, und lächelnd stellte sie fest, dass sie in den letzten Tagen nicht zugenommen hatte, obwohl sie sich zum Essen gezwungen hatte. Sie schlüpfte in ein Paar hochhackige Sandalen und musterte ihr Spiegelbild. Ihr Make-up war makellos, und wie das Mädchen ihr Haar gefärbt hatte, gefiel ihr gut; bei einer neuen Friseurin war sie immer auf der Hut, und sie war leicht erschrocken gewesen, als diese vorgeschlagen hatte, statt Schwarz einmal verschiedene Gold- und Brauntöne auszuprobieren. Als sie sich jetzt in dem goldgerahmten Spiegel betrachtete, musste sie zugeben, dass die Kleine gute Arbeit geleistet hatte. Die sanfter getönten Strähnen hatten ihrem Haar Tiefe und Farbe verliehen und passten besser zu ihrem Hautton.

Du wirst alt, dachte sie. Es dauert immer länger, bis du bereit bist, der Welt unter die Augen zu treten, und unter all dem Puder und der Schminke und dem Haartöner ist kaum noch was übrig von der echten Mary. Wie lange wirst du noch straffen und liften und vor den Jahren davonlaufen können? Deprimierende Gedanken rumorten in ihrem Kopf und drohten sie niederzuziehen. Da schlug die Uhr zwölf, und mit einem leisen Klopfen an der Tür meldete sich ihre Besucherin.

Mary wandte sich vom Spiegel ab und schob ihre Zweifel beiseite. Sie hatte immer noch genug Kampfeslust in sich, um nicht aufzugeben, und sie wollte verdammt sein, wenn sie vor dem Alter kapitulierte. Und ebenso verdammt wollte sie sein, wenn sie sich von der Familie auf der Nase herumtanzen ließe. Hier war die Gelegenheit, zurückzuholen, was ihr zustand, und sie würde dafür sorgen, dass es auch geschah – und zwar mit Zins und Zinseszins.

»Mal sehen, wie ihnen das gefällt«, murmelte sie und ging zur Tür, um zu öffnen.

»Hallo. Wie geht's?«

»Gut. Komm rein, Sharon. Schön, dich wiederzusehen.« Mary führte die Frau in das Apartment und schenkte ihr einen Martini aus der beschlagenen Karaffe ein, die sie vorher bereitgestellt hatte. Sie und Sharon Sterling kannten einander seit Jahren, aber obwohl sie sehr vertraut miteinander waren, konnte man eigentlich nicht von Freundschaft sprechen; es war eher eine geschäftliche Beziehung zum gegenseitigen Vorteil.

Sharon setzte sich auf die Couch und legte die langen, makellosen Beine an den Knöcheln übereinander. Wie immer war sie wunderschön gekleidet; sie trug ein Business-Kostüm und nur ganz dezenten teuren Goldschmuck an Hals und Ohrläppchen. Das blonde, glänzende Haar fiel in einem Pagenschnitt bis in Kinnhöhe und umrahmte so das zart geschminkte Gesicht. Ihre Ringe sprühten Feuer, als sie ihr Glas erhob und Mary zutrank. »Dann wollen wir mal ein wenig im Kessel rühren.«

Mary nahm einen Schluck von dem Mineralwasser, das sie sich eingegossen hatte. Sie brauchte einen klaren Kopf für das, was sie vorhatte. »Solange man mich nicht mit dem Löffel in der Hand erwischt«, antwortete sie mit Nachdruck.

»War ich nicht immer diskret, Darling?« Sharons Stimme war beinahe ein Schnurren, und in den schrägen grünen Katzenaugen blitzte boshafte Vorfreude.

Mary nickte. Es hatte schon viele solche Gespräche gegeben, und bis jetzt war sie noch nie verraten worden. Aber sie machte sich keine Illusionen über Sharon. Sie war eine mit allen Wassern gewaschene Journalistin, die Königin der schmutzigen Wäsche, wenn es um die Reichen und die Schönen ging, und sobald sie irgendwo Unrat witterte, war sie die Erste, die zuschlug. Und sie war die Erste, die jeglichen Sinn für Fairplay verlor, wenn dabei eine größere und bessere Geschichte herauskam.

»Was ich dir heute erzählen werde, ist Dynamit. Sieh also zu, dass du deine Quelle nicht preisgibst.« Marys Ton war grimmig, ihr Blick direkt. »Und ich wünsche nicht, dass du unser Gespräch aufzeichnest.«

Sharon zog eine Grimasse. »Ist lange her, dass ich meine Stenokenntnisse einsetzen musste. Aber wenn du drauf bestehst …« Sie stellte den Martini hin, den sie kaum angerührt hatte, und wühlte einen Notizblock aus ihrer geräumigen Handtasche. »Mit meinem Redakteur habe ich schon gesprochen. Unsere Anwälte werden meinen Artikel durchsehen, ehe er in Druck geht, und kein Journalist, der sein Geld wert ist, gibt seine Quellen preis. Da brauchst du dir also keine Sorgen zu machen.«

Mary nahm einen Schluck Mineralwasser. Sie war plötzlich nervös; ihr Mund war trocken, und ihr Puls raste. Sie hatte noch nie gewagt, so weit zu gehen, und jetzt fragte sie sich, ob sie damit nicht womöglich mehr verlieren als gewinnen konnte. Welchen Preis würde sie für diese Bösartigkeit bezahlen müssen?

»Du willst doch jetzt nicht kneifen, Mary, oder?« Grüne Augen beobachteten sie, und der Stift schwebte über dem Notizblock.

Mary zündete sich eine Zigarette an, sog den Rauch tief in die Lunge und blies ihn in einem langen Strom zur Decke. Sharon wusste, dass hier ein Knüller bevorstand, und sie würde erst aufgeben, wenn sie alle Informationen bekommen hätte. Die von Mutter und Vater zwangsweise verhängte Nachrichtensperre stellte seit langem sicher, dass die Geheimnisse der Familie vor der Presse verborgen blieben. Bis heute.

Mary nahm sich einen Augenblick Zeit, um sich zu sammeln. Jetzt hatte sie sich zu weit vorgewagt, erkannte sie. Der Rachedurst war zu stark.

»Ich glaube, die Welt sollte erfahren, was für ein Schwein mein Vater wirklich war«, begann sie.

Daisy hatte kaum geschlafen, aber als sie schließlich aufstand, war sie so erfrischt wie seit Jahren nicht mehr. Nach einer langen, kühlen Dusche wählte sie mit Sorgfalt ihre Kleider für das Geschäft des heutigen Tages. Denn dies war der erste Tag ihres neu gefundenen Selbstvertrauens. Der Tag, an dem sie anfangen würde, sich ihren Platz in der Familie zurückzuerobern.

Sie schob die trist bedruckten Sachen beiseite, die sie seit Martins Tod immer getragen hatte, und suchte sich ein rotes, wehendes Kleid heraus. Die Farbe betonte ihren Teint und verriet einiges über ihre Selbsteinschätzung. Dann fügte sie ihre dreifache Perlenkette und die Perlenohrklipps hinzu und tauschte die üblichen, vernünftigen flachen Schuhe gegen ein Paar schwarze Sandalen mit mittelhohen Absätzen. Ein Hauch Make-up und ein trotzig roter Lippenstift, und sie war fertig. Sie ließ sich keine Zeit zum Zweifeln, und ehe die Angst wieder an die Oberfläche steigen konnte, schlug sie die Haustür hinter sich zu, entschlossen, ihr Leben wieder in die Hand zu nehmen und in Ordnung zu bringen. Zu viel Zeit war schon vertan worden.

Charles erwartete sie in seinem Büro, und als seine Sekretärin ihnen Kaffee serviert und das Zimmer verlassen hatte, lachte er laut auf. »Bisschen überraschend, dich heute Morgen hier zu sehen, Daisy. Was kann ich für dich tun?«

Sein unvermitteltes lautes Lachen hätte sie normalerweise zusammenfahren lassen. Aber heute Morgen war sie auf alles vorbereitet, und sie lächelte nur. »Ich möchte, dass du mir alles über die Jacaranda Corporation erzählst.«

Seine Brauen hoben sich verdutzt, und die hellblauen Augen weiteten sich. »Du brauchst dir doch dein hübsches Köpfchen nicht über solche Dinge zu zerbrechen, Daisy. Edward und ich werden schon dafür sorgen, dass du nicht zu kurz kommst.«

Sie stellte ihre Kaffeetasse behutsam auf den polierten Schreibtisch. »Rede nicht so herablassend mit mir, Charles«, sagte sie sanft. »Mag sein, dass Martin mich in den letzten paar Jahren vor der wirklichen Welt abgeschirmt hat, aber du würdest dich doch wundern, wenn du wüsstest, wie viel ich schon jetzt von der Firma weiß und verstehe.«

Charles räusperte sich. Die Sache war ihm offenbar unbehaglich. »Martin hat mit dir über das Geschäft gesprochen?«

»Du brauchst nicht so ungläubig zu gucken. Ich bin ja nicht schwachsinnig.« Sie ging über seine verlegene Entschuldigung hinweg. »Er hat mich als Resonanzkasten benutzt, um seine Gedanken zu testen. Ich glaube nicht, dass ihm klar war, wie viel ich wirklich davon verstanden habe; er hat selten gewartet, bis ich ihm meine Meinung dazu gesagt habe. Er fand es einfach hilfreich, seine Überlegungen laut auszusprechen, wenn er mit einem besonders schwierigen Problem zu kämpfen hatte.«

»Ich verstehe.« Ihr Cousin machte ein nachdenkliches Gesicht. »Martin war ein exzellenter Vertriebsmanager. Er kannte seinen Markt, und er konnte Eis an die Eskimos verkaufen. Nicht, dass er das nötig gehabt hätte«, fügte er scherzhaft hinzu. »Aber dir jetzt alles über das Unternehmen zu erzählen, das würde Monate dauern, Daisy. Es ist unmöglich.«

»Nichts ist unmöglich, Charles. Schon gar nicht, wenn man es wirklich will. Ich erwarte ja nicht von dir, dass du dasitzt und mir einen Vortrag hältst, aber ich wäre dir dankbar, wenn du mir die Unternehmensakten zugänglich machen könntest. Ich habe nämlich eine Idee.«

Charles schenkte ihr ein nachsichtiges Lächeln. »Meine liebe Daisy, ich glaube kaum, dass du in der Lage bist, zu entscheiden, was für die Firma am besten ist. Du bist schließlich nur eine Hausfrau. Was verstehst du denn von Hochfinanz und Konzernmanagement?«

Bei seinem Ton sträubten sich ihre Nackenhaare vor Zorn. »Du redest schon wieder herablassend mit mir, Charles«, warnte sie ihn. »Mir ist klar, dass ihr mich alle für ein hohlköpfiges Dummchen haltet, aber ich hatte in meiner Ehe mit Martin eine Menge Freizeit, und die habe ich nicht vergeudet.«

Wieder zog Charles die Brauen hoch, aber diesmal blieb er stumm.

Daisy redete sich warm, und jetzt, nachdem er angebissen hatte, wusste sie, dass sie ihn nicht mehr loslassen konnte. »Dass ich jeden Streit hasse und lieber den Mund halte, bedeutet noch lange nicht, dass ich dämlich bin«, erklärte sie entschlossen. »Ich habe ein Diplom in Betriebswirtschaft, Steuerrecht und Statistik. Erstaunlich, was man dank Fernuniversität alles anstellen kann.«

»Du hast was?« Charles war nicht taktvoll genug, um seine Verblüffung zu verbergen. »Martin hat mir nie etwas davon erzählt.«

»Er hat es auch nicht gewusst.« Daisy lächelte, als sie daran dachte, wie ihr Mann darauf reagiert hätte. Zuerst wäre er schockiert gewesen, dann gönnerhaft, und niemals hätte er sie ernst genommen. »Ich habe mit meinen Büchern gearbeitet, wenn er im Büro war, und wenn er nach Hause kam, habe ich sie versteckt. Fünf Jahre habe ich gebraucht, und dann ein weiteres für die Promotion. Ich habe eine Dissertation über Marketing und die Leitung eines Familienunternehmens zu Beginn des neuen Millenniums geschrieben.«

Sie wühlte in ihrer schwarzen Lacklederaktentasche und zog die säuberlich gebundene Schrift hervor, die jahrelang in einer Schublade mit ihrer Unterwäsche geschlummert hatte. »Vielleicht möchtest du sie in deiner Freizeit einmal lesen? Kann sein, dass du sie interessant findest.«

Charles beäugte die Dissertationsschrift, als wäre es ein Königspython. »Verdammt«, flüsterte er. Dann schien er sich wieder zu fassen, und das Blut strömte in sein Gesicht zurück. »Mein Gott, Daisy, warum hast du denn niemandem davon erzählt, statt in den Meetings zu hocken wie eine stammelnde Idiotin?«

»Weil niemand von euch mich ernst genommen hätte«, erklärte sie ruhig. »Außerdem – wann könnte denn irgendjemand einmal zu Wort kommen, wenn ihr euch über eure Theorien verbreitet, du und Mum und Kate? Ich wusste, wenn ich lange genug warte, wird der Augenblick kommen, da ich mich nützlich machen kann.« Sie beugte sich vor. »Der Augenblick ist da, Charles. Wirst du mir helfen oder nicht?«

Charles spreizte die Hände und seufzte. »Die Sache ist schon zu weit gediehen, Daisy. Dein Vater war anscheinend entschlossen, das Unternehmen zu zerschlagen, als er starb. Er konnte es nicht mitnehmen, aber er war verdammt sicher, dass er es auch nicht zurücklassen würde. Niederträchtiger Bastard!«

»Dann ist es gut, dass er gestorben ist, ehe er seine Absicht vollends verwirklichen konnte«, stellte sie entschlossen fest. »Trotz allem, was er getan hat, muss es doch eine Möglichkeit geben, zumindest einen Teil der Firma zu retten.«

»Bessere Köpfe als du und ich haben sich bereits mit dem Problem beschäftigt, Daisy. Aber wenn du glaubst, du findest eine Möglichkeit, hast du natürlich freie Hand. Was brauchst du?«

Daisy entspannte sich. Sie hatte befürchtet, dass Charles sie auslachen würde. Hatte befürchtet, dass sie doch nicht den Mut haben würde, ihm die Stirn zu bieten. »Bevor wir weiterreden, musst du mir versprechen, dass du diese Unterhaltung und meine Absichten für dich behältst. Es gibt schon genug Unruhe, und je mehr aufkommt, desto eher wird es mich von dem, was ich vielleicht erreichen kann, abhalten. Ich will nicht, dass der Rest der Familie die Nase in diese Angelegenheit steckt, solange es nicht unbedingt nötig ist.«

Charles nickte nachdenklich. Sein Staunen war noch immer unübersehbar.

Als sie sicher war, dass sie ihm vertrauen konnte, holte sie tief Luft. »Ich will die Bücher aller Firmen unter dem Dach von Jacaranda sehen. Verkaufszahlen, projektierte Gewinne, Personalunterlagen. Dann will ich das Angebot der Franzosen sehen und außerdem sämtliche Verträge, die möglicherweise schon entworfen worden sind. Wenn ich richtig informiert bin, hat Sophie schon alles vorbereitet für den Fall, dass wir an die Börse gehen; also muss ich auch da die Zahlen kennen, die wir haben, und außerdem den projektierten Eröffnungskurs. Vor allem aber muss ich das Expansionsprogramm sehen, das Dad eingeleitet hat. Die Bottle Shops, die Supermärkte, die Pläne für die Modernisierung des Weinbaubetriebs.«

Charles stieß einen lang gezogenen, leisen Pfiff aus. »Das ist ein Riesenberg Arbeit, Daisy, und wir haben nur wenige Wochen bis zur Entscheidung.«

Sie schaute ihn unbeirrt an. »Ich habe ja sonst nichts zu tun, Charles. Betrachte es als Herausforderung.«

Sophie saß seit drei Stunden am Steuer, und noch immer war sie in Gedanken gefesselt von der Geschichte, die ihre Großmutter da vor ihr entfaltete. Der Gedanke, dass John und Rose bald auf verschiedenen Seiten der Erde sein sollten, war beinahe zu schmerzlich. Sie liebten einander doch offensichtlich, und da war es grausam, wenn das Schicksal sie voneinander fern hielt.

Andererseits – vielleicht würde dieser Weg genau wie die Reise, die sie jetzt unternahm, zu ganz unerwarteten Begegnungen führen. Zu Abenteuern, die sie sich beide noch nicht vorstellen konnten. Vielleicht wusste Fortuna ja genau, was sie tat – denn wer hätte diese Reise mit Gran vorhersehen können? Welcher Zweck mochte sich dahinter verbergen? Sophie glaubte fest an das Schicksal. Alles im Leben musste einen Sinn haben, auch wenn der, den es betraf, ihn zunächst nicht verstand. Das war ihr immer wieder bewiesen worden, wenn sie sich gefragt hatte, wohin ihr Leben sie wohl führte.

Sophie dehnte den Rücken und nahm eine bequemere Haltung hinter dem Lenkrad ein. Sie waren später als geplant aufgebrochen, weil Cordelia am Morgen erst spät aufgewacht war und Sophie sie beim Frühstück nicht gern hatte hetzen wollen. Sie war immer noch besorgt wegen der Blässe der alten Dame und warf auch jetzt wieder einen Seitenblick zu ihr hinüber. Cordelia döste friedlich auf dem Beifahrersitz. Diese ganze Reise war verrückt. Würde irgendjemand, der seinen Verstand beieinander hatte, mit einer neunzig Jahre alten Frau durch diese leere Weite fahren?

Sophie wandte ihre Aufmerksamkeit wieder der Straße zu.

Diese Frage hatte sie sich in den letzten paar Tagen immer wieder gestellt, aber eine Antwort wusste sie noch immer nicht. Logik war nicht im Spiel, wenn es Cordelia betraf, und Sophie hatte den Verdacht, dass die alte Dame die Reise auch ohne sie unternommen hätte. Das machte die ganze Sache nur noch frustrierender, und außerdem gefiel es Sophie nicht, dass sie das Gefühl hatte, von Gran manipuliert zu werden – so liebevoll dies ihr gegenüber auch sein mochte.

Als der Camper über die nächste Anhöhe kam, sahen sie sich einem atemberaubenden Panorama gegenüber, und die düsteren Gedanken waren wie weggeblasen. Sophie schlug vor, anzuhalten und eine Zeitung zu kaufen.

»Heute ist Samstag, und du kannst mir unterwegs die Klatschkolumne vorlesen. Diese Sharon Sterling hat eine nadelspitze Schreibe. Ich weiß nicht, woher sie ihre Informationen bezieht und wieso die Leute ihr das, was sie manchmal sagt, durchgehen lassen, aber es ist eine faszinierende Lektüre. Drüben in England habe ich dafür gesorgt, dass ich jede Woche ein Exemplar erhielt, um über alles auf dem Laufenden zu bleiben.«

»Ein ziemlich scheußliches Erzeugnis, wenn du mich fragst«, brummte Cordelia. »Wühlen im Schlamm – so nenne ich das. Das Herumschnüffeln in anderer Leute Schmutzwäsche, das ist nicht gesund.«

Insgeheim musste Sophie ihr zustimmen, und trotzdem konnte sie sich ihre wöchentliche Dosis Klatsch und Tratsch nicht verkneifen. Vor einer lang gestreckten, niedrigen Blockhütte mit einer schattigen Veranda an der Vorderseite hielt sie an. Der Garten war von Pfefferbäumen überschattet, in denen Bienen summten, und jemand hatte Körbe mit Blumen an die Verandapfeiler gehängt und die erdigen Holztöne so mit Farbklecksen aufgelockert.

Drinnen war es kühl. Die Regale waren gut gefüllt, und bald hatte Sophie gefunden, was sie suchte. Mit ein paar frischen Flaschen eisigen Wassers, direkt aus dem Kühlschrank, und einer Tüte Aprikosen in den Händen, den dicken Packen der Wochenendzeitung unter einen Arm geklemmt, kehrte sie zurück zum Wohnmobil.

Sie waren fünf Meilen weit gefahren, als Cordelia einen Schrei des Entsetzens ausstieß. »Verflucht! Die verklage ich! Dieses Biest zerre ich vor Gericht, und ich werde sie vernichten.«

Erschrocken über diesen ungewohnten Ausbruch hielt Sophie am Straßenrand an. »Was ist denn, Gran? Du hast eine ganz komische Gesichtsfarbe. Was um alles in der Welt ist passiert?«

Mit zitternder Hand hielt Cordelia ihr die Farbbeilage entgegen. »Dieses Luder Sharon Sterling breitet uns über fünf Seiten aus. Wenn ich herausfinde, wer mit ihr geredet hat, dann … dann …« Vor lauter Wut fehlten ihr die Worte.

Sophie nahm das Magazin und überflog die grellen Schlagzeilen und die vertrauten Fotos. »O Gott«, sagte sie leise. »Wer immer das gewesen ist, wusste genau, wo man das Messer ansetzen muss.«

Cordelia riss ihr das Magazin wieder aus der Hand. »Fahr weiter, Sophie. Ich brauche Zeit und Ruhe, um diese Ladung Gift zu verdauen, bevor ich mir überlege, was ich dagegen unternehme.« Sie schlug das Blatt auf, rückte die Brille auf der Nasenspitze zurecht und fing an zu lesen. Es war nicht angenehm. Jock stand hier am Pranger, und auch wenn er es zum großen Teil verdient hatte, waren in diesem Artikel Dinge zu lesen, die nur von einem Familienmitglied kommen konnten, und sie waren so privat, dass sie entsetzt war über die Kühnheit, mit der dieser Informant sie preisgegeben hatte. Dies konnte die Familie vernichten.

NEUN

Kate saß auf ihrer Veranda. Die Magazinbeilage der Zeitung rutschte ihr aus den gefühllosen Fingern, während sie zu den Dandenong-Bergen hinausstarrte. Die Wunden der Vergangenheit waren wieder aufgerissen worden, schwarz auf weiß bloßgelegt, sodass alle Welt darin herumstochern konnte. Die Andeutung, sie habe ihren ersten Ehemann nur wegen seines Geldes geheiratet, war verletzend und unwahr, aber durchblicken zu lassen, dass ihr zweiter, geliebter Mann auch nur ein Mittel zum Zweck gewesen sei, das tat wirklich weh.

Tränen ließen die Welt vor ihren Augen verschwimmen, und sie hatte weder die Kraft noch den Willen, sie fortzuwischen. Sie hatte Matthew geliebt, und obwohl er mehrere Jahre älter als sie gewesen war, hatten sie eine glückliche und liebevolle Ehe geführt. Sein plötzlicher, viel zu früher Tod bei einem Autounfall war eine Katastrophe für sie gewesen. Kein Geld der Welt hätte sie für den Verlust entschädigen können, und gern hätte sie für den Rest ihres Lebens Fußböden geschrubbt, wenn er dafür hätte am Leben bleiben können.

Jonathan war gekommen, als sie sich gerade mit dem Witwendasein abgefunden und eine aufblühende Karriere begonnen hatte, die ihre einsamen Tage und Nächte ausfüllte. Sie hatten sich bei einem Staatsempfang im Parliament House in Melbourne kennen gelernt. Er war ein attraktiver Mann gewesen, mit einem lebhaften, neugierigen Verstand, Dozent für Politikwissenschaft an der Victorian State University. Er hatte Bücher geschrieben, die viel zu intellektuell gewesen waren, als dass sie etwas davon hätte verstehen können, und nichts hatte er mehr geliebt als eine hitzige Debatte mit seinen Kollegen. Aber er hatte sie nie herablassend behandelt; er hatte sie ermutigt, ihren Geist zu erweitern und die Dinge mit anderen Augen zu sehen. Die Geburt ihres Sohnes Harry war ein Wunder gewesen, und sein Tod hatte sie beide noch näher zueinander geführt. Zum Glück hatte Jonathans Parkinsonkrankheit sich nicht allzu lange hingezogen; nur drei Jahre nach der Diagnose war er im Schlaf gestorben.

In einem Punkt traf der Artikel zu. Die beiden Ehen hatten eine sehr reiche Frau aus ihr gemacht – aber was half das Geld, wenn man allein war? Eine Träne rollte Kate über die Wange, hing einen Moment lang zitternd an ihrem Kinn und fiel dann unbemerkt auf ihre Bluse.

Aber diese spezielle Anschuldigung war nicht das Schmerzhafteste. Was sie wirklich ins Herz traf, war die Behauptung, sie sei eine gedankenlose Mutter gewesen, die zu wenig Zeit für ihren Sohn gehabt habe. Der bösartige Artikel ließ anklingen, sie sei allzu sehr mit ihrem Gesellschaftsleben und ihrer Karriere beschäftigt gewesen, und gab ihr unverblümt die Schuld an Harrys Tod. Obwohl sie immer noch Gewissensbisse verspürte, wusste sie, dass sie nicht die Schuldige war, sondern eher das Opfer. Es hätte jederzeit passieren können. Sie hatte ihn auf das Internat geschickt, weil er darum gebettelt hatte, nicht weil sie ihn aus dem Weg haben wollte, wie der Artikel andeutete. So wichtig war ihr die Spendensammelei nie gewesen.

Sie kämpfte die Tränen nieder und griff nach dem Magazin. Sogar ein kurzer Abschnitt über Phil fand sich darin. Das sah dem Mistkerl ähnlich, dass er auch noch seinen Senf zu dem Thema dazugeben musste. Hatte wahrscheinlich ein Honorar dafür eingestrichen. Sie ballte die Faust um das glatte Hochglanzblatt. Er war der wahre Sündenbock. Er war derjenige, der des Geldes wegen geheiratet hatte, und sie war die törichte Frau gewesen, die seine Schmeicheleien für Liebe gehalten hatte. Die ihm seine Lügen geglaubt und geweint hatte, als er mit Leanne durchgebrannt war, nachdem er das gemeinsame Konto geplündert hatte.

Gott sei gedankt für einen kleinen Rest gesunden Menschenverstandes, dachte sie: Wenigstens habe ich den Kontostand immer auf dem Minimum gehalten, und so hat er nur einen Bruchteil dessen mitgenommen, was Jon und Matt mir hinterlassen hatten.

Sie schaute auf das zerknüllte Magazin hinunter und strich es dann auf dem Gartentisch noch einmal glatt. Sharon Sterling war ein Dreckstück, und sie war bei ihrem Rufmordunternehmen extrem gründlich vorgegangen. Kein einziges Mitglied der Familie war ihrer Bösartigkeit entgangen.

Daisy hatte die letzten zwei Tage und Nächte damit verbracht, über den Büchern der Firma zu brüten. Fast auf jeder Seite trat klar zu Tage, wie ihr Vater das Unternehmen verwüstet hatte. Mit chirurgischer Sorgfalt hatte er sich darangemacht, den Konzern zu zerstören, auf dessen Aufbau er sein Leben verwandt hatte, und sie kannte ihn gut genug, um seine Gründe zu verstehen.

Jock Witney stammte aus bescheidenen Verhältnissen; er hatte wenig mehr als ein paar Hektar vorzügliches Land besessen, ehe er Mutter und Onkel Edward gezwungen hatte, ihm fünfzig Prozent von Jacaranda zu überschreiben. Sein Leben lang hatte er sich hochgekämpft, und wie so viele erfolgreiche Männer hatte er keinen Gedanken an die Menschen verschwendet, die er auf dem Weg dorthin niedergetrampelt hatte. Als er wusste, dass er sterben würde, hatte er das Erreichte betrachtet und war zu dem Schluss gekommen, dass niemand würdig war, sein Lebenswerk zu erben. Damit hatte die schleichende Vernichtung von Jacaranda Wines und allen Tochterfirmen begonnen. Die Modernisierungs- und Expansionspläne waren nichts als ein Trick zur Leerung der Kassen, getarnt als clevere Kampagne, die den Konzern ins neue Millennium und in eine strahlende Zukunft führen sollte. Der Aufkauf der Bottle Shops und Supermärkte war unklug gewesen in einer unsicheren Konjunktur, nachdem Asien in eine solche Finanzkrise geraten war, aber er hatte alle Einwände niedergewalzt und sich durchgesetzt. Seine Tyrannenmacht hatte den Rest der Familie eingeschüchtert. Wer es gewagt hatte, das, was er tat, anzuzweifeln, war von einer dämonischen Logik zum Schweigen gebracht worden, der niemand etwas entgegensetzen konnte.

Daisy warf ihre Brille auf den Tisch und rieb sich die Augen. Es war Samstagmorgen, und sie war erschöpft. Aber eine langsam wachsende Erregung machte diese Erschöpfung wett. Sie hatte sich nicht geirrt. Es gab eine Möglichkeit, Jacaranda Wines zu retten – Jock zum Trotz.

Sie verließ den Tisch, der mit Büchern und Papieren übersät war. Ein Besucher hätte den Anblick für chaotisch halten können, aber Daisy wusste genau, wo alles war. Sie machte sich eine Tasse Kaffee, stieß die Fliegentür auf und trat auf die Veranda hinaus. Der Zeitungsjunge hatte die dicke Wochenendzeitung heraufgeworfen, und sie war auf der ganzen Veranda ausgebreitet.

Sie bückte sich, um sie aufzuheben, und ihre Hand erstarrte. Wie gebannt sah sie Martin, der ihr von einem Foto auf der Farbbeilage entgegenblickte. Mit zitternden Händen raffte sie die Beilage zusammen und ließ sich in die Kissen des Verandasessels sinken; ihr Blick wanderte über die Schlagzeilen und dann die langen Textspalten hinunter.

Als sie fertig war, empfand sie nichts als weiß glühende Wut. Sharon Sterling war über sie hergefallen und hatte ihren Ruf und den ihres Mannes zerfetzt. Nichts von alldem beruhte auf Tatsachen, aber die hinterhältigen Andeutungen stellten Daisy als hohlköpfige, eitle Frau ohne eigenen Willen dar, die sich von einem brutalen, lieblosen Vater abgewandt hatte, um einen Mann zu heiraten, der genauso war wie er.

Sharon zufolge hatte Martin sie dauernd gedemütigt, er hatte ihr nicht erlaubt, das Baby zu bekommen, das sie sich so verzweifelt gewünscht hatte – ja, er hatte sie sogar geschlagen. Er war geizig mit seinem Geld und seiner Zeit gewesen und hatte sie genau wie ihr Vater tyrannisch unterdrückt. Was für ein Unsinn! Martin war vielleicht der Stärkere von ihnen beiden gewesen, aber er hatte niemals die Hand oder auch nur die Stimme gegen sie erhoben. Und was Kinder anging – Daisy hatte keine bekommen können, und sie hatten keine adoptieren wollen.

Daisy hätte das Magazin am liebsten in so feine Streifen zerrissen, dass es wie Staub ins Meer geweht werden könnte. Aber als sie so dasaß, wie gelähmt vom unglaublichen Gift dieses Artikels, fand sie tief in ihrem Innern einen Quell der Ruhe, und sie konzentrierte sich darauf, ihr Gleichgewicht wiederzufinden.

Sharon musste ihre Story irgendwoher haben. Besser gesagt, von jemandem. Die Einzelheiten waren zu lebendig, die Figuren zu detailliert gezeichnet, und die Verleumdungen trafen zu genau ins Ziel, als dass dies das Werk einer Außenseiterin hätte sein können.

Jane hatte bereits einen Anruf von Edward erhalten. Der arme Mann war am Boden zerstört von diesen Enthüllungen und drohte mit Klage. Sharon Sterling hatte irgendwie erfahren, dass Jock ihn einmal gezwungen hatte, drei Stunden lang auf dem harten Boden im Sitzungszimmer zu knien, während die Sitzung weitergegangen war. Damit hatte Jock ihn dafür bestraft, dass er nicht bemerkt hatte, dass ein Konkurrent innovative Abfüllmethoden entwickelt hatte und dass er die Kühnheit besessen hatte, um einen Tag Urlaub zu bitten, damit er bei Charles' Examensfeier dabei sein könnte. Das lag viele Jahre zurück, aber Jane wusste, dass es immer noch in ihm schwärte, und sie konnte sich gut vorstellen, wie Edward sich fühlte, nachdem die Sache vor aller Welt in der Zeitung ausgebreitet worden war.

Armer Edward! Jock hatte ihm nie verziehen, dass er zusammen mit Cordelia die anderen fünfzig Prozent von Jacaranda Wines geerbt hatte, und oft rächte er sich durch Demütigungen, wenn er bei Abstimmungen verloren hatte. Aber Jane weinte nicht aus Mitleid mit dem Rest der Familie. Sie weinte um ihrer selbst willen und wegen des Schmerzes, den Sharon Sterling ihr zugefügt hatte.

Wieder klingelte das Telefon. Seufzend ließ sie die Zeitung zu Boden fallen und nahm den Hörer ab.

»Ich bin's, Darling. Philip. Ich nehme an, du hast diesen unflätigen Artikel schon gelesen?«

Jane wischte sich die Tränen ab. »Ja. Und wenn ich die Person, die mit diesem Dreckstück gesprochen hat, in die Finger kriege, bringe ich sie um.«

»Zumindest du bist ja ziemlich ungeschoren dabei weggekommen. Dass du Jocks Geliebte warst, wusste sowieso schon alle Welt, und nach all den Jahren am Theater dürftest du an Klatsch und Tratsch gewöhnt sein. Aber du meine Güte – mir Kuppelei vorzuwerfen! Ich bin in diesen Bädern in Sydney mein Lebtag noch nicht gewesen, geschweige denn, dass ich dort minderjährige Jungen aufgelesen hätte. Ist überhaupt nicht mein Ding, wie du wohl weißt. Und anzudeuten, ich hätte Aids im Vollstadium – also wirklich!«

Jane wusste, dass Philip in seiner Jugend eine Vorliebe für ältere Männer gehabt hatte, aber sie wusste auch, dass sein Geschmack sich ein bisschen verändert hatte und dass sein neuester Lover gerade erst das College hinter sich gebracht hatte. In der Vergangenheit hatte es sicher Fälle gegeben, in denen ein Skandal nur durch Geistesgegenwart und einen dicken Scheck um Haaresbreite hatte vermieden werden können – aber für Zuhälterei oder Pädophilie hatte es keine Anzeichen gegeben. Wenn er indessen behauptete, sie sei ungeschoren davongekommen, so irrte er sich gründlich. »Du bist doch nicht HIV-positiv, oder, Philip?«

Am anderen Ende der Leitung war es still, und als Philip schließlich antwortete, tat er es leise und zögernd. »Ich habe mich nie getraut, den Test machen zu lassen, aber ich fühle mich nicht schlecht.«

»Dann schlage ich aber vor, du lässt dich testen«, sagte sie sanft. Die Tränen liefen ihr noch immer übers Gesicht; sie konnte nichts dagegen tun. Sie umklammerte den Hörer. »Entschuldige, Philip. Ich kann jetzt nicht weitersprechen. Ruf mich heute Abend noch mal an, wenn ich Zeit hatte, das alles zu verdauen.« Hinter ihren Augen lauerten Kopfschmerzen, und ihre Knie zitterten so sehr, dass sie kaum stehen konnte.

»In Ordnung, Jane. Es betrifft uns alle, weißt du. Wir müssen was unternehmen. Noch heute. Bevor Cordelia das Blatt in die Hand bekommt.«

»Sie hat sich schon gemeldet, Philip. Ich habe heute Nachmittag einen Termin mit ihrem Anwalt, aber nach allem, was er mir heute Morgen am Telefon gesagt hat, können wir kaum etwas unternehmen. Diese Sterling hat ihren Artikel offensichtlich von einem ganzen Trupp Anwälte mit feinem Kamm durchflöhen lassen. Sie war sehr clever. Andeutungen und Meinungsäußerungen können nicht als Verleumdungen gelten, und sie erhebt nur dann offene Beschuldigungen, wenn sie etwas beweisen kann.«

»Ich persönlich würde das Biest gern erwürgen. Und die Person, die ihr die ganze Schmutzwäsche zugänglich gemacht hat, ebenfalls.«

»Darüber werden wir sicher nachdenken müssen, und ich habe auch schon gewisse Vorstellungen. Aber nicht jetzt, Philip«, schloss sie entschieden. »Ich spüre, dass eine Migräne im Anzug ist. Ich muss mich hinlegen.«

»Sieh dich vor, Jane. Tut mir bloß leid, dass du in all das hineingezogen worden bist.«

»Meine Schuld. Wieso musste ich mich auch mit Jock Witney einlassen«, antwortete sie in scharfem Ton.

Als sie aufgelegt hatte, sank Jane in einem Sessel in sich zusammen und starrte aus dem Fenster. Armer Philip! Er hatte sich immer auf sie verlassen, wenn er eine Schulter suchte, an der er sich ausweinen konnte. Wie konnte dieses Biest es wagen, solchen Dreck aufzurühren? Ihr Zorn erwachte von neuem; sie nahm das Magazin in die Hand, blätterte bis zu dem Abschnitt, der ihr eigenes Leben betraf, und las ihn noch einmal.

Jane Bruce war erst zwanzig, als sie ihre lange Affäre mit dem vierzigjährigen Jock Witney begann, und doch war sie schon Gegenstand des Klatsches in der eng verflochtenen, halbseidenen Welt des Theaters. Miss Bruce war eine sehr attraktive junge Frau, und es gab Gerüchte über etliche Beziehungen zu anderen Darstellern – und nicht alle waren frei, weiß und ledig …

Vor dieser Affäre nur in unbedeutenden Nebenrollen in Erscheinung getreten, gelangte Jane Bruce über Nacht zu Starruhm, als sie in »Endstation Sehnsucht« die Hauptrolle der Blanche du Bois am Nationaltheater in Sydney bekam – an einem Theater also, das von der Familie Witney massiv gefördert wurde, obgleich dieser Umstand sicher keinen Einfluss auf die Karriere der jungen Schauspielerin hatte. Miss Bruce' Erfolg wurde durch die Rolle der Agrippina in der »Ich, Claudius«-Verfilmung der Australian Film Company weiter gefestigt. Für ihre Darstellung gewann sie einen Preis. Jock Witney äußerte sich damals sehr zurückhaltend, als man ihn nach seiner finanziellen Beteiligung an diesem Film befragte, aber unsere Korrespondentin weiß aus zuverlässiger Quelle, dass das Projekt mit seinem Geld realisiert wurde.

Jocks Ehefrau Cordelia muss von der Schürzenjägerei ihres Gatten gewusst haben, denn es war nicht das erste Mal, dass er seine Gelieb-

te zur Schau stellte, und gewiss sollte es auch nicht das letzte Mal sein. Aber unsere Korrespondentin fragt sich doch, ob sie je die Gerüchte über ein Baby gehört hat. Vielleicht ja – dann hat sie sich an der Vertuschung beteiligt. Denn die Wahrheit ist immer noch so gut verborgen, dass nicht einmal »G'Day Magazine« mit all seinen Möglichkeiten in der Lage ist, die Fakten zu ergründen. So muss man annehmen, dass Miss Bruce die Wahrheit mit ins Grab nehmen wird. Aber es ist doch ein faszinierender Gedanke, dass es da jemanden geben könnte, der nicht ahnt, dass er einen Anspruch auf einen Teil des von Jock Witney hinterlassenen Milliarden-Dollar-Erbes hat. Wie unterhaltsam wäre es, wenn sich diese Person finden ließe: ein weiteres Steinchen in dem Puzzle der Familie, die sich hinter Jacaranda Wines verbirgt.

Jane konnte nicht weiterlesen. Der Schmerz hinter ihren Augen war jetzt so stark, dass sie kaum noch den Kopf von den Kissen heben konnte. Sie wimmerte gequält, überwältigt von Erinnerungen, die sie längst überwunden geglaubt hatte. Aber ein Teil ihrer selbst konnte das ganze Szenario noch immer mit analytischer Ruhe betrachten.

Der Artikel war giftig und bösartig – aber er bewies eins: Wer immer der Informant gewesen war, er wusste nicht alles. Denn die Wahrheit wäre für alle Betroffenen noch viel verheerender gewesen – und Sharon Sterling hätte eine echte Sensation für ihr Blatt gehabt.

Charles fühlte sich gar nicht wohl. Obwohl die Fenster offen waren, hatte er Mühe zu atmen. Er knöpfte sich den Kragen auf und zog das Jackett aus. Die Anstrengung war so groß, dass sein Herz schmerzhaft gegen die Rippen hämmerte, und er lehnte den Kopf an die gepolsterte Sessellehne, um wieder zu Atem zu kommen. Aber sein Geist war gepeinigt von dem, was er in diesem verdammten Magazin gelesen hatte, und ihm graute davor, Vipia damit unter die Augen zu treten.

Das Blatt lag neben ihm auf dem Tisch; die Hochglanzseiten waren aufgeschlagen, und die drastischen Fotos starrten ihm entgegen. Er brauchte den Artikel nicht noch einmal zu lesen; die Worte waren so tief in seine Erinnerung eingegraben, dass er sie nie wieder vergessen würde.

Der größte Narr ist ein alter Narr. Und Charles erfüllt ohne Zweifel die Voraussetzungen für einen solchen Titel, denn wie sonst könnte man seine Ehe mit der jungen und attraktiven Vipia erklären? Unsere Korrespondentin fragt sich allerdings, ob ihm ihre Vergangenheit nicht bekannt war, als er die ehelichen Bande knüpfte – oder ob er sie kannte und glaubte, er könne sie geheim halten? Wie auch immer – das Recherchenteam des »G'Day Magazine« hat nicht lange gebraucht, um die Wahrheit ans Licht zu bringen.

Vipia wurde in Nordthailand als Tochter einer fleißigen, aber armen Familie geboren. Sie war noch keine dreizehn, als sie fortlief und nach Bangkok kam, zu den bunten Lichtern und den Schmuddelbars dieser sündigen Stadt. Sie fand Arbeit in einer solchen Bar – nicht als Kellnerin, sondern als Stripperin, und ihren Lohn zahlten die Männer, die in Scharen nach Bangkok strömten, um Sex mit Minderjährigen zu kaufen. Vipia wurde schließlich von einem reichen Amerikaner in einem Apartment untergebracht, aber als dieser herausfand, dass sie die Wohnung benutzte, um dort ihrem Gewerbe nachzugehen, warf er sie hinaus. Schon damals war Vipia einfallsreich, und bald hatte sie einen neuen Mann gefunden, der ihr für ihre Dienstleistungen bereitwillig ein Dach über dem Kopf spendierte.

Dieser Mann war bekannt als Leroy Texas, ein Regisseur von Pornofilmen, wie Sie sie wohl nicht einmal auf dem untersten Regal Ihrer örtlichen Videothek finden werden. »G'Day Magazine« hat von der Australian Police Commission zuverlässig erfahren, dass solches Material hierzulande verboten ist und dass Mr. Texas – alias Fred Brown – derzeit wegen des versuchten Imports seiner schmutzigen Ware in Sydney in Haft sitzt.

Vipia wurde zum Star eines Filmgenres, dessen Rollen nichts mit Talent oder mit einer Spur von Schauspielerei zu tun haben. »G'Day Magazine« ist es gelungen, eins dieser schmutzigen Tapes aufzutreiben, und nach Betrachtung der Szenen von Erniedrigung und multiplen Sexorgien mit Minderjährigen und Tieren musste unsere Korrespondentin längere Zeit unter der Dusche stehen, ehe sie sich wieder sauber fühlte. Das Tape wurde polizeilichen Vorschriften entsprechend inzwischen vernichtet, und es ist zu hoffen, dass der Verbreiter dieses Unrats, Mr. Texas, noch viele Jahre hinter Gittern bleiben wird.

Charles lernte Vipia Gerüchten zufolge in einer schmuddeligen Stripteasebar im Rotlichtviertel von Bangkok kennen – und nicht über einen Geschäftsfreund, wie er nach seiner Rückkehr nach Australien standhaft behauptete. Der korpulente Witwer war schon immer ein weithin bekannter Stammgast in den Bordellen von Sydney – und zwar vor, während und nach seiner Ehe –, sodass die Freudenhäuser von Bangkok wohl auch ein vertrautes Pflaster für ihn gewesen sein dürften.

Unser Rat an Charles, der für die Dienste seiner Frau ohne Zweifel zahlt – mit den Diamanten und Perlen, die er ihr kauft, und mit den endlosen Einkaufsexpeditionen durch die exklusiven Boutiquen der Stadt, die sie ständig unternimmt: Kaufen Sie ihr als nächstes Geschenk einen Maulkorb und einen Keuschheitsgürtel. Damit wäre ihr Stillschweigen und ihre fortgesetzte Treue sichergestellt – denn man erzählt, dass Vipias Gunst nicht mehr allein ihrem Gatten gehört und dass sie von einem gewissen jungen Börsenmakler mehr als nur finanziellen Rat entgegennimmt.

Charles öffnete die Augen, als er den Wagen in der Zufahrt hörte. Er schaute aus dem Fenster und sah, wie der Fahrer Vipia beim Aussteigen half und ihr dann ins Haus folgte, bepackt mit Einkaufstüten mit Designerlabels. Sein Puls schlug unregelmäßig, als er die Fäuste ballte und auf sie wartete.

Die Tür ging auf, und da war sie.

Charles sah das puppenhafte Gesicht und die schlanke, beinahe kindliche Gestalt in dem hauchfeinen Kleid, und er fragte sich, warum er sie niemals eingehender über ihre Vergangenheit in Bangkok befragt hatte. Weshalb er niemals seinen Verdacht ausgesprochen hatte, sie könnte einen anderen Mann haben.

Weil ich zu feige war, gestand er sich im Stillen ein. Weil Sharon Sterling Recht hatte. Er war ein alter Narr, der seinem Schwanz erlaubt hatte, seinen Verstand zu regieren, und er hatte keine Lust gehabt, sich seinen Verdacht bestätigen zu lassen. Was er nicht wusste, konnte ihn nicht kränken, und so hatte er wie ein Strauß den Kopf in den Sand gesteckt und den blanken Arsch in die Luft.

»Ich habe das Kleid gefunden, das ich gesucht habe«, erzählte Vipia fröhlich, ohne seinen Zorn oder sein Unbehagen zu bemerken. »Sie müssen natürlich noch Abnäher hineinmachen«, fügte sie selbstgefällig hinzu. »Ich bin ja so viel zierlicher als die durchschnittlichen australischen Walfischfrauen.«

Offenbar wusste sie nichts von dem Magazinartikel, aber das war kaum verwunderlich. Vipia konnte weder lesen noch schreiben; allenfalls ihren Namen konnte sie zu Papier bringen.

»Mach die Tür zu, Vipia«, sagte er, und es klang sehr viel ruhiger, als er sich fühlte. »Wir müssen uns unterhalten.«

Ein paar Stunden später, nachdem es Vipia auch mit hysterischen Tränen und ausgefallenen Verführungsstrategien nicht gelungen war, Charles umzustimmen, stand sie in verdrossenem Schweigen da, während er ihr einen großen Scheck ausstellte und dabei schwor, dass dies das letzte Geld sei, das sie von ihm kriegen werde. Nach all den Lügengeschichten, die sie ihm über ihre unappetitliche Vergangenheit erzählt hatte, kam eine weitere Scheidungsvereinbarung nicht mehr in Betracht.

Die Schmerzen in seiner Brust wurden schlimmer, aber Charles zog es vor, sie zu ignorieren. Er griff zum Telefon und buchte einen einfachen Flug nach Thailand für sie.

Ihre Tränen flossen erneut, und ihre Hysterie schwoll wieder an, als sie vor ihm auf die Knie fiel und seine Beine umklammerte. »Schick mich nicht zurück, bitte, Charles! Ich verliere mein Gesicht. Muss wieder auf der Straße arbeiten.«

Er schob sie weg und läutete nach dem Hausmädchen. »Das hast du früher getan, das kannst du auch wieder tun«, sagte er kalt. »Ich habe dir so viel Geld gegeben, dass du über die Runden kommst, bis du einen neuen Freier gefunden hast, der dich aushält.«

Angelina machte große Augen, als sie die Szene erblickte, aber sie war klug genug, sich jeden Kommentar zu verkneifen, und dafür war Charles dankbar. Die ganze Episode war demütigend genug, ohne dass er sich noch erklären musste; er fragte sich sowieso, ob das Hausmädchen nicht schon die Zeitung gelesen und eigene Schlüsse gezogen hatte.

»Vipia verlässt uns«, sagte er entschlossen. »Sehen Sie zu, dass ihre Kleider und alles, was sie aus Thailand mitgebracht hat, innerhalb der nächsten halben Stunde gepackt ist. Schmuck und Kreditkarten, die Sie finden, bringen Sie mir herunter. Sie wird nichts davon mitnehmen – auch den Ehe- und den Verlobungsring nicht.«

Vipia wollte mit Angelina hinausgehen, aber Charles packte sie beim Handgelenk. »Du bleibst hier. Ich kann nicht mehr sicher sein, dass du mich nicht bestiehlst. Setz dich hin und hör mit diesem schrecklichen Geheul auf – es wird dir nicht helfen.«

Zwei Stunden später erhob ihr Flugzeug sich von der Startbahn. Charles gab einen gedämpften Schmerzenslaut von sich und wandte sich an seinen Fahrer. »Bringen Sie mich zum Krankenhaus«, befahl er barsch. »Ich fühle mich ziemlich schlecht.«

Mary hatte sich einen cremigen *caffè latte* spendiert, während sie die Sonntagszeitung las. Selbstverständlich hatte auch sie in diesem giftigen Katalog nicht fehlen dürfen, aber nichts Neues war dabei ans Licht gebracht worden, nichts allzu Schädliches; es war ihr gelungen, gewisse Dinge geheim zu halten, und sie hatte nur ein oder zwei Gerüchte über vergangene Liebhaber bestätigt, Indiskretionen, die sie bedenkenlos preisgeben konnte.

Sie lehnte sich im Sessel zurück und lächelte voller Genugtuung. Sharon hatte vorzügliche Henkersarbeit geleistet, und zu gern wäre sie dabei gewesen, wenn die anderen Familienmitglieder lasen, was da über sie geschrieben stand. Dad war natürlich nicht mehr im Spiel, aber selbst er hätte vermutlich ein gewisses Vergnügen daran gehabt, wie geschickt das Messer in der Wunde herumgedreht worden war. Sie lachte leise, als sie sich vorstellte, wie er von oben herab zuschaute, wie sie nun alle zappelten.

Der Hinweis auf das Baby war ein Meisterstreich gewesen. Hoffentlich musste dieses Luder Jane jetzt leiden. Vielleicht war sie früher ja erfolgreich gewesen, aber jetzt war sie nur noch eine abgehalfterte Erbschleicherin – eine alte Schnepfe mit einer Vorliebe für das feine Leben.

Mary kannte keine Anzeichen dafür, dass es wirklich ein Kind gegeben hatte; sie hatte nur das Gefühl, dass zwischen Jane und Dad irgendetwas vorgefallen sein musste, was ihrer Affäre einen Riss zugefügt hatte. Mum war wortkarg, was die Vergangenheit anging, aber Jane hatte ohne Zweifel etwas zu verbergen. Auch der Grund, weshalb die beiden Frauen sich die Wohnung teilten, war mysteriös. Lächelnd nippte Mary an dem heißen, süßen Getränk. Komisch, dass man mit Spekulationen und Fantasie eine so gute Story zustande bringen konnte – Sharon hatte regelrecht gesabbert, als Mary sie ihr ausgemalt hatte.

»In dieser Familie ist kein Platz für Bastarde«, zischte sie. »Wenn das Biest schwanger war, hat Dad sie bestimmt gezwungen abzutreiben.« Ein bitterer Geschmack stieg ihr in die Kehle, als sie an ihre Schwangerschaft mit Sophie dachte. Wenn es nach ihr gegangen wäre, hätte sie das Kind wegmachen oder zur

Adoption freigeben lassen. Sie hätte es weggegeben an den erstbesten Menschen, der es hätte haben wollen. Aber sie hatte zu viel Zeit verstreichen lassen, und dann hatte Paul sich verdrückt, und Mutter hatte wie üblich das Kommando übernommen und darauf bestanden, die Göre selbst großzuziehen. Jetzt war das Mädchen eine beständige Erinnerung an Paul – den einzigen Mann, den sie wirklich geliebt und dem sie nie etwas bedeutet hatte.

Seufzend ließ Mary das Blatt sinken. Ihr Blick wanderte zum Telefon. Es war Zeit, ihre Schwester anzurufen und die Fassungslose und Gekränkte zu spielen, wie sie es zwei Tage lang geprobt hatte. Sie würden es merkwürdig finden, wenn sie schwiege. Sie bereute zwar nicht, was sie getan hatte, aber sie konnte sich auch nicht leisten, entlarvt zu werden.

ZEHN

Als Daisy ins Vorstandszimmer ging, prallte sie gegen eine Wand von Lärm. Mit einem schnellen Blick hatte sie die Situation erfasst, und dann setzte sie sich an ihren gewohnten Platz am Tisch. Ihre Abwesenheit hätte man bemerkt, aber dass sie da war, würde man wie immer nicht bemerken. Sie lächelte schmal und grimmig. Dass man keine Notiz von ihr nahm, hatte ihr immer Gelegenheit gegeben, eine Bestandsaufnahme vorzunehmen und sich ein Urteil über die Laune der Familie zu machen. Nach diesem Urteil würde niemand fragen, aber es war doch erstaunlich, was man so alles erfahren konnte, wenn man sie von außen betrachtete.

Das schwere Klopfen des Hammers auf dem Tisch lenkte die ganze Aufmerksamkeit auf Edward. »Setzt euch hin«, donnerte er. »Dieses Geschrei bringt uns nicht weiter.«

»Was schlägst du vor?«, höhnte Mary. »Dass wir uns auf den Rücken legen und alles über uns ergehen lassen?«

»Das kannst du doch am besten, Schätzchen«, näselte Philip nun.

»Was soll das heißen?« Marys Gesicht war fast so rot wie die Fingernägel, die sich in die Tischplatte krallten.

Philip lehnte sich zurück. Er war sich der Aufmerksamkeit aller gewiss. »Das soll heißen«, sagte er bedächtig, »dass du den größten Teil deiner Geschäfte in Rückenlage erledigst. Sharon Sterling schätzt dich jedenfalls ganz richtig ein.«

»Von dir hat sie auch kein falsches Bild«, gab Mary zurück. »Verdammter Hinterlader!«

»Das reicht«, schrie Edward. »Ich lasse nicht zu, dass dieses Treffen zu einer Schlammschlacht ausartet. Mein Sohn liegt in der Klinik, und meine Schwester sitzt mitten im Nirgendwo und ist krank vor Sorgen. Wir müssen ruhig und vernünftig über die Angelegenheit sprechen, statt uns gegenseitig zu attackieren.«

»Das meine ich auch«, sagte Kate. »Und als Erstes müssen wir herausfinden, wer mit Sharon Sterling gesprochen hat.«

»Was schlägst du vor? Einen Lügendetektortest?« Philip studierte seine Fingernägel. »Ich glaube kaum, dass die verantwortliche Person die Hand hebt und ein Geständnis ablegt, oder?«

»Selbstverständlich nicht«, gab Kate zurück. »Aber bestimmte Familienmitglieder können wir doch von vornherein ausschließen.«

Daisy beobachtete, wie ihre Schwester Luft holte, um den Chor der Proteste zu übertönen. Es war interessant zu sehen, wie unterschiedlich die Reaktionen waren, die sich im Ausdruck der Gesichter zeigten – interessant auch, zu sehen, wer seine Gefühle verbergen konnte und wer nicht.

»Charles hat es sicher nicht getan, und die Zwillinge auch nicht. Es liegt nicht in ihrer Natur«, erklärte Kate mit Entschiedenheit und schaute in die Runde. »Wo sind die beiden eigentlich?«

»Ich habe versucht, Kontakt mit ihnen aufzunehmen, aber sie sind beide nicht auf dem Weingut, sie sind nicht zu erreichen«, sagte Edward.

»Onkel Edward ist entschieden über jeden Verdacht erhaben, und Mum und Sophie waren beide außerhalb des Staates, als die Geschichte erschienen ist. Die Behauptung, Mum sei überhaupt zu so etwas imstande, ist lächerlich, und Sophie ist nicht bösartig genug.« Kate holte Luft. »Ich weiß, dass ich es nicht war, und ich kann mir kaum vorstellen, dass Daisy so etwas tun würde.«

Sie lächelte Daisy zu und wandte sich dann an Mary. »Damit bleibst nur du«, stellte sie eisig fest.

Mary hob die Hände. »Typisch!«, fauchte sie. »Im Zweifel gibst du mir die Schuld. Aber hast du nicht die eine oder andere winzige Kleinigkeit vergessen? Ich bin hier nicht die Einzige, die ein Hühnchen zu rupfen hätte. Was ist mit Jane?«

Alle wandten sich der Frau zu, die unter normalen Umständen nicht im Sitzungszimmer gewesen wäre – aber dies waren keine normalen Umstände. »Ich habe hier kein Hühnchen zu rupfen«, erklärte Jane ruhig und gelassen. »Cordelia war immer gut zu mir, und ich würde es ihr bestimmt nicht damit vergelten, dass ich versuche, ihre Familie zu vernichten.«

»Hübsch gesagt«, erwiderte Mary verächtlich. »Aber so leicht kommst du nicht davon, Jane. Du schmarotzt seit Jahren in dieser Familie. Erst bei Dad, jetzt bei Mutter. Was hast du gegen sie in der Hand, Jane? Wieso gibt sie dir ein Zuhause, nachdem du doch ihre Ehe zerstört hast?«

Daisy sah, dass Jane Mühe hatte, die Fassung zu bewahren. Aber sie war eine vollendete Schauspielerin, denn als sie sprach, tat sie es mit ganz ruhiger Stimme. »Ich habe gar nichts gegen deine Mutter in der Hand«, sagte sie. »Und was die Ehe deiner Eltern angeht, so war sie längst zu Ende, als ich auf der Bühne erschien.«

»Ist das mit dem Baby denn wahr? Läuft da draußen irgendein Bastard herum und könnte einen Teil unseres Erbes beanspruchen?«

Daisy hielt den Atem an, als sie den Glanz in Marys Augen sah. Jane schien sich unter diesem giftigen Blick innerlich zu krümmen, und Daisy war schockiert über das Ausmaß des Hasses, den Mary der alten Frau entgegenbrachte. Sie saß still da und beobachtete die beiden, und zum ersten Mal fragte sie sich: Beruht diese Feindseligkeit nur auf Marys Angst, einen Teil ihres Erbes zu verlieren – oder reicht sie vielleicht sehr viel tiefer?

»Wenn es wahr wäre – glaubst du, ich hätte es nach all den Jahren dieser billigen Reporterin erzählt? Und wenn es nicht wahr ist, weshalb sollte ich Cordelia dann solchen Schmerz zufügen? Was du da redest, hat weder Hand noch Fuß, Mary.« Jane bewahrte immer noch Haltung, aber nur mit Mühe und Not. Daisy sah, dass ihre Knöchel weiß waren, als sie im Schoß die Fäuste ballte.

»Sie hat Recht, Mary«, sagte Kate mit Nachdruck. »Ich finde, du solltest es gut sein lassen.«

»Kommt nicht in Frage«, widersprach Mary heftig und erhob sich. »Wo Rauch ist, ist auch ein Feuer, und ich finde, wir sollten jetzt ein für alle Mal die Wahrheit erfahren.« Sie wandte sich wieder Jane zu. »Was hast du damit gemacht? Es abtreiben lassen? Zur Adoption freigegeben? Es verschenkt? War dir deine Karriere wichtiger als dein Bastard – oder wusste Dad, was für eine intrigante Kuh du bist? Hat er sich geweigert, sich von dir erpressen zu lassen und dich auszuzahlen?«

Jane blickte starr vor sich auf den Tisch. »Ich habe dir bereits geantwortet«, sagte sie leise. »Ich habe nicht mit dieser Reporterin gesprochen, und ich würde es auch nicht tun.« Ihr Blick war wund vor Müdigkeit, als sie Mary anschaute. »Wenn jemand an diesem Tisch zu einem so bösartigen Rufmord fähig ist, dann bist du es. Du warst immer tückisch und habgierig. Wie viele Silberlinge hast du von ihr bekommen, damit du deine Familie verrätst, Mary?«

»Ich werde nicht hier bleiben und mich derart beleidigen lassen«, zischte Mary.

»Dann verzieh dich doch«, näselte Philip. »Du findest bestimmt jede Menge andere Orte, wo die Beleidigungen von besserer Qualität sind.«

Mary drehte sich zu ihm um, und nackte Bosheit lag in ihrem Blick. »Ihr könnt die ganze Nacht hier sitzen und euch gegenseitig belügen, und ihr werdet der Wahrheit niemals auf den

Grund kommen, weil ihr alle viel zu viel Angst davor habt. Dad hatte Recht. Ihr seid nichts als eine Bande von Verlierern.« Sie raffte ihre Handtasche an sich, stürmte hinaus und schlug die Tür so wild hinter sich zu, dass es durch das ganze Gebäude hallte.

In betäubtem Schweigen blieben die andern sitzen, jeder mit eigenen Gedanken beschäftigt. Daisy nagte an der Unterlippe. Das war eine makellose Vorstellung gewesen, die Mary da gegeben hatte, aber soeben hatte sie etwas bemerkt, was sie noch nie zuvor gesehen hatte, und als ihr die Wahrheit dämmerte, wusste sie mit absoluter Gewissheit, dass es nicht Jane gewesen sein konnte, die mit Sharon Sterling geredet hatte.

Cordelia hatte Sophie versichert, dass sie sich nach dem Schock dieses Artikels nur müde, aber nicht krank fühlte. Jetzt, da es dunkel war und sie hörte, wie ihre Enkelin sich unruhig im Schlaf hin und her warf, konnte sie ihren sorgenvollen Gedanken und Erinnerungen endlich freien Lauf lassen.

Der Artikel hatte Jock ziemlich treffend dargestellt, aber es gab eine Seite ihres verstorbenen Mannes, die niemand gesehen hatte; dies zu wissen hatte ihr über die schlechten Zeiten hinweggeholfen, und es würde ihr auch jetzt helfen. Obwohl ihre Ehe gescheitert und das Zusammenleben mit Jock unmöglich geworden war, hatte zwischen ihnen eine Vertrautheit geherrscht, die nichts und niemand hatte zerstören können.

Die ersten Ehejahre waren eine glückliche, erfüllte Zeit für Cordelia gewesen, ein Leben voller Arbeit und Pläne für die Zukunft der Zwillinge. Dank Jocks finanzieller Hilfe wurde Jacaranda Wines wieder erfolgreich. Die beiden Weingüter waren zusammengelegt worden, und als die Arbeitsbelastung wuchs, hatten sie weitere Leute eingestellt. Die Anpflanzung neuer, kräftigerer Rebsorten und fünf aufeinander folgende Jahre mit dem richtigen Maß an Sonne und Regen hatten für gute Ernten und ausgezeichnete Jahrgänge gesorgt.

Zur Erntezeit kamen die Lesehelfer, hauptsächlich Frauen und Jungen mit geschickten Fingern und kräftigen Rücken, die sich von früh bis spät durch zahllose Hektar Weinterrassen arbeiteten. Es war glühend heiß; der Himmel war blau, die Trauben glänzten schwarz mit einem staubigen Silberschmelz. Aber die zermürbende Arbeit wurde durch Lieder erleichtert, und es wurde viel gelacht, wenn die Geschichten, die man sich erzählte, immer schrulliger und unglaublicher wurden. Cordelia hatte sich nie so eng mit der Erde verbunden gefühlt wie in jenen wenigen kurzen und hektischen Wochen.

Es dauerte über einen Monat, die Trauben zu lesen und zu keltern und den Most in die Fässer zu füllen, ehe die Ernte vorbei war, und obwohl sie täglich draußen in den Weinbergen war, bekam sie Jock nur gelegentlich von weitem zu sehen, wenn er die Arbeiter beaufsichtigte und ermahnte.

Jock pflegte vor Tagesanbruch aufzustehen und kehrte erst lange nach Sonnenuntergang auf die Farm zurück. Aber er schien niemals müde zu werden; die Aufregungen der Ernte erfüllten jede wache Stunde, während er darauf wartete, dass der Most in den ausgescheuerten dunklen Fässern zu gären begann. Nach der Lese des ersten Tages dauerte es mindestens vierundzwanzig Stunden, bis die Gärung einsetzte, aber am zweiten Tag standen sie dann in den kühlen Weinkellern und atmeten den wunderbaren, sauren Duft des neuen Weins ein.

»Das ist ein Wunder, Cordy. Ein verdammtes Wunder«, flüsterte er.

Sie fühlte, wie sich sein Arm um ihre Taille schob, und lehnte sich an ihn. Auch sie empfand es als Wunder, und der Anblick der schwitzenden rotgesichtigen Männer, die an den Keltern über den Fässern arbeiteten, war etwas, was sie für alle Zeit bewahren würde wie einen Schatz. Die Gärung hatte begonnen. Der Saft der ausgepressten Trauben brodelte, zischte und blubberte wie schwarzer Porridge, und die Traubenschalen, die in einer dicken Schicht obenauf schwammen, wogten unaufhörlich auf den Gasblasen, die dort aufstiegen. Es sah aus, als sei das alles lebendig.

»Das Geheimnis besteht natürlich darin, dass man wissen muss, wann man den Wein in die Fässer abfüllt. Beim Sauternes müssen wir den Zuckergehalt bewahren; also muss die Gärperiode kurz sein. Bei den trockenen Roten muss sie sehr viel länger dauern.« Jock hatte anscheinend vergessen, dass Cordelia schon von Geburt an vom Duft des neuen Weins umgeben gewesen war und über den Gärungs- und Abfüllungsprozess genauso viel wusste wie er, aber sie ließ ihn erzählen. Bei solchen Gelegenheiten liebte sie ihn am meisten, denn wenn die Lese vorbei und die Gärbottiche voll waren, war er wieder jung und beinahe sorglos.

Sie schaute zu ihm auf. Die Sonne hatte seine Haut zu einem tiefen Mahagoniton gebrannt, der die Farbe seiner Augen betonte, und blonde Strähnen in sein Haar gebleicht. Er sah sehr gut aus, und sie verspürte das Aufwallen der Leidenschaft, die er immer in ihr weckte. »Wird es ein guter Jahrgang?«

Er nickte und drückte sie an sich. »Es wird ein ausgezeichneter Jahrgang, Cordy. Du und Jacaranda Wines, ihr habt mir Glück gebracht.«

Cordelia seufzte im Dunkeln. Das war das beste Jahr ihrer Ehe gewesen, aber es war auch das letzte Mal gewesen, dass sie wirklich glücklich gewesen war. Sie hatte sich an die Erinnerung an die ersten fünf Jahre geklammert und gehofft, dass sie ihr über die schlechten Zeiten hinweghelfen würden, die dann kamen, aber das Wissen, dass Jock im Laufe der folgenden Jahre immer wieder Affären mit anderen Frauen gehabt hatte, warf doch einen tiefen Schatten auf diese kurze Episode des Glücks.

Dass sie von der Untreue ihres Mannes nichts gewusst, dass sie nichts geahnt hatte, war nicht weiter überraschend. Liebe machte wirklich blind, und obwohl ihr im Rückblick klar war, wie töricht es gewesen war, ihm zu vertrauen, musste sie doch zugeben, dass ihre Blindheit vielleicht auch damit zu tun gehabt hatte, dass sie die Wahrheit nicht sehen wollte.

Ihr Leben war mit den Reben verwoben und wurde beherrscht von den Elementen. Cordelia selbst fuhr nur selten nach Adelaide, aber Jock ließ sie und die Zwillinge oft allein auf dem Gut zurück und fuhr in die Stadt, um dort die Ernte zu verkaufen und Kontakte mit den Weinhändlern zu pflegen.

Er hatte ihr ausführlich erklärt, dass sie im Keller Platz für den neuen Jahrgang schaffen mussten; der Wein, den er an Hotels und Gentlemen's Clubs sowie an diverse Bekannte verkaufte, die sich als Weinkenner betrachteten, werde das Geld zur Unterhaltung des Gutes und für die Bezahlung der Mitarbeiter einbringen. Einen Teil ihres fünf Jahre alten Weins hatte er sogar nach London geschickt; in der Hoffnung, Jacaranda damit als eines der führenden Weingüter der Welt etablieren zu können. Es waren aufregende Zeiten gewesen, diese ersten Jahre, und sie war im Kielwasser seiner Begeisterung mitgeschwommen.

Bei einem von Cordelias seltenen Besuchen in der Stadt war die Ehe zerbrochen. Von diesem Tag an hatten sie nur noch den Wein und die Kinder gemeinsam. Sie war mit ihm gefahren, um den sechsten guten Jahrgang zu feiern, und sie hatte sich darauf gefreut, ein paar der schönen Kleider zu tragen, die sie sich für diesen speziellen Anlass hatte anfertigen lassen. Seit dem Weltkrieg hatte die Mode sich geändert, und die Kleider, die sie für die Reise eingepackt hatte, waren mit üppigen Volants gesäumt, die knapp über dem Knie tanzten. Sie waren ziemlich gewagt, aber Jock hatte ihr versichert, dass sie damit auf der Höhe der Mode sein würde, und obgleich sie bezweifelte, dass ein Mann, der so sehr mit seinem Weingut beschäftigt war, dergleichen bemerken würde, hatte sie ihm glauben müssen.

»Aber versprich mir, dass du dir das Haar nicht abschneiden lässt, Cordy«, hatte er geflüstert, bevor er ihren Hals küsste, während sie bei den Reisevorbereitungen war. »Ich habe es zu gern, wenn du es offen trägst. Dieser neue Pagenschnitt ist ganz nett, aber mir ist er zu maskulin.«

Der Ball im Hause des Gouverneurs war eine großartige Veranstaltung gewesen. Ehrfurchtsvoll hatte Cordelia die kristallenen Kronleuchter gesehen, die unter der prunkvoll verzierten Decke hingen, und die Juwelen der reich gekleideten Damen. Aber Jock hatte Recht gehabt. Ihr Kleid war perfekt, auch wenn ihr Haar bis auf die Hüften reichte.

Sie war fremd unter all diesen Leuten, doch Jock schien viele von ihnen gut zu kennen. Bevor er sie vorstellte, hatte er ihr schon erzählt, dass dieser Mann dort seinen Wein kaufe und jener Mitglied in der Australian Wine Commission sei und dass der da hinten mit seiner Gattin zur gesellschaftlichen Elite gehöre und seine Vorliebe für den Jacaranda-Wein bekannt habe. Sie hatte gelächelt und höflich Konversation betrieben, und sie hatte sogar gelernt, zur Musik der Kapelle, die der Gouverneur so umsichtig bestellt hatte, den neumodischen Charleston zu tanzen, aber bald war sie erhitzt und außer Atem, und sie entschuldigte sich und suchte nach Jock.

Er tanzte schwungvoll mit einer lebhaften, dunkelhaarigen Frau, die mit einer Direktheit zu ihm aufschaute, die nur aus einer seit langem bestehenden Vertraulichkeit erwachsen konnte. Cordelia sah ihnen ein Weilchen zu, und das Glück dieses Abends zerbrach unter dem plötzlichen Wissen, dass Jock und diese Frau mehr als Freunde waren.

Ihr war schlecht. Sie nahm ein Glas Limonade von dem umherwandernden Kellner und trat damit hinaus auf den Balkon. Sie brauchte frische Luft und Zeit zum Nachdenken; sie musste das, was sie da gesehen hatte, in eine Perspektive rücken. Jock war ein gut aussehender Mann. Immer flirteten Frauen mit ihm. Das hieß nicht, dass es weitergehen wird, dachte sie trotzig, sich vor der inneren Stimme verschließend, die ihr warnend einreden wollte, dass es doch so sei.

Nach der Hitze des Ballsaals war die Abendluft angenehm kühl. Der Wind kam vom Meer herauf; er brachte würzigen Salzgeschmack mit und spielte in den Haaren, die feucht an Cordelias Hals klebten. Sie ließ sich auf eine der Steinbänke sinken, die versteckt in einer Laube standen, und schloss die Augen. Die Brise kühlte ihren Hals und ihre Schultern wie eine Liebkosung, aber nichts konnte den Schock ihrer Entdeckung dämpfen oder den Schmerz stillen, der sich tief in ihrem Innern ausbreitete.

Das leichte Klappern von Absätzen auf der Terrasse untermalte das Rascheln von Perlen auf Seide, und sie hörte eine Stimme mit vornehmem englischem Akzent.

»Meine Liebe, er ist das Tagesgespräch von Adelaide.« Es war eine verschwörerische Mitteilung, ausgesprochen mit einem gewissen Maß an genüsslicher Bosheit. »Aber diesmal spielt er mit dem Feuer. Ich verstehe nicht, wie er es wagen konnte, seine Frau mit herzubringen, wo er doch wusste, dass Leanora hier sein würde.«

Cordelia hörte nicht richtig zu. Sie hasste Klatsch, und sie wünschte, diese Leute würden fortgehen, damit sie Zeit für sich hätte, um über Jock nachzudenken. Aber die Frauen hatten sich auf der Treppe zum Garten niedergelassen und schienen nicht wieder gehen zu wollen. Sie hatten sie im Dunkeln noch nicht gesehen, und Cordelia hatte keine Lust, sich beim Lauschen ertappen zu lassen. Eben wollte sie ihre Anwesenheit kundtun, indem sie aufstand und davonging, als die Stimmen sie erstarren ließen.

»Cordelia tut mir leid«, sagte nämlich die zweite englische Stimme. »Die Arme.«

»Unsinn! Bei einem so gut aussehenden Mann wie Jock muss man damit rechnen, dass er herumstreunt. Leanora ist gewiss nicht die Erste, und ich bezweifle sehr, dass sie die Letzte sein wird.«

Cordelia saß kerzengerade auf ihrer Bank. Ihr Puls raste, und sie presste die Hand vor den Mund, um einen Aufschrei zu unterdrücken. Sie musste fort, musste entkommen, bevor sie noch mehr hörte. Aber irgendetwas hielt sie fest in dieser nach Rosen duftenden Laube, und es hatte wenig mit der Angst vor dem Ertapptwerden zu tun. Sie war gebannt von dem Bedürfnis, zu erfahren, wie lange die Affäre ihres Mannes mit der mysteriösen Leanora schon im Gange war.

»Diese kolonialen Frauen haben andere Maßstäbe als wir, meine Liebe. Sie schlägt wahrscheinlich mit irgendeinem flotten Winzer oben im Barossa Valley über die Stränge. Das macht das weite Land und das Leben im Freien, weißt du. Ich habe gehört, dass man davon Geschmack an der Natur bekommt. Man braucht sich ja nur all das viele Haar anzusehen, um zu wissen, dass sie ziemlich wild ist.«

Man hörte ein unterdrücktes Kichern, und Cordelia wäre am liebsten hinausgelaufen, um den beiden dummen Puten ein paar Kopfnüsse zu verpassen. Sie merkte, dass sie zornig wurde; das Blut stieg ihr ins Gesicht, aber sie blieb sitzen. Sie würde diesen beiden albernen, ahnungslosen Frauen nicht das Vergnügen bereiten, hier die Beherrschung zu verlieren. Sie würde abwarten – mochten ihre Klatschgeschichten noch so niederschmetternd sein und mochte das Bedürfnis, dieser Bitterkeit und dem Schmerz in ihrem Herzen Luft zu machen, noch so groß sein.

»Wohlgemerkt, ich hätte nichts dagegen, Jock Witney ein bisschen näher zu kommen. Es heißt, eines Tages wird er steinreich sein, und zusammen mit seinem guten Aussehen kann es kein so schlechtes Geschäft werden.«

»Schön und gut, meine Liebe. Aber wie ich höre, bringt er sein Vermögen nur deshalb zusammen, weil er es geschafft hat, das Weingut seiner Frau zur Hälfte in seinen Besitz zu bringen. Manche sagen sogar, er hat sie überhaupt nur wegen ihres Erbes geheiratet. Er war nahezu pleite, als er aus dem Krieg kam, weißt du, und auch wenn er mit Bundoran ganz gut zurechtgekommen ist, der Boden ist dort doch nicht halb so gut wie auf Jacaranda.

Er mag ein hübscher Halunke sein, aber trauen würde ich ihm nicht. Er ist zu ehrgeizig, zu fordernd.«

Die beiden Frauen schwatzten noch ein Weilchen weiter und spazierten dann zurück zum Ballsaal. Cordelia war es plötzlich kalt; sie war fast festgefroren an die schmale Steinbank, während ihr langsam die volle Bedeutung der Tratschgeschichten aufging, die sich die beiden Frauen da erzählt hatten. Jock hatte Jacaranda Wines gerettet. Wenn er nicht gewesen wäre, wäre das Weingut untergegangen und würde jetzt nicht mehr existieren. Aber das konnte er doch nicht geplant haben? Er konnte sie doch nicht nur deshalb geheiratet haben? Oder doch?

Cordelia drehte sich in ihrer Koje im Wohnmobil auf die Seite und vergrub das Gesicht im Kopfkissen, als sie sich an den schrecklichen Abend und die darauf folgende Szene erinnerte.

Jock hatte seine Jacke abgestreift und war ins Schlafzimmer der Hotelsuite gekommen. »Es ist alles prächtig gelaufen, Cordy. Die Wine Commission wird unsere ersten beiden Jahrgänge prüfen, und wenn alles gut geht, bekommen wir unser erstes Gütesiegel.« Er lächelte sie an. »Du hast deine Sache prima gemacht. Es ist schön, dich zur Abwechslung mal schick angezogen zu sehen. Wir sollten so was öfter tun.«

Cordelia konnte ihren Zorn kaum noch zügeln. Die verfluchte Wine Commission war ihr völlig gleichgültig. »Wer ist Leanora?«, fragte sie unverblümt.

Jock schien diese Frage nicht zu beunruhigen, aber Cordelia bemerkte doch, dass er ihr nicht in die Augen schaute, als er sie beantwortete. »Die Witwe eines Freundes.«

»Käme es der Wahrheit nicht näher, wenn du sagen würdest: ›Meine Geliebte‹?« So – jetzt war es ausgesprochen und konnte nicht mehr zurückgenommen werden. Sie schaute ihm hoffnungsvoll ins Gesicht, drängte ihn im Geiste, es zu leugnen, ihr zu beweisen, dass der Klatsch, den sie gehört hatte, nicht der Wahrheit entsprach.

»Und wenn?«, fragte er unbekümmert, während er sich den Kragen aufknöpfte und aus dem Hemd schlüpfte. »Leanora ist eine sehr reiche Frau, und durch ihren verstorbenen Ehemann verfügt sie über entscheidende Kontakte zur Weinindustrie. Sie wird uns helfen, ein Vermögen zu machen, Cordelia. Mach also nicht die Pferde scheu, indem du jetzt prüde wirst.«

Cordelia musste sich setzen. Seine Unverschämtheit war atemberaubend. »Du bestreitest es also gar nicht?« Sie schnappte nach Luft.

»Warum sollte ich es bestreiten, Cordelia? Wäre es dir lieber, wenn ich dich belügen würde?«

Sie schüttelte den Kopf. »Natürlich nicht. Aber du wirkst so ... so kalt und sachlich dabei. Ich dachte, du liebst mich?« Sie schaute zu ihm auf, und ihre Augen flehten ihn an, es ihr zu bestätigen, aber was sie sah, ließ sie frösteln. Da war nichts Sanftes in seinem Lächeln, und er versuchte nicht, ihr die Hand entgegenzustrecken und sie zu trösten.

»Natürlich liebe ich dich, Cordelia«, sagte er müde und zog sich aus, um zu Bett zu gehen. »Du bist meine Frau. Aber ein Mann hat Bedürfnisse, und ich sehe keinen Grund, weshalb sich daran etwas ändern sollte, bloß weil ich verheiratet bin. Ich bin immer diskret gewesen, denn ich habe dir nicht wehtun wollen. Wieso kannst du nicht zufrieden sein mit dem, was du hast?«

Die Tränen strömten ihr übers Gesicht. Wer war dieser kaltherzige Fremde? Doch nicht der Ehemann, der erst am Abend zuvor mit ihr geschlafen hatte? »Leanora ist nicht deine Erste, nicht wahr?«

»Nein«, sagte er, »und ich bezweifle, dass sie die Letzte sein wird. Und jetzt komm ins Bett. Ich bin müde, und ich brauche meinen Schlaf vor der Sitzung des Winzerverbands morgen früh.«

Cordelia sprang auf. Die Wut brach mit solcher Wucht aus ihr hervor, dass sie ihr Zittern kaum unter Kontrolle brachte.

»Geh zum Teufel!«, schrie sie ihn an. »Nach all dem werde ich nicht zu dir in dieses Bett steigen!«

Er war dabei, die Decke zurückzuschlagen, aber jetzt hielt er inne. »Das Hotel ist voll, Cordelia«, sagte er selbstzufrieden. »Du kannst nirgendwo anders schlafen.«

Sie fing an, Kleider in einen Koffer zu werfen. »O doch«, keuchte sie. »Ich fahre zurück nach Jacaranda, und du wirst einen Brief von meinem Rechtsanwalt bekommen. Ich verlasse dich, Jock, und meine Söhne und mein Weingut nehme ich mit.«

Er fuhr herum, und ehe sie mit der Wimper zucken konnte, hatte er das Zimmer durchquert. Seine Hand umschloss ihren Hals, und sein Gesicht starrte auf sie herab. »Drohe mir nie wieder, Cordelia. Du bist meine Frau.«

»Nein, das bin ich nicht«, keuchte sie, und ihre Finger krallten sich in seine Hand. »Ich war für dich ein Mittel zum Zweck. Du wolltest Jacaranda, nicht mich.«

Der Druck seiner Hand an ihrem Hals verstärkte sich für einen Augenblick; dann ließ er sie los. »Verlässt du mich, werde ich dafür sorgen, dass du Jacaranda nicht behalten kannst. Nimmst du mir meine Söhne, werde ich dich und deine kostbare Familie vernichten. Von jetzt an, Cordelia, tust du, was ich sage.«

Sie schluckte, und ihre Hände gingen flatternd zu ihrer Kehle, als sie sich an jene Nacht erinnerte. Noch immer spürte sie den unheimlichen Druck seiner Finger an ihrem Hals, noch immer sah sie die Wut in seinen Augen, und sie hörte die eiskalte Entschlossenheit in seinem Ton. Sie hatte ihn in jener Nacht nicht verlassen, denn sie hatte nicht riskieren wollen, die Jungen oder das Gut zu verlieren. Aber damals war ein Funke der Entschlossenheit in ihr entfacht worden, und mit einer Waghalsigkeit, die sie beide schockierte, hatte sie sich im Bad eingeschlossen und dreißig Zentimeter von ihren Haaren abgeschnitten.

Nach dieser katastrophalen Reise nach Adelaide hatten sie

viele Monate lang nicht miteinander gesprochen und dann zu einer Art Kompromiss gefunden – zu einem Waffenstillstand. Aber mit der Zeit, als die Jahre vergingen und der Katalog seiner Frauen stetig umfangreicher wurde, gab Jock jeden Anschein von Diskretion auf, und Cordelia lernte, sie alle als unwichtig zu betrachten – so sehr es auch schmerzte, so sehr es sie demütigte. Ihr blieb keine andere Wahl – oder sie riskierte, Jacaranda für immer zu verlieren.

Cordelia seufzte und versuchte einzuschlafen. Es ist nicht alles nach Jocks Willen gegangen, dachte sie. Ich hatte auch meine Geheimnisse; vielleicht hat er es geahnt, aber entdeckt hatte er sie nie. Als schließlich der Tag der Vergeltung gekommen war, habe ich mich genussvoll zurückgelehnt und zugesehen, wie er sich zum Narren machte.

ELF

Es ist sehr schön hier, Gran«, sagte Sophie, als sie es sich nach dem Frühstück mit einer Tasse Kaffee bequem machten. »Ich habe mir die Karte angesehen. Du hast mir nicht gesagt, dass wir den Nordrand von Hunter erreicht haben.« Sehnsuchtsvoll spähte sie über die wellige Ebene des Talbodens. »Dort muss irgendwo Coolabah Crossing sein. Jay hat immer davon gesprochen – jetzt verstehe ich, warum.«

»Du hast ihn sehr geliebt, nicht wahr?« Cordelia machte ein argloses Gesicht, aber Sophie hatte bemerkt, wie wachsam ihre Großmutter geworden war, und sie spürte, dass in diesem raffinierten Kopf etwas vorging.

»Ich nehme es an«, antwortete sie vorsichtig. »Aber wir waren beide so jung. Was wussten wir schon?«

»Wahrscheinlich mehr, als euch klar war«, vermutete Cordelia.

Sophie stellte ihre Kaffeetasse auf den Tisch und setzte ein ausdrucksloses Gesicht auf, um den Ansturm der Gefühle zu verbergen, den Cordelias Frage in ihr geweckt hatte. »Was willst du damit sagen, Gran?«

Cordelia zuckte die Achseln. »Nichts, nichts«, antwortete sie obenhin. »Ich habe mich nur gefragt, ob du noch einmal von ihm gehört hast, nachdem ihr beide das College verlassen hattet. Sonst nichts.«

Sophie fragte sich, wohin dieses Gespräch führen sollte. »Nein, das weißt du doch, Gran. Deshalb haben wir uns ja getrennt. Und dann hat Großvater seine Strippen gezogen, und ab ging's mit mir – nach London und zur Uni.« Sie schaute weg, aber als sie in die Sonne blickte, fingen ihre Augen an zu tränen, und der Horizont verschwamm. »Ich habe mich immer gefragt, was er gegen Jay hatte.«

»Dafür hatte er seine Gründe – wie für alles«, sagte Cordelia rätselhaft. »Aber ich fand, dass ihr beide gut zusammenpasstet, du und Jay. Ihr hattet so viel gemeinsam; immerhin waren beide Familien im Weinbau tätig, und ich war ziemlich enttäuscht, als du aus Trotz Crispin geheiratet hast.«

»Das war kein Trotz«, stammelte Sophie. »Ich habe Crispin angebetet. Er hatte alles, was ich mir von einem Mann erträumt hatte. Er war unabhängig und vermögend, gut aussehend, charmant, aus einer guten Familie.«

Cordelias Blick sprach Bände, und Sophie wurde rot. »Okay, Gran. Ich habe einen Fehler gemacht und mir jemanden ausgesucht, der die Hose nicht anbehalten konnte. Aber über Jay war ich lange hinweg, als ich Cris kennen gelernt habe.«

»Das ist die Frage«, murmelte die alte Dame.

Cordelia lehnte es ab, sich beim Aufstehen helfen zu lassen, und sie humpelte den Kiesweg hinunter zu den Waschräumen. Mit ihren Gedanken allein, fragte Sophie sich, was Jay wohl jetzt tat und ob er in Coolabah Crossing geblieben war. Er konnte verheiratet sein und einen ganzen Stall voll Kinder haben. Im Laufe der Jahre hatte sie den Aufstieg von Coolabah Wines verfolgt, aber weder in den Unternehmensnachrichten noch in den Klatschspalten war er jemals erwähnt worden, und sie hatte sich immer neugierig gefragt, ob er seinen Ehrgeiz verwirklicht und das Weingut der Familie übernommen hatte.

Sie seufzte. Auf dem College waren sie Seelenverwandte gewesen, zwei Hälften eines Ganzen, und sie hatten so viel gemeinsam gehabt, dass sie scheinbar füreinander bestimmt gewesen waren. Als sie jetzt in der Sonne des frühen Morgens saß, hatte sie klar vor Augen, wie Jay damals ausgesehen hatte. Dunkles Haar und dunkle Augen – das genaue Gegenteil von Crispins kühler englischer Erscheinung, und auch wenn Jay kleiner als dieser gewesen war, hatte sie zu ihm aufschauen müssen. Jays Teint war von der Sonne gebräunt, und seine Hände waren rau von der Arbeit in den Terrassen während der College-Ferien gewesen, und wenn er vergessen hatte, sich zu rasieren, hatten die dunklen Stoppeln an seinem Kinn ihm ein gefährliches, aufregendes Aussehen verliehen.

Sie lächelte betrübt, als sie sich erinnerte, wie sie sich nach dem Unterricht getroffen hatten und wie sie sich an seinen breiten Rücken gepresst hatte, wenn sie mit seinem Motorrad zum Lido am Fluss hinuntergedonnert waren. Die Abende verbrachten sie mit Gesprächen, und an den Wochenenden unternahmen sie Expeditionen in den Busch, wo er ihr beibrachte, im Freien zu kochen und die Koalas auf den Bäumen zu entdecken. Und in einem denkwürdigen Sommer waren sie zur Lindeman Island am Barrier Reef hinaufgeflogen, und dort hatten sie wie Schiffbrüchige gelebt und ihre Initialen in die raue Rinde einer Palme geschnitzt und sich versprochen, einander in Ewigkeit zu lieben. »Wir waren Kids«, murmelte sie. »Natürlich hat sich alles zwischen uns verändert.«

In den ersten paar Monaten nach dem Examen hatten sie viele Briefe gewechselt, und dann, plötzlich und unerklärlich, war Schluss gewesen – nicht einmal ein Telefonanruf war gekommen. Sie hatte ihm noch zweimal geschrieben, sie hatte angerufen und Nachrichten hinterlassen, die nicht beantwortet wurden, und schließlich hatte sie sich mit der Tatsache abgefunden, dass er sie nicht mehr liebte und nichts mehr mit ihr zu tun haben wollte. Sein Bruder hatte sie am Telefon kühl abgefertigt; er hatte ihr in brüskem Ton mitgeteilt, dass Jay nach Frankreich gefahren sei, um dort ein Jahr auf einem Weingut zu arbeiten. Sie erinnerte sich noch gut, wie sehr sein Schweigen sie gekränkt hatte, wie ratlos sie angesichts seiner unerwarteten Zurückweisung gewesen war. Aber ihr Stolz hatte ihr nicht erlaubt, um eine Erklärung zu betteln.

Sie starrte in das Tal, und der vertraute Schmerz kehrte noch nach all den Jahren zurück und gemahnte sie an die überwältigende erste Liebe, die sie damals verloren hatte. Wo bist du, Jay? Bist du glücklich? Denkst du manchmal an mich?

»Du wirst sentimental«, brummte sie erbost, während sie den Frühstückstisch abräumte und die Sachen verstaute. »Zu viele schlaflose Nächte und zu viel Zeit am Steuer. Reiß dich zusammen, Sophie.«

»Führst du Selbstgespräche? Ich dachte, ich bin die Einzige, die das tut.«

Sophie drehte sich um und lächelte. »Ich habe nur laut gedacht. Bist du abfahrbereit, Gran? Ich würde gern ankommen, bevor die Sonne zu hoch steht.«

Cordelia machte es sich auf dem Campingstuhl unter dem Sonnensegel bequem. »Ich würde dir gern noch den Rest von Rose' Geschichte erzählen, bevor wir unser Ziel erreichen.« Sie hob die Hand, um Sophies Einwände zurückzuweisen. »Ich weiß, dass es dir lieber ist, wenn wir fahren, solange es noch nicht zu heiß ist, aber es dauert nicht lange. Außerdem«, fügte sie lächelnd hinzu, »wird es dir ein bisschen erklären, was du am Ende unserer Reise findest.«

Sophie runzelte die Stirn. »Du sprichst schon wieder in Rätseln, Gran.«

»Dann sollte ich vielleicht besser die Geschichte weitererzählen, damit klar wird, was ich meine.«

Die »Hawk« fuhr am 22. Dezember 1839 in die Botany Bay ein. Drei lange Monate hatte sie gebraucht, um die Strecke zwischen den Londoner Docks und New South Wales zu bewältigen, aber Rose bedauerte es fast, dass die Reise jetzt zu Ende sein sollte.

Als sie jetzt auf den Decksplanken stand und sich über die Reling lehnte, sah sie zum ersten Mal dieses neue Land, das ihr Zuhause sein sollte – ihre Zukunft.

Der heiße Wind zerrte an ihrer neuen Haube und dem Kleid, das Lady Fitzallen ihr gekauft hatte; die Sonne wärmte ihr das Gesicht und ließ sie blinzeln, aber der Anblick der primitiven Gebäude, die sich um die kleine Mole drängten, und des langen honigfarbenen Sandstrandes, an dem sich juwelenglitzernde Wellen brachen, ließen ihren Pulsschlag rasen. Die Schönheit der bewaldeten Hänge, so grün vor dem lodernden Rot der Erde und dem Blau von Meer und Himmel, war wie aus einem Bilderbuch. So strahlend, so sauber – beinahe unwirklich.

Während sie ehrfurchtsvoll dastand, roch sie schon die vertrauteren Gerüche, die sie an England erinnerten, denn in die exotischen Düfte bunter Blüten und fremdartig aussehender Bäume mischte sich der warme Dunst von Pferdeäpfeln, Rinderfutter und Heu, der im heißen Wind auf das Meer hinauswehte.

Die »Hawk« ging vor Anker; Spanten knarrten, die Segel klatschten gegen die Masten, und Rose lauschte den Rufen der Seeleute, die mit affenartiger Behändigkeit in die Wanten kletterten und das Schiff für einen längeren Aufenthalt im Hafen bereitmachten. Sie wusste, dass mehrere der Offiziere an Bord ihre Familien mitgebracht hatten und dass einige, genau wie sie selbst, die lange Reise unternommen hatten, um in dieser neuen Welt ein neues Leben zu beginnen.

Die Witwe, Lady Fitzallen, war eine angenehme Arbeitgeberin, verglichen mit Lady Amelia, aber auch wenn die lange Reise eine gewisse Vertraulichkeit zwischen ihnen gestiftet hatte, gab es keine Garantie dafür, dass sie Rose' Dienste weiterhin brauchen würde, wenn sie erst gelandet wären. Wenn nicht – was sollte dann aus ihr werden? Rose schob die düsteren Gedanken beiseite. Es gab kein Zurück und kein Bedauern – trotz ihres Heimwehs und der Angst vor dem Unbekannten.

»Rose. Ich habe dich überall gesucht.«

Sie drehte sich um, als sie die vertraute Stimme hörte. Lady Muriel Fitzallen war klein und dick, und sie schien über das Deck zu schweben wie ein Clipper unter vollen Segeln. Die grauen Röcke blähten sich über breiten Hüften unter dem straff geschnürten Mieder. Ihr breitkrempiger Hut war von Federn bedeckt und mit schwarzer Spitze unter dem Doppelkinn festgezurrt. Ihr rundes Gesicht blickte heute besonders verdrossen drein.

Rose machte einen Knicks. »Ich habe zugeschaut, wie sie in den Hafen gesegelt sind, Ma'am. Ist es nicht gar zu hübsch?«

Lady Fitzallens gerunzelte Stirn glättete sich, und sie lächelte. »Hübsch ist, was sich hübsch benimmt«, erklärte sie verwirrenderweise. »Wir werden sehen, was los ist, wenn wir an Land kommen.« Sie schaute über den Hafen hinaus, gönnte ihm ein beifälliges Kopfnicken und wandte sich dann wieder Rose zu. »Mir scheint, ich habe meinen Fächer verlegt, meine Liebe. Geh doch und hole ihn – sei ein gutes Kind.«

Rose machte noch einen Knicks und lief eilig in ihre Kajüte. Lady Fitzallen verlor dauernd irgendetwas, aber Rose hatte nichts dagegen, die Sachen dann zu suchen, denn sie hatte die alte Dame gern; sie hatte eine gewisse Ähnlichkeit mit der Köchin im Herrenhaus – die gleiche Gestalt, die gleiche Lebensauffassung. Wie bei der Köchin waren auch die Wutanfälle der Lady bald verraucht, und hinter dem ziemlich herrschsüchtigen Äußeren verbarg sich eine geschäftige, tatkräftige Seele, die ohne Rücksicht auf Gesellschaft oder Situation auszusprechen pflegte, was sie dachte, und nie war sie wissentlich herzlos.

In der dunkel getäfelten Kajüte war es ungewöhnlich aufgeräumt, denn Rose hatte schon am Abend zuvor die Koffer gepackt, sodass nur noch ein paar Dinge, die in letzter Minute gebraucht wurden, in einen Handkoffer gestopft werden mussten. Bald hatte sie den Fächer gefunden; er war nur hinter einen Stuhl gefallen, und nachdem Rose die letzten Dinge verpackt hatte, kehrte sie an die Reling zurück.

Die Witwe fächerte ihrem roten Gesicht Kühlung zu und betupfte sich die Stirn mit einem Taschentuch. »Mein Sohn hat mich vor der Hitze gewarnt, aber dies muss doch ungewöhnlich sein, oder? Wer könnte denn bei solchen Temperaturen überleben?«

Rose, die in ihrem dicken Wollkleid heftig schwitzte, wusste darauf keine Antwort. Am liebsten hätte sie Röcke und Unterhosen, die ihre Arbeitgeberin ihr gegeben hatte, abgestreift und sich ins Wasser gestürzt. Es sah so kühl aus, so einladend.

»Komm jetzt. Es wird Zeit, dass ich an Land gehe.«

Rose folgte den wehenden Röcken der rundlichen Gestalt über das Deck zu der wackligen Holzleiter, die an der Schiffswand hinunter zu einem kleinen Boot führte, das dort unten dümpelte.

Nach einer langen Diskussion, in deren Verlauf Lady Fitzallen sich unerbittlich zeigte, wurde ein spezieller Sessel herbeigeschafft, der an Tauen hinabgelassen werden konnte. Rose schaute besorgt zu, als Lady Fitzallen sich unter großem Trubel und letzten Verfügungen über die Reling hieven ließ.

Die alte Dame saß kerzengerade, die Taue fest mit beiden Händen umfasst. Die Füße waren sittsam gekreuzt. Das runde Gesicht hatte ein wenig von seiner Farbe verloren, aber das Doppelkinn blieb tapfer, und die Nase reckte sich wacker in die Luft, während der Wind die Haube flattern ließ und die Röcke blähte.

Rose musste ein Kichern unterdrücken, als die alte Dame sich in majestätischem Schweigen hinabsenken und behutsam auf die schmale Holzbank im Bug des Ruderbootes setzen ließ. Kein Holzschnitzmeister hätte eine passendere Galionsfigur anfertigen können.

Die weniger bedeutenden Passagiere begaben sich über die Leiter in das Boot. Als es voll war, legten die Matrosen sich in die

Riemen und nahmen Kurs auf das Ufer. Lady Fitzallen winkte wie eine Königin, und wieder musste Rose ein Kichern unterdrücken. Die alte Dame amüsierte sich, und warum auch nicht? Es war ein Abenteuer für sie beide.

Rose wandte sich von der Reling ab und vergewisserte sich, dass alles Gepäck wohlbehalten in die wartenden Boote hinabgelassen wurde, und dann kletterte sie vorsichtig über die Jakobsleiter hinunter in das Dinghi, das für die Dienstboten der Erste-Klasse-Passagiere reserviert war.

Sie umklammerte den Rand des Ruderbootes. Der Wind packte ihre Haube, und sie flog ihr auf den Rücken, gehalten von den Bändern an ihrem Hals. Ihr Haar löste sich und flatterte, dass sie vor lauter Freude am liebsten laut gelacht hätte. Das Knarren der Ruder wurde begleitet vom Ächzen der Matrosen und den lauten Kommandos des Bootsmanns, während die Nussschale sich durch die Wellen pflügte. Möwen schwebten schreiend in der Luft, und salziger Gischt übersprühte sie kühl. Der Bug hob und senkte sich im Auf und Ab der See.

Rose schloss die Augen und hob das Gesicht in die Sonne; sie atmete die Salzluft und den warmen Geruch der heißen Erde, und sie wusste: Was immer die Zukunft für sie bereithalten mochte, in diesem Augenblick der puren Freiheit war sie zufrieden.

Die kurze Reise durch die Bucht war nur zu bald vorbei. Die Leinen wurden zum Anleger hinübergeworfen, aufgefangen und festgemacht. Hände streckten sich herab, um den Passagieren aus dem schwankenden Boot auf schleimige grüne Stufen zu helfen.

Rose stieg zum kopfsteingepflasterten Kai hinauf. Oben blieb sie stehen, um Atem zu schöpfen; sie schwankte und wäre gestolpert, wenn nicht eine kräftige Hand sie beim Ellenbogen gepackt hätte. Lachend schaute sie in ein von der Sonne gerötetes Gesicht mit strahlenden blauen Augen. »Ich fühle mich, als wäre ich noch immer auf dem Schiff«, erklärte sie.

»Sie haben Seemannsbeine«, antwortete er mit einem harten

deutschen Akzent. »Das geht vorbei.« Er nahm seinen staubigen Hut ab und offenbarte einen Haarschopf, so rot wie die Erde. »Otto Fischer, zu Ihren Diensten.«

Rose errötete; sie strich sich das feuchte Haar aus dem Gesicht und machte einen wackligen Knicks. Noch nie hatte ein Gentleman vor ihr den Hut gezogen; es gefiel ihr ziemlich gut, auch wenn es ein Ausländer war.

»Da bist du ja, Rose. Ich dachte schon, du kommst nicht mehr. Die Hitze ist abscheulich. Mein Sohn hat dafür gesorgt, dass wir ein paar Nächte in einem Hotel verbringen können, bevor wir zur Mission weiterfahren.« Muriel Fitzallens Knopfaugen musterten Otto Fischer von Kopf bis Fuß und in seiner ganzen, nicht unbeträchtlichen Breite. »Ich glaube, man hat uns noch nicht miteinander bekannt gemacht«, stellte sie hochfahrend fest.

Er schlug die Hacken zusammen und machte einen Diener. Nachdem er sich vorgestellt hatte, wanderte sein Blick wieder zu Rose. »Ein hübscher Name für eine hübsche Lady«, sagte er ohne eine Spur von unaufrichtiger Schmeichelei. »Ich hoffe, wir können uns einmal treffen, solange Sie in der Stadt sind.«

Rose errötete noch tiefer. Ihre Arbeitgeberin bewahrte sie davor, antworten zu müssen. »Rose ist meine Angestellte, Herr Fischer, und da dies unser erster Tag in dieser gottverlassenen Gegend ist, haben wir noch viel zu tun.« Sie wandte ihm den Rücken zu. »Komm, Rose.«

Rose lächelte dem rothaarigen Riesen zu, bevor sie den Kopf senkte und der geschäftigen Gestalt nacheilte, die eine Schneise durch das heillose Gedränge auf dem Kai bahnte. Sie wusste, dass sie den Mann wahrscheinlich nicht wiedersehen würde, weil sie Botany Bay in zwei Tagen verlassen und ins Landesinnere reisen würden, aber es entging ihr nicht, dass sein Blick ihr durch die Menge folgte, und sie wünschte, sie hätte ein bisschen Zeit, um ihn besser kennen zu lernen.

»Henry, das ist Rose«, sagte Lady Fitzallen zu dem dürren, hoch aufgeschossenen Mann mit dem Seehundsschnurrbart und den traurigen Augen. »Sie ist noch ein bisschen jung, das weiß ich schon, aber sie ist ein braves Mädchen und hat auf der Reise gut für mich gesorgt.«

Mit einer warmen, weichen Hand ergriff er Rose' Finger und beugte sich über sie, aber er sagte nichts, sondern wandte sich gleich wieder seiner Mutter zu. »Ich habe dafür gesorgt, dass das Gepäck geradewegs ins Hotel gebracht wird. Nimm meinen Arm, Mutter. Das Pflaster ist rau, und ich möchte nicht, dass du fällst.«

Rose hob ihre kleine Tasche auf und folgte den beiden. Dieses neue Land hatte wirklich ein paar Eigenschaften, die sie an die Heimat erinnerten, bemerkte sie lächelnd. Pferde standen dösend in der Sonne und schlugen mit den Schwänzen, während ihre Augen von Fliegen umschwärmt wurden. Huren standen an den Straßenecken, so frech wie in den Gassen von London, und magere Hunde stöberten im Abfall. In den Gasthäusern tobte das Leben. Torkelnde Gäste quollen aus den Türen. Die barfüßigen Straßenbengel mochten rötere Gesichter haben, aber wenn sie die rundliche Lady vorbeigehen sahen, erschien der gleiche wissende Glanz in ihren Augen wie bei ihren Brüdern in London.

Damit waren die Vergleiche aber auch schon zu Ende. Anstelle des Londoner Smogs gab es hier einen feinen roten Staub, der ständig über allem zu schweben schien. Juckend drang er einem in den Kragen, er hinterließ Schweißstreifen im Gesicht und setzte sich körnig in die Augenwinkel. Um alles noch schlimmer zu machen, wurde er von vorüberrasenden Kutschen und einem Ochsengespann, das sich mühsam die Steigung hinaufplagte, zu einer erstickenden Wolke aufgewirbelt. Rose wünschte, sie hätte ein Taschentuch, mit dem sie Mund und Nase bedecken könnte, wie Lady Fitzallen es tat.

Sie trottete hinter Henry und seiner Mutter her und nahm

mit flinkem Blick alles auf. Die Geschäfte, rohe Holzschuppen mit schattigen Veranden, stellten ein hektisches Durcheinander von Waren aus. Lebensnotwendige Dinge wie Kochtöpfe und Werkzeug, Herde und Kleidung wurden angeboten, aber auch bunte Papageien in Käfigen, Fransenschals und glänzend lackierte asiatische Truhen inmitten von Töpferwaren, Perlen und den Keulen und Speeren der Einheimischen, die den Blick auf sich lenkten und Roses Fantasie fesselten. Sie betrachtete das alles mit Sehnsucht. Wie viel Spaß es machen würde, sich das alles genauer anzusehen! Wenn Lady Fitzallen doch nur ein bisschen langsamer gehen wollte.

Rose sah, dass die Holzhäuser alle durch kleine weiße Zäune von der Straße abgegrenzt waren, und Veranden boten schattige Ruheplätze und Schutz vor der sengenden Sonne. Die Blumen und Bäume waren anders als alles, was sie bisher gesehen hatte. Der schwere, süße Duft ihrer Blüten überdeckte fast den Gestank von Müll und Mist auf der Straße. Auch die Vögel schienen dem Farbkasten eines Kindes zu entstammen. In all dem leuchtenden Blau, Gelb, Rosa und Weiß des flatternden, schnatternden Vogelvolks fanden sich nur wenige staubig braune Spatzen.

Rose fasste ihre kleine Tasche fester und atmete vor Aufregung tief durch. Alles hier war von einer Energie erfüllt, von einer schäumenden, ungeordneten Lebenslust, die in ihrer Herausforderung beinahe primitiv wirkte. Schon ahnte sie die künftige Großstadt, die die breiten Alleen und ein paar einfache Sandsteingebäude, offenbar vornehme Wohnhäuser, verhießen. Es war die Verheißung, dass dieser Ort eines Tages eine bedeutende Stadt in diesem rohen neuen Land sein würde. Nur Zeit war nötig und die Energie der neuen Siedler, um es geschehen zu lassen, und Rose spürte genau diese Begeisterung.

Etwas Buntes erregte ihre Aufmerksamkeit, und mit großen Augen beobachtete sie eine taumelnde, zerlumpte Gruppe von Frauen, die in Ketten am Kai entlang auf einen großen Holzschuppen zuschlurften. Alle diese Frauen waren gelb gekleidet. Die meisten waren barfuß und von Krusten und Geschwüren bedeckt, und keine von ihnen sah aus, als habe sie in den letzten Monaten eine ordentliche Mahlzeit oder ein Bad genossen. Manche waren kahl geschoren und gingen noch geduckter als der Rest.

»Sträflinge«, brummte Lady Fitzallen und schüttelte missbilligend den Kopf. »Die Behörden kleiden sie in Gelb zum Zeichen der Schande. Sie scheren sie kahl, wenn sie auf der Reise gegen das Gesetz verstoßen haben.« Sie schnalzte mitfühlend. »Die armen Seelen. Die meisten haben nie etwas anderes gesehen als die Elendshütten von London. Sie müssen glauben, dass man sie in die Hölle deportiert hat. Aber vermutlich ist alles besser als der Tod am Galgen.«

Rose war noch betrübter, als sie bemerkte, dass viele von ihnen kleine Kinder bei sich hatten, die sich an die Röcke der Frauen klammerten. »Aber was ist mit den Kindern? Die sind doch sicher nicht auch deportiert worden?«

Henry räusperte sich und sprach über Rose' Kopf hinweg. »Arme Seelen, wahrhaftig, Mutter. Aber du darfst nicht vergessen, weshalb man sie herschickt. Verbrecherinnen sind es, alle miteinander.« Er wischte sich mit einem weißen Taschentuch über die Stirn, und das Leinen war rot verschmiert. »Und was die Kinder angeht« – er zuckte die Achseln –, »manche sind auf Grund eines Gerichtsurteils hier, aber für viele hätte es ein Leben als Bettler in den Straßen von London bedeutet, Prostitution, Hunger und schließlich den Tod, wenn ihre Mütter sie zurückgelassen hätten. Hier werden sie eine Ausbildung bekommen, einen Beruf. Dies ist ein gutes Land für alle, die bereit sind, die Ärmel aufzukrempeln. Im Landesinneren gibt es saubere Luft und genug Platz für jeden, der eigenes Land bestellen und zu Wohlstand gelangen will.«

Rose starrte ihn an. Das war eine lange Rede für jemanden, der offenkundig wortkarg war, aber seine Erklärung verriet, dass er dieses neue Land leidenschaftlich liebte und zutiefst davon überzeugt war, dass hier nur Gutes entstehen konnte.

»Was geschieht denn mit den Frauen?«, fragte sie leise. »Bringt man sie ins Gefängnis?«

Er schüttelte den Kopf, und seine haselnussbraunen Augen schauten sie nachdenklich an. »Sie sind eben von Bord der ›Posthumous‹ gekommen. Man wird ihnen Arbeit geben, auf den Farmen der Siedler, auf Schaffarmen oder in anderen Betrieben. Die Behörden sperren Frauen nicht gern ein; sie bringen zu viel Unruhe ins Gefängnis, und man muss Extrabaracken bauen, um sie von den Männern getrennt zu halten.«

»Was soll denn das für eine Arbeit sein?«, fragte Lady Fitzallen streitsüchtig. »Ich würde bestimmt keinen Sträfling als Zofe einstellen. Ich könnte ihr ja nie vertrauen.«

Henry lächelte, und in seinen Augen funkelte Humor; plötzlich sah er viel jünger und unbekümmerter aus. »Das sagen alle Neuankömmlinge, aber sie überlegen es sich bald anders, Mutter. Sträflingsarbeit ist billig, und es gibt kein Haus, kein Unternehmen, in dem nicht mindestens ein Sträfling arbeitet. Die meisten arbeiten auf Bewährung; es sind Männer und Frauen, die den größten Teil ihrer Strafe verbüßt haben und arbeiten dürfen, um sich auf die Zeit danach vorzubereiten. So haben sie Gelegenheit, sich etwas für die Zukunft aufzubauen. Nur sehr wenige kehren nach England zurück.«

»Sind sie denn nicht gefährlich?« Rose überschattete ihre Augen und schaute einer langen Reihe von Männern nach, die die Straße entlangschlurften, die Füße in Ketten, die Köpfe gesenkt. Sie sahen so jämmerlich aus, dass sie schon wusste, was die Antwort auf ihre Frage war.

»Die, von denen ich eben gesprochen habe, nicht«, flüsterte er. »Aber diese Männer da, das sind abgebrühte Verbrecher. Das sind Kettensträflinge, und sie gehen in die Steinbrüche in den Bergen. Die kommen nie wieder frei.«

Rose sah ihnen nach. Graue Sträflingsanzüge kennzeichneten sie, und mit ihrer Haltung wirkten sie irgendwie erniedrigt, als betrachteten sie sich selbst nicht mehr als Menschen.

Offenbar hatte Henry ihre Bestürzung bemerkt, denn er seufzte. »Für den Jungen, der ein Brot gestohlen hat, und für den Mörder, der seine Tat nicht bereut, gelten dieselben Regeln. Verstoßen sie dagegen, so wissen sie, dass sie ein paar Peitschenhiebe und eine Verlängerung ihrer Haftzeit bekommen. Im schlimmsten Fall schickt man sie nach Port Arthur oder auf die Sträflingsinseln Maria und Sarah.« Er schüttelte den Kopf. »Das will keiner, denn dort, so heißt es, ist die Hölle auf Erden. Aber denjenigen, die ihre Strafzeit mit guter Führung absolvieren, steht dieses Land offen, und sie können sich und ihren Familien ein gutes Leben erarbeiten. Es gibt viele ehemalige Sträflinge in den Kolonien, die heute ein ehrliches Leben führen, und diese Männer und Frauen haben den Mut und den Kampfgeist, unser neues Land in die Zukunft zu führen.«

Lady Fitzallen erschauerte und griff nach seinem Arm. »Sträflinge übernehmen die Führung? Das würde die Königin niemals erlauben«, erklärte sie entschieden.

»Ihre Majestät ist weit weg, Mutter, und wenn ein Mann oder eine Frau die Jahre der Strafe überlebt und etwas aus sich macht – nun, dann sind sie aus dem richtigen Holz, um Ihre Majestät stolz zu machen.«

Er lächelte auf die beiden Frauen herab. »Genug der Vorträge! Ihr seht beide aus, als wolltet ihr gleich umfallen. Kommt, wir trinken Tee im Hotel, und dann müsst ihr euch ausruhen. Wir haben drei Tage Zeit bis zu unserer Reise zur Mission.«

Es waren sechzehn Ochsen alles in allem, und ihre breiten Rücken rollten wie Schiffe in einem Meer aus rotem Staub, als sie auf der Wagenspur dahinstapften und die beladenen Karren hinter sich herzogen – nach Yantabulla und zur Mission.

Rose und ihre Arbeitgeberin hatten von denen, die mit der Kolonie schon besser vertraut waren, bald erfahren, dass es vernünftig wäre, die mitgebrachte Kleidung loszuwerden und stattdessen nur dünne Baumwolle zu tragen. Nur allzu gern hatte Rose die schweren Wollkleider und die hinderlichen Unterröcke abgeworfen, aber Lady Fitzallen hatte nicht glauben wollen, dass eine wohlerzogene Dame es je wagen würde, sich ohne Korsett in der Öffentlichkeit blicken zu lassen. Erst am dritten Abend, nach einem ziemlich beängstigenden Ohnmachtsanfall beim Dinner im Haus des Gouverneurs, dessen Gattin ihr ernsthaft versichert hatte, dass niemand in der Kolonie jemals ein Fischbeinkorsett, geschweige denn ein Dutzend Unterröcke trage, hatte sie sich überreden lassen, auf diese Dinge zu verzichten. Bald hatte die alte Dame erkannt, wie klug es war, so wenig wie möglich anzuziehen, aber wegen ihres hellen Teints musste sie einen Hut und dünne Handschuhe tragen. Und sie trug stets einen Sonnenschirm bei sich, um sich vor der Glut zu schützen. Rose dagegen genoss die Wärme auf der Haut nach all den Jahren im kalten und feuchten England; mit Korsett und Petticoats warf sie auch den Hut beiseite, und bald hatte sie die Farbe von Mahagoni.

Sie saß auf dem Ochsenkarren und wiegte sich, wie sie sich auf dem Schiff gewiegt hatte, und der Staub, den die Hufe der Tiere aufwirbelten, überzog sie mit einem roten Schleier. Berge ragten ringsum empor. Sydney lag schon weit hinter ihnen. Grausame, schattige Schluchten gähnten wenige Zollbreit neben den knarrenden Karrenrädern, und die roten und ockerfarbenen Berge erhoben sich darüber wie uralte Wächter. Exotische Blumen blühten in Felsenwinkeln und nickten zwischen Riesenfarnen und verfilzten Ranken. Wasser ergoss sich von den Höhen der Berge und plätscherte in grüne Täler, in denen Vogelgesang widerhallte, und eigentümliche Tiere verschwanden mit ausgreifenden Sprüngen im Gebüsch oder spähten scheu aus dem Schatten der Geistergummibäume hervor.

Lady Fitzallen war von Hitze, Staub und dem stundenlangen Sitzen auf der harten Holzbank so erschöpft, dass sie die Schönheit der Umgebung nicht mehr ehrfurchtsvoll betrachtete und auch schon lange nicht mehr nach den Namen der verschiedenen Vögel und Tiere fragte. Sie saß zusammengesunken unter ihrem Sonnenschirm, das Doppelkinn auf der Brust, und schnarchte leise. Die einst so runde, betriebsame kleine Gestalt war schlanker geworden, das runde Gesicht ernster, und obwohl sie am Ende jedes Tages eine tapfere Miene machte, wussten Rose und Henry, dass die Reise sie allzu sehr strapazierte.

Rose hingegen war voll rastloser Energie; sie beobachtete die weißen Kakadus, die sich in den Bäumen putzten, und die Adler, die über den Schluchten kreisten. Schwärme von grauen und rosaroten Papageien kreisten flatternd über ihnen, und lächelnd sah sie einen kleinen blauen Zaunkönig, der seine kecken Schwanzfedern wie eine übergroße Windmühle aufgestellt hatte. Dies war ein Land voller Magie und Wunder, so alt wie die Zeit, so neu und frisch wie der Garten Eden, und noch immer überlief sie ein Kribbeln, wenn sie daran dachte, dass sie zu den ersten Reisenden auf dieser gewundenen, holprigen Straße gehörte, die von Sträflingen durch den gebirgigen Busch gehauen worden war. Die Spuren der Karrenräder und die stampfenden Ochsenhufe markierten ein neues Territorium in einem neuen Land – und sie war entschlossen, es in Besitz zu nehmen.

In diesen langen, aber niemals endlosen Tagen und Wochen hatte Rose reichlich Zeit, dieses neue Leben mit ihrem alten zu vergleichen. Die Landschaft war bizarrer und aufregender als Sussex mit seinem sanften Grün und Gelb, aber es war eine einsame Gegend, vor allem für eine Frau. Es war eine Männerwelt; hier waren Muskeln nötig, um das Land zu bearbeiten, gegen die Elemente zu kämpfen und ein Imperium aufzubauen. In der wüsten Leere dieses Landes fühlte Rose sich klein und unbedeutend. Aber sie war alt genug, um zu wissen, dass auch Frauen hier ihren Platz hatten, genau wie zu Hause. Denn wenn dieses Land blühen sollte, musste es bevölkert werden – und das war etwas, das die Männer nicht allein bewerkstelligen konnten.

Vielleicht war der Frauenmangel der Grund für Otto Fischers Freundlichkeit und für die bewundernden Blicke der Männer in Sydney. Bei dem Gedanken an den Deutschen musste sie lächeln. Er war ein energischer Mann gewesen, ein Mann mit Ideen und voller Begeisterung für seinen neu angelegten Weinberg, und während des kurzen Aufenthalts in der Stadt hatte sie seine Gesellschaft genossen.

Sie errötete bei solchen Gedanken und warf einen Blick hinüber zu ihrer Arbeitgeberin. Durch das gemeinsame Geschlecht zusammengeführt, hatten sie festgestellt, dass sie einander mochten, und zwischen ihnen war eine Freundschaft entstanden, die in England völlig undenkbar gewesen wäre. Bei der Vorstellung, Lady Amelia Ade hätte diese Reise machen können, wurde Rose' Lächeln noch breiter, aber dann musste sie an John in seinem bunten Wagen denken, und ihre Miene trübte sich wieder. Wie gut hätte ihm diese Reise ins Unbekannte gefallen. Frei und unbehelligt durch das Land zu fahren und nach seinem Belieben unter Menschen zu leben, die den Mann und nicht den Zigeuner sahen. Rose wischte sich die Tränen weg. Sie durfte nicht an John denken. Er war Vergangenheit. Es zählte nur noch die Zukunft.

Die Ochsentreiber, die man »Bullockys« nannte, waren eine Bruderschaft der Landstraße, bekannt für ihre raue Sprache und ihre noch raueren Trinksitten. Der Mann, der das Gespann aus sechzehn Ochsen führte, trug die übliche Kleidung: ein rotes Hemd, Moleskin-Hose und einen geflochtenen Hut aus Palmblättern. Er ritt ein niederträchtiges kastanienbraunes Pony und hatte eine furchterregende, sechzehn Fuß lange Peitsche, die er über den Köpfen der Ochsen knallen ließ, um sie in der Reihe und in Bewegung zu halten. Er kannte jedes Wasserloch, jeden

Fluss und jeden Grat an dieser Piste durch das Outback, und die Geschichten, die er abends am Lagerfeuer erzählte, wurden immer farbiger, je länger die Reise dauerte.

Rose hörte diese Geschichten zu gern; sie wusste zwar nicht recht, was sie davon glauben sollte und was nicht, aber sie hatte sich entschlossen, im Zweifel zu seinen Gunsten zu entscheiden. Denn Bullocky Bob machte ein überaus köstliches Brot, das er in der Glut des Feuers zu backen pflegte, und in der Blechdose, die er »Billy« nannte, brühte er den stärksten Tee, den sie je getrunken hatte.

Er war ein hässlicher Kerl mit seinem sonnengegerbten Gesicht; seine Hände waren rau, die Fingernägel abgebrochen und schmutzig. Aber er hatte auch eine sanfte Seite; es hätte ihm zwar nicht gefallen, dass jemand davon wusste, aber Rose hatte beobachtet, wie er ein Medaillon aus der Tasche seiner schmutzigen Hose geholt und das Bild darin mit zärtlichem Blick angeschaut hatte. Sie war neugierig, was für eine Frau es sein mochte, die ihn da am Ende dieser einsamen Straße erwartete – aber sie wagte nicht zu fragen.

Sie waren seit Wochen unterwegs, und alle waren erschöpft. Es gab heftige Regenfälle; im Handumdrehen war alles durchnässt, die Straße verwandelte sich in einen Sumpf, und der Busch verschwand hinter einem Schleier aus Wasser. Die Ochsen brüllten, Bullocky Bob fluchte und ließ die Peitsche knallen. Rose und die alte Lady suchten Schutz unter der Wagenplane. Es war dabei immer noch sehr heiß, und als der Regen anhielt, erschienen Schwärme von Mücken, und der Busch dampfte. Die stinkende Feuchtigkeit war zum Ersticken. Das Paradies zeigte plötzlich, wie trügerisch es sein konnte.

Henry war vorausgeritten, um zu sehen, ob der Darling River überschritten werden konnte. Von Schlamm und Wasser besprüht, kam er zurück und schwenkte den Hut. »Wir müssen uns beeilen«, rief er Bob zu. »Das Wasser steigt.«

Bob kaute seinen Tabak, spuckte in den Schlamm und ließ die Peitsche knallen. »Sag das nicht mir, Kumpel«, schrie er, »sag's diesen Biestern!«

Die Ochsen setzten sich nur widerwillig in Bewegung, aber die Peitsche trieb sie an, und mit einem schwankenden Ruck, der beide Frauen fast vom Sitz geworfen hätte, ging es weiter. Rose klammerte sich an die Kante des Wagens und spähte durch den Wolkenbruch. Der Fluss war breit und angeschwollen; das Wasser rauschte über riesige Felsblöcke, schäumte in kleinen Wasserfällen und wirbelte in gefährlichen Strudeln. Die Uferböschungen waren glitschig und steil.

»Ihr müsst absteigen«, schrie Bob durch das Tosen des Wassers. »Kann sein, dass der Wagen umkippt.«

Rose half Lady Fitzallen hinunter, und mit Henrys Hilfe stemmte sie sie hinter ihm in den Sattel. »Halt dich fest, Mutter«, rief er. »Was auch passiert, du darfst nicht loslassen.«

Die alte Frau warf Rose einen ängstlichen Blick zu. Dann vergrub sie das Gesicht am regennassen Rücken ihres Sohnes und klammerte sich fest.

Rose kletterte hinter Bob auf das Pony. »Dir passiert nichts, wenn du dich gut festhältst, Girlie«, versicherte er ihr und schlang ihre Arme um seine gertenschlanke Taille. »Sitz ganz still und überlass mir die Arbeit«, warnte er.

Die Ochsen blieben mürrisch am Flussufer stehen und wedelten mit den Ohren, und ihr Gebrüll ertrank fast im Rauschen des Regens und des reißenden Wassers. Bullocky Bob nahm die Peitsche zu Hilfe, um die Tiere in Bewegung zu setzen, während er das Pferd hierhin und dorthin trieb. Rose klammerte sich an ihn, war aber nicht bereit, furchtsam zu wimmern oder die Augen fest zu schließen. Dies war ein Abenteuer, und auch wenn sie fast von Sinnen war vor Angst, wollte sie doch nichts versäumen.

Widerstrebend rutschte und kletterte das vordere Ochsenpaar schwerfällig die Böschung hinunter ins Wasser. Den andern blieb nichts übrig, als zu folgen, und bald war das ganze Gespann planschend und brüllend auf dem Weg durch die rasenden Wirbel, in denen die Tiere fast bis an die Schulter versanken.

Das eiskalte Wasser reichte Rose beinahe bis über die Knie; sie spürte, dass der Sog sie aus dem Sattel zu ziehen drohte. Aber die Angst dämpfte ihre Aufregung nicht; sie wusste, dass dies nur eine weitere Erfahrung war, die sie denen hinzufügen konnte, die sie in den letzten paar Monaten gesammelt hatte – wenn sie sie überlebte. Sie würde sich immer daran erinnern.

Die mächtigen Schädel der Ochsen glitzerten nass, und mit himmelwärts gereckten Hörnern wateten sie voran und drängten der Sicherheit des anderen Ufers entgegen. Sie brüllten jetzt weniger, denn sie brauchten ihre ganze Kraft, um gegen die reißende Strömung anzukämpfen, die sie flussabwärts tragen wollte. Sollte einer den Halt verlieren oder stolpern, würden sie alle dahingehen, und mit ihnen der Proviant, die Möbel und die Ausrüstung in den Wagen hinter ihnen.

»Los doch, ihr Bastarde, ihr faulen Biester! Bewegt eure Ärsche, ihr verlausten Miststücke!« Bullocky Bob hatte zu lange und zu hart gearbeitet, um seine erstklassigen Tiere zu verlieren; fluchend und spuckend und peitscheknallend hielt er die Ochsen in Bewegung.

Rose hielt sich an ihm fest, und das nasse Haar klebte ihr in Gesicht und Nacken. Die Ochsen und die Uferböschungen dampften, Mücken schwärmten umher und stachen, und das Wasser schäumte um ihre Beine. Das zähe kleine Pferd unter ihr verlor nie den Halt; es stemmte sich mit drahtiger Kraft gegen die Wucht des Wassers und kämpfte sich neben den maulenden Ochsen voran. Die Wagen neigten sich zur Seite, und ihre kostbare Ladung, mit Lederriemen und Seilen festgezurrt, knarrte und ächzte unter ihren Fesseln. Die hölzernen Räder polterten über verborgene Felsen, schürften und rumpelten über das steinige Flussbett, bis Rose sicher war, dass sie im nächsten Augenblick brechen würden.

Dann waren sie draußen, kämpften sich die schlammige Böschung hinauf ins struppige Gras. Rose rutschte aus dem Sattel und sank in den Matsch, nach Atem ringend vor Kälte, Aufregung und Angst. Sie hatte es geschafft. Sie hatte die erste Prüfung bestanden.

Bob schaute auf sie herab. »Du bist ein strammes kleines Mädel, das muss man dir lassen«, erklärte er barsch, während er seinen Palmstrohhut zurückschob und sich übers Gesicht wischte. »Hast dich wacker gehalten, als es drauf ankam. Aber jetzt kümmere dich lieber um Ma da drüben. Sie sieht nicht gut aus.«

Rose lief hinüber zu Henry und half Lady Fitzallen vom Pferd. Sie sah wirklich bleich aus, aber in ihren Augen brannte ein Feuer der Erregung, genau wie bei Rose.

»Wenn ich halb so schlimm aussehe wie du, dann sei dem Himmel dafür gedankt, dass niemand uns sehen kann.« Sie lachte. »Was würden sie wohl jetzt im Salon des Gouverneurs sagen?«

Rose strich sich strahlend das nasse Haar aus dem Gesicht. »Wahrscheinlich würden sie sagen: ›Sie sind ein strammes Mädel‹«, schrie sie durch das Rauschen des Regens. Die alte Dame runzelte verständnislos die Stirn. »Ich erklär's Ihnen später.« Rose lächelte. »Kommen Sie, wir müssen Ihnen trockene Sachen anziehen. Bob schlägt an der Straße das Lager auf.«

Am späten Nachmittag des nächsten Tages erreichten sie die neue Siedlung Yantabulla. Der Himmel sah frisch und sehr blau aus, aber die Hitze brannte unerbittlich und traf Kopf und Nacken wie Hammerschläge.

Das Ochsengespann stapfte gewichtig die breite Hauptstraße entlang. Rose und Lady Fitzallen betrachteten die adretten Holzhäuser mit ihren roten Blechdächern und die kleine Parade von Läden, deren Veranden mit allem Lebensnotwendigen für den Aufenthalt im Landesinneren behängt waren wie mit Girlanden – mit Töpfen und Pfannen, Zeltleinwand, Spaten und Hacken, Äxten, Eimern, Kochgeschirr, Sätteln und Zaumzeug.

Hier gab es keinen Firlefanz für Touristen, keine bunten Fächer und eleganten Tücher.

Das einzige Gebäude in der Hauptstraße, das mehr als ein Geschoss besaß, war ein Hotel mit weißem Anstrich unter der roten Staubschicht. Veranda und Balkon waren von Schmiedeeisen überschattet, das aussah wie feine Spitze. Männer saßen auf Schaukelstühlen im Schatten, die Augen beschirmt von staubigen Hutkrempen, und betrachteten, wie die Prozession vorüberzog. Pferde dösten an den Anbindestangen und wedelten mit Schweifen und Ohren, um die Fliegen abzuwehren. Die Kirche war aus Holz; sie hatte einen schmalen Turm und einen struppigen Vorgarten hinter einem Lattenzaun. Ein Pfefferbaum, in dem es von Bienen und Schmetterlingen wimmelte, spendete dem Friedhof Schatten.

Rose hielt eifrig Ausschau nach dem Missionshaus inmitten der hübschen neuen Gebäude, aber die Ochsen wanderten weiter die Hauptstraße entlang, und bald lag die Stadt hinter ihnen, verschleiert von einer roten Staubwolke. Zehn Meilen weiter hielten sie an.

Henry nahm schwungvoll den Hut ab und deutete auf eine rostige, baufällige Hütte, die anscheinend nur noch von dem großen Baum daneben aufrecht gehalten wurde. »Da sind wir. Willkommen auf der Mission Yantabulla.«

Lady Fitzallen erbleichte. »Das ist ein Schuppen«, flüsterte sie. »Du hast mich die weite Reise machen lassen, damit ich in einem Abort wohne?«

Lächelnd schüttelte er den Kopf. »Nur für ein Weilchen, Mutter. Siehst du das Grundstück dahinter? Und den Neubau? Das wird bald unser Zuhause sein.«

Rose schaute in die Richtung, die er ihnen wies. Mitten auf einem überwucherten Feld stand das roh behauene Gerüst eines großen Hauses, doch wie es aussah, hatte sich sein Zustand schon seit langem nicht mehr verändert. »Aber da arbeitet ja niemand«, sagte sie zweifelnd.

Henry zog die Stirn kraus. »Ich hatte vorgehabt, es fertig zu stellen, bevor ihr kommt«, sagte er. »Aber die Eingeborenen lassen sich nichts beibringen, und sie können nichts. Und die Arbeitssträflinge sind erst zwei Monate vor meiner Abreise nach Sydney angekommen.«

Das Entsetzen im Gesicht seiner Mutter schien er gar nicht zu bemerken; unbekümmert fuhr er fort: »Eine gute Truppe. Anscheinend verrichten sie diese Arbeit gern, nachdem sie so viele Monate auf den schrecklichen Schiffen verbracht haben, und die Zimmerleute sind ausgebildete Handwerker, die stolz auf ihre Arbeit sind. Und sie verstehen es, die Eingeborenen zum Arbeiten anzuhalten. Eine faule Bande, diese Aborigines. Hocken lieber zusammen unter einem Flaschenbaum, statt sich Brot und Speck zu verdienen.« Er deutete auf einen seltsam aussehenden Baum, der in der Tat Ähnlichkeit mit einer umgekehrten grauen Flasche hatte. Im seinem spärlichen Schatten lagerte eine Gruppe von Männern und Frauen, deren Haut so dunkel war, dass sie selbst fast aussahen wie Schatten.

Lady Fitzallen griff sich an die Kehle und riss die Augen vor Schreck weit auf. »Du beschäftigst hier Sträflinge und Wilde? Ich werde mich in meinem Bett nicht sicher fühlen können, Henry.« Ihr Doppelkinn bebte. »Hätte ich das gewusst, wäre ich nie gekommen.«

»Ich habe versucht, dich zu warnen, Mutter.« Sein Ton war voll Ungeduld, und er drehte den weichen Filzhut in den Händen. »Die Eingeborenen sind ganz freundlich, das kann ich dir versichern. Kein bisschen kriegerisch, solange sie nicht im Schnapsladen waren – und auch dann prügeln sie sich nur untereinander.«

Lady Fitzallen war den Tränen nahe. »Ich habe nicht gedacht, dass es etwas so Furchtbares geben kann. Wenn ich an mein hübsches Heim in London denke, an das Landhaus in Berkshire, an meine Teepartys auf dem Rasen, dann könnte ich weinen.«

Sie schickte sich an, genau das zu tun, und Rose legte tröstend den Arm um sie. »Ich werde Ihnen die Hütte so behaglich machen, wie ich kann, Lady Fitzallen«, versprach sie so fröhlich, wie es unter diesen Umständen nur ging. Diese schwarzen Leute sahen schrecklich unheimlich aus – mit ihren weißen Erdbemalungen, ihren wilden Haaren und nackten Körpern. »Wir haben Möbel und Lebensmittel – und sehen Sie doch, da ist ein Brunnen, also haben wir auch frisches Wasser.«

Lady Fitzallen schniefte und ließ sich von ihrem Sohn durch den zerbrochenen Lattenzaun in den Garten führen, ohne die neugierigen Gesichter der Eingeborenen, die das alles verfolgten, aus den Augen zu lassen.

Die Tür der Hütte war alt und zerbrochen und hing in den Angeln wie ein Betrunkener. Dach und Wände waren aus rostigem Wellblech, das auf ein Gerüst aus rohem Holz genagelt war. Die Fenster hatten keine Glasscheiben, aber Drahtgitter, mit denen die Fliegen fern gehalten werden sollten, die im Garten über dem Abfall summten.

Während Rose sich einen Weg durch den Unrat suchte, der im harten, stachligen Gras verstreut lag, wollte der Mut, der sich bei der Fahrt durch die Hauptstraße in solche Höhen aufgeschwungen hatte, sie ganz verlassen. In ihren wildesten Fantasien hätte sie so etwas nicht erwartet.

Das Innere der Hütte bestand nur aus einem einzelnen Raum, der noch bedrückender wirkte. Zudem war es heiß wie in einem Hochofen. Es gab eine rohe Holzpritsche, einen dreibeinigen Tisch, der von einem Stapel Steine gestützt wurde, einen Stuhl, der auch schon bessere Zeiten gesehen hatte, und einen Herd, der seit Jahren nicht mehr geschrubbt worden war. Die Waschgelegenheit bestand aus einer fleckigen Schüssel in einem wackligen Holzgestell, das aussah, als könne ein Windhauch es umwerfen. Sie war voller Teller, die von pelzigem Schimmel bedeckt waren, und als Rose hereinkam, erschreckte sie ein großäugiges

Tier, das durch ein Loch im Fliegengitter hinausflüchtete; ein langer, buschiger Schwanz wehte hinter ihm her. Das Ungeziefer hatte sich auch schon in der Bettwäsche eingenistet, und der Lehmboden war übersät von Rattenkot und abgenagten Knochen.

Rose holte tief Luft, atmete seufzend wieder aus und krempelte die Ärmel hoch. Sie drehte sich zu der alten Frau und ihrem Sohn um, die betrübt im Garten standen, und setzte ein fröhliches Lächeln auf, um den beiden wieder Mut zu machen. »Ich habe schon Besseres gesehen, aber es wird nicht lange dauern, hier sauber zu machen«, behauptete sie mit gezwungener Munterkeit. »Und mit allem, was wir mitgebracht haben, wird es hier bald aussehen wie zu Hause.«

Sechs Monate später sah die Wellblechhütte immer noch aus, als wolle sie einstürzen, aber Tür und Fliegendraht waren repariert, und Rose hatte Henry gebeten, einen der Sträflinge zu beauftragen, das Dach zu flicken und den Kamin instand zu setzen. Den Herd zu reinigen hatte Stunden gedauert, aber als die vielen Schichten von Schmutz und Fett beseitigt waren, offenbarte sich ein schönes, solides schwarzes Stück Schmiedekunst, das wunderbar aussah, nachdem es ordentlich poliert war. Darauf zu kochen bedeutete allerdings Höllenarbeit, denn das Feuer musste fast immer brennen, wenn sie täglich drei Mahlzeiten für die Sträflinge und die eingeborenen Arbeiter zubereiten sollte, und zusammen mit der Sonnenhitze verwandelte dies die kleine Hütte in ein Dampfbad.

Der Lehmboden war gefegt und glatt gewalzt worden, und dann hatten sie ihn mit gut gefügten Dielen bedeckt, um wühlende Opossums und neugierige Schlangen abzuhalten. An den Fenstern wehten Vorhänge und saubere Laken an der Wäscheleine zwischen den Bäumen. Die Ladung des Ochsenkarrens war sorgfältig unter einer dicken Persenning hinter der Hütte verstaut worden, denn in der Hütte war einfach nicht genug Platz für ein Himmelbett, schwere Kommoden und eine komplette Esszimmereinrichtung.

Lady Fitzallen hatte tränenreich befürchtet, dass ihr kostbares Mobiliar hier verrotten und von der Hitze und Termiten zerstört werden würde, aber es gab keine andere Möglichkeit, solange das Haus nicht fertig war. Ihre Beziehung zu Rose war noch enger geworden; sie betrachtete sie inzwischen fast als die Tochter, die sie nie gehabt hatte.

Rose hatte die alte Frau auch gern, aber manchmal sehnte sie sich doch danach, ihre Mutter noch einmal wiederzusehen. Kathleen war vielleicht nicht die beste Mum der Welt gewesen, aber sie war die einzige, die sie gehabt hatte, und trotz der schlechten Behandlung hätte Rose alles dafür gegeben, noch einmal mit ihr sprechen zu dürfen.

Das Heimweh überkam sie oft, wenn sie am wenigsten damit rechnete – zum Beispiel, wenn die Hitze unter dem Blechdach sie bei der Arbeit schwitzen ließ, wenn handtellergroße Spinnen, über und über behaart, aus dunklen Ecken hervorhuschten oder wenn sie in einem Augenblick der Ruhe in die endlose Wildnis hinausschaute. Es war so einsam hier, so leer im Vergleich zu den schützenden Hügeln und schattigen Landstraßen von Sussex.

Eines Nachmittags stand Rose in der Tür, um die kühle Luft zu atmen, die über Grasland und leere Einöden heranwehte. Sie hatte seit dem frühen Morgen am Herd gestanden und ruhte sich jetzt einen Augenblick aus, bevor sie mit den Vorbereitungen für den nächsten Tag begann. Ihr Kleid war durchgeschwitzt, und das Haar klebte ihr an Stirn und Nacken, denn in der Küche war es glühend heiß, und es wimmelte von Fliegen, die sich auf das kleinste essbare Bröckchen setzten, wenn es nicht in dem Drahtkorb untergebracht war, der unter dem Firstbalken hing.

Schon vor einer Weile hatte sie die Schuhe abgestreift. Jetzt waren ihre Füße mit roter Erde beschmiert und die Fußsohlen hart und schwielig vom Barfußlaufen im Gemüsegarten, zwischen Waschzuber und Wäscheleine. Das Haar fiel ihr wirr über die Schultern, feucht vom Schweiß und verkrustet von dem Staub, der ständig über allem zu schweben schien. Die Köchin wäre schockiert, wenn sie mich jetzt sehen könnte, dachte sie amüsiert. Na ja, ich bin vielleicht barfuß und arm, aber ich bin frei. Und das ist mehr wert als alles Gold.

Sie lehnte am Türpfosten und schaute über die gerodete Weide hinweg zu den Gummibäumen, unter denen Henrys wenige Kühe Schatten gesucht hatten. Das Licht war so klar und hell, dass jede Einzelheit als scharf umrissene Silhouette vor dem wolkenlosen Himmel stand. Das fahle Gras wogte silbrig über dem schroffen Rot der Erde. Die limonengrünen Blätter der Pfefferbäume hoben sich hell vom dunklen Oliv des Gestrüpps ab und bildeten einen harten Kontrast zu dem unverschämten Rot der Flaschenbäume und dem Gelb der Akazienblüten. Geisterhaft weiße Rinde wehte in Fetzen von den Baumstämmen und offenbarte schwarze und rote Narben, und im Gezweig zwischen den süß duftenden Eukalyptusblättern flatterten Papageien und Wellensittiche in allen erdenklichen Farben. Ein Schwarm Galahs kreiste am Himmel; ihre rosaroten Bäuche malten einen prachtvollen Sonnenuntergang an den Himmel, während sie sich hier versammelten, um am Wasserloch zu trinken.

Rose seufzte entzückt. Sie mochte sich nach dem kühlen, feuchten Wetter in England sehnen, aber das Land hier hatte eine Schönheit, die sie bezauberte. Etwas Urzeitliches, das in ihrem Innern widerhallte und sich nicht abweisen ließ.

Sie wandte sich dem Sägen und Hämmern zu. Das schöne neue Haus war fast fertig, und es erinnerte sie an die großartigen Residenzen, die sie bei ihrem kurzen Aufenthalt in London gesehen hatte, bevor sie sich mit Lady Fitzallen auf die Reise gemacht hatte. Es war aus Holz, zweigeschossig, mit einem eleganten Balkon und einer Veranda, die mit schmiedeeiserner Spitze umsäumt war. Die großen Fenster hatten hübsche grüne Läden, und vor den

Scheiben waren Fliegengitter angebracht. Eine schwere Eichentür führte in eine große, viereckige Diele. Der bernsteinfarbene Steinkamin nahm den größten Teil der nördlichen Wand in Anspruch; er würde das Haus im Winter wärmen und den Rauch abziehen lassen. Es gab fünf Schlafzimmer, einen Salon und ein Esszimmer, eine Küche und eine Speisekammer sowie ein Arbeitszimmer für Henry.

Das Leben hatte in einen endlosen Kreislauf der Arbeit für sie alle gemündet – aber es war eine Arbeit, die sie stärker und gesünder machte, und wenn der Tag vorbei war, schnarchten sie alle, sobald der Kopf das Kissen berührte. Rose war verantwortlich für die Hütte, das Essen und den Haushalt. Lady Fitzallen hatte die Sträflinge und die Eingeborenen übernommen, und zwar mit einem Schneid, der ihren Sohn nach dem anfänglichen Widerwillen verblüffte; sie trieb sie sehr viel wirkungsvoller an, als er es je vermocht hatte. Ihr Umgang mit den Männern nötigte ihnen Respekt ab, und wenn ihre Art mitunter ein wenig zu herrisch war, besaß sie doch Verstand genug, dies mit geradlinigen Reden und einer zupackenden Haltung auszugleichen. Die schwarzen Kerls, wie sie sich selbst nannten, bekamen Hygieneunterricht und mussten europäische Kleider anziehen, um ihre Nacktheit zu verbergen. Leider war das nicht immer erfolgreich; Lady Fitzallen seufzte verzweifelt, wenn sie sah, dass Hemden als Kopfputz getragen und Petticoats als Tragschlaufen für Babys verwendet wurden.

Als Henry eine Bemerkung über ihren erstaunlichen Erfolg machte, zuckte sie die Achseln und teilte ihm mit, sie habe ihr Leben lang Dienstboten beaufsichtigen müssen; weshalb solle es mit Sträflingen und Aborigines anders sein?

Henry übernahm alle schweren Arbeiten und führte seine Mission. Die Aborigines liebten Geschichten, und Henry versuchte sie damit zum Christentum zu bekehren, aber bald war ihm klar, dass ihnen Rose' Küche noch lieber war. Darüber dachte er ein Weilchen nach, und dann schickte er sie zur Arbeit in den Garten; sie mussten umgraben, neue Gemüsebeete anlegen, das Gestrüpp roden und verbrennen und einen Kiesweg zur neuen Haustür anlegen. Während sie arbeiteten, erzählte er ihnen Geschichten aus der Bibel und hoffte, sie würden dabei etwas lernen. Er sah in ihnen ein einfaches Volk, das daran gewöhnt war, vom Land zu leben, von der Jagd und vom Fischfang, und das im Busch nach Beeren und wildem Honig suchte. Sie trugen kaum Kleidung, trotz aller Bemühungen seiner Mutter, sie zu zivilisieren, und sie schnatterten in ihrer eigenen, seltsamen Sprache, die ihm noch immer unverständlich war. Er wusste, dass sie über ihn lachten, wusste, dass sie nur zu ihm kamen, weil sie sich davon Lebensmittel und Tabak versprachen. Gleichwohl blieb er hartnäckig. Er war berufen, Gottes Werk in dieser Wildnis zu tun, und nichts durfte sich ihm in den Weg stellen.

Der Abend nahte; die Sonne stand tief über dem Horizont und vergoldete das Grasland, das sich erstreckte, so weit das Auge reichte. Die Kühe weideten zufrieden, nachdem die Fliegen verschwunden waren; Raben krächzten, und der Duft von warmer Erde und frisch gebackenem Brot wehte im kühlen Abendwind. In den limonenfarbenen Wedeln der Pfefferbäume summten die Bienen; die Bäume warfen tiefe Schatten über den gerodeten Garten und die sorgsam bewässerten Gemüsebeete. Ein paar staubige Hühner scharrten geschäftig in der Erde, und der Hahn stolzierte wichtigtuerisch in seinem Harem hin und her und achtete darauf, dass man ihm ein bisschen für sein Abendessen übrig ließ. Einer der Sträflinge hatte eine Wasserpumpe mit einem Windrad errichtet, das primitive Rad aus rostigem Eisen drehte sich quietschend im Wind. Es war ein beruhigendes Geräusch, das man schon fast nicht mehr hörte – nur wenn es aussetzte, merkte man, dass es fehlte.

Rose gähnte. Dies war die beste Zeit des Tages. Die Hitze war vergangen, und der Wind kam von den fernen Bergen herunter, ließ den Pfefferbaum rascheln und trieb den Staub in wandernden Spiralen über die trockene Erde. Die Arbeit des Tages war fast getan; morgen würden sie die restlichen Möbel in das neue Haus schaffen. Sie drehte sich um und schaute in das Dunkel der kleinen Hütte. In gewisser Weise tat es ihr leid, sie zu verlassen, denn sie war ihr Zuhause geworden und erinnerte trotz Hitze, Staub und Fliegen an die Kate in Wilmington, denn so wachsam Rose auch sein mochte, der Staub ließ sich doch nie verbannen, und über Nacht erschienen neue Spinnweben.

Pferdegetrappel auf der Lehmstraße ließ sie aufschauen; sie beschirmte ihre Augen mit der Hand vor dem Sonnenlicht. Der Reiter schien in den wässrigen Luftspiegelungen der ersterbenden Sonne zu schweben. Hoch gewachsen saß er im Sattel, und seine breiten Schultern und der breitkrempige Hut stachen vom orangegelben Himmel ab. Etwas an ihm kam ihr bekannt vor, aber sie wusste nicht was.

Er zügelte sein Pferd, und das Zaumzeug klirrte, als das Tier schnaubend den Kopf hochriss. »Miss Rose«, rief der Mann, »endlich habe ich Sie gefunden.«

»Otto?«, murmelte sie. »Otto Fischer?« Sie löste sich vom Türrahmen und versuchte hastig, ihr Haar in Ordnung zu bringen. Einen schönen Anblick musste sie bieten! Ihre Schürze war dreckig, ihr Kleid fast durchsichtig vom Schweiß, und sie konnte ihre Schuhe nicht finden.

Er schwang sich aus dem Sattel, ließ die Zügel fallen und kam auf sie zu, die Arme so breit wie sein Lächeln. »Rose! Meine Rose! Ich bin gekommen, Sie zu retten.« Er zog sie in seine Arme wie ein Bär und wirbelte sie im Kreis herum, bis ihr schwindlig war.

»Stellen Sie mich hin«, keuchte sie atemlos; er drückte sie allzu fest an seine breite Brust.

Behutsam stellte er sie wieder auf die Füße. Sein ganzes Benehmen erinnerte sie an ein verspieltes, übergroßes Hündchen. Rose wich zurück. Er war zu groß, zu laut, zu überwältigend. »Ich brauche nicht gerettet zu werden«, stammelte sie und bemühte sich verzweifelt, ihre Schuhe und ihre Würde wiederzufinden.

»Ich glaube doch«, sagte er und warf einen Blick über ihre Schulter auf die düstere Hütte. »Komm mit mir, Rose. Ich habe ein schönes Haus. Keine Hütte in der Wüste.«

Rose hob die Hände, um einen weiteren lärmenden Angriff abzuwehren. Die Brust des Riesen war wie eine Wand, hinter der die Sonne und jede Hoffnung auf ein Entkommen entschwanden. Sie schaute in das fröhliche, sommersprossige Gesicht mit den freundlichen Augen. Gute Zähne hatte er, wie sie unversehens bemerkte.

»Sie können doch nicht einfach herkommen und erwarten, dass ich alles stehen und liegen lasse und mit Ihnen durchbrenne«, erklärte sie entschlossen. »Ich hab doch schon ein Haus.« Und stolz zeigte sie auf das prächtige neue Gebäude.

Seine Arme sanken herab und seine Mundwinkel ebenfalls. »Das ist dein Haus? Hast du den Missionar geheiratet?«

Nicht, dass er es nicht versucht hätte, dachte Rose. Henry schaute sie mit Schafsaugen an, seit sie und seine Mum in die Hütte gezogen waren, und ihr graute vor dem Heiratsantrag, den er ihr ganz sicher bald machen würde. Lady Fitzallen hatte genügend Andeutungen gemacht, und Rose fragte sich schon jetzt, wie sie ihn ablehnen sollte, ohne jemanden zu kränken.

Sie lachte, aber selbst in den eigenen Ohren klang es zu schrill und zu spröde, um echt zu sein. »Du lieber Gott, nein! Das gehört Lady Fitzallen. Aber ich habe ein eigenes Zimmer darin«, fügte sie trotzig hinzu. »Ich gehöre fast zur Familie.«

Er tat einen tiefen Seufzer. »Gott sei Dank. Ich dachte schon, ich hätte dich verloren, Rose.« Seine Miene wurde ernst, und obwohl er sie offensichtlich gern wieder anfassen würde, tat er es nicht. »Ich bin von weit her gekommen, um dich zu fragen, ob du mich heiraten willst. Ich kann an keine andere mehr denken, seit ich Botany Bay verlassen habe.«

Rose schaute zu ihm auf – das musste sie, denn er war zweimal so groß wie sie. Sie sah, dass er es ernst meinte und ehrliche Absichten hatte, aber plötzlich erfüllte sie die schmerzliche Erinnerung an John. An seine dunklen Augen und sein Haar, an seinen lachenden Mund und seine sanfte Stimme. Ganz anders als dieser feuerköpfige Riese mit dem seltsamen Akzent und dem lärmenden Charakter.

Sie blinzelte, als wolle sie John in den tiefsten, dunkelsten Teil ihrer Vergangenheit drängen. Es hatte keinen Sinn, an ihn zu denken. Sie würden einander nie wiedersehen. Sie hatten keine gemeinsame Zukunft.

Wenn sie mit Otto ginge, wäre das noch einmal ein ganz neuer Anfang. Sie bekäme Gelegenheit, einen anderen Teil Australiens kennen zu lernen, und das mit einem Mann, der sie zum Lachen brachte und sie beschützen würde. Sie hatte Otto gern, aber auch wenn da so etwas wie ein Fünkchen zwischen ihnen war, wusste sie doch, dass sie ihn eigentlich nicht liebte. Nicht mit Leidenschaft – nicht so, wie sie John geliebt hatte.

»Ich kenne Sie doch gar nicht, Otto«, sagte sie schließlich. »Wir haben uns nur ein paar Mal gesehen. Woher wissen Sie denn, dass Sie den Rest Ihres Lebens mit mir verbringen möchten?«

Der große Mann legte beide Hände auf seine Brust. »Ich spüre es – hier«, bekannte er. »Jeden Tag sehe ich dein Gesicht, wenn ich in meinem Weinberg arbeite. Jeden Tag sage ich mir: ›Otto, du musst sie finden.‹« Er lächelte, und die Fältchen an seinen Augenwinkeln vertieften sich. »Und jetzt bin ich da. Bitte, willst du mir die Ehre erweisen, meine Frau zu werden?«

Rose schaute lächelnd in das einfache, offenherzige Gesicht. Er war ein guter Mann mit einem guten Herzen, und es störte sie, dass sie ihn nicht mit der Leidenschaft lieben konnte, die er verdiente. Er war zu ehrlich, als dass sie ihn betrügen dürfte. »Ich mag Sie gern, Otto«, sagte sie leise. »Ich mag Ihr Lächeln und die

Farbe Ihrer Haare. Ich bin gern in Ihrer Gesellschaft. Sie bringen mich zum Lachen.«

»Aber?« Sein breites Lächeln war verschwunden, und seine Augen blickten besorgt.

»Aber ich liebe Sie nicht«, sagte sie sanft. »Ich kenne Sie kaum. Wie könnte ich mit Ihnen kommen?«

Er nickte, und sein roter Schopf loderte im Sonnenuntergang. »Gut, Rose. Ich werde hier in der Mission bleiben, bis du mich kennst. Dann wirst du sehen, dass ich ein guter Mann bin. Du wirst mich heiraten und auf mein Weingut kommen.«

Sie spürte, dass ihre Entschlossenheit unter seinem unerbittlichen Ansturm ins Wanken geriet. »Aber braucht man Sie denn nicht auf Ihrem Weingut?«

»Nicht so sehr, wie ich dich brauche«, antwortete er bestimmt. »Du bist wichtiger.«

»Otto blieb fast sechs Monate in Yantabulla. Er versäumte seine Lese und hoffte, dass der Verwalter, den er zurückgelassen hatte, sich um alles kümmern würde. Er hatte Glück, denn der Verwalter war auch ein Deutscher, der dem Wein die gleiche Leidenschaft entgegenbrachte wie er selbst, und dieser Jahrgang sollte für lange Zeit der beste sein, den sie hatten.«

»Ein gutes Omen für die Zukunft«, meinte Sophie. »Hat Rose ihn geheiratet, oder ist sie bei dem Missionar geblieben?«

Cordelia zwinkerte. »Was glaubst du wohl? Natürlich hat sie Otto geheiratet. Muriel Fitzallen war ziemlich verstimmt, aber schließlich sah sie ein, dass ihr Sohn für Rose viel zu still und in seinen Gewohnheiten zu eingefahren war, und so wünschte sie den beiden alles Gute. Ich glaube, sie wusste, dass Rose die Freiheit brauchte, eigene Wege zu gehen, und die hätte sie nicht gehabt, wenn sie an Henry und seine Mission gebunden gewesen wäre. Zur Hochzeit schenkte sie den beiden sogar ihr Himmelbett, und es war ein höllisches Unternehmen, das Ding ins Hunter Valley zu schaffen, denn diesmal hatten sie kein Ochsengespann, und sie mussten es auf Ottos Wagen binden.«

Cordelia lächelte. Sie erinnerte sich noch, wie ihre Urgroßmutter Rose gelacht hatte, wenn sie von dieser Reise erzählte – und wie sie errötet war, als sie von ihrer ersten gemeinsamen Nacht berichtete.

»Die Straße war so rau wie auf der ersten Reise«, sagte Cordelia. »Aber statt eines Ochsengespanns mit Bullocky Bob hatten Rose und ihr Mann nur ein paar Maultiere, um Vorräte und Wagen zu ziehen. Die Hochzeit hatten sie in der kleinen Holzkirche am Rande der Stadt gefeiert.«

Cordelia sah das sepiafarbene Foto aus dem Familienalbum vor sich. Rose hatte an jenem Tag wunderschön ausgesehen, so zart und dunkel neben der robusten, kraftvollen Gestalt ihres Ehemanns.

»Sie trug ein blasslila Kleid, das Lady Fitzallen ihr geschenkt hatte. Sie hatte es dem Anlass entsprechend umgearbeitet, und als sie damit in der Kirche erschien, brach die alte Dame in Tränen aus. Ihr Brautstrauß war aus Wildblumen – Flaschenbürsten und Kängurupfoten, mit Farnwedel gemischt und mit einem weißen Band gebunden. Statt eines Kranzes trug sie einen einzelnen Zweig mit gelben Akazienblüten im Haar. Es gab einen kleinen Empfang; nur Lady Fitzallen und Henry, die Sträflinge und ein oder zwei neugierige Aborigines waren dabei, aber sie hatten Zeit, mit dem Wein anzustoßen, den Otto mitgebracht hatte, bevor er sie zu ihrem neuen Leben im Hunter Valley entführte. Henry und Lady Fitzallen standen an der staubigen Straße und schauten ihnen nach, bis sie kleine Pünktchen am fernen Horizont waren.«

»Rose hat also gelernt, ihn zu lieben?« Sophie lächelte. »Das wundert mich nicht. Er scheint ein guter Mann gewesen zu sein. Ich wünschte, ich hätte ihn kennen lernen können.«

Cordelia betrachtete ihre knotigen Hände. »Ich habe ihn

auch nicht kennen gelernt, und ich habe es immer bedauert.« Sie holte tief Luft, als wolle sie traurige Erinnerungen verscheuchen, und fuhr mit ihrer Erzählung fort.

»Die Hochzeitsnacht verbrachten sie am Straßenrand im behelfsmäßigen Schutz einer Plane, die sie zwischen zwei Bäume gespannt hatten, und ihr Bett war eine weiche Matratze aus Eukalyptusblättern, Farnkraut und Moos. Otto war ein sanfter Liebhaber; seine natürliche Leidenschaft und sein Enthusiasmus wurden gezügelt von dem Wissen, dass es für Rose ein Erlebnis sein musste, auf das sie mit zärtlichen Erinnerungen zurückschauen könnte.

Sie hatte Otto noch nichts von Gilberts Überfall erzählt, und sie war angespannt; halb erwartete sie, dass ihr Erlebnis sich wiederholen werde, denn sie hatte keine anderen Erfahrungen. Aber Ottos sanfte Liebeskunst rührte etwas in ihr an, das sie Gilbert vergessen ließ, und sie entdeckte in sich eine warme Zärtlichkeit für ihren Mann, ein Gefühl, mit dem sie nie gerechnet hatte. Vielleicht ist das Liebe, dachte sie, als er später neben ihr schnarchte. Vielleicht ist dieses Gefühl von stillem Frieden und Zufriedenheit der ganze Sinn und Zweck einer Ehe – und nicht die kindliche Leidenschaft, die sie für John empfunden hatte.«

Sophie lächelte. »Ich bin froh, dass sie ihn lieben konnte. Irgendwie hätte sie Otto betrogen, wenn sie es nicht getan hätte.« Sie überlegte kurz. »Das Bett, das sie mit nach Hunter genommen haben, ist doch nicht dasselbe, das du in deinem Apartment hast, oder?«

Cordelia lächelte. »Eines Tages wird es dir gehören, Sophie. Ein Familienerbstück. Wusstest du, dass fünf Generationen von Babys in diesem Bett geboren wurden? Eines Tages bist du an der Reihe.«

Sophie ging darauf nicht ein. Sie wusste, dass sie mit den Männern fertig war, aber sie wollte darüber nicht diskutieren. »Ich glaube, wir sollten jetzt weiterfahren, Gran. Die Sonne scheint, und ich habe immer noch keine Ahnung, wohin wir fahren.«

Cordelia erhob sich und stützte sich auf ihre Krücken. »Ich kenne den Weg von hier an«, sagte sie ruhig. »Du brauchst deine Karten nicht mehr.«

Als ihre Großmutter sich neben ihr auf dem Beifahrersitz niedergelassen hatte, lenkte Sophie das Wohnmobil von ihrem Übernachtungsplatz hinunter auf die Straße. Erst nach einer halben Stunde sprach sie wieder. »Warum machst du ein solches Geheimnis aus unserem Ziel?«, fragte sie. »Was verbirgst du vor mir?«

Cordelia schwieg lange, und als sie schließlich sprach, beantwortete sie die Frage ihrer Enkelin nicht. »Es ist eine wunderbare Vorstellung, dass Männer und Frauen wie Otto und Rose diesen Weg durch den Busch und die Berge geschlagen haben, damit wir, die folgenden Generationen, die Schönheit entdecken können, um deren Erhalt sie so hart gekämpft haben.«

Bevor Sophie darauf etwas erwidern konnte, beugte Cordelia sich heftig vor. »Hier musst du abbiegen und den Berg hinauffahren.«

Sophie gehorchte. Der Camper kämpfte sich ächzend im ersten Gang die ausgefahrene, steinige Piste hinauf. Der Motor lief heiß, die Sonne stand hoch am Himmel und schien auf die staubige Frontscheibe, sodass Sophie geblendet war. Oben auf dem Plateau hielt sie an und stellte den Motor ab.

Der Blick reichte nach Ost und West bis zum Horizont. Die sanft gewellten Hänge des Hunter Valley waren teilweise überschattet von den schützenden Höhen ringsum. Es war ein überwältigender Anblick, dessen schiere Größe einem den Atem verschlug.

»Hilf mir aussteigen, Sophie. Ich will es sehen, wie Rose es an ihrem ersten Tag gesehen haben muss.«

Sophie half ihrer Großmutter herunter und führte sie mit einer Hand am Ellenbogen zu einem roh behauenen Picknicktisch und einer Bank im Schatten eines ausladenden Gummibaums.

Cordelia blickte über das Land hinaus, das sie von dem einzigen Besuch in ihrer Jugend her noch so gut in Erinnerung hatte. Viel hatte sich nicht verändert. Die Terrassen waren mit dunkelgrünen Rebstöcken bekränzt, und die Männer, die dort arbeiteten, erschienen in der Ferne als kleine Punkte. Das Sonnenlicht fiel in Tupfen durch das Laub der Eukalyptusbäume, und Grillen zirpten und Fliegen summten. Es war heiß; kein Lufthauch bewegte die fette schwarze Erde und die blassgrünen Blätter der Gummibäume. Tränen ließen die Landschaft verschwimmen, als Cordelia daran dachte, wie sie mit ihrer Mutter das erste Mal hier gewesen war. Es lag lange zurück, und in den Jahren seit dem war so viel geschehen.

»Otto brachte Rose am Ende ihrer Reise hierher. Sie hatten Wochen gebraucht, aber schließlich waren sie doch fast zu Hause. Er ließ sein müdes Pferd neben Rose' anhalten, und dann standen sie hier und schauten hinunter auf Ottos kleines Königreich.« Cordelia seufzte. »Damals war es natürlich kleiner, und das schöne Haus, das du in der Ferne sehen kannst, war noch nicht so großartig.

›Sieh da, Rose‹, sagte er stolz, ›das ist unser Land – unser eigenes kleines Reich.‹

Rose schaute in das grüne Tal hinunter, wo Reihen um Reihen dunkelgrüner Reben sich über sanfte Terrassen zogen, überschattet von Kiefern und schützenden Bergen. Es war eine andere Schönheit als die des Outback – aber sie war nicht weniger begeisternd.

›Das alles?‹, hauchte Rose. ›Aber das ist ja größer als Squire Ades Anwesen.‹

Otto legte den Kopf schräg. ›Wer ist das? Ein Winzer?‹

Rose lachte. ›Wenn du wissen willst, ob er Weintrauben anpflanzt – nein. Dazu ist es in Wilmington viel zu kalt.‹ Sie wagte kaum zu glauben, dass dies ihre zukünftige Heimat sein sollte. Es sah so kühl aus dort im Schatten, so grün und üppig, verglichen mit dem Outback und seinem Staub und seinen Fliegen. Aus solchem Stoff wurden Träume gemacht. Es war, als komme sie nach Hause.«

ZWÖLF

Kate hatte eine schlaflose Nacht damit zugebracht, über das Meeting nachzudenken. Die Erkenntnis, dass es Mary gewesen sein musste, die mit der Reporterin gesprochen hatte, war nicht weiter überraschend gewesen, aber die Giftigkeit ihrer Attacke hatte sie doch schockiert, und sie fragte sich nicht zum ersten Mal, warum ihre Schwester solche Gefühle hegte.

Mary war die jüngste und verwöhnteste der Schwestern, und den älteren war es manchmal vorgekommen, als habe ihre Mutter sich mit ihr sehr viel mehr Zeit genommen als mit ihnen und als habe sie jeder ihrer Launen, jedem Wutanfall nachgegeben. Sogar Dad hatte sie verwöhnt, diese unerwartete Tochter seiner mittleren Jahre; er hatte ihr ein Pony geschenkt, bevor sie noch richtig laufen konnte, sie in seinem Flugzeug zu zahlreichen exotischen Ferieninseln mitgenommen und ihr zum achtzehnten Geburtstag einen Mercedes-Sportwagen gekauft. Kein Wunder, dass sie jetzt so ein habgieriges Biest war.

Kate verzog das Gesicht. Wenn jemand sich benachteiligt fühlen sollte, dann sie und Daisy. Denn Mum und Dad waren viel zu sehr damit beschäftigt gewesen, an der Legende von Jacaranda Wines zu bauen, als dass sie von ihren ersten beiden Töchtern viel Notiz genommen hätten; ihnen war es so vorgekommen, als seien sie in ihrer gesamten Kindheit von einem Kindermädchen zum nächsten gereicht worden. Dad war bis zu seinem Lebensende eine distanzierte, herrische und höchst furchteinflößende

Gestalt gewesen, und Mum hatte als Puffer zwischen ihm und ihnen gestanden. Für die Älteren hatte es keine Ponys und exotischen Ferien gegeben, sondern rostige Fahrräder und gebrauchte Jeeps, mit denen sie zu ländlichen Tanzveranstaltungen im Busch gefahren waren.

Ja, wenn Kate nun als reife Frau zurückblickte, war ihr klar, dass Mum immer liebevoll gewesen war. Sie hatte immer Zeit gehabt, sich ihre Zeichnungen anzusehen und ihnen Gutenachtgeschichten zu erzählen. Dann waren da die Picknicks am Wasserloch gewesen und die Zeit als Helferinnen bei der Lese, die klebrigen Münder und Finger, verschmiert vom Saft der süßen Trauben, die sie beim Pflücken gegessen hatten. Die Spaziergänge im Busch, die Ritte über die Berge und hinaus ins Never-Never, wo sie nach Opalen und alten Speerspitzen gesucht hatten.

Kate lächelte, als sie von ihrem Verandasessel aus beobachtete, wie ein kleines graues Wallaby sich an dem saftigen Gras satt fraß, dass sie so sorgfältig bewässerte. Nein, sie hegte keinen wirklichen Groll, soweit es sie selbst anging. Mary mochte mit materiellen Dingen verwöhnt worden sein, aber ihnen beiden, Daisy und ihr, hatte Mum gezeigt, wie man auf einfache Weise Spaß finden konnte. Sie hatte sie barfuß durch den Staub laufen lassen, und sie waren nackt im Wasserloch geschwommen, wo die Frösche in den Binsen quakten und die Sonne ihre Haut bräunte. Sie hatte ihnen die Aborigine-Geschichten der Traumzeit erzählt und Bilder der Zaubergeister in den Staub gemalt.

Sie erinnerte sich noch gut an die große Regenbogenschlange, die sie gemalt hatten; in endlos wogenden Kurven hatte sie sich über viele Hektar des roten Ödlands erstreckt. Den ganzen Tag hatten sie dazu gebraucht, und als sie fertig waren, hatte Mum einen seltsamen gelben Stein gefunden, der das Auge wurde, und dann waren sie wie die Eingeborenen darum herumgetanzt, weil es Glück brachte.

Kate trank ihren Kaffee aus, und das Lächeln blieb in ihren

Augen, als sie über ihren Garten hinweg auf die Stadt hinunterschaute. Dass Mary überhaupt gezeugt worden ist, ist eigentlich eine Überraschung, dachte sie. Mum war drei Jahre vor Marys Geburt aus dem Château in das Apartment in Melbourne gezogen. Dad besuchte sie nicht oft und blieb selten mehr als eine Nacht – und wenn, dann schlief er immer im Gästezimmer, und fast immer endete der Besuch mit einem Streit. Kate wusste noch, wie sie ihre Mutter einmal gefragt hatte, warum sie nicht loszog und einen netten neuen Daddy für sie und Daisy suchte, aber Mum hatte nur schmal gelächelt und gesagt, sie werde nicht die Erste in der Familie sein, die die Schande einer Scheidung auf sich nähme.

Kate hatte später natürlich begriffen, dass Mums und Dads Leben unentwirrbar miteinander verflochten waren – durch sie und Daisy und Mary, aber vor allem durch Jacaranda. Mum hatte nicht vor, auch nur einen Teil ihres kostbaren Weinguts durch eine Scheidungsvereinbarung zu verlieren, und schon gar nicht würde sie riskieren, dass eine von Dads Geliebten dort ihren Platz einnähme. Lieber behielt sie die Zügel in der Hand und ihre Demütigung für sich. Jock mochte sich nur weiter als Schürzenjäger betätigen, aber ihr würde er nichts vorwerfen können; sie würde ihm keinen Skandal liefern, mit dem er sie attackieren könnte. Sie begnügte sich damit, zufrieden mit ihren Kindern zu leben.

Die Tasse klapperte auf der Untertasse, als Kate sie in die Küche trug. Die alten Erinnerungen weckten gemischte Gefühle, und seit diesem grässlichen Artikel in der Wochenendbeilage merkte sie oft, dass ihr Puls ohne Grund raste und ihre Hand zitterte, wenn sie ihre Berichte schrieb. Eine so heftige Reaktion war sonst gar nicht ihre Art – aber das lag nur daran, dass sie nichts dagegen unternehmen konnte; diese Frustration musste ja irgendwie zu Tage treten.

Sie kehrte auf die Veranda zurück und machte sich daran, die Berichte für ihre Hilfsorganisation zu verfassen. Das Geld strömte immer noch herein, und es gab viel zu organisieren. Trotzdem kehrte sie in Gedanken immer wieder zu dieser Vorstandssitzung zurück und beschäftigte sich mit dem, was sie gesehen und gehört hatte. Denn etwas Merkwürdiges war geschehen, etwas so Beiläufiges, dass sie es beinahe nicht bemerkt hätte – aber es hatte sich in den hintersten Winkeln ihres Gedächtnisses verkrochen, und Kate wusste, sie würde keine Ruhe finden, ehe ihr wieder eingefallen war, worum es sich handelte.

»Daisy«, flüsterte sie schließlich, »es hatte etwas mit Daisy zu tun.« Sie gab ihre Berichte auf und lehnte sich zurück, um die Erinnerung an das Treffen des Vortags schärfer ins Bild kommen zu lassen. Daisy war still wie immer hereingekommen und hatte sich im anfänglichen Trubel beinahe unbemerkt hingesetzt. Aber in dieser Stille hatte eine ungewohnte Selbstsicherheit gelegen, und sie hatte wachsam die Sitzung verfolgt.

Je genauer Kate ihre Erinnerung erforschte, desto sicherer war sie: Daisy war verändert. Nicht nur ihre Kleidung und ihr diskretes Make-up, sondern auch das Selbstbewusstsein, das in ihren Augen leuchtete, und ihre Haltung.

Kates Gedanken wirbelten umeinander. Warum nur?, fragte sie sich. Was ist Daisy widerfahren, das ihr diese Zuversicht gegeben hat, diese geschärfte Aufmerksamkeit, mit der sie ihnen allen zugehört hat? Sie hatte sich weder an der Diskussion beteiligt noch eine Meinung geäußert, noch einen Hinweis auf ihre Gedanken gegeben. Und doch … und doch …

Kate richtete sich kerzengerade auf, als die Erinnerung an die letzten Augenblicke vor Marys lautstarkem Abgang sie durchzuckte. Was hatte Daisy da gesehen? Wieso hatten sich ihre Augen geweitet, ihre Lippen geöffnet?

Kate raffte Handtasche und Schlüssel an sich und rannte aus dem Haus. Sie wollte ihrer Schwester ins Gesicht sehen, wenn sie ihr diese Frage stellte.

Mary war ins Hotel zurückgekehrt, hatte ihre Sachen in den Koffer geworfen und war mit der nächsten Maschine nach Sydney geflogen. Jetzt lag sie auf dem Bett im Schlafzimmer ihrer Villa über dem Hafen, umgeben von schmutzigen Tellern, leeren Flaschen und beiseite geworfenen Kleidern. Der Mann, den sie im Flugzeug aufgelesen hatte, zog sich eben die Hose an; offensichtlich hatte er es eilig zu verschwinden.

Sie beobachtete ihn eine Weile; ihre Augen waren trüb von zu viel Gin. Sie wusste nicht mehr, wie er hieß, und obwohl sie sich erinnerte, dass er sie rau und fordernd behandelt hatte, war seine Gesellschaft doch besser als das Alleinsein. Sie langte nach der Decke, um ihre Nacktheit zu verbergen; die wirkungsvolle Klimaanlage ließ sie frösteln.

»Musst du wirklich gehen?«, murmelte sie. »Ich könnte dem Mädchen sagen, sie soll uns das Frühstück bringen.«

Er zog seinen Reißverschluss hoch, schnallte seinen Gürtel zu und suchte nach seinen Schuhen. »Du hast es gestern Abend weggeschickt«, sagte er und schnürte sich die Schuhriemen zu. »Außerdem muss ich wirklich gehen«, fügte er entschlossen hinzu. »Ich bin jetzt schon zu spät dran.«

Mary streckte die Hand aus, aber die Bewegung verursachte ein so scheußliches Pochen in ihrem Kopf, dass sie sich wieder in die Kissen sinken ließ. »Bleib doch noch ein bisschen«, bettelte sie. »Ich bin so einsam in diesem riesengroßen Haus.«

Er schaute auf sie herunter, und sein jugendliches Gesicht konnte seinen Abscheu nicht verhehlen. »Das wundert mich nicht«, knurrte er. »Diese Bude ist eine Müllkippe, und du siehst beschissen aus.«

Mary zog den Kopf ein. »Das hast du aber gestern Abend nicht gesagt«, entgegnete sie. »So wählerisch warst du nicht, als du dein Rohr verlegen wolltest.«

Seine Lippen kräuselten sich angewidert. »Vielleicht sollte ich es als meinen Beitrag zur Altenhilfe betrachten«, höhnte er.

»Dreckschwein!« Mary warf den Wecker nach ihm.

Er duckte sich, angelte seine Reisetasche und ging zur Tür. Dann drehte er sich noch einmal um und schüttelte langsam den Kopf. »Du solltest dankbar sein, dass ich betrunken und geil genug war, um dich überhaupt zu vögeln. Beim bloßen Gedanken daran muss ich jetzt kotzen. *Goodbye.*«

Mary schwang die Beine über die Bettkante und blieb einen Moment lang sitzen; ihr Atem war stockend, und in ihrem Kopf hämmerte es. Die Tür hatte sich leise geschlossen, aber sie hörte noch seine Schritte auf der Kiefernholztreppe zum Erdgeschoss und dann das Zuschlagen der Fliegentür, als er auf die Straße hinaustrat.

»Hoffentlich muss das Dreckschwein zu Fuß in die Stadt zurückgehen«, murmelte sie. Den Gedanken, dass er ihr Auto oder etwas von dem teuren Nippes, der überall im Haus herumstand, stehlen könnte, wollte sie lieber nicht weiter verfolgen. Sie war versichert. Es gab wichtigere Dinge zu bedenken. Zum Beispiel, dass sie etwas trinken musste.

»Auf dich, Dad«, lallte sie und hob ihr Ginglas. »Auf dich und all die anderen Dreckschweine, die mein Leben versaut haben. Mögest du in der Hölle verrotten!«

Die Flasche fest beim Hals gepackt, wankte sie zu der hinuntergeglittenen Decke. Es gelang ihr nicht, sich zu bücken und sie aufzuheben; also plumpste sie zu Boden, blieb mit gekreuzten Beinen hocken und stellte Flasche und Glas zwischen die Schenkel. Fröstelnd zog sie sich die samtene Überdecke um die Schultern, und dann strömten ihr die Tränen übers Gesicht.

»Warum hast du aufgehört, mich zu lieben, Daddy?«, fragte sie ins leere Zimmer. »Ich weiß, dass ich böse war, aber du brauchtest mich doch nicht zu *ignorieren.*«

Das Telefon klingelte, aber sie rührte sich nicht. Sie wollte mit niemandem sprechen; sie wollte, dass jemand sie in den Arm nahm. In die Decke gehüllt, kippte sie zur Seite und zog die Knie an. Daddy war der einzige Mann, bei dem sie darauf vertraut hatte, dass er sie bedingungslos liebte. Jetzt war er nicht mehr da, und sie hatte nichts als die Erinnerung an ihre Verbannung.

Jock hatte sie verwöhnt, das wusste sie, und sie hatte es sich zunutze gemacht – hatte es als Waffe gegen ihre älteren Schwestern verwandt und sich an ihrer Eifersucht gefreut. Er hatte ihr alles gekauft, was sie haben wollte, hatte sie auf wunderbare Ferienreisen zum Barrier Reef und in den Fernen Osten mitgenommen und sie behandelt wie eine Prinzessin. Sie hatte gewusst, dass sie am Ende einen Preis dafür würde zahlen müssen – eine arrangierte Ehe mit dem Sohn eines katholischen Winzers würde Jacaranda noch mächtiger werden lassen, als es ohnehin schon war –, aber sie war bereit gewesen, mitzuspielen, denn das alles war ein Teil von Daddys Meisterplan, und Macht war ein Aphrodisiakum für sie beide. Aber ihre enge Beziehung zu Jock war zu Ende, als er eines Tages unverhofft ins Château zurückgekehrt war und sie mit einem seiner Weinbergsarbeiter in ihrem rosaweißen Schlafzimmer angetroffen hatte.

Mary war vom College nach Hause gekommen und hatte sich in der Abwesenheit ihres Vaters bald gelangweilt. In Melbourne führte sie ein aufregendes Leben, sehr viel kultivierter als alles, was die Trottel auf dem Lande zu bieten hatten, und in der Nachmittagshitze war sie rastlos geworden. Das Bedürfnis nach Aufregung, gewürzt mit Gefahr, trieb sie um.

Sie war erst auf dem Gelände des Châteaus spazieren gegangen und dann in die Weinberge hinausgewandert. Der Mann war ein Fremder, ein Student, der hier in den Sommerferien arbeitete, aber er war jung, sonnengebräunt und gut aussehend, und offensichtlich schmeichelte ihm ihre Aufmerksamkeit. Es war ein Kinderspiel gewesen, ihn in ihr Zimmer zu locken.

Sie waren so beschäftigt gewesen, dass sie Jock nicht gehört hatten. Allzu vertieft in das Gewirr ihrer Körper, um zu merken, dass er vor ihnen stand.

»Hure!«, brüllte er. »Du dreckige Schlampe!«

Mary und der Junge wirbelten herum, und alle Gedanken an Lust waren wie weggefegt beim Anblick von Jock. Er stand in der Tür, rot im Gesicht unter dem schweißfleckigen Hut.

»Raus mit dir!«, schrie er den Jungen an. »Du bist entlassen.«

Mary setzte sich auf und zog sich das Laken unters Kinn, während der Junge hastig seine Kleider zusammensuchte. Obwohl die Wut ihres Vaters, die sich bis zu diesem Augenblick noch nie gegen sie gerichtet hatte, ihr Angst einjagte und obwohl sie sich schämte, dass er sie so ertappt hatte, fing sie doch an zu kichern, als der Junge mit blankem Arsch an ihm vorbeirannte. Als er Jocks Reitpeitsche auswich und im Galopp die Treppe hinunterpolterte, lachte sie lauthals. »Los doch, Daddy«, japste sie, entkräftet vor Hysterie.

Jock stürmte zum Bett, zerrte sie bei den Haaren heraus und schleuderte sie zu Boden. Schockiert von der unerwarteten Wut seines Angriffs, blieb sie wie gelähmt liegen; ihre Tränen versiegten, und ihre Augen weiteten sich angstvoll. Sie lachte nicht mehr.

Er blieb vor ihr stehen, die Peitsche immer noch in der Hand. »Du widerst mich an«, donnerte er. »Eine Tochter von Sodom und Gomorrha – das bist du. Unter meinem Dach – mit einem Arbeiter! Du bist nicht besser als die streunenden Katzen in unseren Scheunen.«

Er hob die Peitsche, und sein Gesicht war rot vor Zorn und Frustration.

»Nicht, Daddy! Tu mir nicht weh, Daddy«, schluchzte sie. »Es tut mir leid. Ich werde es nie wieder tun.«

»Da hast du verdammt Recht, das wirst du nicht«, grollte er. Die Peitsche verharrte in der Luft, und dann sank sein Arm herab, und Müdigkeit trat an die Stelle seiner Wut. »Warum, Mary? Warum tust du das, wo wir doch solche Pläne für die Zukunft hatten? Die Welt hätte dir gehören können. Uns hätte sie gehören können. Aber jetzt …« Sein kalter Blick musterte sie, dass es sie fröstelte. »Du bist gebrauchte Ware. Eine Zielscheibe für Klatschweiber – eine Schande für die Familie. Kein anständiger Mann wird dich mehr wollen, und schon gar nicht ein Sohn der frommen Familie McFadyn.«

Sie schüttelte den Kopf und zog das Laken vom Bett, um sich zu bedecken. Zum ersten Mal im Leben hatte sie Angst vor ihm. Angst vor seiner kalten Wut und vor dem, was er als Nächstes tun würde. Aber bevor sie etwas sagen konnte, hatte er sich bereits abgewandt, und seine Worte hagelten wie Eis in die Hitze des Zimmers.

»Du hast eine Stunde zum Packen. Danach will ich dich nicht wiedersehen und nie mehr mit dir sprechen.«

Sie richtete sich auf den Knien auf, und ihr Herz raste, als sie merkte, dass es ihm ernst war. »Er hat mich gezwungen«, behauptete sie hastig. »Ich wollte nicht, aber er war stärker als ich. Ich hatte keine Wahl.« Sie redete sich warm, als sie merkte, dass er zögerte. »Du hast Recht, wenn du wütend bist, Daddy, aber es war nicht meine Schuld. Er hat mich vergewaltigt. Hat mich gezwungen, schreckliche, abscheuliche Dinge mit ihm zu tun. Bestrafe mich nicht dafür, Daddy. Bitte.«

»Verdopple deine Sünde nicht durch eine Lüge«, sagte er grimmig. »Ich habe die Gerüchte über dich gehört, aber mich bis heute geweigert, sie zu glauben.«

Mary wurde es kalt, so kalt im bitteren Licht seines Blicks. »Aber Daddy …«

Ihre Beteuerungen verhallten ungehört. »Du wirst fortan bei Cordelia leben, und wenn ich sie besuche, will ich dich nicht sehen. Niemals. Von jetzt an habe ich nur zwei Töchter. Du existierst nicht mehr.«

»Das kannst du nicht tun!«, schrie sie. »Was ist denn mit all den Frauen, die du im Laufe der Jahre gehabt hast? Wieso bestrafst du mich, wenn ich doch nur so bin wie du?«

Er drehte sich in der Tür um. »Der Ruf einer Frau ist unbezahlbar. Wenn er einmal beschmutzt ist, kann man ihn nicht mehr rein waschen – gerade du solltest das wissen. Dein Wert lag in deinem Aussehen, im Namen deiner Familie und in allem, wofür er steht. Jetzt kannst du mir nichts mehr nützen.«

Es war das letzte Mal, dass sie miteinander gesprochen hatten. Das letzte Mal, dass sie ihn gesehen hatte. Die finstere, aufrechte Gestalt in Stiefeln und Moleskins hatte zugesehen, wie sie zu dem Flugzeug trippelte, das sie von Jacaranda fortbringen würde. Sie hatte aus diesem Flugzeug hinausgeschaut, bis er ein Punkt in der weiten Landschaft unter ihr gewesen war, und gewusst, dass dieser Bruch niemals heilen würde. Denn Jock Witney war nicht der Mann, der so leicht verzieh. Einmal verraten – immer verloren.

Mary krümmte sich auf dem Boden ihrer Villa in Sydney zusammen und wimmerte. Der Gin rann unbemerkt aus der Flasche in den Teppich, und irgendwo, nicht allzu weit entfernt, klingelte immer noch das Telefon.

Daisy war im Krankenhaus gewesen, um Charles zu besuchen. Ihr Cousin war von summenden Apparaten, Drähten und Schläuchen umgeben und von den Medikamenten so benommen gewesen, dass man nicht richtig mit ihm sprechen konnte. Nach einer langen Unterredung mit dem Arzt war sie wieder nach Hause gefahren. Jetzt saß sie auf ihrer Veranda, schaute aufs Meer hinaus und dachte daran, wie schön das Leben war – und wie kostbar. Wie töricht war sie gewesen, es zu verscherzen, indem sie es Martin überlassen hatte, stellvertretend für sie zu leben. Früher einmal hatte ihr das genügt, aber jetzt wusste sie, dass das Leben viel mehr zu bieten hatte, und sie erschrak fast vor der Woge des Grolls, die sie bei dem Gedanken an all die verlorenen Jahre durchströmte.

Natürlich war es Dads Schuld. Hätte er ihren Wunsch, zur Universität zu gehen, unterstützt, dann wäre ihr Leben anders verlaufen. Aber Jock Witney änderte seine Meinung niemals – nicht einmal dann, wenn er wusste, dass er die falsche Entscheidung getroffen hatte.

Daisy lächelte grimmig. Jahrelang war ihr Leben eine Lüge gewesen. So stolz sie auch auf das war, was sie mit ihrer Arbeit für die Wohltätigkeitsorganisationen erreicht hatte, sie sehnte sich doch nach einer größeren Herausforderung. Zu gern hätte sie die Flügel ausgebreitet, ohne zu fürchten, dass ihr Vater ihr über die Schulter schaute. Aber jetzt war er fort und ihre Angst ebenfalls. Wenn Maßnahmen für die Zukunft des Weinguts ergriffen wurden, würde sie dafür sorgen, dass sie einen Platz in dieser Zukunft hatte. Sie würde Anerkennung fordern – als jemand, der viel zu geben hatte und nicht länger mit einem Platz auf der Zuschauertribüne zufrieden sein würde.

Kates Ankunft riss Daisy aus ihren Gedanken. Sie kam mit ihrem Sportwagen die Zufahrt heraufgebraust, und der Kies spritzte von den Rädern in die Blumenbeete. Daisy seufzte. Wenn ihre Schwester doch ein bisschen vorsichtiger fahren wollte. Sie hatte die Beete erst heute Morgen gejätet – und jetzt?

»Gut, dass du zu Hause bist«, sagte Kate, als sie auf die Veranda trat. »Du hast noch nichts von Mary gehört, oder?« Sie ließ sich auf die Schaukel fallen, dass der Sitz knarrend nach hinten schwang. »Junge, das ist heiß! Und der Verkehr ist ein Albtraum.«

Daisy lächelte und holte ihr ein Glas Eistee. »Wieso sollte ich etwas von Mary hören? Sie hat nicht die Gewohnheit, regelmäßigen Kontakt mit mir zu halten; ich weiß gar nicht, wann sie mich das letzte Mal angerufen hat.«

Kate trank ihren Tee; das Eis klirrte in dem beschlagenen Glas, das Daisy geradewegs aus dem Kühlschrank geholt hatte. »Schon besser«, seufzte sie dann. »Ich war ausgedörrt.« Sie stellte das leere Glas hin und wühlte in ihrer Handtasche nach Zigaretten. »Mary ist nicht mehr im Hotel. Ich habe angerufen, um ihr meine Meinung zu sagen, aber sie war schon abgereist. Vermutlich zurück nach Sydney – aber bei ihr zu Hause geht auch niemand ans Telefon.«

Daisy runzelte die Stirn. »Du glaubst doch nicht, dass sie eine Dummheit begeht, oder? Gestern im Meeting ist sie ziemlich durchgedreht – sie war fast völlig außer sich.«

Kate blies einen Rauchring und beobachtete, wie er in der warmen Brise verwehte. »Wahrscheinlich frisst sie sich voll und kotzt dann, oder sie lässt sich vögeln und säuft sich besinnungslos«, vermutete sie grimmig. »So oder so – ich weiß nicht, warum es mich kümmert, aber es macht mir doch Sorgen, dass sie nicht ans Telefon geht.«

»Mary hat immer gern gefährlich gelebt. Erinnerst du dich an den Viehtreiber, mit dem sie eine Zeit lang zusammen war und der sie verprügelt hat? Sie sagte immer, ab und zu hat sie's gern ein bisschen grob; es sei eine erfrischende Abwechslung von den Großstadtmännern, mit denen sie sich sonst herumtreibt. Wenn Mum nichts unternommen hätte, hätte er sie wahrscheinlich bei einer ihrer Prügeleien in betrunkenem Zustand totgeschlagen.«

Kate lächelte. »Gute alte Mum. Immer da, wenn es Krisen gibt.« Schweigend rauchte sie ihre Zigarette, und sie schauten beide aufs Meer hinaus. Es funkelte wie diamantenbesetzte blaue Seide. Möwen umkreisten ein kleines Fischerboot, das landwärts tuckerte.

»Vermutlich bist du nicht hier, um über Mary zu reden«, sagte Daisy nach einer Weile. Sie kannte Kate. Mary hatte für sie noch nie oberste Priorität gehabt.

Kate drückte ihre Zigarette aus. »Etwas an dir ist verändert, und ich will wissen, was es ist«, erklärte sie mit gewohnter Direktheit.

Daisy lächelte. Sie hätte sich denken können, dass ihrer Schwester nichts entging. »Es heißt ›Selbstvertrauen‹«, antwortete sie schlicht. »Mir ist klar geworden, dass ich mein Leben nicht mehr durch andere Leute zu leben brauche, und du würdest dich wundern, wenn du wüsstest, was ich für die Zukunft geplant habe.«

Kate musterte sie und nickte dann. »Ich wusste, dass da etwas war. Du hast gestern so beherrscht gewirkt, so sicher – und trotzdem warst du in jeder Hinsicht dieselbe stille, untätige Daisy.« Sie lächelte. »Gut so, mein Mädchen. Wird auch Zeit, dass du uns was bietest für unser Geld. Und was hast du gestern gesehen, das dich so umgehauen hat?«

Daisy wandte den Blick ab, und ein Lächeln zuckte an ihren Mundwinkeln. »Ich habe die Wahrheit gesehen«, sagte sie gelassen. »Und nachdem ich Zeit gehabt habe, darüber nachzudenken, kann kein Zweifel mehr bestehen. Alles passt zusammen, alles ist erklärt.«

Sophie lenkte den schweren Campingwagen die steile Piste hinunter. Der Motor protestierte heulend, und die Räder wirbelten Geröll und Staub auf. Sie stieß einen Seufzer der Erleichterung aus, als sie endlich unten auf der Straße waren. »Der Wagen ist zu groß für Bergfahrten, Gran. Ich hoffe, es gibt nicht noch mehr Aussichtspunkte, die du ansteuern möchtest.«

Cordelia lächelte. »Keine Sorge, Sophie. Schau doch, wir sind da.« Sophie schaltete und spähte aus dem Fenster. Cordelia klammerte sich an der Tür fest, als Sophie scharf bremste.

»Soll das ein Scherz sein?«, flüsterte sie. »Das ist doch unmöglich. Wieso hier? Wieso ausgerechnet hier?« Sie starrte ihre Großmutter an, und ihr Gesicht war blass unter der Sonnenbräune. »Ich dachte, du hättest gesagt, wir fahren zum Weingut von Rose? Dahin, wo Jacaranda angefangen hat? Worauf willst du hinaus, Gran? Ist das alles ein grausamer Scherz?«

Cordelia verspürte ein leises Beben des Unbehagens. Sophie zu verletzen, das hatte sie nun wirklich nicht vor, aber jetzt war es zu spät für eine Änderung ihrer Pläne. »Das ist kein Scherz,

Sophie. Es ist der richtige Ort. Das Weingut, mit dem Rose und Otto die Fundamente für unsere Familie gelegt haben.«

»Die Leute hier sind also mit uns verwandt? Es gibt hier einen Zweig der Familie, von dem ich nichts gewusst habe?« Sophie wischte sich schroff die Tränen aus den Augen und warf den Rückwärtsgang ein. »Ich fahre auf der Stelle zurück nach Melbourne«, erklärte sie. »Hier gibt es nichts für mich, und es erstaunt mich, dass du das anders siehst.«

Cordelia legte eine zitternde Hand auf Sophies, um sie zu beruhigen. »Hier gibt es alles für dich, Darling. Wart's doch ab. Hab Geduld.«

Sie schauten aus dem Fenster auf den verschnörkelten Eisenbogen, der sich über die staubige Straße spannte, und jede war mit eigenen Gedanken und Erinnerungen beschäftigt. Das schwarze Schmiedeeisen glänzte in der Nachmittagssonne. Seine Botschaft hob sich scharf vom gleißenden Himmel ab:

Weingut Coolabah Crossing
gegründet 1838

DREIZEHN

Mary öffnete die Augen und blieb einen Moment liegen. War sie gestorben? Grelles Weiß umgab sie, und sie hörte das leise Rascheln von Leuten, die sich um sie herum zu schaffen machten. Sie sprachen mit gedämpften Stimmen, und es duftete wunderbar nach Blumen. Sie drehte den Kopf auf dem Kissen. Das helle Licht ließ ihre Augen tränen, aber sie sah doch, wer da still an ihrem Bett saß.

»Daisy?«, murmelte sie. »Was ist passiert? Was machst du hier, und wo zum Teufel bin ich?«

»Ich sorge dafür, dass du am Leben bleibst«, antwortete ihre Schwester grimmig. »Obwohl nur der Teufel weiß, weshalb ich mir die Mühe mache – nach allem, was du uns angetan hast.«

»Ich habe euch gar nichts angetan«, protestierte Mary matt. »Ich bin's, die hier im Krankenhausbett liegt. Merkst du das nicht?«

»Unter diesem Artikel hätte dein Name stehen müssen«, sagte Daisy angewidert. »Nur du konntest diesen Dreck mit so viel Bosheit gegen uns schleudern.«

»Das habt ihr euch alles selbst eingebrockt«, murmelte Mary. »Ich habe Sharon nur die Wahrheit erzählt.« Sie fuhr sich mit der Zunge über die trockenen Lippen. »Ich muss was trinken.«

»Hier.« Ein Glas Wasser berührte ihre Hand. »Solltest du öfter probieren. Wirkt Wunder für den Teint, und man kriegt keinen Kater.«

Mary beäugte Daisy mit halb geschlossenen Augen, während sie sich auf dem Ellenbogen aufstützte und an dem eiskalten Wasser nippte. Sie hatte einen üblen Geschmack im Mund, und Daisy hatte etwas an sich, das ihr Unbehagen bereitete. Von der Anstrengung erschöpft, ließ sie sich wieder ins Kissen sinken. »Du hast mir meine Frage nicht beantwortet«, murmelte sie. »Was tust du hier?«

»Wir konnten dich telefonisch nicht erreichen, und nachdem ich mit deiner Haushälterin gesprochen hatte, habe ich die Polizei von Paramatta angerufen. Sie hat die Tür aufgestemmt und dich in deinem Erbrochenen gefunden, nackt und völlig k. o. Kein schöner Anblick nach allem, was man so hört. Man hat dich unter falschem Namen ins Krankenhaus gebracht. Das Letzte, was wir jetzt gebrauchen können, ist noch ein Skandal. Ich habe mich ins Flugzeug gesetzt und bin vor zwei Stunden angekommen.«

Mary betrachtete ihre Schwester; sie merkte, dass nicht nur Daisys Stimme verändert war. Sie hatte etwas Kraftvolles, Gefasstes an sich, ganz anders als sonst. Sonst war sie immer wie eine Maus, so grau und bescheiden. Aber jetzt trat sie mit einer Bestimmtheit auf, als sei sie dazu geboren. Geschminkt war sie auch, und sie trug ein schickes Kostüm, das sie nicht von der Stange gekauft hatte. Mary schloss die Augen vor der blendenden Sonne. Daisy hatte offenbar einen neuen Mann. Anders konnte es nicht sein, denn sonst würde sie sich doch nicht so viel Mühe machen. Oder?

»Warum, Daisy?«, fragte sie schließlich. »Warum hast du das alles für mich getan?«

»Weil du meine Schwester bist«, antwortete Daisy schlicht.

»Und außerdem?« Mary wusste, dass mehr dahinterstecken musste. Dieser neuen Version von Daisy würde es schwer fallen, ihren Verrat zu verzeihen.

»Du magst ein Miststück erster Klasse mit Goldrand und

Lametta sein, aber du hast es nicht verdient, wie eine Wermutpennerin in der eigenen Kotze zu verrecken. Da ist noch einiges unerledigt, Mary, und ich bin entschlossen, das zu regeln.«

Mary schloss stöhnend die Augen. Sie fühlte sich miserabel, und das Letzte, was sie jetzt gebrauchen konnte, war ihre dämliche Schwester, die sich hier mit dieser herrischen Gouvernantenattitüde aufspielte. »Mein Privatleben geht dich überhaupt nichts an«, zischte sie. »Ihr habt alle wenig Zweifel daran gelassen, dass ihr nichts mit mir zu tun haben wollt, und mir ist es auch egal, was ihr denkt. Jetzt verschwinde, bevor ich nach der Schwester läute und dich rauswerfen lasse.«

Mit schmalen Augen sah sie, dass Daisy unschlüssig an der Unterlippe nagte. »Raus!«, kläffte sie, dass ihre Schwester zusammenschrak. »Verpiss dich, und lass mich in Ruhe!«

Daisy stand auf. Rote Flecken traten auf ihre Wangen, und ihre Finger verdrehten nervös den Henkel ihrer Handtasche. »Du kannst so grob werden, wie du willst, du wirst mich trotzdem nicht umstimmen«, sagte sie mit einer Entschlossenheit, die ihre jüngere Schwester überraschte. »Du kommst mit mir zurück, ob dir das passt oder nicht. Es gibt Dinge, die du wissen solltest, bevor die Vorstandssitzung stattfindet – und wenn ich sie dir erzählt habe, wirst du verstehen, warum ich kommen musste.«

Die Landstraße nach Coolabah Crossing war lang und gewunden, glatt asphaltiert und zu beiden Seiten von schattigen Gummibäumen gesäumt. Sophies Hand ruhte auf dem Schalthebel; sie zögerte noch immer, diese Reise in die Vergangenheit anzutreten. Jay hatte so viel von diesem Ort erzählt, und auch wenn sie ihn noch nie gesehen hatte, war ihr, als wisse sie schon genau, was sie am Ende dieser Straße erwartete.

»Wissen sie, dass wir kommen?«, fragte sie nervös.

»Ich habe angerufen, bevor wir in Melbourne abgefahren sind«, sagte Cordelia und tätschelte Sophie die Hand. »Du brauchst nicht nervös zu sein, Darling«, sagte sie leise. »Ich habe mit Jay gesprochen, und er freut sich darauf, dich wiederzusehen.«

Sophie starrte aus dem Fenster, und ihre Gedanken und Gefühle waren in Aufruhr. »Du hättest mich damit nicht überraschen sollen, Gran«, flüsterte sie. »Diese Entscheidung kommt dir nicht zu.« Aber vor wenigen Jahren war es ihr einziger Wunsch gewesen, ihn wiederzusehen. Mit ihm zu sprechen, ihn zu fragen, warum er plötzlich aufgehört hatte, ihr zu schreiben. Aber sie hatten sich beide weiterentwickelt und an einem eigenen Leben gebaut, auf verschiedenen Seiten der Welt. Sie waren einander vielleicht einmal nah gewesen – aber jetzt waren sie Fremde.

»Es tut mir leid, Sophie. Mir war nicht klar, wie schwer es dir fallen würde«, sagte Cordelia betreten. »Aber Jay grollt dir nicht. Wieso tust du es dann?«

Sophie schnappte nach Luft. All der alte Zorn über die Kränkung stieg wieder an die Oberfläche. »Er tut was nicht?«, fragte sie hitzig. »Er war doch derjenige, der aufgehört hat zu schreiben und der sich nie die Mühe gemacht hat, mir einmal zu erklären warum. Er ist derjenige, der jedes seiner Versprechen gebrochen hat – nicht ich.« Ihre Hände zitterten, als sie in ihrer Tasche nach einer Zigarette suchte. Es war die erste seit einer Woche, und als das Nikotin durch ihre Adern strömte, warf sie hart den ersten Gang ein und trat auf das Gaspedal. »Ich grolle ihm nicht«, knurrte sie durch den Zigarettenrauch, während sie unter dem schmiedeeisernen Bogen durchfuhren.

»An deiner Stelle würde ich langsamer fahren«, meinte Cordelia milde. »Du versäumst eine wunderschöne Landschaft.«

Scheiß auf die Landschaft, dachte Sophie. Aber sie atmete tief durch und überlegte sich, dass es vielleicht eine gute Idee wäre, sich zu fassen. Nach einem schnellen Blick in die Runde musste sie zugeben, dass Coolabah Crossing wirklich imposant war.

Gummibäume schwankten im warmen Wind und zauberten Tupfen von Sonnenlicht auf die Straße. Frisch gestrichene Zäune umgaben die Felder zu beiden Seiten, und eine Herde prächtiger Pferde weidete im hohen Gras. Als sie um die letzte Biegung der Straße kamen, eröffnete sich ein Panorama, das Sophie entzückt aufjauchzen ließ. Auf dem Kamm eines flachen Hügels leuchteten die ockergelben Ziegel eines ausgedehnten Bungalows im Stil einer Ranch sanft im Sonnenschein vor einer Kulisse von kiefernbedeckten Bergen. Eine Veranda, gestützt von anmutigen weißen Säulen und einem weißem Geflecht aus Schmiedeeisen, erstreckte sich über die ganze Länge des Baus, Bougainvilleen in Rosa und Lila wucherten auf dem Ziegeldach, und in Terracotta-Töpfen zierten fedrige Farnwedel die schattige Veranda, auf der gemütliche Peddigrohrsessel lockten. Eine Akazie beschattete den Vorplatz, und ihre zitronengelben Blütentropfen berührten beinahe den zimtroten Weg, der um das Haus herumführte. Das Limonengrün der Pfefferbäume bildete einen scharfen Kontrast zum dunkleren Grün der Weinterrassen, die sich scheinbar ins Endlose erstreckten.

»Ein bisschen anders als Jacaranda«, sagte sie verdrossen. Sie wollte verdammt sein, wenn sie der alten Dame zeigte, wie beeindruckt sie war. Sie war ihr immer noch böse.

»Das Château von Jacaranda war nie wirklich ein Zuhause«, sagte Cordelia betrübt. »Dafür war es zu groß und zu protzig. Aber Jock brauchte ein Statussymbol, das zu seinem wachsenden Ansehen als erfolgreicher Weinproduzent passte; deshalb ließ er das ursprüngliche Haus abreißen und stattdessen seine Monstrosität errichten. Und als er das Haus mit teurem Porzellan und Kunstwerken voll gestopft hatte, fühlte man sich dort mehr wie in einem Museum.« Sie seufzte. »Aber nichts bleibt, wie es ist, nicht wahr? Selbst dieses Anwesen hier hat sich so sehr verändert, dass man es nicht wiedererkennt. Ich weiß noch, wie hier nur ein kleines Holzhaus auf dem Hügel stand – großartig nach den Maßstäben des frühen zwanzigsten Jahrhunderts, aber so reich wirkte es nun doch nicht.«

Cordelia verlor sich in ihren Erinnerungen, und es waren nicht nur glückliche. Das erste Mal war sie mit ihrer Mutter kurz vor dem Ende des Ersten Weltkriegs hierher gekommen. Mit Pferd und Wagen hatten sie die lange, gewundene Straße zwischen Barossa und Hunter Valley bereist und in staubigen Outback-Hotels übernachtet, wo außer ihnen nur Viehtreiber, Landstreicher und Edelsteinsucher wohnten. Cordelia hatte das Leben auf der Landstraße geliebt; Rose hatte es doch sicher ebenso aufregend gefunden, jeden Morgen aufzuwachen, ohne zu wissen, was ihr heute begegnen würde, Fremde kennen zu lernen und Dinge zu sehen, die sie zu Hause niemals gesehen hätte. Aber diese Reise mit Sophie hatte viele Erinnerungen geweckt, auch an manches Bedauerliche.

Sie schaute über die saftigen grünen Wiesen hinaus, doch ihr Blick war in die Vergangenheit gerichtet. Sie sah das solide kleine Holzhaus, das einst auf diesem Hügel gestanden hatte, von schützenden Gummibäumen umgeben, und sie sah die Menschen, die damals auf der verwitterten Veranda gestanden hatten, um sie willkommen zu heißen.

Mutter war nervös und aufgeregt gewesen; ihre Hände hatten die Zügel der beiden Schimmel fest umklammert, als sie auf dem Feldweg zum Haus hinauftrabten. Sie erinnerte sich noch gut daran, wie sie zu ihrer Mutter hinübergeschaut hatte. Noch nie hatte sie sie so hübsch, so lebendig gesehen. »Warum besuchen sie uns denn nie?«, hatte sie gefragt. Die Neuigkeit, dass es noch einen Zweig der Familie gab, hatte sie überrascht, als sie das erste Mal von dem geplanten Besuch hörte.

Die Miene ihrer Mutter hatte sich verfinstert. »Es hat einen Familienstreit gegeben«, hatte sie zögernd gesagt. »Deine Großmutter war nicht erfreut, als ich ihr von dieser Reise erzählt habe, aber Urgroßmutter Rose war entzückt. Die Kluft war zu breit geworden, weißt du. Sie war froh, dass jemand etwas unternimmt, bevor es wirklich zu spät ist.«

»Dann muss es aber ernst gewesen sein«, meinte die siebzehnjährige Cordelia.

Ihre Mutter klatschte mit den Zügeln. »Das war es. Und auch wenn Mutter nicht nachgeben will, soll dieser Besuch die Spaltung heilen. Und es gibt keine bessere Gelegenheit als eine Hochzeit, um die Vergangenheit hinter uns zu lassen.«

Cordelia wandte sich enttäuscht nach vorn. Sie hätte gern mehr über diesen faszinierenden Zwist erfahren, aber Mums Miene sagte ihr, dass sie sich gedulden musste. Aber ihre Stimmung besserte sich, als die Pferde in einer Wolke von Staub und Schweißdunst vor der Veranda anhielten. Denn dort stand der schönste Mann, den sie je gesehen hatte, neben seinem wettergegerbten Vater.

Walter war achtzehn. Er war in den Krieg gezogen, weil er ein falsches Alter angegeben hatte, und drei Jahre später war er verwundet zurückgekommen. Jetzt stand er da, schlank und braun, ein Bein steif bis zur Hüfte. Das verlieh ihm einen stolzen, piratenhaften Gang, als er über den ungepflasterten Platz kam, um sie zu begrüßen. Ihre Blicke trafen sich über den von dampfendem Schaum bedeckten Pferderücken, und Cordelia verliebte sich tief und unwiderruflich.

Sie seufzte, als die Gegenwart im Gleißen der Sonne zurückkehrte. Der Besuch war so vielversprechend gewesen, und am Ende war er doch gescheitert, denn der Anlass des Besuches war Walters bevorstehende Hochzeit, der Vorwand für den Versuch, den Riss in der Familie zu heilen. Zwar hatten beide ihre Gefühle auf der Stelle erkannt, aber es war zu spät.

Ihre Mutter hatte gesehen, wie sie einander angeschaut hatten, und Walters Vater war es auch nicht entgangen, und um weitere Familienstreitigkeiten zu vermeiden, hatte man die beiden getrennt. Cordelia hatte dasitzen und zusehen müssen, wie er mit seiner jungen Braut das Treuegelübde wechselte, und sie und ihre Mutter waren schon am nächsten Tag wieder zum Barossa Valley und nach Jacaranda zurückgefahren. Der Besuch hatte einen unsicheren Waffenstillstand zwischen den beiden Seiten der Familie herbeigeführt, aber ihre Großmutter weigerte sich bis zu ihrem Tod, wieder mit ihrer Schwester zu sprechen, und als die Jahre vergingen und die Entfernung weitere Besuche verhinderte, versiegte die Kommunikation zwischen beiden Seiten bis auf gelegentliche Weihnachtskarten.

Cordelia atmete zitternd ein. Jetzt war sie wieder da, wo alles angefangen hatte, und sie war genauso nervös wie Sophie. Würde Walter froh sein, sie nach so vielen Jahren wiederzusehen? Würde er in der alten Frau, die sie geworden war, noch das junge Mädchen erkennen, das er einmal geliebt hatte? Ihr Puls raste, als der Camper anhielt. Die Jahre mochten vergehen, aber manches änderte sich nie – und auch wenn sie wusste, dass es nicht sein konnte, war es doch der junge, gut aussehende Walter, der da auf der Veranda auf sie wartete.

Mit klopfendem Herzen brachte Sophie den Wagen zum Stehen. Dort auf der Veranda wartete jemand. Er stand im tiefen Schatten, aber die Gestalt hätte sie überall erkannt.

Jay trat aus dem Schatten ins Sonnenlicht. Er war groß und schlank, und drahtige Kraft zeigte sich in seinem lässigen Gang und den breiten Schultern. Seine schmalen Hüften steckten in weißen Moleskins, und braune, flache Stiefel folgten den Konturen seiner muskulösen Waden. Er war vielleicht ein bisschen brauner, als sie ihn in Erinnerung hatte, aber sein Haar glänzte bläulich schwarz in der Sonne, und sein Begrüßungslächeln hatte immer noch die Macht, ihren Puls rasen und ihre Knie zittern zu lassen.

Sie nahm sich zusammen und griff nach ihrer Tasche. Der

Himmel weiß, was er in mir sehen wird, dachte sie, als sie aus dem Wagen kletterte. Es war zu spät, um sich das Haar zu bürsten und ein wenig Make-up aufzulegen, und obgleich sie wütend war, dass so etwas plötzlich so viel Bedeutung haben sollte, war sie doch froh, dass sie an diesem Morgen saubere Shorts und ein frisches T-Shirt angezogen hatte.

Ein Blick der lang bewimperten dunklen Augen hatte sie erfasst; dann lächelte er und ging wortlos um den Camper herum, um Cordelia beim Aussteigen zu helfen. Sophie blieb verwirrt stehen; ausnahmsweise wusste sie nicht, was sie tun sollte. Eine überschwängliche Begrüßung hatte sie nicht gerade erwartet, aber sie hatte doch gedacht, dass ihre Begegnung nach so langer Zeit nicht schweigend verlaufen würde.

Arroganter Mistkerl, dachte sie und langte in den Camper, um Grans Reisetasche herauszuholen. Wenn höfliche Gleichgültigkeit seine Waffe sein sollte, dann konnten sie dieses verdammte Spiel auch zu zweit spielen.

»Wie geht's denn, Tante Cordy? Du siehst ziemlich gut aus für eine, die so weit gereist ist.« Jays tiefe Stimme hatte einen Schmelz wie dunkle Schokolade. Er beugte sich zu der alten Frau herunter und umarmte sie.

Sophie sah es voller Eifersucht; sie erinnerte sich, wie sie einst von diesen starken braunen Armen umschlungen worden war, aber sie schob den Gedanken daran beiseite und starrte blicklos über die Felder. Sie durfte ihm nicht zeigen, wie sehr sie das alles berührte.

»Und wie geht's dir, Sophie? Ist lange her.«

Die Stimme war so nah, dass es ihr Unbehagen bereitete, doch sie wusste, sie würde sich umdrehen und ihn anschauen müssen. Sie sah ihr Spiegelbild in den tiefen dunklen Augen. »Gut geht's«, antwortete sie heiser. Sie räusperte sich und wandte den Blick von diesem sinnlichen Mund und dem kraftvollen Kinn. »Aber wenn ich gewusst hätte, dass wir hierher fahren, hätte ich mir die

Mühe gespart.« Ihr rasender Puls strafte die Kälte ihres Tonfalls Lügen.

»Schon gut, Sophie«, sagte er gedehnt. »Du brauchst nicht so zu sein.« Aber ihre Kälte schien ihm nichts weiter auszumachen. Sie packte die Taschen fester.

»Wie du sagst – es ist lange her«, murmelte sie.

Er musterte sie amüsiert, und der Blick seiner dunklen Augen tanzte über sie hinweg. Sie kam sich plötzlich vor wie ein quengelndes Kind. »Lass uns die Lady in den Schatten bringen«, sagte er und wandte sich Cordelia zu. Er schob die Hand der alten Dame in seine Ellenbeuge und führte sie, ihrem Tempo entsprechend, mit kleinen Schritten zur Veranda.

Sophie fühlte sich irgendwie isoliert, als sie ihnen auf dem roten Weg und die Verandastufen hinauf folgte. Es war wunderbar kühl hier; ein leises Lüftchen ließ die Farne schwanken, und die Bougainvilleen an der weißen Pergola tanzten. Jay führte Gran zu einem der Sessel und hantierte mit den Kissen. Gran genoss das alles sehr. Jay war immer sehr aufmerksam gewesen, wusste Sophie, nur jetzt, gegenüber der hinterlistigen alten Lady, war er es ganz besonders. Sie setzte die Taschen ab und ließ sich in den nächstbesten Sessel fallen. Wenn er mich mit diesem Theater beeindrucken will, vergeudet er seine Zeit, dachte sie säuerlich.

Sie bekamen hausgemachte Limonade in hohen, klingenden Gläsern, und dann schob Jay die Hände in die Taschen seiner Moleskins. Sein kariertes Hemd stand offen, und man sah eine braune Brust mit dunklen, lockigen Haaren. »Dad ist mit meinen Brüdern draußen in den Terrassen, aber sie kommen bald zum Essen nach Hause. Großvater macht sein Nickerchen, aber ich schätze, er wird gleich auftauchen. Er freut sich darauf, dich wiederzusehen, Cordelia.«

»Wie geht es ihm?«, fragte Cordelia.

»Ganz gut. Die Gelenke knirschen ein bisschen, aber er tritt uns immer noch auf die Zehen, der alte Halunke«, sagte er liebevoll.

»Und deine Mutter?«

Jay grinste. »Sie ist reiten, wie gewöhnlich. In der Küche und im Haus hält sie nichts mehr, seit sie ihre Pferdezucht in Gang gebracht hat.«

Wie um seine Bemerkung zu widerlegen, flog die Fliegentür auf, und ein fröhliches, sonnengebräuntes Gesicht spähte zu ihnen heraus. »Tag«, sagte die Frau strahlend und kam heraus auf die Veranda. »Du musst Cordelia sein. Schön, dich endlich kennen zu lernen! Ich bin Beatrice, aber alle nennen mich Beatty, und ich bin verantwortlich für diesen groben Kerl, Gott helfe mir. Und wenn man sich vorstellt, dass ich dann noch vier von der Sorte gekriegt habe … Muss was mit der vielen frischen Luft zu tun haben.« Die Worte sprudelten aus ihrem Mund, als hätte sie ein Zeitlimit einzuhalten.

Beatty trug keine Spur von Make-up, und ihr blondes Haar wurde von einem Haarband gehalten. Ihr einziger Schmuck war ein schlichtes Silbermedaillon am Hals und ein Paar silberne Ohrklipps. Jays Bemerkung über ihre Vorliebe für die Reiterei wurde bestätigt durch ihre fleckige Reithose, die verschlissenen, abgetragenen Stiefel und ein verblichenes kariertes Hemd, das schon bessere Zeiten gesehen hatte. Aber sie war immer noch eine gut aussehende Frau, und als sie jetzt neben ihrem dunkelhaarigen Sohn stand, bildeten sie einen auffallenden Kontrast.

Sophie war überrascht, als sie das vertraute britisch klingende Englisch der Upperclass hörte. Jay hatte ihr nie erzählt, dass seine Mutter Engländerin war. Sie konnte sich gleich vorstellen, wie Beatty mit dem Landadel auf die Fuchsjagd ging, und sie fragte sich, warum diese Frau fern von ihrer Heimat lebte. Andererseits schien sie auch ein Teil dieses wilden, anstrengenden Landes zu sein und sich zwischen Männern und Pferden, Reben und Wildnis zu Hause zu fühlen.

Blitzblaue Augen musterten Sophie kurz. »Du musst Sophia sein. Jetzt verstehe ich, warum Jay damals so verschossen war.« Ihr Händedruck war fest. Sie hatte raue Finger von der Arbeit im Stall und ein offenes, freundliches Lächeln.

Sophie wusste, dass er sie beobachtete. Sie versuchte ihn zu ignorieren und sich auf seine Mutter zu konzentrieren. »Sophie, bitte. Sophia klingt nach einem italienischen Filmstar.«

»Wenn du es sagst«, antwortete Beatty freundlich. »Ich habe immer gefunden, Sophie ist ein Name für ein weiches Persönchen, das man tyrannisieren kann. Und nach allem, was Jay mir erzählt hat, bist du dazu viel zu vernünftig.« Beatty lachte und strich sich eine Locke aus der breiten, faltenlosen Stirn.

Der Schock des Wiedererkennens fuhr Sophie in den Magen. Es war eine Geste gewesen, die sie von Jay gewohnt war. Eine Geste, die sie einst so liebenswert gefunden hatte.

»Essen gibt's in einer halben Stunde«, verkündete Beatty und zündete sich eine Zigarette an. »Jay, warum führst du Sophie nicht auf dem Anwesen herum, während Cordelia und ich uns kennen lernen. Ich bin entzückt, euch beide endlich einmal zu sehen, aber ich habe das Gefühl, dass es nicht nur ein Gelegenheitsbesuch ist, und ich bin neugierig genug, mehr zu erfahren.«

Sophie schaute ihre Großmutter an und hoffte auf irgendeinen Vorwand, um sich zu drücken, aber Cordelia wühlte nur unter großem Getue in ihrer Handtasche. Sie schaute Jay an, der nonchalant an einer weißen Säule lehnte. Von ihm ist keine Hilfe zu erwarten, dachte sie, als sie das herausfordernde Zwinkern in seinem Blick sah. »Es ist ein bisschen heiß für einen Spaziergang«, sagte sie leise. »Ich glaube, ich bleibe lieber hier im Schatten.«

»Unsinn«, sagte Beatty entschieden. »Es wird Zeit, dass ihr beide euch eurem Alter entsprechend benehmt, du und Jay. Verschwindet und lasst Cordelia und mich hier tratschen.«

»Mum hat gesprochen.« Jays Augenwinkel kräuselten sich humorvoll. »Wir haben keine andere Wahl.«

Sophie erhob sich so würdevoll, wie sie nur konnte, aus ihrem Sessel und folgte ihm die Stufen hinunter in die glühende Hitze der Mittagssonne. Es war ein komisches Gefühl, wieder an seiner Seite zu gehen. Komisch und beunruhigend, als ihre nackten Arme sich federleicht streiften, dass es sie wie ein Schock durchfuhr. Sie vergrößerte den Abstand zwischen ihnen.

Jay schien es nicht zu bemerken; wenn er es doch tat, behielt er seine Gedanken für sich. Sie gingen um das Haus herum, und die flachen Absätze seiner Stiefel hallten auf den Steinen des Weges. »Dad hat das alte Haus abgerissen, bevor es einstürzen konnte«, erläuterte er emotionslos wie ein Fremdenführer. »Das neue hat Klasse, aber nicht halb so viel Charakter. Ich weiß noch, wie ich auf der alten Veranda saß und den Glühwürmchen zuschaute, während das Haus knarrte und der Wind um die Steinhaufen wehte, die es aufrecht hielten.«

Sophie folgte ihm blindlings. Sie sollte diese Gefühle nicht haben – nicht so rasch. Hatte Crispin Recht gehabt? War ihre Ehe eine Farce gewesen? Eine romantische Reaktion auf ihre gescheiterte Liebe zu Jay – und sie hatte nie den Mut gehabt, es sich einzugestehen? In London war ihr das undenkbar vorgekommen, aber die Realität war viel schwerer zu verdauen. Der Klang von Jays Stimme, der Geruch von Pferd und warmer Haut, den er verströmte, das alles war schmerzlich vertraut und viel zu verlockend, als dass sie etwas anderes glauben könnte.

»Dad hat das Gestrüpp gerodet und die Stallungen gebaut, nachdem er und Mum geheiratet hatten«, erzählte er weiter. Anscheinend ahnte er nicht, was für einen Tumult er in ihr anrichtete. »Mum kam aus einer reichen Familie; sie hatte in England auf dem Land gelebt und war es gewohnt, Pferde in ihrer Umgebung zu haben.« Er grinste. »Dad sagt, ihre Leute waren nicht allzu glücklich darüber, dass sie hierher in diese Einöde ziehen wollte, mit einem wilden Burschen aus den Kolonien, der jeden unter den Tisch trank und mit einem Akzent sprach, der Stahl zerschneiden konnte. Aber Mum liebt dieses Land, und abgesehen von gelegentlichen Besuchen in der Heimat kommt sie immer wieder gern zurück nach Coolabah Crossing und zu ihren Pferden, sagt sie.«

»Warum dieser Name?«, brachte Sophie schließlich hervor. »Was bedeutet Coolabah?«

»Du meine Güte, Sophie, für ein astreines Aussie-Mädchen weißt du aber nicht gerade viel. Warst zu lange bei den Briten, schätze ich. Ich werde dir Unterricht geben müssen.« Grinsend strich er sich mit der flachen Hand das schwarze Haar aus der Stirn, und ihre Sinne überschlugen sich. »Die Aborigines nennen alle Gummibäume Coolabah, aber tatsächlich ist es eine der kleineren Eukalyptussorten mit rauer Rinde und dichtem Laub, und die Gumminüsse sind kleiner als die vom Blutholz, vom roten, gelben oder blauen Gummibaum, und er wird selten höher als zehn Meter. Als dieses Land hier gerodet wurde, ließen sie die Coolabahs als Windschutz und Schattenspender stehen.«

»Wie auf Jacaranda«, sagte sie. »Als sie sich dort ansiedelten, standen die Jacarandabäume gerade in voller Blüte, und wegen der wunderschönen violetten Blüten beschloss man, sie als Emblem für das Weingut zu benutzen. Das tun wir immer noch«, ergänzte sie betrübt. »Wer weiß, wie lange noch.«

Er blieb stehen, die Hände in den Taschen, und blinzelte in der Sonne. »Ich habe von euren Schwierigkeiten gehört. Das ist sicher nicht leicht.«

»Damit werden wir schon fertig«, antwortete sie entschlossen. »Ich habe ja nicht Wirtschaftsrecht studiert, um dann die Hände in den Schoß zu legen.«

Er wandte sich zu ihr um und verdeckte die Sonne, und seine Nähe verschlug ihr den Atem. »Was habe ich getan, dass du so sauer bist, Sophie? Es ist doch eigentlich genug Zeit vergangen, dass wir Freunde sein können, oder?« Seine Augen waren tiefschwarz, als er jetzt auf sie herabschaute.

Sie funkelte ihn an. »Wenn du es nicht weißt, hat es keinen Sinn, darüber zu reden«, fauchte sie, und sie wandte sich ab und ging davon. Diese Augen hatten eine merkwürdige Wirkung auf sie. »Ich gehe jetzt zu Gran zurück.«

»Du läufst schon wieder weg, Sophie.«

Seine sanfte, dunkle Stimme wehte ihr nach, als sie den Weg entlanglief. Wie wahr, dachte sie. Und je schneller, desto besser. Gran hätte wissen müssen, dass es ein Fehler war, hierher zu kommen – ein Fehler, zu glauben, dass Jays Gegenwart und all die Erinnerungen, die sie weckte, keine Wirkung auf sie haben würden. Was für ein Komplott hatte sie in ihrer Hinterlist geschmiedet – und warum?

Cordelia fühlte sich pudelwohl. Es tat gut, nach einem deftigen Abendessen hier auf der Veranda zu sitzen und mit Jays Großvater Walter in Erinnerungen zu schwelgen. Ihr entfernter Cousin hatte sich gut gehalten, und trotz seiner knapp einundneunzig Jahre war da noch ein Funkeln in seinen Augen, das sein Silberhaar und den grauen Bart Lügen strafte.

Walter – Wal, wie ihn alle nannten – hatte nie Wert auf elegante Kleidung gelegt; heute Abend trug er eine verschlissene Hose, die mit einer alten Krawatte als Gürtel gehalten wurde. An seinem Hemd fehlten mehrere Knöpfe, sodass man ein Unterhemd mit Flecken und eine ledrige Brust sehen konnte.

»Junge, es ist schön, dich wiederzusehen, Cordy«, sagte er gedehnt und stellte seine Bierdose auf die Verandadielen. »Ganz wie in alten Zeiten, eh?« Er verschränkte die Finger vor dem kleinen Kugelbauch und betrachtete sie vergnügt.

»Ganz recht, Wal. Hätte schon vor Jahren kommen sollen. Aber du weißt ja, wie es ist.« Sie schaute auf ihre knotigen Hände, und die Bilder der vergangenen Jahre wurden übermächtig.

»Hätte nichts gebracht – nicht, solange du mit diesem Mistkerl verheiratet warst. Meine Emily ist vor fast dreißig Jahren verstorben, Cordy. Damals hättest du kommen sollen. Hättest die Kids mitbringen sollen. Hier war immer ein Zuhause für dich, weißt du.«

Sie tätschelte ihm den Arm. »So einfach war es nicht, Wal. Es gab ja noch Jacaranda.«

Er nickte, und sein Blick ging in weite Ferne. »Ja«, seufzte er. »Die Reben haben's in sich; sie schlingen sich um dich und binden dich fest. Aber ich bin froh, dass du es schließlich doch noch geschafft hast.«

»Ich hätte es vor Jahren tun sollen, als ich noch kräftig genug war, um über die Wiesen zu reiten. Aber solange Jock lebte …« Sie beendete den Satz nicht. Sie gehörten beide einer Generation an, die mit ihren Fehlern gelebt hatte, und sie verstanden, weshalb es mit ihnen niemals etwas hätte werden können. Darum waren sie auch nie in Versuchung gewesen.

Es war siebzig Jahre her. O Gott, wie schnell die Zeit verging! Wie viel Leben hatten sie hinter sich gebracht, seit sie an jenem letzten Abend zusammen gewesen waren. Sie hatten auf dem Gipfel der Anhöhe gestanden und auf Coolabah Crossing hinuntergeschaut. Das Mondlicht hatte das Tal in Silber getaucht, und die dunklen Schatten der Reben hatten das Land schraffiert. Es war die Nacht vor Wals Hochzeit gewesen, und sie hatten sich hinausschleichen können, als Wals Familie schlief.

Er hatte dicht neben ihr gestanden, aber nicht dicht genug, um sie zu berühren – und trotzdem hatte sie seine Wärme und seine Kraft gefühlt. Sie hatte gewusst, dass sie sich immer an diese Nacht erinnern würde. Hatte gewusst, dass sie diese Erinnerung hüten würde wie ein kostbares Juwel. »Ich wünschte …«, hatte sie gesagt.

Er hatte ihr den Finger auf die Lippen gelegt. »Ich weiß, Cordy. Aber wir werden immer diese Erinnerung haben. Wir werden aneinander denken können, wenn wir anderswo im Mondschein stehen, ganz gleich, wie fern wir einander sind. Wenn wir uns jetzt nehmen, was wir beide wollen, dann wird das, was wir haben, zerstört werden.«

Er hatte sie umarmt und fest an sich gedrückt, und sein Mund hatte ihren Scheitel berührt. Cordelia hatte sich an ihn geklammert und den Duft von Tabak und Pferden, von frischer Luft und heißer Erde eingeatmet. Sie hatte ihn begehrt, sich nach ihm gesehnt – aber sie hatte auch gewusst, dass er Recht hatte.

Wals sanfte Stimme holte sie zurück in die Gegenwart. »Denkst du an den Mondschein?« Er lächelte betrübt, und das Alter und Bedauern verschleierten seine einst so dunklen Augen. »So manche Nacht habe ich da draußen gestanden und nachgedacht – und es hat mir irgendwie geholfen, zu wissen, dass du das Gleiche tust.«

Sie nickte. »Schätze, wir haben zu sehr in der Vergangenheit gelebt, Wal. Die Dinge verändern sich, nichts steht still.«

Er rauchte eine Zeit lang schweigend. »Ich habe von euren Problemen in der Zeitung gelesen«, sagte er bärbeißig. »Wie kann ich helfen, Cordy?«

Mary hatte sich fast den ganzen Tag über schlafend gestellt. Daisy saß immer noch draußen im Besucherzimmer und las ein Buch, aber früher oder später würde sie zur Toilette gehen oder etwas essen müssen, und dann hätte Mary Gelegenheit, ihr zu entkommen.

»Verdammt.« Sie stöhnte, als Daisy ein säuberlich eingewickeltes Sandwich aus ihrer Tasche angelte und sich aus einer Thermoskanne etwas zu trinken eingoss. »Auch das noch! Wieso lässt das Luder mich nicht in Ruhe?«

Sie schlug mit der Faust ins Kissen und ließ sich zurücksinken. Sie befand sich hier im vierten Stock mit Blick auf einen betonierten Fußweg und einen Steingarten voller Rotsandsteinblöcke. Die einzige Tür in diesem Zimmer führte auf den Korridor und zu Daisy. Aber sie konnte sich nicht leisten, noch sehr viel mehr Zeit verstreichen zu lassen. Der Arzt würde bald seine Runde machen, und aus Erfahrung wusste sie, dass man sie nicht noch eine Nacht dabehalten würde. Daisy wusste es wahrscheinlich auch. Was erklärte, weshalb sie wie eine Gefängniswärterin da draußen hockte.

Mary machte sich daran, das Pflaster von ihrem Handrücken zu schälen, und mit einer Grimasse zog sie die Infusionskanüle heraus. Sie behielt ihre Schwester im Auge, während sie die Beine aus dem Bett schwang und ein Kissen unter die Bettdecke stopfte. Von der halb geschlossenen Tür verborgen, tappte sie mit wackligen Knien zum Schrank und griff nach ihren Kleidungsstücken.

In ihrem Kopf hämmerte es, und die Beine wollten sie kaum tragen. Aber es ist doch erstaunlich, was man alles erreichen kann, wenn man sich nur anstrengt, dachte sie, als sie den Seidenpulli und den Rock anzog, den Daisy ihr aus dem Haus geholt hatte. Sie hatte mit der Unterwäsche gekämpft und schließlich vor BH und Strumpfhose kapituliert. Erschöpft ließ sie sich auf den Stuhl neben dem Bett sinken und beobachtete Daisy durch den Türspalt. »Mit dir gehe ich nicht«, knurrte sie. »Du kannst von mir aus den ganzen verdammten Tag da sitzen. Von dir lasse ich mich nicht herumkommandieren.«

Fast eine Stunde später betrachtete Daisy die Krankenzimmertür ihrer Schwester und stopfte stirnrunzelnd das Papier ihres Sandwichs in die Handtasche. Dann stand sie mit einem letzten, zögernden Blick auf und ging den Korridor hinunter.

Mary stemmte sich hoch, ging zur Tür und spähte hinaus. Sie kam gerade noch rechtzeitig, um Daisys Rücken um die Ecke verschwinden zu sehen. Der Adrenalinstoß verlieh ihr die Kraft zu einem Spurt in die andere Richtung. Den Korridor entlang, um eine Ecke, dann noch einmal um die Ecke. Irgendwo musste ja ein Aufzug sein. Sie hatte keine Handtasche und kein Geld, nicht einmal eine Kreditkarte. Aber mit etwas Glück könnte sie zu Hause in Paramatta sein, bevor man hier Alarm schlug, ein paar Sachen in eine Reisetasche werfen, ihre Kreditkarten holen und sich verstecken, bis es Zeit war, wieder nach Melbourne zu fliegen.

VIERZEHN

Sophie stand auf der Veranda. Es war kaum eine Stunde nach Tagesanbruch, aber die Sonne durchtränkte das Land bereits mit einem außergewöhnlichen Licht, das alles ringsum prachtvoll aufleuchten ließ. Die Männer waren schon vor dem Morgengrauen losgezogen; das Klappern ihres Frühstücksgeschirrs und ihre tiefen Stimmen hatten sie langsam geweckt, und jetzt, da sie fort waren, konnte man die friedvolle Stille beinahe mit Händen greifen.

Sophie schob die Hände in die Taschen der Reithose, die sie von Beatty geborgt hatte – sie war hier draußen im hohen Gras praktischer als die Shorts –, und atmete den Duft von Eukalyptus, frisch betautem Gras und süßen Akazienblüten ein, ehe er von der Hitze des Tages überlagert wurde. Dies alles war weit entfernt von der Großstadt mit ihrem glühenden Pflaster, dem hektischen Gedränge und den abweisenden Hochhäusern – und noch weiter vom düsteren, grauen Londoner Winter. Und obwohl sie das Château Jacaranda seit vielen Jahren nicht mehr besucht hatte, erinnerte dieses Anwesen sie an die heitere Ruhe dort, an die Freiheit, zu atmen und sie selbst zu sein. Es bot Platz und Größe wie keine Stadt der Welt. Wenn Jay nur sein Versprechen gehalten hätte, dachte sie verbittert. Coolabah Crossing wäre ein idealer Ort, um Kinder großzuziehen.

Der Gedanke an sein gebrochenes Versprechen verdarb ihr die Stimmung. Sie trat von der Veranda herunter und ging zu den

Ställen hinüber. Zumindest seine jüngeren Brüder hatten sie herzlich aufgenommen, und am Abend zuvor hatte sie ihren Geschichten zugehört, während sie versuchten, sich gegenseitig in den Schatten zu stellen. Sie hatte nicht die Hälfte von dem, was sie ihr erzählten, geglaubt. Aber das Geschichtenerzählen war etwas, das jeder Aussie beherrschte, und so hatte sie ihre Rolle gespielt und sich königlich dabei amüsiert.

Drei der Brüder sahen beinahe identisch aus mit ihren dunklen Haaren und Augen und ihrem Lächeln. Der vierte war blond wie die Mutter, und er hatte die blauen Augen und die langen dunklen Wimpern seines Vaters John Jay. Er und Jay waren noch nicht verheiratet, und nur diese beiden wohnten auch noch bei ihren Eltern und ihrem Großvater in dem Haus auf dem Hügel.

Sophie blieb stehen und schaute über die Koppel hinaus. Dieser Ort hatte etwas an sich, das sie gefangen nahm. Vielleicht war es die Geschichte von Rose, was ihn so vertraut erscheinen ließ – vielleicht war es aber auch nur die Erinnerung an Jays Schilderungen vor all den Jahren. Ein Schwarm Rosella-Papageien kreiste über ihr, bevor sie sich in einem Pfefferbaum niederließen. Was immer es war, die Magie hatte mit Jay wenig zu tun.

Sie ging weiter. Die Stallungen befanden sich auf der anderen Seite der Koppel, weit genug weg vom Haus, sodass die Pferdebremsen dort nicht lästig werden konnten. Gran schlief noch – was nach dem vergangenen Abend nicht überraschend war. Sie und Wal hatten noch miteinander gesprochen, als die andern längst schlafen gegangen waren; sie hatte zwar nicht hören können, was sie sagten, aber sie vermutete, dass Gran und Wal eine gemeinsame Vergangenheit hatten. Es lag an der Art, wie sie einander anschauten, an der Gelassenheit im Umgang miteinander. Erstaunlich, wie sehr Gran sie immer noch überraschen konnte.

Das hohe Gras raschelte an ihren Stiefeln, und der Duft wehte zu ihr herauf, als sie die Koppel überquerte. Der faszinierende Zwist zwischen den beiden Seiten der Familie war noch nicht erklärt worden, aber sie war ziemlich sicher, dass Gran sie einweihen würde, bevor sie nach Melbourne zurückkehrte. Gran tat nie etwas ohne Absicht, und da Sophie schon so viel über Rose wusste, war zu erwarten, dass ihre Großmutter ihr auch noch den Rest der Geschichte erzählen würde.

Die Ställe waren sauber und aufgeräumt und der Hof frei von Mist und Stroh. Neugierige Köpfe streckten sich über die Boxentüren, und lange Wimpern vertrieben die Fliegen, die bereits zu schwärmen angefangen hatten. Sophie streichelte samtige Nasen und sprach leise mit den Pferden, an denen sie vorbeikam. Es war eine prächtige Zucht, anders als die Gäule, die sie manchmal in London gemietet hatte.

»Wie ich sehe, hast du dich schon angefreundet. Reitest du?« Beatty kam um die Ecke des Boxenblocks; sie trug einen Wassereimer in der einen und einen Ballen Stroh in der anderen Hand.

Sophie nahm ihr den Ballen ab und trug ihn in eine leere Box. »Nicht so oft, wie ich's gern täte. In Kent hatten wir Pferde, aber die Mietgäule in der Stadt reizen mich eigentlich nicht, und ich habe so wenig Zeit zum Reiten, dass ich kaum noch dazu komme.«

»Das geht aber nicht«, sagte Beatty entschlossen. »Komm, du kannst den alten Jupiter ein bisschen traben lassen. Die Bewegung wird ihm gut tun – er wird zu fett und zu träge.« Sie warf Sophie einen Hut zu und machte sich daran, einen gewaltigen schwarzen Hengst zu satteln, der schnaubte und stampfte und den Kopf hochriss, als sie ihm das Zaumzeug überstreifte. »Steh still, du alter Halunke«, befahl sie. »Du weißt, dass es nicht wehtut.«

Sophie nagte an der Unterlippe. Dieser Hengst war mindestens einsachtzig groß, und offensichtlich stach ihn trotz seiner ergrauenden Barthaare der Hafer. »Ich weiß nicht …«, fing sie an.

»Unsinn!« Beatty klopfte mit der flachen Hand an den glänzend schwarzen Hals. »Brav wie ein Mäuschen, wenn er erst mal läuft. Er will nur angeben. Rauf mit dir!«

Sophie wurde in den Sattel geschoben. Sie ergriff die Zügel, schob die Füße in den Steigbügeln zurecht und behielt mühsam das Gleichgewicht, als der Hengst unter ihr tänzelte.

»Sprich mit ihm, damit er sich an dich gewöhnt«, riet Beatty. »Wenn er nicht tut, was du sagst, lässt du ihn die Gerte spüren, damit er weiß, wer der Boss ist. Viel Spaß! Jay ist auch da draußen irgendwo«, fügte sie unbestimmt hinzu, ehe sie sich umwandte und anfing, das Stroh aus der Box zu harken. »Er soll dich ein bisschen herumführen.«

»Das glaube ich kaum«, brummte Sophie, als sie Jupiter schließlich unter Kontrolle gebracht hatte und sie majestätisch vom Hof ritten. »Los, Jupiter. Ein bisschen Bewegung.«

Der Hengst schien sie zu verstehen. Als sie die Koppel hinter sich ließen und dem Horizont entgegenritten, streckte er den Hals und verfiel in Galopp. Sophie beugte sich nach vorn; die Sonne schien ihr ins Gesicht, und der Wind strich ihr warm über den Rücken. Sie hatte gar nicht gewusst, wie sehr sie die Pferde von Kent und die Freiheit, an einem hellen, klaren Tag im Sattel zu sitzen, vermisst hatte.

Der Rhythmus des Pferdes unter ihr und die Lust der Freiheit und der Weite ringsum halfen ihr, Jay und ihre Großmutter, ja sogar die Sorgen von Jacaranda zu vergessen. Wenn das Leben doch immer so sein könnte.

Schließlich verlangsamten sie das Tempo wieder; die mächtige Lunge des Pferdes arbeitete wie der Blasebalg einer Kirchenorgel, und der Schweiß trocknete zu salzigem Schaum an seinem Hals. Sophie zog den Kopf des Tieres herum und lenkte es zu einer kleinen Gruppe von Buchsbäumen und Blutholz-Eukalyptus. Dort rutschte sie aus dem Sattel und führte Jupiter zwischen den Bäumen zu einem Bach, den sie dort entdeckt hatte. Vögel zwitscherten über ihr, Fliegen summten und Grillen sägten in der feuchten, grün schimmernden Luft unter dem Blätterdach.

Sie kniete neben dem Pferd nieder, und beide tranken aus dem kalten, klaren Bergwasser, das dort durch Büschel von Spinifexgras und über dicke graue Steine rieselte. Dann ließ sie Jupiter fröhlich im Unterholz weiden und lehnte sich an die raue Rinde eines Blutholzbaumes, zog sich den Buschhut über die Augen und machte es sich bequem, um den Vögeln zuzuhören.

»Du wirst gestochen werden«, warnte eine tiefe, vertraute Stimme.

Sophie begriff, dass sie anscheinend eingedöst war, denn die Sonne stand schon hoch am Himmel, und als sie sich aufrichtete, fiel ihr der Hut übers Gesicht, und der Lederriemen verhedderte sich hinten in ihrem offenen Haar. Sie kämpfte mit dem Ding und knirschte mit den Zähnen, als sie Jay leise lachen hörte.

»Du machst es nur noch schlimmer, Sophie. Warte, ich helfe dir.«

Kochend vor Wut und Verlegenheit, versuchte sie ein letztes Mal, sich selbst zu befreien, aber ihr Zorn war nur von kurzer Dauer, als sie seine warmen Finger spürte. Sie riss die Hände weg, und ihr Atem ging schneller, als Jay vor ihr kniete. Er war ihr ungemütlich nah; seine Augen blickten dunkel aus dem braunen Gesicht, und sie entdeckte fasziniert eine winzige Narbe am Ende einer schwarzen Braue, die sie noch nie bemerkt hatte. Er war unrasiert, und an seinem Hemd fehlte ein Knopf. Sie wandte den Kopf zur Seite; sie hatte Angst vor dem, was sie in seinem Blick vielleicht sehen würde. Angst vor einer neuerlichen Zurückweisung.

Sein Atem ging auch etwas rauer, als er sie schließlich freibekommen hatte. »So. Nichts weiter passiert.«

»Danke«, knurrte sie. Sie nahm ihren Hut in Empfang, wie hypnotisiert von seiner Nähe. Die Anspannung zwischen ihnen war spürbar wie Elektrizität, und selbst wenn sie gewollt hätte, hätte sie nicht zurückweichen können.

Sie zuckte zusammen, als er die Hand hob und ihr übers Haar

strich. »Ich bin froh, dass du es nicht hast abschneiden lassen«, sagte er leise. »Es ist so schön.«

Alle Vernunft ließ sie im Stich. Sie war gefangen wie ein Schmetterling im Netz, als er ihr in die Augen schaute und sie an sich zog. Ihr Atem mischte sich in der feuchten Luft, und ihre Lippen trennte nur noch ein Wispern. Trotz allem, was geschehen war, wollte sie, dass er sie küsste. Wollte seine Lippen auf ihren fühlen, seine Arme um ihre Schultern.

Aber dann dachte sie an die Versprechungen, die er nicht gehalten hatte, und daran, wie er aufgehört hatte, ihr zu schreiben, wie er sie einfach beiseite geschoben und sie vergessen hatte. »Halt«, sagte sie heiser, und sie wich zurück und rappelte sich mühsam hoch. »Ich kann das nicht.«

Er stand mit hängenden Armen da, und in seinen dunklen Augen funkelte spöttisches Lachen. »Aber ich dachte …«

»Ja, aber du dachtest falsch.« Sie packte die Zügel und kletterte in den Sattel. Aus dieser Höhe war es leichter, ihm ins Gesicht zu schauen. Leichter auch, weil sie gleich die Flucht ergreifen konnte. Wie konnte er es wagen, über sie zu lachen? Hatte er denn kein Gramm Gefühl in diesem testosterongetriebenen Körper? »Du brauchst mir nicht zu folgen, Jay«, warnte sie. »Ich habe dir nichts zu sagen.«

Cordelia saß im Schatten auf der Veranda, beobachtete das Treiben auf der Koppel und bewunderte die Stuten und Fohlen, Prachtexemplare mit seidigem Fell und langen, zierlichen Beinen. Beatty verstand ihr Geschäft. Das dort waren keine halbzahmen Viehtreiberponys, sondern vollblütige Rennpferde.

Sie lehnte sich in den Kissen zurück und nahm einen Schluck von der Limonade, die Beatty ihr gebracht hatte. Sophie war von ihrem Ausritt noch nicht wieder da, und Jay war nirgends zu sehen – ein gutes Zeichen. Wal war irgendwo mit seiner alten Mähre unterwegs.

Der alte Dummkopf, dachte sie zärtlich. Eines Tages wird er herunterfallen und sich den verdammten Hals brechen. Aber zumindest kommt er noch hinauf. Trotz der Kriegsverletzung und seines steifen Knies hat er keine unnützen alten Beine, die ihn im Stich lassen. Sie betrachtete angewidert die eigenen Füße. Die Knöchel schwollen in der Hitze.

Sie schloss die Augen und versuchte sich vorzustellen, wie es hier vor all den Jahren ausgesehen haben musste, als Otto und Rose hier gesiedelt hatten. Sie wusste noch, wie es in den zwanziger Jahren ausgesehen hatte, mit dem alten Holzhaus auf dem Hügel. Rose hatte gesagt, im Winter hatte man gefroren, und im Sommer war es ein Brutkasten gewesen. Die Terrassen hatten damals noch nicht so weit gereicht; die Gegend war noch überwiegend Buschland gewesen und die Ställe natürlich nichts weiter als eine Reihe Wellblechschuppen.

Cordelia lächelte, als sie sich erinnerte, wie Rose ihr von Ottos mitreißendem Enthusiasmus erzählt hatte, von dem sie so viel gelernt hatte. Aber allen fröhlichen Berichten über die damalige Zeit zum Trotz hatte Cordelia gespürt, dass es harte Jahre gewesen sein mussten. In ihrem Verlauf hatte sich an diesem einst ungezähmten kolonialen Vorposten manches geändert, nicht zuletzt Rose selbst.

1847 war Rose dreiundzwanzig Jahre alt. Die Jahre der Arbeit in den Terrassen und beim Roden des Buschlandes hatten ihren Tribut gefordert. Sie hatte vier Kinder zur Welt gebracht, aber keines hatte lange genug gelebt, um zu atmen. Jetzt war sie in der letzten Phase ihrer fünften Entbindung, und man hörte Otto draußen auf dem Korridor auf und ab gehen. Die Atmosphäre im Zimmer war angespannt.

»Wo ist der Arzt, Muriel? Warum kommt er nicht?«, keuchte Rose, bevor eine neuerliche Wehe sie packte und sie aufschreien ließ.

Lady Fitzallen, die nach Coolabah Crossing gezogen war, kurz nachdem ihr Sohn Henry an einem Schlangenbiss gestorben war, schüttelte den Kopf, und ihre grauen Augen blickten besorgt zur Tür. »Ich habe einen der Jungen zu ihm geschickt, aber er ist bei einem anderen Patienten. Er kommt, sobald er kann, Liebes. Versuch noch zu warten.«

»Ich kann nicht. Ich brauche ihn jetzt.« Rose kreischte, als der Schmerz sie durchzuckte; sie hatte das drängende Bedürfnis zu pressen.

Muriel Fitzallen seufzte bang, aber dann riss sie sich zusammen und wurde wieder zu jener tüchtigen, geschäftigen kleinen Person, die Rose und Otto so lieb gewonnen hatten. »Wenn du pressen willst, dann musst du pressen«, befahl sie. »Aber ruhig, ganz ruhig!«

Rose knirschte mit den Zähnen. Sie umklammerte die zierlich geschnitzten Pfosten des grotesken Himmelbetts und spannte sich an. »Bitte lass es diesmal am Leben bleiben«, ächzte sie. »Bitte, lieber Gott. Bitte.«

Das Baby konnte es nicht erwarten, zur Welt zu kommen, und glitt aus ihrem Leib in Muriels tüchtige Hände. »So«, sagte sie triumphierend, schnitt die Nabelschnur durch und klopfte auf das winzige Hinterteil. Die Schreie des Neugeborenen schwebten zitternd in der Luft. Muriel säuberte mit geschickten Händen die Augen und den Mund und wickelte das Kind in ein sauberes Tuch. »Es ist ein Mädchen, Rose. Ein gesundes Mädchen, und sehr lebendig.«

Rose weinte Tränen der Freude und der Erleichterung, des Triumphs und der Dankbarkeit, als sie ihr kostbares rotgesichtiges Baby in die Arme nahm. Da durchfuhr sie unerwartet ein neuerlicher Schmerz, und sie bäumte sich in den Kissen auf. »Was ist passiert?«, schrie sie voller Angst. War etwas schief gegangen? Würde sie sterben?

»Barmherziger Himmel, Rose, da ist noch eins drin«, rief

Muriel aufgeregt vom Fußende des Bettes. Sie riss ihr das erste Baby aus den Armen, warf das schreiende Kind ohne weitere Umstände in den Korb am Boden und kehrte dann zu Rose zurück, um ihr zu helfen.

Rose spürte wiederum den Drang zu pressen, und als sie sich straffte, glitt ein zweites kleines Menschenkind aus ihr hervor. Lange blieb es still. Obwohl sie erschöpft war, stemmte sie sich auf den Ellenbogen hoch, um zu sehen, was vor sich ging. Ihr Puls raste, und kalte Angst packte sie. Sie hatte diese grimmige Stille schon öfter gehört und wusste, was sie bedeutete.

Muriel Fitzallen reinigte hastig den Mund und die Nase des zweiten Babys, hielt es dann an den Füßen in die Höhe und gab ihm einen scharfen Klaps auf das Hinterteil. Kein Schrei ertönte zur Antwort. Alle Farbe wich aus Muriels Gesicht, und ihr Mund wurde zu einem schmalen, entschlossenen Strich. Sie versuchte es noch einmal. Immer noch kein Lebenszeichen.

Rose brach in Tränen aus, aber Muriel war offenbar entschlossen, sich über das Schicksal hinwegzusetzen. Ohne ein Wort tauchte sie das Neugeborene in einen Eimer mit Eiswasser, mit dem sie Rose gekühlt hatte, als die Wehen einsetzten. Als sie es blau und tropfend wieder herauszog, weitete sich der winzige Brustkorb, und der erste explosive Schrei erfüllte das Zimmer und stimmte in das Weinen der Schwester ein.

»Sie lebt«, flüsterte Muriel. »Gott sei Dank, sie lebt.« Sie drehte sich zu Rose um und hielt das Baby stolz in die Höhe. »Rose«, verkündete sie stolz, »du hast Zwillingsmädchen.«

Otto musste gelauscht haben, denn er kam hereingestürmt und wäre am Bett fast auf die Knie gefallen, als er von einem krähenden Baby zum andern schaute. »Wir haben zwei Babys?«, fragte er, und in seinem Gesicht lag so viel Ehrfurcht und Fassungslosigkeit, dass Rose und Muriel beide anfingen zu lachen.

»Ganz recht«, antwortete Rose stolz, und Muriel legte ihr beide Kinder in die Arme. Die Angst war verflogen, der Schmerz vergessen, und für Tränen gab es keinen Grund mehr. »Das ist Emily«, sagte Rose und drückte die Erstgeborene an sich. »Und das hier«, fügte sie hinzu und küsste den weichen, flaumigen Kopf, »das ist Muriel.« Sie blickte zu der stoischen kleinen Frau auf, die ihr inzwischen eine bessere Mutter war, als ihre leibliche Mutter es je gewesen war. »Das heißt, wenn du nichts dagegen hast.«

Muriel berührte die zarte Wange des Kindes mit einem zitternden Finger, und die Tränen strömten ihr übers Gesicht. »Natürlich habe ich nichts dagegen«, wisperte sie. »Es ist mir eine Ehre.« Sie schniefte und zog ein Taschentuch aus der Schürze, um sich die Nase zu putzen. »Andere Enkelkinder werde ich nicht mehr haben, und dich betrachte ich sowieso schon als meine Tochter. Liebe Rose! Lieber Otto!« Sie eilte aus dem Zimmer; zum ersten Mal im Leben fehlten ihr die Worte.

Das große Bett schaukelte und schwankte, als Otto sich hinsetzte und seine zierliche Frau und die winzigen Babys in die Arme nahm. »Jetzt sind wir eine richtige Familie«, sagte er stolz. »Und ich verspreche dir, Rose, eines Tages haben wir den besten Wein von ganz Australien.«

Cordelia erwachte aus ihren Gedanken, als Sophie den Weg herauf auf sie zukam. Man sah ihr schon von weitem an, dass etwas nicht in Ordnung war. Sie wirkte zornig, die Haltung ihres Kopfes war trotzig. Cordelia seufzte. Das konnte nur bedeuten, dass sie und Jay sich nicht wieder vertragen hatten. Vielleicht waren doch drastischere Maßnahmen erforderlich?

»War's ein schöner Ausritt?«, fragte sie absichtlich unschuldsvoll.

Sophie gab ihr einen flüchtigen Kuss auf die Wange und ließ sich in den Sessel neben ihr fallen. »Jupiter war wunderbar«, erklärte sie atemlos. »Und die Landschaft ist fantastisch.«

»Aber?«, fragte Cordelia mit einer Mischung aus Ungeduld und Zärtlichkeit.

Sophie trank gemächlich den Rest Limonade und machte ein bemüht neutrales Gesicht. »Ich wäre lieber allein gewesen«, sagte sie schließlich.

Das Schweigen zog sich in die Länge, und Cordelia wartete auf den Ausbruch, der ganz sicher kommen würde. Sehr lange dauerte es nicht.

»Er ist frech wie der Teufel!«, explodierte Sophie. »Da sitze ich und denke an nichts Böses, und da kommt er vorbei und versucht doch …« Sie holte tief Luft und biss sich auf die Lippe. »Er muss mich für blöd halten«, endete sie lahm.

»Vielleicht will er nur wiedergutmachen, was zwischen euch vorgefallen ist«, sagte Cordelia mild. Sie bemühte sich, nicht zu lächeln. Offensichtlich war Sophie auf sich selbst wütender als auf Jay.

»Dazu ist es ein bisschen spät, Gran«, sagte sie leise. »Jahre des Schweigens kann man nicht durch ein kurzes Begrapschen vergessen machen.«

Cordelia zog eine Braue hoch und nahm einen Schluck aus ihrem Glas, um das Zucken ihrer Lippen zu verbergen. Die Sache sah vielversprechend aus. »Was genau stört dich eigentlich, Sophie?«, fragte sie. »Jays anscheinend ungeschickter Versöhnungsversuch oder der Umstand, dass du selbst nicht gewillt bist, ihn zurückzuweisen?«

»Er war überhaupt nicht ungeschickt«, gab Sophie zurück. »Im Gegenteil, er war ziemlich romantisch.« Sie schaute weg und wurde rot, als ihr klar wurde, wie ihre Worte klingen mussten. »Du hast Recht«, gab sie nach längerem Schweigen schließlich zu. »Ich bin wütend, weil ich zulasse, dass er wieder an mich herankommt.«

Cordelia nickte lächelnd. »Wenn der Funke noch da ist – warum spielst du nicht mit? Das Leben ist zu kurz, Sophie. Wir alle verdienen ein bisschen Glück.« Du liebe Güte, dachte sie, ich klinge bald wie eine von diesen grässlichen Briefkastentanten.

Als sie ihre Enkelin anschaute, sah sie, dass ihr der gleiche Gedanke gekommen war.

»Lass es gut sein, Gran. Der Mann hat mich sitzen lassen. Er kann jetzt nicht einfach da weitermachen, wo er aufgehört hat, bloß weil ich zufällig gerade die einzige greifbare Frau in der Gegend bin.«

Cordelia ignorierte den bitteren Ton. »Was ist eigentlich vor all den Jahren zwischen euch beiden passiert, Sophie? Du hast es mir nie richtig erzählt.«

Sophie atmete tief und bebend ein, und dann sprudelten die Worte aus ihr hervor, überschlugen sich fast, als der Schmerz zurückkehrte und die Erinnerungen heranfluteten.

Cordelia hörte ihr zu, und ihre Hand ruhte leicht auf der ihrer Enkelin. Als die Tirade zu Ende war, nickte sie. »Ich glaube, es wird Zeit, dass ihr euch mal ausführlich miteinander unterhaltet.«

»Ich habe ihm nichts zu sagen«, brummte Sophie.

Cordelia schnalzte mit der Zunge. »Unfug! Du liebst ihn doch immer noch, auch wenn du diesen Idioten Crispin geheiratet hast, und ich glaube, wenn ihr beide versucht, den Fall in aller Ruhe zu besprechen, dann wirst du finden, dass nicht alles so schwarz-weiß ist, wie es aussieht.«

Mit gehetztem Blick schaute Sophie sie an, aber Cordelia bemerkte, dass ein erster Hoffnungsfunke in ihren Augen glühte. »Was meinst du damit, Gran?«

»Du hast die Sache nicht zu Ende gedacht«, sagte Cordelia mit Nachdruck. »Für alles gibt es einen Grund, und ich habe keinen Zweifel daran, dass zwischen dir und Jay ein großes Missverständnis steht.« Sie überlegte kurz, und ihr Blick wanderte über die Koppel hinaus zu den fernen Bergen. Irgendetwas an Sophies Erzählung ergab keinen Sinn, aber sie konnte ihren Verdacht nicht aussprechen, denn die Implikationen wären allzu grausam. Es gab bereits genug Beklemmung in der Familie.

»Jay liebt dich offensichtlich; ich sehe es an der Art, wie er dich ansieht, wie er alle deine Bewegungen verfolgt. Er sagt vielleicht nicht viel, aber so sind die Männer hier draußen im Busch nun mal. Gib ihm eine Chance, Sophie. Um deiner selbst willen, wenn schon nicht für ihn.«

Sophie stand auf und blieb eine ganze Weile am Verandageländer stehen. Dann stürmte sie ohne ein weiteres Wort durch die Fliegentür und lief in ihr Zimmer.

Cordelia seufzte. Jetzt lag es bei ihnen – aber es würde nicht schaden, wenn man ihnen noch einen kleinen Schubs gäbe. Lächelnd winkte sie Beatty zu, die von der Koppel zum Haus kam. Wenn die Kluft zwischen den beiden Zweigen der zerstrittenen Familie sich allmählich schließen könnte, gäbe es Hoffnung für Jacaranda Wines. Jetzt musste sie nur noch Wal und seine Familie dazu überreden, die Sache genauso zu sehen.

FÜNFZEHN

Sophie duschte und zog sich um. Ihr nasses Haar lag kühl an ihrem Nacken, als sie danach am Fenster saß und die leichte Brise genoss, die von den Bergen herabwehte. Es war angenehm hier im Schatten der hinteren Veranda, aber auch wenn sie es beruhigend empfand, die Gestalten zu beobachten, die sich auf den fernen Weinterrassen bewegten, konnte sie ihre sorgenvollen Gedanken nicht ganz vertreiben. Was hatte Gran mit ihrem rätselhaften Ratschlag sagen wollen?

Sie schüttelte ihr Haar und frottierte es kräftig. Das Nachdenken brachte sie nicht weiter, aber wenn sich die Gelegenheit ergäbe, würde sie Jay auf jeden Fall um eine Erklärung bitten. Das war das Mindeste, was sie nach seinem Benehmen heute Morgen von ihm erwarten konnte.

Sophie zog die Bürste durch ihr zerzaustes Haar und schaute auf Coolabah Crossing hinaus. Das Gut war ganz ähnlich wie Jacaranda angelegt, aber hier waren die hässlichen Edelstahltanks und die Abfüllanlage vom Haus aus nicht zu sehen, während sie zu Hause das Erste waren, was die Besucher sahen, wenn sie auf der langen Zufahrt zum Château hinauffuhren.

Sie träumte davon, wie es hier ausgesehen haben musste, als Otto und Rose hier eingetroffen waren, als es an der Tür klopfte und ihre Großmutter hereinkam.

»Ich dachte, es wird Zeit, dass du ein bisschen mehr über die Familie erfährst«, sagte sie ohne feierliche Umstände. »Komm.«

»Wo gehen wir denn hin?« Sophie schlang ihr langes Haar zu einem Knoten und bändigte es mit einem Haargummi. »Ich muss mich noch mal umziehen, wenn es bedeutet, dass wir einen Spaziergang machen.«

»Das wirst du schon sehen. Wal wartet mit der Kutsche.« Cordelia betrachtete Sophies T-Shirt und ihre Shorts. »Du kannst mitgehen, wie du bist.«

Sophie zog Söckchen und Turnschuhe an, und als sie sich die Senkel zuband, war Gran schon draußen auf der Vorderveranda. Wal führte sie gerade die Stufen herunter. Sophie blieb in der Tür stehen und beobachtete, wie der schmuddelig gekleidete alte Mann ihrer Großmutter in den bunt bemalten Ponywagen half, als wäre sie eine Königin. Wal mochte zerzaust aussehen, aber unter diesem derben Äußeren schlug das Herz eines echten Gentleman. Schade, dass das nicht auch für seinen ältesten Enkel galt.

Cordelia sah unter ihrem Sonnenschirm beinahe wie ein unschuldiges junges Mädchen aus, wie sie so auf dem Wagen saß und auf Sophie wartete. Aber ihre Enkelin sah ihre roten Wangen und das Funkeln in ihrem Blick. Wal klatschte dem Pony sanft mit dem Zügel auf den Rücken, und sie setzten sich in Bewegung. Das sanfte Schaukeln der altmodischen Kutsche, das Knarren der Räder und das Klirren des Geschirrs verschmolzen mit dem gleichmäßigen Trappeln der Hufe. Sie fuhren nach Osten. Sophie lehnte sich gegen das lackierte Holz und ließ sich die Sonne ins Gesicht scheinen. Die hölzerne Wand des Wägelchens war warm unter ihrer Hand. Noch nie hatte sie so wohlige Zufriedenheit gefühlt.

»Rose hatte eine Menge zu lernen, als sie nach Coolabah Crossing kam«, begann Cordelia. »Otto war ein guter Mann, aber seine oberste Leidenschaft galt den Weinstöcken, und Rose wusste, wenn sie ihren Mann verstehen wollte, musste sie dieses fremdartige neue Leben meistern.« Cordelia neigte den Sonnenschirm in die grelle Sonne. »Aber alles hat seinen Preis, wie du gleich sehen wirst.«

Sophie schaute an Wals Schulter vorbei in die Ferne, wo eine Gruppe von Wilgabäumen mit hängenden Zweigen dastand; ihre Stämme verloren sich in der flirrenden Hitze, die von der Erde aufstieg. Der weiße Lattenzaun, der den Familienfriedhof umgab, war überall im Outback ein vertrauter Anblick. Sie wusste: Hier endlich war sie bei den Wurzeln dieser Familie – ihrer Familie.

Sie kletterten vom Wagen; Cordelia stützte sich schwer auf Wals Arm, als sie durch das hohe Gras in den Schatten der Wilgabäume und auf den stillen kleinen Friedhof traten. Schmetterlinge von unglaublichem Blau gaukelten zwischen den Grabsteinen umher, Grillen zirpten und Fliegen summten, aber diese feinen Geräusche verstärkten nur die alles umgebende Ruhe.

Sophie folgte den beiden alten Leuten auf die andere Seite des Friedhofs, wo die Grabsteine grob behauen waren, die Inschriften verwittert und mit Flechten bedeckt.

»Rose hatte vier Fehlgeburten, bevor sie die Zwillinge bekam«, sagte Cordelia leise. »Danach folgten keine Kinder mehr – nur harte Arbeit, Entbehrungen und ein endloser Kampf gegen die Elemente. Aber ihre Töchter wuchsen zu starken und gesunden Mädchen heran, und sie liebten die Reben wie ihr Vater.«

Sophie schob die Hände in die Taschen und ging langsam an der Reihe der Gräber entlang. Die Hügel waren fast ganz im Boden versunken, aber sie waren säuberlich gepflegt; das Gras war gemäht, das Unkraut gejätet, und der Busch, der alles zu verschlingen drohte, wurde durch Rückschnitt und Hacken zurückgedrängt.

An einem altmodischen Sarkophag mit marmornen Intarsien blieben sie stehen. »Muriel Fitzallen ist nicht nach England zurückgekehrt«, sagte Cordelia. »Sie zog zu Rose und Otto, nachdem die Mission von einem anderen jungen Mann übernommen worden war, und ging nicht mehr fort.«

Sophie las die Grabinschrift. Lady Muriel Fitzallen hatte ein liebevolles Zuhause gefunden, und ihre letzte Ruhestätte blickte weit über das Land von Coolabah Crossing hinaus. Sophie fragte sich, ob die geschäftige kleine Frau wohl noch immer voller Stolz auf ihr adoptiertes Königreich schaute.

Sie ging weiter und runzelte die Stirn, als sie die nächste Inschrift las. Sie vergewisserte sich, dass sie sich nicht verlesen hatte, und wandte sich an Cordelia. »Das kann aber doch nicht stimmen, Gran – oder?«

Cordelia ließ sich auf der roh behauenen Bank nieder, die unter den traurigen Zweigen eines Wilgabaumes stand. »Leider doch«, seufzte sie. »Wer weiß, wie sich alles entwickelt hätte, wenn es anders gewesen wäre?«

»Was ist denn passiert?« Sophie setzte sich neben sie, und Wal spazierte davon, um seine Pfeife zu rauchen.

»Rose und Otto machten sich daran, ihre Kinder aufzuziehen und ihren Wein zu verbessern. Lady Fitzallen wurde Mutter und Großmutter, und sie schenkte ihnen sogar das Geld für einen Ausbau des Hauses, sodass sie alle relativ komfortabel hier wohnen konnten. Otto stellte drei Mädchen ein, die im Haus zur Hand gingen, und mehrere auf Bewährung beurlaubte Sträflinge, die beim Roden halfen und den Boden für neue Pflanzen bereiteten. Diese Männer lebten in Hütten, abseits vom Haus. Rose hörte sie manchmal heulen wie Hunde, wenn sie nach der Lese in den Keller gegangen waren und vom neuen Wein getrunken hatten.« Ein Schauder überlief Cordelia. »Sie sagte, dieses Geräusch hat sie ihr ganzes Leben über begleitet, und sie hat nie vergessen, dass es die Arbeit dieser Männer war, die dem Erfolg den Weg bereitet hatte.«

»Es kann nicht leicht gewesen sein, inmitten von Leuten zu leben, die man gezwungen hatte, einen solchen weiten Weg auf sich zu nehmen«, sagte Sophie.

»Das war es auch nicht. Aber diese Männer hatten ihre Strafe fast abgesessen, und einige von ihnen blieben hinterher sogar hier, heirateten einheimische Mädchen und fanden hier ein gutes Leben. Gegen Ende gab es hier in Coolabah Crossing eine stattliche Gemeinde.«

Sophie runzelte die Stirn. »Gegen Ende? Aber es ist doch noch da?«

Cordelia wischte sich über die Stirn. »Immer langsam«, sagte sie. »Ich werde dir schon noch alles erzählen.«

Sophie sah die verschiedenen Empfindungen, die über Cordelias Gesicht huschten, als sie weitersprach. Die stummen Grabsteine flimmerten in der Nachmittagshitze, und sie spürte, wie auch sie in die Zeit zurückversetzt wurde, da diese kleine Ecke von Coolabah Crossing Rose' und Ottos Welt war.

Da sie ihre Kinder zu versorgen hatte, war Rose ans Haus gebunden. Lady Muriel war eine hingebungsvolle Großmutter, die endlose Geschichten zu erzählen und Lieder zu singen hatte, und stundenlang schob sie die beiden in ihrem Kinderwagen auf dem jungen Rasen hin und her, den Rose so sorgsam wässerte.

Die drei Hausmädchen, die Otto einstellte, waren die Töchter freier Siedler aus Paramatta. Sie erinnerten Rose an die eigene Vergangenheit, als sie im Herrenhaus hatte arbeiten müssen; aber die drei hatten hier ein viel härteres Los, denn die Hitze war unerbittlich, und die Arbeit hörte niemals auf. Rose bemühte sich, anständig zu sein und dafür zu sorgen, dass sie genug Zeit hatten, um die weite Reise nach Paramatta zu machen und ihre Familien zu besuchen, aber wegen der ungeheuren Entfernung waren solche Besuche rar.

Rose war froh, Hilfe im Haus zu haben, denn zu tun gab es immer etwas; sie hatten nicht nur Lady Fitzallens feines Mobiliar zu polieren, sondern auch die robusten deutschen Möbel, die Otto mitgebracht hatte. Wegen der Hitze mussten die Fenster offen bleiben, und mit dem heißen Wind kam der Staub. Fein, hartnäckig und rot, wirbelte er in Spiralen über die hart gebackene Erde und bedeckte alles; er knirschte auf der Zunge, reizte die Augen und war aus dem Haar nicht herauszubürsten. Rose wusste, dass der Staub verschwinden würde, wenn der Herbstregen käme, und das alles war Teil der Aufregung, die das Reifen der Trauben und den neuen Jahrgang ankündigte.

Otto pflegte schon vor dem Morgengrauen aufzustehen, Rose und die Kinder zu küssen und das Haus zu verlassen, um in die Terrassen zu gehen. Er aß draußen mit den Sträflingen und kehrte erst lange nach Sonnenuntergang zurück, verschwitzt und staubbedeckt, und dann schlief er am Esstisch ein, den Rose ihm mit großer Mühe hübsch gedeckt hatte. Seine Haut rötete und schälte sich, sein leuchtend rotes Haar wurde stumpf vom Staub, aber seine Begeisterung ließ nicht nach. Rose sah ihn selten, aber sie verstand, dass er das, was sie hier investiert hatten, bewahren musste. Jeder Penny, den sie gehabt hatten, steckte im Boden, in den Rebstöcken und in diesem Haus, das im Vergleich zu anderen im Outback ein Palast war.

Sonntags war es anders. Sonntags arbeitete niemand, und Rose freute sich darauf, aus dem Haus zu kommen und mit Otto im Einspänner zu der fünf Meilen weit entfernten, winzigen Kirche zu fahren, die für die neu besiedelte Gegend gebaut worden war. Es war wie ein Feiertag. Otto wusch sich den Staub aus den Haaren, bürstete den Schmutz unter seinen Fingernägeln weg und zog seinen Anzug an. Rose und Lady Muriel nutzten die Gelegenheit, ihre besten Hüte und Kleider zu tragen, denn dies war der einzige gesellschaftliche Anlass, den sie hatten, andere Winzer und ihre Ehefrauen zu treffen. Die zwei Jahre alten Zwillinge, die schon ordentlich gewachsen waren, wurden gebadet und herausgeputzt mit der strikten Anweisung, sich sauber zu halten und still zu sitzen.

Es ist eine richtige Prozession auf der langen, holprigen Straße, dachte Rose, als sie zu dem Karren zurückblickte, auf dem die drei Hausmädchen hockten und ihre Strohhüte mit den bunten Blumen festhielten, während Hans, der Verwalter, die Zügel lose über dem Rücken des ruhigen Ponys hielt. Weit dahinter trotteten die Sträflinge. Unter ihren groben Stiefeln wirbelte der Staub auf und legte sich auf die ärmlichen Anzüge, die ihnen als Sonntagsstaat dienten.

Sie fand es Unrecht, dass man sie den weiten Weg zu Fuß machen ließ; sie hatten noch mehr Karren. Aber Otto hatte darauf bestanden, dass es sich so gehörte, und im Laufe der Zeit hatte sie eingesehen, dass er Recht hatte, und obwohl es ihr immer noch nicht gefiel, hatte sie gelernt, ihre Einwände für sich zu behalten.

Es war gesetzlich vorgeschrieben, dass diese armen Hunde zur Kirche gingen – ungeachtet ihres Glaubens –, und auch wenn es wohltuend war, ihrem lustvollen Gesang zuzuhören, fragte Rose sich doch manchmal, ob er für sie nicht nur eine Möglichkeit war, dem Zorn, den sie doch sicher angestaut hatten, Luft zu machen; sie arbeiteten zwar an der frischen Luft und hatten ein bequemes Quartier, in das sie am Abend zurückkehren konnten, aber diese hageren Männer mit den traurigen Augen trugen doch immer noch die Narben ihrer langen Haft. Und sie wussten, dass sie nie wirklich frei sein und nie wieder ihre nebelfeuchte Heimat England wiedersehen würden.

Rose schaute nach vorn und dachte an den nächsten Tag. Sie hatte sich danach gesehnt, wieder ins Freie zu kommen und den Beschränkungen des Hauses zu entgehen; seit die Zwillinge da waren, fühlte sie sich ebenfalls wie eine Gefangene. Nicht dass sie die Babys nicht geliebt hätte, aber ihr fehlten die sonnigen Tage, an denen sie durch die Weinberge gezogen war und dort gehackt, geschnitten und gestutzt hatte, über sich den endlosen Himmel, unter den Füßen die warme Erde. Ihre Rastlosigkeit hatte zugenommen, und jetzt, da ihre Töchter sich allmählich zu eigenen Persönlichkeiten entwickelten und laufen und sprechen lernten, meinte sie, dass sie die beiden auch von Bessy, dem neuen Dienstmädchen, beaufsichtigen lassen konnte, aufmerksam überwacht von Lady Fitzallen.

Am nächsten Morgen wurden sie schon vor Tagesanbruch durch einen Schrei vor dem Fenster geweckt. Otto sprang aus dem großen Doppelbett und stieß die Fensterflügel auf. »Was ist?«, rief er.

»Kängurus. Eine Riesenmeute, oben am Nordende«, war die Antwort.

Rose stand hastig auf und zog Hemd und Hose, Socken und Stiefel an. Otto warf einen Blick zu ihr herüber, während er sich das Nachthemd herunterriss und Moleskins und Stiefel anzog. »Geh du wieder ins Bett. Ich kümmere mich darum«, sagte er knapp.

Sie hörte nicht auf ihn, sondern schnürte sich die Stiefel zu und griff nach dem Gürtel, um ihn durch die Bundschlaufen ihrer Hose zu ziehen. »Es sind meine Weinstöcke genauso wie deine«, antwortete sie. »Und ich weiß, was eine umherziehende Kängurumeute anrichten kann.«

Otto grinste, und seine Augen leuchteten blau in seinem sonnenverbrannten Gesicht. »Da hast du Recht«, sagte er. »Also, auf in den Kampf!«

Sie liefen die Treppe hinunter. Das Haus war schon in Aufruhr. Die Zwillinge weinten, die Hausmädchen hantierten lärmend mit Töpfen, und Lady Muriel erteilte Befehle. Rose und Otto liefen aus dem Haus, um ihre Pferde von der Koppel zu holen. Es war niemand zu sehen; das Licht des neuen Tages schimmerte gerade erst über dem Horizont. Eine schreckliche Stille schwebte in der Luft, eine erstickende Last, die auf allem zu liegen schien.

»Gibt bald ein Unwetter, glaube ich«, sagte Otto ernst und schaute in den Himmel. »Ist nicht gut für die Trauben, wenn es zu heftig wird.«

Rose packte grimmig die Zügel. Sie wusste, dass ein schwerer Regen die Ernte vernichten konnte, aber sie beherrschte die Kunst des Reitens auf einem halbwilden Pferd noch nicht vollkommen und war deshalb voll und ganz damit beschäftigt, sich im Sattel zu halten.

Als sie das nördliche Ende ihres Besitzes erreicht hatten, bot sich ihnen ein verheerendes Bild. Die Kängurus hatten Reihe um Reihe der kostbaren, reifenden Reben niedergetrampelt und mit ihren starken Hinterpfoten und Schwänzen die Arbeit eines Jahres beiseite gefegt, während sie sich an den Trauben gemästet hatten. Die Sträflinge rannten auf den Terrassen umher, wedelten mit ihren Jacken, schwenkten schreiend Mistgabeln und Hacken, um die Tiere zu verjagen.

Rose und Otto sprangen aus dem Sattel und stürzten sich ins Getümmel. Die großen grauen Tiere äugten lakonisch zu ihnen herüber, hoppelten außer Reichweite und nahmen ihre Mahlzeit wieder auf.

Otto lief zu seinem Pferd zurück und zog seine Schrotflinte aus der Sattelhülle. Hans tat das Gleiche. Schüsse hallten durch das Tal, und Tiere fielen in den Staub; die anderen verstanden, was ihnen blühte, und suchten das Weite. »Hoch mit euch, die Zäune reparieren«, rief Otto. »Macht sie stärker und höher, sonst kommen sie zurück.«

»Aber wir werden sie niemals draußen halten, Otto. Sie können zu hoch springen, und sie sind zu stark«, wandte Rose ein.

Sein Haar war dunkelrot vor Schweiß, und in seinen Augen funkelte kalte Wut. »Ich habe ein Jahr lang hier gearbeitet, und mein ganzes Geld steckt in der Ernte, Rose. Wenn wir sie verlieren, haben wir nichts mehr. Gar nichts. Ich kann nicht zulassen, dass die Kängurus mich zu Grunde richten.«

Rose nickte; sie wusste, dass Worte ihn nicht trösten konnten. Die Trauben waren leichte Beute für Wombats und Opossums, für Nasenbeutler und Schnabeltiere; es schien, als sei jedes Lebewesen im meilenweiten Umkreis auf diese Reben angewiesen. »Lass uns nachsehen, wie viel Schaden sie wirklich angerichtet haben«, schlug sie leise vor. »Vielleicht ist es nicht so schlimm, wie du glaubst.«

Er schüttelte den Kopf und spähte in den tief hängenden Himmel. »Wenn das Unwetter in den nächsten paar Tagen losbricht, werden wir sowieso alles verlieren«, sagte er betrübt. »Eine kalte Nacht, und all unsere Arbeit war umsonst.«

Rose sah, wie er die Schultern hängen ließ, und sie wusste, dass er Recht hatte. Sie konnten jetzt nur beten, dass es nicht regnete und der Frost noch auf sich warten ließe. Die Trauben reiften gut; es versprach eine gute Ernte zu geben – trotz der Schäden –, aber bis dahin waren es noch sechs Wochen, und in dieser Zeit konnte alles Mögliche passieren. Bei zu wenig Regen würden die Trauben nicht reifen und keine Süße gewinnen. Zu viel Regen ließe sie am Stock verfaulen. Bei Frost würden sie absterben, bei Schwüle verschimmeln. Mehltau konnte sie vernichten.

Vielleicht hätte Otto den Rat der anderen Winzer annehmen und Geld in eine Schafherde investieren oder zur Sicherheit noch Mais oder Weizen anpflanzen sollen. Aber sie wusste, dass Otto nicht der Mann war, der sein Geld in Vieh oder Getreide steckte. Er war ein Winzer, ein Mann, der Trauben anpflanzte und Wein produzierte. Er hatte keine Zeit und herzlich wenig Geld für irgendetwas anderes und zog es vor, es dem Schicksal und der Mutter Natur zu überlassen, wie ihre Zukunft aussehen würde.

Zwei Wochen später standen sie auf der Veranda und schauten zum Himmel. Es ging ein leichter Wind, und ein paar Wolken segelten über das Gesicht des Mondes in dieser klaren Spätfrühlingsnacht. »Es wird nicht kälter als sonst werden«, meinte Otto dankbar. »Wir können unbesorgt ins Bett gehen.«

Sie schliefen fest, als schwere Schritte die Treppe heraufgepoltert kamen und die Tür ihres Schlafzimmers aufflog.

Hans stand keuchend vor ihnen. Sein Gesicht war aschgrau. »Wir haben harten Frost, Otto. Ich habe die Männer schon rausgetrommelt, damit sie die Töpfe anzünden.«

»Sie sollen schleunigst in die Terrassen hinausgehen, Hans. Ich komme mit dir.«

Und wieder warfen Rose und Otto ihre Kleider über und eilten nach draußen. Den ganzen Winter über waren sie auf der Hut vor Frost gewesen. Beim leisesten Fallen des Barometers in der Diele hatte Otto schnuppernd die Nase in die Luft gehoben. Manchmal stand er nachts auf und wanderte durch die Weingärten, lauschte prüfend in die Stille und studierte die Sterne, um einen Hinweis auf das kommende Wetter zu finden. Ein strenger Spätfrost konnte für die blühenden Reben tödlich sein.

Die Franzosen hatten die Idee gehabt, die Reben mit Rauch einzunebeln, und in den ersten Jahren hatte Otto Reisig, Stroh und grüne Blätter benutzt, um ein qualmendes Feuer anzuzünden, und da die Nachtfröste nicht allzu streng gewesen waren, hatten die Reben überlebt. Inzwischen war er besser ausgerüstet: Hunderte von Frosttöpfen waren mit Öl gefüllt. Als sie jetzt zur Tür hinauseilten, betete Rose, dass diese neue Methode sie retten möge.

Kaum waren sie draußen, da wusste sie, dass sie in Not waren. Die Kälte verursachte Gänsehaut und drang tief ins Mark. Die Hausmädchen kamen zitternd in ihren Nachthemden heraus, um zu helfen, und Lady Muriel wartete in der Tür, die Nachtmütze schief auf den grauen Locken. Die kleinen Mädchen lugten hinter ihrem voluminösen Nachthemd hervor.

»Bleib bei den Kindern, Muriel«, bat Rose sie; und den Dienstmädchen befahl sie: »Ihr zieht euch was an und kommt mit.«

Sie schlossen sich der Prozession der Männer an, die jetzt lodernde und qualmende Töpfe durch die Terrassen schleppten und die Reben mit einer teerigen Schicht überzogen. Rose war bald von Kopf bis Fuß schwarz; ihre Augen brannten, und der

Rauch nahm ihr den Atem. In wortloser Verzweiflung stapften sie durch die glitzernde Kälte, und niemand wagte seine Befürchtungen auszusprechen.

Gegen Morgen stolperte eines der Hausmädchen vor Müdigkeit, und Rose stürzte zu ihm, um den klebrigen, brennenden Topf aufzuheben. Ein Brand wäre das Ende.

Otto war bald hier, bald da; er ermunterte die erschöpften Männer, brachte ihnen Wasser, zündete die Töpfe wieder an, denen das Petroleum ausgegangen war, und versuchte verzweifelt, alle Rebstöcke zu erreichen, bevor es zu spät war.

Rose beobachtete ihn, während sie selbst hin und her stapfte und die Reben mit Rauch einnebelte. Wie ein Bär bewegte er sich in den Terrassen: ein Mann, der die Lage beherrschte, der Hoffnung besaß. Aber sie hatte Angst um ihn, denn sie wusste, was es bedeuten würde, wenn sie scheiterten.

Drei Stunden später lichtete sich die Dunkelheit, und im matten Licht des Horizonts schienen die gelben Flammen in den Töpfen fahler zu werden.

»Die Sonne kommt!«, rief Otto. »Jetzt werden wir sehen.« Seine Stimme war brüchig vor Müdigkeit und Erregung, und Rose ging zu ihm und schob ihre Hand tröstend in seine.

Die geschwärzten Gestalten standen in erschöpftem Schweigen da und sahen zu, wie der Himmel heller wurde. Sie konnten nichts weiter tun. Rose und Otto standen Seite an Seite, und das Licht am Horizont wurde zu Gold. Er hielt ihre Hand in seiner Pranke, und sein Blick war auf die Reihen der Rebstöcke gerichtet. Rose spürte seinen schnellen Puls, und sie wusste, wie schwer es ihm fiel, seine Sorge, seine Angst zu verbergen. Hoffentlich hatten sie genug getan.

Der Nebel löste sich im strahlenden Licht der aufgehenden Sonne, und die Leute von Coolabah Crossing konnten endlich sehen, was die Nacht gebracht hatte. Rose spürte, wie Otto zusammenzuckte, als sie über ihre vielen hundert Morgen hinausschauten. Reif glitzerte auf den geschwärzten Reben, die besiegt und tot an den stützenden Drähten hingen.

Es war still, als die Sonne sich in majestätischer Pracht über dieses Bild der Verwüstung erhob. Dann fing eines der Mädchen an zu heulen, und Otto holte tief und erschauernd Luft, als der Klang der Stimme durch das schwarze, tote Tal hallte.

Rose durchfuhr es wie ein Stromschlag, und sie ergriff die Initiative. Mit wenigen Schritten überquerte sie die vernichtete Terrasse und schlug dem Mädchen ins Gesicht. »Sci still«, schrie sie. »Wir sind nicht besiegt – noch nicht. Ein paar Rebstöcke haben vielleicht überlebt. Seht nach!«

Sie kehrte zu ihrem stummen Otto zurück. Seine Schultern hingen herab, als lastete die ganze Welt darauf. Sein Gesicht wirkte hager unter dem öligen Ruß, und verräterische weiße Streifen zeigten, dass er geweint hatte. Ihr Herz zog sich zusammen, und sie warf ihm die Arme um den Hals und drückte ihn an sich, wie sie es mit ihren Töchtern tat. »Komm«, flüsterte sie, »wir gehen ein Stück. Wollen sehen, ob wir etwas finden, das uns bis zum nächsten Jahr durchbringt.«

Sie wanderten über eine Stunde durch das Weingut, und Rose zählte die Stöcke, die überlebt hatten: ein paar Morgen auf den tiefer gelegenen Hängen und eine oder zwei Terrassen mit älteren, besser verwurzelten Reben. Aber die neu angepflanzten Stöcke waren restlos verloren ebenso wie eine große Fläche mit Sauternes.

Zusammen mit ihrem Mann machte sie eine Bestandsaufnahme. Mit ihrem hart erworbenen Wissen konnte sie einschätzen, wie gut ein Jahrgang werden würde, und nach dem, was sie jetzt sah, würden sie dieses Jahr nur ein Viertel der gewohnten Menge einbringen können. Und auch das nur, wenn die Trauben nicht zu viel Regen oder Feuchtigkeit abbekamen oder von Raupen und Heuschrecken gefressen wurden.

»Ich werde meine Schulden nicht bezahlen können, Rose«,

sagte Otto traurig. »Und ich werde auch nichts Neues anpflanzen können, wenn die Bank mir kein Geld gibt.«

»Dann musst du zur Bank gehen und sie bitten, dir noch etwas zu geben«, sagte Rose entschlossen. »Wir haben all das Land und unser Haus als Sicherheit. Wir sind noch nicht geschlagen.«

Er lächelte sie an und fasste schon wieder Mut. »Du bist so klein, und doch bist du heute stärker als ich, Rose. So viel Entschlossenheit in dieser zierlichen Gestalt.« Ein tiefer Atemzug ließ seine mächtige Gestalt erschauern. Dann reckte er die Schultern und hob trotzig das Kinn, als er über die geschwärzten Überreste jahrelanger Mühsal blickte.

»Ich bin noch nicht besiegt, Rose. Ich werde sofort nach Deutschland schreiben und eine neue Lieferung Stecklinge bestellen. Ich werde auch zu den anderen Winzern im Hunter Valley gehen und sehen, was sie mir verkaufen können. Ich werde neu pflanzen. Ich werde geduldig sein. Meine Pläne sind um drei Jahre zurückgeworfen worden, Rose. Aber wir sind jung. Wir haben viel Zeit.«

Keiner von beiden sprach seine innersten Befürchtungen aus. Was würde geschehen, wenn die Ernte des nächsten Jahres auch vernichtet würde?

Otto rief die Männer zusammen und befahl Hans, Rum zu verteilen. Rose konnte den Anblick der vernichteten Weinberge kaum ertragen. Jetzt, da Otto seine Tatkraft offenbar wiedergefunden hatte, konnte sie mit den anderen Frauen ins Haus zurückkehren und mit ihnen das Essen zubereiten, das man brauchen würde. Zeit zum Trauern würde sie später haben, wenn sie allein wäre und Otto sie nicht sehen könnte.

Ihre Röcke schleiften über die Erde, die Schultern taten ihr weh, und sie hatte Blasen an den Fingern, die sie sich an einem der Töpfe verbrannt hatte. Aber sie lächelte, als sie die anderen Frauen sah; nur das Weiße der Augen war in den geschwärzten Gesichtern zu erkennen. Sie schauten einander stumm vor Schrecken an, doch dann brachen sie trotz ihrer Müdigkeit und des schrecklichen Verlustes, den sie alle erlitten hatten, in Gelächter aus. In diesem Augenblick wusste Rose, weshalb sie dieses wilde, ungezähmte Land liebte: Hier war sie frei und den Menschen in ihrer Umgebung gleichberechtigt, unabhängig von ihrer Herkunft; sie war an sie gebunden im endlosen Überlebenskampf in dieser einsamen, endlosen Weite. Otto hatte Recht. Sie würden sich nicht geschlagen geben.

Cordelias Lider wurden schwer, und sie döste ein. Es ging ein warmer Wind, das Sonnenlicht fiel in tanzenden Tupfen durch das Laub der Wilgas, aber ihre Träume waren düster und erfüllt von Menschen aus der Vergangenheit, die in ihren Erinnerungen an ihr vorüberzogen. Auf Jacaranda hatte es auch Frost gegeben; auch dort hatten sie ganze Nächte draußen mit den Räuchertöpfen verbracht, Hoffnungen und Ängste auf den Augenblick der Dämmerung gerichtet, da alles offenbar werden würde. Moderne Methoden hatten ihre Chancen gegen den Todfeind Frost verbessert, aber die Reben fielen noch manchen anderen Räubern zum Opfer, und das eigene Leben war an das Überleben der empfindlichen Trauben gebunden.

Dann war Jock da, das Gesicht gebräunt von Sonne und Wind; er marschierte durch die Terrassen, erteilte Befehle und schlug wohl auch mit der Peitsche nach einem armen Teufel, der für seinen Geschmack zu langsam oder zu unachtsam arbeitete. Das Arbeitsrecht mochte die Art seines Umgangs mit den Angestellten in späteren Jahren geändert haben, aber sie hörte immer noch seine wütende Stimme, als er den armen Edward drangsalierte, und sie sah die Erniedrigungen, die ihr Bruder von ihm hatte hinnehmen müssen. Das Licht war in jenen Jahren von Jacaranda gewichen. Aber jetzt bestand ein Hoffnungsschimmer, die Chance für einen neuen Anfang.

Ihre Lider öffneten sich flatternd, und sie brauchte einen

Moment, um zu erkennen, wo sie war. Sie blieb sitzen; sie wollte den Bann ihrer Träume noch nicht brechen. Die Jahre waren im Fluge vergangen; sie hatten ihr die Jugend und die Kraft geraubt, aber nicht ihre Erinnerungen. Sie hatte in einer Zeit gelebt, die nicht wiederkehren würde. In einer Zeit des Erforschens und des Abenteuers, in der sie und Jock ihre Zeichen gesetzt hatten. Seltsam, dass das jetzt realer als die Gegenwart erschien. Seltsam, dass die Vergangenheit voller Farbe war, während die Gegenwart anscheinend immer mehr Substanz verlor.

»Cordy? Wie geht's?«

Sie blickte auf. Wals Gesicht war sorgenvoll in Falten gelegt. »Ich habe mich nur gefragt, ob es das alles wert ist«, sagte sie.

»Verdammt, das ist es«, grollte er, die Pfeife fest zwischen den Zähnen. »Wir beide haben hart gearbeitet, du und ich, Cordy. Das hier ist das Erbe unserer Kinder – das muss doch was wert sein.«

Sie beschattete die Augen mit der Hand und spähte über das Land hinaus. »Es wird Zeit, dass ich nach Jacaranda zurückkehre«, sagte sie leise. »Dahin, wo ich hingehöre.«

»Du bist doch nicht krank, oder?« Er runzelte die Stirn, und seine schwielige Hand lag leicht auf ihrer Schulter.

Sie schüttelte den Kopf und lächelte. »Ich bin wie eine alte Uhr, Wal. Sie tickt und tickt, und langsam läuft sie ab. Dauert nicht mehr lange, und sie wird stehen bleiben.«

»Das geht mir genauso, mein Mädchen.« Seufzend inspizierte er die kalte Asche in seiner Pfeife. »Aber noch ist es nicht so weit«, sagte er dann mit Nachdruck. »Es gibt noch was zu erledigen.«

Eine Reihe der Gräber kennzeichnete die letzte Ruhestätte der Sträflinge, die an diesem fernen Ende der Welt ihr Leben beschlossen hatten, ohne die Küste der Heimat noch einmal wiederzusehen. Die meisten sind so jung gewesen, dachte Sophie. Zu jung, um von ihren Familien und allem, was sie kannten, weggerissen und in dieses wilde Land gebracht zu werden. Aus London und Liverpool waren sie gekommen, aus Irland, Schottland und Wales, und fast war es, als könnte sie ihre armen, verlorenen Seelen in der Erde spüren, die sie bedeckte. Kein Wunder, dass so viele kleine und große Städte in Australien die vertrauten Namen der Heimat trugen.

Sie sah, wie Wal ihrer Großmutter die Hand auf die Schulter legte, sah, wie die Sorge in seinem Gesicht sich in ein Lächeln verwandelte. Sie sind um das Leben betrogen worden, das sie zusammen hätten leben können, erkannte Sophie – betrogen durch die Umstände und die unbeugsamen Regeln jener Zeit, wie die Sträflinge um ihre Zukunft betrogen worden waren. Dennoch hatten ihre Gefühle füreinander die Jahre und die Entfernung überdauert, und wenn der Verlust sie mit Bitterkeit erfüllte, verbargen sie es beide unter der Wiedersehensfreude. Es war gut, dass Gran diese Reise hatte machen können, ehe es zu spät war – und es war schade, dass sie nicht in einer Zeit gelebt hatte, in der sie einfach ihren Koffer packen und ihren Träumen nachjagen konnte.

Sophie bohrte die Hände in die Hosentaschen. Machte sie es nicht gerade genauso? Indem sie sich von Jay abwandte, indem sie seine Treulosigkeit fraglos hinnahm, beging sie den gleichen Fehler wie ihre Großmutter. Sie, Sophie, lebte allerdings nicht in der ersten Hälfte des Jahrhunderts, sondern im letzten Jahrzehnt des Jahrtausends. Es gab viel weniger Einschränkungen, viel weniger Barrieren, die zu durchbrechen waren.

In diesem Augenblick wusste sie, dass sie ihn zur Rede stellen musste. Sie musste ihn nach dem Grund fragen – um ihrer selbst willen und für ihren Seelenfrieden. Wenn die Lage so hoffnungslos war, wie sie annahm, konnte der Schmerz nicht größer werden, als er schon war. Sie würde die Scherben aufsammeln und von vorn anfangen müssen – aber das hatte sie schon einmal getan. Und sie hatte gelernt. Sie würde sich nicht noch einmal Hals über Kopf in eine Beziehung stürzen.

Sie schob alle Gedanken an Jay beiseite und kehrte eilig zu der alten Bank und ihrer Großmutter zurück. »Bist du bereit, mir den Rest zu erzählen?«, fragte sie. »Oder bist du zu müde?«

»Müde bin ich immer, Darling, aber so geht's eben im Alter.« Sie tätschelte Sophies Knie. »Wo war ich?«

Sophie lehnte sich auf der Bank zurück und schloss die Augen. Sie hörte Grillen und Fliegen und das Rascheln von Gras und Blättern. Sie fühlte die warme Sonne auf der Haut, und sie roch die Erde und den süßen Duft der reifenden Trauben. Cordelia nahm den Faden ihrer Geschichte wieder auf, und Sophie kehrte zurück in Rose' Welt.

Coolabah Crossing lag im Stammesgebiet der Wiradjuric, und als das Land für das Weingut gerodet und besiedelt wurde, kamen die Eingeborenen neugierig aus dem Busch und bauten ihre Hütten. Sie hatten rasch gelernt, dass die Ankunft der Weißen für sie Mehl und Speck bedeutete – und dieses merkwürdige Getränk aus Früchten, das ihnen half, mit ihren Ahnen zu sprechen. Otto tolerierte sie, denn er hatte von den Schwierigkeiten gehört, die es auf anderen Gütern gegeben hatte, wenn die Eigentümer versucht hatten, sie zu verjagen. Solange sie sich von den Terrassen fern hielten und hin und wieder ein bisschen arbeiteten, ließ er sie gewähren.

Rose war fasziniert von ihnen. Ihre Haut war so dunkel, dass es aussah, als habe die Sonne alles Reflektierende herausgebrannt, und ihre Augen lagen beinahe ockergelb in den breiten Gesichtern. Aber es war ihre Stammesbemalung, die ganz anders aussah als die der Wandjuwalku bei der Mission, die in ihr den Wunsch weckte, mehr über diese stummen, wachsamen Menschen mit ihrer erdgebundenen Philosophie zu erfahren.

Im Laufe der Jahre war es ihr gelungen, ein bisschen über sie und ihre Legenden zu erfahren. Sie hatte sogar ein paar Worte ihrer Sprache gelernt, und oft saß sie bei Wyju und lauschte seinen Geschichten über die Traumzeit. Er gehörte zu den Stammesältesten, ein hoch gewachsener, schlanker Mann mit verschnörkelten Narben, bestrichen mit Lehm und Asche. Er trug einen dünnen Lederriemen um die Hüften und einen um den Kopf. Aber dass er nackt war, störte sie nicht, denn bei einem stolzen Mann aus dem Busch wirkte es ganz natürlich.

Es war drei Tage nach dem Frosteinbruch, und Wyju war soeben von einer Wanderschaft zurückgekommen. Otto und Rose saßen auf der Veranda, als die letzten Sonnenstrahlen hinter den Bergen verschwanden.

»Wo bist du gewesen, du fauler Hund? Wir hätten dich in den letzten paar Tagen gebrauchen können«, rief Otto.

»Auf Wanderschaft, Boss.« Wyju kam zur Verandatreppe und hockte sich davor auf den Boden.

»Was ist denn das, Wyju? Ich wette, du hast da draußen noch eine Frau.« Otto lachte über seinen Scherz, aber der Eingeborene runzelte die Stirn.

»Ich hab gesungen auf dem Land, Boss. Wanderschaft heißt, in die Fußspuren des Ahnen treten, seine Lieder singen, Schöpfung neu machen.«

Rose hatte von diesen unsichtbaren Songlines gehört. »Woher weißt du, was du singen musst, Wyju? Und wenn du die Linien der Lieder nicht sehen kannst, woher weißt du dann, wo sie sind?«

Der alte Mann schüttelte langsam den Kopf. »Traumzeitspuren, Missus. Der Ahn wandert über das Land, verstreut Worte und Musik in seinen Fußspuren. Ein Lied ist wie Landkarte, Mutter gibt Baby, wenn das erste Mal strampelt im Bauch. Mutter markiert Ort, und dann ist er Totem für Baby. Baby hat Träume mit Songlines, trifft Brüder und Schwester vom selben Totem, wenn daran festhält.«

»Das klingt alles sehr kompliziert«, murrte Otto. »Wenn du die Linien nicht sehen und die Musik nicht hören kannst, woher weißt du dann, dass du nicht vom Weg abgewichen bist?«

Ein breites Lächeln trat auf Wyjus dunkles Gesicht. »Australien wie große Musik, Boss. Songlines überall, von einem heiligen Ort zum andern. Nur Schwarze kennen heilige Orte.«

»Träume und Songlines und Totems sind also alle Teil derselben Sache?« Jetzt war Rose verwirrt. »Und was passiert, wenn ein Mann von einer Linie zur andern wechselt, ohne es zu merken? Ist das gefährlich?«

»Träumen ist Geschichte. Jeder Ort hat seine Träume. Schwarzer Mann fragt: Wer ist das? Wessen Geschichte? Ein Stein kann die Leber eines Kängurus sein, das der Ahn auf seiner Reise mit dem Speer erlegt und gegessen hat. Ein Billabong ist vielleicht Versteck für Fischtotem.«

»Wir könnten also über diese heiligen Orte gehen, ohne es zu merken?« Rose überlief es kalt, als der Mann sie anschaute.

»Böses passiert, wenn man Totem zerstört, Missus. Legende sagt, ein Mann hier hat heilige Steine bewegt, und Feuertraum kommt mit Speer, ihn töten.«

»Mach der Missus keine Angst, Wyju«, warnte Otto. »Ihre Fantasie ist so schon lebhaft genug, ohne dass du ihr noch solche Flausen in den Kopf setzt.«

»Ihr habt große Not mit Farm, ja?«

Otto und Rose nickten.

»Weil ihr Eier von Regenbogenschlange weggenommen.«

Rose zog die Stirn kraus, und Otto lachte. »Schlangeneier, du meine Güte!« Rose sah den verächtlichen Ausdruck in dem schwarzen Gesicht und legte ihrem Mann zurückhaltend die Hand auf den Arm. »Ich glaube, wir sollten ihn ernst nehmen, Otto«, sagte sie leise. »In Legenden steckt viel Wahres. Ich mit meinem irischen Blut sollte das wissen.« Sie wandte sich an Wyju. »Wo waren diese Eier? Kann man sie zurückbringen?«

»Komm mit, Missus. Ich zeigen.«

Rose nickte Otto zu, und sie folgten der anmutigen nackten Gestalt zum östlichen Ende der Terrassen. Das Land dort war vor mehreren Monaten gerodet und neu bepflanzt worden. Jetzt nach dem Frost standen dort nur noch stumpfe schwarze Wurzeln.

»Schlange träumt hier, Boss. Legt Eier. Du wegnehmen, weg. Schlange dir böse. Songline unterbrochen.«

»Das war doch nur ein Haufen Sandsteinblöcke, der niemandem genutzt hat«, entgegnete Otto ungeduldig. »Woher zum Teufel sollte ich wissen, dass es ein Totem oder ein Lied oder ein verdammter Traum war?« Er funkelte Wyju wütend an, packte Rose beim Arm und führte sie zum Haus zurück. »Kümmere dich nicht um diese Wilden! Sie erzählen diese Geschichten, um dir Angst zu machen. Wenn wir jeden Stein, jeden Baum wieder hinstellen, dann haben wir kein Land, keine Heimat, keine Ernte.«

Rose sah ein, dass er Recht hatte, aber sie hatte genügend irisches Blut in sich, um zu glauben, dass in diesen Songlines und verstreuten Steinen etwas Magisches enthalten sein konnte. Otto sollte nicht so leichthin über Wyjus Warnung hinweggehen.

Die Zeit verging, und Rose vergaß Wyjus seltsame Geschichte. Die Lese stand bevor. Die Erträge nach dem Frost waren kläglich und brachten einen dünnen, mittelmäßigen Wein, den sie rasch an die weniger anspruchsvollen Weinhandlungen in Paramatta und Botany Bay verkauften. Dann krempelten sie die Ärmel hoch und jäteten die Terrassen, gruben die Erde um und zogen die Furchen für die neuen Setzlinge, die Otto versprochen hatte. Sie hatten den größten Teil ihrer Möbel verkauft, eine Hypothek auf das Haus genommen und das Darlehen der Bank vergrößert. Otto war tagelang im Hunter Valley umhergereist und hatte von anderen Winzern, die in Finanznot waren, Pflanzen gekauft. Jetzt kam er zurück – mit leeren Taschen und kostbaren

Weinstöcken, die in feuchte Säcke gewickelt hinten auf dem Wagen lagen.

Rose schlief fast im Stehen ein, als sie auf der Veranda stand und die Staubwolke herankommen sah. Sie hatte die ganze Nacht bei Lady Muriel gewacht, und es tat ihr im Herzen weh, zu sehen, dass ihre alte Freundin vielleicht nicht mehr lange bei ihnen sein würde.

Muriel fühlte sich schon seit Wochen unwohl; die Farbe war aus ihren Wangen gewichen, die geschäftige Gestalt war langsamer geworden, und die behaglichen Rundungen waren verschlissen, je mehr sie an Appetit verloren hatte. Der Arzt hatte ein riesiges Gebiet zu bewältigen, das sich über Hunderte von Meilen erstreckte; zu ihrem Glück hatte er gerade ein nahes Anwesen besucht, aber er hatte trotzdem noch eine Woche gebraucht, um herzukommen. Er hatte Lady Muriel untersucht und gemeint, es sei das Herz. Er hatte ihr Ruhe verordnet und war dann mit seinem Ponywagen zum nächsten Kranken weitergefahren.

Rose wartete bang, bis Otto von seinem Wagen heruntergeklettert war. Er zog sie in seine Arme, und sie lehnte sich dankbar an ihn. Er war ihr Fels, die einzige Gewissheit, die sie im Leben hatte, und ohne ihn wüsste sie nicht, was sie tun sollte.

Seine blauen Augen verfinsterten sich, als sie ihm von Lady Muriel erzählte; ohne sich die Mühe zu machen, Haar und Rock von Schmutz und Staub zu säubern, lief er die Treppe hinauf, immer zwei Stufen auf einmal, und stürmte in das Zimmer der alten Dame. Sie war wie eine Mutter für ihn, genau wie für Rose. Sie war erfahren und weltgewandt, und sie hatte das Unternehmen von ganzem Herzen unterstützt, finanziell und moralisch. Sie schuldeten ihr sehr viel mehr als die Guineen, die sie ihnen für den Ausbau des Hauses geliehen hatte.

Rose blieb unten an der Treppe stehen und lauschte dem dunklen Murmeln von Ottos Stimme und den beinahe unhörbaren Antworten der Kranken. Ohne Muriel wird das Haus einsam sein, erkannte sie. Sogar die Hausmädchen würden sie vermissen, auch wenn die alte Frau sie mit ihrer peniblen englischen Art und ihren herrischen Befehlen manchmal geärgert hatte.

Die neuen Setzlinge wurden am Tag nach einem schweren Regenguss gepflanzt; die Monate vergingen, und Lady Muriel schien wieder auf die Beine zu kommen. Otto erklärte, mit dieser Ernte würden sie ihre Schulden bezahlen können, und dann würde das Haus wieder ihnen gehören.

»Dann werden wir feiern, Rose«, versprach er einen Monat vor der Lese. »Ich kaufe dir einen Diamantring, Perlen, was du willst. Und für Lady Muriel kaufe ich einen neuen Schal und einen Sonnenschirm, damit sie in der Sonne sitzen kann.«

Rose lachte und nahm ihn in die Arme. »Bring uns lieber ein paar Möbel mit«, sagte sie fröhlich. »Von Muriels Bett einmal abgesehen, fällt dieser alte Trödel bald auseinander vor lauter Schimmel und Termiten.«

Es war ein glücklicher Abend gewesen; sie hatten Kerzen auf den Tisch gestellt, und Lady Muriels Tafelsilber glänzte prachtvoll auf der weißen Decke. Mit Coolabah-Wein tranken sie auf die Zukunft. Otto hielt das Glas hoch, ließ das rubinrote Feuer kreisen und trank genussvoll. »Unser erster richtiger Jahrgang«, erklärte er stolz. »Château Coolabah Rosé, 1841, das Jahr unserer Hochzeit. Er ist nach unserer ersten gemeinsamen Lese ins Fass gekommen.«

Lady Muriel hob ihr Glas und nahm ein Schlückchen. Otto beobachtete sie und wartete auf eine Reaktion.

»Perfekt«, sagte sie genussvoll, und ihre Wangen röteten sich. Das graue Seidenkleid raschelte, als sie sich mühsam erhob. »Ich trinke auf dich und Rose. Ihr habt einer alten Frau ein behagliches Heim gegeben, und ihr habt mir Liebe und Verständnis entgegengebracht – obwohl ich zuweilen anstrengend bin, das weiß ich wohl. Auf euch beide. Auf ein langes und glückliches Leben.«

Sie konnten nicht wissen, dass dies der letzte Abend war, den sie gemeinsam verbrachten. Und sie konnten nicht wissen, was für einen schrecklichen Preis sie dafür zahlen würden, dass sie es gewagt hatten, Wyjus Warnung zu missachten.

Michael O'Flynn war ein auf Bewährung zur Arbeit freigelassener Sträfling, der vor fast einem Jahr nach Coolabah Crossing gekommen war. Er hatte in Botany Bay im Gefängnis gesessen, nachdem er die Hölle auf dem Sträflingsschiff überlebt hatte. Diese Holzhütte mitten im Nirgendwo war zwar weit entfernt von den Entbehrungen in seiner Kerkerzelle, aber er hasste sie trotzdem. Er hasste den Gestank der anderen elf Männer. Er hasste es, dass man ihn zwang, abgelegte Kleider zu tragen und jeden Sonntag zur Kirche zu laufen.

Aber vor allem hasste er die Hitze, die Fliegen, den Staub und die niemals endende Schlacht um das Überleben der Reben. Er wusste, dass ihm nichts von allem hier jemals gehören würde, ganz gleich, wie hart er arbeitete. Mit seinem Schweiß machte er den dicken Deutschen reich – und wenn seine Zeit hier um wäre, könnte er von Glück sagen, wenn er ein paar Kupfermünzen hätte und ein bisschen Buschland, auf dem er sich jahrelang krumm rackern könnte, ohne dass etwas dabei herauskommen würde.

Er war rastlos in dieser Nacht. Es war spät, und in den Fenstern des Deutschen brannte kein Licht mehr. Die anderen Männer schnarchten und murmelten im Schlaf. Michael schlüpfte aus dem Bett, schob den Türriegel hoch und trat hinaus ins Mondlicht. Sogar jetzt war es noch heiß. Der warme Wind wehte über das Land und wirbelte die seltsame rote Erde zu Staubspiralen auf, die über den Hof und hinaus in die Weingärten zogen.

Michael betrachtete die Hütten, die sich die Ehemaligen gebaut hatten, nachdem sie ihre Strafe abgebüßt hatten. Die armen Trottel hatten beschlossen, hier zu bleiben und ihr Glück zu versuchen. Das war leichter, als in das weite Land hinauszuziehen und für sich selbst zu sorgen. Die Heirat mit einheimischen Mädchen hatte ihnen angeblich Achtbarkeit eingebracht, aber er wusste, dass der Makel des Sträflings immer über ihnen schweben würde, und auch das Leben der zahlreichen Kinder, die sie gezeugt hatten, würde davon nicht unberührt bleiben.

Er schaute zu den dunklen Reihen der Weinstöcke hinaus und spuckte in den Staub. Er brauchte etwas zum Einschlafen, und er wusste genau, wo er es finden würde.

Mit der verstohlenen Gewandtheit des erfahrenen Diebs, der er in Dublin gewesen war, huschte er durch die Dunkelheit zum Keller. Er wusste, wo der Schlüssel versteckt war. Er wusste auch, wenn Hans, der Verwalter, ihn erwischte, bekäme er zehn Peitschenhiebe. Aber der Gedanke an all den Alkohol, der da auf ihn wartete, war einfach zu verlockend. Er öffnete die Tür und glitt hindurch.

Es war kühl in dem unterirdischen Gewölbe, das er und andere wie er aus der unglaublich roten Erde gehauen hatten. Er zündete die Laterne an, hielt sie hoch und blieb einen Augenblick lang nachdenklich stehen. Die Steine, mit denen das Gewölbe vom Boden bis zur Decke ausgekleidet war, hatte man mit Ochsenkarren aus den Steinbrüchen von Paramatta heraufgeschafft. Jeder Stein trug die Spuren des Werkzeugs, mit dem die armen Teufel im Steinbruch geschuftet hatten, während ihre Ketten klirrten und die Wärter mit Peitschen und Gewehren hinter ihnen standen.

Vermutlich sollte er sich glücklich schätzen, dass er hier draußen im Nirgendwo sein durfte – aber das änderte nichts an seinem Hass auf die Leute, die ihn hergeschickt hatten, und auf die, für die er hier arbeiten musste. Das war doch kein Leben! Er hatte seit Jahren keine Frau mehr gesehen, und abgesehen von der gelegentlichen Rumration, die der deutsche Scheißkerl austeilen ließ, wenn er besonders zufrieden mit sich war, hatte er nichts Anständiges mehr zu trinken bekommen, seit der einäugige alte

Pete ihm ein Fläschchen Brandy zugesteckt hatte, das er in der Küche geklaut hatte.

Er hielt die Laterne hoch über den Kopf und ließ die tanzenden Schatten über die Reihen der Flaschen wandern, die sich an den Wänden stapelten. Dann begann er die großen Taschen seines abgetragenen Mantels zu füllen. Natürlich konnte er nicht alles von derselben Stelle nehmen. Der Deutsche würde sicher merken, dass sie fehlten. So wählte er hier eine Flasche und dort eine Flasche.

Als er sich vergewissert hatte, dass er bei seinem nächtlichen Besuch keine Spuren hinterlassen hatte, verschloss er die Tür und legte den Schlüssel wieder in sein Versteck. Dann verdrückte er sich in den Busch.

Es war noch dunkel, als er aufwachte. Mit verquollenen Augen lag er da und überlegte, was ihn aus dem Schlaf gerissen hatte. Dann drang ihm ein Geruch in die Nase, der ihn hochfahren ließ. Angst durchwogte seine Eingeweide, und seine Handflächen wurden schweißfeucht.

Er hatte eine Spur von leeren Flaschen hinter sich gelassen, als er in den Busch gewandert war, und die letzte lag umgekippt neben seinen Füßen. Er erinnerte sich verschwommen, dass er unter diesen Flaschenbürstenbusch gekrochen war, um ein bisschen zu schlafen, ehe er in die Hütte zurückkehrte, aber er wusste nicht mehr, was er mit der Laterne angestellt hatte.

Rauch stieg zum Himmel, grau vor der Schwärze der Nacht. Er hörte das Knistern und Knacken von brennendem Gras, und ihm dämmerte, was er getan hatte. Er erinnerte sich wieder, dass er gestolpert und hingefallen war; die Laterne war ihm aus der Hand gefallen, und er hatte sie vergessen, als er sich schließlich wieder aufgerappelt hatte, um nach der nächsten Flasche zu greifen. Dann musste er weitergegangen sein, und in seiner Trunkenheit hatte er anscheinend nicht bemerkt, dass das Lampenöl ins Gras gelaufen und in Flammen aufgegangen war.

»Zum Teufel mit euch, alle miteinander«, schrie er trotzig. Schwankend stand er da und sah zu, wie der Rauch dicker wurde und im Wind davonwirbelte. »Brennen sollt ihr, ihr Schweine, brennen in Hölle und Verdammnis!«

Rose drehte sich unruhig im Schlaf auf die andere Seite. Ihre Träume waren wirr, und selbst Otto mit seiner soliden Wärme neben ihr konnte die Angst nicht verbannen, die sie durchzog. Wieder regte sie sich, und dann schlug sie die Augen auf.

Otto lag auf dem Rücken und schnarchte. Er hatte wie immer alle Viere von sich gestreckt, sodass ihr nur ein schmaler Rand des Bettes blieb. Sie wusste, wie müde er war, und deshalb blieb sie still liegen und starrte in die Dunkelheit, während sie zu ergründen versuchte, was sie geweckt hatte. Da war wohl ein fernes Geräusch, aber es konnte sie kaum im Schlaf gestört haben, denn dazu war es zu sanft, zu ähnlich dem vertrauten Seufzen des Windes, der von den Bergen ins Tal wehte.

Das Entsetzen ließ sie hochfahren, als die Erkenntnis sie überkam. »Otto«, schrie sie und sprang aus dem Bett. »Otto, wach auf! Es brennt!«

Er schrak aus dem Schlaf, und im selben Augenblick warf er die Decke zurück und lief zum Fenster. »O mein Gott!«, stöhnte er.

Rose drängte sich an ihm vorbei, um selbst zu sehen, was los war. Eine Feuerwand kam auf sie zu, und wirbelnde Rauchwolken griffen nach den Sternen. »Ich muss die Kinder holen«, hauchte sie, raffte ihre Kleider zusammen und stürzte aus dem Zimmer.

Otto kämpfte sich in seine Moleskins, stürmte auf der Galerie entlang und hämmerte an die Türen. »Feuer! Feuer! Lauft aus dem Haus!« Er lief in Lady Muriels Zimmer. »Du musst aufstehen. Es brennt. Hilf Rose! Ich gehe in den Weinberg.«

Die alte Dame kletterte mühsam aus dem Bett. Ihre Nachtmütze saß schief, und das graue Haar hing ihr auf die Schultern. Sie konnte nicht mehr antworten, denn Otto war schon die Treppe hinuntergepoltert.

Rose riss die verschlafenen, erschrockenen Kinder aus den Betten und stürmte mit ihnen aus dem Haus. Sie schrien und weinten, als Rose die beiden unter die Arme klemmte und mit ihnen zum Weinkeller rannte. Er lag unter der Erde und war mit Steinen ausgekleidet; es war der einzige Ort, den sie wusste, an dem es vielleicht nicht brennen würde.

»Ihr bleibt hier«, befahl sie. Sie zündete eine Lampe an und hüllte die Zwillinge in eine Decke, die sie aus ihrem Bett gerafft hatte. »Ich laufe zurück und hole Granny Mu.«

Zwei sehr große Augenpaare starrten sie angstvoll und verwirrt an. Rose drückte die Kinder heftig an sich. »Habt keine Angst«, flüsterte sie. »Granny Mu und ich werden auf euch Acht geben, aber ihr dürft nicht herauskommen, bis ich es sage.«

Sie küsste die beiden. Ihre runden Wangen waren tränennass, aber sie waren offenbar beruhigt und nickten vertrauensvoll. Rose sah ihre wunderschönen fünfjährigen Zwillinge an, die eine dunkel, die andere rothaarig wie ihr Vater. Sie waren kostbar, kostbarer noch als jede Rebe, und obwohl sie wusste, dass sie sie jetzt allein lassen musste, widerstrebte es ihr sehr.

»Geh und hilf deinem Mann«, befahl eine herrische Stimme im Eingang. »Ich kümmere mich um die Mädchen.« Lady Muriels Gesicht sah gespenstisch aus im Licht der Laterne, und ihr Atem ging keuchend, aber trotz des Nachthemds war sie eine gebieterische Erscheinung.

Rose küsste die Mädchen noch einmal und umarmte dann Muriel. »Gib Acht auf euch«, sagte sie leise. »Mit den Wassereimern dort kannst du die Tür bespritzen, aber wenn das Feuer zu nah kommt, musst du mit den Mädchen zum Fluss hinunterlaufen. Dann setzt ihr euch ins Wasser, aber passt auf, dass euer Kopf nass bleibt.«

Muriel stieß sie sanft von sich. »Ich weiß, was ich zu tun habe. Jetzt lauf. Otto wird von Sinnen sein.«

Rose küsste die zarte, blasse Wange und nahm sich nicht die Zeit, daran zu denken, wie zerbrechlich Lady Muriel aussah. Sie zog die Tür hinter sich zu und schloss sich dem Strom von Leuten an, die zu den Weinterrassen liefen.

Otto rannte zum Stall. Die Pferde rollten wild mit den Augen und wieherten ängstlich, während sie gegen die verwitterten Holzwände ausschlugen. Er packte das nächstbeste Tier bei der Mähne, schwang sich auf den Rücken und beugte sich herunter, um die Gatter zu öffnen, damit die anderen entkommen konnten. Wie jeder hier, mussten sie jetzt ihr Glück versuchen.

Er schlang die Mähne um die Finger und trieb das Pferd mit den Fersen zum Galopp. Die Feuerwand war noch weit genug von den Rebstöcken entfernt, dass es sich lohnte, etwas dagegen zu unternehmen. Wasser hatten sie genug, und es war nicht das erste Mal, dass sie in Coolabah Crossing einen Brand zu bekämpfen hatten. Es gab noch Hoffnung.

»Wir müssen einen Graben ausheben«, rief er, als er bei den Männern angekommen war, die am höher gelegenen Hang auf die Flammen einschlugen. Sie waren nur mit Säcken, Spaten und flachen Besen ausgerüstet. »Kommt mit.«

Er führte sie zurück, bis auf ein- oder zweihundert Meter an die ersten Reben heran, und dann nahm er sich einen Spaten und fing an zu graben. Der Rauch war erstickend, die Hitze selbst in dieser Entfernung sengend, und beim Arbeiten brannte ihm der Schweiß in den Augen. Er konnte sich nicht leisten, noch einen Jahrgang zu verlieren, nicht so kurz nach dem Frostschaden – und nicht, wenn alles davon abhing. Er begann Gebete zu murmeln, die er längst vergessen geglaubt hatte. Wenn es einen Gott gab, würde er ihn hoffentlich hören und etwas tun.

Mit gesenktem Kopf und mechanischen Bewegungen seiner

Arme und Beine grub er wütend die Erde auf. Der Graben musste so breit und tief werden, dass das Feuer nicht darüber hinwegspringen konnte. Aber blieb dazu noch genug Zeit?

Er schaute auf. Die Wand aus Rauch und hungrigen Flammen schien näher gekommen zu sein. Er grub schneller und angestrengter, und jeder Spaten voll Erde bedeutete einen oder zwei Zoll Sicherheit.

»Es nützt nichts«, schrie Simmons, einer der Sträflinge. »Das Feuer kommt näher, und wir sind zu wenig Leute.«

Otto grub weiter. »Grab weiter, verdammt!«, rief er. »Geht nicht anders. Geht nur so.«

Die Hitze versengte ihm das Gesicht, verkohlte Haare und Augenbrauen und brachte den Schweiß zum Kochen. Aber er grub weiter. Er sah andere Männer und Frauen neben sich. Sah Kinder und alte Männer, die Wassereimer von einem zum andern reichten. Sah, dass sie die Schlacht verlieren würden.

»Raus hier, Mann. Es dreht sich!« Eine raue Hand zerrte ihn aus der Grube, die er gegraben hatte, und zog ihn davon.

Otto rappelte sich hoch und starrte mit wilden Augen um sich. Rauch umwaberte ihn, und er sah das große orangegelbe Herz des Feuers, das auf seine geliebten Weinstöcke eindrang. Er schüttelte die fremde Hand ab und fing an zu rennen. »Eimer her!«, brüllte er. »Wasser auf die Reben. Macht sie nass!«

Er achtete nicht auf die Warnrufe, war taub und blind für die andern, die ihn aufhalten wollten, als er einen Eimer packte und das Wasser auf die schrumpfenden Ranken schüttete. Die Hitze tat bereits ihre Wirkung, und die vordem so saftigen Trauben waren runzlig wie Rosinen.

»Mehr!«, schrie er. »Mehr Wasser!« Tränen der Frustration verbanden sich mit dem Ruß in seinen Augen, und er irrte blind zwischen den sterbenden, brennenden Reben umher, während der leere Eimer an seinen Fingern baumelte. »Bitte, Gott«, stöhnte er, »lass es regnen.«

Das Knattern der Flammen im Weinberg, der Geruch der süßen, heißen Trauben, als sie platzten, der Geschmack der Asche im Mund – das waren Ottos letzte Empfindungen. Die Feuerwand flatterte im Wind und toste über ihn hinweg wie eine riesige Welle, die ihn verschlang. Otto fiel auf die Knie. Er wusste, er würde seine geliebte Rose nie wiedersehen.

Rose war mit den Hausmädchen am östlichen Ende des Weinbergs. Hier gab es reichlich Wasser, denn am Rande des Weinguts floss ein Bergbach. Sie ließen die Eimer von Hand zu Hand gehen, während die Männer mit Spaten und Besen auf die Flammen einschlugen. Für einen Graben reichte die Zeit nicht, und Otto hatte sie längst aus den Augen verloren.

Sie war nass geschwitzt, und der Rauch blendete sie, drang ihr in die Kehle und machte sie wund. In dem wirbelnden, tosenden Inferno konnte sie weder sehen noch sprechen, aber sie wusste schon jetzt, dass diese Schlacht nur durch ein Wunder gewonnen werden konnte.

Und während sie wieder einen Eimer Wasser auf die welkenden Reben schüttete, bemühte sie sich, nicht an die Kinder und an Muriel zu denken. Das Haus stand noch; sie sah die dunklen Umrisse, wenn der Wind eine Lücke in den Rauch riss. Auch den Weinkeller würde das Feuer also noch nicht erreicht haben. Sie musste einfach glauben, dass alles gut gehen würde. Musste glauben, dass Muriel die Kraft habe würde, die Kinder zum Fluss zu bringen, wenn das Feuer zu nah käme.

Rose kämpfte weiter. Die Hitze ließ ihr Haar verkohlen und versengte ihr die Brauen, der Rauch umwallte sie, und Funken sprühten von Baum zu Baum. Sie fuhr zusammen, als Flammen die trockene Rinde eines Gummibaums aufrissen und in einem Funkenregen explodierten, als sie das Eukalyptusöl erreichten. Der Baum barst entzwei, wankte und schwankte und fing mit einer fast anmutigen Bewegung an zu fallen.

»Pass auf!« Rose stürzte auf das Mädchen zu, das wie gebannt in der Bahn des Stammes stand.

Der Baum fuhr krachend zu Boden, und seine gepeinigten Äste nagelten das entsetzte Hausmädchen auf den Boden. Flammen leckten an den Blättern herauf, zerfetzten die knorrigen Zweige und züngelten hungrig über das Baumwollkleid und das lange blonde Haar. Lodernde Hitze trieb Rose zurück, und die Schreie des Mädchens brachen so unvermittelt ab, dass einem das Mark gefror.

Sie wich noch einen Schritt zurück und bedeckte das Gesicht mit den Händen, um das Grauen auszublenden.

»Wir können nichts tun, Missus«, sagte die Frau eines Arbeiters. »Es dreht sich. Wir müssen weg von hier.«

Rose fühlte eine Hand an ihrem Arm und ließ sich fortziehen. Die Welt war erfüllt von Rauch und der gelben Zerstörungswut der Flammen. Das tiefe, bedrohliche Brüllen der großen Bestie rollte unaufhaltsam voran. Ranken ringelten sich in der Hitze und ergaben sich dem Feuer, und der süße Duft der Trauben quoll heiß in die beißende Luft. Rose rutschte die Böschung hinunter in den Fluss und versank im Wasser, das so warm war wie aus einem Kessel.

Die aufgehende Sonne war von schwarzem Rauch vernebelt, und der Tag war dunkel wie die Nacht. Weinend kauerten verängstigte Männer und Frauen im Wasser, während das Feuer unerbittlich näher rückte. Rose drängte sich zwischen ihnen hindurch. Hose und Stiefel waren schwer und machten das Waten mühselig. Aber sie musste Otto und die Kinder finden. Musste sich vergewissern, dass sie in Sicherheit waren.

Muriel wusste, dass sie in großer Bedrängnis war. Die Schmerzen in der Brust wurden immer schlimmer, und das Atmen fiel ihr schwer.

Sie lehnte sich an die kühle Wand und kämpfte die aufsteigende Panik nieder. Sie musste die Kinder beschützen, und die Kinder durften nicht sehen, wie krank und verängstigt sie war. Ihre Kräfte schwanden zusehends, aber sie hatte noch etwas zu tun. Schon quoll der Rauch unter der Tür herein.

»Kommt, Mädchen«, sagte sie so herrisch, wie sie nur konnte. »Nehmt die Eimer und macht die Tür nass.« Sie nahm ihren Schal ab, drehte ihn zu einer langen Wurst zusammen und stopfte ihn unter die Tür. Das würde ihnen vielleicht noch ein bisschen Zeit einbringen.

Sie legte die Arme um die beiden kleinen Mädchen, als sie das Wasser aller Eimer bis auf einen gegen die Tür gekippt hatten. Die Kinder machten große Augen und hatten offensichtlich Angst, aber sie weinten nicht, und keins rief nach der Mutter. Muriel spürte, dass Stolz und Liebe ihr Unwohlsein überwältigte.

Der Rauch schlängelte sich wie mit Geisterfingern um den Schal herum und durch die Astlöcher im Holz der Tür. Der Schmerz in Muriels Brust war wie ein eiserner Ring, und er zog sich auch durch ihren Arm herab. Sie biss sich auf die Lippe; Schweißtropfen perlten auf ihrem Gesicht und rannen ihr über den Rücken, und das Herz hämmerte wild. Sie konnten nicht hier bleiben. Der Rauch würde sie umbringen, wenn das Feuer es nicht täte.

Muriel wartete, bis der Schmerz ein wenig nachließ, und legte dann die Arme um die Zwillinge. »Wir spielen jetzt ein Spiel«, sagte sie mit erzwungener Munterkeit. »Als Erstes müssen wir uns nass machen.«

Ein braunes und ein blaues Augenpaar schauten sie in vertrauensvoller Unschuld an, als sie den letzten Eimer aufnahm und die beiden Kinder mit Wasser überschüttete. Sie kippte sich selbst den Rest über den Kopf, und dann raffte sie den Schal von der Tür auf und schlang ihn sich ums Haar und über Mund und Nase.

»Stellt euch hinten an die Wand«, befahl sie. »So weit hinten, wie es geht.«

Sie wartete, bis die nassen kleinen Mädchen am hinteren Ende des Gewölbes kauerten, und griff dann nach dem Holzriegel. Das Holz fühlte sich warm an, aber sie hörte noch kein Tosen und Knattern; also öffnete sie die Tür vorsichtig einen Spaltbreit und spähte hinaus.

Die Welt draußen war grau. Sie war erfüllt von wirbelndem, beißendem Rauch, der wie ein graues Meer über das Land rollte. Das Rauschen dieses Meeres kam noch aus weiter Ferne, und von Flammen war nichts zu sehen.

»Kommt«, rief sie. »Zieht eure Nachthemden aus und wickelt sie euch um den Kopf, und bedeckt Mund und Nase, wie ich es getan habe.« Schmerz durchfuhr sie wie ein Messerstich; in ihrem Kopf drehte sich alles, und sie schnappte nach Luft. Aber sie musste durchhalten. Durfte jetzt nicht nachgeben, so schlimm es auch werden mochte. Die Kinder mussten gerettet werden, für Rose und Otto.

Muriel schwankte, als der Schatten des Todes ihr Bewusstsein verdunkelte. Sie fühlte das Pochen in ihren Adern, hörte den dumpfen Schlag ihres alten Herzens, das sich mühte, sie am Leben zu halten. »Kommt jetzt, Kinder«, flüsterte sie. »Gebt mir die Hand.«

Als sie aus dem Weinlager kamen, sahen sie, dass das Gras schon brannte. Da wusste Muriel, dass sie die richtige Entscheidung getroffen hatte. Wenn er einstürzte, wäre der Keller ihr Grab.

Sie hielt die kleinen Hände fest und führte die nackten Kinder über den freien Platz, über den verkohlten Rasen und auf die Weiden am Ufer zu. Bei jedem Schritt durchzuckte der Schmerz ihre Brust. Um jeden Atemzug musste sie ringen, um dann unter dem qualvollen Trommelschlag ihres Herzens wieder auszuatmen. Sie sah das Glitzern des Wassers durch den Rauch. Sah die schattenhaften Gestalten, die dort kauerten, von Entsetzen gepackt, während das Feuer in den Terrassen wütete.

Noch einen Schritt, betete sie stumm. Nur noch einen. Und noch einen. Und noch einen. Fast da. Fast da.

Muriel zog die Kinder die steile, zertrampelte Böschung hinunter und sank dankbar in das trübe Wasser. Sie schob die Zwillinge weiter, bis ihnen das Wasser zum Hals reichte. »Haltet eure Köpfe nass«, befahl sie. Ihr Atem ging pfeifend, und der Schmerz umklammerte alles. »Wir wollen sehen, wer von euch am längsten unter Wasser bleiben kann.«

Die beiden Kinder tauchten unter – und Muriel schrie auf, als das stählerne Band sich um ihre Brust spannte und ihr die Luft abschnürte. Es war, als wolle ihr Herz durch die Rippen brechen. Sie konnte nicht länger dagegen ankämpfen.

Lady Muriel Fitzallen sank auf die Knie und sackte immer tiefer. Das Wasser umspülte sie, und sie überließ sich ihm. Ihr letzter Gedanke galt den Kindern und deren Eltern und dem Ort Coolabah Crossing, der ihr Zuhause geworden war.

Es war sechs Monate später, als Rose mit den Kindern auf die Anhöhe stieg, die Coolabah Crossing überragte. Schweigend stand sie da, ein Kind an jeder Hand, während sie alle auf die Überreste ihrer Heimat hinunterschauten.

Die rote Erde war schwarz vernarbt, und die verkohlten Bäume ragten hager in das dreiste Orangegelb des dämmernden Tages. Die nächstgelegenen Terrassen waren beinahe kahl; die zerfetzten Strünke der verbrannten Reben spannten sich wie ein dünnes Spitzengeflecht über den versengten Boden. Aber in der Ferne, jenseits des rauchgeschwärzten Hauses, sah man das satte Grün des frischen Bewuchses und der neu angepflanzten Rebstöcke. Die winzigen Gestalten der überlebenden Männer und Frauen bewegten sich auf den Terrassen auf und ab. Das Leben ging weiter. Wiedergeburt nach dem Tod.

Der kleine Friedhof war abgelegen und einsam. Die neu behauenen Grabsteine zum Gedenken derer, die umgekommen waren, schimmerten im Glanz der aufgehenden Sonne, und die frische Farbe auf dem Lattenzaun leuchtete vor dem blassen Grün des neuen Grases, das aus der Asche des alten spross. Rose seufzte. Wenn sie hier auch Menschen zurückließ, die sie liebte, so wusste sie doch, dass ihr Herz immer an diesem stillen, trostlosen Ort bleiben würde.

»Warum müssen wir denn fortgehen, Mama?«, fragte Muriel im herrischen Ton ihrer Namenspatronin.

Rose lächelte und strich das feuerrote Haar zurück, das dem Kind so viel Ähnlichkeit mit dem armen Otto verlieh. »Weil Granny Mu wollte, dass wir ein Abenteuer erleben.«

Die Wahrheit war: Lady Fitzallen war eine scharfsinnige Investorin gewesen. Sie hatte nicht nur Ottos Schulden bezahlt, sondern auch die Hypotheken auf Land und Haus getilgt, und sie hatte überall in Südaustralien große Ländereien gekauft und zu einem Teil äußerst vorteilhaft verpachtet. In ihrem Testament hatte sie verfügt, dass ein bestimmtes Gelände an Emily und Muriel fallen sollte, wenn sie erwachsen wären, und dieses Land solle in der weiblichen Linie der Familie weitervererbt werden.

Rose fand, dass es für sie an der Zeit war, auf Reisen zu gehen und mehr von diesem riesigen Land zu sehen. Die Geister in Coolabah Crossing waren noch zu lebendig, als dass sie hätte bleiben mögen, und sie brachte es nicht übers Herz, hier wieder von vorn anzufangen in dem Wissen, dass Ottos Asche in der Erde war.

Hans würde das Gut weiter verwalten. Das Land war schon aufgeräumt, und man hatte für die Familien und die Sträflinge, die an jenem schrecklichen Tag so tapfer gekämpft und damit ihre Freiheit errungen hatten, neue Hütten gebaut. Wyjus heilige Totemsteine waren an ihren angestammten Platz zurückgebracht, die Songlines der Legenden wiederhergestellt worden, sodass die Aborigine-Schöpfung erneut ins Dasein gesungen werden konnte. Coolabah Wines würde sich aus der Asche erheben.

So standen die drei jetzt auf dem Hügel, Silhouetten vor der aufgehenden Sonne, umrahmt von den belaubten Zweigen der zarten Coolabah-Bäume, und ihre Röcke wehten über dem taunassen Gras. Rose hielt ihre Zwillinge bei der Hand und dachte daran, wie sehr sich alles verändert hatte seit jener Nacht in England, da Gilbert sie überfallen hatte.

Als Dienstmädchen war sie hergekommen und hatte nicht viel mehr besessen als die Kleider, die sie am Leibe trug. Jetzt war sie eine vermögende Frau, die Land und Häuser und Geld auf der Bank besaß. Ein trauriges Lächeln umspielte ihre Mundwinkel. Das Schicksal hatte einen hohen Tribut für diesen Wohlstand gefordert. Lieber hätte sie Otto und Muriel bei sich behalten und wäre dafür arm geblieben, aber sie war klug genug, um zu wissen, dass der Geist der beiden in ihr und den Kindern weiterleben würde. Sie würde ihr Glück umsichtig hüten.

Sie warf noch einen letzten, langen Blick auf Coolabah Crossing, und dann wandte sie sich ab und ging auf den hoch beladenen Wagen zu. Sobald die Zwillinge untergebracht waren, kletterte sie selbst auf die blank gewetzte Holzbank und ergriff die Zügel. Das Leder klatschte den Maultieren leicht auf den Rücken, und sie setzten sich in Bewegung und stapften auf der holprigen Straße dahin, und zum letzten Mal fuhren sie davon.

SECHZEHN

Sophie hatte Jay seit dem Morgen zuvor nicht mehr gesehen, und sie fragte sich, ob er ihr aus dem Weg ging. Verdenken konnte sie es ihm nicht, denn sie hatte sich benommen wie ein Biest, aber dann rechtfertigte sie es damit, dass er es schließlich verdient hatte.

Sie kehrte zum Gutshaus zurück, zog Jeans und Stiefel an und unternahm einen Ausritt mit Jupiter. Das weite, offene Land und der endlose Himmel stimmten sie friedvoll; sie hatte Platz zum Atmen und Gelegenheit, ihre Gedanken zu ordnen – denn die Schatten vergangener Generationen verfolgten sie noch immer.

Während sie über das fette Grasland trabte, dachte sie an Rose und Otto. Als sie hergekommen waren, hatten sie wenig mehr als Hoffnung und die ungezügelte Tatkraft besessen, die jener Generation von Abenteurern und Siedlern eigen gewesen war, die gegen den Busch und die Elemente gekämpft hatten, um sich in dieser urtümlichen Umgebung eine Existenz zu schaffen. Wie leicht war es für die folgenden Generationen gewesen, die Früchte ihrer Mühen zu ernten! Wie leicht auch, die Strapazen zu vergessen, die den heutigen Reichtum ermöglicht hatten!

In der Stille des Hunter Valley ritt sie auf einem gewundenen Pfad den Hang hinauf. Die Hitze flirrte und ließ die Bäume in wässrigen Luftspiegelungen über der hart gebackenen Erde tanzen. Der Duft von Kiefern und Eukalyptus erfüllte die stille Luft, und das rhythmische Zirpen von Grillen und Baumfledermäusen verstärkte das Gefühl, dass in diesem uralten Land noch immer die Geister derer wohnten, die vor ihnen gekommen waren. Hier draußen in der Hitze und im Staub des Buschlandes spürte sie die Macht der alten Legenden – den Rhythmus der Songlines, die sich, unsichtbar für das Auge der Weißen, über das Land zogen. Dennoch ertönte ihre Musik in den Geschöpfen, die diese Erde bewohnten, und in den Wellen von Hitze und Energie, die aus dem roten Boden und der gespenstisch fahlen Rinde aufstiegen. Die Harmonie von Mensch und Erde, von Legende und Alltagskampf war so stark, dass in der Musik der Songlines der Pulsschlag von Sophies Dasein widerzuhallen schien.

Auf dem Gipfel des Hügels angekommen, rutschte Sophie aus dem Sattel. Jupiter graste neben ihr, und sie schaute über das Tal hinaus und versuchte sich vorzustellen, was Rose vor all den Jahren empfunden haben musste, als sie das letzte Mal auf diesem Hügel gestanden hatte. Und wie sie so dastand, war ihr, als höre sie das Rascheln langer Röcke im Gras. Rose war bei ihr.

In diesem Augenblick begriff Sophie, weshalb es so wichtig war, dass sie für ihr Erbe kämpfte. In diesem Augenblick erkannte sie, dass dieses Land, diese weitläufigen Terrassen, ebenso ein Teil von ihr waren, wie sie es für die Generationen vor ihr gewesen waren – und sie durfte das Erbe, das diese ihr anvertraut hatten, nicht verraten.

»Schätze, es wird Zeit, dass du die mal kriegst, Cordy.« Wal legte Sammel- und Fotoalben auf den Nachttisch. »Habe sie in der Truhe meines Großvaters verwahrt. War der beste Platz dafür, fand ich.«

Cordelia blätterte in den Seiten und erinnerte sich, dass sie es vor all den Jahren, als sie mit ihrer Mutter hier gewesen war, auch schon einmal getan hatte. Sie atmete den muffigen Geruch des alten Papiers ein und stöberte in der Schachtel mit alten Erinnerungen, die Wal ihr aufs Bett gestellt hatte. Alles war so, wie sie es im Gedächtnis hatte – nur älter und verfallener, ganz wie sie selbst.

Sie holte das größte der Erinnerungsstücke hervor und hielt es ins Licht. Das Silber war angelaufen, das Leder rissig vom Alter. »Es hat mich immer gewundert, dass sie ihm erlaubt haben, es zu behalten«, murmelte sie, während sie über das zierlich gepunzte Leder streichelte. Es war schwer, zu schwer für ihre arthritischen Finger, und behutsam schob sie es in den verschlissenen Samtbeutel zurück.

Wal grinste. »Hatten kaum eine andere Wahl. Er ist durchgebrannt, ehe sie ihn schnappen konnten, aber er war ja immer flink auf den Beinen.«

Cordelia lächelte. Wal ging hinaus, und sie blieb mit geschlossenen Augen auf dem Bett liegen. Kühles grünes Licht sickerte durch die Fensterläden. Die Fahrt hinaus zum Friedhof schien ihre letzten Kräfte aufgezehrt und die Lebensgeister, die sie bis hierher in Gang gehalten hatten, verbraucht zu haben – aber sie wusste, dass sie diesem verlockenden Müßiggang nicht nachgeben und sich treiben lassen durfte. Sie musste zu Ende bringen, was sie begonnen hatte.

Sie öffnete die Augen und schaute zu dem Deckenventilator hinauf, der die klimatisierte Kühle ins Zimmer wehte. Ihr Leben drehte sich genauso – in immer engeren Kreisen zurück zu seinem Anfang, als Geräusche, Gerüche und Erinnerungen schärfer denn je waren: als der Plan des Lebens festgelegt wurde.

Nun, da der Kreis fast geschlossen war, fühlte sie das rastlose Bedürfnis, nach Barossa zurückzukehren, wo ihr Leben sich über die Jahre entwickelt hatte, wo Hoffnungen und Träume in der schweren schwarzen Erde gestaltet worden waren, um dann im Gluthauch von Jocks Ehrgeiz zu verdorren. Aber gestorben waren diese Träume nie. Sie lebten weiter wie bei Rose und ihren Kindern und Kindeskindern. Das war Cordelias einziger Triumph, und sie würde ihn an niemanden abtreten.

Cordelia seufzte. Es hatte keinen Sinn, sich zu fragen, was aus ihrem Leben hätte werden können, wenn sie sich über die Konvention hinweggesetzt und Wal geheiratet hätte. Was man bereute, machte einen nur missmutig und verdrossen, und es gab so vieles, wofür sie dankbar war, dass es schäbig gewesen wäre, sich etwas anderes zu wünschen. Ihre Söhne waren ein Geschenk gewesen, das ihr allzu früh entrissen worden war, aber mit dem Verlust waren die Töchter gekommen. Kate und Daisy hatten ihr so viel Freude gebracht, so viel Liebe, und auch wenn sie bei Mary gescheitert war, hatte sie von ihr doch Sophie bekommen – die Hoffnung für die Zukunft.

Cordelias knotige Finger berührten die Alben, die neben ihr lagen. Fast war es, als verströmten sie die Kraft des Mannes, dessen Leben darin festgehalten war. Es wurde Zeit, dass Sophie lernte, warum die Familie auseinander gebrochen war.

Das Abendessen war vorüber, und noch immer gab es keine Spur von Jay. »Er ist mit seinem Vater nach Sydney geflogen«, berichtete Beatty, als sie mit Kaffee und Brandy auf der Veranda saßen. »Da sind noch ein, zwei Dinge zu regeln.«

Sophie zog eine Braue hoch, aber es gab keine weitere Erklärung. Der warnende Blick, den Cordelia an Beatty richtete, entging ihr nicht, und auch nicht das Lächeln, das die Lippen der alten Dame kräuselte. Irgendetwas war hier im Gange, aber sie wusste, dass es nutzlos war, weiter zu bohren, denn Cordelia verstand es, ihre Geheimnisse zu wahren.

»Wir fangen nächste Woche mit der Lese an«, sagte Beatty. »Ihr bleibt doch hoffentlich noch so lange?«

»Natürlich«, antwortete Cordelia und erhob sich mühsam aus dem Sessel; der Brandy tat allmählich seine Wirkung. »Ich habe etwas für dich, Sophie«, sagte sie geheimnisvoll. »Es ist in meinem Zimmer.«

Sophie folgte ihrer Großmutter durch die Fliegentür und den

Korridor entlang in den hinteren Teil des Hauses. Sie sah die zerfledderten Ausschnittalben mit ihren bunten Umschlägen und die verkratzte, farbig verzierte rote Lackdose und runzelte die Stirn. »Was ist das?«

Cordelia ließ sich ächzend auf dem Bett nieder. »Meine verdammten Knochen«, brummte sie. »Lassen mich dauernd im Stich. Schätze, bei der Lese werde ich keine große Hilfe sein.«

Sophie nahm ein Album zur Hand, aber bevor sie darin blättern konnte, hielt Cordelia ihre Hand fest. »Nimm sie alle mit«, sagte sie. »Lies sie an einem ruhigen Ort, damit du die Stimmen der Vergangenheit hören und spüren kannst, wie sie die Hände nach dir ausstrecken. Wenn du ganz still bist und dich sehr konzentrierst, dann werden sie kommen und dir ihre Geschichte erzählen.«

John Tanner kehrte nach seinem Besuch in Sussex nach London zurück. Die wütende Erkenntnis, dass er zu spät gekommen war, fachte das Feuer in ihm an, aber auch die Hoffnung, dass er Rose in den geschäftigen, stinkenden Straßen der Stadt über den Weg laufen könnte. Denn niemand hatte das Gerücht bestätigen können, sie habe England ganz verlassen und sei ans andere Ende der Welt gefahren. Deshalb klammerte er sich an die Möglichkeit, dass sie noch hier war, dieselbe faulige Luft atmete und dasselbe Geschrei hörte.

Wenn er nicht boxte, wanderte er stundenlang durch die weniger verkehrsreichen Alleen der Reichen, immer in der Hoffnung, sie aus einem der eleganten Häuser kommen zu sehen, die so ruhig und gelassen hinter ihren prächtigen schmiedeeisernen Zäunen standen. Diese Ausflüge in die sauberen, breiten Straßen machten ihn rastlos, denn die Realität seines eigenen Daseins war himmelweit entfernt von diesen reichen Gegenden Londons; wenn er dann in seine Kammer über der Schenke zurückkehrte, lag er auf dem schmutzigen Bett und träumte von dem

Leben, das er mit den sorgsam gehorteten Guineen für sie beide verwirklichen wollte.

Der Winter brachte ein wenig Erleichterung, was den Gestank seiner Unterkunft betraf; der kalte Wind fuhr durch die Mietshäuser, und Reif bedeckte das Kopfsteinpflaster, sodass die Hufe der Pferde ausglitten und Funken schlugen, wenn sie in den eleganten Stadtteilen durch die Alleen trabten und ihre Kutschen schaukelnd hinter sich herpoltern ließen, während die Insassen, in Pelze und Decken gewickelt, auf den weichen Bänken saßen. Die Armen, vorübergehend frei von dem Fieber, das im Sommer in den Elendsquartieren sein Unwesen trieb, starben jetzt an Hunger und Kälte. Zerlumpte Kinder bettelten zitternd; barfuß standen sie in den Haufen von verfaultem Obst und Gemüse auf dem Markt am Covent Garden. Die Alten und Hoffnungslosen gaben gleich auf, und ihre erbärmlichen Leichen blieben liegen, um von den Geiern der Gosse gefleddert zu werden.

Es war Johns zweiter Winter in dieser gottvergessenen Stadt. Er hatte ein paar seiner kostbaren Geldstücke für einen pelzgefütterten Mantel ausgegeben, und sein Atem wehte in weißen Wolken durch die Luft, als er über das reifglitzernde Gras des Hyde Park wanderte. Gentlemen ritten auf prachtvollen Pferden vorbei und lüfteten die Hüte vor den Ladys, die im Damensitz auf sittsamen Stuten oder, in Pelze gehüllt, in ihren Kutschen saßen. Kleine Kinder trieben Reifen vor sich her und streuten Brot für die Enten aus, während wachsame Kindermädchen tratschend auf den Bänken saßen oder Kinderwagen über die Aschewege schoben.

John musterte jedes Kindermädchen, jede Zofe, die vorübereilte – aber nirgends eine Spur von apfelroten Wangen und vollem schwarzem Haar, nirgends die geliebte kleine Gestalt, deren Anblick er sich so sehr herbeisehnte. Seufzend blies er sich in die Hände. Die Knöchel waren noch blau vom letzten Kampf, und die Haut war rissig von der Kälte.

Ein Peitschenknall ließ ihn herumfahren und beiseite springen. Eine Kutsche donnerte auf der Straße heran, gezogen von einem schaumbedeckten Apfelschimmelpaar. John sah das Gesicht des Mannes, der die Zügel hielt, und dann die Frau in der Kutsche, blass unter dem Strahlenkranz der Pelzkapuze. Sein Herz schlug schneller, als er sie erkannte, und zur Bestätigung weiteten sich auch die Augen der Frau in dem winzigen Augenblick, da sie sich einander gegenübersahen. Es war die Tochter des Squires, Isobel, und der Mann war dieser Dreckskerl Gilbert Fairbrother.

Ohne sich der Blicke und Rufe der Spaziergänger im Park bewusst zu werden, fing John an zu rennen. Die Kutsche fuhr auf das Nordtor zu. Wenn er sie erst im Getriebe der Straßen aus den Augen verlöre, würde er sie nicht wiederfinden. Seine Stiefel knirschten auf dem Kies des Weges, sein Mantel flatterte hinter ihm her, und sein langer Zopf löste sich aus dem Lederband. Sein Cousin hatte ihm erzählt, dass Rose wahrscheinlich mit Miss Isobel nach London ziehen werde, und das Gerücht, sie sei nach Australien gefahren, sei nichts als Dienstbotenklatsch. Wenn das alles stimmte – und er hoffte es inbrünstig –, dann würde er sie vielleicht endlich finden.

Die Kutsche bog in die Tottenham Court Road ein, und Gilbert knallte mit der Peitsche, um die Pferde in schnellem Trab an den Elendsquartieren von St. Giles vorbeizutreiben. Er und Isobel waren offenbar viel zu empfindsam, als dass sie den Anblick solcher Armut und Verkommenheit hätten ertragen können. John fragte sich, ob sie überhaupt wussten, dass diese Stadt auch eine andere Seite hatte.

Die prunkvollen Tore von Bedford Square waren wie üblich geschlossen. John stöhnte, seine Rippen schmerzten, und sein Atem ging stoßweise. Aber er zwang sich weiterzulaufen. Die Kutsche rollte am Torhüter vorbei, hinaus ins freie Gelände von Paddington.

Schließlich bog sie nach links in die Wallsingham Lane ein und hielt vor dem Haus Nummer sechzehn. Es war ein dreigeschossiges Haus, umgeben von einem angenehmen Garten, in dem die ersten Schneeglöckchen und Primeln blühten. John lehnte sich an die Wand der »Victoria Tavern«; er hatte Seitenstiche und rang nach Atem. Jetzt brauchte er nur noch zu warten, denn dies war ohne Zweifel Miss Isobels neues Heim, und wenn Rose hier war, würde sie früher oder später herauskommen müssen.

Gilbert reichte Isobel die Hand und half ihr aus der Kutsche, bevor er wieder auf den Bock stieg und zu den Remisen am Ende der Gasse fuhr. Isobels schlanke Gestalt war in einen Samtmantel gehüllt, dessen Saum über Sägemehl und Pferdeäpfel strich, als sie von der Kutsche zu der breiten, sauber geschrubbten Treppe vor der Haustür eilte. Ein Hausmädchen erschien; das Weiß von Haube und Schürze wirkte beinahe grell vor dem düsteren Inneren des Hauses. Aber selbst aus dieser Entfernung sah John, dass es nicht Rose war. Er war enttäuscht, aber er hoffte doch, dass es nicht mehr lange dauern würde, bis er sie wiedersähe.

Die Kirchenglocke schreckte ihn auf. Er hatte nicht auf die Zeit geachtet, und jetzt verspätete er sich. Heute Abend hatte er einen Boxkampf. Big Billy würde warten. Er warf noch einen letzten, zögernden Blick auf das Haus und wandte sich dann ab. Er würde es wiederfinden – und zwar bald.

Sophie ließ sich in die Kissen zurücksinken. Sie hielt ein schmales Taschenbuch in den Händen. Es war der Nachdruck eines Berichts über einen Meister des barfäustigen Boxens aus dem neunzehnten Jahrhundert. Big Billy Clarke hatte seinen Boxer offenbar gut gekannt, denn er hatte anscheinend das Wesen John Tanners eingefangen, auch wenn das Englisch altmodisch war und die Prosa dieser Biografie seines berühmtesten Boxers ziemlich geschwollen daherkam. Aber die Strichzeichnung auf dem Umschlag sagte am meisten über diesen Mann; immer wieder ertappte Sophie sich dabei, dass sie das Gesicht betrachtete, das sie in überwältigendem Maße an Jay erinnerte.

John war mit nacktem Oberkörper abgebildet, die breiten Schultern und muskulösen Arme einem unsichtbaren Gegner zugewandt, die Fäuste erhoben, und seine Fingerknöchel glänzten im Licht. Aber was sie faszinierte, war sein Gesicht. Die schwarzen Augen und dunklen Brauen, die Fläche der breiten Stirn und die widerspenstige Haarmähne, die fast bis auf die Brust reichte – das alles verriet die exotische Kraft und Entschlossenheit dieser drahtigen Gestalt. Es war ein machtvolles Bildnis – eines, das der Vergangenheit trotzte und in der Gegenwart weiterlebte. Weiterlebte in Jay und seinen Brüdern.

Bruiser Barnes hatte John eine aufgeplatzte Lippe, ein blaues Auge und wunde Rippen verpasst, aber am Ende hatte John den Kampf gewonnen, und noch immer prangte der Gürtel mit der Silberschnalle des englischen Champions stolz an seiner Taille. Big Bill hatte ihn eingeladen, und sie waren ausgegangen, um zu feiern.

Am nächsten Morgen wachte er mit Kopfschmerzen auf, und seine Zunge lag in seinem Mund wie eine Pferdedecke. Aber das alles war sofort wieder vergessen, als er den prächtigen Gürtel sah und an das Geld dachte, das er verdient hatte. Er verwahrte es nicht mehr unter den Fußbodendielen, denn hier war schon mehrmals eingebrochen worden, und er wusste, es war reine Glückssache gewesen, dass sie seinen Schatz nicht gefunden hatten. Auf Big Bills Anraten hatte er jetzt ein Konto bei der Bank eröffnet.

John stand auf, goss das kalte Wasser aus dem rissigen Krug in die stumpfe Schüssel und wusch sich, so gut es ging. Als er sich rasiert und angezogen hatte, band er sich das Haar zurück und betrachtete sich in dem von Fliegen bekleckst en Spiegel.

»Nicht übel für einen Zigeuner«, knurrte er. »Gar nicht übel.«

Er grinste und klimperte mit den Münzen in seiner Hosentasche. Es würde ein guter Tag werden. Vorläufig brauchte er seinen Titel nicht zu verteidigen, und so konnte er selbst über seine Zeit verfügen. Es war noch früh genug, um rechtzeitig in Paddington zu sein, bevor die Bediensteten ihre Besorgungen erledigten.

Charing Cross und die Bermudas waren verräucherte Nester. Die verdreckten Gassen waren noch von glitzerndem Reif überzogen, als er jetzt zwischen krummen und schiefen Mietshäusern hindurchlief und in The Strand einbog. Die wuchtigen Mauern des Gefängnisses von Newgate überragten ihn, schwarz von Ruß und Dreck, aber er bemerkte sie kaum noch. Von einem Höker, der in ihrem Schatten stand, kaufte er sich für einen Viertelpenny etwas zu essen; genussvoll kaute er das in Schweinefett ausgebackene Brot und leckte sich dann die Finger, während er die schmaler werdende Straße entlangmarschierte und sein Spiegelbild in den vorgewölbten Schaufenstern betrachtete. Er hatte keinen Zweifel daran, dass er heute Rose sehen würde – nicht den geringsten Zweifel.

Das Haus schimmerte im ersten Sonnenschein. Eisblumen funkelten auf den Fensterscheiben, während die Schatten aus der schmalen Straße verwehten. John wischte sich die fettigen Finger am Mantel ab, lehnte sich an die Wand der Schenke und wartete. Im Erdgeschoss wurden die Vorhänge aufgezogen, und ein Metzgerjunge kam die Straße heraufgelaufen und sprang die Treppe hinunter zum Souterrain, wo John die Küche vermutete. Er wartete, bis der Junge wieder erschien, und trat aus dem Schatten hervor.

»Kennst sie gut da, was?« Eine Münze funkelte zwischen seinen Fingern.

Ein sommersprossiges Gesicht mit scharf geschnittenen Zügen schaute zu ihm auf. »Möglich«, antwortete der Junge knapp.

John hielt ihm das Sixpencestück so entgegen, dass es im

Morgenlicht blinkte. »Ist da eine Zofe namens Rose im Haus?« Sein Herz schlug so schnell, dass ihm das Atmen schwer fiel.

Der Junge griff nach der Münze, warf sie in die Luft und fing sie wieder auf. »Weiß nicht«, grinste er fröhlich. »Ist mein erster Tag.« Lachend wich er Johns Kopfnuss aus und wieselte davon.

Trotz seiner Enttäuschung musste John grinsen. Der Junge erinnerte ihn daran, wie er selbst in diesem Alter gewesen war: frech, gewitzt und viel zu raffiniert, wenn es darum ging, einen Trottel um sein Geld zu erleichtern.

Er fragte sich, was nun zu tun war. Das Haus war offensichtlich erwacht; vielleicht wäre es am besten, abzuwarten, bis eines der Dienstmädchen es für eine Besorgung verließ. Das kann allerdings Stunden dauern, dachte er ungeduldig. Und vielleicht brauchten sie heute gar nichts, dann hätte er den Tag verschwendet. Ohne sich die Zeit zu nehmen, darüber nachzudenken, ob es klug war oder nicht, strich er sich den Mantel glatt, rückte Stehkragen und Krawatte zurecht und stieg die Treppe hinunter. Der Türklopfer war geformt wie ein kleiner Löwenkopf und schwarz angelaufen. Der Lärm schien durch die ganze Gasse zu hallen, als er ihn zweimal gegen die Tür fallen ließ. Jetzt war es zu spät, um sich die Sache anders zu überlegen.

Das verkniffene Gesicht des Mädchens war rot, der Blick erregt. »Ja?«

John musterte die magere Gestalt, das braune Kleid und die geröteten Hände. Irgendetwas an ihr kam ihm bekannt vor, aber im Augenblick wusste er nicht, was es war. »Bist du hier das Hausmädchen?«

»Und wenn? Wir brauchen keine Hausierer und keine Zigeuner«, erklärte sie fest und wollte ihm die Tür vor der Nase zuschlagen.

John schob seinen Fuß dazwischen. »Ich hab nichts zu verkaufen, Miss. Wollte nur wissen, ob ihr hier eine Rose Fuller habt.«

Die Tür öffnete sich ein kleines Stückchen weiter, und das Mädchen war plötzlich neugierig. »Rose? Was wollen Sie von der?«

John bekam Herzklopfen, und seine Hände wurden klamm. »Wir sind aus demselben Dorf in Sussex«, sagte er hastig. Schon wollte sie die Tür wieder schließen. »Ich habe mit ihrem Dad zusammengearbeitet. Ein guter Mann, Brendon Fuller. Schlimm, dass er so umkommen musste.«

Der Blick des Mädchens war stechend, und ihr schmaler Mund bebte unentschlossen. »Ich weiß, wer du bist: John Tanner«, sagte sie schließlich. »Aber Rose ist nicht hier.«

Er schluckte eine ungeduldige Entgegnung herunter. »Macht sie einen Besuch? Hat sie heute frei? Oder was?«

»Bist anscheinend mächtig versessen drauf, unsere Rose zu sehen.« Sie musterte seinen teuren Mantel und die elegante Krawatte und lächelte boshaft. »Ich schätze, du hast einen weiten Weg vor dir, ehe du sie wiedersiehst. Sie ist in Australien.«

Big Billy hatte versucht, John zu überreden, nicht so bald nach seinem Titelkampf schon wieder zu boxen. Er war jetzt englischer Meister und hatte genug Geld auf der Bank, um sich ein großes Haus zu kaufen und schöne Möbel hineinzustellen. Sein Ansehen würde ihm helfen, eine neue Laufbahn einzuschlagen, wenn er dies wollte – als Trainer oder Promoter vielleicht. Die Welt des Boxkampfs änderte sich und wurde achtbar, und es gab eine Menge Geld zu verdienen, wenn man die Herausforderungen aus Amerika annahm.

Aber John hörte nicht zu. Er brauchte ein Ventil für seine Wut. Musste wieder im Ring stehen, den Gestank der Menge in der Nase, ihr lärmendes Gebrüll in den Ohren. Auf das Geld kam es erst in zweiter Linie an, und das Bedürfnis nach einem Haus, einem Heim, war überhaupt nicht Bestandteil seiner Überlegungen. Er war ein Romani, ein Ritter der Landstraße – und wenn er sein ganzes Geld verlöre und den Rest seines Lebens unter freiem Himmel verbringen müsste, so sollte es ihm recht sein.

Aber die Entscheidung, an diesem Abend zu kämpfen, war ein Fehler gewesen. Die Prophezeiung der Dukkerin war ihrer Erfüllung um einen weiteren Schritt näher gekommen, als Johns Gegner zu seinen Füßen lag.

Johns Brust hob und senkte sich keuchend, und das Blut rieselte ihm übers Gesicht. Tierney hatte schmutzig gekämpft, und Billy hatte John davor gewarnt; es war nicht zu leugnen, dass er jetzt erleichtert war, weil es vorüber war. Billy hatte Recht. Er brauchte so ein Leben nicht mehr zu führen. Dies würde sein letzter Kampf sein.

Die Betreuer drehten Tierney um. Die Augen des Boxers waren verdreht, sein Kinn klappte herunter, und sein Mund stand offen. »Er ist tot!«, schrie sein Manager. »Dieses Zigeunerschwein hat unseren Mann umgebracht!« Er sprang auf und stachelte die Menge an. »Lasst ihn nicht entkommen! Mord! Mord!«

John packte seinen kostbaren Gürtel und sprang mit Big Billy zusammen über die Seile. Sie rannten in die schützende Dunkelheit hinaus; sie wussten, dass ihnen nur Sekunden blieben, ehe die heulende Meute ihnen nachsetzen würde. Das Durcheinander im Boxzelt wurde durch die großc Zahl von Leuten, die sich darin drängten, verschlimmert, aber sollten John und Big Billy gefasst werden, würde man sie in Stücke reißen.

Die Pferde standen in der Nähe. Die beiden Männer sprangen in den Sattel und gaben ihren Tieren die Sporen. Im Galopp ging es über die weite Fläche des Hyde Park hinüber zu den engen Gassen und versteckten Winkeln der Elendsviertel. John dröhnte der Kopf, und der Kupfergeschmack von Blut und Angst lag auf seiner Zunge.

»Wir sollten aufs Land hinausreiten«, rief Billy. »Die Sache wird sich hier schnell herumsprechen, und ehe es hell wird, haben wir jeden Spitzel und Halsabschneider auf den Fersen.«

John warf einen Blick über die Schulter. Schon sah er die flackernden Fackeln der Verfolger. »Zwischen den Häusern werden wir sie abhängen können«, schrie er zurück. »Hier auf der freien Fläche können sie uns zu gut sehen.«

Sie ritten in verzweifeltem Schweigen weiter und zügelten ihre Pferde nur, wenn die Gassen zu eng oder von Unrat allzu verstopft waren. Neugierige Blicke folgten ihnen aus dem Schatten der Häuser und glitzerten in dem Wissen, dass hier zwei Männer auf der Flucht waren. Es war ein vertrauter Anblick – einer, der einem Spitzel ein hübsches Handgeld einbringen konnte.

Die Hütten und Mietshäuser gingen schließlich in freies Feld und Waldland über. Als sie sicher waren, dass ihnen niemand mehr folgte, ließen sie die erschöpften Pferde langsamer traben. »Ich kehre zurück zu meiner Familie«, keuchte John. Seine Rippen taten weh, und in seinem Kopf hämmerte der Schmerz seiner gebrochenen Nase. Das Atmen fiel ihm schwer, und er hielt mit Mühe das Gleichgewicht auf dem Rücken seines Pferdes. »Ich habe genug von London.«

SIEBZEHN

Kate starrte ihre Schwester ungläubig an. »Wie lange hast du gebraucht, um das hier auszuarbeiten, Daisy?«

Sie schob die Papiere zurück in die Mappe und lächelte. »Nicht lange«, sagte sie. »Ich brauchte ja nur zwei und zwei zusammenzuzählen. Zumindest löst es das Rätsel von Mutters Reise ins Hunter Valley.«

»Diese raffinierte alte Fledermaus«, sagte Kate liebevoll und blies Zigarettenrauch von sich. »Hätte mir denken können, dass sie noch den einen oder anderen Trick auf Lager hat. Kein Wunder, dass sie den andern nichts gesagt hat.«

Daisy goss sich Eiswasser in ein Kristallglas. Die Temperatur stieg schon den ganzen Tag an, und über dem Meer braute sich ein Gewittersturm zusammen. »Bin gespannt, ob sie es schafft. Der Riss in der Familie besteht seit Lebzeiten ihrer Großmutter, und selbst Mum dürfte Mühe haben, die andere Seite zu überzeugen.«

Kate schnaubte und drückte ihre Zigarette aus. »Wenn es überhaupt jemand schafft, dann sie«, meinte sie. »Wenn sie sich etwas in den Kopf gesetzt hat, kann nichts und niemand sie davon abbringen. Ich hoffe nur, dass all das sie nicht zu sehr strapaziert. Sie ist schon ziemlich gebrechlich, und diese lange Reise so kurz nach dem Krach über Dads Testament könnte jeden umhauen.«

Daisy nagte an der Unterlippe. »Ich habe Jane die Telefon-

und Faxnummer abluchsen können und habe gestern Abend mit einer Frau namens Beatty gesprochen. Mum ist erschöpft, aber sie scheint sich prima zu halten. Tatsächlich genießt sie die Aufmerksamkeit.«

»Aber ich schätze, es ist Zeit, dass sie nach Hause kommt«, sagte Kate. »Wenn es bis jetzt nicht geklappt hat, klappt es nie, und ich habe keine Lust, ins Hunter Valley zu fliegen, um sie zu holen.« Sie sah auf die Uhr. »Aber jetzt muss ich los, Daisy. Ich bin zum Essen verabredet.«

Daisy sah die roten Wangen und das Funkeln in den Augen ihrer Schwester. »Mit einem Mann«, stellte sie fest. »Los. Heraus mit der Sprache. Wer? Wo?«

Kate senkte den Blick auf ihre manikürten Zehennägel. »Es ist bloß jemand, den ich im Vorstand einer Hilfsorganisation kennen gelernt habe«, sagte sie hastig. »Niemand Besonderes.«

Daisy fragte sie nicht weiter aus. Wenn es mit diesem geheimnisvollen Mann gut ginge, würde sie es schon beizeiten erfahren. Lachend schob sie Kate zur Tür hinaus. Kate ließ den Motor aufheulen und fuhr die Zufahrt hinunter in die herankriechende Dunkelheit, dass der Kies spritzte.

Daisy schaute zum Himmel. Schon flackerten Blitze über dem Horizont. Das Meer glänzte wie Zinn im schwindenden Licht. Sie ließ sich in einen Verandasessel sinken und beobachtete, wie das Gewitter an Kraft gewann. Grelle Blitze gabelten sich über dem Meer, dunkel grollte der Donner, und ein heißer Wind raschelte in den Bäumen und ließ sie schwanken.

Unwillkürlich verglich sie das aufziehende Unwetter mit dem Tumult, der über die Erben von Jacaranda Wines hereinbrechen würde. Normalerweise sah sie ein Gewitter gern, aber nun wünschte sie doch, es gäbe einen Weg, ihm auszuweichen. Es würde nicht nur ihnen allen schaden – für einige konnte es sogar den Untergang bedeuten.

Das Winterlager befand sich tief im Ashdown Forest. Die Vardos reihten sich in einem engen Kreis um das Lagerfeuer. Die Zelte hatte man im Schutz der Bäume neben der behelfsmäßigen Koppel aufgeschlagen, auf der die Pferde standen, zottig in ihrem Winterfell.

John war tagelang unterwegs gewesen; auf einer scheinbar endlosen Reise nach Süden war er kreuz und quer durch das Land gezogen, denn er wusste, dass er alle in Schwierigkeiten bringen könnte, wenn er geradewegs zu ihnen ginge. Die Reklame, mit der Billy seine Boxerkarriere vorangetrieben hatte, nutzte seine Herkunft als Romani, und man brauchte nicht besonders klug zu sein, um darauf zu kommen, dass er zu seiner Sippe fliehen würde. Als er jetzt das Lager betrat, war es fast dunkel. Das Licht der Flammen tanzte zwischen den Bäumen und warf düstere Schatten in den Wald ringsum.

Er lächelte den strahlenden Gesichtern entgegen, fuhr zusammen, als man ihm herzhaft auf Schultern und Rücken schlug, verzog das Gesicht, als er den sauren Wein aus dem Lederschlauch trank, den man ihm reichte. Die Kinder tanzten um ihn herum, umklammerten seine Beine, befingerten die prächtig glänzende Schnalle an seinem Meistergürtel, und die Frauen drängten sich zwitschernd wie die Spatzen heran. Dann fiel sein Blick auf das eine Gesicht, das ihm seit Beginn seiner Reise vorgeschwebt hatte. Wortlos ging er auf sie zu, und die Menge teilte sich, um ihm Platz zu machen.

»Puri Daj«, flüsterte er, und er kniete vor ihrem Stuhl nieder. Alte Arme umschlangen ihn.

»Ich habe auf dich gewartet, Junge«, sagte sie leise. »Meine Träume waren unruhig, und ich muss die *tachiken* wissen.«

Er löste sich sanft aus der gebrechlichen Umarmung und schaute ihr tief in die Augen. »Die Wahrheit ist hart, Puri Daj. Ich habe einen Mann getötet.«

Sie nickte, als komme dieses Geständnis nicht überraschend.

»Es ist gut, dass du zurückkommst, aber hier ist es gefährlich«, sagte sie. »Ich habe die *trito ursitori* gesehen, die drei Geister. Erlaube, dass ich die Mittlerin zwischen Gut und Böse bin, mein Sohn, denn ich sehe, du hast *trushal odji*.«

John ließ die Schultern hängen. Er hatte in der Tat eine hungrige Seele – wie klug von seiner Puri Daj, das zu erkennen. »Ich bin auch nur gekommen, um euch zu warnen, dass man nach mir suchen wird, und um Vergebung dafür zu erbitten, dass ich der Sippe *prust* bringe. Ich werde nicht bleiben. Ich habe einen *lungo drom* zu machen.«

Sie hob die gebrechlichen Schultern. In ihrem Blick lag messerscharfe Intelligenz. »Das Schicksal duldet keinen Ungehorsam, Junge«, warnte sie, denn sie sah wohl, was er vorhatte. »Die Reise, die du machen willst, wird dir nur Trauer bringen.«

John fand keine Gelegenheit zum Antworten. Er erstickte in einem Wirbelwind von Küssen und langem, duftendem Haar, und eine verlockende Umarmung verschlug ihm die Sprache. Tinas Wärme und ihre offenkundige Wiedersehensfreude ließen ihn erröten, und er umarmte sie wie eine Schwester.

»Die Entscheidung überlasse ich dir, John.« Die alte Frau erhob sich mühsam. »Tina weiß so gut wie ich, was das Schicksal verlangt.« Sie humpelte davon. Der verschlissene Saum ihres bunten Rocks schleifte durch das feuchte Gras.

»Ich komme mit dir, John«, flüsterte das Mädchen ihm ins Ohr.

Er löste sich sanft von ihr; die aufmerksamen Blicke und das amüsierte Lächeln der andern am Lagerfeuer entgingen ihm nicht. Er nahm Tina bei der Hand und führte sie aus dem orangegelben Lichtkreis hinaus in den Schatten. »Ich reise allein«, erklärte er leise. »Die Reise ist gefährlich – aber ich muss meine Bestimmung finden.«

Ihre dunklen Augen blitzten, und die Goldmünzen in ihrem Schultertuch klingelten. »Unsere Schicksale sind miteinander verbunden. Puri Daj hat es gesehen, und ich auch. Ich werde dir folgen bis ans Ende der Welt, denn der Tag wird kommen, da du mich brauchst. Ich bin bereit, zu warten, wie lange es auch dauern mag. Ich liebe dich, John.«

Er legte ihr die Hände auf die Schultern und schaute ihr tief in die Augen. »Verschwende deine Liebe nicht an mich, Tina. Du hast etwas Besseres verdient.«

In ihren dunklen Augen glitzerten unvergossene Tränen, aber sie hob entschlossen das Kinn, und ihre schmalen Schultern schüttelten seine Hände ab. »Das muss ich selbst beurteilen«, antwortete sie.

John sah ihr nach, als sie davonging. Ihre schlanken Hüften wiegten sich, und die langen Röcke streiften das Gras. Das Klingen ihrer Armbänder und der Schwung ihres ebenholzschwarzen Haars waren Klänge und Bilder, die ihn immer begleiten würden. Und doch konnte er sie nicht lieben – nicht, wie sie es wollte und verdiente. Nicht als Ehemann.

Nach dem Essen holten die Musikanten ihre Geigen und Tamburine hervor, und auch der Klang der dünnen Rohrpfeifen begleitete die Tonkrüge mit dem scharfen Schlehenschnaps, die jetzt die Runde machten. Johns Lippen berührten das raue Material, aber er nippte nur vorsichtig, denn er brauchte einen klaren Kopf für seinen nächsten langen Ritt.

Er zog sich aus dem warmen Schein des Feuers und vor den allzu wissenden Augen seiner Großmutter zurück, um das Treiben mit Abstand zu beobachten. Die Szenerie musste sich in seine Erinnerung einprägen, damit er sie zum anderen Ende der Welt mitnehmen könnte. Der Duft des Holzrauchs, der Klang der Romani-Musik und ihrer Sprache, die Kälte einer englischen Winternacht – das alles musste sich tief in seine Sinne graben. Denn er würde das alles nie wiedersehen.

Die alte Frau raffte ihre Röcke und begab sich aus dem Feuerschein in die Dunkelheit. Er sah, wie dünn und gebrechlich sie war, wie krumm ihr Rücken von dem harten Leben, das sie geführt hatte, und er wünschte, er könnte sich ihrem überlegenen Wissen, welches das zweite Gesicht ihr verschaffte, unterwerfen und das tiefe Bedürfnis, Rose zu finden, einfach leugnen. Die weite Reise in ein unbekanntes Land, wo das Schicksal ungeahntes Elend bereithalten konnte, war ein Risiko, das er eingehen musste. Denn seine Bestimmung lag nicht mehr bei seinem Volk. Das Schicksal hatte seine Karten auf den Tisch gelegt und ihm den Weg zu einem neuen Leben gewiesen. Der Gedanke, er könne Rose niemals finden, kam ihm gar nicht in den Sinn, so sicher war er sich seiner Bestimmung.

In der dunkelsten Stunde vor der Morgendämmerung kroch John aus dem Zelt, das er neben dem Wagen seiner Großmutter aufgeschlagen hatte. Alles war still und ruhig, als er sich sein Bündel über die Schulter warf. Das leise, warnende Knurren eines Hundes im Lager brachte er mit einem geflüsterten Wort zum Schweigen, und lautlos waren seine Schritte im hohen, nassen Gras, als er die Lichtung überquerte und zu den Pferden ging.

Sanft drängend schob er sich zwischen den leise wiehernden Ponys hindurch; leicht und sicher war sein Schritt, und er strich mit den Händen über Hälse und Flanken, um ihnen die Angst zu nehmen und Unruhe zu vermeiden. Er wollte nicht das ganze Lager wecken. Als er sein Pferd gefunden hatte, führte er es durch das Gatter am hinteren Ende des Pferchs hinaus, sattelte es in der tiefen Dunkelheit des Waldes und band sein Bündel an den Sattelknauf.

Dann schwang er sich auf den breiten Rücken und warf einen letzten, langen Blick auf das schlummernde Lager.

»Lebt wohl«, flüsterte er. »Und mögen die *martiya* mit mir sein.« Das Pferd gehorchte der sanften Berührung seiner Absätze und ging zwischen den Bäumen hindurch. John schaute in das Laubdach hinauf, und ihm war, als fühle er die Nachtgeister, die über ihn wachten. Die Martiya mochten Teil der Romani-Legenden sein, aber in diesem Augenblick glaubte er nur zu gern an ihre Existenz.

Als er aus dem Wald hervorkam und den Kopf seines Pferdes nach Westen lenkte, erstarrten seine Hände plötzlich an den Zügeln. Ein neues Geräusch störte die Laute des Waldes – der behutsame, gleichmäßige Hufschlag eines Pferdes.

John drückte sich in den Schatten, als der Mond hinter den jagenden Wolken hervorkam. Er band dem Pferd die Vorderbeine zusammen und verschwand in der Dunkelheit hinter einem dicken Baumstamm. Lange brauchte er nicht zu warten.

Die zierlichen Beine des Ponys stolzierten durch Reisig und Laub auf dem Waldboden; das Mädchen saß vorgebeugt auf dem Rücken und hielt das Tier mit leisem Murmeln auf geradem Weg. Das Mondlicht funkelte auf dem Gold in seinen Haaren und auf den Münzen, die das Schultertuch schmückten. Das leise Klingeln der Armbänder war von den Geräuschen der Nacht kaum zu unterscheiden, aber John hörte es deutlich, als er wartete.

Das Pony kam näher, und er sprang aus seinem Versteck hervor und packte die Zügel. »*So keres*?«

Nach dem ersten Schrecken bemühte Tina sich, das Pony zu beruhigen; es tänzelte augenrollend umher und schüttelte den Kopf, um John abzuschütteln. »Wie sieht es denn aus?«, fragte sie. »Ich komme mit dir.«

»Nein, das tust du nicht«, fuhr er sie an. »Geh zurück ins Lager, wo du hingehörst!«

»Ich gehöre zu dir«, sagte sie trotzig. Sie griff in eine verborgene Tasche unter ihren Röcken, zog eine Lederbörse hervor und ließ sie an den Schnüren in der Luft baumeln. »Ich habe mein *darro*, und ich habe die Erlaubnis der Dukkerin.«

»Ich will deine Mitgift nicht – und ich will dich nicht«, sagte er schroff. »Allein komme ich schneller voran.«

Eine einzelne Träne blinkte auf ihrer Wange, aber sie hielt den Kopf hoch erhoben. In königlicher Haltung saß sie auf dem

Pony und schaute auf ihn herab. »Ich werde dir folgen bis ans Ende der Welt«, sagte sie leise. »Denn eines Tages wirst du erkennen, dass in der Warnung der Dukkerin Wahrheit lag, und dann wirst du mich an deiner Seite brauchen.«

»Ich brauche dich nicht – ich habe dich noch nie gebraucht. Jetzt geh. Fort!« Er klatschte dem Pony mit der flachen Hand auf das Hinterteil, und es bäumte sich auf und galoppierte dann in den Wald hinein. Er war wütend auf sich selbst, weil er Mitleid mit dem Mädchen hatte, wütend auch, weil er so grob hatte sein müssen. Aber Tina war eine erfahrene Reiterin; sie würde die wilde Jagd zurück zum Lager überleben, wie sie auch ohne ihn überleben würde.

Er sprang wieder auf sein Pferd und stieß ihm die Fersen in die Weichen, dass es losgaloppierte. Er hatte einen weiten Weg vor sich, und er wollte möglichst weit kommen, ehe es hell würde.

ACHTZEHN

Die Sonne ging unter, und die dunklen Wolken eines nahenden Unwetters ließen die Nacht desto schneller hereinbrechen. Sophie blieb auf einer roh gezimmerten Bank sitzen und sah zu, wie sie sich zusammenballten. Alles war still. Alles war ruhig. Hunter Valley hielt den Atem an und wartete auf den ersten explosionsartigen Donnerschlag.

Das Krachen schien die Erde unter ihren Füßen bis in ihren Kern zu erschüttern, und während sie in Deckung rannte, zerrissen die Zickzacklinien des Blitzes die Wolken mit Spinnenfingern, die blau und gelb nach der Erde tasteten. Gelbe Laken überzogen die Dunkelheit mit einem Licht, fast so hell wie die Sonne; sie strahlten wie Spiegel, und in ihrem Nachglanz war die Welt sepiabraun und eindimensional.

Das Weingut schien sich an den Hang zu kauern, und das matte Licht in seinen Fenstern war nichts im Vergleich zu der Lightshow, die draußen stattfand. Sophie rannte die Verandastufen hinauf, immer zwei auf einmal nehmend, und stolperte über ein Paar Stiefel, die auf der Veranda standen. Sie wäre der Länge nach hingefallen, hätten starke Arme sie nicht aufgefangen.

»Hooo, pass auf, wo du hinläufst.«

Sie war atemlos vom Laufen; ihr Herz hämmerte, und sie hatte nicht mehr die Kraft, sich von Jay loszureißen. Sein wunderbar vertrauter Geruch hüllte sie ein, und seine muskulösen Arme hielten sie fest; sie spürte das Trommeln seines Pulsschlags unter ihren Fingern. Wie geborgen sie sich bei ihm fühlte – und wie schön wäre es, wenn sie immer so bleiben könnten.

»Es geht schon«, brachte sie schließlich hervor, während sie sich von ihm löste. »Sollte wohl mal wieder ein bisschen Sport treiben – ich wusste nicht, dass ich so wenig fit bin.« Ihre Stimme klang unbeschwert, ihr Lachen ein bisschen spröde, aber sie musste irgendetwas tun, um diese Stimmung zu durchbrechen.

»Für mich siehst du fit genug aus«, bemerkte er lächelnd, und seine gefährlichen dunklen Augen funkelten im Zwielicht.

Sophie stopfte sich das Hemd in die Hose – um irgendetwas zu tun, was sie von seinem allzu durchdringenden Blick ablenkte. »Wer hat denn diese verdammten Stiefel überhaupt da herumstehen lassen?«, fragte sie empört. »Ich hätte mir den Hals brechen können.«

Seine Hand griff unter ihr Haar und streichelte sanft ihren Hals. »Und dabei ist es ein so hübscher«, sagte er leise.

»Hör auf, Jay«, warnte sie. »Keine Spielchen.«

Er war ihr sehr nah, und die Elektrizität zwischen ihnen hatte nichts mit dem Gewitter zu tun, das draußen wütete. »Das ist kein Spiel, Sophie«, sagte er. »Ist nie eins gewesen.«

Sie schaute ihn lange an, und ihre Gedanken waren in Aufruhr. Wenn er die Wahrheit sagte, warum war ihre Beziehung dann gescheitert? Wenn er log, war er verachtenswert. Sie wünschte sich, dass es die Wahrheit wäre; sie wollte die Vergangenheit vergessen und von vorn beginnen. Eben wollte sie anfangen zu sprechen, als die Fliegentür gegen die Wand flog und sie beide zusammenfahren ließ.

»Da bist du ja«, sagte Beatty energisch. »Sophie, ich glaube, du solltest mal zu deiner Großmutter gehen. Sie sieht ganz und gar nicht gut aus, aber sie will nicht, dass ich den Arzt rufe.«

Sophie erwachte aus ihrer Trance. »Ruf ihn trotzdem an«, sagte sie. »Ich spreche mit ihr.« Sie schob sich an Jay vorbei und lief ins Haus.

Cordelia saß aufrecht an einen Berg Kissen gelehnt. Ihr dichtes weißes Haar war ungewöhnlich zerzaust. »Ich erlaube dir nicht, irgendwelchen Wirbel zu machen, Sophie«, sagte sie streitsüchtig. »Ich bin nicht krank.«

Sophie sah den bläulichen Ton um die Lippen ihrer Großmutter, den stumpfen Glanz in ihren Augen und den Tremor in ihren Händen. Sie fuhr sich mit der Zunge über die Lippen; plötzlich hatte sie Angst, sie zu verlieren. »Ich weiß, Gran«, sagte sie, und sie setzte sich auf die Bettkante und nahm die zerbrechliche Hand. »Aber uns wäre es lieber, wenn du den Arzt kommen lassen wolltest, damit wir beruhigt sein können, dass es nur die Erschöpfung ist.«

Die alte Frau stemmte sich aus den Kissen. »Du tust, was ich dir sage, Kind«, herrschte sie Sophie an. »Wenn ich einen Arzt sehen will, werde ich einen rufen lassen – und nicht vorher. Ich bin vielleicht alt, aber die Fähigkeit, Entscheidungen zu treffen, habe ich noch nicht verloren.« Störrisch presste sie die schmalen Lippen zu einem Strich zusammen. Sie kämmte sich mit den Fingern das Haar aus dem Gesicht und bemühte sich, es zu ordnen. »Und was immer du tust, lass Wal hier nicht rein«, fügte sie hinzu. »Ich muss schrecklich aussehen.«

Sophie lachte. Blässe und Gebrechlichkeit konnten dem starken Geist der alten Frau nichts anhaben, und solange sie den hatte, standen die Chancen gut, dass sie ihnen noch ein Weilchen erhalten bleiben würde. Sophie nahm den silbergefassten Spiegel und die Haarbürste von der Frisierkommode und reichte beides ihrer Großmutter. »Dann solltest du dich lieber aufbrezeln«, sagte sie fröhlich. »Er lauert nämlich draußen.«

»Der alte Dummkopf«, knurrte Cordelia. Ihre Augen fingen wieder an zu leuchten, und ein Lächeln schimmerte an ihren Mundwinkeln. Sie fuhr sich mit der Bürste durchs Haar und betrachtete sich im Spiegel.

Schaudernd ließ sie ihn sinken. »Abscheuliche Erfindung. Es

heißt ja, Kamera und Spiegel lügen nicht, aber wenn ich in dieses Ding schaue, sehe ich die Frau, die ich kenne, nicht die junge Frau, die in dieser müden, runzligen Hülle gefangen ist. Genieße deine Jugend, Sophie. Vergeude sie nicht damit, die Dinge, auf die es ankommt, zu ignorieren, wie ich es getan habe.«

»Ich würde nicht sagen, dass ich mein Leben vergeude, Gran.« Sophie war verblüfft über diese Wendung des Gesprächs. »Ich habe einen guten Job und wundervolle Aussichten, was immer aus der Firma wird. Die Welt steht mir offen.«

»Hmmmph. Berufsaussichten sind schön und gut, aber davon rede ich nicht.« Cordelia schaute sie durchdringend an. »Vertu die Zeit nicht mit Unschlüssigkeit, Sophie. Wir haben in diesem Leben nur einmal die Chance, wirklich glücklich zu werden – und ich möchte nicht, dass du die gleichen Fehler begehst wie ich.«

»Ich weiß gar nicht, wovon du redest.« Sophie schaute aus dem Fenster.

Ein leises Glucksen kam aus dem Bett. »Doch, doch, das weißt du, mein Kind. Ich finde, es wird Zeit, dass du und Jay euer Verhältnis klärt und eine alte Frau glücklich macht, bevor sie stirbt.« Cordelia strich die leinene Bettdecke glatt. Die Diamanten an ihren Fingern funkelten im elektrischen Licht. »Jetzt verschwinde und sag Wal, er kann für einen Augenblick hereinkommen. Obwohl ich ja keinen blassen Schimmer habe, was er eigentlich von mir will.«

Sophie stand von der Bettkante auf und küsste die kühle, zarte Wange. »Du bist eine böse alte Frau. Aber das weißt du ja, oder?«, sagte sie liebevoll.

Arthritische Finger umspannten ihr Handgelenk. »Ich bin vielleicht die meiste Zeit eine verdammte Nervensäge, aber ich habe noch nie etwas wirklich Böses getan, Sophie.«

Sophie schaute in das faltige Gesicht, das sie so sehr liebte, und war plötzlich verblüfft über die Ernsthaftigkeit, die sie dort sah. »Ganz bestimmt nicht, Gran«, erklärte sie und lächelte unsicher.

»Manche sagen vielleicht, dass ich aus Bosheit getan habe, was ich getan habe – aber sie irren sich, Sophie. Ich habe es aus Liebe getan.« Sie schien einen Entschluss zu fassen. »Ich habe dir etwas zu erzählen. Ich habe mich deshalb nie geschämt, aber es ist etwas, das andere vielleicht nicht verstehen werden.« Sie schaute ihrer Enkelin tief in die braunen Augen und seufzte wieder. »Es ist vor langer Zeit geschehen, und es wäre verborgen geblieben, wenn nicht alles so gekommen wäre, wie es gekommen ist. So aber, denke ich, hast du ein Recht, es zu erfahren, bevor wir nach Melbourne zurückfahren.«

Bei Cordelias Worten überlief Sophie ein eisiger Schrecken. Sie setzte sich wieder auf die Bettkante und nahm die Hände ihrer Großmutter. Die düsteren Vorahnungen waren überwältigend.

»Was ist es denn, Gran?«, flüsterte sie. »Was hast du denn so Schlimmes getan?«

Mary hatte Angst. Zum ersten Mal im Leben war sie wirklich allein. Mit ihren zahlreichen Telefonanrufen hatte sie niemanden erreicht; ihr neuester Freund war anscheinend verreist, und ihre Schwestern wagte sie nicht anzurufen. Sie wusste, dass sie ihre Familie mit ihren Enthüllungen bei Sharon Sterling vor den Kopf gestoßen hatte, und diese Illoyalität hatte sie noch weiter getrieben, als sie Daisy davongelaufen war – und doch hätte sie alles gegeben, wenn sie jetzt mit einer von ihnen hätte reden können, wenn sie sie bei sich gehabt hätte in diesem schmierigen Hotel am Rande des Highway, der aus Goulburn hinausführte.

Mit rastloser Energie fing sie an, im Zimmer auf und ab zu gehen. Die leuchtend orangegelben Wände und das wirbelnde Muster des Teppichs schienen auf sie einzudringen, und die grellen Ölbilder, die hier als Kunst galten, verhöhnten sie mit ihren schreienden Farben und ihren amateurhaften Sujets. Was zum Teufel suchte sie hier? Warum ausgerechnet hier statt an all den anderen Orten, die sie sich hätte auswählen können? Es war Farmland hier; die beiden Flüsse, die es durchzogen, waren ganz attraktiv, und die Stadt war mit zahlreichen hübschen alten Gebäuden gesegnet, aber das Motel lag einer schmierigen Touristenfalle gegenüber, wo die Ausflügler ein paar Schafscherer begaffen und alles über das Farmleben erfahren konnten.

Sie zündete sich eine Zigarette an und starrte aus dem Fenster auf die riesenhafte Beton-Monstrosität, die ein Merinoschaf darstellen sollte. Schon jetzt bogen die Autos in stetem Strom vom Highway auf den Parkplatz. Sie ließ die Jalousien herunter und nahm ihr rastloses Auf-und-Abgehen wieder auf. Das Bedürfnis nach einem Drink wuchs, aber sie wusste, wenn sie damit einmal anfinge, würde sie nicht mehr aufhören; also rauchte sie stattdessen eine Zigarette nach der anderen.

Die Ironie darin entging ihr nicht, und sie lächelte grimmig. »So oder so bringe ich mich langsam um«, murmelte sie. »Aber wen zum Teufel kümmert's? Mum oder Sophie bestimmt nicht.«

Sie beäugte das Telefon. Vielleicht sollte sie eine ihrer Schwestern anrufen und sagen, wo sie war, bevor Daisy Theater machte und die Polizei alarmierte. Die Sekunden tickten vorüber; sie sog an ihrer Zigarette, während ihr Verstand mit kühler Unberührtheit arbeitete. Zum Teufel mit ihnen!, dachte sie schließlich. Sollen sie nur schmoren. Vielleicht werden sie mir verzeihen, wenn sie erst denken, ich bin aus ihrem Leben verschwunden oder in Gefahr – aber mir ist es egal.

Sie ließ sich auf das Bett fallen und starrte die grellen Wände an. »O Gott«, sagte sie, und ihre Stimme klang brüchig vor Ergriffenheit. »Ich habe alles so schrecklich versaut, und ich weiß nicht, wie ich es wieder in Ordnung bringen soll. Alle hassen mich, und ich bin so einsam. So furchtbar einsam.«

»Du kannst jetzt reingehen, Wal«, sagte Sophie, als sie draußen an ihm vorbeikam. »Aber nicht zu lange. Sie ist sehr müde.«

Der alte Mann sah sie nachdenklich an und ging dann zu Cordelia hinein. Sophie fröstelte es, als es über ihr donnerte und der Blitz krachend irgendwo einschlug. Sie war wie vor den Kopf gestoßen von Cordelias Enthüllungen, und sie hatte Mühe, zu denken oder etwas zu sagen, ja, den einen Fuß vor den anderen zu setzen. Bestimmte Teile des Puzzles hatten sich zusammengefügt – allem, was sie bisher gewusst hatte, zum Hohn. Ihr Gefühl von Zeit und Ort war verschoben, und lange gehegte Überzeugungen waren zerstört. Nur ein Wort wäre nötig, eine gedankenlose Geste, um Jacaranda in seinen Fundamenten zu erschüttern.

Was für ein verworrenes Gewebe, dachte sie. Die Familie, der sie angehörte, war verstrickt in Geheimnisse und Lügen – und geprägt von der Entschlossenheit eines Mannes, alles zu zerstören, was gut war, sowie von Cordelias Entschlossenheit, ihn zu überlisten. Sophie wanderte den dunklen Korridor entlang und hinaus auf die Veranda, und immer wieder ging ihr Cordelias Geschichte durch den Kopf, sodass sie den Tumult am Himmel fast nicht bemerkte.

»Sophie?«

Jay rief sie durch das Unwetter, und sie drehte sich blind nach ihm um. Früher wäre es für sie das Natürlichste auf der Welt gewesen, sich in seine Arme zu flüchten. Noch immer brauchte sie seinen Trost und seine Kraft, und sie sehnte sich nach seiner Wärme. Aber dies war nicht die Zeit oder der Ort dafür. Sie mussten miteinander reden, aber nicht, solange ihre Gefühle und ihre Gedanken in Aufruhr waren.

Er schien zu spüren, in welcher Stimmung sie war, und näherte sich ihr nicht. »Es ist doch nichts mit Cordelia, oder?«

Sie schüttelte den Kopf. »Gran …« Sie stolperte über das Wort. »Gran ist einfach alt, Jay. Aber sie wird von uns gehen, wenn sie so weit ist, und nicht vorher. Sie ist viel zu bockig, und sie hat noch eine Menge vor.«

Er atmete aus, ein langer Seufzer. »Ich habe sie erst jetzt kennen gelernt, aber ich kann verstehen, warum du sie liebst. Sie erinnert mich an meine eigene Urgroßmutter.«

Sophie starrte hinaus in das Gewitter; die Blitze erleuchteten die Berge wie ein Stroboskop. Was Gran ihr erzählt hatte, hatte die Welt nicht verändert, nicht stehen bleiben lassen, aber alles schien aus dem Lot geraten zu sein, unwirklich im Licht dieser Offenbarungen. »Wie war sie denn?«

Er lachte. »Sie hatte rote Haare, die aussahen wie Feuer, wenn die Sonne darauf schien, und sie hatte das passende Temperament. Und sie war voller Energie und hatte die Fähigkeit, jeden in ihrer Umgebung glücklich zu machen. Ich war fünf, als sie starb – und ihr Liebling. Ich habe eine Menge Zeit mit ihr verbracht, ihren Geschichten zugehört und mit ihr in der roten Lackschachtel und den Alben gestöbert. Sie hat für mich eine Zauberwelt von Leuten und Orten heraufbeschworen, die ich dann kennen und verstehen lernte, als ich größer wurde. Ich vermisse sie immer noch sehr – aber seit Cordelia da ist, habe ich das Gefühl, sie ist zurückgekommen.« Seine Miene wurde ernst. »Ich erinnere mich noch an den schrecklichen Tag, als sie starb. Es war, als wäre das Licht im Haus ausgegangen und eine gewaltige Leere an seine Stelle getreten.« Er starrte ins Nichts, und die Schatten, die über sein Gesicht zogen, zeigten deutlich, was er dachte.

»Urgroßmutter war fünfundachtzig, aber sie hat immer noch ihre Arbeit auf dem Gut verrichtet. Sie kam nie zur Ruhe, und manchmal, an stillen Abenden, ist mir, als hörte ich diese geschäftigen kleinen Füße durch die Küche trippeln – aber das ist natürlich unmöglich, weil sie nie in diesem Haus gewohnt hat. Sie starb, lange bevor wir hierher zogen.« Er lächelte auf sie herunter, und der dunkle Stoppelbart betonte das kantige Kinn und den sinnlichen Mund. »Trotzdem stelle ich mir gern vor, dass sie hier ist«, sagte er leise.

Sophie war hypnotisiert von seinen Augen.

Es schien ihn große Mühe zu kosten, den Blick abzuwenden und seine Gedanken zu sammeln. »Wir waren draußen, um die Hühner zu füttern, wie immer«, erzählte er schließlich. »Ich mit dem Hühnerfutter in meinem Sandkasteneimer, Granny Mu mit ihren schweren Eimern und der Schrotflinte unter dem Arm.« Er grinste. »Sie hatte die Flinte immer bei sich, wenn sie das Haus verließ, und sie konnte prima schießen. Ich schwör's dir, sie war besser als Dad, wenn es darum ging, Konservendosen vom Zaun zu schießen.«

»Und was ist passiert?« Sophie wollte, dass er weiterredete, sie von ihren Gedanken ablenkte.

»Wir kamen zum Hühnerstall und stellten fest, dass der Zaun unterwühlt worden war. Überall flatterten Hühner herum, und einige waren so übel zugerichtet, dass Granny Mu ihnen die Hälse umdrehen musste. Sie war wütend. Als sie den Draht repariert hatte, marschierte sie zum Stall und spannte den Wagen an, und dann fuhr sie los, um den Dingo abzuknallen, der ihre Hühner gefressen hatte. Ich rannte hinterher. Ich fuhr gern mit Granny Mu im Buggy. Sie fuhr schneller als sonst irgendjemand, außer Dad.«

Sophie konnte es sich so gut vorstellen, wie der kleine Junge und die alte Frau über das Grasland davonjagten und wie das Kind sich im Wagen festklammerte und sein Gesicht im Jagdfieber leuchtete.

»Nach ungefähr fünf Meilen sahen wir einen Dingo, und Granny Mu gab dem Pferd die Peitsche und warf mir das Gewehr zu. ›Schieb 'ne Patrone rein, Junge‹, rief sie. ›Wir werden das nichtsnutzige Dreckstück kriegen, das verspreche ich dir.‹

Wir konzentrierten uns so sehr auf die Jagd nach dem Dingo, dass keiner von uns beiden die tiefe Rinne sah, die der Winterregen hinterlassen hatte. Das Pferd schwenkte jäh davor zur Seite, sodass die Kutsche auf einem Rad um die Kurve flog. Mir war, als schwebten wir lange Zeit in der Luft, aber wahrscheinlich waren es nur ein paar Sekunden. Dann kippten wir um und krachten so heftig auf die harte Erde, dass der Wagen aufriss und das Rad in zwei Stücke brach. Ich war jung und flink und konnte zur Seite springen, aber Granny Mu hatte weniger Glück.« Er hielt inne, als falle es ihm schwer, über seine Erinnerungen zu sprechen.

»Als der Staub sich schließlich verzogen hatte, fand ich sie reglos auf dem Boden liegen. Das heil gebliebene Rad drehte sich noch, als ich darunter kroch, um sie zu wecken. Ich verstand nicht, warum sie mir nicht antwortete. Sie war zwar voller Staub, aber ansonsten schien sie mir völlig unversehrt zu sein.«

Sophie ging das Herz auf. »Du musst große Angst gehabt haben. Du warst doch noch ein kleiner Junge.«

Betrübt schüttelte er den Kopf. »Der Tod ist hier draußen kein Fremder, Sophie. Ich war vielleicht nur ein Dreikäsehoch, aber den Tod hatte ich schon gesehen, und als ich aufhörte zu heulen, wusste ich, warum Granny Mu nicht wieder aufwachen würde. Ich muss einen schönen Anblick geboten haben, als ich mit Rotznase und geschwollenen Augen im Galopp nach Hause geritten kam, um Hilfe zu holen.«

»Anscheinend gehörte deine Granny Mu nicht zu den Leuten, die ruhig im Bett sterben.«

»Das kann man wohl sagen. Sie starb, wie sie gelebt hatte – Hals über Kopf, ohne sich um die Zukunft zu kümmern und ohne an die Konsequenzen zu denken.«

»Eine interessante Frau«, sagte Sophie leise. Sie sah ihn an. »Granny Mu? Ein seltsamer Name – was für eine Abkürzung ist es?«

Er grinste. »Ich habe mich schon gefragt, wann es dir auffällt«, sagte er. »Meine Urgroßmutter war Muriel, die Tochter des rothaarigen Zwillings, den Rose im Hunter Valley zur Welt gebracht hat.«

Sophie wich zurück. Gewitter mussten etwas an sich haben, das die Menschen dazu brachte, ihre Geheimnisse auszuplaudern – und es war ja eigentlich keine Überraschung, denn wenn sie vernünftig darüber nachdachte, war es klar, dass sie verwandt waren. »Wir haben dieselbe Ururgroßmutter?«

Er grinste breit, und seine gleichmäßigen weißen Zähne blitzten zwischen den dunklen Bartstoppeln. »Das kann man wohl sagen. Rose kann nicht gewusst haben, was sie da in Gang setzte, als sie hierher ins Hunter Valley kam, aber hier sind wir: die beiden Seiten der Familie, wieder vereint, da, wo wir hingehören.«

»Moment mal«, sagte sie und bemühte sich, sämtliche Implikationen all dieser Enthüllungen des heutigen Abends zu erfassen. »Wusstest du das schon, als wir zusammen in Brisbane waren? Ist diese verdammte Familienfehde der Grund für unsere Trennung?«

Jay machte ein verdutztes Gesicht. »Ich hatte doch keine Ahnung von der Verwandtschaft«, stammelte er. »Ich habe erst davon erfahren, als ich nach Hause kam und der Familie von dir erzählte.«

Sophie war wütend. Ihre Sorge um Cordelia und der Schock über das, was sie heute Abend erfahren hatte, wurde auf einer Woge des Zorns nach oben gespült. »Aber du hättest den verfluchten Anstand haben können, es mir zu erklären, statt ohne ein gottverdammtes Wort einfach aus meinem Leben zu verschwinden«, schrie sie ihm in das verblüffte Gesicht. »Aber das ist typisch für euch Männer, nicht wahr? Kein bisschen Verstand im Kopf.«

Sie wollte ins Haus stürmen, als Wal die Fliegentür aufstieß und sie zahnlos anstrahlte. »Wurde auch Zeit, dass ihr euch wieder vertragt«, grollte er und ließ sich in einen Verandasessel fallen.

»Es ist nicht so, wie du denkst«, gab sie erbost zurück.

»Kann sein – kann aber auch nicht sein«, grummelte er. Er spähte zu den fernen Bergen hinüber. Es blitzte, und Bäume und

Felsen traten reliefartig aus der Finsternis hervor. »Schätze, der Doc wird vorläufig nicht kommen. Ziemlich haarig, bei dem Wetter hier zu landen, und so schlecht geht's Cordy ja nicht. Ist bloß ausgepumpt.«

Die Spannung zwischen den dreien auf der Veranda war elektrisch wie die Gewitterluft. Sophie war es, die das Schweigen schließlich brach. »Jay hat mir von Granny Mu erzählt«, sagte sie zwischen zwei Donnerschlägen. »Er hat auch gesagt, dass sie für die Spaltung der Familie verantwortlich war. Wieso?«

Wal zündete gemächlich seine Pfeife an. »Schätze, das kann Jay besser erzählen. Er weiß es genauso gut wie ich.«

Sophie wandte sich widerstrebend an den Mann neben ihr. »Anscheinend hast du den Kürzeren gezogen.«

Jay setzte sich in einen Sessel, legte die flachen Stiefel übereinander auf das Verandageländer und schaute gelassen über das Land hinaus.

»Urgroßmutter Mu war eine Frau, die ihrer Zeit voraus war. Sie war unabhängig und beinahe skrupellos, wenn es darum ging, zu bekommen, was sie wollte, und sie ließ sich durch die strengen Regeln ihrer Zeit nicht gängeln. Aber wenn du die ganze Geschichte hören willst, dann müssen wir nach London und in die Mitte des neunzehnten Jahrhunderts zurückkehren.«

Sophie runzelte die Stirn. »Aber ich weiß schon, wie John Tanner England verlassen hat. Ich habe das kleine Buch und den Championsgürtel gesehen. In England gibt es niemanden mehr, der noch etwas mit unserer Familie zu tun haben könnte – es sei denn, du meinst Big Billy Clarke.«

Jay schüttelte den Kopf. »Ganz falsch. Big Billy ging irgendwann in die Staaten und wurde dort ein erfolgreicher Boxpromoter. Er und John haben sich gelegentlich geschrieben, aber sie haben sich nie wiedergesehen.«

Sophie gab ihm einen nicht allzu spielerischen Rippenstoß. »Hör auf, mich auf die Folter zu spannen.«

»He, Sophie«, stöhnte er, »das hat verdammt wehgetan.«

»Jay«, sagte sie warnend.

»Schon gut. Das dritte und letzte Steinchen in dem Puzzle, aus dem unsere außergewöhnliche Familie besteht, sind Isobel und Gilbert Fairbrother.«

Sophie schnappte nach Luft. »Ist das ein Witz?«

»Wenn du lange genug den Mund hältst«, sagte er freundlich, »werde ich dir alles erzählen.«

Isobel und Gilbert verbrachten ihre Hochzeitsnacht in einer Poststation an der Straße nach London. Gilbert hatte seine Braut in ihren Gemächern über der Schenke zurückgelassen, wo sie sich auf seine Rückkehr vorbereiten sollte, und dort saß sie lange Zeit auf dem klumpigen Bett, lauschte auf den ausgelassenen Lärm, der von unten heraufschallte, und wartete darauf, dass ihre Zofe ihr half. Die niedrige Decke mit den dunklen Balken wirkte bedrückend, und obwohl das Fenster einen Spaltbreit offen stand, drang wenig Luft herein, um den stinkenden Mief früherer Bewohner zu vertreiben. Isobel fühlte die ersten Stiche des Heimwehs.

Nachdem sie ein zartes, handbesticktes Nachthemd angezogen hatte, schickte sie Sarah, ihre Zofe, hinaus, setzte sich auf das Bett und bürstete sich das Haar. Es glänzte hellbraun im Lampenschein, und sie ordnete es so bezaubernd, dass es in kleinen Wellen über den durchsichtigen Stoff ihres Nachthemds fiel und ihre Brüste bedeckte. Sie errötete bei dem Gedanken an Gilberts Liebkosungen und lächelte bei dem Gedanken an die verstohlenen Küsse, als sie zu Hause auf dem Anwesen spazieren gegangen waren. Eheliche Liebe konnte unmöglich so schlimm sein, wie Mama es angedeutet hatte – nicht, wenn ihr neuer Gemahl so sanft war, so aufmerksam.

Die Zeit verging, und von Gilbert war keine Spur. Was konnte ihn nur aufhalten? Die Lider wurden ihr schwer, und sie sank in das Nest aus Kissen. Es war ein anstrengender Tag gewesen, und die Reise von Wilmington nach East Grinstead hatte ihren Tribut gefordert. Ihre Lider flatterten, und sie kuschelte sich tiefer in die Kissen und beglückwünschte sich zu ihrem triumphalen Hochzeitstag. Die Gästeschar war vielleicht nicht so prachtvoll gewesen, wie sie es bei Charlotte sicher sein würde, und sie hatten einander das Eheversprechen nicht in einer Kathedrale gegeben – aber ich bin trotzdem ein Glückspilz, dachte sie, während sie anfing einzudämmern. Gilbert war gut aussehend und beliebt, und seine verstohlenen Küsse waren aufregend. Ihre nervöse Anspannung verflog allmählich. Sie wünschte, er wollte sich beeilen.

Das Öl in der Lampe war heruntergebrannt, als die Tür gegen die Wand flog und Gilberts Silhouette im Rahmen stand.

Isobel war augenblicklich hellwach. Sie zog sich die Bettdecke unters Kinn und drückte sich in die Kissen. Sie beobachtete, wie er durch das Zimmer streunte und seine Kleider abstreifte und auf den Boden fallen ließ. Er war wacklig auf den Beinen, und ein starker Bierdunst umgab ihn wie eine Unwetterwolke. Sie rutschte tiefer unter die Decke.

Das Bett ächzte, als Gilbert sich auf die Kante fallen ließ und mit seinen Stiefeln kämpfte. Unter mancherlei Flüchen zog er sie schließlich aus und warf sie polternd in die Ecke. Dann stand er auf, streifte seine Hose herunter und stand nackt vor ihr.

Isobel starrte das Ding zwischen seinen Beinen mit weit aufgerissenen Augen an und wurde rot.

Gilbert befingerte sich, und das Ding schwoll an. »Gefällt dir, wie es aussieht, was, Isobel?«, grollte er. »Warte ab, bis du siehst, was man damit machen kann.«

Sie erschauerte. Mama hatte nichts dergleichen erwähnt, und sie fragte sich, ob Gilbert normal war.

Er riss die Bettdecke zurück und zog sie ihr aus den klammernden Händen. Schwankend stand er im blakenden Lampenlicht und ließ den Blick über ihren Körper unter dem durchsichtigen Nachthemd wandern. »Das können wir zunächst mal wegtun«, murmelte er.

Der feine Stoff ging unter seinen Händen in Fetzen. Isobel krümmte sich und bedeckte sich mit flatternden Händen. Dies war nicht der Gilbert, der so sanft und rücksichtsvoll um sie geworben hatte. Nicht der Mann, den sie zu heiraten geglaubt hatte. Zum ersten Mal im Leben hatte sie Angst. Er war von Sinnen – außer Kontrolle.

Gilbert kletterte auf das Bett; nackt und behaart ragte er vor ihr auf. »Ich zeige dir, wie es geht, und dann bist du an der Reihe. Es wird dir gefallen, das verspreche ich dir. Habe bisher noch keine Klagen gehört.«

Sein Gewicht drückte sie nieder, sein stinkender Bieratem strich über ihr Gesicht, und seine Knie stießen roh ihre Schenkel auseinander, damit er sich zwischen sie schieben konnte. Sie fing an sich zu sträuben.

»Lieg still, Weib!«, fuhr er sie an, und seine Hände rissen die letzten Fetzen ihres Nachthemds herunter, kneteten ihre Brüste und berührten geheime Stellen, sodass sie heftig errötete. »Um Himmels willen, entspanne dich. Ich werde dich schon nicht umbringen.«

Der Schmerz war unerträglich, und wenn ihr der Lärm der Schenke und die Leute im benachbarten Zimmer nicht so bewusst gewesen wären, hätte Isobel laut aufgeschrien. So erstickte sie ihre Schreie mit den Händen, während das Bett knarrte und die Bettpfosten rhythmisch gegen die Wand krachten.

Gilberts Gesicht war verzerrt, sein Atem ging stoßweise. Mit wildem Griff hielt er ihre Knie umklammert, drückte sie an ihre Brust und stieß dabei immer tiefer in sie hinein.

Isobel hatte das Gefühl, sie müsse sterben. Sein Gewicht raubte ihr den Atem. Ihre Tränen nahmen ihr die Sicht. Das rauschende Blut in ihren Ohren machte sie taub.

Und dann endlich war es vorbei – und zu ihrer größten Beschämung ertönten unten in der Schenke Beifallsrufe und Pfiffe, und nebenan klopfte man an die Wand. Sie hatten alles gehört. Hatten ihre Schande vernommen. Wussten, was sie hier getan hatten. Wie sollte sie ihnen am nächsten Morgen in die Augen schauen?

Erst als der Himmel sich schon aufhellte, versank Isobel in einen unruhigen Schlaf, aber sie wachte gleich wieder auf, weil Gilbert sie befingerte. »Was tust du da?« Sie war auf der Stelle hellwach und angespannt. Er wollte doch sicher nicht wiederholen, was er in der Nacht getan hatte?

»Ich genieße meine ehelichen Rechte«, murmelte er faul, während seine Finger über sie hinwegstrichen. »Geht nichts über ein kleines Spielchen am frühen Morgen.«

»Aber das haben wir erst gestern Abend getan«, stammelte sie. »Du kannst es doch nicht schon wieder wollen?«

Er fiel in die Kissen zurück, und sein brüllendes Gelächter ließ die Balkendecke beben.

Isobel nutzte die Gelegenheit, um die Bettdecke über sich zu ziehen. Sie setzte sich verwirrt auf und hörte, dass die anderen Gäste im Haus sich zu rühren begannen. »Psst, Gilbert«, zischte sie wütend. »Alle können uns hören.«

Sein Gelächter brach unvermittelt ab; er stützte sich auf den Ellenbogen und musterte sie. »Na und? Wir sind Mann und Frau, und wenn ich dich will, bekomme ich dich auch.« Er rollte sich auf sie und drückte ihre Arme ins Kissen.

Isobel straffte sich und wartete auf den Schmerz. Wartete auf den furchtbaren Augenblick, da alles wieder von vorn begann. Und als es geschah, begriff sie, dass ihr Mann sie überhaupt nicht liebte – und es brach ihr das Herz.

Das Unwetter ließ allmählich nach; die Blitze wurden matter und folgten nicht mehr so dicht aufeinander, und das Donnergrollen entfernte sich. Sophie starrte hinaus in die Dunkelheit. »Arme Isobel. Was für ein Schwein!«

»Das kann man wohl sagen«, knurrte Wal. »Aber sie war an ihn gefesselt. Anders als heute, wo jede vernünftige Frau ihre Siebensachen gepackt hätte und verschwunden wäre. Die Schande einer gescheiterten Ehe oder, schlimmer noch, einer Scheidung hätte die Heirat ihrer Schwester mit Sir James vereitelt und die ganze Familie entehrt.« Er sog an seiner Pfeife. »Ehre war damals eine große Sache. Auch noch, als ich ein junger Kerl war.«

»Aber das Leben mit einem solchen Mann muss die Hölle für sie gewesen sein.«

Jay nickte. »Es war hart, nach ihren Briefen zu urteilen. Sie schrieb regelmäßig an ihre Familie, und im Laufe der Jahre war es, als seien diese Briefe ein Ausgleich für ihre Einsamkeit und ihr Unglück.«

»Briefe? Aber in der Schachtel, die Wal mir gegeben hat, habe ich keine Briefe gefunden.«

»Beatty hat sie in ihrem Zimmer. Ich sage ihr, sie soll sie dir geben; dann kannst du die Geschichte selbst zu Ende lesen.« Wal stemmte sich aus dem Sessel und kam mit einem gemurmelten Fluch schließlich auf die Beine. »Die verflixte Kriegsverletzung«, knurrte er. »Ist manchmal wirklich beschissen.«

Alle drehten sich um, als das ferne Brummen eines kleinen Flugzeugs näher kam. »Das ist der Doc«, sagte Wal. »Ich werde Cordy warnen und die Prügel dafür kassieren, und ihr fahrt raus und holt ihn her.« Wal riss die Fliegentür auf und humpelte ins Haus.

Jay und Sophie stiegen die Stufen hinunter und kletterten in den Jeep. »Gran wird toben. Wal tut mir jetzt schon leid«, schrie Sophie durch den Motorenlärm, als sie durch die Dunkelheit rumpelten.

»Das schafft er schon. Er ist mit gefährlicheren Dingen fertig geworden als mit einer neunzig Jahre alten Frau, die schlechte Laune hat.«

»Darauf würde ich nicht wetten«, gab sie grimmig zurück. »Du kennst Gran nicht, wenn sie in Fahrt ist.«

Cordelia döste, als sie merkte, dass jemand im Zimmer war. Sie öffnete die Augen und sah, dass Wal am Fußende ihres Bettes stand. Seine abscheuliche Pfeife hielt er qualmend in der Hand. Zum Sprechen war sie zu müde, aber sie lächelte.

»Wir haben den Doc gerufen, Cordy. Er landet eben.«

Sie schüttelte den Kopf. »Mir geht's bald wieder gut, Wal.« Sie seufzte. »Lass mich nur in Ruhe.«

Er kam zu ihr und nahm ihre Hand. Sein runzliges Gesicht war dicht über dem ihren. »Sei doch nicht dein Leben lang so ein verdammt störrisches Weib, Cordy. Wenn es bedeutet, dass wir dich noch ein bisschen länger bei uns behalten können – warum willst du ihn dann nicht sehen?«

Sie funkelte ihn wütend an, zog ihre Hand aber nicht weg. »Du alberner alter Narr«, brummte sie. »Für einen guten Rat hast du noch nie ein offenes Ohr gehabt.« Sie schloss die Augen und sammelte ihre Kräfte, und gleichzeitig bemühte sie sich, den Schmerz, der ihr Herz wie ein Reifen umgab, ein wenig zu lockern. »Na, wenn er schon den weiten Weg hierher gemacht hat, kann ich wohl ein bisschen mit ihm plaudern«, willigte sie widerstrebend ein.

»Braves Mädchen.« Er tätschelte ihr die Hand.

Sie öffnete die Augen und lächelte ihn an. »Ja. Das war ich immer, nicht wahr?«, flüsterte sie. »Trotz allem, was schließlich geschehen ist.«

»Vermutlich«, sagte er bärbeißig, und dann drückte er ihr einen Kuss auf die Wange. »Jetzt ruh dich aus. Der Doc wird gleich hier sein.«

»Ich habe keine Zeit zum Ausruhen, Wal.« Ihre Energie kehrte für einen Augenblick zurück. »Sophie muss die ganze Geschichte erfahren, und ich kann mir nicht erlauben, zu sterben, bevor ich den Schlamassel beseitigt habe, den Jock und ich hinterlassen haben.«

»John Jay und der Junge haben in dieser Richtung getan, was sie konnten, Cordy. Sei unbesorgt. Die Sache liegt jetzt in ihrer Hand.« Er beugte sich näher zu ihr. »Übrigens, wie es aussieht, sind deine Kleine und Jay dabei, sich wieder zu vertragen – obwohl sie es selbst noch nicht ahnen. Sie brauchen nur noch ein bisschen Zeit.«

Die Farbe kehrte in ihr blasses Gesicht zurück, und ihre Augen glänzten. »Endlich«, seufzte sie.

Alle warteten auf der Veranda. »Wie geht es ihr?«, fragte Sophie.

»Mächtig gut für eine Frau ihres Alters«, sagte der Arzt. Er hatte dunkle Augenringe nach einer schlaflosen Nacht. Sein Zuständigkeitsgebiet erstreckte sich über viele hundert Meilen, und heute Abend war er im Bereitschaftsdienst unterwegs, seit er sich am Nachmittag des vorigen Tages im Ärztestützpunkt eingefunden hatte. Der »Flying Doctor Service« war vierundzwanzig Stunden am Tag besetzt, und bis vor kurzem war er durch Spenden finanziert worden. Jetzt hatte sich die Regierung eingeschaltet, und es stand mehr Geld zur Verfügung, aber das verringerte nicht das Ausmaß der Arbeit, die in diesem weitläufigen Land verrichtet werden musste. Noch immer entbanden Frauen im Busch, noch immer wurden Männer von Pferden getreten oder von Rindern niedergetrampelt. Noch immer brachen Feuersbrünste aus, noch immer traten Flüsse über die Ufer – und noch immer wurden die Menschen, die in dieser Weite lebten, krank.

Der Arzt ließ seine Tasche fallen und nahm eine Tasse Tee von Beatty in Empfang. »Die weite Reise hierher hat sie wahrscheinlich strapaziert. Ihr Herz stolpert ein bisschen. Ich habe ihr etwas zum Schlafen gegeben, und hier sind ein paar Tabletten für den Fall, dass die Angina zu schmerzhaft wird.«

»Die nimmt sie nicht«, sagte Sophie. »Sie hasst Tabletten.«

Trotz seiner Müdigkeit musste der Arzt grinsen. »Kann ich mir vorstellen. Ich habe ihr deshalb für alle Fälle eine Spritze gegeben. Damit sollte sie die nächsten vierundzwanzig Stunden überstehen. Die Tabletten überlasse ich Ihnen. Tun Sie sie zermahlen in ihr Essen, wenn's sein muss. Und behalten Sie sie im Auge.«

»Weiter nichts?«

Er schüttelte den Kopf und bückte sich nach seiner Tasche. Die Krankenschwester schaute bereits auf die Uhr. Sie hatten noch weitere Besuche zu machen. »Sie hat ein Herzgeräusch, aber das ist nicht weiter schlimm, wenn sie nicht wieder etwas Anstrengendes unternimmt, beispielsweise noch eine weite Reise.«

»Aber wir müssen zurück nach Sydney.« Sophie war erschrocken.

»Nicht, wenn Sie wollen, dass sie am Leben bleibt«, sagte der Arzt mit Entschiedenheit. »Ich schlage vor, Sie bleiben hier und machen es ihr so bequem wie möglich.«

Sophie begann zu zittern. »Was genau wollen Sie damit sagen, Doktor?«

»Mrs. Witney ist sehr gebrechlich. Sie müssen sich auf das Schlimmste gefasst machen. Es tut mir leid. Aber sie hat ein langes und erfülltes Leben hinter sich, und wenn auch keiner von uns seine Lieben gern scheiden sieht – es kommt eine Zeit, da man dem Unausweichlichen ins Auge sehen muss.« Er gab allen die Hand und ging mit der Schwester hinaus in die Dunkelheit, wo Jay mit dem Jeep wartete.

Die Räder wirbelten eine Staubwolke auf, und die Rücklichter verschwanden auf der Straße. Sophie sah ihnen nach. Ein Leben ohne Gran konnte sie sich nicht vorstellen. Der Gedanke an eine Zukunft ohne ihre liebevolle Güte war unerträglich.

Beatty legte ihr einen Arm um die Schultern. »Hier, Sophie. Nimm die und lies sie. Ich schätze, keiner von uns wird heute

Nacht viel schlafen, und manchmal finde ich, es hilft uns, mit den eigenen Sorgen fertig zu werden, wenn wir von anderen erfahren, die sehr viel härtere Probleme hatten.«

Das kleine Flugzeug startete schon. Es kreiste einmal am Himmel, bevor es in der Dunkelheit verschwand. Als das Motorgebrumm verklungen war, schaute Sophie das säuberlich mit einem Band verschnürte Bündel Briefe an.

»Ich glaube nicht, dass ich mich darauf konzentrieren kann, aber vielen Dank«, flüsterte sie leise. Sie ging ins Haus und spähte leise in das Zimmer ihrer Großmutter.

Die alte Dame schlief. Ihr dichtes weißes Haar lag auf dem Kopfkissen ausgebreitet, und die knotigen Hände ruhten leicht auf der Bettdecke. Wal saß an ihrer Seite und streichelte sanft murmelnd ihre Finger.

Sophie schloss behutsam die Tür und ging in ihr Zimmer.

Stille umgab das Haus, eine Aura der Wachsamkeit nach dem Gewitter. Die Schwüle lastete schwer, und das Outback lechzte nach Wasser, nach dem kostbaren, Leben spendenden Regen – aber wenn dieser Regen jetzt käme, wäre die Ernte verdorben.

Sie lebten hier auf des Messers Schneide, erkannte Sophie. Leben und Tod waren immer bei ihnen. In den Elementen, ja, in der Erde, in der sie ihren Wein anpflanzten, und sogar im Busch ringsum und in den saftigen Weiden. Sie waren gefangen im Kreislauf des Lebens, der niemals endete – und vielleicht war Cordelia bereit, aus diesem Kreislauf endlich hinauszutreten, um frei zu sein. Vielleicht sollten sie sie gehen lassen, ungeachtet der Leere, die sie hinterlassen würde.

In der Ferne gackerte ein Kookaburra, und Sophie lächelte. Wie sehr liebte sie die Laute und Bilder und Gerüche ihres weiten Heimatlandes! Wie klug war Cordelias Erkenntnis, dass sie sich wieder damit vertraut machen und lernen musste, in sich hineinzuschauen. Denn dies hatte ihr irgendwie die Kraft gegeben, Cordelias schockierende Enthüllungen zu akzeptieren und sich auf die Veränderungen vorzubereiten, die sicher auf sie zukommen würden.

Sie stützte sich auf die Fensterbank und schaute hinaus ins sanfte Grau der Morgendämmerung. Die fernen Berge waren von Nebelschleiern bedeckt, und in ihrem tiefen Schatten wirkten die dunklen Kiefern blau. Tausende Morgen terrassierten Landes traten langsam zutage in dem schmalen Lichtstreifen, der am Horizont aufschien, und als die Sonnenstrahlen die Spitzen der Rebstöcke berührten, war es, als streckten sie sich dieser Umarmung entgegen. Der Duft gereifter Trauben nahm im Sonnenschein zu und mischte sich mit dem Geruch der paprikaroten Erde und dem Getriller der erwachenden Elstern. Ein tiefer Frieden erfüllte sie, als sie in die wunderschöne Landschaft hinausblickte. Sie war wirklich nach Hause gekommen.

Schließlich wandte Sophie sich vom Fenster ab, zog sich aus und ging unter die Dusche, um sich von den heißen Nadeln des Wassers den Staub und den Schweiß des vergangenen Tages abspülen zu lassen. Die Erschöpfung machte sich jetzt bemerkbar, und doch wimmelt es in ihrem Kopf lebhaft von all dem, was sie in den letzten paar Stunden erfahren und erlebt hatte, und ihre Sinne waren geschärft durch das Wissen, dass das Leben voller Überraschungen war.

Sie wusste, sie würde nicht schlafen können, aber trotzdem widerstrebte es ihr fast, die eng beschriebenen Seiten mit der zart verschnörkelten Handschrift zu lesen. Ihre Finger zupften an dem Band, und bevor ihr klar wurde, was sie tat, hatte sie die Briefe chronologisch geordnet.

Sie griff nach dem frühesten Brief. Das Papier war dick und cremefarben und an den Faltstellen gebrochen. Charlotte hatte die Briefe ihrer Schwester oft gelesen. Die Minuten verstrichen unter dem Ticken der winzigen Nachttischuhr, die Sonne brach vollends über die Berge herauf, und Sophie verlor sich in einer anderen Welt.

Das Leben in London war eine bittere Enttäuschung für Isobel. Die Frauen tratschten und verbreiteten Gerüchte; sie bereiteten ihren Feindinnen Schwierigkeiten und nutzten ihren Einfluss, um Freundinnen voranzubringen – aber nur, wenn sie sich damit auch selbst bessere Positionen verschaffen konnten. Sie redeten über Mode, über den Hof und die neue junge Königin, und es gab manche Spekulation über ihre Ehe und ihre möglichen Liebhaber. Nur wenige wollten über Literatur oder Politik diskutieren, ja, nur wenige lasen überhaupt, und wieder war Isobel Außenseiterin.

Gilbert war ihr fremd geworden; sein Jähzorn führte häufig dazu, dass Isobel Schläge mit der Faust oder der flachen Hand bekam. Die einst energische, willensstarke junge Frau fürchtete seine Launen und lernte bald, dass es nichts gab, was ihn beschwichtigen konnte, und dass schon Kleinigkeiten genügten, um ihn in Wut zu bringen. Sie wusste, dass er viel trank, und sein Glücksspiel zehrte an ihrer Mitgift, aber an wen hätte sie sich wenden sollen? Wem konnte sie davon erzählen? Und selbst wenn sie jemanden gehabt hätte – es gab keine Lösung. Gilbert war ihr Ehemann. Sie waren aneinander gekettet, bis der Tod sie schiede.

Drei Monate nach der Ankunft in London war Gilbert in ein eigenes Schlafzimmer gezogen. Nun störte er sie nicht mehr, wenn er spät nach Hause kam. Ihr war zwar klar, dass dieses Arrangement nur dazu diente, ihm die Freiheit zu geben, nach Belieben zu jeder Stunde zu kommen und zu gehen – aber ihr passte es gut.

Seine Besuche wurden mit den Jahren immer seltener, erst recht, als sie ihr erstes Kind erwartete. Gilbert fand es offenbar abstoßend, wie sie anschwoll und im Haus umherwatschelte, aber das störte sie keineswegs. Das Baby, das in ihr heranwuchs, war kostbar, und sie wollte ihn nicht in ihrer Nähe haben. Aber sie langweilte sich in London, langweilte sich, wenn sie den ganzen

Tag im Haus saß, und sie konnte es nicht erwarten, ihr erstes Kind in den Armen zu halten, um ihm all die Liebe zu schenken, die sie ihrem Mann geschenkt hätte, wenn er gut und treu gewesen wäre.

Henry kam im Winter 1840 zur Welt. Die Entbindung war leichter, als sie es erwartet hatte, und als sie im nächsten Jahr feststellte, dass sie wieder schwanger war, freute Isobel sich darauf, noch ein Baby zu bekommen, das sie lieben konnte.

Ihr zweiter Sohn Clive wurde im Hochsommer geboren. Sein blondes Haar und die blauen Augen erinnerten sie an die Weizenfelder und die Kornblumen ihrer Heimat, und sie liebte ihn leidenschaftlich. Gilbert entfremdete sich immer mehr von ihr und stellte seine Besuche in ihrem Zimmer ein. Er hatte die Söhne, die er gewollt hatte.

Die beiden Jungen stritten sich unentwegt. Henry war stämmig und breitschultrig, und seine grauen Augen blitzten wild, wenn er den jüngeren, schmiegsameren Clive drangsalierte, der sich nirgends wohler fühlte als bei seiner Mama. Gilbert hatte seinen Spaß an den Jungen erst, als sie laufen und sprechen konnten; da nahm er sie dann in seiner Kutsche mit und führte sie seinen Freunden vor. Isobel wurde niemals eingeladen mitzufahren; sie saß trübselig am Fenster und wartete auf ihre Rückkehr.

Nach vier Jahren ging ihre Welt eines späten Abends in Stücke. Sie hatte dem Kindermädchen geholfen, die Jungen ins Bett zu bringen, hatte ihnen einen Kuss auf die Wange gegeben und ihnen eine Geschichte vorgelesen, ehe sie die Kerzen ausgeblasen hatte. Jetzt saß sie im Salon, das Sticktuch im Rahmen vor sich, und das Feuer warf sein warmes Licht in das kalte Nordzimmer.

Die Haustür wurde zugeschlagen, und das schnelle, harte Klappern von Stiefelabsätzen auf dem Marmorboden veranlasste sie, ihre Stickerei hastig wegzuräumen. Gilbert hatte schlechte Laune. Sie merkte es immer.

Sie blieb sitzen, die Hände brav im Schoß gefaltet, und ließ die Tür nicht aus den Augen. Der Atem stockte ihr, aber sie hob doch das Kinn und versuchte sich zu fassen. Zumindest schliefen die Jungen schon und würden nichts hören, wenn er wieder gewalttätig würde. Sie fing an zu zittern, und ihre Augen waren angstgeweitet.

Die Tür flog auf, seine Silhouette erschien vor dem Licht im Flur. Es erinnerte sie allzu sehr an ihre Hochzeitsnacht. Isobel bekam eine Gänsehaut.

»Wir müssen weg«, sagte er. »Mit London bin ich fertig.«

Erschrocken schlug sie die Hände zusammen, und ihre Knöchel waren weiß vor dem dunklen Bombasin ihres Kleides. »Weg?«, fragte sie atemlos. »Warum weg? Dies ist unser Heim. Du hast es eigens ausgewählt, weil es in günstiger Nähe zum Offiziersclub liegt.« Sie biss sich auf die Lippe. Gilbert hatte es nicht gern, wenn sie ihn ausfragte.

Er stand nach wenigen Schritten vor ihr. »Bemerkst du nichts Ungewöhnliches an deinem Mann, Weib?« Er war rot im Gesicht, und seine Augen glühten vor Wut.

Sie musterte ihn kurz. »Deine Jacke …«, begann sie zögernd.

»Ganz recht. Sie haben mir die Epauletten abgerissen, die Streifen weggenommen und meinen Degen über dem Knie zerbrochen.« Er riss sich die Jacke herunter und warf sie mit der leeren Degenscheide auf die Chaiselongue. »Man hat mich unehrenhaft entlassen!«, schrie er. »Und das nur, weil Vater sich weigert, mir beizustehen!«

Isobel saß trotz der Hitze des Feuers wie angefroren in ihrem Sessel. Sie wusste nicht, was sie sagen sollte, denn sie wusste nicht, was er hören wollte. Also schwieg sie.

Gilbert ragte vor ihr auf. »Hast du gehört, was ich gesagt habe, Weib?«, brüllte er. »Die Armee hat mich unehrenhaft entlassen. Ich bin erledigt. Erledigt!«

Sie fuhr zusammen, als sein Speichel ihre Wangen besprühte.

»Aber das geht doch nicht«, wisperte sie. »Du bist ein Offizier und ein Gentleman.«

Er verzog höhnisch das Gesicht, machte dann auf dem Absatz kehrt und marschierte zum Barschrank. Er schloss die blank polierte Eichentür auf und goss sich aus einer Kristallkaraffe einen großen Brandy ein. »Das war ich«, zischte er, bevor er das Glas leer trank und noch einmal füllte. »Ein so genannter Offizierskamerad hat unserem Kommandanten erzählt, ich hätte Spielschulden nicht bezahlt und meine Verluste durch Falschspiel wettzumachen versucht. Ich musste eben etwas über mich ergehen lassen, was sie lachend als Kriegsgericht bezeichnet haben.«

Isobel sah zu, wie er das dritte Glas Brandy leerte. Es wunderte sie nicht, dass er seine Spielschulden nicht bezahlte und beim Kartenspiel betrog. Aber es wunderte sie, dass sein Vater nicht wie üblich geholfen hatte, die Angelegenheit aus der Welt zu schaffen. Durch gesenkte Wimpern schaute sie ihn an. »Vielleicht wird dein Papa dir helfen, wenn er erst Gelegenheit hatte, die Konsequenzen zu bedenken«, murmelte sie.

Gilbert schmetterte das Kristallglas auf den Boden. Isobel schrak zusammen, als es zersprang und die Scherben über die blanken Dielen flogen. »Einen Dreck wird er«, fluchte er. »Vater will nichts mehr mit mir zu tun haben, das hat er heute Nachmittag gesagt. Die Alternative, die er vorgeschlagen hat, ist so abscheulich, dass ich sie gar nicht in Betracht ziehen werde.«

Isobel versank in den Tiefen ihres Lehnstuhls. Gilbert war jetzt ziemlich betrunken; schwankend stand er da und ballte die großen Hände zu Fäusten. »Alternative?«, flüsterte sie.

Grimmig starrte er sie an, und seine blauen Augen waren beinahe farblos. »Zur Hölle!«, fluchte er. »Ich habe eine Maus geheiratet. Ein kleines braunes Mäuschen ohne einen Funken Verstand. Sitz aufrecht, Weib!«, brüllte er. »Und sprich so, dass ich dich hören kann. Ich hab's satt, dein Gewinsel und Gekrieche!«

Isobel erhob sich aus dem Sessel. Es war ungefährlicher, zu stehen, wenn er sie schlug; im Sessel wäre sie gefangen und könnte nirgends hin. »Was ist denn die Alternative?«, fragte sie mit fester Stimme, so gut es ging. »Und warum ist sie so schrecklich?«

»Vater hat angeboten, uns die Passage nach Australien zu bezahlen«, erklärte er höhnisch. »Dort soll ich als Wechselempfänger leben – das unerwünschte schwarze Schaf, das man auf die andere Seite der Erde schickt, weil es zu peinlich ist, wenn man es länger zu Hause hält.« Er wippte auf den Absätzen. »Was hältst du davon?«

Die Worte drangen wie Eis in ihr Bewusstsein. Australien war ein wildes, ungezähmtes Land, in dem die Sträflinge Ketten trugen und die Eingeborenen mit Speeren herumliefen und sich gegenseitig fraßen. Gilberts Papa hatte doch sicher nur gescherzt? Er wollte doch sicher nicht, dass seine Enkel in einer so trostlosen Gegend aufwuchsen? Was den eigenen Vater anging, so wusste sie, dass er nicht über die nötigen Einkünfte verfügte, um zu helfen – zumindest jetzt nicht mehr, nachdem er mit der Köchin zusammengezogen war und Mama sich rächte, indem sie einkaufen ging.

»Was wird denn aus den Kindern?«, stammelte sie. »Was wird aus ihrer Ausbildung?«

»Zum Teufel mit den Kindern!«, schrie er. »Was wird aus mir? Morgen früh bin ich das Gespött von ganz London. Wir müssen noch heute Nacht verschwinden.«

Isobel war beinahe überwältigt von Verzweiflung, und das verlieh ihr Tapferkeit. »Du kannst verschwinden, aber die Kinder und ich bleiben hier«, erklärte sie fest. »Wir können nachkommen, wenn wir alles geordnet haben.«

»Es gibt aber kein Geld, wenn wir nicht alle gehen«, schnarrte er. »Der Mietvertrag über das Haus läuft demnächst aus, und außer deinem Schmuck haben wir hier nichts Wertvolles.«

Isobel runzelte die Stirn. »Wir haben kein Geld? Was ist mit meiner Mitgift und mit deinem Militärsold? Und mein Verlobungsring? Den könnten wir doch verkaufen?«

Er fuhr sich mit der Hand durchs Haar. »Alles weg«, sagte er niedergeschlagen. »Deinen Ring habe ich schon vor langer Zeit verkauft – der da ist nur aus Glas. Wir haben nichts außer Papas milden Gaben. Du siehst, im Grunde haben wir keine andere Wahl. Wir müssen von England nach New South Wales gehen, oder wir landen im Schuldnergefängnis.«

Sie schlug sich die Hände vor den Mund, als sie an diesen schrecklichen Ort dachte, an dem Frauen und Kinder sich für eine Brotkruste verkauften und Männer im eigenen Kot lagen, besiegt vom Leben und der Unmöglichkeit, je von ihren Schulden loszukommen.

»Dann müssen wir gehen, und zwar sofort«, sagte sie leise. »Ich wecke die Dienstboten.«

Isobel schlug die Tür hinter sich zu, und die Tränen strömten ihr schon übers Gesicht, als sie die Treppe zum Kinderzimmer hinauflief. Gilbert hatte das alles verdient, aber warum wurden sie und die Kinder bestraft? Das Leben war bitter und ungerecht, und auch wenn sie keine Ahnung hatte, wie sie es anstellen sollte, schwor sie sich im Stillen, das Beste daraus zu machen und dafür zu sorgen, dass ihre Söhne nicht in die ruchlosen Fußstapfen ihres Vaters traten. Australien würde ein neuer Anfang sein, weit entfernt von allem, was sie kannte und verstand, aber vielleicht bedeutete es auch eine Chance, die Dinge anders anzugehen: die Unabhängigkeit wiederzufinden, die sie einmal gehabt hatte, die Kraft, sich ein neues Leben zu schaffen.

»Die HMS Swift« lief am 1. Juli 1843 in Port Adelaide ein. Isobel stand mit den Kindern an Deck und sah zu, wie die Küste näher rückte. Das Meer war sehr blau, und es funkelte wie die Saphire, die Mamma immer am Hals getragen hatte. Die Berge ringsum fielen dunkelgrün bis zum hellgelben Sand der Strände ab, und das Gewirr der niedrigen Gebäude am Hafen verschwand hinter den hohen Masten von Segelschiffen und seltsam anmutenden Bäumen.

Gilberts Stimme erschreckte sie. Sie hatte ihn nicht an Deck kommen hören. »Da sollte ein Mann mit Proviant auf uns warten«, sagte er wichtigtuerisch. »Diese Koloniebewohner scheinen zu wissen, was nötig ist, und Lady Fitzallen hat einen Ochsentreiber besorgt, der uns nach Norden bringen soll.«

Sie sah ihn an. »Lady Fitzallen? Ich glaube, ich erinnere mich an den Namen, aber ich verbinde kein Gesicht damit.«

»Eine Freundin von Mama.« Er schob einen Finger in seinen engen Kragen. »Sie ist seit ungefähr vier Jahren hier draußen. Wir pachten ein Grundstück von ihr, bis wir etwas Besseres finden. Das Barossa Valley ist anscheinend ein Weinanbaugebiet. Mama sagt, ihr Wein ist ein bisschen rau, gewinnt aber allmählich einen ordentlichen Ruf. Habe durchaus Lust, mal Winzer zu werden – wäre eine Abwechslung nach dem Militär.«

Isobel biss sich auf die Lippe. Vom Trinken abgesehen besaß Gilbert keinerlei Erfahrung mit Wein: Sie würden scheitern, bevor sie angefangen hätten. »Gibt es ein Haus auf dem Grundstück?«, fragte sie hoffnungsvoll.

Er zuckte die Achseln. »Wenn nicht, ist es auch nicht schlimm«, sagte er gleichgültig. »Sträflingsarbeit ist billig. Wir können uns schnell eins bauen lassen.«

Sie schaute über das Wasser hinaus. Die Farben strahlten so hell. Das erstaunliche Licht der Südhalbkugel schien die Schönheit dieser neuen Welt noch zu verstärken. Trotzdem war sie verzagt, denn sie konnte nicht wissen, was die Zukunft für sie alle bereithielt.

NEUNZEHN

Cordelia war nach ihrem Anfall immer noch kurzatmig, aber sie hatte darauf bestanden aufzustehen. Sie saß in einem bequemen Sessel auf der hinteren Veranda und schaute dem Treiben bei den Pferdeställen zu. In der Nacht war sie ein paar Mal aufgewacht und hatte Wal an ihrem Bett gefunden; er hatte lose ihre Hand gehalten, und sie war wieder eingeschlafen, beruhigt in dem Wissen, dass sie endlich den Frieden gefunden hatte, den sie ihr Leben lang gesucht hatte.

Die Luft war drückend und schwül; zwar hatte mit dem Sturm Regen gedroht, aber die Wolken standen nun leicht und flauschig am weiten blauen Himmel, und nichts deutete auf einen Wolkenbruch hin. Draußen in den Terrassen wanderten John Jay und seine Söhne durch die Reihen der Rebstöcke und prüften die Trauben, die demnächst gelesen werden sollten. Es war ein Bild, das Cordelia ihr Leben lang begleitet hatte und das sie gern auch mit ins nächste hinübernehmen würde.

Sie ließ sich in den Sessel zurücksinken, schloss die Augen und dachte an ihre gespaltene Familie und ihre Hoffnungen für die Zukunft. Wal hatte ihr erzählt, dass Sophie die Briefe bekommen hatte; also würde sie vielleicht bald verstehen, wie die Kluft entstanden war. Aber es würde sich eine neue Kluft auftun; das spürte sie in den Knochen, und sie konnte nichts dagegen tun. Wenn ihr Plan, die Familie wieder zu einen und stark zu machen, scheitern sollte, dann wäre diese Reise vergeblich gewesen –

und all die Reisen früherer Generationen gleichfalls Zeitverschwendung. Denn ihre Vorfahren, die Siedler mit ihrer unterschiedlichen Herkunft, hatten Jacaranda Wines zu dem gemacht, was es heute war – und wenn es zugrunde ginge, würde sie das als übelsten Verrat empfinden.

Sie dachte an Rose und John und Isobel und Gilbert. Die arme Isobel, eine so zarte kleine Seele, so einsam und deplatziert in diesem unermesslichen Land – und doch hatte sie die innere Kraft gefunden, Erfolg zu erringen, wo Gilbert versagte, und für sich und ihre Kinder ein Leben geschaffen.

Cordelias Gedanken wanderten zurück zu einer Vergangenheit jenseits ihrer Erinnerung – und sie dachte an die Zeit, da ihre eigene Urgroßmutter dem Tode nah gewesen war und das Bedürfnis verspürt hatte, ihr die letzten Zweige ihrer gespaltenen Familie zu offenbaren.

Sie beschwor die Bilder jener längst vergangenen Tage herauf: das Gespann der dunkelroten Ochsen, deren Hörner mit Sackleinwand umwickelt waren. Ihre breiten Rücken wiegten sich hin und her, während sie die beladenen Wagen auf staubigen Straßen nach Norden in die Wildnis zogen. Sie sah den Ochsentreiber mit seiner furchterregenden Peitsche; seine flinke, schlanke Gestalt war von Sonne und Wind zu Leder gegerbt. Behutsam und geduldig trieb er die mächtigen Tiere durch tiefe Flüsse und unwegsames Buschland, Bilder, die im Rausch der Modernisierung unwiederbringlich verloren gegangen waren. Und doch – im kühlen Schatten der Veranda war ihr, als hörte sie noch immer die Geister der Männer, die den langen, verlassenen Trails folgten, das langsame, gleichmäßige Stapfen der Ochsen. Sie hörte das Rumpeln der Karrenräder im Staub und spürte die Einsamkeit, die ihre Vorfahren empfunden haben mussten – denn das Wesen Australiens hatte sich nicht geändert, ebenso wenig wie der Geist der Männer und Frauen, die im Busch lebten.

Isobel und Gilbert reisten viele Tage lang mit dem Ochsengespann. Der Staub wurde aufgewirbelt von den Hufen der Tiere, die auf dem Wallaby-Pfad dahinstapften; er bedeckte ihre Kleider und Haare mit einem feinen ockergelben Schleier, verstopfte ihnen die Kehle und brannte in den Augen. Der Schweiß floss, bis die schweren englischen Kleider am Rücken klebten; Fliegen umschwärmten und Mücken zerstachen sie auf ihrem holprigen Weg.

Der Ochsentreiber war ein wortkarger Mann, der selten lächelte. Mit seinen Händen konnte er mühelos einen Baumstamm oder ein Fass umspannen. Trotzdem kam er Isobel nicht wie ein Griesgram vor; mit ruhiger Stimme hielt er die Tiere unter Kontrolle, und seine schwielige Hand hielt leicht die Zügel. Er kaute Tabak und spuckte in machtvollem Strahl in den Busch. Abends ließ er sich aus seiner beinahe liebenswerten Schüchternheit hervorlocken, und dann unterhielt er sie mit Geschichten von seinen Abenteuern im Outback. Diese Geschichten waren ein großer Spaß für die beiden Jungen, die zu verwildern drohten, bevor sie ihr neues Heim erreichten.

Isobel schwieg die meiste Zeit; sie wusste, dass sie sich immer weiter von der Zivilisation entfernten und auf ein Leben zubewegten, das sie sich nicht vorstellen konnte. Gilberts Abneigung gegen sie wurde nicht geringer; ihr graute davor, mit ihm im Nirgendwo gestrandet zu sein, und sie mochte nicht darüber nachdenken. Denn wenn er in London gewalttätig gegen sie werden konnte, stellte sie sich lieber nicht vor, wozu er in dieser leeren, gesetzlosen Weite imstande wäre.

Aber inmitten dieser bangen Erwartungen nahm auch ihre gespannte Erregung zu, der Durst nach Wissen über all die kuriosen Vögel und fremdartigen Bäume und die komischen kleinen Bären, die in diesen Bäumen hockten und ihre Babys auf dem Rücken trugen. Sie lächelte über die großen, springenden Tiere, und der Wombat mit seinem schwerfälligen, wiegenden Getapse erinnerte sie an die Dachse zu Hause in Wilmington.

Sie schob die Gedanken an die Heimat beiseite, denn wenn nicht ein Wunder geschähe, würde sie sie nicht wiedersehen; aber nachts, wenn das Heulen der Wildhunde und das furchterregende Gackern der Kookaburras durch den Busch hallte, dann sehnte sie sich nach dem Nebel und dem Regen von England, nach dem jammervollen Muhen der Kühe und dem Schrei der Möwen.

Endlich war die Reise zu Ende. Schweigend vor Entsetzen betrachtete sie ihr neues Zuhause. Isobel sah endlos weites Land, das sich in allen Himmelsrichtungen bis zum Horizont erstreckte. Sie fühlte die Hochofenhitze, die aus dem schwarzen Boden durch die Sohlen ihrer dünnen Schuhe zurückströmte. Sie hörte nur das traurige Krächzen der großen Raben, die über ihnen hockten, und das Schwatzen der roten und blauen Papageien, die in dichten Wolken über dem verlassenen Land umherschwirrten. Und schließlich wandte sie sich der baufälligen Wellblechhütte zu, die sich schief an einen flachen Hügel lehnte.

»Sag mir, dass das nicht unser Haus ist«, hauchte sie, als sie das verrostete Wellblech sah, die von Termiten zerfressenen Pfosten der verfallenen Veranda, die zerbrochenen Läden, die an dem einzigen Fenster hingen. Es gab keine Haustür, keine Fensterscheiben, und als Kamin diente ein rohes Eisenrohr, das aus dem Wellblech in den Himmel ragte.

Gilberts Miene verfinsterte sich; die Falten hatten sich in seine sonnengebräunte Stirn eingebrannt, und sein Haar war von der Fahrt auf dem offenen Wagen fast weiß gebleicht. »Eine feine Gefälligkeit!«, knurrte er. »Mama hat nichts davon gesagt, dass wir in einer Blechhütte wohnen sollen.« Er wandte sich ab und begann den Wagen zu entladen. Es war, als müsse alles besser werden, wenn er nur nicht hinschaute.

Isobel schluckte eine erbitterte Antwort herunter. Es hatte keinen Sinn, ihm zu sagen, dass er für all das selbst verantwortlich sei. Aber sie war den Tränen bedrohlich nah, und die ganze Hoffnungslosigkeit lastete schwer auf ihr. Sie schaute auf ihre beiden Jungen hinunter. Ihre kleinen Gesichter waren schmutzig, und mit hilflosen Blicken warteten sie auf mütterlichen Trost. Sie wischte sich die Tränen ab, atmete tief durch, raffte ihre Röcke hoch und suchte sich zwischen dem Schutt und Abfall, den vermutlich die vorigen Besitzer hinterlassen hatten, einen Weg zur Veranda. Sie achtete auf morsche Dielen und die gefährliche Schieflage des ganzen Bauwerks und spähte hinein.

Es war noch schlimmer, als sie erwartet hatte, und ihr Mut verließ sie vollends. Der Schuppen bestand aus zwei Räumen. Einer diente zum Schlafen, einer zum Kochen. Ein wackliger Tisch war das einzige Möbelstück; in einer Ecke kauerte ein monströser schwarzer Herd. Dicke Spinnweben verschleierten alles. Süßlicher Verwesungsgeruch mischte sich mit der erstickenden Hitze, die zwischen Blechdach und Lehmboden gefangen war.

Wieder stiegen Isobel die Tränen in die Augen, und wütend wischte sie sie weg. Die Jungen durften nicht sehen, wie erschöpft und erschrocken sie war. Sie würde diese Katastrophe in ein Abenteuer verwandeln müssen, so gut es eben ginge. Sie hatten weder Dienstboten noch Geld – und auf Gilbert konnte sie nicht hoffen. Es lag bei ihr, diesen Ort zu einem Erfolg werden zu lassen.

Sie stand im Dunkel der windschiefen Hütte und schaute sich um. Trotz der furchtbaren Realität, die sie ereilt hatte, war dies auch ein Ort von roher Schönheit, erkannte sie: die ungezähmte Verheißung von etwas Wunderbarem – wenn Gilbert nur seine Feindseligkeit überwinden könnte. Und als sie sah, wie die Kinder dem Ochsentreiber halfen, wusste sie, dass dieser Ort ihr viel mehr geben würde als das leere Leben in London. Sie hatte hier vielleicht nicht den Luxus, den sie in England genossen hatte, aber hier in diesem weiten, leeren Land besaß sie die Freiheit, ihren Kopf zu benutzen, ihre Hände und ihre Energie. Die Freiheit, ihren Sinn für das Abenteuer wiederzuentdecken, von dem sie immer schon gewusst hatte, dass sie ihn besaß. Freiheit von den Einschränkungen, die ihre Herkunft ihr notwendigerweise auferlegt hatte.

Nachdenklich trat sie aus der Hütte und suchte Schutz im Schatten der Bäume am nördlichen Ende des Grundstücks. Ihre zarten violetten Blüten tanzten im warmen Wind, und ihr Duft war schon fast eine Erinnerung, ehe er sie erreicht hatte.

»Wie heißen diese Bäume?«, fragte sie den Ochsentreiber.

»Das sind Jacarandas, Missus. Hübsch, was?«

»Jacarandas«, wiederholte sie leise. »Ja, sie sind hübsch.« Sie lächelte, denn sie wusste, auch wenn das Leben hart werden würde, wäre die Schönheit der Jacarandabäume Nahrung für ihre Seele.

»Wie geht's, Gran?«

Cordelia schlug die Augen auf und schirmte sie mit der Hand vor dem grellen Licht ab. »Gut«, antwortete sie mit Nachdruck.

Sophie plumpste neben ihr in einen Sessel. Sie hatte den Rest der Briefe mitgebracht und hoffte, sie würde sie zu Ende lesen können, ehe morgen die Lese begänne. »Du hast uns einen Schrecken eingejagt. Der Doc sagt, du musst hier bleiben, bis es dir besser geht. Von der Rückfahrt nach Melbourne rät er ab.«

»Quatsch«, sagte Cordelia. »Ich dachte gerade an Barossa, als du mich gestört hast. Ich würde es gern noch einmal wiedersehen, bevor ich sterbe.«

»Mal schauen«, sagte Sophie; sie wollte sich nicht auf ein Versprechen einlassen, das sie vielleicht nicht halten könnte.

»Und was ist mit dir, Sophie? Wie fühlst du dich? Es war nicht fair, dir so etwas ohne Vorwarnung zu erzählen.«

Sophie nahm die zerbrechliche Hand und lächelte. »Ich werde dich immer lieben, Gran«, sagte sie. »Daran wird sich nie etwas ändern.« Rasch wechselte sie das Thema, denn auch wenn die Enthüllungen ein Schock gewesen waren, gab es ja keinen Grund, der alten Dame noch mehr Schmerz zuzufügen. »Ich habe Isobels Briefe gelesen. Sie sind interessant und so voller Details, dass man sich leicht vorstellen kann, was für ein Leben sie geführt hat. Es ist fast, als wären die ›Pioneers‹ von McCubbins unter ihrer Feder zum Leben erwacht. Aber sie muss doch auch große Einsamkeit und Angst erlebt haben, so allein draußen im Busch, nur mit diesem Mistkerl von Ehemann.«

Cordelia nickte. »Das stimmt, aber neben Gilberts Prügeln gab es viel, was sie beschäftigte. Mit der Hilfe von Sträflingen hatten sie die Hütte bald repariert. Sie legte einen Gemüsegarten an, unterrichtete die Jungen und verdiente Geld, indem sie tagsüber bei anderen Winzern arbeitete, während sie abends das eigene Land rodete, das wieder zugewuchert war. Sie musste ja so viel wie möglich lernen, ehe sie eigene Weinstöcke anpflanzen konnte. Isobels Verstand war wie ein Schwamm: Sie saugte alles auf, was sie von den Winzern hörte, und bald hatte sie Gilbert mit ihren Kenntnissen über das Weingeschäft weit hinter sich gelassen.«

»Gut so«, sagte Sophie grimmig.

Cordelia lächelte. »Ja, es ist gut zu sehen, wenn jemand sein Selbstbewusstsein und seine Selbstachtung zurückgewinnt, aber die Sache hatte auch traurige Folgen. Isobels neue Unabhängigkeit passte Gilbert nicht. Zudem langweilte ihn das Leben im Busch bald, und er machte sich auf die Suche nach Gold. Unten in Ballarat gab es einen Goldrausch, und er bildete sich ein, er könnte dort ein Vermögen machen und als reicher Mann nach England zurückkehren. Die arme Isobel saß da mit einem frisch bepflanzten Weinberg und zwei kleinen Jungen, die sie großziehen musste. Das Geld war sehr knapp, und es gab herzlich wenig Luxus, wie beispielsweise einen halbwegs anständigen Herd oder einen nahe gelegenen Brunnen. Aber die Leute, die damals ins Barossa Valley kamen, besaßen Pioniergeist. Die meisten waren

Deutsche, die vor dem religiösen Fanatismus ihrer Heimat geflüchtet waren; sie halfen, wo sie konnten, und bald bewunderten sie die ruhige kleine Engländerin, die so entschlossen schuftete, um in einer Welt Erfolg zu haben, die im Grunde von Männern beherrscht wurde.«

Sophie schaute auf die Briefe in ihrem Schoß. »Isobel war eine kluge Frau, nehme ich an. Nur zwischen den Zeilen scheint die Wahrheit auf.«

Cordelia nickte. »Lies die Briefe zu Ende, Sophie. Sie erzählen alles viel besser.« Sie lehnte sich im Sessel zurück; sie wusste, dass die Geschichte sich von selbst entfalten würde. Sie wusste, wie bitter die Tränen waren, mit denen die Reben in jenen ersten Jahren begossen worden waren. Aber wenn Sophie verstehen sollte, welch tiefe Verpflichtung sie mit diesen ersten Siedlern verband, musste sie alles lesen.

Rose war achtzehn Monate unterwegs gewesen. Ihr Erbe war weit verteilt, und nachdem sie die entlegenen Weinberge im Hunter Valley besucht hatte, war sie südwestlich nach Riverina und dann langsam durch Sunraysia, nördlich von Melbourne, gefahren. Dann hatte sie über den Murray River gesetzt und sah zum ersten Mal das Barossa Valley.

Das Leben im Busch hatte sie und die Kinder abgehärtet. Sie lebten von der Hand in den Mund, schliefen in Hütten wie die Eingeborenen, und so lernten sie ihr Land kennen und zu respektieren. Wechselnde Jahreszeiten gab es wenige: eine Trockenzeit und eine Regenzeit. Aber manchmal wehte der Wind und heulte wie ein Dingo, und sein Biss ging bis ins Mark. Regen prasselte herab und ließ die Flüsse über die Ufer treten; er bog die Bäume nieder und verwandelte die rote Erde in klebrigen Matsch. Dann hörte er ebenso schnell auf, wie er begonnen hatte, und die Welt des Outback dampfte in der brennenden Sonne.

Sie begegneten nur selten anderen Reisenden, nur gelegentlich einem Eingeborenen oder einem Landstreicher, ein Bündel auf dem Rücken, das Schuhleder von vielen hundert Meilen verschlissen, sowie dem einen oder anderen Viehtreiber oder Schafscherer auf der Suche nach der nächsten Schaf- oder Rinderfarm. Es war stets ein Vorwand, um vom Wagen herunterzusteigen und über einem schnell entfachten Feuer ein Essen zu kochen. Dann teilte man das frische Brot, heiß aus der Asche, und es gab starken, süßen Tee, um gepökeltes Hammel- oder getrocknetes Rindfleisch herunterzuspülen.

Die kleinen Mädchen schmiegten sich im Schein des Buschfeuers an ihre Mutter und lauschten mit leuchtenden Gesichtern den Geschichten der Männer, die auf Pfaden der Wallabys wanderten. Sie lernten, Dingospuren zu erkennen und Schlangen aus dem Weg zu gehen. Sie lernten, welche Beeren des Gestrüpps man pflücken durfte und mit welchen man sich vergiften würde. Sie lernten, wie man mitten in der Wildnis Wasser findet und welche Pflanzen heilsam gegen Krankheit und Fieber wirken. Sie schliefen ohne Angst in einer rasch errichteten Hütte aus Gras und Zweigen, und ihre Träume waren erfüllt von den Geschichten des Abends.

Rose wurde immer geschickter im Umgang mit einem Gewehr. Sie lernte, Opossumfallen aufzustellen und die kleinen Tiere für den Kochtopf zu fangen. Die meisten Geschichten waren nur cum grano salis zu nehmen, aber sie hörte doch aufmerksam zu, wenn ein Eingeborener von den verschiedenen tödlichen Schlangen und Spinnen erzählte und ihr den Trick beibrachte, Honig aus einem Bienenstock hoch oben im Baum zu stehlen. Ein junger schwarzer Farmhelfer, ein *jackaroo*, war eine Zeit lang mit ihnen gereist und hatte sie fasziniert mit seiner singenden Stimme und seinen mystischen Geschichten von der Traumzeit, und sie waren traurig, als er sie schließlich verließ, um allein auf Wanderschaft durch sein Land zu gehen.

Die Reise war eine Schule. Sie lernten nicht nur zu überleben, sondern erfuhren auch viel über dieses wunderbare Land, über die Menschen und die Orte, die allmählich bekannt wurden, und über die Schätze, die tief unter der fetten roten Erde zu finden waren. Man redete von Gold – und bald streifte so mancher durch den Busch auf der Suche nach den trügerischen Reichtümern von Ballarat, Stawell und Bendigo.

Rose sah zu, wie ihre kleinen Mädchen von Tag zu Tag zäher wurden. Muriel mit ihren leuchtend roten Haaren und ihren Sommersprossen musste vor der Sonne geschützt werden, denn mit ihrer hellen Haut bekam sie leicht einen Sonnenbrand. Die Sommersprossen wurden immer ausgeprägter, je länger die Reise dauerte. Emily erinnerte Rose an sich selbst; sie war dunkelhaarig, ihre Haut hatte die Farbe von Tee mit Milch; neugierig nahm sie alles auf und speicherte es in einem wachen Verstand. Schulunterricht gab es unterwegs; Rose ließ die Mädchen das Einmaleins und das Alphabet aufsagen, bis sie die Bücher lesen konnten, die sie in die Kisten gepackt hatten.

Die Reise war fast zu Ende, als sie dem Murray River ins Barossa Valley folgten. Rose wusste sofort, dass sie ihre neue Heimat gefunden hatten. Die Landschaft erstreckte sich weithin zu allen Seiten und verschwand am Horizont im Flirren der Hitze. Terrassen mit dunkelgrünen Reben zogen sich im Schatten zarter Jacarandabäume wie feine Spitze durch das ganze Tal, und funkelndes Wasser schlängelte sich wie ein leuchtendes Band durch üppiges Grasland.

Rose ließ die Zügel klatschen, und die müden Pferde stapften auf die Farm zu, die sie in der Ferne sehen konnte. Granny Mu hatte ihr zwei aneinander grenzende Grundstücke im Barossa Valley hinterlassen. Sie wollte die Pächter auf dem vorderen besuchen, bevor sie dann zum zweiten Anwesen zöge, um sich dort niederzulassen. Dessen bisherige Pächter hatten aufgegeben und waren nach Adelaide zurückgekehrt, und Rose freute sich auf die Herausforderung eines Neuanfangs. Nach den langen Monaten des Reisens wäre es schön, hier zu bleiben und zu sehen, wie das Leben in diesem weiten, freundlichen Tal aussah, das sie so sehr ans Hunter Valley erinnerte.

Qualm stieg aus dem rostigen Kamin, und jemand hatte die Zaunlatten um einen blühenden Gemüsegarten weiß angestrichen und das Wort »Jacaranda« in ein Brett über dem Tor gebrannt. Rose lächelte. Der Name passte. Die Pächter schienen sich gut eingerichtet zu haben, aber nach den Unterlagen, die Granny Mu bei ihrem Anwalt hinterlassen hatte, waren sie auch schon seit ein paar Jahren hier.

Ein wenig beunruhigt hatte Rose der Name Fairbrother auf dem Pachtvertrag, aber dann war sie zu dem Schluss gekommen, es könne nichts mit dem Offizier zu tun haben, denn er und Isobel dürften sich eher in der Londoner High Society angesiedelt haben, nicht hier draußen im australischen Busch.

Rose schaute sich um, als sie auf der unbefestigten Straße auf das Farmhaus zufuhren. Das Gelände war gerodet, und ein paar Kühe und Ziegen grasten auf der Weide am Haus. Die Hütte war eine typische Buschbehausung, aber jemand hatte sich die Mühe gemacht, das Dach zu reparieren und die Fensterläden zu streichen. Dunkelgrüne Tabakfelder wogten im warmen Wind, und Rose nickte beifällig. Man würde drei bis sechs Jahre brauchen, um genug Qualitätstrauben für einen genießbaren Wein zu produzieren, und so war es klug von den Fairbrothers, einstweilen noch etwas anderes anzubauen, um über die Runden zu kommen.

Sie hielt vor den Stufen der Veranda und sah die säuberlich gezogenen Furchen des Gemüsegartens und die gesunden Hühner, die hinter ihrem soliden Drahtzaun im Staub scharrten. Jemand hatte Rosen gepflanzt, und ihr Duft wirkte berauschend in der Hitze. Ihre Blüten bedeckten die verrostete Hütte in überraschender Menge.

Rose war ein wenig enttäuscht, dass niemand sie begrüßte. Diese entlegenen Ansiedlungen waren sonst Oasen der Gastlichkeit, denn sie bekamen nur selten Besuch. Rose stieg ab, und die fünfjährigen Zwillinge hasteten hinter ihr her, als sie auf die Veranda trat.

Sie wollte eben rufen, als der Riegel aufgeschoben wurde und eine Frau im Türrahmen erschien. Eine Frau, deren Gesicht Rose überall erkannt hätte. Eine Frau, von der sie geglaubt hatte, dass sie sie nie wiedersehen würde. Zwei kleine Jungen hingen an ihrem verschlissenen Rock.

Rose' Blick erfasste das verblichene, vielfach geflickte Kattunkleid mit der weißen Schürze, die braunen Haarsträhnen, die sich aus dem Haarknoten gelöst hatten, die müde herabhängenden Mundwinkel und die dunklen Ringe um die grauen Augen. »Miss Isobel?«, hauchte sie.

»Rose?« Die Augen weiteten sich. Die Hände drehten hastig die Strähnen in den Haarknoten, bevor sie die Schürze aufbanden und beiseite warfen. »Was um alles in der Welt tust du hier?« Isobels Tonfall war beinahe grob, trotz des gehetzten Ausdrucks in den Augen.

Rose spürte, wie die Vergangenheit an ihrer neu gewonnenen Unabhängigkeit nagte und sie wieder zur Zofe der Lady machen wollte. Sie versank in einem Knicks, und die Zwillinge machten ungläubig große Augen: Diese Seite hatten sie an ihrer Mutter noch nicht erlebt.

»Ich bitte um Entschuldigung, Miss Isobel«, sagte sie hastig. »Lady Fitzallen hat mir gesagt, dass dieses Anwesen verpachtet ist, und ich habe auch den Namen auf den Papieren gesehen, als sie mir alles vererbte. Aber ich habe nicht einen Augenblick daran gedacht …« Rose presste die Lippen zusammen. Sie schwatzte, verfiel in sinnloses Gestammel, um sich vor dem Schock zu schützen, den der Anblick von Isobel Ade unter so ärmlichen Umständen mit sich brachte.

Isobel hielt die Tür weit auf. Die barfüßigen Jungen drängten einander beiseite, um die Besucher besser sehen zu können.

»Sieht aus, als hätten wir beide einander viel zu erzählen«, sagte sie leise. »Kommt herein; ich mache uns eine Tasse Tee.«

Rose folgte ihr in die schäbige kleine Hütte. Sie konnte noch immer nicht glauben, dass diese abgehärmte, sonnengegerbte Frau das zarte Mädchen aus der feinen Gesellschaft sein sollte, dem sie vor all den Jahren in Wilmington beim Ankleiden geholfen hatte. Fassungslos betrachtete sie das ärmliche zusammengezimmerte Mobiliar einer Frau, die einst im Luxus gelebt hatte.

Und doch schien Isobel an Stärke gewonnen zu haben. Sie zeigte ein gewisses Selbstbewusstsein und eine Sicherheit, die früher nicht zu bemerken gewesen waren, und als sie einander an dem roh behauenen Tisch gegenübersaßen und sie Isobels Erzählung hörte, da wurde Rose klar, dass ihre Geschicke sich gewendet hatten und die Klassenschranken zwischen ihnen nicht länger existierten. Sie waren einfach nur noch zwei Frauen, denen die Kraft und die Zielstrebigkeit gemeinsam waren, die dieses neue Leben ihnen abverlangte.

Es sollte der Beginn einer lebenslangen Freundschaft sein, die ihnen über Zeiten der Trockenheit und Überschwemmungen hinweghalf und erfolgreiche Ernten wie auch persönliches Leid überdauerte. Der Wille zum Erfolg zog diese beiden Frauen zueinander hin, und jede fand bei der anderen Unterstützung und Kameradschaft, wie man es in England niemals hingenommen hätte.

Isobel hatte ihrer Mutter nie verziehen, auf welch intrigante Weise sie ihre Heirat eingefädelt hatte, aber ihrer Schwester Charlotte und ihrem Vater schrieb sie immer noch. Diese Briefe wurden im Laufe der Zeit immer seltener, denn sie hatte dieses wilde und schöne Land zu lieben gelernt, aber wenn sie schrieb, waren es Briefe voller Hoffnung für ihre Zukunft – trotz oder vielleicht gerade wegen der Tatsache, dass sie seit Jahren keine Nachricht mehr von Gilbert erhielt.

Rose graute vor seiner Rückkehr; es war der einzige Schatten auf ihrem neuen Leben hier im Barossa Valley. Rose hatte nie von der Vergewaltigung durch ihn gesprochen, aber sie wusste, was Isobel von ihrem Ehemann hielt, und sie konnte nur Erleichterung empfinden, als schließlich die Nachricht zu ihnen durchsickerte, dass er in den Unruhen bei den Barrikaden von Eureka ums Leben gekommen war. Die Goldgräber hatten sich geweigert, der Regierung Lizenzgebühren zu zahlen, und sich bei Ballarat hinter Barrikaden verschanzt. Am 3. Dezember 1854 machte das Militär dem Aufstand ein Ende. Es gab siebenundzwanzig Tote und zahlreiche Verletzte – aber infolge der großen Entfernungen und der spärlichen Nachrichtenübermittlung erfuhren sie erst zwei Jahre später davon.

Jacaranda blühte und gedieh, und Rose verwandte einen Teil ihres Erbes auf den Bau eines neuen Hauses an der Grenze zwischen den beiden Anwesen, in dem sie alle zusammen bequem leben konnten. Die Kinder wurden in der winzigen Holzschule unterrichtet, die die Winzer von Barossa für ihre junge Stadt errichtet hatten, und im Laufe der Jahre wurden die vier unzertrennlich.

Die Zeit verrann wie Sand in ihren Händen. Die beiden Frauen kämpften gegen die Elemente und die Raubtiere, sie steigerten ihre Erträge und verbesserten ihren einfachen Wein. Sie glaubten, ihr Leben sei gut geordnet und die Zukunft aller vorhersehbar. Aber das Schicksal hielt eine neuerliche Überraschung bereit. Eine, die keine von ihnen hätte voraussagen können.

Cordelia und Wal beschlossen, eine ruhige Kutschfahrt zu unternehmen, als die Sonne tiefer stand und die Hitze nicht mehr kochte, sondern nur noch köchelte. Cordelia hielt ihren Sonnenschirm hoch über den Kopf; das Schaukeln und Rattern der Räder und der stete Hufschlag des Pferdes erinnerten sie an die Tage ihrer Jugend, die unwiederbringlich dahin waren.

»Siehst du, was ich sehe?«, brummte Wal.

Cordelia schaute in die Richtung, in die sein Finger wies, und lächelte. John Jay und Beatty kamen unter ein paar Bäumen hervor; sie führten ihre Pferde am Zügel und traten langsam ins Sonnenlicht. Sie hatten nur Augen füreinander. »Gut zu sehen, dass die Ehe nach langer Zeit immer noch funktioniert. Schätze, das alte Versteck ist noch in Gebrauch«, sagte sie. »Weißt du noch, wie wir uns immer dort hingeschlichen haben, um ein Weilchen allein zu sein?«

Wal grinste. »Da hat sich wohl nicht viel geändert. Bloß, dass wir nie was getan haben, was die Pferde erschreckt hätte – leider.«

Sie stach mit ihrem Sonnenschirm nach ihm. »Pass auf, was du redest, du alter Rowdy«, sagte sie scherzhaft. »Ich muss an meinen Ruf denken.«

»Ha«, bellte er. »'n bisschen spät.« Er drehte sich zu ihr um, und seine Augen funkelten boshaft. »Es sei denn, du wolltest noch was dafür tun, altes Mädchen?«

»Wal!« Sie schnappte nach Luft vor Lachen. »Hast du den Verstand verloren? Wir sind beide neunzig Jahre alt. Das wäre unser Ende.«

Er grinste wieder. »Ja. Aber was für ein Ende!«

Cordelia gluckste. »Du hältst die Augen bei dem Pferd und die Hände am Zügel«, schalt sie sanft. »Meine Güte, jeder würde denken, wir wären so alt wie die beiden da!« Mit dem Kopf deutete sie auf das Paar mittleren Alters vor der Kulisse des Gutes.

»In unserem Herz und Verstand sind wir das auch, Cordy.« Er ließ die Zügel schnalzen und trieb das Pferd zu einem leichten Trab. »In diesem baufälligen alten Körper schlägt das Herz eines Jünglings – und bei dir ist es genauso, das weiß ich. Das verdammte Alter geht einem auf den Wecker!«

»Das kann man wohl sagen. Aber es bringt doch auch einen

gewissen Frieden, Wal. Wir brauchen uns nicht mehr zu beweisen. Unsere Lebensleistung spricht für uns.« Wehmütig schaute sie in die Ferne. Sie wusste, dass Wal spürte, wie gern sie die Liebe vollzogen hätte, die sie seit siebzig Jahren füreinander empfanden. Zu spät, dachte sie. Wie schmerzhaft diese Worte klangen, wie viele Schatten sie warfen.

Die Schattenbilder von Rose und John schienen diesen Schatten zu folgen. Cordelia lehnte sich an Wal, und ihre Gedanken wanderten zurück in eine andere Zeit, an einen anderen Ort.

Das Schiff war von den Wogen überrannt worden, als es sich bei Kap Hoorn durch die titanische See pflügte, aber John hatte nicht zu denen gehört, die sich in die Koje gelegt hatten, fiebrig und krank vom Auf und Ab der Planken. Er wanderte an Deck hin und her und wartete ungeduldig darauf, das Land, das seine Heimat werden sollte, zu Gesicht zu bekommen. Der salzige Wind peitschte sein Gesicht, zerrte an seinem Haar und riss an seinen Kleidern. Die blanke Lust am Leben und an der Freiheit ließ ihn lauthals lachen, während die Segel zwischen den Wanten knatterten und die Decksplanken unter seinen Füßen erschauerten.

Eine schmale Hand schob sich in seine. Erschrocken fuhr er herum und schaute in vertraute Augen in einem bleichen Gesicht. »Was zum Teufel machst du hier?«

»Ich bemühe mich, nicht krank zu werden«, antwortete Tina. »Wie lange wird es wohl noch so bleiben?«

»Bis wir Kap Hoorn umrundet haben«, fauchte er und schüttelte ihre klammernden Finger ab. »Ich habe dir gesagt, du sollst zur Sippe zurückkehren, Tina. Warum bist du hier?«

»Ich habe beschlossen, dass ich Australien auch sehen will«, schrie sie. Der Wind trug ihre Worte davon. »In England ist mir nichts mehr geblieben.«

John war so zornig, dass er kaum sprechen konnte. Er wandte sich ab, umklammerte mit beiden Händen die Reling und starrte hinaus auf die Wellenberge. »Ich habe England verlassen, um Rose zu suchen«, sagte er schließlich. »Und bei Gott, wenn ich sie finde, werde ich sie heiraten. Du machst die weite Reise ganz umsonst. Du tätest besser daran, im nächsten Hafen von Bord zu gehen und wieder nach Hause zu fahren.«

»Ja, ja«, rief sie durch den Wind. »Aber bis du deine kostbare Rose gefunden hast, werde ich bei dir bleiben. Ich habe genauso viel Recht auf ein neues Leben wie du, und ich bleibe.«

John sah den Glanz der Entschlossenheit in ihrem Blick und bewunderte unwillkürlich ihren Mut. Nach der grünlichen Färbung ihrer Haut zu urteilen, fiel ihr die Reise nicht leicht, aber ihre schlanke Gestalt wiegte sich im Rhythmus des Schiffes, breitbeinig stand sie fest an Deck, und ihre Hände umfassten die Reling mit einem Griff, der Kraft verriet.

»Mach, was du willst«, sagte er barsch. »Aber ich will dich nicht sehen, bis wir im Hafen sind.«

Sie zog das dicke Tuch mit einem Ruck fester um ihre Schultern. »Ich habe Besseres zu tun, als an deinen Rockschößen zu hängen, Mister Großmächtig«, gab sie zurück. »Ich mache ein Vermögen bei den Gadjikanes. Die sind entzückt davon, sich von einer *drabarni* die Zukunft weissagen zu lassen, und es hat mich nur ein paar Pennys gekostet, die Matrosen zu bestechen, damit sie ein Auge zudrücken.«

John sah ihr nach, als sie schwankend über das Deck davonstolzierte. Er musste lächeln. Tina besaß eine Menge Kampfgeist für eine so zierliche Person.

Die Reise schien ewig zu dauern, aber gleich nach der Ankunft machte John sich daran, sich bei den Ladenbesitzern und Kaufleuten am Hafen umzuhören. Es war glühend heiß nach den eisigen Regenstürmen, durch die sie gekommen waren, und das Gleißen der Sonne auf dem Wasser blendete ihn. Er brannte zu sehr darauf, etwas von Rose und Lady Fitzallen zu erfahren, als dass er von den bunten Vögeln und der betriebsamen Energie der aufblühenden Stadt Notiz nahm.

Sie verbrachten eine Woche in Sydney, bis John endlich genug wusste, um die Reise ins Hinterland zu beginnen. Er kaufte drei Pferde, einen Wagen und für etliche Guineen Proviant für den langen Treck. Während er darauf wartete, dass die Händler ihm Säcke und Fässer auf den Wagen luden, erkannte er, dass sich hier eine Gelegenheit zum Geldverdienen bot. Er befragte die Kaufleute ein wenig eingehender, und dann erstand er weitere Vorräte und einen flachen Wagen, um sie zu transportieren, sowie zwei Paar Pferde zum Wechseln.

Tina saß friedlich und stumm auf dem Bock des ersten Wagens, und ihre Finger klimperten müßig mit den Münzen in ihrer verborgenen Tasche. »Wozu brauchst du das alles?«, fragte sie schließlich und deutete mit dem Kopf auf die Saatgut- und Getreidesäcke und die Fässer mit Lampenöl und Rum, die er zu den Beständen an Werkzeug, Tauwerk und Nägeln packen ließ, die bereits unter der Plane des Wagens festgezurrt waren.

Er legte einen Finger an die Lippen und zwinkerte. Tina musste ihre Neugier im Zaum halten, bis die Stadt weit hinter ihnen lag. »Dies ist ein großes Land«, vertraute er ihr schließlich an. »Manche sagen, es ist dreimal, vielleicht auch vier- oder fünfmal so groß wie England, und viele Leute wohnen Hunderte von Meilen weit von der nächsten Stadt entfernt. All diese Sachen kann ich dort mit gutem Gewinn verkaufen, und beim nächsten Mal kann ich dann mehr einkaufen.«

»Einmal *rom*, immer Rom«, neckte sie ihn. »Puri Daj wäre stolz, wenn sie wüsste, dass du die Traditionen bewahrst.«

Monatelang reisten sie auf gewundenen, staubigen Straßen ins pochende Herzland ihrer neuen Heimat, und wenngleich er sich wünschte, es wäre Rose, die da die Zügel auf dem Wagen hinter ihm führte, war John doch froh über Tinas Gesellschaft.

Es war eine einsame, beinahe trostlose Gegend, und man musste schließlich mit jemandem reden.

Ihre Bestände schrumpften; sie verkauften sie an Hausfrauen, die sie in der Tür ihrer mitten im Nichts zusammengezimmerten Hütten begrüßten, an die Digger in der rauen Männerwelt der Goldsucherlager und an die Siedler im endlosen Weideland hinter den Bergen.

Jetzt, da er Geld in der Tasche hatte und wusste, dass einer wie er in diesem heißen roten Land willkommen war, begann John Pläne zu machen. Er würde ein Geschäft in Sydney eröffnen, seine Waren direkt von den Farmen und den ankommenden Schiffen beziehen und dann Leute einstellen, die das alles zu den Siedlungen und abgelegenen Camps im Outback schafften.

Aber zuerst musste er Rose finden, und das erwies sich als schwierig. Das Missionshaus war abgebrannt, die Stadt verlassen, und es gab nur Gerüchte, die besagten, Lady Fitzallen sei ins Hunter Valley gezogen.

Sie kehrten nach Sydney zurück und deckten sich mit neuen Waren ein. Er wusste, was die Frauen wollten, wenn sie so weit weg von der Zivilisation lebten, und so ließ er Tina Stoffballen und elegante Hüte und Sonnenschirme aussuchen, die er zusammen mit Hacken und Schaufeln, Äxten und Nägeln auf seinem Wagen verstaute. Sein Respekt vor ihrem hartnäckigen Mut vertiefte sich auf ihren gemeinsamen Reisen durch das einsame Land.

Die Leute im Hunter Valley konnten ihnen kaum weiterhelfen. Rose war einfach verschwunden. John war niedergeschlagen, als sie nach Sydney zurückkehrten und sich auf eine neue Fahrt ins Innere vorbereiteten. Aus Monaten war ein Jahr geworden, und er hatte immer noch keine Spur von Rose. Seine bisherigen Touren hatten ihm gezeigt, dass er sich eine unmögliche Aufgabe gestellt hatte. Dies war wirklich ein großes Land, und er wusste, dass jenseits der Berge und Wüsten noch viele tausend Meilen lagen, die er vielleicht niemals sehen würde.

Rose wohnte in seinem Herzen, aber irgendwann in einer dunklen Nacht auf den Wallaby-Pfaden, als er zu viel Rum getrunken hatte und überzeugt war, dass er seine verlorene Liebe niemals wiederfinden würde, suchte er schließlich doch Trost bei Tina.

Als er am nächsten Morgen erwachte, war die Leinwand des Zelts feucht beschlagen; die Sonne brannte noch tief am Himmel, und die Erde erwärmte sich. Er schaute zu der schlafenden Tina hinüber und verspürte kaum Reue. Sie war nicht Rose, aber sie hatten doch manches gemeinsam, wie er erkannte. Tina war treu und stark und besaß einen Willen, der sich niemandem beugte. Er konnte wirklich von Glück sagen, dass er sie hatte – auch wenn sie nicht jeden Winkel seines Herzens ausfüllte.

Tina öffnete die Augen; ihre Liebe zu ihm leuchtete so klar, dass sie etwas in ihm anrührte, wovon er geglaubt hatte, es gehöre einer anderen. Er beugte sich über sie und küsste sie; er atmete den Moschusduft ihrer Haare und hörte das Klirren ihrer Armbänder, als sie ihn umarmte.

»Es kann kein *pliashka* geben, kein *tumnimos*, kein *zheita*«, warnte er sanft.

»Ich brauche kein Verlobungsfest und keine Hochzeitsfeier, und was das Heimholen der Braut angeht – mein Heim ist da, wo du bist. Mein Haus ist hier.«

Sie legte ihm die schmale Hand auf die Brust, dicht über dem Herzen, und er vergrub das Gesicht an ihrem Hals, damit sie nicht sah, wie er sich schämte.

ZWANZIG

Rose lächelte, als Isobels ältester Sohn Henry sie auf die Wange küsste und aus dem Zimmer rannte. Er hatte das gute Aussehen seines Vaters geerbt, aber gottlob nicht seine Charaktermängel. Er würde einen guten Ehemann für ihre ungebärdige Tochter Muriel abgeben.

Seufzend schaute sie aus dem Fenster des Blaubasalthauses. Muriels rotes Haar passte zu ihrer feurigen Natur. Sie war beliebt bei den jungen Söhnen der anderen Winzer in der Nachbarschaft, und ihr skandalöses Benehmen in der eng verbundenen lutherischen Gemeinde hatte Rose und Isobel schon manche schlaflose Nacht gebracht. Anders als ihre Zwillingsschwester Emily schien Muriel mit ihren nächtlichen Kutschfahrten, ihrem Flirten und den wilden Tänzen auf den Jahrmärkten der Gegend keinen Gedanken an die Empfindlichkeiten anderer Leute zu verschwenden; vielleicht würde der eher gesetzte, schüchterne Henry einen beruhigenden Einfluss auf sie ausüben. Geliebt hatte er sie schon immer, aber er hatte sich Zeit gelassen und auf den Augenblick gewartet, da Muriel von ihm Notiz nähme.

Isobel kam geschäftig ins Zimmer. Ihr braunes Haar hatte inzwischen graue Strähnen, und ihre schmale Taille war breiter geworden, aber ihre Herkunft war immer noch unverkennbar, trotz des billigen Kattunkleids und der abgearbeiteten Hände. »Nun?«, fragte sie.

Rose nickte. »Es wird eine Hochzeit geben«, sagte sie.

Isobel runzelte die Stirn. »Das ist hoffentlich nicht wieder eine von Muriels unbedachten Leidenschaften«, sagte sie müde. »Henry liebt sie so sehr, und ich möchte nicht, dass ihm wehgetan wird.«

Rose legte ihr eine Hand auf den Arm. Sie hatte keine Illusionen über ihre Tochter, aber sie glaubte fest daran, dass die Ehe mit Henry aus einem Springinsfeld eine ausgeglichene und glückliche Frau machen würde. »Sie sind alt genug, um zu wissen, was sie wollen.«

Isobel lächelte. »Ich bin froh, dass unsere beiden Familien auch formell miteinander verbunden werden sollen. Aber ich muss ehrlich zu dir sein, Rose. Ich dachte, Henry und Emily würden ein Paar werden. Sie sind beide so still, so sehr vertieft ins Weingeschäft – und sie verbringen viel Zeit miteinander. Ich habe mich oft gefragt, ob Emilys Gefühle nicht vielleicht mehr sind als bloße Freundschaft.«

Rose schob die eigenen Zweifel beiseite. Emily mochte ein stilles Mädchen sein, aber hinter diesen dunkel glühenden Augen wohnte Entschlossenheit – und wenn sie Henry gewollt hätte, dann hätte sie ihn bekommen.

Untergehakt verließen die beiden Frauen – im mittleren Alter inzwischen – das Haus und spazierten durch den warmen Wind zu den wispernden Jacarandabäumen. Dieses abendliche Ritual hatten sie vor fast fünfzehn Jahren begonnen. Sie genossen die Gelegenheit, den ausklingenden Tag zu besprechen und den folgenden zu planen.

Sie hatten den Tabakanbau erweitert, um sich in schlechten Jahren über Wasser halten zu können; jetzt stand eine riesige Darre am Südrand der Koppel, in der die Tabakblätter den ganzen heißen Sommer hindurch hingen, ehe sie schließlich sortiert und für die lange Seereise nach Europa verpackt wurden.

Auch der Gemüsegarten gedieh. Den größten Teil ihrer Erzeugnisse brachten sie nach Nuriootpa auf den Markt, wo die

Digger aus den Kupferbergwerken von Kapunda sich mit Lebensmitteln versorgten. Auf demselben Markt kauften die Frauen Stoff und Nähgarn, Töpfe und Pfannen und alles, was nötig war, um ein Steinhaus in ein Heim zu verwandeln.

Die Reben standen in langen dunkelgrünen Reihen, dicht an dicht. Zwischen den Terrassen lag ein Abstand von etwa zweieinhalb Schritt, damit sie leichter zugänglich waren. Die Qualität der Trauben verbesserte sich von Jahr zu Jahr, aber keiner der Rebstöcke hatte schon das großartige Alter von siebzig Jahren erreicht, in dem die Trauben, wie sie gelernt hatten, am allerbesten waren.

Ihr ferner Nachbar, ein deutscher Siedler namens Johann Gramp, sprach zwölf Sprachen und hatte als Erster das Potenzial dieses wunderbaren Weinanbaugebiets erkannt, nachdem Lord Lynadock es in den dreißiger Jahren vermessen hatte. Er hatte seinen Landsleuten das nötige Geld gegeben, um in das Tal zu reisen und sich hier niederzulassen. Die meisten der kleinen Städte, die in der Gegend entstanden waren, trugen deutsche Namen, die weit schlimmere Zungenbrecher waren als die der Aborigines.

Gramps Weingut am Jacob's Creek war eins der besten und erfolgreichsten im ganzen Tal, und trotzdem hatte er Zeit für jeden, der mit dem Weingeschäft zu tun hatte, und seine Fachkenntnisse und fröhlichen Ratschläge halfen den Frauen dabei, ihren Wein möglichst vorteilhaft auszubauen, abzufüllen und zu lagern.

Sie hatten einen Wagen nach Adelaide geschickt, um unter heuerfreien Seeleuten Arbeitskräfte zu werben, und von ihnen ließen Rose und Isobel sich riesige Steintanks für die Lagerung ihres Weins bauen. Die Tanks wurden mit Paraffinwachs ausgekleidet, um sie abzudichten; sie blieben selbst im heißesten Sommer kühl, und wenn der nächste Jahrgang bevorstand, wurden sie sauber gescheuert, und das Paraffin wurde abgebrannt und erneuert. Für ihren Rotwein verwandten sie Fässer aus importiertem Eichenholz aus Europa, wenn sie es sich leisten konnten, oder australisches Jarra-Hartholz, wenn sie gerade nur wenig Geld besaßen. Portwein und Sherry konnte man in warmen Räumen lagern, um die Reifung zu unterstützen, aber da der Port dazu mindestens vier Jahre brauchte, band er eine Menge Kapital und machte viel Arbeit, denn jedes Fass, jede Flasche musste von Hand in dunklen, unterirdischen Gängen gestapelt und regelmäßig gedreht werden, bevor der Wein für den Transport nach Adelaide bereit war.

Der Jahrgang 1871 war der beste bisher, und nachdem man die Lese im Barossa Valley zu Ende gebracht hatte, war das Weinfest in vollem Gange. Rose und Isobel standen auf der Veranda vor der Futtermittelhandlung in Nuriootpa und schauten zu, wie der Festzug zur Musik der Blaskapelle durch die Stadt zog. Die langen Monate der Ungewissheit waren vorüber, die Trauben waren gekeltert, der Wein in den Tanks. In den Büchern standen endlich schwarze statt roter Zahlen, und so konnten sie anfangen, Henrys und Muriels Hochzeit für den kommenden Sommer zu planen.

Rose hielt sich die Ohren zu beim schrillen Klang der Trompeten, zu dem die große Basstrommel dröhnend den Takt schlug. »Man sollte meinen, sie hätten inzwischen gelernt, die verflixten Dinger zu spielen. Sie haben schließlich jahrelang geübt«, schrie sie durch das Getöse.

Isobel beschattete die Augen mit der Hand und deutete zum Ende der Parade. »Sieh doch, Rose. Bist du nicht stolz?«

Rose lächelte, als sie Emily und Muriel sah. Die beiden saßen ausnahmsweise im Damensattel und hatten die eleganten schwarzen Reitkleider ganz hinreißend über die Hinterteile ihrer Pferde drapiert, deren Fell in der Sonne glänzte, nachdem es am frühen Morgen stundenlang gestriegelt worden war. Die Tiere schienen es zu genießen, im Mittelpunkt der Aufmerksamkeit zu stehen; sie hoben die Hufe hoch und tänzelten zur Musik. Die

Mädchen hatten ihnen Bänder in Mähne und Schweif geflochten und ritten mit hoch erhobenem Kopf, einen frechen kleinen Hut in kessem Winkel über der Stirn. Neben ihnen ritten die beiden hübschen jungen Männer, Henry und Clive; breit grinsend nahmen sie ihre nervösen Pferde an die Kandare.

»Sie sind ein hübscher Anblick, nicht wahr?«, sagte Rose. »Wäre es nicht wundervoll, wenn ...« Sie verstummte und ließ die Parade vorüberziehen.

»Ich weiß, was du denkst, Rose, aber Clive und Emily sind als Freunde sehr glücklich«, sagte Isobel zufrieden. »Ich möchte nicht, dass einer von beiden die Zukunft aufs Spiel setzt, indem er den gleichen Fehler begeht wie ich. Es sind zu viele Jahre der Reue gefolgt.«

Rose hörte sie kaum, denn etwas anderes hatte ihre Aufmerksamkeit gefangen genommen. Sie spähte durch die Staubwolke, die marschierende Stiefel und stapfende Hufe aufgewirbelt hatten, und versuchte es noch einmal zu sehen. Gleichzeitig hoffte sie, dass sie sich getäuscht hatte. Hoffte, dass die Vergangenheit sie nach all den Jahren nicht doch noch eingeholt hatte – und sie ihr ins Auge sehen müsste.

Die kleine Stadt im Outback war voll von Winzern und Lesehelfern, von Feldarbeitern, Pflanzern und Besuchern, und als der Staub sich legte, stiegen sie allmählich alle auf ihre Pferde und Wagen, um zur Weide von Jacob's Creek zu fahren, wo der Schweinebraten wartete, begleitet von Unmengen Wein und Bier für den Rest des Tages und die kommende Nacht.

Rose hörte kaum, wie Isobel plapperte. Im Gedränge der Gestalten auf dem gegenüberliegenden Bohlensteig schimmerte immer wieder auf, was sie gesehen hatte, und sie war taub für alles außer dem donnernden Pochen des Blutes in ihren Ohren und dem Puls in ihrer Kehle.

»Rose?« Eine Hand zupfte an ihrem Arm. »Rose, was ist denn nur? Du bist ja ganz weiß geworden.«

Rose löste sich von Isobel, hob den Rocksaum aus dem Staub und stieg langsam die Holzstufen zur Straße hinunter. Die Hitze flimmerte und tanzte auf den Holzschindeln der Dächer. Der rote Staub wehte mit dem Wind über die breite, gut ausgefahrene Straße, die durch die Stadt führte, und die fernen Missklänge der Blaskapelle wurden jetzt vom Gezwitscher eines Wellensittichschwarms übertönt – aber Rose hatte nur noch Augen für einen einzigen Gegenstand, Ohren nur noch für einen einzigen Klang, und ihr ganzes Denken richtete sich auf einen einzigen Menschen.

Er drehte sich um, als habe er ihren stummen Ruf gehört. Seine Augen fanden die ihren, als sei er von demselben Magneten gelenkt, der sie zu ihm gezogen hatte.

Sie trafen sich mitten auf einer Straße, die so breit war, dass ein Ochsenkarren darauf wenden konnte, und die Sonne brannte aus einem fast weiß glühenden Himmel. Es war, als habe die Welt sich fortgedreht und niemanden hier gelassen außer ihnen beiden.

»John?«, flüsterte sie. »Bist du es wirklich?«

»Rose! Meine liebste, süße Rose. Ich kann nicht glauben, dass du es endlich bist.« Seine Hände umfassten die ihren, und in ehrfürchtigem Schweigen standen sie mitten in dieser Stadt im Outback und vergaßen alles um sich herum, während sie einander mit den Augen verschlangen.

Rose sah, dass er sich verändert hatte. Fort war der unbekümmerte Junge, und an seiner Stelle stand ein Mann mit grauen Streifen im langen Haar. Ein verwegener Schnurrbart bedeckte seine Oberlippe. Unter dem teuren Anzug steckte noch immer eine drahtige Gestalt mit kräftigen Schultern und schlanken, geraden Beinen. Seine Augen waren noch dieselben. Noch immer schauten sie liebevoll auf sie herab, noch immer waren sie dunkel und lang bewimpert, und ihre endlose Tiefe schien Rose zu umfangen und zu ihm hinzuziehen.

»Ich kann nicht glauben, dass du hier bist«, brachte sie schließlich hervor und zog ihre Hände zurück. Sie war plötzlich verlegen; sie merkte, dass Isobel sie anstarrte und dass eine Frau auf dem gegenüberliegenden Bohlensteig sie mit kaum verhohlener Feindseligkeit beobachtete.

»Rose«, flüsterte er. »Weißt du, wie lange ich dich gesucht habe? Hast du eine Ahnung, wie lange ich warten musste, bis ich dich gefunden habe?«

Sie wich einen Schritt zurück. »Ich bin seit über dreißig Jahren in diesem Land«, stammelte sie, und all die alten Gefühle waren wieder wach. »Ich habe nicht damit gerechnet, dass ich dich jemals wiedersehen würde. Habe mir nicht träumen lassen, dass du mir folgen würdest.«

Er seufzte. »Und jetzt ist es zu spät.« Sein Blick richtete sich auf seinen Trauring und dann auf den an ihrem Finger. »Liebst du ihn, Rose? Macht er dich glücklich?«

Es hatte keinen Sinn, ihm zu sagen, dass sie Witwe war. Sie nickte nur, und die Tränen ließen sein Gesicht vor ihren Augen verschwimmen. Ein so kraftvolles Gesicht, so voll von Schmerz und Reue. »Aber ich habe nie jemanden so sehr geliebt wie dich. Du warst immer in meinem Herzen«, wisperte sie.

»Willst du uns denn nicht miteinander bekannt machen?«

Der scharfe Ton dieser Stimme ließ sie auseinander fahren. Forschende schwarze Augen schauten Rose an, und besitzergreifend schob die Frau ihre Hand in Johns Ellenbeuge.

»Das ist meine Frau Tina«, sagte John. »Tina, das ist Rose.«

Rose sah den teuren Stoff des Kleides und den cremeweißen Spitzenbesatz an Sonnenschirm und Handschuhen. Tina war dunkel wie ihr Ehemann und hatte wie er die hohen Wangenknochen der Romani. Rose war es, als erinnere sie sich an ein junges Mädchen, das zur Erntezeit durchs Heu gelaufen war. Sie nickte grüßend und ließ sich ihrerseits neugierig mustern.

»Max wartet, John. Er will uns zum Picknick fahren.« Tina zog leicht an seinem Arm.

An seinem Mund und daran, wie er die Brauen zusammenzog, sah man, dass es John widerstrebte, mit seiner Frau zu gehen. »Ich habe vier Söhne«, sagte er, als wolle er noch ein wenig Zeit in Rose' Gesellschaft herausschinden. »Aber nur Max und meine Tochter Teresa sind heute bei uns. Die anderen drei sind in Adelaide und kümmern sich um mein Geschäft.«

»Und was ist das für ein Geschäft, John?« Ihre Stimme klang jetzt gleichmütig, und ihr Ton zeigte höfliches Interesse, aber innerlich war Rose in Aufruhr. Sie sehnte sich danach, ihn für sich allein zu haben, damit sie einander erzählen könnten, was sich in den gestohlenen Jahren ereignet hatte. Sie sehnte sich danach, seinen Anblick und seine Stimme noch einmal in sich aufzusaugen, bevor sie wieder auseinander gerissen würden.

»Wir haben eins der größten Handelshäuser in Adelaide, und eins in Sydney und noch eins in Melbourne«, unterbrach Tina stolz. »Wir versorgen den größten Teil dieser Städte im Outback, aber auch die Rinder- und Schaffarmen weiter im Norden, und am Ende des Jahres eröffnen wir unser erstes Kaufhaus in Adelaide. Deshalb sind wir hier: Wir wollen Weine auswählen. Aber natürlich muss er von feinster Qualität sein, denn unsere Kunden werden aus den höchsten Kreisen der Gesellschaft kommen.« Sie warf einen scharfen Blick auf Rose' selbst geschneidertes Kleid und ihren Hut.

Rose lächelte; die katzenhafte Gehässigkeit der anderen machte ihr nichts aus. »Freut mich, dass ihr so erfolgreich seid«, sagte sie, und dann kam Isobel über die Straße zu ihnen.

Alle wurden miteinander bekannt gemacht, aber die Einladung, im Wagen mit zum Picknickplatz zu fahren, lehnten Rose und Isobel ab. Sie traten beiseite und ließen das Gespann an sich vorbeirollen. Rose bemerkte, wie John sie anschaute, als sie in der sengenden Hitze am Straßenrand stand. Sie sah, dass sein Sohn Max das Ebenbild des Jungen war, der John früher gewesen war, und die Kindheitserinnerungen ließen ihr Herz pochen. In Johns

Blick hatte sie gelesen, dass er eine Möglichkeit finden würde, mit ihr allein zu sein; sie wünschte es sich sehr, und doch graute ihr vor diesem Augenblick, denn die Zeit war weitergegangen; sie konnten nicht darauf hoffen, wiederzufinden, was sie einmal empfunden hatten. Und sie hatten nicht mehr das Recht, einander zu lieben.

Auch Isobel war seltsam still, als sie die Straße entlang zum Festplatz gingen.

Die Winzer im Barossa Valley verstanden zu feiern. Jacob's Creek glitzerte in der Sonne, und überall unter den herabhängenden Zweigen der Bäume wurden Decken und Körbe ausgebreitet. Ein Teil des Geländes war für den Holzfällerwettbewerb abgetrennt worden, und in der Ferne führte eine holprige Rennbahn durch den Busch und an den Ausläufern des Mount Kaiserstuhl hinauf. Tische ächzten unter den Speisen und Getränken, und unter einer Markise hatte man Bierfässer aufgestellt. Das Fest würde bis zum nächsten Morgen dauern; Becken mit glühenden Kohlen und Laternen, die an den Bäumen hingen, würden die Nacht erleuchten.

Rose und Isobel krempelten sich die Ärmel hoch und hatten mit dem Servieren von Speisen und Getränken bald alle Hände voll zu tun, aber als Rose einmal innehielt, um Atem zu schöpfen, sah sie Emily und Max, die allzu dicht nebeneinander im Gras saßen, die dunklen Köpfe einander zugeneigt wie zwei Verschwörer.

Sie runzelte die Stirn. Das war eine Komplikation, die sie nicht vorhergesehen hatte, und vielleicht sollte sie etwas sagen – aber was? Sie stand noch in quälender Unschlüssigkeit da, als Muriel und Henry und Clive sich zu den beiden gesellten. Anscheinend interessierte Clive sich ebenso sehr für Teresa wie Emily für Max. Rose nagte an ihrer Unterlippe. Was für ein Schlamassel!, dachte sie verstimmt.

Sie holte tief Luft und sagte sich schließlich, dass sie aus einer

Mücke einen Elefanten machte. Es waren junge Leute, die sich nach der Arbeit eines langen Sommers miteinander amüsierten – nicht viel anders als in ihrer eigenen Jugendzeit, als ein kleiner, harmloser Flirt auch nur das Vergnügen vergrößert hatte. Außerdem – John würde ja nicht im Barossa Valley bleiben. Er hatte sein Geschäft in Adelaide, und seine Frau würde nicht dulden, dass er eine Minute länger als nötig hier bliebe.

Ein Trompetensignal ließ sie zusammenschrecken. Es war das Zeichen für die Holzhacker, die Plätze für den Wettbewerb einzunehmen. Rose legte die Schürze ab und rollte die Ärmel herunter. Henry und Clive machten dieses Jahr wieder mit, und jeder der beiden hoffte auf eine weitere Trophäe.

Isobel gesellte sich zu ihr. Sie schauten hinter dem Absperrseil zu, wie die Männer sich auf die Schlacht vorbereiteten. Jubel brach los, als die Wettkämpfer der ersten Runde in den Ring stiegen. Der gut aussehende dunkle Fremde mit den langen Haaren rief beifälliges Gemurmel unter den jungen Mädchen hervor, und Rose beobachtete mit großen Augen, wie er sein Hemd auszog und die Muskeln in Rücken und Schultern anspannte. Max war das Ebenbild seines Vaters, und sie konnte es fast nicht ertragen, ihn zu sehen.

Sie warf einen Blick zu Emily hinüber. Ihre Tochter stand am anderen Ende der Umzäunung und starrte Max an, der sich das Haar nach hinten band, wie sein Vater es früher getan hatte. Ihr Mund war leicht geöffnet, ihre Wangen gerötet. Muriel stand neben ihr, die Miene unergründlich für jeden außer ihrer Mutter. Rose verspürte plötzliche Besorgnis. Sie hatte diesen Gesichtsausdruck schon gesehen, und sie wusste, dass er Unheil ankündigte.

Durch das Gedränge der Zuschauer konnte Rose nicht zu den Mädchen gelangen, und so musste sie abwarten. Ich sehe Gespenster, sagte sie sich entschlossen. Selbstverständlich betrachteten beide Mädchen Max interessiert – das taten ja die meisten anderen auch, sehr zum Missfallen der jungen Männer in ihrer Gesellschaft.

Die ausgewählten Bäume waren mit Kreide markiert. Die sechs Männer schritten auf sie zu, und die Sonne blinkte auf den scharfen Klingen ihrer Äxte. Auf den Trompetenstoß hin schwang jeder seine Axt und ließ sie mit dumpfem Schlag in den Baumstamm fahren. Die Wucht dieses Schlages bebte durch muskulöse Arme herauf. Starke Schultern, glänzend von Schweiß, zogen die Klinge heraus und trieben sie erneut mit hoher Geschwindigkeit in das dicke Holz, dass die Rinde zersplitterte und nach allen Seiten davonflog. Als an der einen Seite des Stammes eine tiefe Kerbe angebracht war, liefen die Männer um die Bäume herum und begannen auf der anderen Seite von vorn.

Die Äxte klangen metallisch. Holzsplitter flogen an nackten Schultern und glänzenden Armen vorbei, und die Menge brüllte anfeuernd.

Max und Henry lagen Kopf an Kopf; ihre Bäume schwankten bereits ächzend auf halb durchtrennten Stämmen. Jeder noch einen letzten Hieb, und dann sprangen sie beide zurück. Die Menge hielt den Atem an. Die Bäume gerieten ins Wanken, und Blätter raschelten und segelten herab. Und dann, in einer machtvollen, beinahe anmutigen Verbeugung, neigten sie sich der Erde zu. Sie fielen immer schneller, und in einem rauschenden Wirbel von Staub und abgerissenen Zweigen schlugen sie dumpf auf den Boden. Max und Henry wichen den Krallen der Äste und dem peitschenden Blattwerk behände wie zwei Tänzer aus. Die Menge wartete. Der Kampfrichter fasste die Hände der beiden jungen Männer und hob sie beide in die Höhe. Es war unentschieden ausgegangen.

Isobel lachte, als Max von seinen Bewunderern überrannt wurde, aber Rose sah vor allem, wie Emily sich zwischen ihnen hindurchdrängte, ihre spitzen Ellenbogen in fremde Rippen rammte und auf etliche Füße trampelte. Sie sah auch, wie Max sie anlachte, den Arm um ihre Taille schlang und ihr einen Kuss auf die Wange drückte.

»Anscheinend hat Emily einen Bewunderer«, stellte Isobel leise fest.

Rose machte ein finsteres Gesicht. »Sie benimmt sich unerhört«, grollte sie. »Ich werde der jungen Dame die Leviten lesen müssen, wenn wir zu Hause sind.«

Isobel zog eine Braue hoch. »Sie gerät nach ihrer Schwester«, sagte sie und zog die Stirn kraus, als sie Rose scharf ansah. »Du liebst John doch nicht etwa immer noch, oder? Das hier lässt wohl alles wieder aufleben, ja?«

»Sei nicht albern!« Aber Rose war sich nur allzu deutlich bewusst, dass Isobel wahrscheinlich Recht hatte. Die Jahre waren zurückgespult worden, und sie erinnerte sich nur allzu gut, was sie für John empfunden hatte. Jetzt schien ihre Tochter den gleichen Weg zu nehmen, und es tat weh, den beiden zuzusehen.

Rose' Stimme klang gepresst. »Muriel führt sich schon schlimm genug auf, und jetzt macht Emily solches Aufsehen! Du weißt doch, wie diese deutschen Lutheraner sind – wir werden uns endlose Vorträge anhören müssen.«

Wieder ertönte der Trompetenstoß, und die Zuschauer überließen den eingezäunten Platz den Wettkämpfern. Die mächtigen Stämme lagen am Boden, und die Äste waren abgehackt, damit man besser sägen konnte. Wieder traten Max und Isobels Söhne in den Ring und gesellten sich zu den anderen, lange, scharfzahnige Sägen in den Händen. Wetten wurden abgeschlossen, Geld ging von Hand zu Hand. Nach seiner anfänglichen Leistung war Max der Favorit. Die beiden Frauen bemerkten, dass Clive und Henry dem Neuankömmling finster entgegenstarrten. Dies war ihr Wettkampf, und er stahl ihnen den Ruhm.

Die Menge wurde still, als die Männer ihre Sägen auf die raue Rinde setzten und warteten. Die Trompete ertönte, und das erste

Raspeln scholl über den Platz. Arme holten aus, Haare klebten an schweißnassen Stirnen, und blanker Stahl fuhr wie ein Blitz durch das Holz. Henrys Miene war finster vor Entschlossenheit; seine Brauen bildeten einen waagerechten Strich. Clive arbeitete neben ihm an seinem eigenen Stamm, die Mundwinkel grimmig nach unten verzogen, das Haar glatt und glänzend in der Stirn. Max bewegte seine Säge mit einer beinahe mühelosen, geschmeidigen Bewegung, und sie schnitt durch das Holz wie ein heißes Messer durch Butter.

Die Menge stöhnte auf, als Henrys Säge stecken blieb und er sie nicht mehr losbekam. Max und Clive sägten schneller und schneller, und dann traten beide Männer zurück. Aber Max war als Erster fertig. Max würde die Trophäe bekommen.

Rose wandte sich ab, als die Mädchen erneut in die Arena stürmten. Sie ertrug das Zusehen nicht länger.

Abseits des Wettkampfplatzes war es friedlich. Rose spazierte zum Bach hinunter, und ihre Rocksäume streiften raschelnd über das saftige Gras. Als sie weit genug von den andern entfernt war, suchte sie sich ein kühles, schattiges Fleckchen unter einem Pfefferbaum, warf ihre Haube beiseite und setzte sich hin. Sie zog Schuhe und Strümpfe aus, paddelte mit den Füßen im Wasser und schaute zu, wie die Wellen das Sonnenlicht einfingen und die kleinen Fische erschreckten, die um die runden Steine herumschwammen.

»Ich weiß noch, wie du das in Alfriston immer getan hast«, sagte John leise und setzte sich neben sie. »Seltsam, wenn die Vergangenheit in der Gegenwart wieder lebendig wird. Es ist, als wären die Jahre dazwischen gar nicht gewesen.«

Rose schaute zu ihm hinüber. Er hatte sie nicht erschreckt. Sie wusste, dass er sie beobachtet hatte, und sie war sich sicher gewesen, dass er eine Möglichkeit finden würde, mit ihr allein zu sein. »Die Vergangenheit ist ein anderes Land, John«, sagte sie betrübt. »Ein Land, in dem wir jung waren und die Gesellschaft andere Regeln hatte. Es wird uns beiden nicht helfen, wenn wir versuchen, noch einmal dorthin zurückzukehren.«

Lange war es still, und sie schauten beide in das schimmernde Wasser. »Ich hätte früher kommen sollen«, sagte er schließlich. »Ich hatte das Geld dazu. Aber ich war gierig. Ich wollte mehr. Wollte genug haben, um dir all das zu geben, was du nie gehabt hattest.«

Blinzelnd kämpfte sie gegen die Tränen. »Die Sonne auf dem Wasser sticht in die Augen, nicht wahr?«, sagte sie hastig und wischte sich übers Gesicht.

Johns warme Hand ruhte auf ihren Fingern. »Warum bist du fortgelaufen, Rose? Warum – wenn du doch wusstest, dass ich dich holen kommen würde?«

Sie riss die Hand weg. »Das wusste ich nicht«, gab sie zurück. »Du hast mir nie gesagt, was du empfandest. Hast nichts gesagt, sondern bist einfach nach London verschwunden, für Monate, ohne ein Wort. Woher sollte ich wissen, was du dir dabei dachtest?«

Er strich sich nachdenklich über den Schnurrbart. »Ich dachte, du erkennst es daran, wie ich zu dir bin«, sagte er schließlich. »Ich war nie ein Mann der süßen Worte, Rose. Ich dachte nicht, dass wir Worte brauchten, wenn wir einander so nah waren.«

Sie zog ihre Schuhe an und stopfte die Strümpfe in die Tasche, und dann stand sie auf und klopfte sich das Gras vom Rock. »Du warst immer in meinen Gedanken«, sagte sie leise. »Im tiefsten, geheimsten Winkel meiner selbst. Aber wir sind heute anders als früher; wir sind erwachsen und reif, wir haben eigene Familien, Kinder, die flügge werden. Das darfst du nicht zerstören, John.«

Er stand auf und drückte sich den weichen Filzhut auf den Kopf. Seine Augen in diesem kraftvollen Gesicht waren unergründlich. »Zerstören? Ich habe nicht vor, irgendetwas zu zerstören«, sagte er leise. »Ich liebe dich, Rose. Ich habe dich immer geliebt.«

Rose schloss die Augen und neigte sich ihm entgegen. Die Hitze der Erde, das Wispern der hellgrünen Zweige des Pfefferbaums, das träge Summen der Fliegen – das alles schien zu einer verlockenden Serenade zu verschmelzen. Als seine Arme sie umschlossen, war es, als trete sie in eine verschlossene Zauberwelt.

Seine Lippen berührten ihre Wange. Sie roch den scharfen Duft seiner Seife und das Öl in seinen Haaren, vertraute Gerüche, die sie auf der langen, furchterregenden Reise zu diesen fernen Gestaden stets bei sich getragen hatte. Vertraute Erinnerungen, die sie mit Mühe aus ihrem Herzen zu bannen versucht hatte.

Sie riss sich von ihm los und stolperte im hohen Gras; das Entsetzen vor dem, was sie hier tat, ließ alle Farbe aus ihrem Gesicht weichen. »Das dürfen wir nicht«, keuchte sie. »Es ist unrecht.«

Er packte sie bei den Armen. »Wie kann es unrecht sein, Rose, wenn wir doch beide wissen, dass wir füreinander bestimmt sind?«

Sie entwand sich seinem Griff. »Du hast eine Frau, du hast Kinder, ein Geschäft«, sagte sie atemlos. »Natürlich ist es unrecht. Es ist zu spät, John. Viel zu spät.«

In seinen Augen glänzten unvergossene Tränen, und er wandte sich abrupt ab. »Zu spät«, wiederholte er aufgewühlt und mit brüchiger Stimme. »Das müssen die traurigsten Worte sein, die der Mensch kennt.«

Rose wich einen Schritt zurück, und dann noch einen. Dann drehte sie sich um; sie wollte diese Qual nicht noch weiter in die Länge ziehen, und sie rannte zurück zum Picknickplatz. Sie brauchte jetzt Menschen um sich herum, brauchte die Ablenkung durch Lärm und Farbenpracht, um diese Trauer auszulöschen. Brauchte Zeit, um zur Besinnung zu kommen.

Stunden und Tage nahmen ihren Lauf; das Fest war vorbei, und die Leute im Barossa Valley kehrten zum zeitlosen Kreislauf des Rodens, Pflanzens, Hackens und Bewässerns zurück. Der Wein der vorigen Jahrgänge wurde in die Städte verkauft und nach Europa verschifft, um Platz für den neuen zu schaffen. Die Tanks wurden abgelassen, das Wachs ausgebrannt und alles für das nächste Jahr gereinigt und vorbereitet. Zu Rose' Bestürzung mietete John Tanner mit seiner Familie etliche Zimmer in Langmeils einzigem Hotel, und wie es aussah, würden sie eine Weile bleiben.

Max war regelmäßig zu Gast auf Jacaranda, und obwohl anfangs eine gewisse Feindseligkeit zwischen ihm und Isobels Söhnen bestanden hatte, war es doch bald so weit, dass sie ihn und sein Interesse am Weingut und am Weinbau akzeptierten. Stundenlang wanderte er in den Kellern herum und schnupperte den sauren, schweren Duft des gärenden Mosts. Er ließ sich alle Prozeduren erklären, prüfte die Qualität des Weins, kostete, ob er zu viel oder zu wenig Säure enthielt, und erschmeckte den Nachklang, der diesen Wein zu rau für die Keller der reichen Siedler und den Gaumen der Europäer machen würde.

Rose beobachtete das Aufblühen der Freundschaft zwischen Isobels Söhnen und Max, und mit Freude sah sie, wie schnell der junge Mann lernte. Er wird eines Tages einen guten Winzer abgeben, erkannte sie, denn er besaß das angeborene Talent, zu erkennen, wann der richtige Augenblick gekommen war, den Wein auf Flaschen zu ziehen.

Nur Emilys Interesse an ihm beunruhigte sie. Beunruhigt sah Rose, wie oft das Mädchen sich unter dem Vorwand, den Jungen das Mittagessen zu bringen, in die Terrassen und Felder verdrückte. Max würde bald mit seinen Eltern und seiner Schwester nach Adelaide zurückfahren; er schien Emilys Gesellschaft zwar zu genießen, aber sie hatte doch Sorge, dass ihre Tochter in dieser Beziehung mehr sehen könnte als er.

Nach zwei Monaten erhielt Rose eine Nachricht von John. Sie wollten jetzt nach Adelaide zurückkehren. Rose hatte zwar ihr Bestes getan, um weiteren Kontakt zu meiden, aber sie war doch erleichtert bei dem Gedanken, dass sie ihm jetzt nicht noch einmal unverhofft über den Weg laufen würde. Sie hatten einander alles gesagt, was gesagt werden musste. Sie hätte sich seine Freundschaft gewünscht, aber sie wusste, dass sie sie nicht bekommen konnte. Die Gefühle auf beiden Seiten waren noch zu stark.

Der Morgen der Abreise dämmerte herauf. Rose stand auf und zog die Vorhänge beiseite. Der Himmel war bedeckt; schwere Wolken verhießen Regen. Kein guter Tag zum Reisen. Sie wusch sich und zog sich an, und dann lief sie eilig über die Galerie zum Schlafzimmer der Mädchen. Es würde heute in den Terrassen viel zu tun geben, und sie wollte früh anfangen, damit sie nicht so viel Zeit hätte, über Johns Abreise nachzudenken.

Sie klopfte kurz an und öffnete dann die Tür. Emily regte sich; ihr dunkles Haar war auf dem Kopfkissen ausgebreitet, und ihre Augen waren schlaftrunken. Rose schaute zum anderen Bett hinüber. »Wo ist Muriel?«, fragte sie scharf. Es passte nicht zu ihr, so früh aufzustehen – und ihr Bett hatte sie auch schon gemacht. Eine Premiere.

Emily schaute gähnend zum Bett ihrer Schwester hinüber und strich sich das Haar aus dem Gesicht. Dann zog sie eine Grimasse. »Ist wahrscheinlich schon in aller Frühe mit Henry losgezogen«, murmelte sie. »Sie wollten heute mit den Windschutzhecken fertig werden, bevor es anfängt zu regnen.«

Rose empfand Unbehagen, aber sie behielt es für sich. »Beeil dich, Emily«, sagte sie. »Das Frühstück wird kalt.« Sie schloss die Tür hinter sich, dachte einen Moment nach und ging dann über die Galerie. Vor dem Zimmer der Jungen blieb sie stehen. Sie klopfte zögernd, öffnete dann die Tür einen Spaltbreit und rief: »Henry? Bist du da?«

»Jaaa? Was?«

»Henry?« Rose stieß die Tür auf und trat ins Zimmer.

Sein zerzauster Kopf erhob sich über die Decke. Clive

schnarchte im anderen Bett weiter. »Haben wir verschlafen, Tante Rose?«

Rose schüttelte den Kopf. »Aber das Frühstück ist fertig. Und heute gibt es viel zu tun – es sieht nach Regen aus.« Es hatte keinen Sinn, ihn zu beunruhigen, und es war albern von ihr, zu glauben, er könnte Grund zur Beunruhigung haben. Entschlossen schloss sie die Tür und lief die Treppe hinunter.

Die Köchin war die Frau eines Kleinsiedlers, der tagsüber auf Jacaranda und abends auf dem eigenen Land arbeitete. Sie wuchtete den Eisendeckel vom Herd und hängte den Wasserkessel über die heiße Glut, und ihr rundes Gesicht war schon schweißnass von der Hitze in der Küche.

»Hast du Muriel heute Morgen schon gesehen, Agnes?«

»Nein. Aber ich vermisse eine Hammelkeule, ein bisschen Käse und Brot und die Hälfte von dem Obstkuchen, den ich gestern gebacken habe«, grollte sie, während sie Eier in eine riesige Eisenpfanne schlug. »Und ich schätze, selbst Clive und Henry haben nicht genug Appetit für eine solche Menge. Anscheinend haben wir Besuch von jemandem gehabt, der sich nicht gern sehen und hören lässt.«

Rose legte ihr auf dem Weg zur Hintertür eine Hand auf die Schulter. Ein rascher Blick in den Stall erwies, dass Muriels Pferd nicht da war, aber weder auf den Terrassen noch auf der Weide war sie zu sehen.

Rose kehrte zum Haus zurück, und von einem wilden Verdacht erfüllt, stieg sie wieder hinauf zum Schlafzimmer der Mädchen. Ohne auf Emilys Proteste und Fragen zu achten, riss sie die Schubladen auf, und in erbittertem Schweigen zog sie den Vorhang vor den Kleidern der Mädchen beiseite. Alles, was Muriel gehörte, war fort – bis auf den letzten Faden. Rose sank auf das Bett und vergrub das Gesicht in den Händen.

»Was ist denn, Mama?«, fragte Emily mit zitternder Stimme.

Rose rieb sich das Gesicht und schaute ihre schöne dunkelhaarige Tochter an. »Ich weiß es nicht, Emily«, antwortete sie ehrlich. »Aber ich habe einen Verdacht.«

»Vielleicht ist sie mit Henry durchgebrannt«, sagte Emily hoffnungsvoll. »Muriel hat so was immer schrecklich romantisch gefunden.«

Rose' Miene war so finster wie ihre Gedanken. »Henry ist noch im Bett. Wo immer deine Schwester ist, sie ist dort nicht mit ihm.«

Emily sank ins Bett zurück und wurde blass. »Du glaubst doch nicht ...?«

Sie sprach den Satz nicht zu Ende – sie brauchte es nicht, denn Rose war ihr weit voraus.

»Aber das würde sie nicht tun«, hauchte Emily. »Nicht einmal Muriel würde das tun. Oder doch?« Die dunklen Augen waren weit aufgerissen, und man sah die ersten Schatten der Angst.

Rose stand auf. »Ich weiß es nicht«, sagte sie mit fester Stimme. »Aber ich werde es herausfinden.«

Sie war auf halber Höhe der Treppe, als sie draußen auf dem Weg Hufgetrappel nahen hörte. Sie eilte zur Tür, und dann wollte ihr das Herz stehen bleiben, denn es war John auf einem schäumenden Wallach. Er wedelte mit einem Blatt Papier.

»Das habe ich gefunden.« Keuchend sprang er aus dem Sattel. »Ich bin gekommen, so schnell ich konnte.«

Rose überflog den hastig gekritzelten Brief und zerknüllte ihn dann in der Hand. »Wie können sie es wagen?«, flüsterte sie. »Wie können sie es wagen, Emily so etwas anzutun?« Dann brach der Zorn sich Bahn, und sie warf John das zerknüllte Papier ins Gesicht. »Du hättest ihn aufhalten sollen!«, schrie sie. »Du hättest ihn besser erziehen sollen, wenn er jetzt mit meiner Tochter wegläuft. Sie ist verlobt. Emily ist diejenige, die in ihn verliebt ist.« Tränen des Zorns liefen ihr hemmungslos über die Wangen.

»Wir wussten es doch nicht«, sagte er hilflos. »Woher denn

auch? Wir dachten, er kommt hierher, weil er das Weingeschäft erlernen will. Außerdem dachte ich, er macht Emily den Hof, nicht ihrer Schwester.« Er verstummte, und seine Hände hingen linkisch herab. Er wusste nicht, wie er Rose beschwichtigen sollte.

Isobel kam auf die Veranda. »Das hat er auch getan«, fauchte sie. »Hat ihr schöne Augen gemacht und sie glauben lassen, dass er etwas für sie empfindet, obwohl ich getan habe, was ich konnte, um es zu unterbinden.«

John runzelte die Stirn, als er ihr wütendes Gesicht sah. »Es unterbinden? Warum? Ich war glücklich bei dem Gedanken, dass unsere Kinder vielleicht ihr Glück miteinander finden könnten. Für Rose und mich ist es zu spät, aber die nächste Generation hätte uns näher zueinander geführt.« Die erboste Attacke verunsicherte ihn. Er hatte nicht geahnt, dass Isobel seinen Sohn nicht leiden konnte.

»Isobel?« Rose' Stimme klang zögerlich. »Warum bist du so sehr gegen Max? Ich weiß, dass es unrecht von ihm und Muriel war, so wegzulaufen und Emily und Henry das Herz zu brechen, aber ...«

»Verschont mich mit diesem romantischen Unsinn!«, rief Isobel. »Es war immer zu spät für dich und Rose – es hat niemals sein können!«

Sie brach ab. Die beiden starrten sie verwirrt an. Erschrocken packte Rose sie bei den Armen und schüttelte sie. »Was soll das heißen, Isobel – es hat niemals sein können?«

Isobel riss sich los und floh zum anderen Ende der Veranda. Sie ließen sie laufen, hilflos im Angesicht ihrer übermächtigen Gefühle, verwirrt und voller Angst vor dem, was ihr da so schwer über die Lippen gehen wollte. Sie sahen, wie sie die Arme um die eigene Taille schlang, als suche sie einen tiefen Schmerz zu begraben, der sie zu zerbrechen drohte.

»Es gibt keinen einfachen Weg, es euch zu sagen«, flüsterte sie schließlich. »Keine liebevolle Art, euch das Herz zu brechen.« Sie schaute zu ihnen herüber. Ihre Augen schwammen in Tränen, dunkel vor Schmerz.

John griff nach Rose' Hand und hielt sie fest. Ihr fröstelte, als hätten die Geister seiner Ahnen ihn angerührt. »Was ist es denn, Isobel? Um Gottes willen, sag es uns«, bat er angstvoll.

»Es liegt ein Fluch auf jeglicher Verbindung zwischen den Tanners und den Fullers.«

Ihre Worte durchfuhren ihn wie ein Messerstich, und Rose stieß einen Schmerzensschrei aus und taumelte gegen ihn. »Nein«, brachte er hervor. »Bitte sag, dass es nicht wahr ist. Es kann nicht sein. Ich müsste es wissen. Puri Daj hätte es mir gesagt.«

»Es war deine geliebte Puri Daj, die deine Mutter dazu gebracht hat, den Fluch heraufzubeschwören«, fauchte Isobel. »Ich habe das alles immer für Unsinn gehalten, aber nach deinem Auftauchen hier und dem Verrat deines Sohnes mit Muriel habe ich es mir noch einmal überlegt. Der Fluch ist nur allzu real.«

»Meine Mutter?«, fragte er entsetzt. »Was hatte sie mit alldem zu tun?« Isobel wandte sich ab, und John wusste, sie konnte ihnen nicht mehr ins Gesicht sehen. Konnte den Schmerz in ihren Augen nicht länger ertragen. Er hatte Rose so sehr geliebt, war ans andere Ende der Welt gefahren, um sie zu suchen. Jetzt würde alles, was er je gewusst hatte, vernichtet werden – und der Schmerz war unerträglich.

»Du lügst doch!«, rief Rose. »Woher willst du so etwas wissen?« Nur Johns Hand hielt sie noch in der Wirklichkeit fest.

Isobels erstickte Stimme schien aus tiefer Trauer emporzudringen. »Johns Vater hatte ein Verhältnis mit deiner Mutter, Rose. Es war kurz nach Daveys Unfall, und Johns Mutter lag im Sterben, denn sie hatte ihre Lungenentzündung nach seiner Geburt nie überwunden. Max Tanner und deine Mutter wollten zusammen fliehen – denn sie bekam ein Kind von ihm.«

Rose riss sich von John los, lief die Veranda entlang und

schlug Isobel hart ins Gesicht. »Lügnerin!«, kreischte sie. »Das ist nicht wahr! Es kann nicht sein!«

Isobel zuckte nicht mit der Wimper. Rose' Finger hinterließen ein rotes Mal auf ihrer Wange. »Johns Mutter hörte, wie sie ihre Flucht planten«, fuhr sie leise fort. »Sie war es, die jede Verbindung zwischen den beiden Familien mit ihrem Fluch belegte. Sie, die Max' Treulosigkeit und die Schande, die er über ihre vornehme Familie gebracht hatte, nie vergessen konnte. Die Dukkerin gab dem Fluch ihren Segen, aber sie hatte nicht die Macht, ihn aufzuheben, als sie sah, was sich zwischen dir und John anbahnte.«

Rose war totenbleich geworden. »Du lügst«, wisperte sie. Aber das Entsetzen des Glaubens stand schon in ihren Augen.

»Max Tanner und deine Mutter versuchten den Fluch zu vereiteln, indem sie ihre Liebesaffäre beendeten. Deine Mutter kehrte zu ihrem Mann zurück, und er vergab ihr. Er war sogar bereit, dem Kind seinen Namen zu geben und Kathleen so vor dem Skandal zu bewahren – aber es sollte nicht sein. Das Baby kam mit schrecklichen Missbildungen zur Welt und starb nach zwei Tagen. Der Fluch tat seine Wirkung – und alle Welt konnte es sehen.«

Es war still; alle dachten an die sterbende Frau und an die schreckliche Strafe, die sie über die gebracht hatte, die sie betrogen und Schmach und Schande über ihre Sippe gebracht hatten.

»Deine Mutter hat sich meinem Vater anvertraut, ehe sie Wilmington verließ. Sie hatte schon lange vorgehabt, nach Irland zurückzugehen und dich bei uns zurückzulassen; sie hoffte, der Fluch werde mit ihr gehen und dich unversehrt lassen. Papa hat mir kurz vor seinem Tod einen langen Brief geschrieben und mir alles berichtet. Er hat es mir überlassen, ob ich es dir erzähle oder nicht. Bis jetzt war es nicht nötig.« Sie seufzte. »Ich habe nie an Flüche und Zigeunerweissagungen geglaubt. Habe das alles immer für lächerlichen Unfug gehalten. Aber nach dem, was heute Morgen hier geschehen ist, fürchte ich, dass es nur allzu wirklich ist.«

Mit versteinerter Miene schaute Rose zu, wie die Tränen über die gerötete Wange rannen. Sie war wie betäubt.

»Ich habe es dir nicht erzählt, weil ich dich liebe und weil du für mich mehr Schwester als Freundin bist«, schluchzte Isobel. »Warum sollte ich dir noch mehr Schmerzen zufügen, nachdem deine Mutter dich verlassen und dir nie mehr geschrieben hatte? Warum dieses furchtbare Geheimnis enthüllen, wenn John doch auf der anderen Seite der Welt war und ihr euch wahrscheinlich niemals wiedersehen würdet?« Sie streckte Rose die Hand entgegen und zupfte an ihrem Ärmel. »Ich habe getan, was ich für das Beste hielt, Rose. Woher sollte ich wissen, was die Zukunft für uns bereithielt?«

Rose ließ Kopf und Schultern hängen. Es war zu schmerzhaft für sie alle, und sie liebte Isobel zu sehr, als dass sie ihr das Schweigen nicht hätte verzeihen können.

John schaute zum Himmel und sah das letzte Licht der Sterne, die in der Morgendämmerung funkelten. Es überlief ihn kalt, als er an die Worte dachte, die seine Großmutter vor so langer Zeit ausgesprochen hatte:

»Wenn Orion die Himmel regiert und die Gemini-Sterne sich voneinander spalten – dann wirst du wissen, was für einen schrecklichen Preis du bezahlen musst, wenn du dem Schicksal trotzt«, murmelte er unter ersticktem Schluchzen. »Großmutter hat versucht, mich zu warnen, und ich wollte nicht hören. Aber warum hat sie es mir nicht einfach frei heraus gesagt?«

Rose schlang die Arme um sich, als sei ihr kalt bis ins Mark. »Vielleicht war sie erschrocken über die Macht deiner Mutter. Vielleicht schämte sie sich, weil sie den Fluch nicht bannen konnte«, sagte sie leise.

»Ich kann nicht verstehen, dass sie es mir nicht erzählt hat.

Sie wusste, wie sehr ich dich liebe. Sie wusste, dass ich vor nichts Halt machen würde, um dich zu finden.«

Rose sah ihn an. Ihre Tränen waren versiegt, und Mitleid stand in ihrem Blick. »Wir müssen sie jetzt finden, bevor es zu spät ist«, sagte sie. »Sie dürfen nicht heiraten, John. Der Fluch könnte sie vernichten – sie und alle Kinder, die sie vielleicht bekommen.«

»Und wenn wir sie nicht finden?« Sein Gesicht war grau, und die Augen unter den dunklen Brauen blickten stumpf.

»Das liegt in der Hand des Schicksals«, sagte sie traurig. »Aber Fluch hin, Fluch her, Muriel wird hier nicht mehr willkommen sein, nachdem sie ihrer Schwester und ihrem Verlobten dies angetan hat.«

Die Flüchtlinge wurden bald hier, bald dort gesichtet, aber man fand sie nicht, und mit einer Mischung aus Trauer und Erleichterung erfuhr Rose, dass John und Tina schließlich doch nach Adelaide zurückgekehrt waren.

Emily war monatelang untröstlich; wie ein Geist irrte sie durch das Haus und die Weinberge. Henry arbeitete härter denn je; Nacht für Nacht brütete er über der Buchhaltung, wies jeden guten Rat zurück und verschloss sich in seinem Jammer. Als ein Jahr vergangen war, fanden er und Emily Trost beieinander, und sie wurden in der kleinen lutherischen Kirche getraut, die man am Jacob's Creek gebaut hatte.

Ein weiteres Jahr verging, und immer noch kam keine Nachricht von Muriel und Max. Clive unternahm seine jährliche Reise nach Adelaide, wo er den Wein nach Europa verschiffte, und kehrte mit der Neuigkeit zurück, dass er und Johns Tochter Teresa im folgenden Sommer heiraten wollten.

Die Freundschaft zwischen Rose und Isobel war stärker denn je, und sie begrüßten die Nachricht mit Freude und Erleichterung. Endlich würden John und Rose miteinander verbunden sein, wenn auch nur entfernt – und Rose hoffte, dass es ihn glücklich machte. Aber sie hatte noch andere Dinge vor – Dinge, die sich auf alle auswirken würden.

Das Wetter war makellos. Grüne Trauben hingen im Überfluss an den Rebstöcken und warteten auf die langen, warmen Tage, um anzuschwellen und sich zu färben. Rose und Isobel freuten sich auf eine Rekordernte. Sie würden zusätzliche Lesehelfer einstellen müssen. Bisher hatten sich die Gerüchte, dass die englische Regierung keine Sträflinge mehr nach Australien schicken wollte, nicht bestätigt, und so gab es immer noch reichlich billige Arbeitskräfte. Wenn die Sträflingstransporte einmal nicht mehr kämen, würden Farmer und Winzer die Preise für ihre Erzeugnisse erhöhen müssen, um die gestiegenen Kosten auszugleichen, und dann wäre es noch schwieriger, auf dem Weltmarkt zu konkurrieren.

Dann fielen die Wollpreise ohne Vorwarnung. Die traditionelle Auktion fand in Cornhill in London statt, und zwar nach Maßgabe einer brennenden Kerze: Wenn die Kerze um einen Zoll heruntergebrannt war, wurden keine weiteren Gebote angenommen – und unversehens kamen nur wenige Gebote für die Wolle, den Reichtum der Kolonie. Am Ende musste sie zu einem so niedrigen Preis verkauft werden, dass sich die Mühe des Versandes kaum lohnte. Die Folge war eine Katastrophe, die über die riesigen Schafweiden und die beladenen Ochsengespanne mit ihrer unerwünschten Fracht hinwegrollte. Tausende hoffnungsvoller Siedler waren ruiniert. Banken gingen Pleite, Schafe wurden für Sixpence das Stück verkauft, und die verzweifelten Farmer verschenkten ihre Ländereien und zogen in die Städte. Nur wenige konnten sich einen Krug Bier leisten, geschweige denn eine Flasche Wein.

Die Winzer von Barossa und Hunter hielten den Atem an, als hagere Männer sie belagerten und um Arbeit bettelten. Ihnen war klar: Wenn diese Rezession andauerte, wäre die Kolonie bald ruiniert. Dabei hatten sie in einer Hinsicht mehr Glück als die meisten, denn sie hatten klugerweise auch noch andere Erzeugnisse angebaut, zum Beispiel Tabak und Hopfen, und ihren Wein konnten sie lagern, um ihn zu vermarkten, wenn wieder bessere Zeiten kämen. Anders als Vieh verursachte der Wein keine Lagerkosten, und tatsächlich konnte er mit dem Alter nur besser werden. Allerdings gäbe es bei allzu langer Lagerung kein Geld für neue Anpflanzungen und für die Löhne.

Als alle Tanks, alle Fässer gefüllt waren und die Flaschen sich in den Kellern bis unter die Decke stapelten, kümmerten Isobel und Rose sich um ihre Tabakpflanzung und warteten ab. Man wies – wie bei Politikern üblich – dem Gouverneur der Kolonie die Schuld für alles zu, und es gab mancherlei Diskussionen über seine Methoden der Landzuweisung und seine angeblichen Sympathien für die Sträflinge. Es wurde so schlimm, dass man ihm sogar die Verantwortung für die Dürre und die folgenden Winterregen in die Schuhe schob. Rose und Isobel lachten über das lächerliche Bedürfnis der Menschen, jedem außer sich selbst und dem Allmächtigen die Schuld an ihrem Unglück zu geben.

Im folgenden Winter kamen Max und Muriel zurück.

Eines späten Nachmittags erschienen sie unangemeldet in einer verstaubten Kutsche, die von zwei kastanienbraunen Stuten gezogen wurde. Isobel war für ein paar Tage verreist, um Freunde zu besuchen. Rose hörte den Hufschlag und spähte durch die Gardinen. Sie presste die Hände auf den Mund und riss die Augen weit auf. Max half der hochschwangeren Muriel aus der Kutsche und führte sie die Verandastufen herauf – und Rose empfand nichts als Abscheu für das, was die beiden Henry und Emily angetan hatten. Sie wollte nicht mit ihnen sprechen, wollte sie nicht sehen – aber sie konnte sie natürlich nicht vor den Augen der ganzen Welt draußen auf ihrer Schwelle stehen lassen.

Sie riss die Tür auf, ließ aber die Fliegentür zwischen ihnen fest geschlossen. »Was wollt ihr?«, fragte sie eisig.

»Ich wollte dich sehen, Mum«, flüsterte Muriel. »Wir bekommen ein Baby.«

»Das sehe ich«, fauchte Rose. »Aber nach dem, was ihr angerichtet habt, seid ihr hier nicht willkommen.«

Muriel besaß genug Anstand zu erröten, und Rose sah, wie Max schützend ihre Taille umfasste. »Ich weiß, und es tut uns beiden leid, Mum. Aber es war die einzige Möglichkeit.«

»Das war es nicht«, erklärte Rose unerbittlich. »Für deine Schwester war es der Zusammenbruch und für deinen Verlobten eine Schande. Klatsch und Gerüchte haben dafür gesorgt, dass Isobel und ich fast ein Jahr nicht aus dem Haus gehen konnten.«

»Vater hat uns von dem Fluch erzählt, aber da war es schon zu spät«, berichtete Max mit rauer Stimme. »Ich bereue nicht, dass ich Muriel geheiratet habe. Was mich angeht, so ist all dieser Unsinn über einen Fluch nichts als Romani-Quatsch.«

»Du willst also den Gesetzen deines Romani-Erbes trotzen?« Seine Arroganz ließ Rose immer zorniger werden. »Wir wollen beten, dass das Kind nicht gezeichnet ist.«

»Mum, bitte«, flehte Muriel. »Wenn wir nur ins Haus kommen und uns ein wenig hinsetzen dürften … Wir sind weit gereist, und ich bin sehr müde.«

»In Tanunda gibt es ein Hotel«, erklärte Rose eisig. »Ihr seid hier nicht willkommen.«

»Aber wir können doch sonst nirgends hin«, beschwor Muriel sie. »Max hat als Verwalter auf einem Weingut im Westen gearbeitet, aber die neuen Besitzer brauchen ihn nicht. Ich wollte bei meiner Familie sein, wenn das Kind kommt. Bitte schick uns nicht fort!«

Rose sah die Tränen und die zitternden Lippen und erinnerte sich plötzlich daran, wie sie sich gefühlt hatte, als die eigene Mutter sie verstoßen hatte. Sie gab nach. »Also gut. Kommt herein und ruht euch aus«, sagte sie müde. »Aber ihr könnt nur ein paar Tage bleiben. Ich will nicht, dass Emily und Henry sich aufregen. Sie erwarten in ein paar Wochen ihr zweites Kind, und ich will nicht, dass sie euch zu Gesicht bekommen.«

»Ich wünschte, sie wollte mir vergeben«, sagte Muriel leise, während sie Hut und Handschuhe ablegte und sich in den weich gepolsterten Wohnzimmersessel sinken ließ.

Rose schaute auf sie hinunter, und plötzlich wurde ihr klar, wie schwer es ihrer stolzen, hitzköpfigen Tochter gefallen sein musste, diese Reise anzutreten. »Sie wird dir nie verzeihen, Muriel«, sagte sie leise. »Du hast ihr allzu sehr wehgetan. Aber wenn ihr wollt, könnt ihr ins Hunter Valley hinüberziehen und das Gut von Hans übernehmen. Er möchte sich zur Ruhe setzen, und ich brauche für Coolabah Creek jemanden, dem ich vertrauen kann.«

Hoffnung und Begeisterung erstrahlte in ihren Gesichtern. »Soll das heißen, du wirst mir verzeihen, Mum?«

Rose ging das Herz über. »Du bist meine Tochter, und ich werde dich immer lieben. Aber es fällt mir schwer, zu vergessen, was ihr den andern angetan habt. Wenn ihr ins Hunter Valley gehen und Coolabah Creek übernehmen wollt, soll die Sache abgemacht sein. Aber erwarte nicht, dass du den Bruch mit deiner Schwester ungeschehen machen kannst. Dafür ist er zu tief.«

EINUNDZWANZIG

Sophie steckte den langen Brief wieder in den Umschlag. Tränen trockneten auf ihrem Gesicht, als der Himmel heller wurde und die Elstern zu schnattern anfingen.

Arme Isobel, dachte sie. Dass sie die Bürde dieses Geheimnisses so lange mit sich herumtragen musste, um es dann so grausam zu offenbaren! Kein Wunder, dass die Kluft nie überwunden worden war.

Sie wandte sich der roten Lackschatulle zu und ging die säuberlich verschnürten Papiere durch. Manche waren vergilbt vom Alter. Jetzt endlich verstand sie, welche Macht Cordelia besaß, das Steuer von Jacaranda Wines noch herumzuwerfen. Für ihre Großmutter war die Reise eine Heimkehr gewesen, und sie hatte eine Gelegenheit gefunden, den Schaden zu beheben, der vor so langer Zeit angerichtet worden war, und wie ein Phönix aus der Asche aufzusteigen. Aber es war auch ein Einweihungsritual für Sophie gewesen – denn jetzt ahnte sie, welchen Plan Cordelia ausgeheckt hatte. Und sie verstand, warum es nötig gewesen war, dass auch sie hierher kam.

Sie warf die Bettdecke zurück und stand auf. Sie verspürte heute Morgen einen Elan, der sich durch einen Mangel an Schlaf nicht eindämmen ließ. Sie freute sich wirklich auf die bevorstehende Vorstandssitzung von Jacaranda Wines.

Aber zuvor kam die Lese. Sie würden ernten, was sie gesät hatten – und wie bei dieser gespaltenen Familie war es an der Zeit,

Altes zu roden und Neues zu pflanzen. Sie hatten die Chance, einen Neuanfang zu wagen.

In der Küche herrschte bereits reges Treiben. Beatty klapperte mit den Töpfen und briet Speck, während die Männer herumstanden und starken Kaffee tranken. Die Stimmen waren laut, erwartungsvoll und aufgeregt, und draußen zog eine Kolonne von Lastern, Autos und Motorrädern am Haus vorbei zu den Weinbergen. Die letzten Lesehelfer trafen ein.

Gran hatte sich bereits am Kopfende des Tisches niedergelassen; vor ihr stand ein stattlicher Teller mit Rührei und Würstchen, und als Sophie ihr einen Kuss auf die Wange drückte, antwortete sie mit einem verschmitzten Augenzwinkern. »Siehst nicht aus, als ob du viel geschlafen hättest. Hast du etwas auf dem Herzen?«

Sophie goss sich lächelnd eine Tasse Kaffee ein und setzte sich an den Tisch. »Ich war die ganze Nacht auf, habe die Briefe gelesen und die Dokumente in der Schachtel angeschaut. Es ist gut, zu verstehen, wie es zu dem Bruch kam, und den Hintergrund unserer gespaltenen Familie kennen zu lernen, aber ich bin froh, dass die Dinge sich ändern. Diese Dokumente geben der ganzen Auseinandersetzung um Jacaranda Wines eine neue Perspektive. Heute Abend werde ich an meinem Computer rackern, um ein Paket zusammenzustellen.«

Eine altersfleckige Hand bedeckte ihre Finger. »Nicht nötig, Darling. Wal und John Jay und ich haben bereits ein ›Paket‹, wie du es nennst.«

»Nämlich?«

Cordelia tippte sich seitlich an die Nase und wandte sich ihrem Frühstück zu. »Das wirst du noch früh genug erfahren«, sagte sie geheimnisvoll. »Aber es gibt etwas viel Wichtigeres, womit du dich in den nächsten paar Tagen beschäftigen kannst – und ich rede nicht von der Lese.« Sie deutete mit dem Kopf zu Jay hinüber, der eben schlaftrunken hereinspaziert kam. »Der junge

Mann da liebt dich, und wenn du das nicht siehst, bist du blind. Es wird Zeit, dass ihr beide euch vertragt. Ich kann nicht ewig warten, weißt du.«

Sophie wurde dunkelrot vor Zorn und Verlegenheit, denn es wurde still in der Küche. Alle Augen richteten sich auf sie und Jay. Wenn Gran doch nur lernen wollte, ihre Ansichten für sich zu behalten!, dachte Sophie verzweifelt. Ich lasse mich nicht erpressen. Sie senkte den Kopf und konzentrierte sich auf ihr Frühstück. Aber es hätte ebenso gut Sägemehl sein können; etwas anderes schmeckte sie nicht. Jays Gegenwart war ihr allzu stark bewusst, und sie spürte nur zu deutlich, dass er sie über den Tisch hinweg beobachtete.

Als das Frühstück vorüber war und die Stapel der schmutzigen Teller in der Spüle standen, ging die Familie hinaus auf die Veranda. Cordelia würde mit Wal in einem gedeckten Wagen fahren und alles im Auge behalten. Sophie sprang zu John Jay und Beatty in den Geländewagen, und die Brüder und ihre Frauen folgten in eigenen Autos.

Der Zug bewegte sich langsam über die unbefestigte Straße; die Ränder wirbelten Staub auf, der die Umgebung mit einem Schleier überzog. Die Erwartungen waren hochgespannt. Nichts deutete auf Regen hin, es hatte diesen Winter keinen Frost gegeben, und auch wenn die Hitze am Horizont tanzte und flimmerte, gab es keine Anzeichen für ein Trockengewitter oder einen plötzlichen Sturm.

Weit draußen, am nördlichen Rand der Terrassen, stand ein flaches Gebäude, das sich in eine Falte des Berghangs schmiegte. Holzwände und ein schräges Wellblechdach schützten die Schlafplätze derjenigen Lesehelfer, die keine eigenen Wohnwagen oder Zelte hatten. Die Unterkunft bestand hauptsächlich aus Schlafsälen sowie ein paar separaten Zimmern für Familien. Es gab eine Küche, eine Reihe Duschen und Toiletten und einen großen, bequem eingerichteten Raum, in dem die Leute nach einem langen Tag im Weinberg fernsehen, lesen oder Brettspiele spielen konnten.

John Jay fuhr auf den Vorplatz. Sophie sah eine riesige Grillstation auf der einen Seite und im Windschatten eines mächtigen Pfefferbaums Tische und Bänke. Die Lesehelfer saßen in Gruppen zusammen, tranken Tee aus dicken weißen Bechern und kauten die Wurstbrote, die Beatty schon früh heraufgebracht hatte.

Alle schienen sich zu kennen; Sophie hörte das aufgeregte Schwatzen der Frauen, die alte Freundschaften erneuerten und ihre Klatschgeschichten auf den neuesten Stand brachten. Die Stimmen der Männer klangen eher wie ein dunkles Grollen; die Männer standen in ihren fleckigen, abgetragenen Moleskins da, und ihre Stiefel trugen die Spuren vieler arbeitsreicher Jahre. Karierte Hemden und schweißfleckige, flache Hüte waren eine verbreitete Uniform sogar unter den Teenagern, die in diesem Jahr zum ersten Mal dabei waren.

John Jay und seine Söhne gingen von einer Gruppe zur andern; sie lachten und schwatzten und begrüßten viele der Leute wie alte Freunde – was sie auch waren, denn Beatty hatte erklärt, dass auf Coolabah die Tradition bestand, Jahr für Jahr dieselben Familien zu beschäftigen; manche von ihnen arbeiteten hier schon in dritter oder vierter Generation als Lesehelfer.

Cordelia bedrängte Wal, ihr vom Wagen zu helfen, und ließ sich dann auf einer der Bänke nieder. Bald war sie in ein lebhaftes Gespräch mit einer älteren Frau vertieft, die viel zu zerbrechlich aussah, um den ganzen Tag in der heißen Sonne zu stehen.

Sophie fühlte sich allmählich ausgeschlossen. Sie kannte hier niemanden, und seit ihrer letzten Lese auf Jacaranda waren viele Jahre vergangen, sodass sie nicht mehr genau wusste, was man von ihr erwartete. Sie stand ein wenig abseits und beobachtete, wie die Menge vor ihr sich verlagerte und neu formierte; das Geplapper nahm zu, und die Spannung in der Luft war beinahe mit Händen zu greifen.

Einer der Jungen zog eine Mundharmonika hervor und fing an, ein Tanzlied zu spielen. Gleich darauf stimmte jemand mit einer Blechflöte ein, und die Zuschauer stellten sich wie von selbst im Kreis auf und klatschten im Takt, als zwei Mädchen einen Stegreiftanz aufführten. Sophie lachte und amüsierte sich mit allen anderen. Was für ein wunderbarer Anfang für die Lese!

Die Musik war zu Ende, und die Leute drückten sich die Hüte in die Stirn, um sich vor der grellen Sonne zu schützen. Dann zogen sie in die Weinberge, jeder mit einem hohen Korb und einer speziellen Schere. Auf Coolabah wurde nicht maschinell gelesen, was innerhalb von zehn Jahren zwischen zehn und dreißig Prozent der Rebstöcke beschädigen und einen entsprechenden Verlust an Trauben bedeuten würde.

»Komm mit«, sagte Beatty. »Ich zeige dir, was du tun musst. Ist nichts Geheimnisvolles dabei.« Sophie sah zu, wie sie eine reife schwarze Traube von der Rebe schnitt und in den Korb legte. »Du wirst nicht so viel schaffen, weil es das erste Mal für dich ist. Lieber wär's mir, du achtest darauf, dass du keinen Hitzschlag kriegst; also ruh dich aus, wenn du müde wirst. Im Wetterbericht hieß es, dass es heute bis zu sechsundvierzig Grad warm werden soll.« Beatty reichte ihr die Schere und ging davon.

Sophie zog die Ärmel ihres Baumwollhemdes herunter, um die Arme vor der Sonne zu schützen, und drückte sich den weichen Filzhut fester auf den Kopf. Sie schwitzte schon jetzt, und ihre Haut prickelte von der Hitze, obwohl es erst kurz nach sieben Uhr früh war. Sie umfasste eine silbrig bereifte schwarze Traube, schnitt sie ab und griff nach der nächsten.

Geplauder und Fetzen von Liedern umwehten sie, während sie sich auf ihre Arbeit konzentrierte. Die Sonne traf wie mit Hammerschlägen auf Kopf und Nacken, und der Schweiß auf ihrer Haut verdunstete, als die Quecksilbersäule anstieg. Jay arbeitete auf der Terrasse über ihr. Ab und zu blickten sie einander an und lächelten. Sophie dehnte ihren Rücken und wischte sich den Schweiß aus dem Gesicht, während sie eine kleine Atempause einlegte und sich umschaute. Es war ein prachtvoller Anblick, dieses Land mit seiner schwarzen Erde und den dunkelgrünen Weinstöcken, die Berge malvenblau und grau, der Himmel blau und so weit, dass er ihr Liliputanerleben ganz umgab und die Dinge in die richtige Perspektive rückte.

Das heitere Rülpsen einer Oldtimerhupe verkündete die Essenspause, und voller Staunen bemerkte Sophie die riesigen Körbe, die Beatty aus dem Geländewagen hob. Es gab kaltes Huhn und Schinken, kalten Hammelbraten, frisches Brot und selbst eingelegte Gurken. Tomaten leuchteten aus Kisten voll grünem Salat, und zahllose Kästen mit Wasser und alkoholfreiem Bier halfen gegen den Durst.

Jay trug einen Korb auf Sophies Terrasse, und sie ließen sich zwischen zwei Rebenreihen auf der warmen Erde nieder. Sie setzte eine Flasche Wasser an und trank durstig. Es kam ihr so vor, als würde sie die Trockenheit nie mehr loswerden.

»Langsam, Sophie, sonst wird dir noch schlecht. Hier, nimm die und behalte sie hier; du wirst sie brauchen.« Er stellte ein paar Flaschen Wasser in den Schatten der Reben. »Du wirst ein paar Liter verbrauchen, bis der Tag um ist, aber es ist besser, wenn du nach und nach trinkst.«

Sie lächelte ihn an. »Ich bin froh, dass wir Freunde sein können«, sagte sie, den Mund voll mit köstlichem kaltem Hammel und Gurke. »Und ich bin froh, dass ich Gelegenheit habe, mal wieder körperlich für ein Weingut zu arbeiten.«

»Das Gut hier ist keineswegs typisch. Dad hat einen guten Ruf unter den Lesearbeitern; er ist ein fairer Arbeitgeber und zahlt gute Löhne, und außerdem gibt es bei ihm Essen und eine ordentliche Unterkunft. Du solltest sehen, in welchem Zustand manche der Behausungen sind, in die diese Leute ziehen müssen, wenn sie hier fertig sind. Bloße Baracken ohne fließendes Wasser, ohne alles.«

Sophie schluckte den letzten Bissen ihres Bratensandwichs herunter und nahm noch einen Schluck aus der Flasche. »Es wundert mich, dass er noch etwas verdient, wenn er allen so gutes Essen spendiert«, bemerkte sie und schälte sich eine Apfelsine.

»Die anderen Winzer halten ihn für exzentrisch, aber am Ende zahlt es sich doch aus. Wir haben nie Mangel an Lesearbeitern, und die hier sind die besten in der ganzen Branche.« Er schaute hinüber zu den andern, die jetzt auch ihren Lunch beendeten. »Manche von diesen Männern und Frauen waren als Kinder das erste Mal bei uns, und jetzt bringen sie die eigenen Kinder mit. Ist ein Familienbetrieb, schätze ich.« Mit dunklen Augen schaute er sie an und wandte den Blick nicht ab.

Sophie wickelte den Rest der Orange in eine Papierserviette und schob sie für später in die Brusttasche ihres Hemdes. »Ich sollte jetzt lieber weitermachen«, sagte sie und lachte spröde. »Ich liege schon jetzt meilenweit hinter allen andern zurück.«

Der Nachmittag verging wie im Fluge. Die Sonne brannte, die Fliegen summten, und der Duft der warmen, reifen Trauben erfüllte die stille Luft. Das Geplauder hörte nie auf, und auch nicht das Singen und die schmutzigen Witze, die zwischen den einzelnen Terrassen hin und her gingen. Aber Sophie war erschöpft; Kopfschmerzen lauerten hinter ihren Augäpfeln, und sie konnte sie kaum noch bewegen.

Als der Himmel die Farbe verlor und die Sonne des ersten Lesetages langsam hinter den Bergen versank, kletterte sie müde zu Beatty und John Jay in den Geländewagen, der sie zurück zum Gutshaus brachte. Sie hatte Muskelkater an Stellen, von denen sie nicht gewusst hatte, dass es sie gab, und einen dreieckigen Sonnenbrand, wo ihr Hemd offen gestanden hatte. Unter keinen Umständen würde sie die Energie aufbringen, heute Abend beim Barbecue der Lesehelfer dabei zu sein.

Unter der Dusche wäre sie beinahe eingeschlafen; sie musste sich zwingen, lange genug aufrecht zu bleiben, um ins Bett zu steigen. Sie schlief schon und träumte von Reben und Trauben, als die anderen sich auf den Weg zum Fest machten.

Die Woche verging im Handumdrehen. Je mehr Sophie sich daran gewöhnte, den ganzen Tag in der Sonne zu stehen, desto mehr Spaß machte es ihr auch, und sie beteiligte sich immer öfter am Geschichtenerzählen und Singen. Jay ließ es sich nicht nehmen, ihr täglich den Lunchkorb zu bringen. Und während sie gemeinsam ihre Sandwich verzehrten, begruben sie nach und nach ihren Zwist.

Aber keiner von beiden erwähnte den Grund für den Bruch zwischen ihnen, und Sophie fragte sich, ob es nicht sogar besser wäre, das alles hinter sich zu lassen und nach vorn zu schauen. Sie hatte aus diesen Briefen eine heilsame Lektion gelernt: Ein Bruch war das Todesurteil für Familien und Beziehungen, wenn man ihn nicht schnell wieder kitten konnte – und jetzt erhielten sie und Jay eine zweite Chance.

Es war der letzte Tag; die Reben waren abgeerntet, der letzte Korb auf einem der Lastwagen ausgekippt, mit denen die Trauben zur Kelter transportiert wurden. Sophie nahm den Hut ab und wischte sich den Schweiß von der Stirn. Ihre Haare klebten am Kopf, und sie zog die Klammern heraus und schüttelte sie los.

»Ich bin froh, dass du sie nicht abgeschnitten hast«, sagte Jay leise. »Sie sind so schön – selbst wenn sie zerzaust und verschwitzt sind.«

Sie sah ihn an. Die zunehmende Vertrautheit zwischen ihnen machte sie weniger kratzbürstig. »Schmeichelei bringt dich auch nicht weiter«, scherzte sie. »Ich werde jetzt duschen und ein Nickerchen machen, bevor die Party heute Abend anfängt. Ich bin kaputt.«

Er griff nach ihrer Hand und hielt sie fest. »Es gibt noch etwas, was du vorher tun solltest«, sagte er geheimnisvoll. »Komm mit.«

Sie sträubte sich. »Was hast du vor, Jay?«, fragte sie wachsam.

Er lächelte dieses träge, sinnliche Lächeln, bei dem sie innerlich immer noch schwach wurde. »Nichts Schlimmes. Versprochen.«

Sie musterte ihn nachdenklich. Dann kam sie zu dem Schluss, dass sie übervorsichtig war, und sie lächelte. »Solange es dabei etwas Kühles gibt«, sagte sie. »Ich bin ganz erschossen von der Hitze.«

»Gut«, sagte er und schob sich den Hut aus der Stirn. »Komm.«

Sie gingen zu einem der Geländewagen und stiegen ein. Kurze Zeit später atmeten sie den Staub der letzten Traubenkipper. Jay fuhr in den gepflasterten quadratischen Hof, der zwischen Kelterei, Abfüllanlage und Besucherempfang lag. »Komm schon. Ich garantiere dir, hier drin ist es kühl.«

Sophie stieg vom Wagen herunter, stellte ihre Versuche, Kleider und Gesicht vom Staub zu befreien, endgültig ein und folgte ihm in den kühlen Schatten des Empfangsraums für Besucher des Gutes. Das Klappern ihrer Stiefelabsätze hallte vom Steinboden bis unter das Kathedralengewölbe des Daches. Sophie atmete den Duft von Wein und Eichenfässern und spürte, wie die Anspannung der vergangenen Woche von ihr abfiel.

»Du bist jetzt seit fast drei Wochen auf Coolabah. Ich finde, es ist Zeit, dass du dir den Betrieb anschaust.«

Der leise Vorwurf in seinem Ton entging ihr nicht, und insgeheim musste sie zugeben, dass er Recht hatte. »Ich habe anscheinend immer etwas anderes zu tun gehabt«, stammelte sie. »Es war keine Absicht dabei.«

Seine Augen lagen im Schatten seiner Hutkrempe, als er auf sie herabschaute. Ohne ein weiteres Wort wandte er sich ab, durchquerte den Empfangsraum und ging auf eine schwere Eichenholztür zu. »Für Besucher ist geschlossen; wir sind also ungestört«, sagte er, während er die Tür aufschloss und hindurchging. »Pass auf den Boden auf«, warnte er. »Es wird schlüpfrig.«

Sophie folgte ihm in den langen dunklen Gang, der sich in die Erde hinunterzuwinden schien. Die Wände fühlten sich kalt an, die Decke war niedrig, und nur in Abständen beleuchtete eine Lampe den Weg auf den breiten Steinstufen. Sie bog um eine Ecke, und dann stand sie voller Ehrfurcht vor dem Anblick, der sich ihr bot.

»Schön, nicht?«, sagte er stolz und zündete die Kerzen auf einem verschrammten Tisch an.

»Das kann man wohl sagen«, hauchte sie und schaute sich in der weiten Höhle um, die man hier in die Erde gehauen hatte. Die Decke war hoch, der Boden und die Wände waren aus Stein, und die ungeheuren Holzfässer waren so groß und breit wie ein englisches Reihenhaus. Der Duft des gärenden Weins, der sie zurück in die Kindheit entführte, und das gurgelnde Hexengebräu, das in diesen riesigen Fässern brodelte, entfachten ein Kribbeln, das sie längst vergessen geglaubt hatte. »Es bringt mich zurück in die Vergangenheit«, flüsterte sie. »Es erinnert mich daran, warum wir es tun.«

Er nahm sie bei der Hand. »Komm mit.«

Sophie spürte einen elektrischen Schlag bei seiner Berührung. Sie ging mit ihm durch einen langen Gang bis hinunter in die dunklen Flaschenkeller, und dabei schaute sie starr auf den Boden, denn sie fürchtete, er könnte sonst in ihren Augen lesen und den Zauberbann brechen, indem er etwas Unbedachtes tat.

Er ließ ihre Hand los und berührte sie nicht wieder; er zeigte ihr die verschiedenen Jahrgänge und erklärte ihr, wie sie zustande kamen, wie sie lagerten und reiften. Die Begeisterung für seine Arbeit ließ seine Augen glänzen, und während er sie durch einen langen Gang nach dem andern führte, war es fast, als habe er sie vergessen.

Sophie biss sich auf die Lippe. Sie hatte gewollt, dass er sie küsste, hatte seine Arme um sich fühlen wollen, und gleichzeitig wusste sie doch, dass man es langsam angehen musste, wenn sich zwischen ihnen wieder etwas entwickeln sollte. Zwischen ihnen bestand eine zerbrechliche Bindung, die schon einmal beschädigt worden war – eine Bindung, die geschmiedet worden war, als sie beide noch sehr jung waren. Jetzt waren sie reifer; sie führten ein anderes Leben, hatten andere Prioritäten. Es wäre albern, das alles aufs Spiel zu setzen – für einen Augenblick des Wahnsinns, den sie vielleicht beide bereuen würden.

John zog vorsichtig eine Flasche Jahrgangschampagner aus dem Regal, drehte den Drahtverschluss ab und zog behutsam den Korken heraus. Er schenkte zwei Gläser ein und hielt Sophie das eine entgegen. »Auf die Zukunft«, sagte er leise. »Auf Jacaranda und Coolabah und alle, die sich dort abrackern.«

Sophie nahm einen Schluck von dem kühlen, trockenen Champagner und ließ sich die Bläschen auf der Zunge zergehen. Es war ein ausgezeichneter Jahrgang.

Er fasste ihr unters Kinn und zwang sie, ihm in die Augen zu schauen. »Einen Penny für deine Gedanken«, sagte er.

»Das ist 'ne Währung, die schon lange nicht mehr gilt, Alter«, sagte sie scherzhaft; ihre australische Klangfarbe machte sich wieder bemerkbar. »Schätze, ich bin bloß müde und überwältigt von alldem.«

Er stand dicht vor ihr. Zu dicht. Sie wich zurück. Sie hatte ihr eigenes Spiegelbild in diesen braunen Augen gesehen und wusste, dass er mehr wollte als bloße Freundschaft. Aber konnte sie ihm wieder vertrauen? Konnte sie die Vergangenheit ruhen lassen und riskieren, dass er sie noch einmal verletzte? Die Fragen schwirrten in ihrem Kopf im Kreis herum. Sie wusste, dass sie eine Antwort finden musste, und die Zeit wurde knapp. In zwei Tagen würden sie abreisen.

Die Sonne war hinter den Bergen versunken, und eine milde Nacht warf samtige Schatten über das Land, als die ganze Familie John Jay und Beatty zur Kellerei folgte. Alle trugen Laternen, und bei ihrem leisen Plaudern und Lachen und den flinken Schritten fragte Sophie sich, ob diese Leute denn niemals müde wurden. Der Schlafmangel und eine Woche Schwerarbeit in der glühenden Sonne hatten sie zermürbt, und Jays offenkundiges Verlangen nach einer Antwort machte die Müdigkeit nicht erträglicher.

In der Kellerei begann sie zu frieren, nachdem die Hitze der Sonne vergangen war. Als sie zum zweiten Mal an diesem Tag den langen Gang betrat, fröstelte es sie, und sie zog sich den Pullover über die Schultern. Hier waren noch zu viele Geister. Zu viele Erinnerungen an das, was zwischen ihnen stand und unausgesprochen geblieben war. Vielleicht war es doch besser, alles zu lassen, wie es war, dachte sie und folgte den anderen in den Gewölbekeller, wo der saure, kribbelnde Duft der Gärung die Luft erfüllte. Jay würde diesen Ort niemals verlassen, und sie war ein Großstadtmädchen mit hochfliegenden Karriereplänen. Es sollte nicht sein.

John Jay stand neben den riesigen Fässern, und mehrere Flaschen des vorigen Jahrgangs waren bereits geöffnet hinter ihm auf dem Tisch zu sehen. Er wartete, bis seine Frau für jeden ein Glas eingeschenkt hatte, und hob dann seines zu einem Trinkspruch. »Ich trinke auf Coolabah Creek«, sagte er, und seine Stimme hallte unter den Wölbungen des weiten Kellers. »Auf Rose und John und Isobel und alle Generationen, die ihnen gefolgt sind. Mögen wir von jetzt an Frieden und Wohlstand finden.«

Sophie stimmte in den herzlichen Beifall ein und nahm einen Schluck von dem trockenen, körperreichen Cabernet Sauvignon. Er war gut, wenn nicht besser als der Wein von Jacaranda – aber vielleicht lag es auch nur an der Atmosphäre und ihrem erhöhten Bewusstsein, dass es ihr so vorkam.

Cordelia fuhr sich mit der Zunge über die Lippen und hielt Beatty ihr leeres Glas entgegen. »Ist gut für's Blut«, behauptete sie, als Beatty eine Braue hochzog. Als ihr Glas wieder gefüllt war, erhob sie es und verlangte Ruhe. »Auf eine verdammt gute Party!«

Alle lachten und tranken ihren Wein aus. Dann ging es zur Unterkunft der Lesehelfer, wo schon ein ganzes Schwein am Spieß briet. Es gab so viel Wein, Bier und Rum, wie man nur trinken konnte. Wie die Pioniere von Jacob's Creek verstanden auch die Leute von Coolabah Crossing zu feiern, und Sophie fand, sie taten es mit Stil.

Mundharmonika und Blechpfeife wurden jetzt durch Gitarre und Geige verstärkt, und jemand konnte zwei Löffel wie Kastagnetten spielen und damit den Takt schlagen. Eine Irin kam mit einer Trommel, und das alte Klavier wurde aus dem Gemeinschaftsraum gerollt und von Wal enthusiastisch bearbeitet. Es schien niemanden zu stören, dass die Hälfte der Tasten keinen Ton mehr hervorbrachte und das Instrument seit Jahren nicht mehr gestimmt worden war.

John Jay und Beatty eröffneten den Tanz, und Sophie wurde mehr schwung- als kunstvoll von jungen und alten Männern herumgewirbelt. Sie traten ihr auf die Zehen, hielten sie zu fest oder hatten kein Gefühl für die Richtung. Es war ein farbenfroher Trubel von karierten Hemden; flache Stiefel scharrten und stampften, und unter begeistertem Jauchzen tanzte man die alten Ring- und probte man die Schritte der neuesten Reihentänze.

Aber nur allzu sehr war ihr bewusst, wie Jay die Taille einer jungen und sehr attraktiven Rothaarigen umfasste. Er schwenkte sie hoch in die Luft und drückte ihr dann einen Kuss auf die Wange, ehe er sie an den Nächsten in der Reihe weiterreichte. Er wusste, dass Sophie ihn beobachtete; das verriet ihr sein Blick. Hastig wandte sie sich ab. Es hatte keinen Sinn, ihn wissen zu lassen, wie stark dieser Augenblick von Champagner und kühler Dunkelheit auf sie gewirkt hatte. Keinen Sinn, etwas zu reparieren, was zerbrochen war. Sie führten ein so unterschiedliches Leben. Zwischen seinen und ihren Erwartungen und Ambitionen lagen Welten. Übermorgen würde sie fort sein, auf dem Rückweg nach Melbourne. So war es am besten.

Daisy hatte getan, was sie konnte, um sich auf die Vorstandssitzung vorzubereiten. Die Wochen waren scheinbar wie im Fluge vergangen, aber sie hatte doch Gelegenheit gefunden, die Energie und die Begeisterung wiederzugewinnen, die sie einst für Jacaranda aufgebracht hatte, und zu erkennen, wie viel sie dem Familienunternehmen zu bieten hatte.

Es waren jetzt weniger als achtundvierzig Stunden bis zum Meeting. Sie und Kate waren dabei, Charles vom Krankenhaus nach Hause zu bringen. Die Bypass-Operation war gut verlaufen; er würde zwar in den nächsten Monaten noch Pflege brauchen, aber er hatte darauf bestanden, nach Hause zu fahren.

»Dieser verdammte Laden ist mir ein Gräuel«, knurrte er. »Erinnert mich ans Internat mit all diesen Regeln und Vorschriften. Wusstet ihr, dass sie mir sogar verboten haben, meine Zigarren zu rauchen?«

Daisy lachte. »Selbstverständlich haben sie dir das verboten. Du musst auch damit aufhören, wenn du wieder gesund werden möchtest.«

Er zog eine Grimasse, während der Wagen in die Zufahrt einbog. »Das wird aber ziemlich öde, wenn ihr mich fragt«, murrte er. »Was soll man denn anfangen ohne ein Tröpfchen Whisky oder ein Glas Wein zum Essen und eine gute Zigarre danach?«

»Weniger essen, nicht mehr rauchen und nur ab und zu ein Gläschen Wein trinken«, sagte Kate trocken. »Viel Glück, Charles! Du wirst es brauchen.«

»Nach dem Meeting gehe ich in den Ruhestand«, sagte er müde. »Was immer dabei herauskommt, ich habe die Nase voll von dem ganzen verdammten Zirkus. Wenn Jock nicht gewesen wäre, hätte ich schon längst aufgegeben.« Er sah Daisy an. »Wie ist es mit dir?«

»Ich habe Pläne für die Zukunft von Jacaranda«, sagte sie geheimnisvoll. »Aber du wirst bis zum Meeting warten müssen, um mehr zu hören.«

»Ich dachte, du kannst die Firma nicht ausstehen? Was hat denn bewirkt, dass du deine Meinung geändert hast?«

»Das Gefühl meines eigenen Wertes«, sagte sie mit heimlichem Stolz.

Jane ging im stillen Apartment auf und ab. Zeitungsausschnitte und Erinnerungsalben lagen verstreut auf dem Teppich, Fotos und Briefe waren auf dem Couchtisch ausgebreitet. Die Vergangenheit holte sie ein – und ihr Bedürfnis, die Wahrheit zu enthüllen, wurde immer dringlicher, je näher das Meeting rückte.

Sie blieb vor dem großen Panoramafenster stehen und schaute hinaus auf die Stadt, die sich unter ihr ausbreitete. So viele Menschenleben, dachte sie. Kleine Leben, die ihren Lauf nahmen, ungeachtet des Schmerzes und des Leidens rings um sie herum. Kleine Wesen, die ihre Dramen in den Straßen und Mauern dieser verzweigten, lärmenden Stadt inszenierten, ohne sich um andere zu kümmern. So hatte auch sie in ihrer Jugend gelebt, als sie noch schön und berühmt gewesen war. Jetzt suchten ihre Sünden sie heim, und sie wusste nicht, wie sie sich ihnen stellen sollte.

Seufzend setzte sie sich hin und strich mit den Fingern über die schwarz-weißen Publicityfotos, die man vor so vielen Jahren von ihr gemacht hatte. Sie konnte verstehen, dass Jock sich in sie verliebt hatte, konnte verstehen, dass er eine schöne Frau an seiner Seite und im Bett gebraucht hatte. Das alles gehörte zu seinem gigantischen Ego – und wenn sie wirklich ehrlich war, gehörte es auch zu ihrem. Für ihre Karriere war es von unermesslichem Nutzen gewesen, einen reichen, mächtigen Mann als Liebhaber zu haben, und weil sie ihn zutiefst geliebt hatte, hatte sie an Cordelia und ihre Kinder kaum einen Gedanken verschwendet.

Bis sie sie gebraucht hatte. Bis Jock das Glas Whisky umgestoßen und sie mit dem Geld beworfen hatte. Sie hatte auf den vergossenen Drink gestarrt, als er ihr befohlen hatte, aus seinem Leben zu verschwinden. Hatte zugesehen, wie die Scheine nass und dunkel geworden waren, als er ihr verbot, zurückzukommen, wenn sie nicht täte, was er wollte.

Sie betrachtete die verblichenen Bilder, die sie fast ein Drittel ihres Lebens versteckt aufbewahrt hatte. Darauf also lief es jetzt hinaus. Das war der Grund für das Netz aus Lügen und Täuschungen, das sie so fest umspannte, dass es ihr fast den Atem nahm.

Sie riss sich aus ihren Gedanken und fing an aufzuräumen; endlich war ihr die Entscheidung klar, und neue Tatkraft durchströmte sie. Sie hatte zu viele Jahre im Schatten verbracht. Es war Zeit, dass sie wieder in die Sonne hinaustrat.

Sophie stand im Schlafzimmer. Ihre Taschen waren gepackt und standen reisefertig neben ihr. Das Kreischen der Elstern und die durchdringenden, süßen Rufe der Glockenvögel wehten über das Land, und die Sonne vertrieb bereits die Schatten der Nacht. In dem außergewöhnlichen Licht, das es nur im Outback gab, wurden die blassen, zarten Blätter der Eukalyptusbäume zu einem feinen Dunst vor dem rauen Braun der Rinde und dem Leuchten des silbrigen Grases.

Sie seufzte. Sie würde den Gesang der Vögel am frühen Morgen vermissen, den Duft der warmen Erde und der reifen Trauben, den kühlen blauen Schatten der Berge ringsum und die dunkelgrünen Reben. Aber vor allem würde sie diese glückliche, ausgelassene Familie vermissen. Jay konnte sich glücklich schätzen, von so viel Liebe umgeben zu sein.

Sie wandte sich vom Fenster ab. Selbstmitleid hatte keinen Zweck. Sie war es gewesen, die seine Avancen zurückgewiesen und seinen Absichten misstraut hatte; sie war zu feige gewesen, den ersten Schritt zu einer richtigen Versöhnung zu tun. Sie raffte die Taschen auf und stürmte zur Tür hinaus. Blöde Kuh, dachte sie wütend. Warum musst du alles so verdammt ernst nehmen?

In der Küche war es ausnahmsweise still; Beatty mistete den Pferdestall aus; die Männer waren draußen und bereiteten die Terrassen für die nächste Saison vor. Wal rauchte seine Morgenpfeife auf der Veranda, wenn sie das Knarren des Schaukelstuhls richtig deutete. Von Cordelia war nichts zu sehen. Sophie wurde plötzlich bewusst, dass sie seit ihrer Ankunft hier fast gar nicht mehr geraucht hatte. Crispin hatte Recht gehabt – sie brauchte es nicht mehr. Mit diesem erhellenden Gedanken schenkte sie sich aus der stets vorhandenen Kanne auf dem Herd eine Tasse Tee ein, kostete ihn und gab dann Zucker hinein. Er war gut durchgezogen und sehr bitter, aber das weckte sie auf.

Cordelia kam schlurfend herein und blieb am Tisch stehen, schwer auf ihre Krücken gestützt. »War eine gute Party, nicht?«, sagte sie seufzend. »Schätze, es wird meine letzte gewesen sein. Werde zu alt für so lange Nächte.«

»Du hast jetzt reichlich Zeit, dich auszuruhen, Gran«, sagte Sophie. »Und ich verspreche, ich werde herkommen und dich besuchen, so oft ich kann.«

Cordelia zog eine Grimasse und setzte sich. »Ich werde noch lange tot sein«, fauchte sie. »Leg mich also nicht in die Kiste, bevor ich meinen letzten Atemzug getan habe. Ich fahre mit dir zurück nach Melbourne. Ich habe die anderen gewarnt.«

Sophie seufzte entnervt. Sie hatte gewusst, dass es so kommen würde. Gran war viel zu fügsam gewesen, als man ihr vorgeschlagen hatte, in Coolabah Crossing zu bleiben. »Der Arzt rät dir aber davon ab«, sagte sie entschieden. »Du kannst doch telefonisch am Meeting teilnehmen oder dich durch mich vertreten lassen.«

Cordelia winkte ab. »Kommt nicht in Frage! Ich will ihre Gesichter sehen, wenn ich ihnen sage, was ich mit Jacaranda vorhabe. Mit dem verdammten Telefon geht das nicht«, erklärte sie verachtungsvoll.

»Gran, du musst dir ausnahmsweise einen Rat geben lassen«, beharrte Sophie. »Du hast zu niedrigen Blutdruck und Angina. Es könnte gefährlich sein, in deinem Zustand zu fliegen.«

Die hellen Augen musterten sie ernst. »Ich würde dir zustimmen, wenn es darum ginge, mit den Armen zu flattern und dort oben vom Berg zu springen, aber da die ganze Arbeit von Metall und Technik übernommen wird, werde ich es wohl schaffen, ein paar Stunden dazusitzen und nichts zu tun.«

Sophie hatte Mühe, nicht aus der Haut zu fahren. »Du brauchst doch nicht dabei zu sein. Gib mir die Akte, die du mit den anderen zusammengestellt hast, und ich lese alles im Flugzeug. Ich bin durchaus in der Lage, in deinem Sinne zu argumentieren.«

»Du glaubst doch nicht etwa, dass ich jemand anderem zutraue, die Sache richtig zu machen, oder?«, fuhr Cordelia sie an. »Ich sitze in diesem Vorstand, seit ich siebenundzwanzig bin, und habe kein einziges Meeting versäumt. Ich werde eine lebenslange Gewohnheit jetzt nicht ändern.«

Sophie kämpfte auf verlorenem Posten. »Und wenn du dabei stirbst, Gran? Wer soll dann auf uns Acht geben?«

Cordelia verschränkte die Arme. »Für diesen Fall habe ich vorgesorgt. Und jetzt bring mir mein Frühstück, und hör auf zu jammern! Ich brauche meine Kräfte für die Reise, und wir verschwenden hier nur Zeit.«

Sophie biss die Zähne zusammen und gehorchte. Als der Teller mit Rührei und Toast vor ihrer Großmutter stand, setzte sie sich hin, trank ihren Kaffee und sah zu, wie Cordelia zulangte. Die Angina pectoris hatte den Appetit der alten Dame kein bisschen beeinträchtigt, stellte sie mit schiefem Lächeln fest.

»Ich habe von dem Fluch gelesen, der auf den Fullers und den Tanners liegt«, begann sie.

»Flüche wirken nur, wenn man an sie glaubt«, murmelte Cordelia, den Mund voll Toast.

»John und Rose muss er aber sehr real erschienen sein, wenn sie auf diese Weise darauf reagierten.«

»Damals war es anders. Aberglaube war verbreitet, und du darfst nicht vergessen, Rose war Irin und John ein Zigeuner. In beiden Kulturen gibt es einen starken Glauben an Zauber und Flüche.«

»Und Muriels Baby kam gesund und wohlbehalten zur Welt?«

Cordelia wischte sich mit einer Serviette den Mund ab und lehnte sich zurück. »Es hatte ein erdbeerförmiges Muttermal am Schenkel – aber das hatte wenig mit Zauberei und Flüchen zu tun, und seitdem war jedes Baby gesund und munter.« Sie lächelte, und ihre Augen funkelten boshaft. »Wenn du und Jay euch also dazu entschließen solltet, euch entsprechend euren Gefühlen füreinander zu benehmen, dann soll euch nichts daran hindern.«

»Nur die Zeit und die Entfernung«, sagte Sophie leise. »Wir haben zu lange abgewartet.«

Cordelia nahm sich noch eine Scheibe Toast und tunkte sie in den Milchkaffee. Das dicke, sahnige Getränk belebte sie. Während sie den weichen Toast kaute, dachte sie an ihre Pläne für die Vorstandssitzung.

Sie lächelte durchtrieben, als sie sich fragte, wie die andern wohl reagieren würden, wenn sie die Katze aus dem Sack ließe. Es machte Spaß, die Zügel wieder in der Hand zu halten. Das Ränkeschmieden hielt sie am Leben.

Nachdem sie ihr Frühstück zum größten Teil vertilgt hatte, humpelte sie auf die hintere Veranda. »Ich fahre bald, Wal. Dachte mir, ich verabschiede mich am besten unter vier Augen«, erklärte sie bärbeißig.

Er stand auf, und der Schaukelstuhl wippte nach hinten, als er dagegen stieß. Er schlang die Arme um ihre Schultern, zog sie an sich und küsste sie auf die Stirn. »Goodbye, altes Mädchen«, sagte er leise. »Schätze, wir werden uns nicht wiedersehen – jedenfalls nicht in diesem Leben. Aber ich bin froh, dass wir die letzten Wochen miteinander verbringen konnten.«

Sie drückte ihn an sich und dachte an die verschwendeten Jahre, an die Tränen, die sie vergossen hatte um alles, was sie verloren hatte. »Goodbye, Wal«, flüsterte sie. »Danke, dass du einer albernen alten Frau Gelegenheit gegeben hast, das Steuer noch einmal herumzuwerfen. Ich wünschte nur …«

Er umschlang sie fester. »Nein, Cordy. Wünsche dir nicht mehr, als wir hatten. Es war das Beste, was wir unter diesen Umständen hinkriegen konnten.«

Schließlich löste sie sich wieder von ihm und schaute in die dunklen Augen, die von den Jahren und von zu viel Sonne heller geworden waren. Sie sah die runzlige Stirn, die verschwommenen Gesichtszüge des Alters – und sie wusste, sie würde ihn lieben bis zum Ende. »Du wirst mir fehlen, du verdammter alter Taugenichts«, sagte sie unter Tränen.

Er küsste sie auf die Wange, und sein graues Stoppelkinn war wie eine Raspel. »Ach was, Cordy. Wir haben einander im Herzen, mein Schatz. Das bringt uns über die Runden, bis wir uns wiedersehen.«

»Glaubst du, nach alldem hier kommt noch etwas?«, fragte sie überrascht. Wal war nie religiös gewesen.

»Das kann man wohl sagen«, behauptete er entschieden. »Sonst wäre es doch eine gottverdammte Zeitverschwendung für uns alle gewesen.«

Cordelia umarmte ihn noch einmal und ging ins Haus zurück. Sie hatte ihm nichts mehr zu sagen, was er nicht schon wusste. Es hatte keinen Sinn, die Qual in die Länge zu ziehen. Aber als sie auf das Bett sank, fühlte sie, wie der Schmerz in ihr aufstieg, und sie schluchzte bitterlich ins Kopfkissen.

Sophie spazierte hinaus zum Pferdestall; sie hoffte, dass Jay seiner Mutter half. Seit dem Lesefest hatte sie ihn nicht mehr gesehen, und sie hatte den unangenehmen Verdacht, dass er ihr aus dem Weg ging.

Beatty war dabei, Jupiters Box auszumisten, und nahm Sophies Angebot, ihr zu helfen, dankbar an. Sie harkten das Stroh der letzten Nacht hinaus und streuten frisches hinein, und mit einem Strom von belanglosem Geplauder über Menschen und Orte, von denen Sophie nichts wusste, beendete Beatty ein verlegenes Schweigen.

»Wo ist Jay?«, fragte Sophie schließlich, als Beatty eine Plapperpause einlegte.

Beatty ließ die Eimer am Wasserhahn voll laufen. Sie schaute sich um. »Er ist weggefahren«, sagte sie. »John Jay hatte irgendetwas zu erledigen, und Jay hat es ihm abgenommen.«

Sophie wandte sich ab; hoffentlich hatte Beatty die Enttäuschung in ihrem Blick nicht gesehen. Aber sie war nicht schnell genug gewesen.

»Er wollte nicht bleiben, wo er unerwünscht war«, sagte Beatty ohne Groll. »Deswegen hielt er es für das Beste, sich fern zu halten, bis du weg bist.«

»Aber ich wollte ihn sehen«, protestierte Sophie. »Es gibt Dinge, die ich klären muss, Dinge, die ich ihm zu erklären habe. Ich war wirklich mies zu ihm, als wir das letzte Mal miteinander gesprochen haben, und ich wollte mich dafür entschuldigen.«

Beatty sah ihr ins Gesicht. »Ich habe den Eindruck, dass du Zeit genug dazu gehabt hast. Jay sagt, er hätte dich mehr als einmal angesprochen, aber du hättest ihm die kalte Schulter gezeigt.« Seufzend stellte sie die Eimer in die Boxen. »Der Stolz eines Mannes ist nicht unbegrenzt belastbar, Sophie. Jay hat dich einmal sehr geliebt. Ich schätze, du hast ihn damals nicht fair behandelt und tust es jetzt auch nicht.«

Sophie konnte nicht antworten. Sie hatte einen dicken Kloß im Hals.

Beatty packte sie bei der Schulter. »Wenn es so sein soll, dann wird es auch klappen«, sagte sie ruhig. »Hab Geduld. Gib ihn noch nicht auf.«

Das kleine Flugzeug startete, und Cordelia schaute ein letztes Mal auf Coolabah Crossing hinunter. »Goodbye«, flüsterte sie, und ihre Fingerspitzen berührten die Fensterscheibe.

Die winkenden Gestalten unten wurden immer kleiner und verschwanden dann in der Ferne, und Cordelia lehnte sich schließlich zurück und schloss die Augen. Die Düfte und Bilder dieser wunderschönen Ecke Australiens würde sie bis ans Ende ihrer Tage bei sich bewahren. Sie würde sich an die Menschen erinnern, an das Geschnatter der Elstern am frühen Morgen und an das Quietschen von Wals Schaukelstuhl auf den Holzdielen der Veranda. Aber vor allem würde sie sich an das Kratzen seines Stoppelkinns auf ihrer Wange erinnern, an die gedehnte Sprechweise des Mannes, den sie fast ihr ganzes Leben lang geliebt hatte.

Ein schmerzhafter Stich schoss durch ihre Brust; sie schrie leise auf und bekam keine Luft mehr. Verstohlen schob sie eine der Pillen, die der Arzt ihr gegeben hatte, unter die Zunge und wartete, dass der Schmerz nachließ. Der junge Dachs hatte Recht, dachte sie. Ich fühle mich scheußlich. Aber ich bin entschlossen, die Sitzung morgen noch mitzumachen. Entschlossen, Jacaranda Wines meinen Stempel aufzudrücken, bevor es zu spät ist.

Jane hatte nervös den ganzen Nachmittag gewartet. Sie wusste nicht genau, wann sie ankommen würden, und hoffentlich hatte sie an alles gedacht. Das Apartment war aufgeräumt und geputzt, und in den Vasen standen süß duftende Lilien. Der Esstisch war zum Tee gedeckt. Cordelias Bett war frisch bezogen, und eine

Wärmflasche lag auch schon drin, denn Jane wusste, dass sie selbst im Hochsommer manchmal fror.

Der Schlüssel schrammte ins Schloss, und sie lief zur Tür, um zu öffnen.

»Hallo, meine Liebe. Da bin ich – wieder zu Hause.« Cordelia strahlte.

Jane bemühte sich, ihren Schrecken zu verbergen, als sie sich umarmten. Cordelia sah furchtbar aus; ihr bleiches Gesicht war grau, und ihre Lippen waren blau und bebten. Sie würde ihre Pläne revidieren und sie vorläufig aufschieben müssen. Cordelia brauchte sie. »Komm und setz dich«, sagte sie rasch. »Ich habe eine Kanne Tee gemacht.«

Cordelia humpelte langsam zu ihrem Stuhl und ließ sich mit einem dankbaren Seufzer fallen. »Das Apartment sieht wunderbar aus, Jane. Wie immer gibst du mir das Gefühl, etwas Besonderes zu sein.«

Jane wurde rot. Sie wusste ja, was sie vorgehabt hatte, und kam sich jetzt vor wie eine Verräterin.

Cordelia nahm Tasse und Untertasse in die Hand. Sie schaute zu Jane auf, und in ihren Augen leuchtete die Neugier. »Was hast du auf dem Herzen? Komm schon, spuck's aus.«

Jane war verwirrt. Sie hätte sich denken können, dass Cordelia nichts entgehen würde, aber so schnell hatte sie nun doch nicht damit gerechnet. »Es ist nichts weiter«, sagte sie hastig. »Jetzt ist nicht der rechte Augenblick.«

»Ich merke es immer, wenn dich etwas plagt, Jane. Du kriegst dann diesen unsteten Ausdruck.«

Cordelia ließ sich nicht ablenken; Jane wusste, dass ihre Freundin sie löchern würde, bis sie gezwungen wäre, alles zu erzählen. »Ich ziehe aus«, begann sie. »Ich habe dich schon zu lange eingeengt, und es wird Zeit, dass ich auf eigenen Füßen stehe und etwas mit meinem Leben anfange.«

»Wie kommst du denn darauf?«, fragte Cordelia.

Jane machte eine hilflose Geste, bevor sie die Finger ineinander verschränkte. »Ich habe nie zu dieser Familie gehört – nie richtig. Ich habe keine Stimme, ich spiele keine Rolle, und auch wenn es sich bei einer Frau meines Alters albern anhört: Ich brauche das Gefühl, dass man mich haben will. Und ich muss wissen, dass ich wenigstens den Anschein von Selbstständigkeit erreichen kann, bevor es zu spät ist.«

Sie holte tief Luft und redete hastig weiter, ehe Cordelia etwas sagen konnte.

»Bei der Galerie wird ein Apartment frei, und man hat mich als Vorsitzende des Arts Council akzeptiert. Das ist die Chance, etwas mit einem Leben anzufangen, das leer geworden ist, Cordelia. Und auch wenn ich dich schrecklich vermissen werde, ist es Zeit für mich, weiterzugehen.«

Cordelia seufzte. »Nicht so hastig, Jane. Ich werde selbst nicht mehr viel länger da sein, und ich hatte gehofft, ich könnte dir dieses Apartment hinterlassen, weil ich weiß, dass du darauf Acht geben und es als dein Zuhause betrachten würdest. Es ist das Mindeste, was ich dir schuldig bin für all das, was du in der Vergangenheit für mich getan hast.«

Jane setzte sich hin. Vor Überraschung wurden ihr die Knie weich. »Du bist mir überhaupt nichts schuldig«, protestierte sie. »Im Gegenteil, was du für mich getan hast, kann ich niemals zurückzahlen. Wenn ich daran denke …«

Cordelia unterbrach sie mitten im Satz. »Nicht jetzt, Liebes! Wir unterhalten uns morgen darüber, wenn ich eine Nacht geschlafen habe.« Sie wühlte in ihrer Handtasche und förderte einen großen braunen Umschlag zutage. »Das hier wird dir eine Stimme geben, Jane. Du hast sie verdient, und ich hoffe, du benutzt sie weise.«

Jane nahm den Umschlag stirnrunzelnd entgegen. Sie drehte ihn in der Hand hin und her, brach dann das Siegel und zog die Papiere heraus. »Das kannst du nicht«, flüsterte sie, als sie sah, was Cordelia ihr da gegeben hatte. »Ich habe kein Recht … überhaupt kein Recht …«

»Du hast jedes Recht«, erklärte Cordelia mit Entschiedenheit. »Es ist deine Stimme, und jetzt ist es an dir, dein Zeichen zu setzen. Enttäusche mich nicht, Jane! Ich zähle auf dich.«

ZWEIUNDZWANZIG

Die Türen des Sitzungszimmers standen offen. Als die beiden Frauen näher kamen, vernahmen sie leise Gespräche und das Klappern von Tassen und Untertassen.

»Hört sich nach einem vollen Haus an«, brummte Cordelia. »Bist du bereit?«

Jane nickte. Sie hielt eine stützende Hand unter Cordelias Ellenbogen, und neun verdutzte Augenpaare begrüßten sie, als sie eintrat.

»Was will die denn hier?«, fragte Mary.

»Das Gleiche könnte ich dich auch fragen«, erwiderte Cordelia. »Was hast du dir eigentlich dabei gedacht, einfach wegzulaufen und niemandem zu sagen, wo du bist? Du solltest dich schämen.«

Mary zündete sich eine Zigarette an. Sie hatte offensichtlich getrunken, und ihre Hände zitterten. »Das geht dich einen Dreck an«, fauchte sie und funkelte Jane durch den Rauch an. »Diese Frau hat kein Recht, hier zu sein. Sie hat keine Stimme, und sie ist kein Familienmitglied.«

»Jane hat das gleiche Recht wie alle andern hier«, sagte Cordelia milde. »Ich habe ihr ein paar von meinen Anteilen geschenkt.«

Verblüfftes Schweigen.

»Das ist unser Erbe!«, zischte Mary. »Das kannst du nicht einfach verschenken, an dieses … dieses … Flittchen!«

Cordelia sah, dass Sophie ihrer Mutter eine Hand auf den Arm legte, um sie zu besänftigen. Die Wirkung war gering. Mary schüttelte sie ab; sie war rot im Gesicht, und ihr Mund war ein schmaler, zorniger Strich.

»Es sind meine Anteile, und ich kann damit tun, was ich will«, entgegnete Cordelia. »Kümmere dich um deine eigenen Angelegenheiten, Mary, und wenn du dich nicht beherrschen kannst, schlage ich vor, dass du einfach den Mund hältst.« Cordelia ignorierte das Protestgeheul, warf Jane einen ermutigenden Blick zu und begab sich zum Ende des Tisches. Das Meeting hatte schlecht angefangen. Wie um alles in der Welt würden sie reagieren, wenn es so weiterginge? Aber seltsamerweise freute sie sich fast darauf.

Edward trank seinen Kaffee aus und wartete, dass die anderen sich setzten. Cordelia nutzte die Gelegenheit, um ihre Töchter zu begrüßen, und dann nahmen alle ihre Plätze am Tisch ein. Es war interessant zu sehen, dass niemand eine Bemerkung über die zusätzlichen Stühle machte.

Charles saß im Rollstuhl; man hatte ihn mit Kissen gestützt, um ihm das Atmen zu erleichtern, aber seine Gesichtsfarbe war gesund, und von einem leichten Tremor in der rechten Hand abgesehen hatte Cordelia den Eindruck, dass er sich recht gut erholte. Ihr Blick wanderte zu den Zwillingsbrüdern, Michael und James. Sie hatte die Berichte von Jacaranda in der vergangenen Nacht gelesen, als sie nicht schlafen konnte. Auch im Barossa Valley hatte es eine gute Ernte gegeben, und die Zwillinge wirkten ganz zufrieden, wie sie so miteinander redeten, ohne die andern zu beteiligen. Philip sah aus wie eine Katze, die nicht nur die Sahne aufgeschleckt, sondern auch noch den Teller gefressen hatte. Und Mary …? Sie hätte besser ausgesehen, wenn sie nicht schon früh am Morgen getrunken und nicht so eine finstere Miene aufgesetzt hätte.

Cordelia lächelte Daisy zu, und sie sah wieder in diesen intelligenten Augen und in der selbstbewussten Haltung das strahlende junge Mädchen. Fort war die matronenhafte Brille; sie hatte eine neue Frisur, schicke Kleider sowie manikürte Fingernägel und einen Hauch von Make-up. Vielleicht hatte Daisy sich endlich selbst wieder gefunden – und es war an der Zeit. Cordelia hoffte, dass in diesem Meeting nichts geschehen würde, was ein vermutlich noch schwaches Selbstbewusstsein wieder zerstören könnte.

Und Kate, dachte sie zärtlich, als ihr Blick zu ihrer ältesten Tochter wanderte. Immer noch so herb, immer noch ohne Scheu, die Dinge beim Namen zu nennen, und immer noch nicht ohne Zigarette. Auch ihre Augen leuchteten, und sie hatte rote Wangen: Freudig erkannte Cordelia, dass ihre Tochter verliebt war. Viel Glück, dachte sie; es wird ja auch Zeit, dass meine Kate wieder jemanden hat. Sie mag sich für unabhängig halten, aber das Mädchen hat einen weichen Kern und braucht einen Mann in seinem Leben.

Edward übertönte die Gespräche. »Wir alle wissen, warum wir hier sind; ich will euch also nicht noch einmal damit langweilen. Würde bitte jemand die Tür schließen?«

»Lass sie nur offen«, befahl Cordelia. »Es sind noch nicht alle da.«

Edward runzelte die Stirn. »Wovon redest du, Cordy? Es kommt weiter niemand.«

Sie lächelte besonders honigsüß. »O doch«, sagte sie triumphierend. »Da sind sie schon!«

Alle blickten zur Tür. John Jay trat ein, gefolgt von Beatty und ihrem ältesten Sohn. »Tag«, sagte er fröhlich. »Entschuldigt die Verspätung, aber das verdammte Flugzeug ist nicht angesprungen, und wir mussten auf ein Ersatzteil aus Sydney warten.«

»Wer zum Teufel ist das?«, wollte Mary wissen. »Das ist doch ein Zirkus hier. Erst die Missgeburt, dann die Clowns. Was hast du vor, Mutter?«

Cordelias vernichtender Blick erstickte diesen Ausbruch. »Das sind John Jay Tanner, seine Frau Beatty und ihr ältester Sohn Jay. Es sind eure Verwandten.«

Edward machte große Augen; dann fand er seine Manieren wieder und reichte den dreien die Hand. »Ich muss schon sagen, das ist eine Überraschung.« Er schaute zu Cordelia hinüber. »Ich freue mich, dass du die andere Seite der Familie eingeladen hast, aber ich verstehe nicht ganz, weshalb sie zu diesem Meeting gekommen sind. Jacaranda Wines hat mit ihnen nichts zu tun – und infolgedessen muss ich sie leider bitten, wieder zu gehen, bis unsere Sitzung beendet ist.«

»Jacaranda hat eine Menge mit ihnen zu tun«, sagte Cordelia mit klarer Stimme in die Stille hinein. »Sie sind Anteilseigner.«

»Sein wann?« Marys wütende Stimme übertönte das überraschte Durcheinander.

»Seit ich dafür gesorgt habe«, sagte Cordelia gelassen.

»Du …?« Mary fehlten die Worte. Sie starrte ihre Mutter an. Dann drehte sie sich zu Sophie um. »Wieso hast du das nicht verhindert, du dumme Pute?«, kreischte sie. »Du musst doch gemerkt haben, was sie da im Schilde geführt hat!«

Sophie fuhr zurück, aber bevor sie antworten konnte, richtete Mary ihre Beschimpfungen auf ein neues Ziel.

»Hat der Familienzwist ein profitables Ende genommen, du Mistkerl?«, giftete sie John Jay an. »Hoffentlich bist du glücklich, denn deine dreißig Silberlinge machen den Bruch nur noch tiefer.«

Sie wandte sich gegen Jane. »Und was dich angeht, du intrigante Kuh – ich wette, du hast Mum geholfen, diese Idee auszuhecken, nicht wahr?«

Jane hielt Marys wütendem Funkeln gelassen stand. »Ich hatte nichts damit zu tun«, sagte sie ruhig. »Ich schlage vor, du setzt dich wieder hin und hörst auf, dich hier lächerlich zu machen.«

»Sag mir nicht, was ich tun soll, du Luder«, spie Mary. »Du

bist nichts – hast du gehört? Nichts. Jahrelang hast du bei Mum schmarotzt, hast dich in ihr Leben geschlichen wie ein Wurm, und das bist du auch. Kein Wunder, dass Dad schließlich zur Vernunft gekommen ist und dich davongejagt hat. Einmal ein billiges Flittchen, immer ein billiges Flittchen!«

Cordelia hielt den Atem an. Sie sah, dass Jane mit sich kämpfte und sich bald nicht mehr würde zurückhalten können. Hastig schaltete sie sich ein, bevor die Sache zu weit ginge. »Das reicht!«, blaffte sie und schlug mit der flachen Hand laut auf den Tisch.

Mary sackte in ihrem Sessel zusammen; sie atmete flach, und ihr Blick war bohrend scharf, als sie Jane und die Tanners wütend anstarrte.

Cordelia wartete, bis sich alle beruhigt hatten. »Ich habe getan, was ich getan habe, weil ich wollte, dass diese Familie – so, wie sie ist – wieder zusammenkommt. Und dass wir bei der Zukunft von Jacaranda Wines alle ein Wort mitzureden haben. Wenn wir uneins sind, werden wir untergehen, aber vereint sind wir stärker denn je.«

»Für mich hört sich das an, als ob du Stimmen kaufst«, schnarrte Charles. »Das ist ein absichtlicher Verstoß gegen die Statuten, Cordelia. Das kann ich nicht zulassen.«

»Das Verhältnis der Anteile hat sich ja nicht verändert, sondern nur ein bisschen verlagert. Die Anteile gehören ihnen unabhängig davon, wie sie abstimmen.«

Edward schob die Papiere vor sich zusammen. »Dann wollen wir weitermachen, ja? Es hat für heute genug Unfreundlichkeit gegeben.« Er schaute in die schweigende Runde. »Die letzte Abstimmung war unentschieden. Es muss deshalb jede der beiden Parteien ihre Position durch einen Sprecher noch einmal darlegen lassen. Ich erinnere euch daran, dass bei einem neuerlichen Patt meine Stimme den Ausschlag gibt.«

Cordelia wechselte einen Blick mit Sophie und nickte ihr aufmunternd zu. Sie bemerkte, dass Sophie Jay ansah, bevor sie ihren Stuhl zurückschob, und sie fragte sich, wie lange es wohl noch dauern würde, bis die beiden jungen Dummköpfe sich küssten und vertrugen.

Sophie blätterte in ihren Unterlagen und räusperte sich. Alle warteten aufmerksam. Der Augenblick war gekommen, ihren Aktionsplan auf den Tisch zu legen, auch wenn sie schon wusste, wie das Ergebnis wahrscheinlich aussehen würde. Sie und Cordelia hatten auf dem Heimflug ein langes Gespräch geführt.

»Gran hat mir in den letzten paar Wochen eine Menge beigebracht«, begann sie. »Ich habe die Geschichte, die hinter der Gründung von Jacaranda Wines steht, kennen gelernt und weiß jetzt auch, wie es letzten Endes zum Bruch zwischen den beiden Seiten der Familie gekommen ist. Es ist deshalb gut, John Jay und seine Familie heute hier zu begrüßen. Gut zu wissen, dass sie bei der Zukunft von Jacaranda jetzt auch ein Wort mitzureden haben.«

»Mach schon«, knurrte Mary. »Wir wissen doch alle, wie wir abstimmen werden; ich weiß also gar nicht, weshalb wir uns diesen Blödsinn anhören müssen.« Sie verschränkte die Arme und schaute in die Runde, aber sie stieß nur auf eisige Missbilligung.

Sophie sprach weiter, als wäre sie nicht unterbrochen worden. »Beim letzten Treffen war ich dafür, Jacaranda an die Börse zu bringen. Das bin ich immer noch.« Sie schaute auf ihre Großmutter hinunter und versagte sich mit Mühe ein Augenzwinkern.

Cordelia machte ein gehörig enttäuschtes Gesicht und schwieg.

»Wenn wir so, wie wir sind, auf den Märkten von heute überleben wollen, ist eine Aktiengesellschaft die einzige Option. Wir müssen die Tochterfirmen verkaufen und die Erträge dazu verwenden, unsere Verbindlichkeiten zu begleichen und die Firma zu stabilisieren, um sie auf die Schwankungen des Aktienmarktes vorzubereiten. Die Familie wird nicht länger Eigentümer des

Unternehmens sein, aber durch unsere Beteiligung können wir alle mit einem hübschen Profit rechnen. Wenn Jacaranda wieder gestärkt ist, dürften die Eröffnungskurse gut ausfallen, und wir können uns auf eine gedeihliche Zukunft freuen.«

Sie schaute sich am Tisch um. »Der Weinbaubetrieb ist nicht das schwache Glied in der Kette unserer Unternehmen. Nicht einmal Jock konnte ihn zerstören. Es sind die Einzelhandelsgeschäfte und die anderen kleineren Firmen, die Jock kurz vor seinem Tod gegründet hat. Mit Absicht hat er schlechtem Geld noch gutes hinterhergeworfen, und auch wenn wir einen großen Teil davon steuerlich geltend machen konnten, muss dieser Auszehrung ein Ende gemacht werden. Die Veräußerung dieser Firmen ist also der erste Schritt zu finanzieller Stabilität, und sie muss unverzüglich erfolgen.«

Sie sah das beifällige Nicken und fuhr fort. »Die Franzosen haben uns ein Vermögen für Jacaranda geboten, und das ist ein verlockendes Angebot für diejenigen, die mit dem Unternehmen am liebsten gar nichts mehr zu tun haben möchten. Aber man muss eins bedenken. Die Franzosen werden auch nichts anderes tun, als die verlustträchtigen Unternehmensbereiche abzustoßen und den Rest dann selbst an die Börse zu bringen. Sie sehen das Potenzial von Jacaranda und werden es in vollem Umfang ausbeuten.«

Wieder schaute sie in die Runde. »Ist es das, was wir wollen? Müssen wir wirklich die Chance vertun, unsere Verluste auszugleichen und Jacaranda wieder zur Blüte zu bringen? Ich meine nicht. Das französische Angebot ist ein klares Signal dafür, dass das Unternehmen sehr viel wert ist, und wir wären dumm, wenn wir es aus bloßer Rachsucht abtreten würden. Rachsucht war eine Eigenschaft von Jock; wir sollten sie nicht empfinden. Er hat sein Bestes getan, um uns alle noch zu seinen Lebzeiten zu vernichten. Warum sollen wir nachgeben und zu Ende bringen, was er angefangen hat? Warum nicht um unser Erbe kämpfen?

Unsere Vorfahren haben es getan. Sie haben gegen die Elemente gekämpft, gegen die Regierung, gegen Trockenheit, Feuer und Hochwasser, um die Weinberge zu erhalten. Sie haben gelebt und sind gestorben – auf dem Land, das wir jetzt so gleichgültig an Fremde verkaufen wollen. Sie haben persönliches Leid und zwei Kriege überstanden, um die Tradition weiterzuführen und den folgenden Generationen ein Erbe zu hinterlassen. Wir sollten jetzt nicht die Gelegenheit vertun, all dem, was sie für uns getan haben, unsere Achtung zu erweisen. Nach einem Börsengang sind wir vielleicht nicht mehr die alleinigen Eigentümer des Unternehmens, aber wir werden immer noch im Zentrum der Entscheidungen mitwirken.«

Sophie setzte sich. Ihre Beine trugen sie nicht länger, und sie hatte einen trockenen Mund. Sie sah Jays bewundernden Blick und merkte beschämt, dass sie rot wurde. Was hatte er nur an sich, dass sie sich aufführte wie ein Schulkind? Herrgott, reiß dich zusammen, Mädchen!

Mary schob geräuschvoll ihren Stuhl zurück und erhob sich schwankend. »Man muss Sophia zu ihrer gefühlvollen Rede beglückwünschen«, sagte sie trocken. »Aber wir sollten uns von sentimentalem Gerede über die Vergangenheit nicht beeinflussen lassen. Für Sentimentalitäten ist im Vorstandszimmer kein Platz. Wir leben nicht mehr in der Welt der Pioniere, sondern in einer Welt, in der mit schmutzigen Mitteln gekämpft wird. Eine Aktiengesellschaft sieht vielleicht aus wie ein guter Kompromiss zwischen der Pleite und dem Ausverkauf an die Franzosen, aber wir wollen uns doch nichts vormachen. Schauen wir uns an, was es für jeden von uns bedeuten würde.«

Sie blickte in die Runde und bemerkte die Feindseligkeit in den Augen aller. Sie wusste, sie würde den Schaden, den sie angerichtet hatte, wiedergutmachen müssen. Es hatte ihr wenig genützt, dass sie aus der Haut gefahren war. Die Gefühle der andern waren ihr zwar im Grunde gleichgültig, aber sie würde doch hart dafür arbeiten müssen, ihren Respekt wenigstens zu einem kleinen Teil zurückzugewinnen.

»Dad wusste, was er tat, als er sich daranmachte, die Firma zu zerstören. Er sah, dass die Welt sich änderte und der Wettbewerb immer schärfer wurde. Mit seinen Schikanen hat er uns zermürbt; ich glaube, ihm war klar, dass das Schiff sinken würde, sobald er die Kommandobrücke verlässt – er wusste schließlich, dass wir uns würden rächen wollen. Er hat nichts weiter getan, als dem prachtvollen Schiff Jacaranda unter der Wasserlinie ein Leck zu schlagen und es auf Kurs zu bringen.«

Sie sah, dass sie ihr zuhörten, und atmete tief durch. Sie brauchte immer dringender etwas zu trinken. Hoffentlich würde sie durchhalten. »Ich habe nichts übrig für das Unternehmen, aber ich verstehe, was Sophia meint, wenn sie sagt, wir dürfen es nicht abtreten, ehe wir bekommen haben, was uns zusteht. Nur – genau das wird geschehen, wenn wir an die Börse gehen. Einig oder nicht.«

Sie warf einen Blick zu John Jay und seiner Familie hinüber, die bisher klugerweise geschwiegen hatten. »Wir werden als Aktionäre an die Firma gebunden sein, aber die eigentlichen Entscheidungen werden dann auf dem Börsenparkett getroffen. So werden sich all die Jahre wiederholen, in denen wir Dad zu ertragen hatten. Nichts wird sich ändern. Die verheißenen Gewinne sind uns nicht garantiert. Die Märkte sind instabil. Wir mögen eine Fassade der Einigkeit präsentieren, aber die Falken werden die Täuschung durchschauen und zum entscheidenden Angriff auf uns herabstoßen.«

Mary sah sich im Raum um und wartete, bis das Gemurmel wieder verstummte. Sie näherte sich dem Ende ihrer Rede. Hoffentlich hatte sie genug getan. »Lasst uns an die Franzosen verkaufen, das Geld nehmen und uns davonmachen – so weit weg aus Dads Einflussbereich, wie es nur geht.« Sie setzte sich und trank einen großen Schluck Wasser, sich wünschend, es wäre Gin.

»Du liebe Güte«, murmelte Philip. »Wer hätte gedacht, dass

da noch ein Hirn hinter dem fingerdicken Make-up steckt? Fast hätte ich Beifall geklatscht.«

»Ach, halt die Klappe!«, fuhr sie ihn an und zündete sich eine Zigarette an.

Edward schlug mit dem Hammer auf den Tisch, um die Diskussionen zu beenden, die überall ausgebrochen waren. »Wir haben beide Seiten gehört. Jetzt wird abgestimmt«, knurrte er.

Daisy fühlte sich sehr ruhig, als sie aufstand. »Es gibt nicht nur zwei Seiten in dieser Auseinandersetzung«, erklärte sie mit Entschiedenheit. »Ich habe einen dritten Vorschlag.«

»Nämlich?«, fragte Mary gehässig. »Sollen wir dasitzen und zusehen, wie uns die Firma um die Ohren fliegt, während wir stricken? Setz dich hin, Daisy, ehe du dich vollends lächerlich machst.«

Daisy bedachte ihre Schwester mit einem eisigen Blick. »Du hast gesagt, was du zu sagen hattest. Jetzt bin ich an der Reihe.« Sie wandte sich von Mary ab und dem Rest der Familie zu. Ihr Puls jagte, und ihr Nacken wurde schweißfeucht.

»Es wird Zeit, dass ich meine Position klarmache. Als Dad noch lebte, hatte ich mit dem Management des Unternehmens nichts zu tun, und ich weiß, dass ihr mich für eine Witzfigur haltet. Aber ich habe ein Diplom in Betriebswirtschaft, Steuerrecht und Statistik, und meine Promotionsdissertation befasst sich mit Marketing und Management in einem Familienunternehmen zu Beginn des neuen Millenniums.«

Alles schnappte erstaunt nach Luft, und Daisy spürte das Kribbeln des Erfolgs, als sie das stolze Gesicht ihrer Mutter sah. »Du hast mich dazu ermutigt, den ersten Kurs zu belegen, und ich habe jahrelang auf diesen Augenblick gewartet.«

»Also los, Daisy, lass uns deinen Vorschlag hören.« Kate grinste in die verdatterten Gesichter ringsum. »Stille Wasser sind tief«, sagte sie stolz. »Es wird euch überraschen, was sie zu sagen hat.«

»Mach schon!«, forderte Mary scharf.

»Ich schlage vor, dass wir weder Teile von Jacaranda verkaufen noch an die Börse gehen.« Daisy wartete, bis die Proteste verstummt waren, ehe sie weitersprach. »Ich rate dazu, den ganzen Konzern in eine Familienstiftung umzuwandeln.«

»Geht nicht«, erklärte Charles. »Die Statuten bieten dazu keine Möglichkeit.«

Daisy nahm ein paar Blätter aus der Mappe, die vor ihr lag. »Statuten kann man ändern, wie du sehr wohl weißt. Das haben wir vor der Expansion getan, und wenn der Vorstand es genehmigt, kann man es wieder tun. Was die Statuten bereits unmissverständlich vorsehen, ist die Möglichkeit, bestimmte Maßnahmen zum Schutz oder zur Erhaltung der Firma als Ganzes zu treffen. Und genau das schlage ich jetzt vor.«

»Was würde eine solche Stiftung denn bedeuten?«, fragte Philip.

»Sie bestände aus einer Reihe von hierarchisch geordneten Ebenen. Stellt euch eine Pyramide vor. Der Vorsitzende mit dem Vorstand bildet die Spitze. Dann gäbe es einen zentralen Rat aus Gebietsleitern, Buchhaltern, Verkaufsdirektoren und Betriebsräten. Am Fuße der Pyramide befindet sich die breite Basis der Lokalräte. Sie werden aus der Mitarbeiterschaft bestehen.«

»Du beschwörst die Probleme geradezu herauf, wenn du den Angestellten Mitbestimmungsrechte einräumst«, behauptete Charles. »Das bringt uns Rebellion, Streiks und die Einmischung der Gewerkschaften. Der australische Arbeiter kann ein verdammt sturer Hund sein, und manch ein Unternehmen ist bei Auseinandersetzungen mit den Gewerkschaften schon den Bach runtergegangen.«

Daisy wusste, dass sie ihn überzeugen musste, aber sie wusste auch, dass er mit seinen Bedenken wegen der Gewerkschaften Recht hatte. »Es sieht vielleicht so aus, als ob ich die Verantwortung für das Unternehmen allzu weit ausdehne. Aber hör mir weiter zu, Charles. Bitte.«

Er zog eine Grimasse. »Gut, aber dem, was du bis jetzt gesagt hast, kann ich nicht zustimmen.«

Daisy schluckte. Es war schon schwer genug, die anderen davon zu überzeugen, dass sie Recht hatte, ohne dass Charles ihr noch Knüppel zwischen die Beine warf. Er wurde wegen seines Wissens respektiert, und seine Meinung war für die anderen Gesetz. Sie hatte eine schwierige Aufgabe vor sich.

»Es gibt etliche Großunternehmen, die nie an die Börse gehen mussten und seit vielen Jahren als erfolgreiche Stiftungen operieren. Die John-Lewis-and-Waitrose-Gruppe in Großbritannien ist ein vorzügliches Beispiel; sie besteht seit 1926. Die Firma ist nicht so alt wie unsere, aber mit all den Einzelhandelsgeschäften und Supermärkten unter dem Dach des Unternehmens sind die Parallelen geradezu unheimlich. Ich habe eine Kalkulation für meinen Vorschlag erstellt, der das alles hoffentlich verdeutlichen wird und vielleicht auch Antworten auf eure Fragen und Bedenken enthält.«

Sie verteilte die säuberlich vorbereiteten Mappen und schaute nervös zu, wie alle darin blätterten.

»Die Mitarbeiter auf allen Ebenen der Pyramide werden als Partner beteiligt sein. Jeder erhält einen Jahresbonus sowie Sondervergünstigungen je nach Jahresleistung seiner Abteilung und je nach seiner Stellung innerhalb dieser Abteilung. Eine solche Stiftung wäre eine Art Kunstgriff: Sie würde das Ziel erreichen, dass sämtliche Beteiligten die Vorteile und Privilegien von Eigentümern genießen, ohne tatsächlich ein Stimmrecht zu haben. Der Vorsitzende, der durch Mehrheitsbeschluss gewählt werden muss, wird sechzig Prozent der Stiftungsanteile halten und damit effektiv die Macht haben, jede Rebellion zu ersticken, sollte es dazu kommen. Und er wird gut bezahlt werden, wie alle Vorstandsmitglieder.«

Es war still im Raum; alle bemühten sich, diesen Vorschlag zu begreifen.

»Wir werden eine hierarchische Organisation sein, und manche werden einwenden, es ist ganz so wie zu Dads Lebzeiten. Aber diesmal wird jeder etwas zu sagen haben, und durch die verschiedenen Repräsentanten auf den Ebenen der jeweiligen Räte hat auch jeder eine Stimme. Eine flache Organisation ist unmöglich, wenn man im Einzelhandel tätig ist, denn dann hat man Leute draußen auf dem Markt, die verkaufen; sie wissen, wie es im Geschäft wirklich zugeht, und auf sie muss man hören.«

»Und wenn wir diese Stiftung gründen und die Mitarbeiter beschließen, sie wollen ein Stück vom Kuchen abbekommen, indem sie mit dem Unternehmen an die Börse gehen? Was sie da kassieren können, ist nicht zu verachten.«

Bei Charles' Frage hörte das Papiergeraschel auf, und alle schauten Daisy an.

»Deshalb schlage ich ja die Pyramide von Räten vor. Ich bin deiner Meinung; die Idee, das Unternehmen an die Börse zu bringen, ist ziemlich verlockend. Aber wenn wir darauf achten, dass zwischen den drei Ebenen der Pyramide eine offene Kommunikation besteht, und wenn wir die ernsthafte Erörterung sämtlicher Probleme, die alle betreffen, unterstützen – dann, denke ich, kann man es vermeiden. Vergünstigungen und Bonuszahlungen würde es bei einer Aktiengesellschaft ebenso wenig geben wie Mitbestimmung. Die Beschäftigten müssten wieder ihre Arbeit tun, ohne dass sie in Fragen der Unternehmensleitung ein Wort mitzureden hätten; ihre Probleme würden nicht berücksichtigt, und es gäbe weiter oben niemanden, der dem Vorstand ihre Klagen vortragen könnte. Grundsatz dieser Stiftung ist es, die Firma wie eine Genossenschaft zu führen, in der alle Beteiligten eine ihren Erfahrungen entsprechende Vergütung sowie einen gerechten Lohn für ihr Engagement und ihren Beitrag erhalten.«

»Und wovon sollen wir uns das alles leisten?«

»Indem wir die Unternehmensanteile im Verhältnis sechzig zu vierzig splitten und den kleineren Teil an die Mitarbeiter verkaufen.«

»Und wenn sie nicht kaufen wollen?«

»Dann haben sie über die Zukunft von Jacaranda nicht mitzureden. Keine Stimme«, sagte Daisy fest.

»Ich glaube, wir brauchen Zeit, um das alles zu verdauen und um zu besprechen, wie es jetzt weitergehen soll«, sagte Edward. »Ich schlage vor, wir machen ein paar Stunden Pause und kommen heute Nachmittag wieder zusammen.«

Sophie hatte keinen Hunger; also ließ sie den Lunch ausfallen und blieb im Sitzungsraum, um Daisys Vorschlag durchzuarbeiten. Es waren ein paar Haken dabei, aber er hatte das Potenzial zu einer exzellenten Lösung, falls Gran bestimmte Faktoren nicht schon realisiert hatte. Sie knabberte an ihrem Bleistift, noch immer verblüfft über das Selbstbewusstsein ihrer Tante und den Erfindungsreichtum, der sich hinter dieser bescheidenen Fassade versteckt hatte. Sie erkannte, welche Fähigkeiten die Ausarbeitung dieses Vorschlags voraussetzte, und ihr wurde bewusst, dass Daisy von großer Bedeutung für die Zukunft des Unternehmens war – ganz gleich, wie das Ergebnis der Abstimmung ausfiele.

»Und – was glaubst du, wie die Sache laufen wird?« Cordelia ließ sich neben ihr in einen Sessel fallen, ganz atemlos nach dem anstrengenden Weg vom Penthouse-Apartment hierher.

Sophie blätterte in Daisys Vorschlag. »Hier stecken ungeahnte Möglichkeiten, aber bestimmte Dinge würde ich ändern, wenn wir es durchführen sollten.«

Cordelias Augen leuchteten, und mit lebhaftem Gesichtsausdruck lehnte sie sich im Sessel zurück. »Sag mir, was du ändern würdest, Sophie.«

Sophie musterte sie argwöhnisch. »Was führst du wieder im Schilde, Gran? Ich dachte …«

Cordelia zwinkerte. »Sag mir, was du über Daisys Vorschlag denkst, und ich sage dir, was ich denke. Ich habe das Gefühl, dass sie unserer Lösung ziemlich nah gekommen ist.«

Es war vier Uhr nachmittags, als Edward Ruhe befahl und alle wieder am Tisch saßen. Die gespannte Erwartung war fast mit Händen zu greifen, eine Anspannung, die sie alle zusammenfahren ließ, als Cordelia mit dem Griff ihrer Gehhilfe auf den Tisch schlug.

»Als Älteste hier habe ich das Recht, ein paar Worte zu sagen.«

Mary stöhnte. »Nicht jetzt, Mutter!«

Cordelia beachtete sie nicht. »Was Daisy da vorgeschlagen hat, ist eine ausgezeichnete Idee, und ich gratuliere ihr zu dieser vorzüglichen Demonstration ihrer Fähigkeiten. Aber mein Vorschlag ist noch besser.« Sie sah die verblüfften Gesichter und lächelte. »Sophie und ich haben die Köpfe zusammengesteckt und festgestellt, dass wir einer Meinung sind. Denn, seht ihr, Daisys Vorschlag hat mich nicht überrascht.«

Sie sah die Enttäuschung im Blick ihrer Tochter und lächelte. »Du bist eine gescheite Frau, Daisy. Du darfst dein Licht nicht länger unter den Scheffel stellen. Sei stolz darauf.«

Sie wandte sich wieder an die Runde und fuhr fort. »Kurz nach der letzten Sitzung war mir klar, dass eine Art Stiftung die einzige natürliche Fortsetzung unseres Unternehmens sein würde, wenn wir es in unserem Besitz halten wollten – und so habe ich die entsprechenden Pläne für den Ernstfall vorbereitet. Weiter kann ich natürlich ohne die Zustimmung des Vorstands nichts tun, und deshalb bitte ich um eure ganze Aufmerksamkeit.«

Es wurde still, und alle beobachteten sie. Die Spannung war fast unerträglich.

Cordelia schob sich in ihrem Sessel nach vorn, und beide Hände umfassten locker die Kante des Tisches aus Huon-Kiefernholz. »Ich habe mir alle Argumente angehört und überall etwas gefunden, dem ich zustimmen konnte. Aber sie haben alle auch einen Mangel: Sie bedeuten, dass wir unser Erbe aus der Hand geben. Wir sind Australier, und das sollten wir auch bleiben. Dies ist ein Familienunternehmen, und es sollte die Rettung bei sich selber suchen, nicht an der Börse oder bei den Franzosen.«

Sie machte eine Atempause und ordnete ihre Gedanken. Sie hatte sich zurechtgelegt, was sie sagen wollte, aber jetzt, im Augenblick der Wahrheit, hatte sie beinahe Angst vor den Konsequenzen. Denn sollte die Abstimmung gegen sie ausfallen, wäre dies das Ende für alles, was sie je gekannt und woran sie geglaubt hatte.

»Ich schlage vor, dass wir die Supermarktkette und die Bottle Shops verkaufen. Sie werden genug Kapital einbringen, das wir dann in den Bereich Schiffs- und Straßentransport investieren können. Und die dringendsten Schulden können wir damit auch noch begleichen.« Sie hob die Hand und gebot Schweigen, als sich ein stürmisches Stimmengewirr erhob. »Lasst mich ausreden«, verlangte sie. »Dann könnt ihr diskutieren, so viel ihr wollt.«

Wieder wurde es still, und sie fuhr fort. »Jacaranda Wines hat dieses Jahr mehr Gewinn erwirtschaftet als jemals zuvor, und ein großer Teil davon ist den Zwillingen zu verdanken, James und Michael. Auch Coolabah Crossing hat dieses Jahr gut verdient, denn die Überseeumsätze sind stetig gestiegen. Aber betrachten wir die größeren Zusammenhänge. Schauen wir uns den Rest meines Portefeuilles an.«

Im vollen Bewusstsein der Aufmerksamkeit aller klappte sie einen Ordner auf, der vor ihr lag. »Jock hat sich vielleicht eingebildet, alles zu wissen, aber niemand ist unfehlbar«, sagte sie. »Er hat sich für Jacaranda interessiert und für sonst gar nichts. Also hatte ich die Freiheit, mein eigenes kleines Imperium zu hegen und zu pflegen.«

Sie schob Sophie einen Stoß Unterlagen zu. »Lass das herumgehen, Liebes. Es ist genug für alle da.«

Cordelia wartete ab und lächelte, als sie die staunenden Gesichter sah. »Wie ihr seht, hat Urgroßmutter Rose mir die Weinberge hinterlassen, die Lady Muriel Fitzallen ihr vermacht hatte. Im Laufe der Jahre habe ich ein wenig hinzugefügt, aber der Kern ist auch noch vorhanden – und alles blüht und gedeiht. Während meines Aufenthalts in Coolabah war John Jay so freundlich, jeden der Verwalter zu kontaktieren, und nach ausführlichen Telefonaten habe ich in Sydney diese Vereinbarungen hier aufsetzen lassen.«

Noch ein Stapel Papier machte die Runde, und Cordelia wartete, bis alle gelesen hatten, was darauf stand, bevor sie den Faden wieder aufnahm. »Daisys Idee mit der Stiftung kommt meiner Idee ziemlich nah. Aber ich würde eine Genossenschaft vorziehen – in der die Anteilseigner wirklich Anteile besitzen und nicht bloß ein proportionales Stimmrecht. Jacaranda und Coolabah sind die größten der fünfzehn Weingüter, und ich schlage vor, den Vorsitzenden von einem der beiden zu nehmen. Aber die übrigen Güter werden ebenfalls ihre Sprecher haben, und wie bei Daisys Pyramidenidee muss man diesen Sprechern und Sprecherinnen Gehör schenken, und ihre Ratschläge und Ansichten müssen ernst genommen werden. Der Vorstand wird gewählt und von uns allen aufmerksam überwacht.«

Sie schaute in die verdatterten Gesichter ringsum. »Wenn wir uns auf diese Weise zusammenschließen und wenn wir unsere Transport- und Verschiffungsunternehmen weiterbetreiben, werden wir zu einer Macht, mit der man rechnen muss. Mehrere unserer Konkurrenten mögen bereits an die Franzosen verkauft haben – aber wir werden das nicht nötig haben. Wir werden es ihnen zeigen. Sie sollen sehen, dass die Aussies den verdammten Mut zu einem guten Kampf noch nicht verloren haben.«

Ihre Kräfte waren verbraucht und ihre Lebensgeister beinahe

erschöpft von einer so langen Rede. Cordelia sank im Sessel zusammen und wartete. Sie hatte getan, was sie konnte.

Sophie applaudierte als Erste, und der Beifall, der sich dann erhob, war ein donnerndes Zeichen des Einverständnisses und des Respekts vor der großen, entschlossenen alten Dame. Mary behielt die Hände unerbittlich im Schoß und fragte sich nur, ob es wohl jemand merken würde, wenn sie jetzt einen kleinen Schluck aus ihrer Taschenflasche nähme.

»Sind wir jetzt bereit zur Abstimmung?«, rief Edward durch den allgemeinen Tumult.

»Lasst euch all diesen sentimentalen Quatsch nicht zu Kopfe steigen«, warnte Mary laut. »Bedenkt, wie es in all den Jahren gewesen ist. Es wird sich nichts ändern, wir werden weiter an Jacaranda gefesselt sein und müssen weiter in seinem Schatten leben. Stimmt für Vernunft und gesunden Menschenverstand. Stimmt dafür, dass wir das Geld nehmen und uns davonmachen. Kommt endlich zu euch.«

»Bist du jetzt fertig?« Edward zog die buschigen Brauen hoch. »Dann wollen wir abstimmen. Wer ist für den Börsengang?«

Es war still im Raum. Alle schauten einander an. Niemand hob die Hand.

»Wer ist dafür, das Angebot der Franzosen anzunehmen?«

Drei Hände hoben sich.

Mary zählte die Köpfe derer, die noch nicht gestimmt hatten. Sie war in der Minderzahl. »Heb die Hand hoch, Jane«, befahl sie. »Wir alle wissen, dass dich nur das Geld interessiert. Warum von einer lebenslangen Gewohnheit abweichen?«

Jane wurde blass, aber ihre Hände blieben entschlossen im Schoß liegen. »Komm schon, du Dreckstück!«, kreischte Mary. »Du solltest wenigstens genug Mumm haben, jetzt Flagge zu zeigen. Hier ist die Gelegenheit, dir die Taschen voll zu stopfen – eine zweite wirst du nicht mehr kriegen!«

»Ich stimme, wie ich es für richtig halte«, sagte Jane leise. »Und ich stimme für die Genossenschaft.«

»Wer dafür ist …«, sagte Edward hastig.

Ein volltönendes »Jawohl!« hallte durch den Raum, als alle übrigen Hände sich hoben.

Sophie sammelte ihre Unterlagen ein und schob sie in ihre Aktentasche. Mit triumphierendem Lächeln ging sie um den Tisch herum zu ihrer Großmutter und nahm sie in die Arme. »Du hast es geschafft, Gran«, sagte sie leise. »Gut gemacht.«

»Ich habe es nicht allein geschafft, Sophie. Rose hat hinter mir gestanden, aber auch John Jay und die anderen. Ohne sie hätten wir Jacaranda niemals retten können.«

Sophie warf einen Blick quer durch den Raum. Jay schaute sie mit seinen dunklen Augen an, und das Lächeln auf seinen Lippen galt ihr allein. Sie lächelte zurück, ohne den Lärm ringsum wahrzunehmen, und er drängte sich zu ihr hindurch. Vielleicht konnten sie jetzt miteinander sprechen. Vielleicht konnten sie jetzt den abgerissenen Faden wieder aufnehmen und von vorn anfangen.

Als Jay vor ihr stand, schaute sie in diese dunklen Augen und wusste, dass dies der Augenblick war, auf den er gewartet hatte. Er streckte ihr die Hand entgegen, und sie ergriff sie. »Lass uns von hier verschwinden«, flüsterte er. »Wir müssen miteinander reden.«

Sie nickte und ließ sich von ihm zur Tür führen.

Das Krachen einer Faust auf dem Tisch ließ alle zusammenfahren, und Sophie und Jay drehten sich noch einmal um. Es war absolut still, und Marys Wut erfüllte den Raum wie eine elektrische Spannung.

»Du doppelzüngiges Dreckstück!«, zischte sie Jane an. »Nicht zufrieden damit, mir mein Erbe zu stehlen, verdirbst du mir auch noch die Chance, ein bisschen Geld zu kassieren und aus diesem verdammten Laden auszusteigen!« Ihre Nägel waren Krallen, als sie die Hand über den Tisch streckte. »Ich hoffe, du fällst tot um, bevor du noch einen Penny aus uns rausholst!«

Mary überhörte Cordelias klägliche Versuche, sie zu beschwichtigen. Sie war plötzlich fasziniert von dem seltsamen, beinahe angstvollen Ausdruck in Janes Gesicht.

»Und ich wünschte, du wärest nie geboren worden«, sagte Jane leise. »Vom Augenblick der Empfängnis an warst du ein Problem. Ich hätte tun sollen, was dein Vater mir befohlen hatte, und dich abtreiben sollen.«

Mary schrie auf; sie spürte, wie alle Farbe aus ihrem Gesicht und der Hass dem Schrecken wich. Offenbar hatte sie sich verhört. »Was hast du da gesagt?« Ihre Stimme klang erstickt. Der Alkohol hatte ihren Verstand benebelt.

»Du hast mich gehört«, sagte Jane laut und deutlich. »Jock wollte nichts mehr mit mir zu tun haben, als er erfuhr, dass ich ein Kind von ihm bekam. Er befahl mir, es abtreiben zu lassen; er wolle keinen Bastard in der Familie haben, hat er erklärt. Jetzt wünschte ich, ich hätte sein Geld und seinen Rat angenommen – aber woher sollte ich wissen, was für ein bösartiges Luder aus dir werden würde?«

»Du lügst!«, schrie Mary. »Das hast du eben erfunden, um es mir heimzuzahlen.« Sie schnappte nach Luft, und es kostete sie große Mühe, sich wieder zu fassen. »Es ist nicht raffiniert, und es ist bestimmt nicht komisch. Ich verlange eine Entschuldigung.«

»Was ist denn, Mary? Angst vor der Wahrheit?«, gab Jane zurück. »Du hast es beinahe richtig getroffen in deinem Zeitungsartikel – und wenn du ein bisschen nachgedacht hättest, statt nur deiner Bosheit Luft zu machen, dann hättest du vielleicht das Körnchen Wahrheit in dem alten Sprichwort erkannt, dass es keinen Rauch ohne Feuer gibt.«

Marys Selbstbewusstsein zerbröckelte angesichts der eisigen Ruhe von Jane. »Mum?« Hilfesuchend schaute sie Cordelia an. »Sie lügt doch, oder? Sie muss lügen.«

Cordelias Gesicht war eine Maske; nur ihre Augen flehten um Verständnis, als Sophie ihr beschützend eine Hand auf die Schulter legte.

»Sie ist nicht deine Mutter. Ich bin es«, sagte Jane in schneidendem Ton. »Cordelia hat dich nie formell adoptiert, aber sie hat dir ihren Namen gegeben und dich wie eine eigene Tochter großgezogen. Und sieh nur, wie du es ihr dankst. Sieh dir an, wie du sie in den letzten paar Jahren behandelt hast mit deiner Trinkerei und deinen Kerlen, mit deinen Tobsuchtsanfällen und den ständigen Skandalen in den Klatschspalten.«

Mary ließ sich schwer auf einen Stuhl fallen. Schwarze Angst erfüllte sie, als sie hilfesuchend von einem zum anderen schaute. »Aber wie denn?«, stammelte sie. »Du warst Dads Geliebte, sie war seine Frau – ihr hättet euch gegenseitig hassen müssen.«

Jane seufzte. »Es tut mir leid, Mary. Ich hätte es dir nie erzählen dürfen. Ich habe Cordelia vor langer Zeit versprochen, das Geheimnis zu bewahren.« Sie senkte den Kopf. »Aber jetzt, da du es weißt, solltest du alles hören. Du hast es nach all den Jahren verdient, die Wahrheit zu kennen.«

»Wie konntest du, Mum?« In einem letzten, verzweifelten Versuch, sich auf all das einen Reim zu machen, wandte Mary sich an Cordelia.

»Ich habe getan, was ich für das Beste hielt«, sagte Cordelia. »Aber es ist Janes Geschichte, nicht meine.«

Und Jane erzählte leise und ohne jede Regung, als seien ihr die Empfindungen ausgegangen. Widerstrebend wandte Mary sich ihr wieder zu.

»Dein Vater und ich hatten eine lange und glückliche Beziehung. Ich wusste ja, dass er verheiratet war, wusste auch, dass er Kinder hatte. Aber er schwor mir, er sei es nur dem Namen nach, und eines Tages werde er mich heiraten. Aber seine Frau sei religiös, und deshalb könne es eine Weile dauern.«

Jane hob den Kopf, und Mary überlief es eisig, als sie die Qual in ihrem Blick sah. Ihre Abneigung gegen diese Frau war inbrünstig, aber sie ahnte und verstand, was sie leiden musste. Es war ein Widerhall dessen, was sie erlebt hatte, als ihr Vater sie verstoßen hatte.

»Wir lebten in einer anderen Welt als der, die du kennst, Mary. Ehescheidungen waren nicht einfach, und es war stets eine Menge Schande und Entehrung damit verbunden. Ich war glücklich als seine Geliebte, solange ich die Wahrheit über seine Ehe zu kennen glaubte.« Sie verstummte; die anderen im Raum hatte sie anscheinend vergessen.

»Dann wurde ich schwanger. Er bekam einen Wutanfall, schlug mich, zitierte die Bibel, beschimpfte mich. Ich bekam panische Angst, denn so hatte ich ihn noch nie erlebt, und als er mir ein Bündel Geldscheine zuwarf und mir befahl, mich ›darum zu kümmern‹, bevor ich zu ihm zurückkäme, da habe ich das Geld liegen lassen und bin weggelaufen. Aber wohin konnte ich schon gehen? Ich war fünfundzwanzig Jahre alt, schwanger und unverheiratet, und ich hatte kein Geld und kein Zuhause. Meine Eltern waren mit meiner Karriere nicht einverstanden gewesen und hätten mir sicher die Tür vor der Nase zugeschlagen, wenn ich mich an sie gewendet hätte. Mir blieb nichts anderes übrig, als Cordelia zu überzeugen, dass die Scheidung von Jock sie freimachen würde. In meiner jugendlichen Naivität glaubte ich, er werde es sich anders überlegen und mich und sein Kind durch eine Heirat achtbar machen.«

Sie lächelte verbittert. »Welch ein Irrtum! Ich habe mich mit Cordelia getroffen, und sie war freundlich und lieb und sehr verständnisvoll. Aber sie besaß gute Gründe, sich nicht von Jock scheiden zu lassen. Als sie mir die Situation erklärt hatte, war mir klar, wie sehr er mich getäuscht hatte. Doch dieses Treffen führte zu einem weiteren und zu einem dritten. Wir schlossen eine Freundschaft, die bis zum heutigen Tag gehalten hat, und sie wird mir immer kostbar sein.«

»Aber das erklärt nicht, wie Mum mich als ihre Tochter ausgeben konnte«, sagte Mary erbittert.

Jane massierte sich die Stirn mit zitternden Fingern. Die Erinnerungen waren schmerzhaft, aber sie wusste, sie musste sie ans Licht bringen, wenn sie sie jemals austreiben wollte.

»Ich bin fortgegangen und habe mich in einem gemieteten Containerbungalow an der Südküste von Tasmanien eingemietet. Alle dort – wie auch die Leute in dem Krankenhaus, in dem du geboren wurdest – kannten mich als Mrs. Witney. Deshalb hast du keine irreführenden Geburtsurkunden oder Adoptionsurkunden finden können. Witney ist schließlich ein ziemlich verbreiteter Name.«

Sie nahm einen Schluck Wasser, bevor sie weitersprach. Es war ein schmerzhafter Exorzismus, die Erinnerung an jene einsamen Tage und Nächte in dem Strandhaus in Snug. Die Erinnerung an die traurigen Rufe der Möwen und das Donnern der Brandung auf den Klippen, an die Bäume, die sich bogen, als der Winter von der Antarktis heraufstürmte. Es war niemand da gewesen, dem sie sich hätte anvertrauen können, niemand, der ihr die Angst genommen hätte; sie hatte ja nicht gewusst, was ihr bevorstand, wenn es so weit wäre, und sie hatte schreckliche Angst gehabt, vielleicht nicht rechtzeitig in die Klinik zu kommen. Damals war ja nicht die Zeit der Mütterberatung und der hilfreichen Kliniken, in denen man den Verlauf der Entbindung erklärt bekommen konnte. Nicht die Zeit, in der eine ledige Frau mit hoch erhobenem Kopf und ohne Scham schwanger sein durfte. Es war eine Zeit des Misstrauens, des Klatsches und der Skandale, des Getuschels hinter vorgehaltener Hand, der neugierigen Augen und beständigen Spekulationen. Mit ihrer Tarnung als junge Witwe hatte sie vermutlich niemanden täuschen können.

»Für Cordelia war es kein Problem, das Nötige zu unternehmen, um Jock davon zu überzeugen, dass sie schwanger sein könnte. Weißt du, nachdem ihre Zwillinge im Spanischen Bürgerkrieg umgekommen waren, hatten sie und Jock wieder zueinander gefunden – es war eine Art Versöhnung im Angesicht der Tragödie. Aus dieser Versöhnung entstand erst Kate, dann Daisy, und wenn ich nicht gewesen wäre … Wer weiß? Cordy und Jock wären vielleicht zusammengeblieben. Aber es kränkte sie tief, als sie feststellen musste, dass er immer noch seinen alten Spielchen nachging, und hier hatte sie nun die Chance, es ihm heimzuzahlen. Sie schliefen immer noch gelegentlich miteinander, wenn er in der Stadt war, obwohl er mir geschworen hatte, dass sie es nicht mehr täten – und bis zum heutigen Tag können wir beide ihm seine Lügen und Betrügereien nicht verzeihen.«

Sie verstummte. Die Atmosphäre im Raum war wie elektrisiert; alle warteten, dass sie weitererzählte.

»Er reiste geschäftlich nach Europa, und Cordelia wartete darauf, dass ich mich bei ihr meldete. Als ich es tat, kam sie nach Tasmanien, und als ich aus dem Krankenhaus entlassen war, nahm sie dich als ihre eigene Tochter mit nach Hause.«

»Dad hat also nichts gewusst?« Mary merkte nichts von der Wimperntusche, die ihr in Streifen über das Gesicht lief; sie fühlte nur die Kälte des Schocks, das betäubende Gefühl, dass die Welt ihr aus den Händen glitt.

»Du warst seine Tochter«, sagte Cordelia. »Er dachte, ich sei deine Mutter. Besser konnte ich mich nicht an ihm rächen für all die Jahre, in denen er mich so niederträchtig behandelt hatte, und ich war entschlossen, dafür zu sorgen, dass es dir an nichts fehlen sollte. Ich liebe dich, Mary, auch wenn du meine Geduld auf eine harte Probe stellst und dein Bestes tust, nicht nur uns, sondern auch dich selbst zu vernichten. Du hast eine Menge der weniger liebenswerten Eigenschaften deines Vaters in dir, aber ich habe es vorgezogen, sie zu ignorieren und dich auf einen weniger destruktiven Weg zu führen. Ich habe dich in den Armen gehalten, als du gerade ein paar Stunden alt warst, und ich habe dich genauso geliebt wie die anderen. Und das hat sich nicht geändert. Ich habe dich nicht geboren, aber ich finde immer noch, ich habe das Recht, mich deine Mutter zu nennen.«

Mary schaute zwischen Jane und Cordelia hin und her und brach in Tränen aus. »Das glaube ich nicht«, schluchzte sie. »Ich wollte doch nur geliebt werden, wollte dein und Daddys Liebling sein. Dann hat er mich verstoßen, Sophies Vater hat mich verlassen, und … und … und …« Ihre Gedanken verschwammen in einer wirbelnden schwarzen Wolke.

Cordelia erhob sich mühsam aus ihrem Sessel. Sie legte Mary eine arthritische Hand auf die Schulter und zog sie langsam in die Arme. »Es macht nichts, Darling. Ich weiß. Ich kenne die Dämonen, die dich plagen. Aber du hast mich und Jane und deine eigene Tochter, die dich sehr liebt – wenn du ihr nur Gelegenheit dazu gibst. Lass es jetzt gut sein.«

Mary atmete das vertraute Parfüm ein und schloss die Augen. Alles würde wieder gut werden. Die Wolken wurden dichter und dunkler und wirbelten in ihrem Kopf herum. Die Geräusche im Sitzungsraum verhallten, und sie zog sich in ihre eigene Welt zurück.

DREIUNDZWANZIG

Das Sanatorium lag auf der Mornington-Halbinsel. Elegante Erkerfenster eröffneten den Blick auf das Meer, und ein üppiger Park führte in welligen Linien hinunter zu einer sandigen Bucht. Sophie parkte ihr Auto und lief, mit einem Blumenstrauß bewaffnet, zu der Suite, die ihre Mutter hier bewohnte. Seit ihrem Zusammenbruch waren vier Wochen vergangen, aber nun gab es endlich Anzeichen für eine Besserung, sowohl in ihrer Gesundheit als auch in ihrer Einstellung zur übrigen Familie.

Sophie öffnete die Tür und musste lächeln. Philip war wieder da; er las Mary die Klatschspalten vor und brachte sie mit seinen hemmungslosen Imitationen der Prominenten, die von Sharon Sterling heruntergeputzt wurden, zum Lachen. Wer hätte das gedacht?, sinnierte Sophie, während sie die kühle Wange ihrer Mutter küsste und die Blumen in eine Vase stellte. Philip und Mary. Aber vielleicht hatten die beiden mehr miteinander gemeinsam, als sie einmal geglaubt hatte – denn sie waren schließlich immer die Schwarzen Schafe der Familie gewesen, die Außenseiter.

»Phil und ich haben über dich gesprochen«, erzählte Mary und erhob sich aus den Kissen.

»Nur Gutes, hoffentlich«, antwortete Sophie gut gelaunt.

Mary schaute sie nachdenklich an. »Ich bin vielleicht keine perfekte Mutter, Sophie, aber ich sehe doch, dass du einige Vorzüge besitzt. So viel zu arbeiten, dass alles andere dahinter zurückstehen muss, gehört allerdings nicht dazu.«

Sophie schaute stirnrunzelnd zwischen den beiden hin und her. »Ich habe keine Zeit für irgendetwas außer dem Geschäft«, sagte sie bedauernd. »Die Organisation der Genossenschaft und die Neuordnung des ganzen Unternehmens – da habe ich keine Minute mehr für mich.«

Mary zündete sich eine verbotene Zigarette an und wechselte einen verstohlenen Blick mit Philip. »Dann wird es aber Zeit«, stellte sie fest. Sie fing an zu husten und drückte hastig die Zigarette aus. »Lauf hinunter und sieh nach, ob Mum unterwegs ist. Sie braucht Hilfe beim Heraufkommen.«

Sophie runzelte die Stirn. Cordelia war jeden Tag zu Besuch gekommen und war bisher immer recht gut allein mit dem Aufzug zurechtgekommen. Aber sie sah, dass Mary ungeduldig die Lippen zusammenpresste, und kam zu dem Schluss, dass ihre Mutter wohl ihre Gründe haben würde.

Der Garten draußen war wunderschön; noch immer erfüllten die Rosen die Luft mit ihrem Duft. Sophie atmete tief ein, glücklich über die Entwicklung zwischen ihr und ihrer Mutter. Sie würden einander nie besonders nahe stehen, aber die zögerlich geknüpften freundschaftlichen Bande genügten vorläufig.

Ihr Glück wurde indessen durch den Umstand beeinträchtigt, dass sie und Jay seit der Sitzung nur wenig Zeit miteinander verbracht hatten. Mary war eilends ins Sanatorium gebracht worden, und er war im Hunter Valley gebraucht worden. Sie waren telefonisch in Verbindung geblieben, aber das war nicht das Gleiche, wie wenn sie ihn hätte sehen können. Sophie seufzte. Man konnte eben nicht alles haben – nicht jetzt, wo sie mit den Familiengeschäften so viel zu tun hatte. Aber Mary hatte Recht. Sie musste eine Pause einlegen und sich um ihre eigenen – und um Jays – Bedürfnisse kümmern.

Der Rolls Royce kam flüsternd den Kiesweg herauf. Die

schwarze Karosserie blinkte in der Sonne. Sophie lächelte und wartete, bis er neben ihr anhielt. Cordelia trat stilvoll auf.

Erst als sie die Hand nach der Tür ausstreckte, sah sie, dass ihre Großmutter nicht allein gekommen war.

»Jay«, flüsterte sie.

Er schwenkte seine langen Beine aus dem Wagen, und während der Fahrer Cordelia beim Aussteigen behilflich war, kam er zu ihr herüber. »Ich konnte nicht länger wegbleiben«, sagte er leise.

Sie lächelte ihn an. Ausnahmsweise fehlten ihr die Worte.

»Hoffen wir, dass uns diesmal kein Familienstreit dazwischenkommt.« Seine Augen funkelten, und ein Lachen umspielte den sinnlichen Mund.

»Wir sind eben eine feurige Sippschaft, die Witneys«, flüsterte sie.

»Wem sagst du das? Hab schließlich auch schon eine oder zwei Kostproben davon abgekriegt.«

Sie schaute auf seine Stiefel hinunter. Sie waren abgeschürft, und das Leder war von der Erde rot gefärbt. »Tut mir leid«, sagte sie leise. »Aber du solltest keine Spiele mit mir spielen – nicht, wenn es um so viel geht.«

Er war ihr plötzlich sehr nah, und die Spannung zwischen ihnen war mit Händen zu greifen. »Das ist kein Spiel, Sophie. Ist nie eins gewesen.«

Sie schaute zu ihm auf. Hoffnung und Unglaube ergaben ein seltsames Gebräu von Emotionen. Sie wünschte sich so sehr, dass es die Wahrheit wäre – wollte die Vergangenheit hinter sich lassen und von vorn anfangen. »Warum dann, Jay? Warum bist du ohne ein Wort nach Frankreich verschwunden? Warum musste dein Bruder meine Anrufe abfangen? Warum hast du mir in all den Jahren nicht geschrieben und dich nicht gemeldet?«

Er schaute ihr in die Augen, und seine Hand zog sie näher heran, bis ihr Atem sich mischte. Sie wollte, dass er sie küsste.

Wollte seine Lippen auf ihren, seine Arme um sich spüren. Aber sie brauchte eine Antwort, bevor sie sich weiter auf ihn einließ. »Jay«, begann sie und stemmte sich mit flachen Händen gegen seine Brust.

Ihre Proteste wurden abrupt beendet, als er sie heftig an sich zog und küsste. All ihren Zweifeln und dem Schmerz, den er verursacht hatte, zum Trotz schmolz sie dahin. Ihre Beine wollten sie fast nicht mehr tragen, das Blut strömte wie Feuer durch ihre Adern. Sie schlang die Arme um seinen Hals, und ihre Finger gruben sich in das dichte schwarze Haar, das lockig über den Hemdkragen fiel. Die Umgebung verblasste, die Welt drehte sich, und es gab nichts mehr außer diesem freudigen Gefühl, heimgekehrt zu sein.

Endlich ließ er sie los und hielt sie auf Armeslänge vor sich. »Das wollte ich seit dem Augenblick, in dem du aus dem Wohnmobil gestiegen bist«, sagte er seufzend. »Aber du warst so stachlig, so distanziert, und bei deinem Blick konnte die Milch sauer werden – ich habe nicht gewagt, mich dir zu nähern.«

Sophie war es immer noch schwindelig. So gründlich war sie seit Jahren nicht mehr geküsst worden. »Ich wusste nicht, wie es zwischen uns sein würde«, sagte sie, und das Beben in ihrer Stimme verriet, wie aufgewühlt sie war. »Ich war wütend auf Gran, weil sie mich nach Coolabah gebracht hatte, und ich war fest entschlossen, dich nicht merken zu lassen, wie weh es mir immer noch tat. Und als es so aussah, als ob du mich absichtlich ignoriertest, dachte ich mir, dieses Spiel können auch zwei spielen.«

Er fasste ihr Kinn und hob ihr Gesicht so, dass sie ihm in die Augen sehen musste. »Ich hätte dir wehgetan? Wie soll ich das getan haben, Sophie? Du warst es doch, die Schluss gemacht hatte, und bis zu dem Morgen, als wir uns im Busch getroffen und du dich in deinen Hut verheddert hast, dachte ich, du empfindest nichts mehr für mich.«

Sie löste sich von ihm. Sie konnte nicht klar denken, wenn er ihr so nah war. »Was soll das heißen: Schluss gemacht? Du hast aufgehört zu schreiben. Nicht ich.«

Jay runzelte die Stirn. »Ich gebe zu, dass du zuletzt geschrieben hast«, sagte er schließlich. »Aber nachdem ich diesen Brief gelesen hatte, erschien es mir sinnlos, noch zu antworten. Ich hatte dich ja verloren. Ich musste mein Leben weiterleben und dich dem deinen überlassen.«

Ihr Puls hämmerte. »Was war das für ein Brief?«

»Der maschinengeschriebene Brief mit Jacaranda Towers als Absender«, sagte er wachsam. »Trotz deinem ›Lieber John‹ war er ziemlich schroff.«

Sophie umklammerte seine Hände, und ihre Nägel bohrten sich in seine Haut, als ein Verdacht in ihrem Kopf Gestalt annahm. »Was hat in diesem Brief gestanden, Jay? Weißt du es noch?«

»Ist nicht mehr wichtig, Sophie. Es ist lange her. Wir haben uns wiedergefunden. Nur darauf kommt es an.«

»Verdammt, nein, Jay! Da ist großer Schaden angerichtet worden. Jetzt sag's mir. Ich muss wissen, was in diesem Brief gestanden hat.«

Er nagte an der Unterlippe. »Ich erinnere mich an jedes verdammte Wort«, sagte er grimmig. »Er war nicht lang, aber die Botschaft war klar und deutlich: ›Hiermit möchte ich mitteilen, dass ich einen anderen kennen gelernt habe. Wenn du diesen Brief bekommst, bin ich verheiratet. Nimm nicht wieder Kontakt mit mir auf. Ich danke dir für die Erinnerungen. Sophia.‹«

Sophie wankte und musste sich an seinem Arm festhalten. Ein Verdacht drängte sich heran, verschaffte sich lärmend Gehör – aber das ergab doch keinen Sinn … überhaupt keinen Sinn …

»Der Brief kam, als ich packte. Ich war schon auf dem Weg nach Melbourne; ich wollte dich fragen, ob du mich heiratest und mit mir nach Frankreich kommst. Ich hatte den Verlobungsring in der Tasche, neu und blitzblank. Als ich den schrecklichen

Brief gelesen hatte, ging ich hinaus auf die Koppel und warf den Ring, so fest ich konnte, in den Busch. Ich habe mir später nie die Mühe gemacht, ihn zu suchen.«

»Ich habe diesen Brief nicht geschrieben«, flüsterte sie unter Tränen. »Ich hätte so einen Brief niemals geschrieben – und schon gar nicht mit ›Sophia‹ unterschrieben. Du hättest doch merken müssen, dass da etwas nicht stimmte.« Die Tränen strömten ihr übers Gesicht. »Es hat keinen anderen Mann, keine Heirat gegeben. Erst vier Jahre später. Dein langes Schweigen war furchtbar, Jay. Ich habe nicht verstanden, was ich falsch gemacht hatte. Habe nie verstanden, wie du ohne ein Wort der Erklärung nach Frankreich verschwinden konntest.«

Er nahm sie wieder in die Arme, drückte sie an seine Brust und wiegte sie hin und her. »Wenn ich das gewusst hätte«, flüsterte er. »Wenn ich doch nur das nächste Flugzeug genommen hätte und zu dir geflogen wäre. Von Angesicht zu Angesicht hätte ich dich fragen sollen, warum du einen andern heiratest. Ich hätte um dich kämpfen sollen – hätte mich vergewissern müssen.«

Sophie schmiegte sich an seine Brust. »Warum hast du nicht?« Irgendwie gefiel ihr der Gedanke, wie er quer durch Australien jagte – genau wie John um die Welt gefahren war, um seine Rose zu suchen.

»Dad meinte, es sei am besten, die Sache auf sich beruhen zu lassen. Ein Mann dürfe dasselbe Feld nicht zweimal pflügen, meinte er, und es habe genug Ärger zwischen den beiden Seiten der Familie gegeben. Wenn ich nun mitten in eine Hochzeitsfeier hineinstürmte, würde das auch nicht helfen. Granddad Wal sah die Sache philosophischer. Er meinte, manchmal fügten die Dinge sich auf eine ganz unerwartete Weise, und ich sollte nur abwarten. Wenn es so bestimmt wäre, würde es auch geschehen.«

Sophie schniefte. Sie machte ihm mit ihren Tränen das Hemd

nass, aber das störte ihn anscheinend nicht. »Wie Recht er hatte«, sagte sie leise. »Und wie gerissen Gran gewesen ist. Ich frage mich, ob sie Bescheid wusste und es wiedergutmachen wollte. Sie hat ein paar ziemlich komische Sachen gesagt, als wir in Coolabah waren, und angedeutet, dass nicht alles so schwarz-weiß wäre, wie wir vielleicht dächten.«

Er strich ihr beruhigend übers Haar, als wäre sie ein wildes Pony. »Ja, ich glaube, sie weiß Bescheid – aber ich bin sicher, mit dem Brief hatte sie nichts zu tun.«

»Den hat Jock geschrieben«, sagte eine müde Stimme.

Sophie drehte sich in Jays Armen um. Sie hatten Cordelias Anwesenheit ganz vergessen, so sehr waren sie ineinander vertieft.

»Er hat diesen Brief geschickt, aber ich habe es erst Jahre später erfahren, und weil Sophie da schon geheiratet hatte, war es zu spät, noch etwas zu unternehmen. Ich hielt es für das Beste, abzuwarten, damit die Angelegenheit sich von allein klären könnte. Und anscheinend hatte ich Recht.«

Sophie schaute die alte Frau an, die sie so sehr liebte. »Aber was ist mit den Briefen, die ich an Jay geschrieben habe, ohne je eine Antwort zu bekommen?«

»Das Hausmädchen musste Jock alle deine Briefe bringen, bevor es sie zur Post brachte. Ich nehme an, er hat sie vernichtet.«

»Aber warum? Was hatte er zu gewinnen?«

»Er wusste, wie intelligent und ehrgeizig du warst. Er hat eine prächtige Karriere als Wirtschaftsjuristin für dich vorausgesehen, und er wollte diesen potenziellen Wert für sein Unternehmen nicht verlieren. Wollte nicht, dass du verschwandest, um einen Mann zu heiraten, den er deiner unwürdig fand. Deshalb ist er von einer lebenslangen Gewohnheit abgewichen und hat einem seiner ›Mädchen‹ erlaubt, zur Universität zu gehen. London hat er ausgesucht, weil es außer Reichweite war.«

»So ein bösartiger alter Scheißkerl«, grollte Jay.

»Vergiss ihn«, sagte Sophie und wandte sich wieder zu ihm um. Sein Kuss ließ jeden Gedanken an Verrat verwehen, und ihr war, als höre sie das Rascheln bunter Röcke und das lustvolle Crescendo einer Romani-Fiedel. Die Kluft von Jacaranda war endlich wieder geschlossen. Der Fluch war gebannt.

EPILOG

Es war Winter in Sussex. Die Dämmerung des neuen Jahrtausends erhellte den Horizont und färbte den Nebel rosa- und orangerot. Jay und Sophie standen auf dem Windover Hill und hielten einander bei den Händen, als unten im Tal die Kirchenglocken zu läuten begannen.

Die vergangenen drei Jahre hatten Erfolg und Leid gebracht. Die Genossenschaft war in Betrieb, und Sophie hatte endlich ihre eigene Anwaltskanzlei in Sydney eröffnet. Das Leben war hektisch, aber sie und Jay waren selig miteinander. Ihr Verhältnis zu Jane war eng und liebevoll geworden – aber Cordelia würde sie immer in ihrem Herzen behalten: als ihre wahre Großmutter. Die Enthüllungen, die ihr auf jener Reise durch Australien zuteil geworden waren, hatten daran nichts ändern können.

Mary hatte ihren Nervenzusammenbruch fast vollständig überstanden und bemühte sich jetzt endlich, mit ihrem Leben zurande zu kommen. Sie hatte überraschenderweise eine Bindung zu Philip aufgebaut. Mit Sophie hatte sie einen Waffenstillstand geschlossen, aber ihr Verhältnis war zu getrübt gewesen, als dass zwischen Mutter und Tochter noch jene Nähe hätte entstehen können, nach der Sophie sich so sehnte. Vielleicht würde die Neuigkeit, dass Mary bald Großmutter werden würde, ein wenig Gras über die alten Kränkungen wachsen lassen.

Cordelia war heimgegangen, im Schlaf, genau wie Rose in Frieden mit ihrer wiedervereinten Familie. Es war am Vorabend ihres zweiundneunzigsten Geburtstags geschehen, und sie war von den Lauten und Düften Jacarandas umgeben gewesen. Ihr Tod hatte eine große Leere hinterlassen, aber Sophie glaubte fest daran, dass ihr Geist noch immer an ihrer Seite war.

»Ich bin froh, dass wir hergekommen sind«, sagte Sophie, als das Morgenlicht die Schatten vom Langen Mann vertrieb. »Irgendwie schließt sich damit der Kreis der Geschichte von John und Rose.«

Jay küsste sie auf die kalte Wange und legte einen Arm um ihre Schultern. »Unsere Wurzeln sind hier, und es ist fast, als könnte ich sie spüren.«

Und während sie in der Kälte des englischen Winters standen und beobachteten, wie das Morgengrauen des neuen Millenniums Licht und Farbe in die Welt brachte, fühlte Sophie, wie das Baby sich in ihrem Leib bewegte. Lächelnd dachte sie an die Worte des Aborigine Wyju. Die Songlines spannten sich um die ganze Welt und verbanden Vergangenheit und Gegenwart mit jeder heiligen Stätte, jeder neuen Generation – und wie der Aborigine waren sie einfach auf Wanderschaft gegangen, um den Fußspuren ihrer Ahnen zu folgen.

Ein wunderschönes Buch über die Liebe, das die Farben, Düfte und Klänge Australiens auf magische Weise entfaltet

Vor der atemberaubenden Wildnis Australiens verknüpft Tamara McKinley die Geschichte zweier Frauen, deren Schicksal sich auf wundersame Weise kreuzt: Schnittpunkt ist Chirunga, eine einsame Schaffarm im Südosten des Landes. Dort findet Jenny, eine Malerin aus Sidney, die die Farm postum von ihrem Mann geschenkt bekommen hat, ein Tagebuch, dessen Inhalt sie nicht mehr loslässt. Denn es erzählt auf ergreifende Weise von dem Schicksal Matilda Thomas', der Chirunga einst gehörte, von ihrem Kampf um die Farm und von ihrer großen tragischen Liebe. Noch weiß Jenny nicht, was sie mit Matilda verbindet, aber sie fühlt, dass ein dunkles Geheimnis auf Chirunga lastet – ein Geheimnis, das auch ihr Leben verändern wird ...

»Tamara McKinley versteht es nicht nur, ein spannendes Familienepos in der Tradition der Dornenvögel zu erzählen – vor allem sind ihr herrliche Schilderungen von Land und Leuten gelungen ...« NDR, Bücherwelt

ISBN 3-404-14655-7

BASTEI LÜBBE